망가진
세계

Curzio Malaparte, Kaputt

망가진 세계

쿠르초 말라파르테 장편소설 — 이광일 옮김

문학동네

망가진 세계 — 차례

일러두기

1. 이 소설은 Curzio Malaparte의 *Kaputt*를 옮긴 것이다. 1944년 나폴리 카셀라(Casella) 출판사에서 초판이 나온 이후 출판사를 바꿔가며 수차례 재출간됐다. 한국어판은 독일어판과 영어판을 저본으로 삼되, 가장 최근에 나온 이탈리어판과 가장 충실한 역본으로 평가되는 프랑스어판을 참고했다. 한국어판에 사용된 도서들은 아래와 같다.

   원본: Curzio Malaparte, *Kaputt*, Adelphi, 2009.

   불어: Curzio Malaparte, *Kaputt*, Denoël, 1946. (Juliette Bertrand 번역)

   독어: Curzio Malaparte, *Kaputt*, Fischer, 2010. (Hellmut Ludwig 번역)

   영어: Curzio Malaparte, *Kaputt*, NYRB Classics, 2005. (Cesare Foligno 번역)

2. 말라파르테는 현장감을 살려 각국 언어들을 그대로 노출했다. 다만 귀에 들리는 대로 써서 잘못 표기된 것이 꽤 있다. 이탈리아어가 아닌 외국어일 때, 필요해 보이는 것만 괄호나 줄표를 넣어 풀이했다.
3. 원서는 행갈이 없이 단락이 길게 늘어져 있거나 군데군데 괄호가 쳐진 부연설명이 많다. 프랑스어판을 제외한 번역본들은 이를 거의 지키지 않았다. 하지만 한국어판은 가능한 한 이탈리아판에 따라 단락을 나누었고, 말라파르테의 괄호를 살리되 한국어판 역자의 괄호와 크기로써 구분했다. 원서 괄호는 크게, 역자 괄호는 작게 했다.
4. 옮긴이 주는 본문 하단에 ●, ▲, ■ 등으로 처리했다.
5. 책과 잡지는 겹낫쇠(『 』), 시나 단편은 홑낫쇠(「 」), 영화나 노래는 홑꺽쇠(〈 〉)로 표시했다.
6. 인·지명은 국립국어원 외래어 표기법을 따랐으며, 일부는 관습 표기를 존중했다.

원고의 시련에 대하여

카푸트Kaputt ; (히브리어로 카파로트kopparoth, 제물, 또는 프랑스어로 카포트capot, 완패한) 망가진, 파괴된, 쪼개진.

―요제프 마이어, 『일상회화사전』, 1860

『망가진 세계』라는 원고가 빛을 보기까지 우여곡절이 많았다. 내 생각에 그 숨은 이야기야말로 이 책의 서문으로 딱 맞지 않나 싶다. 『망가진 세계』를 쓰기 시작한 건, 독일과 소련 간의 전쟁이 막 시작된 1941년 여름, 우크라이나 페스찬카 마을의 러시아 농부인 로만 수체나의 집에서였다. 아침마다 나는 앞뜰 아카시아나무 아래 앉아 작업을 했고, 수체나는 돼지우리 옆 땅바닥에 쭈그리고 앉아 낫을 갈거나 돼지한테 줄 사탕무와 양배추를 다듬었다. 뜰 옆에 붙은 소비에트 사무소에는 당시 히틀러 친위대가 들어와 있었다. 친위대원이 울타리로 다가오면 수체나는 헛기침으로 내게 신호를 보내주곤 했다.

내가 기거한 오두막은 밀짚 섞은 진흙으로 메우고 소똥을 바른 벽에

초가지붕이었다. 작지만 깔끔했다. 사치품이라곤 라디오와 축음기, 19세기 러시아 문호 푸시킨과 고골의 전집이 꽂힌 작은 서가뿐이었다. 오두막은 늙은 농부 수체나의 집이었다. 수체나는 3차에 걸친 소련경제개발 5개년계획과 집단농장 덕에 궁핍과 무지와 불결의 질곡에서 해방돼 있었다. 그의 공산당원 아들은 페스찬카 보로실로프 집단농장에서 정비공으로 일했다. 아들은 며느리와 함께 같은 농장에서 일하며 트랙터를 몰고 소련군을 따라다녔다. 어린 며느리는 말수 적고 수더분한 여자로 저녁 무렵 밭이나 뜰에서 일을 끝내고 돌아오면 나무 아래 앉아 푸시킨의 운문 『예브게니 오네긴』(위대한 시인의 서거 100주년(1937)을 기념해 우크라이나 하리코프에서 찍은 특별 보급판이었다)을 읽곤 했다. 그녀를 보노라면 역사철학자 베네데토 크로체(1866~1952)의 두 딸 엘레나와 알다가 생각났다. 그들 자매도 메아나의 여름 별장, 잎이 무성한 사과나무 아래 앉아 헤로도토스의 『역사』를 원어로 읽곤 했다.

페스찬카에서 삼 킬로미터 정도 떨어진 전선으로 나가봐야 할 때면 나는 원고를 친구인 로만 수체나에게 맡겼고, 수체나는 원고를 돼지우리 벽 구멍 속에 숨겨놓았다. 결국 나치 비밀경찰 게슈타포가 들이닥쳐 『코리에레 델라 세라』지에 실린 나의 전쟁 관련 기사가 물의를 일으켰다는 이유로, 나를 우크라이나에서 추방하려 했다. 바로 그때 수체나의 며느리는 잽싸게 원고를 내 군복 안감에 넣고 꿰매주었다. 수체나와 어린 며느리가 위기에 처한 원고를 게슈타포의 손에서 구해준 일을 나는 언제까지나 감사할 것이다.

『망가진 세계』의 집필을 재개한 것은 폴란드에 체류할 때와 거기서 그리 멀지 않은 소련의 스몰렌스크 전선에 나가 있을 때였다. 시기로 치면 1942년 1월에서 2월까지다. 나는 핀란드로 갈 때도 원고를 양가죽 외투 안감 속에 숨겨가지고 갔다. 마지막 장(章)을 제외하고 원고를 완성한 것은 핀란드에 머문 이 년 동안이었다. 1942년 가을 나는 병가를 내서 이탈리아로 귀국했다. 핀란드 북부 라플란드의 페차모 전선에서 심한 병에 걸렸던 것이다. 베를린 인근 템펠호프 비행장에 도착하자 게슈타포가 모든 승객을 한 사람 한 사람 철저히 조사했다. 다행히 당시 나는 원고는 단 한 장도 몸에 지니지 않은 상태였다. 핀란드를 떠나기 직전에 나는 원고를 셋으로 나누어, 하나는 헬싱키 주재 스페인 공사 아구스틴 데 폭사에게 맡겼다. 그는 곧 임기가 끝나 마드리드 외교부 본부로 귀환할 예정이었다. 다른 한 부분은 헬싱키 주재 루마니아 공사관 서기관 디누 칸테미르에게 부탁했다. 그는 곧 승진해 포르투갈 주재 공사로 자리를 옮기게 돼 있었다. 마지막 한 부분은 역시 루마니아 공사관 공보관 티투 미카일레스쿠에게 맡겼다. 그는 곧 부쿠레슈티로 귀국할 예정이었다. 세 원고는 오랜 방랑 끝에 마침내 이탈리아에 도착했고, 그 원고를 나는 카프리 섬에 있는 우리 집 주변 숲 담장에다가 숨겨놓았다. 파랄리오니 섬이 내다보이는 곳이었다.

나는 친구인 데 폭사와 칸테미르, 미카일레스쿠에게 어마어마한 빚을 졌다. 그리고 언젠가 세상이 조용해지면 베를린에 다시 가서 독일인 친구들에게도 감사의 말을 전하고 싶다. 아직은 이름을 밝힐 수 없지만 그 친구들은 크나큰 신변의 위험을 무릅쓰고 베를린에서 작성한 여러 장의 원고를 몇 달 동안이나 보관해주었다.

1943년 핀란드에 머물고 있던 나는 무솔리니가 실각했다는 소식을 듣자마자 비행기에 몸을 싣고 이탈리아로 향했다. 마지막 몇 장은 구두 밑창을 이중으로 해서 숨겨가지고 갔다. 로마에 도착한 지 이틀 만인 그해 7월 31일 나는 체포됐다. 독일이 곧 이탈리아를 공격할 것이라고 떠들어대고, 무솔리니의 후임인 바돌리오 총리가 위기에 적극 대처하지 않는다고 비난했다는 혐의였다.

그들은 구두 갈아 신을 짬도 주지 않고 곧바로 나를 악명 높은 레지나 코엘리 교도소에 처넣었다. 전에도 몇 번 와본 적이 있어 그나마 친숙한 곳이었다. 다행히 나와 원고는 얼마 후 풀려났다. 당시 문화부 장관이었고 후일 터키 주재 대사가 되는 로코 선생을 비롯해, 독일군이 이탈리아에 진주한 상황에서 연합군과 비밀리에 항복조건을 협상중이던 카스텔라노 장군과 피에트로마르치 장관, 외신 담당 책임자였던 룰리 참사관 같은 분들이 힘을 써준 덕분이었다. 교도소에서 나오자마자 나는 로마를 떠나 카프리 섬에 은신처를 구했고, 거기서 연합군의 진주를 기다리며 작업을 서둘렀다. 그렇게 해서 마지막 장을 끝마친 것이 1943년 9월이었다.

『망가진 세계』는 대단히 유쾌하면서도 섬뜩한 책이다. 그 섬뜩한 유쾌함이야말로 내가 전쟁 동안 눈으로 본 유럽의 대재앙 중 가장 특이한 광경이다. 이 책의 등장인물들 가운데 전쟁은 중요성 면에서는 부차적이다. 나는 전쟁은 단지 어떤 구실로 작용할 뿐이라고 말하고 싶다. 하지만 구실은 어쩔 수 없는 운명의 영역에 속한다. 따라서 『망가진 세계』에서 전쟁은 운명이다. 전쟁은 그런 식으로 등장할 수밖에 없다. 전쟁은 주인공이라기보다 관객이다. 풍경을 관객이라고 할 수 있는 것과 같은 의미다. 전쟁은 이 책의 현실적 배경이다. 주인공은 바로 '망가진 세계'라는 유쾌하고 섬뜩한 괴물이다. 이 험악하고 묘한 독일어 Kaputt(『망가진 세계』의 원제)만큼 폐허와 같은 지금의 유럽을 잘 표현해줄 수 있는 말은 없다. 카푸트는 글자 그대로 하면 "망가진, 결딴난, 완전히 부서진, 폐허가 된"이라는 뜻이다. 지금 우리의 모습, 지금 유럽의 모습이 바로 그렇다. 하지만 나는 이렇게 망가진 유럽이 어제의 유럽이나 이삼십 년 전의 유럽보다 좋다. 새롭게 시작하는 것이 모든 것을 달리 어떻게 바꿔볼 수 없는 유산으로 물려받는 것보다 좋다.

이제 새로운 시대가 정말로 새로워지기를, 작가들이 자유와 존중을 누리기를 희망하자. 이탈리아 문학은 자유가 필요한 만큼 존중도 필요하다. 여기서 "희망하자"고 한 것은 자유와 자유가 주는 혜택에 대한 믿음이 없어서가 아니다. 나는 정신의 자유를 추구하고 자유를 위해 싸웠다는 이유로 동지들과 함께 리파리 섬에서 옥고를 치렀다. 지금 이탈리아를 비롯한 유럽 곳곳에서 인간으로 존재한다는 것이 얼마나 어려운 일인지, 작가로 존재한다는 것이 얼마나 위험한 일인지, 우리 모두가 잘 알고 있기 때문이다.

새 시대는 누구에게나 자유와 존중의 시대가 되길 간절히 기원한다. 물론 작가들도 포함해서! 유럽은 자유와 문화에 대한 존중을 통해서만 몽테스키외가 『법의 정신』(32권 23장)에서 "대홍수가 끝난 뒤 대지에는 무기를 든 인간들이 등장해 서로를 멸절시켰다"고 했던 저 잔인한 시대로부터 구원받을 수 있다.

—쿠르초 말라파르테

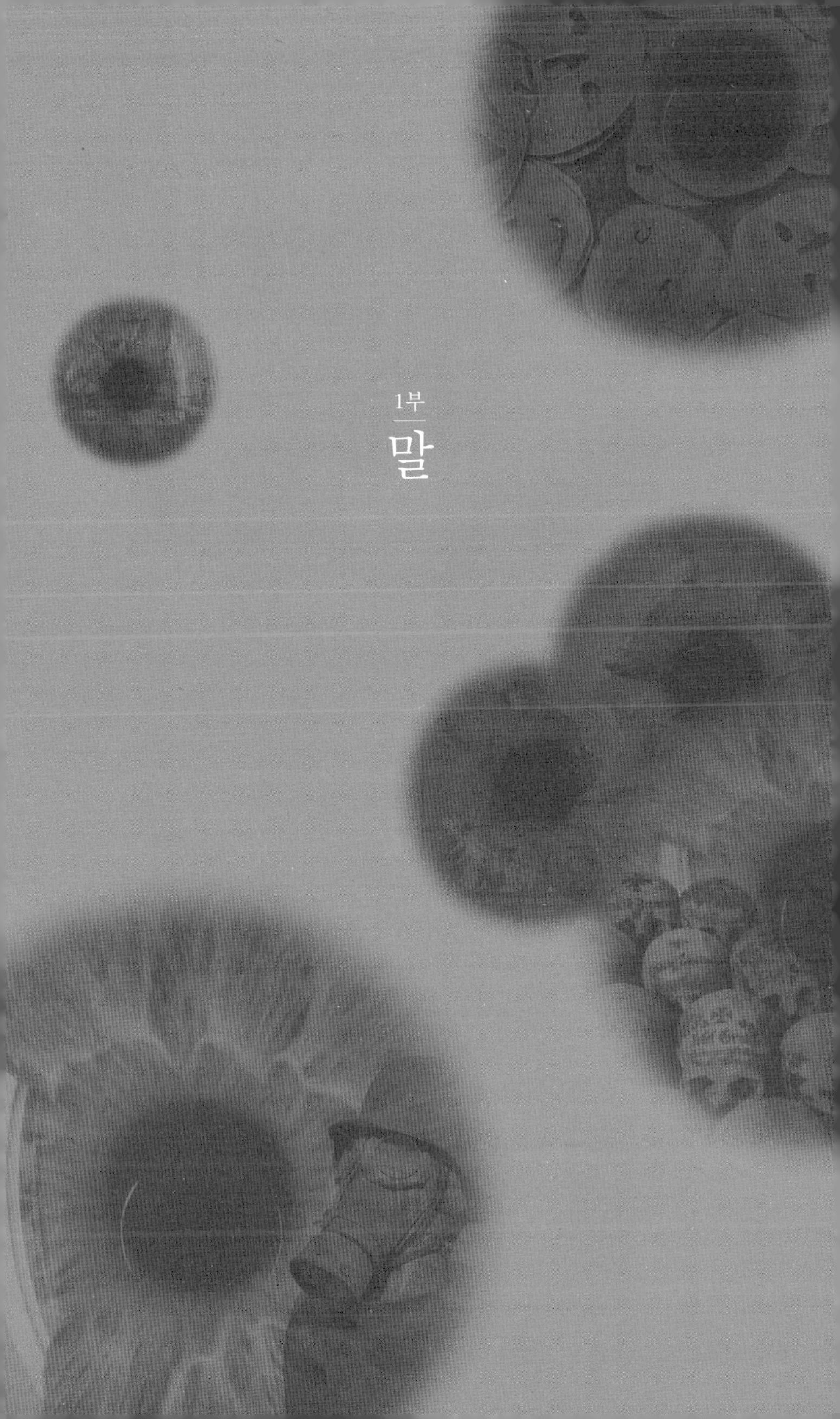

1부
말

1장

게르망트 쪽

스웨덴의 오이겐 왕자가 응접실 한가운데 멈춰 서더니 말했다.

"들어보게."

구슬프면서도 무언가를 열망하는 듯한 울음소리가 오크힐의 참나무와 발데마쇼덴 공원 소나무 사이로 바람결에 실려왔다. 저 건너편 스톡홀름 중심부 니브로플란까지 치고 들어온 작은 만(灣) 쪽에서 나는 소리였다. 바다에서 항구로 울려퍼지는 항수 어린 뱃고동 소리도, 끼룩거리는 갈매기 울음소리도 아니었다. 그 여성적인 소리는 서글프면서도 심란했다.

"스칸센 맞은편 티볼리 놀이공원의 말들이군." 오이겐 왕자가 조용한 목소리로 말했다.

우리는 티볼리 공원이 내려다보이는 커다란 창문으로 다가가 이마를 창유리에 댔다. 푸르스름한 안개가 바다에서 피어올라 주변을 물들이고 있었다. 언덕 아랫길로 흰말 세 마리가 설뚝거리며 걸어가고, 노란 옷을 입은 꼬마 소녀가 그 뒤를 따르고 있었다. 말과 소녀 일행은 공원 정문을 지나 아늑한 해변으로 내려갔다. 범선과 통나무배와 파랗고 빨간 칠을 한 어선들이 옹기종기 모여 있는 곳이었다.

9월 어느 날이었다. 날씨는 봄날처럼 화창했다. 가을은 벌써 오크힐의 고목들을 붉게 물들이고 있었다. 뱃전에 청색 바탕에 노란 십자가 문양을 하고 있는, 커다란 스웨덴 국기를 그려넣은 잿빛 배들은 만 안쪽 빌라 발데마쇼덴이 있는 돌출부까지 드나들었다. 빌라 발데마쇼덴은 스웨덴 국왕 구스타프 5세의 동생 오이겐 왕자의 거처다. 갈매기떼가 무슨 한탄이라도 하는 듯 우는 아이들처럼 깍깍거렸다. 저 아래 니브로플란과 스트란드배겐 선착장에는 하얀 증기선들이 떠 있는데 특이한 마을 이름이나 섬 이름을 그대로 쓴 아무개 호(號)라는 표기가 눈길을 끌었다. 스톡홀름과 인근 섬들을 정기적으로 오가는 증기선들이다. 병기창 너머로 푸른 연기가 피어오르면 가끔 그 사이로 갈매기가 휙 날아가곤 했다. 벨마네레와 하셀바켄의 작은 오케스트라가 연주하는 음악이며 선원과 병사와 소녀와 아이들의 고함 소리가 바람을 타고 들려왔다. 그들은 스칸센으로 통하는 출구 쪽에서 어슬렁거리는 곡예사와 저글러, 유랑 연주자들을 구경하며 환호하고 있었다.

오이겐 왕자는 백마들이 걸어가는 모습을 예의주시했다. 반쯤 감은 두 눈에는 애정이 담겨 있었고 투명할 정도로 하얀 눈꺼풀에는 녹색 혈관이 훤히 비쳤다. 나른한 석양빛을 받아 발그레한 옆모습은 스웨덴 왕실 상징 메달에 새겨진 인물과 흡사했다. (입술은 약간 도톰하고 욕심스러워 보이지만 흰 콧수염 덕분에 아이 같은 순수함이 느껴지고, 콧날은 우뚝하며, 훤칠한 이마 위로 왕관처럼 올라앉은 백발의 곱슬머리는 방금 잠에서 깬 아이처럼 헝클어져 있었다.) 스웨덴 왕실 전체를 통틀어도 오이겐 왕자가 왕조 창립자인 나폴레옹 휘하 원수 출신 베르나도트와 제일 많이 닮았다. 선이 뚜렷하고 날카롭고 강인해 보이는 얼굴과 대조적으로 표정은 달콤하고, 말하고 웃고 가녀린 손을 놀리는 모습은 섬세하면서도 우아했다. 베르나도트 왕가 특유의 손가락은 창백할 정도로 희고 가늘고 기품이 있었다. (며칠 전 나는 스톡홀름의 어느 가게에서 국왕 구스타프

5세가 수놓은 문양들을 보았다. 국왕은 가족과 측근들이 지켜보는 가운데 긴긴 겨울날 밤에는 테신이 설계한 왕궁에서 수를 놓고, 대낮처럼 훤한 여름철 백야(白夜)에는 별궁인 드로트닝홀름 성(城)에서 수를 놓았다. 우아하고 섬세한 문양들은 옛날 베네치아나 플랑드르, 프랑스의 미술작품을 연상시킨다.) 오이겐 왕자는 형인 구스타프 5세와 달리 수를 놓지는 않는다. 그는 그림을 그린다. 그는 옷 입는 스타일부터 자유분방하고 외모 같은 데에 신경쓰지 않는 오십 년 전 몽마르트 스타일이다. 당시 프랑스로 유학을 간 오이겐 왕자는 아주 젊은 나이였고, 몽마르트도 파리에 편입돼 번창하기 시작한 지 얼마 안 된 때였다. 그는 시가 색깔의 묵직한 해리스 트위드 재킷을 걸쳤는데 옛날식 재단에 단추가 턱 밑까지 달려 있었다. 땋은 머리처럼 꼬인 니트 넥타이는 흰 줄무늬가 있는 연한 청색 셔츠에 활기를 더했다.

"쟤네는 매일 이맘때면 바다로 내려가." 오이겐 왕자가 낮은 목소리로 말했다. 파란 하늘을 붉게 물들이는 석양 아래로 타박타박 걸어가는 백마 세 마리와 노란 옷을 입은 소녀 일행의 모습은 뭔가 처연하면서도 아름다웠다. 밀려드는 파도에 무릎까지 잠긴 말들은 갈기를 휘날리며 머리를 흔들면서 히히힝 하고 울었다.

해가 지고 있었다. 여러 달 동안 나는 일몰을 보지 못했다. 언제가 새벽인지 구분도 안 되고 일출도 일몰도 없이 낮만 끝없이 계속되는 북구의 긴 여름이 끝나고 이제야 숲, 바다, 도시 지붕들 위 하늘이 어두워지기 시작했다. 어둠의 덩어리 같은 것(어둠의 반사물, 어둠의 그림자 같은 것에 불과했으리라)이 동쪽 하늘에서 서서히 부풀어올랐다. 야금야금 밤이 태어나고 있었다. 만지면 뭉개질 것만 같은 사랑스런 어둠이. 반면 서쪽 하늘은 숲과 호수들 위에서 여전히 훤한 자태를 뽐내며 석양 속으로 말려들어갔다. 희미한 가을빛 속에 오그라드는 참나무 잎처럼.

공원 나무들 사이로 두 개의 조각상이 보였다. 로댕의 〈생각하는 사람〉과 새하얀 대리석 〈사모트라케의 니케〉는 보는 이로 하여금 불현듯 세기 말 파리의 퇴폐적이고 파르나소스(고답)적인 분위기를 떠올리게 했다. 발데마쇼덴에서 그 조각상들을 바라보면 멀리 펼쳐진 창백하고 섬약한 북구의 풍경과 대조가 되어 뭔가 인위적이고 비현실적인 느낌이 들었다. 커다란 응접실에서 오이겐 왕자와 나는 유리창에 이마를 대고 바깥을 내다보았다. 이 방은 왕자가 연구도 하고 작업도 하는 공간이다. 응접실에는 아직도 파리식 유미주의의 잔영이 그림자처럼 어른거려 주변 자연풍경과는 잘 안 어울렸다. 1888년 전후 파리에 스튜디오를 두고('오스카르손'이란 가명으로 몽소 가에 거주하면서) 퓌비 드샤반과 보나 밑에서 그림공부를 할 때의 분위기 같은 게 남아 있었다. 파리 시절 초기를 장식했던 캔버스들이 사방 벽에 걸려 있었다. 일드프랑스와 센 강, 셰브뢰즈 계곡, 노르망디 같은 곳의 풍경을 담은 그림들이었다. 맨어깨를 드러내고 머리채를 치렁치렁 늘어뜨린 모델들을 그린 초상화도 있고, 스웨덴 화가 소른과 요셉손의 작품도 있었다. 이삭 그뤼네발드가 마티스풍으로 만든 마리베리 도자기 화병들에는 금빛 잎맥이 선명한 적갈색 잎사귀를 잔뜩 매단 참나무 가지가 장식돼 있었다.• 화살 두 개가 엇갈린 부조 장식의 대형 마졸리카 도자기 스토브도 응접실 한구석을 차지하고 있었다. 화살 끝에는 왕실 문장 같은 작은 관이 얹혀 있었다. 오이겐 왕자가 프랑스 남부의 한 정원에서 가져온 귀여운 미모사는 오레포르스 크리스털 화병에서 꽃망울을 틔우고 있었다. 나는 지그시 눈을 감았다. 정말 프로방스의 향기가, 아비뇽과 님과 아를의 향기가 나는 듯했다. 그것은 지중해의 향기, 이탈리아의 향기, 카프리 섬의 향기이기도 했다.

"나도 카프리 섬에 가 있는 악셀 문테▲처럼 살고 싶어. 꽃과 새들한테 둘러싸여 사는 모양이던데. 가끔 참 궁금해." 오이겐 왕자가 웃으며 말했다. "그 친구, 정말 꽃과 새를 사랑하는지 말이야."

• 퓌비 드샤반(1824~98)과 레옹 보나(1833~1922)는 프랑스의 화가들이며, 소른(1860~1920)과 요셉손(1851~1906), 이삭 그뤼네발드(1889~1946)는 인상주의 화풍을 지녔던 스웨덴의 화가들이다.

"꽃이 그분을 사랑하지요."

"그럼 새들도 그 친구를 사랑하나?"

"새들은 그분을 시든 고목으로 착각하는 겁니다."

오이겐 왕자는 미소를 잃지 않았고 눈은 여전히 반쯤 감고 있었다. 예년과 마찬가지로 악셀 문테 박사는 드로트닝홀름 성에서 국왕의 손님으로 여름을 보낸 뒤 며칠 전 다시 이탈리아로 떠났다. 스톡홀름에서 그를 보지 못한 것이 못내 아쉬웠다.

오륙 개월 전, 핀란드로 떠나기 전날 밤 나는 카프리 섬에서 문테에게 작별인사를 하러 그가 사는 '토레 디 마테리타' 저택까지 올라갔다. 그때 문테는 탐험가 스벤 헤딘(1865~1949)과 인류학자 에른스트 만커(1893~1972)를 비롯해 스톡홀름에 있는 친구들에게 보내는 편지를 내게 맡겼었다. 악셀 문테는 저택 입구 소나무와 사이프러스나무 아래서 기다리고 있었다. 돌부처처럼 뻣뻣한 자세에 부루퉁한 표정이었다. 어깨에는 오래된 녹색 외투를 걸쳤고, 작은 모자는 헝클어진 머리 위에 삐딱하게 새처럼 앉아 있었다. 까만 안경 너머 장난기 넘치는 두 눈이 감춰져 있었다. 그런 모습에서 뭔가 묘하면서도 위협적인 분위기가 느껴졌다. 맹인에게서 느낄 수 있는 분위기 같은 것이랄까. 문테는 가죽끈으로 목줄을 맨 경찰견을 데리고 있었다. 개는 훈련이 잘 된 것 같은데 문테는 나무 틈새로 나를 보자마자 가까이 오지 말라고 소리쳤다. "오지 마! 오지 말라고!" 문테는 한 팔로 오지 말라는 몸짓을 요란하게 해대며 개한테는 "달려들지 마라, 저 친구 물어뜯으면 안 된다"라고 으름장을 놓았다. 녀석을 말리느라, 야수의 분노를 잠재우느라 무진 애를 쓰는 모습이었다. 그런데

▲ Axel Munthe(1857~1949). 스웨덴의 의사, 작가, 동물애호가. 웁살라 대학 시절 이탈리아 여행을 하다가 카프리 섬에 빠져든다. 정신의학 개척자 샤르코의 지도로 파리에서 박사학위를 받고 의사활동을 하다 1895년 카프리 섬 로마옛터에 '빌라 산미켈레'를 짓고 눌러앉는다. 고대유물과 반려동물, 식물정원으로 어우러진 대저택의 조성 과정을 담은 『산미켈레 이야기』(1929)는 큰 반향 속에 베스트셀러가 된다. '토레 디 마테리타'는 눈이 약했던 그가 지중해의 강한 빛을 피하고자 따로 사들인 거주지로, 원래는 중세의 고성이었다. 그는 스웨덴 왕실 주치의로, 여름은 스웨덴, 겨울은 이탈리아를 오가며 살았다.

정작 녀석은 내가 다가가자 꼬리를 살살 치면서 반가워했다. 나는 천천히 문테에게 다가가 그의 공포심을 자극했다. 그런 장난에 문테가 난리를 치는 것을 보니 흐뭇했다.

악셀 문테는 기분이 좋으면 갑자기 개구쟁이 같은 농담으로 친구들을 골리며 즐거워하곤 했다. 그럴 때면 몇 달간 빠져 있던 극심한 고독에서 벗어나 겨우 기분이 괜찮아진 것 같았다. 그는 황량한 가을이면 변덕스러운 우울감에 사로잡히곤 했다. 우울함은 곧잘 신경질로 이어졌고 며칠이고 마테리타 대저택에 처박혀 벌거벗은 채로 지내곤 했다. 이스키아 섬에서 불어오는 남서풍의 날카로운 이빨과 베수비오 화산의 매캐한 유황 냄새를 카프리 섬까지 실어나르는 북풍이 그의 몸을 갉아먹었다. 그는 해골 같은 몸으로, 바닷바람에 눅눅해진 감방 같은 저택에 처박혀 지냈다. 집 안에는 옛날 그림들의 모작이며 헬레니즘 시대의 대리석 조각 모조품, 루이 15세 시대 스타일의 가구에서 떼어낸 15세기풍 성모 마리아 상들이 즐비했다.

그날따라 악셀 문테는 평온해 보였다. 잠시 후 그는 카프리 섬의 새들 얘기를 했다. 매일 저녁 해질녘이면 그는 성채 같은 저택에서 나와 천천히 공원을 지나 나무도 별로 없고 풀만 무성한 지점까지 걸어내려가 우두커니 선다. 야위었지만 튼튼한 몸으로 돌부처처럼 뻣뻣하게…… 뙤약볕과 서리와 폭풍우에 시달릴 대로 시달린 고목처럼. 그러면서도 반은 사람, 반은 염소의 모습을 한 늙은 파우누스 같은 턱수염 사이로 행복한 미소가 비친다. 새들이 무리지어 날아온다. 녀석들은 사랑스레 재잘거리며 그의 어깨에, 두 팔에, 모자에 올라앉는다. 그러고는 부리로 그의 코며 입술, 귀를 쫀다. 그래도 문테는 꼼짝 않고 뻣뻣하게 서서 꼬마 친구들에게 달콤한 카프리 방언으로 말을 건다. 그사이 해는 수평선으로 내려앉아 청록색 바다 밑으로 잠긴다. 그때쯤이면 새들도 다시 둥지로 날아간다. 작별의 재잘거림만 남긴 채.

"에이그, 그 화상……" 오이겐 왕자가 문테를 떠올리며 말했다. 약간 떨리는 목소리에는 문테에 대한 애정이 담겨 있었다.

우리는 잠시 공원을 거닐었다. 머리 위로 소나무가 바람을 맞아 한껏 부풀어 있었다. 얼마 후 악셀 문테는 나를 토레 디 마테리타 저택 맨 꼭대기 방으로 데려갔다. 곡물창고로 쓰던 방 같은데 이제는 침실로 쓰는 공간이다. 우울한 고독이 밀려오는 날이면 그는 이 감방 같은 곳에 틀어박혀 솜으로 귀를 막고 사람 소리조차 들으려 하지 않는다. 그는 등받이 없는 의자에 가 앉고는 무릎 사이에 큼직한 지팡이를 끼웠다. 개끈은 손목에 둘둘 말고 있었다. 개는 문테의 발치에 엎드린 채로 가식 없는, 안쓰러운 표정으로 나를 응시했다. 악셀 문테가 인상을 찌푸렸다. 갑자기 안색이 어두워졌다. 그는 요즘 잠을 못 이룬다고 했다. 전쟁 때문에 잠이 다 달아났다고, 밤마다 뜬눈으로 지새우는 것이 고문과 다름없다고 했다. 그는 나무들 사이로 불어오는 바람소리와 멀리서 들려오는 바닷소리를 하염없이 들었다.

"설마 여기 전쟁 얘기 하려고 온 건 아니겠지?" 문테가 말했다.

"선생님한테는 전쟁 얘기 안 하렵니다."

"고맙네." 그러면서 문테는 느닷없이 독일군이 그렇게 잔혹하다는 게 사실이냐고 물었다.

"그들의 잔인성은 두려움 때문이지요. 공포라는 병에 걸린 겁니다. 그들은 크랑케스폴크, '병든 민족'입니다."

"맞아, 병든 민족이야." 문테가 지팡이 끝으로 바닥을 톡톡 치면서 말했다. 그는 한참 아무 말이 없다가 다시 독일군이 피에 굶주려 파괴를 일삼는다는 게 사실이냐고 물었다.

"그들은 두려운 겁니다. 그들은 모든 것이 두렵고 모두가 두렵습니다. 그들이 죽이고 파괴하는 건 그 공포 때문이지요. 그들은 죽음을 두려워하지는 않습니다. 독일인들은 남녀노소 막론하고 죽음을 두려워하지 않아요. 심지어 고통당하는 것도 겁내지 않습니다. 어떤 면에서는 고통을 즐긴다고 말할 수 있겠지요. 하지만 살아 있는 모든 것을 두려워합니다. 자신들 외의 살아 있는 모든 것, 자신들과 다른 모든 것을 두려워합니다. 그들이 앓고 있는 질병은 참 알 수가 없습니다. 그들은 무엇보다 약자, 무방비 상태인 사람, 병자, 여성과 어린이를 두려워합니다. 노인을 두려워합니다. 그들이 느끼는 공포를 보면 저는 늘 깊은 연민을 느낍니다. 유럽이 그들에게 연민을 느낄 수 있다면 아마 독일인들은 그 끔찍한 병을 치유할 수 있을……"

"그렇게 피에 굶주려 있다며? 그렇게 무자비하게 사람들을 도살한다는 게 사실인가?" 내 말이 끝나기도 전에 문테가 갑자기 질문을 던졌다. 초조한지 지팡이로 바닥을 자꾸만 톡톡 친다.

"네, 사실입니다. 그들은 무방비 상태인 사람들을 죽입니다. 마을 공터에서 유대인을 나무에 목매달고, 집 안에 있는 사람들을 산 채로 불태웁니다. 쥐 잡듯이. 농민과 노동자를 총으로 쏴 죽입니다. 소련 집단농장 콜호스와 여러 공장에서 그런 일이 벌어지고 있어요. 시체가 매달린 나뭇가지 아래 그늘에서 그들이 웃고 떠들며 먹고 마시고 잠자는 것을 나는 봤습니다."

"병든 민족이야." 문테는 이렇게 되뇌면서 까만 안경을 벗어 손수건으로 안경알을 조심스레 닦았다. 그는 눈을 감았다. 그래서 그의 눈을 볼 수가 없었다. 나중에 그는 독일군이 새를 죽인다는 게 사실이냐고 물었다.

"아니요. 그건 사실이 아닙니다. 그들은 새 가지고 노닥거릴 시간이 없습니다. 인간 가지고 노닥거리기에도 바빠요. 그들은 유대인과 노동자와 농민을 도살합니다. 소도시와 마을에 불을 지릅니다. 극도의 분노지요. 하지만 새는 안 죽입니다. 러시아에는 아름다운 새들이 정말 많지요! 카프리 섬의 새들보다 더 아름다울 겁니다."

"카프리 새들보다 더 아름답다고?" 악셀 문테가 삐친 목소리로 물었다.

"더 아름답고 더 행복하지요. 특히 우크라이나에는 정말 아름다운 새가 부지기수예요. 수천 마리씩 무리지어 하늘을 날고 아카시아나무 잎사귀 틈에서 재잘거리지요. 녀석들은 은빛 자작나무 가지나 밀 이삭에 올라앉아요. 황금빛 해바라기 꽃잎에 앉아 까만 속에서 씨앗을 쪼아 먹기도 하지요. 끊임없이 노래하는 새소리는 요란한 총소리나 따따따 하는 기관총 소리 사이로도 들립니다. 광대한 우크라이나 평원 위를 항공기가 우웅 하고 날아갈 때도 들리지요. 녀석들은 사람 어깨나 말안장, 말갈기 위에 앉아 쉬기도 합니다. 포차에도, 총신에도, 탱크 포탑에도, 죽은 자들의 군화에도 내려앉습니다. 새들은 죽은 사람을 무서워하지 않아요. 작고 예민하지만 명랑하지요. 어떤 놈은 회색이고 녹색도 있습니다. 어떤 애들은 붉고, 어떤 애들은 노랗지요. 가슴 부위만 빨갛거나 파란 놈, 목만 그런 놈, 꽁지만 그런 놈들도 있습니다. 온몸이 하얀데 목만 파란 녀석들도 있어요. 어떤 녀석들은 정말 앙증맞게 작은데도 당당합니다. 아주 하얗습니다. 티끌 한 점 없이 하얘요. 새벽이면 새들의 노래가 시작됩니다. 옥수수 밭에서 달콤한 노래를 하지요. 그러면 독일군들은 푸석푸석한 모습으로 잠에서 깨어 새들의 행복한 노랫소리를 듣습니다. 새들은 드니에스테르 강에서, 드네프르 강에서, 돈 강 주변의 옥수수 밭 위에서 수천 마리씩 떼를 지어 납니다. 자유롭고 즐겁게 재잘거리며 비행하지요. 그리고 녀석들은 전쟁을 무서워하지 않습니다. 히틀러도 친위대도 게슈타포도 무서워하지 않습니다. 새들은 나뭇가지에 한참을 걸터앉아 있습니다. 저 밑에서 벌어지는 학살극을 내려다보지는 않아요. 음울한 노래를 부르며 둥둥 떠다니지요. 녀석들은 창공에서 끝없이 펼쳐진 평원을 가로질러 행군하는 군인들을 쫓아갑니다. 우크라이나의 새들은 정말 아름답지요."

악셀 문테가 얼굴을 찌푸리며 까만 안경을 벗더니 예의 장난기 어린 눈길로 나를 보며 미소 지었다. "적어도 독일 놈들이 새는 안 죽이는구먼. 정말 다행이야. 새는 안 죽인다니."

"악셀 문테, 정말 따뜻한 마음씨와 고결한 영혼을 지닌 사람이야." 오이겐 왕자가 말했다.

갑자기 저쪽 바다에서 낮고 길게 히히힝 하고 말 우는 소리가 들렸다. 왕자가 흠칫했다. 왕자는 안락의자 등받이에 걸쳐놓은 큼직한 회색 울 외투를 집어 몸에 걸쳤다. "가서 나무들 좀 보세. 이맘때 나무들은 정말 아름답지." 우리는 공원 안으로 들어갔다. 날은 점점 쌀쌀해졌다. 동쪽 하늘은 은으로 엷은 막을 씌운 듯했다. 햇빛은 서서히 죽어가고 어둠이 다시 태어나고 있었다. 그렇게 끝이 없을 것만 같던 여름날의 백야가 막을 내리고 있었다. 갑자기 평온한 기분이 들었다. 마치 전쟁이 끝나고, 유럽은 여전히 활기를 띠고 있는 것 같았다. "그리스의 영광이여……" "로마의 찬란함이여……"• 하는 소리가 입에서 절로 나올 정도였다. 그 해 여름을 나는 핀란드의 라플란드에서 보냈다. 페차모 전선에서, 리자에서, 이나리 호수 주변 광대한 숲에서, 생명이라고는 없는 달 표면 같은 북극권의 툰드라에서 결코 지지 않는 무자비한 태양빛에 시달리며 살았다. 그런데 이제 처음으로 가을의 어둠이 시작되면서 나는 따스함과 안식과 고요한 삶의 느낌을 되찾았다. 한시도 떠나지 않는 죽음의 그림자로 얼룩지지 않은, 생명의 느낌 말이다. 나는 마침내 다시 찾은 어둠 속에 포근히 안겼다. 마치 양털 담요 속에 들어간 느낌이었다. 공기는 따스했고, 여인의 향기 같은 것이 느껴졌다.

스톡홀름에 도착한 것은 불과 며칠 전이었다. 앞서 헬싱키에서 오래 입원했던 나는 이렇게 스웨덴에 와서야 고요한 삶의 달콤함을 되찾았다. 그런 삶은 한때 유럽이 누리던 축복이었다. 저 북극권에서 곰을 사냥하고 순록을 키우고 연어낚시를 하는 라플란드 사람들 틈에서 뼈저린 고독을 느끼며 여러 달을 지냈던 터라, 까맣게 잊고 있던 평화로운 일상이, 들뜬 기분으로 스톡홀름 거리에서 다시 누리는 이 일상이 내겐 오히려 당혹스러웠다. 어쨌든 특히 여자들을 보며, 생의 위엄 같은 느낌을 되찾았다. 스웨덴 여자들은 피부는 투명할 정도로 희고 튼튼하면서도 우아하

• 미국 시인 에드거 앨런 포가 1831년에 쓴 시 「헬렌에게」에 나오는 구절.

다. 눈은 파랗고 머리는 빛바랜 듯한 금발에, 작은 젖가슴은 운동경기에서 탄 두 개의 메달처럼, 국왕 구스타프 5세 탄생 85주년 기념 메달처럼 높이 달라붙어 있다. 처음 나타난 일몰의 어둠은 비밀스럽고 불가사의한 어떤 것에 여성적인 온화함을 더해줬다.

푸른빛에 잠긴 거리, 엷디엷은 비단 같은 하늘 아래, 불빛이 비친 허연 주택가에서 여자들은 블루골드 합금으로 된 혜성처럼 바쁜 걸음을 옮기고 있었다. 그들의 웃음은 따스했고 그들의 눈길은 활기 넘치면서도 순수했다. 벌써 밤에 젖은 훔레가르덴 공원, 나무 밑 벤치에 끌어안고 앉아 있는 커플들은 요셉손의 〈축제의 현장〉에 나오는 포옹하는 커플의 완벽한 복제품 같았다. 지붕 위의 하늘과 바닷가의 집들, 스토름과 스트란드배겐에 정박한 범선과 증기선들은 마리베리나 로르스트란드 도자기처럼 파랬다. 섬 주변을 넘실거리는 바닷물처럼 파랗고, 드로트닝홀름 인근 맬라렌 호수처럼 파랗고, 살트셰바덴 주변 숲처럼 파랗고, 볼할라배겐 거리의 높은 지붕 꼭대기 위의 구름처럼 파랬다. 북구의 새하얀 풍경에서, 북구의 눈 천지에서, 북구의 강과 호수와 숲에서 확연히 눈에 들어오는 바로 그 파란색이었다. 스웨덴 교회 건축 특유의 마감 부분이나 노를란드의 가옥이나 라플란드의 농가에서 흔히 볼 수 있는 루이 15세풍의 소박한 가구에서 눈에 띄는 바로 그 파란색이었다. 안데르스 외스털링▲이 도리스식으로 세로 홈을 판 스웨덴 한림원 강당의 금빛 목조기둥들 사이를 거닐면서 따뜻한 목소리로 내게 강조했던 그 청색이었다. 밤새 거리를 배회하던 유령들이 퍼런 그림자처럼 포석이 깔린 길을 따라 어디론가 슬그머니 사라져가는 그 첫새벽 스톡홀름 하늘의 그 푸르스름한 빛깔이었다. 북구는 유령들의, 나무와 집과 동물들의 유령들의 땅이다. 나는 그랜드 호텔 창문에서, 극작가 스트린드베리의 집 창문에서 그 유령들을 보았다. 카를라플란 거리 10번지 스트린드베리의 붉은 벽돌집에는 이탈리아

▲ 1884~1981. 시인, 문학비평가. 스웨덴 한림원 사무총장으로 노벨문학상에도 관여했다.

공사관 일등 서기관 마이올리와 칠레 여가수 로시타 세라노(1914~97)가 서로 다른 층에 살고 있었다. (로시타 세라노가 키우는 닥스훈트 열 마리가 계단을 오르내리며 요란하게 짖어댔고, 그녀의 유명한 목소리는 기타의 선율 위로 허스키하면서도 달콤하게 울려퍼졌다. 거기서 나는 광장을 배회하던 그 퍼런 유령들을 보았다. 스트린드베리가 새벽에 집에 와보면 그들은 계단에 올라와 있거나 넓은 홀에 앉아 있다가 화들짝 놀라곤 했다. 그들은 그가 쓰던 침대에 누워 있기도 하고 그의 손때가 묻은 창문에 몸을 기댄 채 창백한 눈으로 창백한 하늘을 보며, 보이지 않는 통행인들에게 무슨 신호를 보내고 있었다. 카를라플란 거리 한복판의 분수대에서 물이 숭굴숭굴 샘솟는 소리 사이로 아침바다에서 불어온 미풍에 나뭇잎들이 살랑거리는 소리가 들렸다.)

오이겐 왕자와 내가 가서 앉은 곳은 공원 끝에 있는 신고전주의 양식의 작은 예배당이었다. 그 일대의 바위는 바다를 향해 수직으로 뻗어 있었다. 나는 푸른 가을풍경을 배경으로 선명한 모습을 드러낸 하얀 도리스식 기둥들을 살펴봤다. 차츰 가슴 속에서 쓰라림 같은 것이 치솟았다. 서글픈 분노 같은 것이었다. 갑자기 내 입에서 심한 말이 터져나왔다. 꾹꾹 눌러담으려고 애를 써봤지만 소용없었다. 그렇게 나도 모르는 사이에 스몰렌스크 포로수용소에서 본 소련군 포로들 얘기를 하게 됐다. 포로들이 동료 수감자들의 시체를 뜯어먹는 동안 독일군들은 그저 무표정하게 바라보고만 있었다. 이런 말을 하면서 나는 공포와 수치를 느꼈다. 오이겐 왕자에게 그런 끔찍한 얘기를 한 것에 대해 사과를 하고 싶을 정도였다. 오이겐 왕자는 아무 말이 없었다. 회색 외투에 몸을 파묻은 채 마냥 고개를 숙이고 있었다. 그러다가 갑자기 얼굴을 들었는데 마치 무슨 말을 하려는 듯 입술을 달싹였다. 하지만 그는 여전히 말이 없었다. 그의 눈에서 기분이 상해 날 질책하는 마음을 읽을 수 있었다.

그의 눈과 눈썹에 어린 차가운 잔인함은 스몰렌스크 포로수용소에서 소련군 포로들이 동료들의 시체를 뜯어먹더라는 얘기를 해주었을 때 나치 친위대장 요제프 디트리히의 굳은 얼굴에 드러났던 것과 똑같은 잔인함이었다. 그때 디트리히는 내 얘기를 듣고 웃음을 터뜨렸다. 히틀러 경호원들의 사령관인 친위대장 디트리히를 만난 것은 베를린 반제 호숫가의 이탈리아 대사관저에서였다. 나는 그의 창백한 얼굴에서 묘한 매력을 느꼈다. 눈은 어떻게 그럴 수 있을까 싶을 정도로 파랗고, 귀는 큼지막하고, 얇은 입술은 뾰족 튀어나온 것이 물고기 입 같았다. 디트리히는 큰소리로 웃으며 말했다. "하테스 이넨 베닉스텐스 게슈메크트?—그들이 맛있게 먹던가요?" 분홍빛 감도는 작은 물고기 입을 쩍 벌리고 웃는 바람에 다닥다닥 붙은 물고기 이빨 같은 날카로운 이빨들이 그대로 드러났다. 나는 오이겐 왕자의 굳은 얼굴에서 디트리히의 일그러진 잔인한 표정 같은 것을 느꼈다. 왕자가 디트리히처럼 나른하고 유쾌한 목소리로 '그들이 맛있게 먹던가?' 하고 묻는 소리가 들리는 듯했다. 하지만 왕자는 눈살을 찌푸리며 날 뚫어져라 쳐다봤다. 역시 '쓸데없이 왜 그런 우울한 얘길 하느냐'고 책망하는 듯한 표정으로.

심히 고통스러워하는 표정이 역력했다. 나도 똑같이 고통스러워하고 있음을 잘 알았을 것이기에 말없이 날 보는 그의 눈길에는 측은한 연민 같은 게 담겨 있었다. 그가 입을 연다면, 그가 단 한마디라도 한다면, 그가 내 손을 잡는다면, 나는 거의 울음이 터질 것 같은 기분이었다. 하지만 오이겐 왕자는 말없이 날 바라보기만 했고, 내 입에서는 잔인한 말들이 연신 튀어나오고 있었다. 나는 불현듯 내가 레닌그라드(상트페테르부르크) 전선에서 겪은 얘기를 하고 있다는 걸 깨달았다. 그날 나는 오라니엔바움 인근 깊은 숲속을 독일군 장교와 함께 차를 타고 가고 있었다. 정확히 말하면 슈투트가르트 출신 슐츠 중위와 함께였다. 네카 강 계곡 출신인 슐츠는 네카 강을 '시인의 강'이라고 불렀다. 그러면서 횔덜린•에 대해, 그리고 횔덜린의 광기에 대해 떠들었다.

• 1770~1843. 독일의 서정시인. 네카 강변 라우펜에서 태어났고 정신분열증을 앓았다.

"그는 미친 게 아니었어요. 그는 천사였지요." 슐츠가 한쪽 손으로 느릿느릿 몸짓을 써가며 말했다. 마치 서리로 뿌예진 허공에 보이지 않는 날개를 그리는 듯했다. 그러면서 하늘을 올려다보는 품이 마치 날아가는 천사를 눈에서 놓치지 않으려는 것처럼 보였다. 숲은 깊고 울창했다. 나무줄기에 얼어붙은 흰눈이 푸르스름한 빛을 반사해 잠시 앞이 안 보였다. 차는 얼어붙은 길을 부릉부릉 유쾌한 소리를 내며 미끄러져갔다. 슐츠가 "횔덜린은 슈바르츠발트•의 나무들 사이를 커다란 새처럼 날아올랐어요"라고 말했다. 나는 여전히 잠자코 깊은 숲을 바라보며 얼어붙은 길 위를 사각사각 굴러가는 차바퀴 소리에 귀를 기울였다. 슐츠가 횔덜린의 시를 인용했다.

> 라인 강변, 지류 네카 강의 잔디들이 자라는 곳
> 사람들은 세상에서
> 그보다 살기 좋은 곳은 없다고 생각하네.
> 하지만 나를 캅카스▲로 보내주오.

"횔덜린은 독일의 천사였지." 내가 웃으며 말했다. "독일의 천사였지요." 슐츠가 이렇게 따라하며 다시 읊조렸다.

> 하지만 나를 캅카스로 보내주오.

"횔덜린도 캅카스로 가고 싶어했던 것 아닌가?" 내가 물었다.

"네, 그렇습니다!" 슐츠가 대꾸했다.

바로 그때 숲이 아주 울창하고 깊어진 지점에서 갈림길이 나왔다. 갑

• '검은 숲'이란 뜻으로 독일 남서부 바덴뷔르템베르크 주의 울창한 삼림지대.

▲ 코카서스. 흑해와 카스피해 사이 러시아, 조지아, 아제르바이잔, 아르메니아 접경지대.

자기 앞쪽 안개 사이로 배꼽까지 눈밭에 묻힌 채 서 있는 병사의 모습이 눈에 들어왔다. 병사는 꼼짝 않고 선 채로 오른팔을 뻗쳐 길을 가리키고 있었다. 그 옆을 지나면서 슐츠는 손을 들어 모자에 댔다. 감사의 표시로 경례를 하려는 듯이. 그러더니 "캅카스로 가고 싶다는 놈이 또 있군" 하고 웃으며 좌석 등받이에 몸을 던졌다.

계속 가다가 다시 갈림길이 나왔고, 또 한 병사가 멀리서 희미하게 모습을 드러냈다. 그 병사 역시 눈밭에 묻힌 채 오른팔을 뻗치고 있었다.

"불쌍한 친구들, 저러다 얼어죽을 텐데." 내가 말했다. 슐츠가 날 돌아보고 웃으며 말했다. "얼어죽을 염려는 없어요." 나는 슐츠에게 왜 저 불쌍한 친구들이 얼어죽을 위험이 없다고 생각하느냐고 물었다. "왜냐하면, 지금쯤 추위에 익숙해져 있을 테니까요." 슐츠는 웃으면서 내 어깨를 툭 쳤다. 그러고는 차를 멈추더니 나를 돌아보며 옅은 웃음을 흘렸다. "가까이 가보실래요? 추운지 안 추운지 물어보시죠."

우리는 차에서 내려 병사한테 다가갔다. 병사는 그 자리에 꼼짝 않고 선 채로 오른팔을 뻗쳐 길을 가리키고 있었다. '병사는 죽어 있었다.' 두 눈은 크게 뜨고 입은 반쯤 벌린 상태였다. 러시아 병사였다. 이미 죽은 상태였다.

"이게 우리 교통경찰입니다." 슐츠가 말했다. "우리는 애들을 '말없는 경찰'이라고 부르지요."

"정말 말을 안 하나?"

"말을 안 하느냐고요? 그럼요! 물어보세요."

"그럴 필요까지야…… 분명 대답을 할 것 같은데."

"아, 정말 재미있네!" 슐츠가 웃으며 큰 소리로 말했다.

"음, 정말 재미있군." 나는 무관심한 척하며 슬쩍 물었다. "이 자리에 세워놓았을 때는 죽은 상태였나, 살아 있는 상태였나?"

"물론 살아 있었지요!"

"그렇다면 얼어죽은 거네."

"나인, 나인—아뇨, 아닙니다. 얘네들은 얼어죽은 게 아니에요! 여길 보세요!" 슐츠가 엉긴 핏덩어리를 가리켰다. 시체 관자놀이에 붉은 얼음 덩어리가 붙어 있었다.

"아하, 정말 재미있군!"

"정말 재미있죠?" 슐츠가 여전히 웃는 목소리로 말했다. "러시아 포로들도 요긴하게 써먹어야죠."

"그만, 제발……" 오이겐 왕자가 낮은 목소리로 말했다. 그가 한 말은 그게 전부였다. "그만, 제발……" 나는 왕자 역시 예의 부드러우면서도 무관심한 듯한 목소리로 이렇게 말해주길 기대했다. '물론, 러시아 포로들도 요긴하게 써먹어야지.' 하지만 그는 아무 말이 없었고, 나는 내가 한 말에 공포와 수치를 느꼈다. 어쩌면 나는 오이겐 왕자가 내 팔을 잡아주길 기대하고 있었는지 모르겠다. 나 자신이 너무도 수치스러웠다. 서글프고도 잔인한 분노 같은 것이 내 가슴을 물어뜯었다.

젖은 땅을 밟는 말발굽 소리와 조용한 말울음 소리가 오크힐 숲 저 안쪽에서 계속 들려왔다. 오이겐 왕자는 눈살을 찌푸린 채 꼼짝 않고 그 소리를 듣고 있었다. 잠시 후 왕자는 자리에서 일어나 말없이 빌라 발데마쇼덴 쪽으로 걸음을 옮겼다. 나는 그의 뒤를 따랐다. 우리는 말없이 그의 서재로 가서 작은 테이블 옆에 앉았다. 테이블에 놓인, 예카테리나 여제 시절 유행했던 투명하면서도 푸른빛이 도는 세련된 러시아 도자기에는 차가 담겨 있었다. 은제 찻주전자와 설탕그릇은 구식 스웨덴산으로 러시아산 파베르제 은그릇처럼 번쩍이지 않고 다소 칙칙한 것이 발트해 연안 국가들에서 많이 쓰는 구식 백랍처럼 어두운 광택이 났다. 말들의 울음소리가 나뭇잎 사이로 사각거리는 바람소리와 뒤섞여 희미하게 들려왔다. 전날 나는 웁살라에 가서 유명한 린네 공원과 옛날 스웨덴 왕들의 무덤을 둘러봤다. 무덤은 로마 아피아 가도(街道) 옆에 있는 호라티우스 삼형제와 쿠리아티우스 형제들의 무덤과 비슷한 대형 흙무덤이었다. 나는 오이겐 왕자에게 옛 스웨덴 사람들이 국왕의 무덤 위에 말을 제물로 바쳤다는 것이 사실이냐고 물어봤다. "때로는 말 무덤 위에서 국왕을 제물로 바치기도 했지." 오이겐 왕자가 대꾸했다. 그러면서 장난스럽게 웃는 품이 마치 '자네가 평정을 되찾아 목소리나 눈빛에 살벌한 기운이 없는 것을 보니 참 다행이야'라고 말하는 듯했다. 바람이 공원 나무들 사이를 뚫고 불어왔다. 나는 말들의 머리가 웁살라의 국왕 무덤 옆 참나무 가지에 매달려 흔들리는 광경을 떠올렸다. 말들의 커다란 눈망울이 행복이나 연민으로 반짝이는 여자들의 눈처럼 촉촉하게 빛나는 모습이 손에 잡힐 듯했다.

"그런 생각 안 해보셨어요?" 내가 물었다. "스웨덴의 풍경은 정말 말 같은 느낌이 들어요."

오이겐 왕자가 웃으며 되물었다. "칼 힐의 말 그림 아나? 제목이 〈해스터〉•지." 그러고는 이렇게 덧붙였다. "칼 힐은 미쳤어. 나무를 녹색의 말이라고 생각했지."

"칼 힐은……" 내가 대답했다. "말을 풍경처럼 그렸습니다. 스웨덴의 자연에는 뭔가 이상한 게 있어요. 말과 같은, 말에게서 느낄 수 있는 어떤 광기 같은 것 말입니다. 말과 같은 온화함, 말과 같은 병적 민감성, 말과 같은 자유롭고 추상적인 상상 같은 게 있지요. 말을 연상시키는 스웨덴 자연의 광기는 근엄하고 짙푸른 거목들은 물론이고 비단처럼 반짝이는 호수와 숲, 섬과 구름, 그리고 멀리 펼쳐진 가슴 탁 트이는 환한 풍경에서도 드러납니다. 백연(白鉛)처럼 투명한 하양, 따스한 선홍, 차가운 청색, 촉촉한 초록, 화사한 청록색이 명징하면서도 묘한 조화를 이루는 풍경입니다. 그러면서도 온갖 색채가 숲이나 풀밭, 수면 위에 오래 머물지 않고 나비처럼 사뿐사뿐 옮겨다니지요. 스웨덴의 풍경을 만져보면 손가락들이 나비날개처럼 느껴집니다. 그 풍경은 말의 털처럼 보드랍습니

• 칼 힐(1849~1911)은 스웨덴 화가이고, 그가 그린 그림 해스터(häster)는 '말들'이란 뜻.

다. 그 풍경은 왁자지껄 사냥이 시작되면 회색빛, 분홍빛 하늘 아래 풀과 잎들이 무성한 곳으로 날쌔게 달려가는 말의 털에서 보이는 색조처럼 다채롭고, 바람처럼 경쾌하고, 빛이 납니다.

저 태양을 보세요. 파란 소나무 숲 위로, 하얀 자작나무 숲 위로, 은빛 호수 위로, 녹색이 감도는 푸른 풀밭 위로 떠오르는 해를 말입니다. 저 해를 보세요. 지평선 위로 떠오르면서 맑고 큰 말의 응시하는 눈망울 같은 빛으로 풍경을 환히 비추지요. 스웨덴 자연에는 뭔가 몽환적인 게 있습니다. 공상과 상상으로 가득한, 말의 눈에서 반짝이는 부드럽고 서정적인 광기 같은 것이죠. 스웨덴 풍경은 질주하는 말 같습니다. 들어보세요." 나는 계속 말했다. "저 나무들 사이로 들려오는 바람의 울음소리. 들어보세요, 저 잎사귀와 풀 사이로 들려오는 바람의 울음소리."

"티볼리의 말들이 바다에서 돌아오고 있군." 오이겐 왕자가 말 울음소리에 귀를 기울이며 말했다.

"얼마 전 경기병 연대 병영 근처에서 열린 장애물 경마에 갔었죠." 내가 말했다. "스톡홀름 파트리트클럽에요. 마술(馬術)경기 마지막 날이라 여러 왕실 연대에서 제일 뛰어난 말들이 나와 기량을 겨루었지요. 말과 나무와 필드에 난 풀, 실내 테니스코트의 칙칙한 회색 벽, 여자 관객들의 가벼운 옷차림, 장교들의 연청색 제복이, 은빛 공간에서 회색, 분홍색, 녹색이 어우러진 드가•의 그림처럼 섬세하고 부드러운 분위기를 자아냈습니다. 마술경기 마지막 날이었습니다. (노를란드 포병 연대 에릭손 중위가 탄 '퓨어러'가 쾨크타렌 경주에서 출발점부터 치고나가 장애를 다 젖히고 완승을 거두었다. 관람객들은 입을 꾹 다물고 바라만 보았다. 자칫 바다 건너 진짜 퓨어러 히틀러에게 스웨덴 침략의 빌미를 주지 않을까 걱정하는 듯이. 그날 경주마 '몰로토프'는 극히 민감한 중립성 문제로 마지막 순간 출전을 포기했다. 괴타 포병 연대 해밀턴 대위가 기수로 올

• 1834~1917. 프랑스의 화가. 무용수와 경주마를 자주 소재로 삼았다.

라탄 몰로토프는 요즘 같은 시국에선 함부로 입에 올리기 거북한 이름이다.▲ 발트해에서 스웨덴 배들이 침몰한 뒤 스웨덴과 소련은 위태위태한 긴장상황인데다 퓨어러와 몰로토프를 공개적으로 맞붙게 하는 일은 피하자는 생각에서 포기했던 것이리라.) 관중석에 편안히 앉은 이삼백 명은 스톡홀름 상류층으로, 왕자를 중심으로 몰려 있었습니다. 왕자는 등받이 없는 긴 벤치 중앙에 앉았고요. 빨간 파란 노란 녹색 스커트들과 연청색 군복 사이로 외교 사절들의 회색 복장이 눈에 띄었습니다.

잠시 후 경주마 '로커웨이'가 히히힝 하고 크게 울자 필드에 나와 있는 모든 말들이 화답하듯이 울어댔습니다. 로커웨이의 울음소리는 우렁차면서도 달콤하고 부드러운 것이 섹시한 느낌이 들 정도였습니다. 기수는 구스타프 아돌프 왕자 전하셨고요. 이어 다투어 구애를 하는 듯한 장면이 벌어졌습니다. 경기병 연대 중대장 안카르크로나가 탄 배카해스텐, 노를란드 근위 기병 연대 니홀름 중위가 고삐를 잡은 미스 키디, 스베아 포병 연대 니흘렌 중위가 나선 바비안 등이 필드에서 경쾌하게 뛰기 시작했습니다. 그 모습을 왕자는 근엄한 눈으로 지켜보았지요. 그런데 저쪽 나무 울타리 너머와 필드 가장자리, 길 건너편 경기병 연대 조련장에서 모습은 보이지 않지만 말들의 울음소리가 들려왔습니다. 화려한 왕실용 마차를 끄는 말들도 울기 시작했지요. 그렇게 한동안 여기저기서 말 울음소리가 요란했습니다. 이윽고 바람소리, 뚜우 하는 증기선들의 기적소리, 시끄러운 갈매기 울음소리, 나뭇가지들 바스락거리는 소리, 안개비 떨어지는 소리가 점점 커지면서 히히힝 하는 말 울음소리는 잦아들었습니다. 하지만 그 짧은 순간에 저는 정말이지 스웨덴 자연의, 그 가장 순수한 소리를 들은 기분이었습니다. 그것은 말의, 요염한 히히힝 소리, 지극히 여성적인 목소리였습니다."

▲ 이차대전 당시 각축을 벌이던 국가들을 상징한다. 퓨어러(Führer)는 '총통' 또는 '지도자'란 뜻의 독일어, 몰로토프(1890~1986)는 당시 소련의 외무장관, 해밀턴은 흔한 영국식 이름이다.

오이겐 왕자가 한 손을 내게 얹더니 웃으며 애정 어린 목소리로 말했다. "그래도 참 다행이야. 아직 이탈리아로 돌아가지 않아서. 스웨덴에 좀더 있게. 자네가 겪었던 그 모든 고통이 다 나을 거야."

해는 차츰 힘을 잃었다. 밤이면 제비꽃 빛깔의 어스름이 서서히 실내를 가득 채웠다. 나는 점점 더 형언할 수 없는 수치심에 사로잡혔다. 이 전쟁에서 감내했던 그 모든 것에 대해 수치심과 전율을 느꼈다. 나는 핀란드를 드나들 때 늘 그랬듯이 이번에도 잠시 스웨덴에 들렀다. 스웨덴은 능멸과 치욕으로 유린당하고 있는 유럽 한가운데 떠 있는 행복한 섬이었다. 유럽은 기아와 증오와 절망으로 얼룩졌지만 그 섬에서 나는 평온한 삶의 감각을, 인간적 위엄의 감각을 되찾았다. 다시 자유로워진 기분이었다. 하지만 그것은 고통스럽고 잔인한 느낌이었다. 며칠 후면 나는 이탈리아로 떠나야 했다. 스웨덴을 뒤로 하고 독일을 지나야 한다는 생각, 증오와 공포로 일그러지고 병적인 근심에 휩싸인 독일인들의 얼굴을 다시 보아야 한다는 생각에 나는 심한 역겨움과 수치심을 느꼈다. 며칠 후면 이탈리아인들의 얼굴도 다시 보게 될 것이었다. 겁에 질리고, 굶주림으로 허옇게 뜬 이탈리아 동포들의 얼굴…… 나는 그 얼굴들에 감춰진 고통 속에서, 군중의 눈 속에서, 전차에서, 버스에서, 카페와 길거리에서, 벽에 붙은 무솔리니의 거대한 초상화 아래에서, 쇼윈도에서, 그리고 겁먹은 눈에 거짓을 말하는 주둥이가 달린 퉁퉁하고 허연 머리통 밑에서 나 자신을 보게 될 것이었다. 이런 생각을 하자 점점 더 연민과 역겨움이 밀려왔다.

오이겐 왕자는 말없이 나를 응시했다. 내가 속으로 무슨 생각을 하는지, 얼마나 마음고생이 심한지 잘 아는 왕자는 상냥하게 이탈리아 얘기로 화제를 돌렸다. 왕자는 로마와 피렌체에 대해, 여러 해 못 만난 이탈리아 친구들의 근황에 대해 물었다. 그리고 잠시 후 피에몬테 왕자•는 요즘 어떻게 지내느냐고 물었다.

하마터면 내 입에서 '머리털이 다 빠지고 있지요'라는 대답이 튀어나올 뻔했다. 그러나 나는 간신히 참고 애써 웃어 보이며 말했다. "로마 근처 아나니에서 시칠리아 수비군을 지휘하고 계십니다."

오이겐 왕자도 웃음 지었지만 내가 심술궂게 말하려 했던 것을 눈치채고 웃은 것은 아니었다. 그는 다시 피에몬테 왕자를 본 지 오래되었느냐고 물었다. "이탈리아를 떠나기 직전에 로마에서 뵀습니다." 여기서도 나는 피에몬테 왕자와 마지막으로 만났을 때 참으로 서글프고 안타까웠다고 말할 뻔했다. 그 당당하고 웃음 넘치던 젊은 왕자가 몇 년 사이 슬프고도 초라해 보이는 불쌍한 남자로 변해버렸기 때문이다. 그의 얼굴과 두 눈에서 뭔가 겁에 질려 안절부절못하는 듯한 분위기가 느껴졌다. 진심으로 남에게 잘해주는 상냥한 자세도 더는 볼 수 없었다. 미소마저도 초라하고 불안해 보였다. 그런 의기소침한 모습을 나는 전쟁 발발 직전인 어느 날 카프리 섬의 유명 레스토랑 '춤 카터 히디가이가이'에서 피에몬테 왕자와 저녁을 함께하면서 이미 간파했다.

피에몬테 왕자와 나는 길에 바로 면한 유리로 덮인 좁다란 테라스에 자리를 잡았다. 옆방에는 치아노 백작부인(무솔리니의 딸)이 데려온 젊은이들이 일요일을 맞아 놀러나온 다혈질의 나폴리 사람들과 뒤섞여 요란스레 춤을 추고 있었다. 왕자는 치아노 백작부인의 졸개들이 모인 테이블과 바를 멍하니 바라봤다. 바에는 작은 무리가 모나 윌리엄스, 노엘 카워드, 에디 비스마르크를 둘러싸고 앉아 있었다.▲ 왕자는 간간이 자리에서 일어나 엘리사베타 모레티, 마리타 굴리엘미(상원의장의 딸), 시프리엔느 샤를 루(바티칸 주재 프랑스 대사의 딸), 에일린 브랑카 백작부인, 롤라

● 1904~83, 이탈리아의 마지막 왕 움베르토 2세가 1946년 5월 즉위하기 전 칭호. 이차대전 때 장성으로 복무했고 1946년 7월 이탈리아가 공화제로 바뀌자 왕좌에서 물러나 포르투갈로 망명했다.

▲ '모나 윌리엄스'는 미국 출신의 사교계 명사이자 당시 패션 아이콘이었고, '노엘 카워드'는 영국의 유명 극작가이자 배우였다. 끝으로 '에디 비스마르크'는 철혈재상 비스마르크의 손자로 모나 윌리엄스의 비서였다가 훗날 남편이 된다.

카에타니 백작부인 같은 여자들에게 살짝 목례를 하고 춤을 청했고, 춤이 끝나면 다시 우리 테이블로 돌아와 손수건으로 땀을 훔쳤다. 그는 웃음을 지었지만 피곤한 기색이 역력하고 뭔가 겁을 먹은 듯한 표정이었다. 왕자는 짧고 꽉 끼는 흰색 리넨 바지에 그해에 가브리엘라 로빌란트 백작부인이 유행시킨 청색 양모 스웨터를 입고 있었다. 그는 재킷을 벗어 의자 등받이에 걸었다. 왕자가 그렇게 무신경한 옷차림을 한 것은 정말 처음 봤다. 그런데 정수리 부위가 허옇게 벗겨져 번쩍이는 것을 보고 놀랍기도 하고 마음이 아팠다. 한가운데를 둥그렇게 파낸 수도승의 머리 같았다. 왕자는 꽤나 늙어 보였다. 목소리도 나이가 들었다. 뭔가 겁먹고 귀에 거슬리게 쉰 목소리였다.

몸짓 하나하나에서, 미소에서, 커다란 검은 눈에서 유약함과 나른함과 권태로움이 느껴졌다. 나는 젊은 왕자에게 서글픈 연민을 느꼈다. 그는 맥이 쭉 빠진 듯 의기소침했고, 무기력한 체념이 느껴졌다. 그는 너무 초라하게 늙었다. 우리 이탈리아인 모두가 너무 일찍 늙어버렸다는 생각이 들었다. 그 유약함과 나른함과 권태로움 탓에 그의 몸짓은 활기를 잃었고, 우리 모두의 웃음과 표정도 그 나른함에 감염돼버렸다. 이제 이탈리아에 순수한 것, 참으로 젊다고 할 만한 것은 없었다. 젊은 왕자의 주름진 얼굴, 일찍 찾아온 대머리, 푸석푸석한 피부는 거의 천박한 운명의 상징 같았다. 고통스럽고 굴욕적인 생각이 그의 정신을 짓밟고, 노예의 치욕이 그를 타락시켰다. 그는 이제 노예가 돼버린 느낌이었다. 그래서 그도 노예에 불과하다는 생각에 웃음이 나올 지경이었다.

그는 이제 이탈리아를 상징하는 아주르의 왕자, 하늘색 왕자가 더이상 아니었다. 토리노 거리를 활보하며 늠름한 붉은 입술로 따뜻한 미소를 짓던, 토리노 귀족들의 초청을 받아 왕자비와 손을 잡고 친구들 집에 찾아가 저녁도 먹고 춤도 추던 매력적인 남자가 아니었다. 그 당시 왕자 내외는 매력이 철철 넘치는 커플이었다. 그 화사한 자태는 보는 이들을 즐겁게 했다. 왕자로서는 꽉 끼는 결혼반지가 좀 불편했겠지만 왕자비는 동석한 젊은 여자들을 수줍으면서도 뾰로통한 눈길로 응시했다. 잠자코 있는 그녀의 모습은 우아했지만 '혹시 내 신랑이……' 하는 질투심을 완전히 감출 수는 없었다.

피에몬테 왕자비는 지난번 마지막으로 봤을 때 이미 우울하고 의기소침했다. 토리노의 무도회장에서 처음 만났을 때와 너무도 달랐다. 그때 새하얀 드레스를 입고 나온 그녀의 모습은 사랑스럽고 눈부셨다. 왕자와 결혼식을 올리고 나서 이탈리아에서 처음 참석한 무도회였다. 그녀가 등장하자 우리는 신비한 이미지에 홀린 것처럼 넋을 잃었었다. 그런데 지금은 피렌체에서, 해변 휴양도시 포르테 데이 마르미에서 만나곤 했던 그녀와 너무도 달랐다. 카프리 섬에서 만났을 때 나는 바위 뒤나, 파랄리오니 섬이 보이는 마리나 피콜로 해변 작은 동굴에 숨어 있다 갑자기 튀어나가 왕자비를 놀래주곤 했다. 그랬던 그녀에게 이제 뭔가 굴욕 같은 것이 느껴졌다.

사실 그런 낌새를 챈 것은 몇 년 전 프랑스 휴양지 코트다쥐르에서였다. 어느 날 밤 나는 몇몇 친구와 몬테카를로 비치 테라스에 있는 수영장 근처에 앉아 있었다. 노천극장 무대에서는 뉴욕 출신의 유명한 코러스걸 팀이 짧은 장식치마를 걸치고 허연 다리를 리드미컬하게 들었다내렸다 하고 있었다. 밤 날씨는 따스했다. 멀리 암초까지 뻗은 바다는 조는 듯 잔잔했다. 자정께 피에몬테 왕자비가 나타났다. 왕실 친척 그레고리오 칼비 디 베르골로 백작이 수행하고서. 그런데 잠시 후 왕자비가 칼비 백작을 우리한테 보내어 합석을 청했다. 왕자비는 말이 없었다. 이상하다 싶으리만치 공연을 예의주시했다. 오케스트라는 미국영화 주제가 〈스토미 웨더〉와 〈싱잉 인 더 레인〉을 연주하고 있었다. 얼마 후 왕자비는 날 돌아보며 언제 이탈리아로 돌아갈 거냐고 물었다. 나는 상황이 바뀌지 않는 한 절대 이탈리아로 돌아가지 않을 것이라고 답했다. 그녀는 말없이 한참 동안 서글픈 표정으로 나를 바라봤다.

"생각나세요, 방스•에서 그날 밤?" 왕자비가 뜬금없이 내게 물었다.

(며칠 전 나는 방스에 갔었다. D. H. 로런스의 프랑스어 번역자인 로제 코르나즈의 부탁으로 두 미국인 아가씨에게 안부를 전하기 위해서였다. 당시 코트다쥐르에서 '신성한 춤'이라는 공연으로 유명했던 두 미국인 댄서는 오래된 작은 집에 단둘이 살고 있었다. 매우 가난했지만 겉으론 행복해 보였다. 어린 쪽은 프랑스어로 시를 쓰던 영국 여성 르네 비비앙(1877~1909)을 닮았다. 두 아가씨는 내게 그날 저녁 왕자비를 맞을 채비를 하고 있다고 했다. 먼지투성이 커튼 뒤에 숨은 어린 아가씨가 춤출 준비를 하고, 동료 아가씨가 레코드판을 고르고 축음기를 돌리는 사이, 피에몬테 왕자비가 그레고리오 칼비와 몇몇 인사를 대동하고 나타났다. 처음에 나는 그녀의 모습에서 어떤 변화도 알아채지 못했다. 하지만 차츰 뭔가 맥이 빠져 있다는 것, 굴욕을 당한 듯한 모습이라는 것을 알게 됐다. 르네 비비앙을 닮은 아가씨가 조명도 신통찮은 방에서 춤을 추기 시작했다. 실내는 천장이 낮은 동굴 같았고, 좁디좁은 나뭇바닥 무대는 천과 종이로 얼기설기 장식을 해놓은 상태였다. 봐주기 안쓰러운 춤이지만 구식 스타일이 나름으로 유쾌했다. "고대 희랍 여성 사포의 시에서 영감을 받은 춤"이라고 손위 아가씨가 설명을 했다. 처음에는 댄서가 순수한 열정에 불타는 것처럼 보였다. 그 맑은 눈에 퍼런 불꽃이 너울거렸다. 하지만 잠시 후부터 댄서는 피곤하고 지루해하는 모습을 보였다. 나이 많은 아가씨는 애정 어린 눈길로 친구를 바라보면서도 똑바로 하라고 다그치는 듯한 표정을 지어보였다. 그러면서 피에몬테 왕자비에게 조곤조곤한 목소리로 '신성한 춤'이 어떻고, 플라톤이 어떻고, 아프로디테 상이 어떻고 하며 이런저런 설명을 늘어놓았다. 자주색 새틴으로 만든 종 모양의 전등갓을 뒤집어쓴 램프 두 개가 불그레한 빛을 내뿜는 가운데 댄서는 작은 무대를 천천히 오가며 허스키한 축음기 리듬에 맞춰 이쪽 다리를 들었다 저쪽 다리를 내렸다 하면서 중간중간 두 팔

• 프랑스 남부의 중세풍 도시. 예술가들이 많이 사는 것으로 유명하다.

을 번쩍 쳐들어 머리를 부여잡다가 다시 허리로 쭉 내리뻗었다. 그러다 갑자기 동작을 멈추고 꾸벅 인사를 하더니 어린애처럼 "아이, 힘들어" 하고는 무대 구석에 놓인 방석에 털썩 주저앉았다. 동료 아가씨는 댄서를 끌어안고 "프티 셰리—오, 내 사랑" 하고 소리치면서 왕자비를 보며 말했다. "정말 잘하지 않아요?")

"그날 밤 그 미국 아가씨가 춤추는 걸 보면서 내가 무슨 생각 했는지 알아요?" 왕자비가 내게 물었다. "춤사위가 순수하지 않다는 생각을 했어요. 육감적이라거나 점잖지 못하다는 뜻이 아니에요. 내 말은 춤사위가 너무 자신만만하다는 거예요. 순수하지 않다는 거지요. 그런 질문을 스스로에게 하곤 해요. '요새는 순수한 게 왜 그리 어려울까……' 우리는 좀더 겸손해져야 한다고 생각지 않으세요?"

"제 생각엔 미국 아가씨 춤 얘기는 그저 빌미 같군요. 하고 싶은 말씀이 따로 있으시겠지요."

"네. 딴 생각을 하고 있을지도 몰라요." 왕자비는 잠시 침묵하더니 똑같은 질문을 되풀이했다. "우리는 좀더 겸손해져야 한다고 생각지 않으세요?"

"좀더 위엄을 갖추고 자부심을 가져야겠죠. 하지만 맞는 말씀일 겁니다. 겸손만이 우리를, 곤두박질친 굴욕에서 구해낼 수 있을 테니까요."

"내 말이 바로 그 말이에요." 피에몬테 왕자비는 이렇게 말하면서 고개를 떨어뜨렸다. "우리는 자부심이라는 병을 앓고 있어요. 그리고 자부심은 우릴 굴욕에서 구해내기에는 충분치 않지요. 우리의 행동, 우리의 생각이 순수하지 않은 겁니다." 그녀가 계속 말을 이었다. 몇 달 전 토리노 왕궁에서 소수의 친구와 전문가들을 불러놓고 몬테베르디의 오페라 〈오르페우스〉를 공연했는데 마지막 순간 수치심이 밀려왔다고. 자신의 의도가 순수하지 않은 것 같은 느낌, 너무 자신감 넘치는 몸짓을 한 것 같은 느낌이 들었다는 것이다. 나는 이렇게 말했다.

"저도 그날 공연장에 있었습니다. 조금 불편했습니다. 왜 그런지는 몰랐죠. 아마 지금 이탈리아에서는 몬테베르디조차 거짓으로 들릴 겁니다. 하지만 유감스러운 건 왕자비께서 수치심을 본인의 취향과 지성에 어울리지 않는 일에 낭비하고 계시다는 겁니다. 우리 모두가 얼굴을 붉힐 만한 일이 많이 있습니다. 왕자비께서도 그렇고요."

이런 내 말에 피에몬테 왕자비는 매우 당혹해하는 듯했다. 얼굴이 다소 붉어졌다. 왕자비한테 그런 식의 언사를 한 것이 후회스러웠다. 고귀하신 분께 무례를 범한 게 아닌지 걱정스러웠다. 하지만 잠시 후 왕자비는 온화한 목소리로 "어쩌면 내일 아침이 될지 모르겠는데, 방스에 가서 로런스의 무덤을 둘러봐야겠어요"라고 말했다. (로런스의 『채털리 부인의 사랑』은 당시 많이들 읽고 논란을 벌인 작품이었다.) 그래서 나는 지난번에 그 무덤에 가봤던 얘기를 해줬다. 방스에 도착했을 때는 밤이 벌써 깊었다. 공동묘지는 문을 닫은 뒤였다. 관리인은 잠들어 있었다. 그는 도저히 못 일어나겠는지 "묘지도 밤에는 자야지요"라고 했다. 나는 얼굴을 묘지 정문 창살에 바짝 붙이고 교교한 달빛 아래 단순 소박한 무덤에 알록달록한 조약돌로 피닉스(불사조)를 모자이크한 묘비를 열심히 찾았다. 로런스는 묘비에 불사조를 새겨달라고 했었다.

"로런스가 순수한 사람이었다고 생각하세요?" 피에몬테 왕자비가 나를 보며 물었다.

"그는 자유인이었습니다." 내가 답했다.

나중에 작별인사를 하면서 왕자비가 말했다. 그 나직하고 서글픈 목소리가 영 마음에 걸렸다. "왜 이탈리아로 돌아가지 않으세요? 책망이라 생각하진 마세요. 친구의 조언이니까."

내가 이탈리아로 돌아간 것은 이 년 뒤였다. 나는 바로 체포되어 레지나 코엘리 교도소에 수감됐고, 저들은 재판도 없이 오 년 징역을 때렸다. 감옥에 있으면서 나는 피에몬테 왕자비가 이미 이탈리아 국민의 불행의 희생자가 되었다는 생각을, 모두가 노예가 되는 상황 탓에 치욕을 겪고 있다는 생각을 했다. 그러면서도 나는 그녀에게 감사했다. 그때 그 목소리에서 뭔가 안쓰러워하는 연민 같은 것을 느낄 수 있었기 때문이다.

마지막으로 왕자비를 만난 것은 얼마 전 공습 직후 나폴리역 대합실에서였다. 부상자들이 역사의 천장 아래 들것에 일렬로 누워 앰뷸런스를 기다리고 있었다. 죽은 사람처럼 창백한 피에몬테 왕자비의 낯빛에는 고뇌가 서려 있었다. 그것은 단순한 고뇌가 아니라 훨씬 더 깊고 비밀스러운 무엇이었다. 그녀는 전보다 더 말랐다. 눈 밑에는 다크서클이 뚜렷했고, 양 관자놀이에는 주름이 자글자글한 것이 허연 문신을 새긴 것처럼 보였다. 피에몬테 왕자와 결혼식을 올리고 나서 며칠 후 토리노에 처음 왔을 때 발산되던 그 순수한 광채는 이제 다 사라졌다. 움직임은 한결 느려졌고, 표정은 훨씬 심각해졌다. 이상할 정도로 시들어버린 느낌이었다. 그녀는 나를 알아보고는 하던 일을 멈추고 인사를 건네며 어디서 오는 길이냐고 물었다.

"핀란드에서요."

그녀는 나를 보며 말했다. "근데, 다 잘될 거예요. 우리 국민은 놀라운 국민이니까요."

나는 웃음이 나와 하마터면 '전쟁은 벌써 졌습니다. 우리 모두가 전쟁에서 졌다고요, 왕자비도 마찬가지입니다'라고 대꾸할 뻔했다. 하지만 아무 말도 하지 않고 "우리 국민은 지금 아주 불행합니다"라고만 했다. 왕자비는 다시 불안한 발걸음을 천천히 옮겨 군중 속으로 돌아갔다.

이 모든 이야기를 나는 오이겐 왕자에게 털어놓을 뻔했다. 하지만 꾹 참고 젊은 시절 피에몬테 왕자 내외의 모습만 생각하며 옅은 웃음을 지었다.

"이탈리아인들은 두 분을 아주 좋아하지 않소?" 오이겐 왕자가 물었다. 그러고는 "아주 좋아한다"는 내 대답이 끝나기도 전에(달리 답변할 뻔했지만 차마 그러지 못했다) "움베르토한테 온 편지가 많은데(분명 '움베르토'라 했다) 나중에 출판할 생각으로 차례로 정리중"이라 했다. 전 전임국왕 움베르토 1세(1844~1900)를 말하는 건지 피에몬테 왕자 움베르토를 말하는 건지 헷갈렸다. 잠시 후 오이겐 왕자는 이탈리아어 움베르토에 'h'가 있느냐고 물었다.

"h는 없습니다." 나는 피에몬테 왕자도 우리 모두와 마찬가지로 노예라는 생각에 허탈한 웃음이 나왔다. 왕관을 쓰고 가슴에 메달과 십자훈장을 주렁주렁 단 불쌍한 노예…… 나는 그 역시 노예라는 생각이 들었고, 그래서 웃음이 났다. 그렇게 웃는 내가 부끄러웠지만 나는 여전히 웃고 있었다.

잠시 후 오이겐 왕자의 시선이 천천히 벽에 걸린 캔버스로 향했다. 〈파발콩〉, 즉 '발코니에서'라는 유명한 그림이었다. 오이겐 왕자가 젊은 시절, 그러니까 1888년경 파리에 살 때 그린 작품이다. 프리헤리나 셀싱이라는 젊은 여자가 에트왈 광장으로 올라가는 대로에 면한 발코니 난간에서 거리를 내려다보고 있다. 청록색이 도는 갈색 셔츠와 마네나 르누아르 그림에 나오는 여자들이 쓰는 것 같은 작은 모자 밑으로 흘러내린 금발머리가 옅은 분홍색 가옥들과 촉촉한 초록색 가로수가 어우러진 배경과 대조를 이루면서 도드라져 보인다. 마차가 발코니 아래로 지나가고 있다. 말 한 필이 끄는 까만 덮개의 이륜마차였다. 위에서 보면 말은 나무로 만든 것처럼 보인다. 빳빳하고 여윈 말은 매력적이고 우아한 파리의 거리에 비하면 무언가 아이 장난감 같은 분위기가 느껴진다. 에트왈에서 내려오는 다인승 마차를 끄는 말들은 마로니에 잎사귀처럼 광택이 나는 래커를 방금 칠한 것 같다. (마치 그 지방 특유의 나무와 집, 길 위로 펼쳐진 하늘과 절묘한 조화를 이루는 시골 장날의 회전목마 같았다. 그리고 그 하늘은 아직 베를렌(1844~96)의 하늘이었지만 한편으론 벌써 프루스트(1871~1922)의 하늘이었다.)

"파리는 그때 젊음이 넘쳤지." 오이겐 왕자가 캔버스로 다가가며 말했다. 그는 발코니에서 바깥을 내다보는 프리헤리나 셀싱을 물끄러미 쳐다보면서 온화하지만 내키지 않는 목소리로 자신이 겪었던 젊은 파리에 대해, 퓌비 드샤반에 대해, 화가 친구인 소른, 발베리, 세더스트룀, 아르세니우스, 웨네베리에 대해, 그리고 그 행복했던 시절에 대해 이야기했다. "파리는 그때 젊음이 넘쳤지." 그때의 파리는 마담 드 모리앵발•의 파리였고, 마담 드 생퇴베르트와 뤽상부르 공작부인과 마담 드 캉브레메와 젊은 보제르장 후작과 프루스트의 여신들의 파리였다. "프로퐁되르 뒤 파르테르 드 푀이유 인위맹 호리존토 에 스플랑디드"—슬쩍 쳐다보는 것만으로도 객석 저 끝까지 잔인한 불길이 타오르게 만드는 여신들, "블랑셰 데이테"—그 하얀 여신들이 "플뢰르 블랑셰"—하얀 꽃 같은, "뒤베테 코묑 엘"—날개처럼 솜털 보송보송한, "알라 푸아 플륌 에 코롤"—깃털 같기도 하고 꽃 같기도 한 의상을 걸치고 "앵시 퀘 세르탕 플로래종 마린"—바닷말처럼 하늘하늘한 자태를 뽐내고 있었다. 여신들은 짐짓 섬약한 척하면서 메리메와 메약처럼 세련된 말투로 경마클럽에 모인 사교계 신사들과 대화를 나눴다. 라신의 비극 『페드르』 같은 분위기였다.▲ (그때의 파리는 팔랑시 후작의, 칸막이 친 특등석에서 수족관 유리벽으로 물고기를 들여다보듯이 외눈안경을 걸치고 객석 여기저기를 내려다보던 그 팔랑시 후작의 파리였다. 그때의 파리는 또 테르트르 광장의 파리였고, 몽파르나스 초기 카페들의 파리, 클로즈리 데 릴라의 파리, 툴루즈로트레크의 파리, 라 굴뤼와 르 데조 씨의 파리였다.■)

나는 하마터면 오이겐 왕자의 말을 끊고 게르망트 공작이 특등석 자리로 들어가면서 "손짓을 해가며 작은 동굴바닥에 둥둥 떠다니는 신성한 바다 괴물들에게 자리에 앉으라고 명령하는" 모습을 보았느냐고 물을 뻔했다. 그만큼 '디아나 여신처럼 아름답고 우아한 여자들' 얘기, 스완과 샤를뤼 남작의 '모호한 언어'를 구사하는 멋쟁이 남자들 얘기가 듣고 싶었다. 줄곧 내 입술을 맴돌던 그 질문을 하려는 순간, 떨리는 목소리로 "게

• 이하 인명은 모두 『잃어버린 시간을 찾아서』에 나오는 등장인물이다.

▲ 메리메와 메약은 19세기, 라신은 17세기, 모두 프랑스 극작가.

■ '클로즈리 데 릴라'는 당시 예술가들이 즐겨 찾던 레스토랑, 툴루즈로트레크(1864~1901)는 '라 굴뤼'와 '르 데조' 같은 유명 캉캉 댄서들을 비롯한 파리의 카바레 풍경을 그린 화가였다.

르망트 공작부인은 물론 만나보셨겠죠?" 하고 물어보려는 순간, 오이겐 왕자는 돌아서서 피곤한 석양빛에 얼굴을 내맡겼다. 그는 캔버스에서 저만큼 물러났다. '게르망트 쪽'•의 그 따스한 금빛 그림자에 숨어 있다가 바깥으로 나가버린 것 같았다. 수족관 유리 뒤에 숨어 있다가 '신성한 바다 괴물'처럼 슬며시 모습을 드러낸 것 같았다. 오이겐 왕자는 응접실 한 구석, 프리헤리나 셀싱의 발코니에서 제일 멀리 떨어진 곳에 있는 안락의자에 앉더니 파리 얘기를 하기 시작했다. 화가인 그의 눈에 파리는 오로지 색채로 비친 것 같았다. 파리는 기억이며 색채에 대한 갈망이었다. 그 선명했던 파리의 분홍색과 회색과 녹색과 청색은 이제 희미해졌다. 어쩌면 그에게 파리는 무언의 색채, 소리 없는 색채였을 것이다. 시각적 기억으로 남은 젊은 파리의 풍경들은 소리는 다 떨어져나가고 이제 그의 기억 속에서만 살아 움직이며 환히 밝아졌다가 다시 "저 먼 태곳적 날개 달린 괴물들처럼" 훌쩍 날아가버렸다. 그 먼 젊은 시절 파리의 풍경들은 눈앞에서 아무 소리도 없이 산산이 부서졌다. 그러나 젊은 날 행복했던 세계는 그렇게 파괴됐지만 천박한 소음이 적막의 순결함까지 더럽힌 것은 아니었다.

오이겐 왕자의 얘기를 들으면서 그 찬란했던 시절의 풍경과 소리에 빠졌던 나는 마법에서 벗어나려는 듯 애써 눈을 치켜뜨고 공원 나무들 너머로 늘어선, 피곤한 석양빛에 물든 스톡홀름의 집들을 바라봤다. 파란 하늘이 천천히 밤의 어둠에 잠기는 것이 보였다. 파리의 하늘과 비슷했다. 나는 멀리 왕궁과 구시가의 교회들을 내려다봤다. 프루스트가 말한 '파란 포장지' 같은 하늘이었다. 파리 시절 나는 도핀 광장 옆에 있는 집 유리창으로 그 하늘을 내다보곤 했다. '센 강 좌안'에 삐죽삐죽 솟은 지붕들 위로, 생샤펠 성당 첨탑 위로, 센 강의 다리들 위로, 루브르박물관 위로 파란 포장지 같은 하늘이 펼쳐져 있었다. 그늘진 슬레이트 지붕 색깔

• 프루스트의 『잃어버린 시간을 찾아서』 전7권 중 세번째 권 제목. 1920년 출간됐다.

과 미묘한 조화를 이루는 그 연한 자줏빛 구름과 불타는 듯한 분홍색 구름, 회색이 번진 파란 구름들이 내 마음을 달콤하게 사로잡았다. 오이겐 왕자의 얘기를 들으면서 나는 왕자도 『게르망트 쪽』에 나오는 등장인물일지 모른다는 생각을 했다. 그렇다면 아마도 화가인 엘스티르를 연상시키는 인물일 것이다. 줄곧 내 입술을 맴돌던 그 물음을 내뱉으려는 순간, 떨리는 목소리로 그녀에 대해, 게르망트 부인에 대해 이야기해달라고 부탁을 하려는 순간, 오이겐 왕자는 입을 다물었다. 왕자는 눈을 지그시 감고 젊은 시절의 풍경들을 기억해내려는 듯 한참을 그렇게 말없이 있다가 내게 전쟁이 터진 뒤로 파리에 가본 적이 있느냐고 물었다.

나는 별로 대답하고 싶지 않았다. 답변이 내키지 않는다는 게 일종의 고통이었다. 나는 파리에 대해, 나의 젊은 시절 파리에 대해 말하고 싶지 않았다. 그래서 고개를 가로저었다. 나는 천천히 고개를 저으면서 왕자를 바라보며 말했다. "아니요, 전쟁 이후로는 파리에 가본 적 없습니다. 저는 전쟁이 계속되는 한 파리에 돌아가고 싶지 않습니다."

젊었던 파리의 아프고도 사랑스러운 풍경들이 오이겐 왕자와 게르망트 부인의 더 오래된 파리 풍경들과 겹쳐졌다. 내가 살던 파리는 어쩌면 더 어지럽고, 더 불안하고, 더 슬펐을 것이다. 카페 유리창 밖 안개 속에서 행인들의 얼굴이 언뜻언뜻 모습을 드러내는 것처럼, 내 기억 속에서 알베르틴, 오데트, 로베르 드 생 루의 얼굴이, 알코올과 수면부족과 관능으로 얼룩진 표시를 이마에 달고 있는 젊은이들의 모습이 떠올랐다. 스완과 샤를뤼 남작의 어깨 뒤로 보이는 퍼렇고 뿌연 형상들은 아폴리네르, 마티스, 피카소, 헤밍웨이, 폴 엘뤼아르의 유령이었다.▲

"유럽에서 가는 도시마다 독일군을 봤습니다. 파리에서까지 독일군을 보고 싶은 생각은 없습니다."

오이겐 왕자는 고개를 떨구며 아득하게 말했다. "아아, 파리!"

▲ 이들은 1920년대를 전후로 파리에서 활동했던 예술가들이다.

왕자는 갑자기 다시 얼굴을 들고 응접실 끝으로 건너가 프리헤리나 셀싱의 초상 앞에 섰다. 젊은 여인이 발코니에 기댄 채 가을비에 젖은 거리를 내려다보고 있다. 말들이 첫 가을햇살에 물든 푸른 나무 밑에서 머리를 흔들며 마차를 끄는 모습을 바라본다. 오이겐 왕자는 캔버스에 손을 대고 창백하고 긴 손가락으로 집들과 지붕들과 나뭇잎 위로 펼쳐진 하늘을 살살 어루만졌다. 그는 파리의 공기를, 파리의 색채를 애무했다. 그 분홍빛과 잿빛, 푸르고 파란 색조들은 다소 바랬지만 순수하고 투명한 파리의 빛은 여전했다. 왕자는 돌아서서 나를 보며 미소를 머금었다. 두 눈은 눈물로 젖어 있었다. 눈물 한 방울이 뺨을 타고 천천히 흘러내렸다. 오이겐 왕자는 급히 눈물을 훔치더니 미소 띤 얼굴로 말했다.

"악셀 문테한테는 아무 말 말게. 그 친구, 못된 늙은이거든. 동네방네 떠들고 다닐 거야. 내가 우는 걸 봤다고."

2장

말들의 고향

햇빛은 젊음을 잃어가고 있었다. 얼마 전까지만 해도 쾌청한 여름날이 유령처럼 끝없이 계속됐고 일출도 일몰도 없었다. 그러나 이제 한낮의 얼굴에는 이미 주름이 잡혔고 저녁이 조금씩 어둠을 들이밀었다. 아직 훤한 빛을 머금고 있긴 하지만 검은 어둠이 나타난 것은 처음이었다. 나무와 바위와 집들과 구름은 다가오는 밤을 예감하며 푸근한 가을 풍경 속으로 서서히 녹아들었다. 엘리아스 마르틴•의 풍경화 그대로였다.

갑자기 티볼리의 말들이 우는 소리가 들려, 나는 오이겐 왕자에게 말했다. "우크라이나 알렉산드로프스카에서 본 죽은 암말의 소리 같네요. 그 죽은 암말 소리……"

날은 벌써 어두워지고 있었다. 간간이 소련 파르티잔(유격대)들의 총소리가 지평선 저 멀리 먼지 바람에 펄럭이는 거대한 붉은 깃발 같은 석양

• 1739~1818. 스웨덴 최초의 풍경화가.

을 날카롭게 흔들었다. 이제 네미로프스코예까지 몇 킬로미터 남지 않았다. 거기서 우크라이나의 발타는 그리 멀지 않았다. 때는 1941년 여름이었다. 원래는 네미로프스코예까지 가서 안전하게 하룻밤 묵을 생각이었다. 하지만 날이 일찍 어두워져 주민들이 다 떠난 마을에서 잠시 눈을 붙이기로 했다. 마을 주변은 드니에스테르 강과 드네프르 강 사이 거대한 평원을 북에서 남으로 파고들어온 계곡이었다.

마을 이름은 알렉산드로프스카였다. 러시아의 농촌 마을들은 다 비슷비슷하다. 이름도 그렇다. 발타 일대에는 알렉산드로프스카라는 이름의 마을이 많다. 하나는 발타에서 서쪽으로 이십칠 킬로미터 떨어진 지점에 있고, 또하나는 남쪽으로 십칠 킬로미터 떨어진 곳에 있다. 또다른 알렉산드로프스카는 페데리모바 서쪽 오데사 가는 길에 있는데, 오데사에는 전차가 다닌다. 그리고 네번째는 페데리모바에서 다시 십사 킬로미터쯤 떨어진 지점에 있다. 당시에 하룻밤을 묵으려고 들른 알렉산드로프스카는 네미로프스코예에서 가까운 코디마 강변에 있는 마을이었다.

몰고 온 차(낡은 포드였다)는 꽤 잘사는 듯한 집 과수원 울타리에서 가까운 길가에 두었다. 나무대문 옆에는 죽은 말의 사체가 널브러져 있었다. 나는 잠시 그 자리에 서서 썩어가는 사체를 들여다보였다. 멋진 암말이었다. 몸은 적갈색이고 기다란 갈기는 노랬다. 옆으로 누운 녀석의 뒷다리는 웅덩이에 잠겨 있었다. 대문을 열고 과수원을 지나 농가 출입문을 몸으로 밀치자 문이 끼이익 하고 열렸다. 주인이 떠난 지 오래된 집이었다. 마룻바닥에는 종이며 밀짚, 신문, 옷가지 들이 어지럽게 널려 있었다. 서랍들은 반쯤 열려 있고 찬장도 살짝 열린 상태였다. 침대들은 흐트러진 그대로였다. 분명히 소농이 살던 집은 아니었다. 아마도 부유한 유대인의 집이었을 것이다. 내가 들어가 자려고 한 방의 침대는 매트리스가 찢겨져 있었다. 다행히 유리창은 온전했다. 공기가 후텁지근했다. 폭풍우가 몰려올 것 같아서 나는 창문을 닫았다.

벌써 밤이지만 아직 가시지 않은 희미한 빛 속에서 황금빛 속눈썹을 한 커다랗고 까만 눈 같은 해바라기들이 반짝이고 있었다. 해바라기들은 멀리서 다가오는 비 탓인지 벌써부터 축축해진 바람결에 고개를 까닥이며 나를 응시하고 있었다. 루마니아 기병들이 말에게 물을 먹인 뒤 고삐를 끌고 도로를 따라 걸어가고 있었다. 토실토실한 엉덩이에 노란 갈기가 탐스러운 녀석들이었다. 곳곳에서 모래색 군복들이 어둠을 노르스름하게 물들였다. 폭풍우를 앞둔 답답하고 끈적끈적한 공기에 포획된 거대한 곤충들 같았다. 노란 말들이 뒤를 따라가며 먼지구름을 일으켰다.

배낭에는 아직 빵과 치즈가 좀 남아 있었다. 나는 방 안을 이쪽저쪽 왔다갔다 하다가 빵을 한입 베어 물었다. 부츠는 벗어던진 채 맨발로 단단한 흙바닥을 천천히 걸었다. 크고 새까만 개미들이 줄지어 행군하고 있었다. 개미들이 발 위로 스멀스멀 기어오르는 게 느껴졌다. 녀석들은 발가락 새를 파고드는가 하면 복사뼈까지 올라와 더듬었다. 난 녹초가 된 상태였다. 빵 씹을 힘도 없었다. 턱은 천근만근이고, 이빨도 피곤에 절어 시큰댔다. 난 침대에 몸을 던지고 눈을 감았다. 하지만 잠이 오지 않았다. 간간이 가까이서 또 멀리서 총탄이 밤의 적막을 찢었다. 밀밭과 해바라기 숲에 숨어 있는 파르티잔들이 쏜 총이었다. 밀밭과 해바라기 숲은 키예프 쪽으로, 오데사 쪽으로 광활한 우크라이나 평원을 온통 뒤덮고 있었다. 밤이 깊어지면서 말의 사체에서 풍기는 악취가 풀과 해바라기의 냄새와 뒤섞였다. 잠을 잘 수가 없었다. 침대에 큰대자로 뻗어 눈을 감았지만 영 잠이 오지 않았다. 피곤한 나머지 온 뼈마디가 쑤셔왔다.

갑자기 죽은 암말의 악취가 방까지 밀려들어왔다. 악취는 문지방에서 멈춰 섰다. 악취란 놈이 나를 쳐다봤다. 냄새가 날 응시하는 것 같은 기분이었다. 비몽사몽 '저건 죽은 암말이다'라는 생각이 났다. 방 안 공기는 양털 담요처럼 무거웠다. 곧 닥칠 비바람이 이미 마을 초가지붕들을 세차게 두드려댔다. 나무들과 밀밭에도 세찬 바람이 들이쳤고 길에선 먼지가 휘날렸다. 이따금 시끄러운 강물 소리가 맨발로 풀밭을 터벅터벅 걸어가는 것처럼 들려왔다. 밤은 검은 꿀처럼 까맣고 진하고 끈적끈적했다. '저건 죽은 암말이다'라는 생각이 났다.

저쪽 들판에서 짐수레 바퀴 삐걱거리는 소리가 들렸다. 루마니아와 우크라이나에서 흔히 보는 바퀴가 넷 달린 카루차였다. 마르고 털이 많은 작은 말들이 탄약, 의복, 무기 따위를 실은 카루차를 끌면서 군인들을 따라 끝없이 펼쳐진 우크라이나 평원을 이동하고 있었다. 그 수레바퀴 소리는 저쪽 들판에서 들려온 것이다. 죽은 암말이 저절로 문턱까지 질질 끌려와 나를 응시하고 있다는 생각이 들었다. 어째서 그런 생각이 들었는지 나도 모르겠다. 나는 기진맥진한 상태로 잠에 취해 있었다. 그런데도 그 생각을 떨칠 수가 없었다. 사체가 내뿜는 열기와 악취가 내 방을 질척질척한 시커먼 진흙으로 가득 채우고, 나는 그 속으로 서서히 빠져드는 것 같았다. 빨려들지 않으려 무진 애를 썼지만 점점 기운이 빠졌다. 암말은 죽은 게 아니라 상처를 입었을 뿐이며, 상처들이 곪아터지고 있는 것이란 생각은 또 어떻게 하게 됐는지 모르겠다. 녀석은 벌써 곪아터지고 썩고 있지만 아직 살아 있는 것이, 마치 타타르인•들이 시신에 묶어놓은 포로들 같았다. 시신과 배를 맞대고 얼굴을 맞대고 입을 맞댄 상태에서 포로들은 죽어간다. 시체가 산 자를 잡아먹는 형국이다. 그런 악취가 문가에서 났고 악취는 나를 응시하고 있었다.

불현듯 그 악취가 접근하고 있다는, 천천히 내 침대로 다가오고 있다는 느낌이 들었다. "가, 저리 가!" 나는 루마니아어로 소리쳤다. "메르제! 메르제!" 그러다 러시아 암말일 거란 생각이 들어, 다시 러시아어로 소리쳤다. "파촐! 파촐!" 악취가 멈춰 섰다. 그러나 잠시 후 다시 침대 쪽으로 스멀스멀 다가왔다. 나는 겁에 질렸다. 매트리스 밑에 숨겨둔 자동소총을 들고 벌떡 일어나 손전등을 켰다.

방은 텅 비어 있었다. 문지방에는 아무것도 없었다. 나는 침대에서 뛰쳐나가 맨발로 문으로 다가갔다. 바깥을 내다봤다. 밤은 텅 비어 있었다.

• 러시아에 사는 몽골·투르크계 인종.

과수원으로 나가봤다. 해바라기들이 바람에 출렁거리고 있었다. 멀리 지평선 아래로 폭풍우가 몰려오고 있었다. 그것은 거대한, 고통스럽게 헐떡이는 검은 허파 같았다. 잔뜩 부풀어오르고 속은 텅 빈 거대한 허파 같았다. 하늘이 부풀었다 오그라들었다 하는 것이, 거대한 허파처럼 숨쉬고 있는 것이 보였다. 미로처럼 얽힌 혈관과 기관지 같은 형상이 매캐한 번개의 섬광에 언뜻언뜻 허옇게 모습을 드러냈다. 나는 작은 나무문을 열고 도로로 가봤다. 말의 사체는 웅덩이에 잠긴 채 널브러져 있고, 머리통은 흙먼지 날리는 도로 끝에 놓여 있었다. 주름진 배는 한껏 부풀어올랐지만 부릅뜬 퉁퉁한 눈은 촉촉하게 반짝였다. 먼지투성이의 노란 갈기는 엉긴 피와 진흙이 말라붙어 빳빳하게 곧추서 있었다. 고대 전사들이 쓰던 투구의 갈기 장식 같았다. 나는 길섶에 앉아서 울타리에 어깨를 기댔다. 검은 새 한 마리가 천천히 상공을 선회했다. 금세라도 비가 퍼부을 듯한 기세였다. 돌풍이 하늘을 질주할 때마다 쉬잇 소리와 함께 길가에 흙먼지 구름이 일었다. 티끌들이 얼굴이며 속눈썹을 후비고 개미떼처럼 머리칼에 들러붙었다. 곧 비가 쏟아질 것이다. 나는 농가로 돌아가 침대에 벌러덩 누웠다. 삭신이 쑤시고 온몸이 땀으로 흠뻑 젖었다. 갑자기 잠이 쏟아졌다.

그러다가 다시 사체의 악취가 밀려들어왔다. 놈은 문지방에서 멈춰 섰다. 나는 비몽사몽이었다. 눈은 계속 감은 상태였지만 악취가 날 응시하는 느낌이 들었다. 부드러우면서도 미끈미끈한 악취가 느껴졌다. 짙고 끈적끈적한, 노란색, 녹색으로 얼룩진 냄새였다. 나는 눈을 떴다. 해가 떠오르고 있었다. 뿌윰한 빛이 거미줄처럼 방 안을 휘감았다. 만물이 서서히 어둠에서 벗어나고 있었고, 그 때문에 병목을 억지로 빠져나오는 것처럼 일그러지고 뒤틀려 보였다. 찬장은 문과 창 사이 벽에 기댄 채였다. 아무것도 없는 빈 옷걸이들이 바람에 흔들리고 있었다. 장난 커튼도 펄럭였다. 종이 더미, 지저분한 옷가지, 담배꽁초 같은 것들이 흙바닥에 널려 있었다. 종이들이 바람결에 바스락거렸다.

갑자기 악취가 훅 밀려들어왔다. 그런데 문지방에 어린 망아지 한 마리가 서 있었다. 마른 몸에 털이 많았다. 녀석한테서 부패의 냄새가, 사체의 냄새가 났다. 녀석은 나를 뚫어져라 응시하며 푸르릉, 푸르릉거렸다. 녀석은 침대로 다가오더니 목을 뻗어 킁킁거리면서 나의 냄새를 맡았다. 심한 악취가 났다. 내가 침대에서 내려가려 하자 녀석은 갑자기 돌아서서 옆구리를 찬장에 쿵 부딪치더니 겁먹은 소리로 히히힝 하며 달아나버렸다. 나는 부츠를 신고 녀석을 뒤쫓아 도로로 나갔다. 그 망아지는 죽은 암말 곁에 드러누워 있었다. 녀석은 나를 뚫어져라 바라다봤다. "아스쿨타!—저기요!" 나는 물동이를 들고 지나가는 루마니아 병사를 불러서 망아지를 좀 봐달라고 청했다.

"죽은 암말이 낳은 놈이에요." 병사가 말했다.

"아." 내가 답했다. "죽은 암말이 낳은 놈이군요."

작은 망아지는 나를 뚫어져라 쳐다보며 등을 어미 사체 옆구리에 대고 비볐다. 병사가 다가와 망아지의 목을 쓰다듬어주었다.

"엄마한테서 떼어놓아야 돼요. 여기 있다간 그냥 죽고 말걸요. 그쪽 부대 마스코트로 쓰면 좋을 텐데……" 내가 말했다.

"네, 불쌍한 녀석. 우리 부대에 행운을 가져다줄 겁니다." 병사는 이렇게 말하면서 혁대를 풀어 망아지 목에 고리처럼 끼웠다. 처음에는 녀석이 일어날 생각을 하지 않았다. 그러다가 갑자기 튀어오르며 뒷걸음질치고 히히힝 울면서 죽은 암말 쪽으로 몸을 비틀었다. 병사는 그 녀석을 끌고 숲에 있는 막사로 향했다. 나는 한동안 우두커니 그 광경을 지켜보다가 차로 가서 시동을 걸었다. 그런데 배낭을 깜빡했다. 나는 다시 농가로 돌아가 배낭을 챙기고 대문을 발로 차서 닫은 다음 차를 몰고 네미로프스코예로 향했다.

강물은 뿌윰한 새벽빛에 반짝이고 있었다. 하늘은 잔뜩 찌푸린 것이 겨울하늘 같았다. 강바람이 심했다. 불그레한 먼지구름이 멀리 지평선 위로 불에 타는 연기처럼 낮게 피어올랐다. 물새들이 강기슭 우거진 갈대밭에서 시끄럽게 울고 있었다. 들오리떼가 하늘로 날아오르더니 날갯짓을 하며 천천히 물 위를 지나 살을 에는 아침 추위에 떨고 있는 버드나무 숲으로 사라졌다. 사방에서 썩는 냄새가, 물질이 분해되는 냄새가 코를 찔렀다.

나는 이따금 기다란 루마니아군 짐마차 행렬을 만났다. 군인들은 시끄럽게 잡담을 하거나 웃으며 말을 끌고 걸어가고 있었다. 빵을 담은 자루나 탄약상자, 삽과 괭이를 묶어놓은 다발 위에 드러누워 잠을 자는 병사들도 있었다. 썩어가는 것들에서 나는 악취가 도처에서 피어올랐다. 가끔 강기슭과 모래톱에서 갈대와 버드나무가 흔들렸다. 사람이 다가오자 야생동물이 화들짝 놀라 그 속으로 숨은 것 같았다. 군인들은 "쥐새끼다! 쥐새끼!" 하고 소리치며 어깨에 건 소총을 내려 갈대숲을 향해 쏘았다. 그러자 여기저기서 부녀자와 봉두난발의 소녀들, 긴 외투를 걸친 남자와 어린 소년들이 마구 튀어나왔다. 그들은 엎어지고 넘어지면서 다시 일어나 뛰었다. 집이 있는 인근 마을을 버리고 갈대밭과 버드나무 숲으로 은신한 유대인들이었다.

계속 가다 보니 도로와 강 사이 질퍽한 습지에 소련군 장갑차 한 대가 전복되어 있었다. 포신은 포탑에서 삐죽 나와 있고, 해치는 열린 채 폭발로 뒤틀린 상태였다. 내부에는 진흙이 잔뜩 들어차 있고, 사람 팔 하나가 삐죽 나와 있었다. 그것은 장갑차의 시체였다. 기름과 휘발유, 불에 탄 페인트, 타버린 가죽과 그을린 강철 냄새가 코를 찔렀다. 그것은 이상한 냄새였다. 새로운 냄새, 새로운 전쟁의 새로운 냄새였다. 그 장갑차는 참 안됐지만 죽은 말을 보았을 때의 안쓰러움과 달랐다. 그것은 죽은 기계였다. 썩어가는 기계였다. 그것은 벌써 악취를 내뿜고 있었다. 그것은 진창에 처박힌 쇳덩어리의 시체였다.

나는 차를 세우고 진흙구덩이 옆으로 내려가 장갑차 쪽으로 다가갔다. 삐져나온 전차병의 손을 잡고서 힘껏 당겼다. 온힘을 다해 잡아당기자

팔이 서서히 딸려나왔다. 진흙 속에서 천천히 머리통이 나왔다. 진흙을 뒤집어쓴 공 같았다. 나는 손으로 얼굴의 진흙을 닦아냈다. 손톱으로 오물 덩어리를 긁어내자 까만 속눈썹에 까만 눈을 한 작은 잿빛 얼굴이 내 손아귀에 모습을 드러냈다. 그것은 타타르인, 타타르인 전차병이었다. 나는 그를 장갑차에서 빼내려고 다시 한번 힘껏 잡아당겨 봤지만 곧 포기하고 말았다. 진흙이 더 힘이 셌다. 나는 차로 들어가 다시 저 멀리 평원에서 피어오르는 연기구름을 향해 내달렸다. 그 너머로 거대한 푸른 숲이 아련히 눈에 들어왔다.

그사이 해가 푸른 지평선 위로 떠올랐다. 새들의 노랫소리는 점점 더 우렁차고 활기가 넘쳤다. 햇빛은 주철 같은 호수 표면을 망치로 두드리듯 내리쪼였다. 물비늘이 금속성으로 떨리면서 호수 가장자리로 번져나갔다. 마치 바이올린 소리가 연주자의 팔을 타고 떨리면서 번져나가는 것 같았다. 길가는 물론이고 옥수수밭 여기저기에도 뒤집힌 차량이며 불에 탄 트럭들, 속이 다 드러난 장갑차, 버려진 대포들이 어지럽게 널려 있었다. 하나같이 폭발로 일그러지고 뒤틀린 상태였다. 그러나 어디에도 사람은 보이지 않았다. 살아 있는 것이라곤 하나도 없었다. 사람 시체 하나, 동물 사체 하나 보이지 않았다. 수십수백 킬로미터를 둘러봐도 죽은 쇳덩어리뿐이었다. 기계의 시체들, 수없이 많은 처참한 쇳덩어리의 시체들…… 부패하는 쇳덩어리의 악취가 들판과 호수에서 피어올랐다. 웅덩이 한복판에 처박힌 비행기는 진흙 사이로 조종실만 삐죽 내밀고 있었다. 독일군의 상징인 십자가 문양이 또렷했다. 메서슈미트 전투기였다. 썩는 쇳덩어리의 냄새가 사람과 말들의 냄새를, 구식 전쟁의 냄새를 덮어버렸다. 곡식의 냄새와 강렬한 해바라기의 향기조차 그을린 쇳덩어리, 부패하는 강철, 죽은 기계 덩어리의 매캐한 냄새에 파묻히고 말았다. 대평원 양끝에서 먼지구름이 치솟았지만 밀려오는 바람에도 유기물의 냄새는 없었다. 그저 쇳밥 냄새뿐이었다. 평원 한가운데로 진입해서 네미로프스코에로 다가가는 동안 쇠와 휘발유 냄새는 점점 더 심해졌다. 풀에도 온통 휘발유의 강렬한 냄새가 스며들어 있는 것 같았다. 인간과 동물의 냄새, 나무와 풀과 진흙의 냄새는, 휘발유와 그을린 쇳덩어리의 매캐한 냄새에 압도당하고 말았다.

나는 네미로프스코예를 몇 킬로미터 남겨둔 지점에서 차를 세울 수밖에 없었다. 독일 펠트장다르메리(헌병)가 정차를 명했다. 헌병은 쇠줄에 매단 펠트장다르메리 놋쇠 표찰을 중세 기사 훈장처럼 목에 걸고 있었다. "페어보텐!—진입금지!" 더 가는 것은 불가능했다. "나인! 나인! 나인!—안 돼, 안 돼!" 나는 차를 도로 옆에 있는 수레가 다니는 작은 길로 뺐다. 원래는 네미로프스코예에 최대한 가까이 가서 소련군의 '돌출부'• 를 보려고 했다. 들판에도 도랑에도 마을에도 집단농장 콜호스에도 어김없이 독일군이 우글거렸다. 그리고 모든 곳이 "페어보텐"이었다. 모든 곳이 "추뤼크—돌아가시오"였다. 해가 질 무렵 나는 돌아가기로 마음먹었다. 돌파를 시도하는 것은 시간낭비였다. 발타로 돌아가서 북쪽 키에프로 가보는 게 훨씬 나았다.

나는 한참 차를 몰고 가다가 텅 빈 마을에 잠시 들러 마른 빵과 치즈를 조금 먹었다. 대부분의 가옥이 완전히 불에 탄 상태였다. 뒤로 남서쪽에서 내 등을 향해 대포 소리가 요란하게 울려왔다. 진짜 내 등을 향해 포탄이 날아온 것이다. 한 건물의 정면에 거대한 '낫과 망치'▲가 그려져 있는 게 보였다. 들어가보니 소비에트 사무소였다. 벽에는 거대한 스탈린 초상화가 붙어 있었다. 포스터 밑에는 연필로 "아이우레아!"라고 낙서가 돼 있었다. 루마니아어로 "헛소리!"라는 뜻이다. 포스터 속 스탈린은 고지에 당당하게 서 있는 모습이다. 그 뒤로 장갑차들과 공장 굴뚝들이 보이고 하늘에는 비행기 편대가 날고 있다. 오른쪽에는 붉은 구름을 뚫고 거대한 제강소와 크레인, 철교와 용광로, 커다란 톱니바퀴들이 떼거지로

• 적에게 포위되어 고립된 진지를 뜻하는 군사용어.

▲ 소비에트연방 국기에 그려진 공산주의와 당의 상징.

솟아 있다. 반대편에는 삐죽삐죽한 대형 활자로 "소련의 중공업은 우리 붉은 군대의 무기를 만든다"고 적혀 있다. 그 밑에도 역시 "아이우레아!"라고 낙서가 돼 있다.

나는 종이가 어지럽게 널린 책상에 가서 앉았다. 바닥에도 종이며 옷가지, 책, 선전용 팸플릿 들이 널려 있었다. 나는 죽은 암말이 집 앞에 사지를 뻗고 널브러진 모습을 생각했다. 알렉산드로프스카 마을에서 밤을 보낸 그 집 말이다. 나는 죽은 기계와 쇳덩어리의 시체들이 지천인 동네에서 길가에 누워 있는 그 불쌍하고 외로운 사체를 생각했다. 그을린 쇳덩어리와 휘발유와 썩어가는 강철의 냄새에, 기계들끼리 싸우는 신종 전쟁의 새로운 냄새에 묻혀버린 죽은 암말의 그 불쌍하고 외로운 악취를 생각했다. 나는 톨스토이의 『전쟁과 평화』에 나오는 군인들을, 러시아군과 프랑스군의 시체와 말들의 사체가 널린 러시아의 길들을 생각했다. 나는 죽은 자들과 죽은 동물들의 악취를, 『전쟁과 평화』에서 길가에 산 채로 버려져, 까마귀들의 걸신들린 부리에 희생되는 병사들을 생각했다. 나는 활과 화살로 무장하고 숲에서 갑자기 튀어나와 낙오한 적들을 공포에 떨게 하는 무자비한 타타르 기병들을 생각했다. 나폴레옹의 병사들은 그들 아무르 강의 기병을 레자무르•라고 불렀다. 그들은 지칠 줄 모르는 무적함대였고, 태곳적부터 말과 함께 살아온 고귀한 족속이었다. 그들은 말과 함께 태어나 말과 함께 살고, 말의 고기와 말의 젖을 먹고, 말의 가죽으로 만든 옷을 입고, 말의 가죽으로 만든 텐트에서 잠자고, 말을 탄 상태로 무덤에 묻혔다.

나는 붉은 군대(적군, 소련 공산군)의 타타르인들을 생각했다. 그들은 소련에서도 최고의 기계공이며, 노동자들 중에서도 최고의 우다르니키('돌격' 노동자)이며, 스타하노프운동▲에 몸 바친, 소련 중공업 '돌격대'의 첨병

• les Amours. '아무르인들'이란 말이지만 연인관계에서 애칭으로 쓰는 '사랑'이란 뜻도 된다.

▲ 우크라이나 광부 스타하노프의 이름을 딴 생산성 증대운동. 2차 5개년계획 중 실시됐다.

이다. 나는 적군(赤軍)의 타타르인들을 생각했다. 그들은 최고의 탱크병이며, 기갑사단과 항공부대 최고의 기술자다. 나는 타타르 청년들을 생각했다. 그 청년들은 3차에 걸친 경제개발 5개년계획을 거치면서 말 타는 사람에서 산업노동자로, 말 키우는 족속에서 우다르니키로 변신했고 스탈린그라드, 하르코프, 마그니토고르스크의 제철소에서 맹활약했다.

"헛소리!"라는 뜻의 루마니아어 "아이우레아!"가 스탈린 초상화 밑에 적혀 있었다. 분명 불쌍한 루마니아 농민이 썼을 것이다. 그들은 볼트를 만져본 적도, 너트를 풀거나 엔진을 분해해본 적도 없다. 그런 불쌍한 농민들을 안토네스쿠 원수■가 산업노동자로 구성된 소련의 대군과 맞서 싸우는 전쟁으로 몰아넣은 것이다. 안토네스쿠 휘하 장교들은 그를 '빨간 개'라고 불렀다.

나는 스탈린 초상화로 손을 뻗쳐 "아이우레아!"라고 쓴 부분을 찢어냈다. 바로 그때 마당에서 발소리가 들렸다. 문으로 가보니 루마니아 병사들이 서 있었다. 그들은 내게 몇 시나 됐느냐고 물었다. "여섯시네요." 그들은 "물추메스크—감사합니다"라고 하며 같이 가서 차나 한 잔하자고 했다. 나도 "물추메스크"라고 하고 그들을 따라 마을로 들어갔다. 잠시 후 우리는 일부가 부서진 가옥에 도착했다. 대여섯 명의 다른 군인들이 따뜻하게 맞으면서 앉으라고 하고는 차 한 잔과 루마니아식 닭고기 수프인 초르바 데 푸이 한 사발을 내주었다. 나는 "물추메스크"라고 했다. 우리는 이야기를 시작했다. 병사들은 자기네는 마을에 나와 있는 연락병이며, 사단 본대는 오른쪽으로 십육 킬로미터 떨어진 지점에 있다고 했다. 마을에는 산 사람은 하나도 없었다. 동맹인 독일군이 루마니아군에 앞서 먼저 지나간 것이다.

"독일군들이지." 한 병사가 걸걸한 목소리로 말하자 다른 병사들이 낄낄 웃었다.

■ 1882~1946. 나치 독일군과 함께 1941년 소련을 침공하고 유대인을 집단학살한 루마니아의 독재자.

"독일군이 우리보다 먼저 지나갔어요." 다른 병사가 변명하듯이 같은 말을 되풀이했다. 그들은 초르바 데 푸이를 먹으면서 조용히 웃었다.

"아이우레아!" 내가 말했다.

"정말입니다." 상병이 말했다. "독일군이 우리보다 먼저 지나갔어요. 정말이에요."

"아이우레아!" 내가 말했다.

"돔눌레 카피탄—대위님……" 상병이 말했다. "내 말이 안 믿기면 저 포로한테 물어보세요. 우리는 마을을 파괴하지 않습니다. 우리는 농민을 해치지 않아요. 우리는 유대인만 괴롭힙니다. 정말이라니까요. 거기, 너, 아스쿨타!—고개 들어봐!" 상병이 저쪽 구석으로 고개를 돌리며 소리쳤다. "독일군이 우리보다 먼저 지나간 거 맞지?"

어두운 구석에 한 남자가 벽에 등을 기댄 채 바닥에 앉아 있는 게 보였다. 카키색 군복차림이었다. 박박 깎은 머리에는 노란색 군모를 쓰고 있었다. 그는 맨발이었다. 타타르인…… 얼굴은 작고 여위었으며, 반질거리는 잿빛 피부에 광대뼈가 툭 튀어나왔다. 시선은 멍하니 한곳을 바라보고 있었다. 까만 눈에는 배고픔과 피로가 스며들어 있었다. 그런 눈으로 그는 꼼짝 않고 나를 응시했다. 그는 상병의 질문에는 대답하지 않고, 계속 나를 응시했다.

"어디서 잡았나?" 내가 물었다.

"광장에 버려진 탱크 안에 있었어요. 엔진이 고장난 거죠. 탱크는 움직이지도 못하는데 계속 사격을 했어요. 독일군은 급한 나머지 우리한테 처리를 맡기고 가버렸죠. 안에는 두 놈이 있었습니다. 끝까지 쏘더라고요. 하나는 죽었어요. 우리는 해치를 쇠지레로 뜯어 열었습니다. 저놈은 항복을 거부했어요. 실탄이 한 발도 안 남았는데. 아무 말도 않더군요. 안에 쪼그리고 앉아 안 나오려고 했어요. 또 한 놈 사수는 벌써 죽었고. 저놈은 운전병이에요. 놈은 발타에 있는 사령부로 보내야 합니다. 그런데 지나가는 아군이 없네요. 트럭들은 간선도로로만 다니니까. 벌써 사흘째 개미새끼 하나 안 지나갑니다."
"부츠는 왜 벗겨놓았소?" 내가 물었다.
병사들은 놀리듯 나를 쳐다보며 다시 웃기 시작했다.
"정말 좋은 신발이거든요" 상병이 말했다. "한번 보시죠, 돔눌레 카피탄. 러시아 돼지들이 얼마나 좋은 신발을 신고 있는지 보세요." 상병은 자리에서 일어나더니 배낭을 뒤져 부드러운 가죽으로 된 굽 없는 타타르식 부츠를 꺼냈다. "쟤네는 우리보다 옷도 잘 입어요." 상병이 굽이 다 닳은 자기 신발과 해진 바지를 가리키며 말했다.
"그쪽보다 좋은 나라라는 의미지." 내가 말했다.
"저 돼지들은 나라가 없어요." 상병이 말했다. "저놈들은 짐승이나 마찬가지예요."
"저 짐승들한테도 나라가 있지." 내가 대답했다. "우리보다 훨씬 더 좋은 나라예요. 루마니아라는 나라나 독일이라는 나라, 이탈리아라는 나라보다 더 좋지."
병사들은 물끄러미 나를 쳐다봤다. 그들은 내 말이 무슨 말인지 몰랐다. 그들은 나를 보며 말없이 초르바 데 푸이에 동동 뜬 고깃점을 씹었다. 이윽고 상병이 거북한 표정으로 말했다. "이런 부츠는 최소한 이천 레이(루마니아 화폐 단위)는 하죠."
병사들은 고개를 가로저으며 입술을 오므렸다. "그럼요." 한 병사가 말했다. "저런 부츠는 줄잡아도 이천 레이는 해요." 그러자 병사들은 다시 고개를 가로저으며 입술을 굳게 다물었다. 그들은 루마니아 농민이었고, 루마니아 농민들은 동물이 무엇인지 모른다. 그들은 동물도 나라가 있다는 것을 모른다. 그들은 기계가 뭔지 모른다. 기계도 나라가 있다는 것을, 부츠도 나라가 있다는 것을, 우리보다 훨씬 더 좋은 나라가 있다는 것을 모른다. 그들은 농민이다. 그런데 농민이라는 게 무엇을 의미하는지조차 모른다. 브라티아누법•은 토지를 말에게 주고, 소에게 주고, 양에게 주었다. 그들이 아는 것이라곤 자신들이 루마니아인이라는 것과 그리스정교회 신자라는 것밖에 없다. 그들은 “국왕 폐하 만세!”를 외친다. 그들은 “안토네스쿠 원수 만세!”를 외친다. 그들은 “소련 타도!”를 외친다. 하지만 국왕이 뭔지, 안토네스쿠 원수가 뭔지, 소련이 뭔지는 모른다. 그들이 아는 것은 이런 부츠면 적어도 이천 레이는 한다는 것이다. 그들은 가난하고 불쌍한 농사꾼들이다. 그리고 그들은 소련은 거대한 기계라는 것을 모른다. 자신들이 그런 기계와 싸우고 있다는 것을, 천 개의 기계, 백만 개의 기계들과 싸우고 있다는 것을 모른다. 그러나 이런 부츠 한 켤레는 적어도 이천 레이는 한다.

“안토네스쿠 원수한테는 그보다 훨씬 좋은 부츠가 백 개는 있어.” 내가 말했다.

병사들은 나를 뚫어져라 쳐다보며 입술을 오므렸다.

“백 개요?” 상병이 물었다.

“백 개, 천 개는 있다니까.” 내가 대답했다. “그거보다 훨씬 좋지. 안토네스쿠 원수의 부츠 본 적 없나? 아주 죽이지. 노란 가죽, 까만 가죽, 빨간 가죽, 흰 가죽…… 영국식으로 무릎 아래에 장미꽃 문양까지 넣었다오. 죽여요. 안토네스쿠 원수의 부츠는 히틀러나 무솔리니의 부츠보다도 멋져. 히틀러의 부츠도 아주 좋지. 내가 가까이서 본 적이 있거든. 히틀러한테 말은 못 붙여봤지만 아주 가까이서 그 사람 부츠를 봤다니까. 박차(拍車)는 안 달았더군. 히틀러는 박차는 절대 달지 않아요. 말을 무서워하거든. 하지만 박차가 없어도 그 사람 부츠는 정말 좋아. 무솔리니의 부츠도 좋지. 하지만 실용성은 없어. 걷거나 말 탈 때 신는 게 아니니까. 군대 사열할 때 신는 거예요. 전용 관람석에 서서 병사들이 다 떨어진 군화와 녹슨 소총을 들고 행진하는 걸 바라보지.”

병사들은 입술을 오므리고 나를 물끄러미 쳐다봤다.

• 카롤 1세를 도와 근대 루마니아를 건설한 정치인 이온 브라티아누(1821~91)가 기초한 ‘루마니아 헌법’을 일컫는다. 이차대전 당시 이온의 아들 디누 브라티아누(1866~1952)는 자유당 당수로서 카롤 2세와 안토네스쿠에 맞서 반소련 정책을 펴고 있었다.

"전쟁이 끝나면……" 내가 말을 이었다. "가서 안토네스쿠 원수의 부츠를 벗깁시다."

"돔눌레 히틀러의 부츠도." 한 병사가 말했다.

"돔눌레 무솔리니의 부츠도." 다른 병사가 말했다.

"물론 무솔리니와 히틀러의 부츠도 벗겨야지." 내가 말했다.

병사들은 동시에 웃음을 터뜨렸다. 내가 상병에게 물었다. "히틀러 부츠는 그럼 얼마나 할 것 같소?"

그들은 동시에 웃음을 멈추고 갑자기, 왜 그러는지 모르겠지만, 고개를 돌려 구석에 웅크리고 앉아 쭉 찢어진 눈으로 나를 응시하고 있는 포로를 바라봤다.

"저 사람, 먹을것 좀 줬나?" 내가 상병에게 물었다.

"네, 돔눌레 카피탄."

"거짓말. 아무것도 안 줬어."

그러자 상병은 탁자에서 사발을 가져오더니 초르바 데 푸이를 퍼담아 포로에게 건넸다.

"숟갈도 줘요. 손으론 못 먹지."

병사들이 쳐다보는 가운데 상병은 탁자에서 숟갈을 가져와 두 손으로 문질러 닦은 다음 포로에게 건넸다.

"오친 스파시바—정말 감사합니다." 포로가 말했다.

"라 드라쿠!" 상병이 소리쳤다. '지옥에나 떨어져라!'라는 뜻이다.

"저 포로, 어쩔 생각이오?" 내가 물었다.

"발타로 데려가야 됩니다." 상병이 대답했다. "근데 여길 지나는 사람이 없네요. 워낙 외진 동네라. 걸어서 데려가야겠어요. 오늘 지나가는 트럭이 없으면 내일 발타로 데려갈 겁니다. 걸어서."

"그냥 죽어버리는 게 빠를 텐데라고 생각하는 거 아니오?" 내가 뚫어지게 쳐다보며 묻자, 다들 우물쭈물하는 상병을 보고 웃음을 터뜨렸다.

"아, 아닙니다, 돔눌레 카피탄." 상병이 살짝 얼굴을 붉히며 말했다.

"그럴 수야 없지요. 포로를 잡으면 적어도 한 놈은 사령부로 데려오라는 게 명령입니다. 아닙니다, 돔눌레 카피탄."

"걸어서 갈 거면 부츠를 돌려줘야지. 발타까지 그 먼 길을 맨발로 갈 수는 없어요."

"아닙니다, 저놈은 부쿠레슈티(루마니아의 수도)까지도 맨발로 갈 수 있습니다." 상병이 낄낄거리며 말했다.

"괜찮다면 저 친구를 내 차로 발타까지 데려다주겠소. 호송요원 하나만 붙여주면 데리고 가지."

상병은 만족한 표정이었다. 다른 병사들도 만족한 표정이었다.

"네가 가, 그리고레스쿠." 상병이 말했다.

그리고레스쿠 일병은 탄띠를 두르고, 벽에 기대놓았던 소총을 들더니 (탄띠는 넓고 납작한 작은 가방 모양의 프랑스제이고, 소총은 기다란 총검이 달린 프랑스제 레벨이었다) 벽에 박힌 못에서 보따리 같은 배낭을 빼들어 어깨에 휙 걸치고 땅바닥에 침을 퉤퉤 뱉고는 "가시죠" 하고 말했다.

포로는 여전히 구석에 앉아 있었다. 그는 멍한 눈으로 나를 쳐다보고 있었다. "포디옴!—가자!" 내가 포로에게 말했다. 타타르인 포로는 천천히 일어났다. 키가 꽤 컸다. 나만 했다. 어깨는 좁은 편이고 목은 야위었다. 그는 절뚝거리며 내 뒤를 따랐고, 그리고레스쿠 일병은 총을 겨눈 채 그의 뒤를 따랐다.

바람이 세차게 불고 있었다. 잿빛 하늘은 주철 판때기처럼 무거워 보였다. 밀밭이 일렁이는 소리가 바람을 타고 오르락내리락했다. 마치 강물소리 같았다. 이따금 휘이익 하며 흙먼지 자욱한 돌풍이 일 때면 해바라기 숲에서 끼이익 하는 소리가 들려왔다.

"라 레베데레—또 뵙지요." 상병이 이렇게 말하며 내 손을 잡고 흔들었다. 병사들이 하나씩 차례로 일어나 악수를 청했다. "라 레베데레, 라 레베데레, 돔눌레 카피탄, 라 레베데레." 나는 시동을 걸었다. 이내 마을을 벗어나 작은 길로 접어들었다. 곳곳이 움푹 팬 길은 쟁기질을 해서 깊은 고랑을 파놓은 것 같았다. (고운 흙먼지가 덮인 길에는 탱크 캐터필러 자국이 선명했다.) 그리고레스쿠 일병과 포로는 뒷좌석에 탔다. 어쩐지 타타르인 포로가 뒤에서 나를 쏘아보는 듯한 느낌이 들었다.

광활한 평원 저 끝에서 폭풍우가 몰려오고 있었다. 폭풍우는 차츰 드넓은 하늘을 거대한 개구리처럼 뒤덮었다. 군데군데 허연 녹색 구름이 번지고 있었다. 보드라운 개구리 배가 가쁜 숨을 몰아쉬며 고통스럽게 맥박 치는 게 보였다. 이따금 짜르릉 하는 소리가 지평선 저 끝에서 들렸다. 들판과 길가에는 수백 개의 불에 탄 기계들이, 트럭의 시체들이, 쇳덩어리의 시체들이 발을 헤 벌리고 모로 드러누워 있었다. 처참하고도 외설스러운 풍경이었다. 그런데, 아하! 점점 어디선가 본 것 같은 기분이 들었다. 분명 달려본 적 있는 길이었다. 며칠 전, 아마 바로 그날 아침이었을 것이다. 강이 있고, 호수가 있고, 주변에는 갈대와 버드나무가 빽빽했다. 요란한 굉음을 내며 하늘을 집어삼킬 듯 거대한 개구리의 허연 배가 푸르죽죽한 수면에 반사되어 둥둥 떠다니고 있었다. 후텁지근한 비가 몇 방울씩 흙먼지 자욱한 길 위에 후두둑 떨어졌다. 벌겋게 달아오른 쇳덩이를 찬물에 담글 때처럼 치익 하는 소리가 나는 듯했다. 그러다가 마침내 어스름 속에서 예전에 봤던 몇몇 가옥이 모습을 드러냈다. 알렉산드로프스카의 그 집들이었다. 그 버려진 마을, 내가 그날 밤을 보냈던 바로 그 마을이었다.

"여기서 쉬는 게 좋겠네." 나는 그리고레스쿠 일병에게 말했다. "더 가기는 너무 늦었어. 발타까지는 아직 머니까."

나는 그때 잤던 집 앞에 차를 세웠다. 비가 오기 시작했다. 비는 많이 떨어졌지만 땅을 두드리는 소리는 나직했다. 노란 흙먼지가 구름처럼 짙게 피어올랐다. 암말의 사체는 아직 나무문 앞쪽 길끝에 널브러져 있었다. 부릅뜬 눈에는 허연 빛이 감돌았다. 우리는 집 안으로 들어갔다. 모든 것이 그날 아침 떠날 때 그대로였다. 그때와 똑같이 아무 움직임도 없고, 유령의 집처럼 어수선했다. 나는 침대에 걸터앉아 그리고레스쿠 일병을 바라봤다. 그는 탄띠를 풀고 배낭을 문고리에 걸었다. 포로는 두 팔을 옆으로 축 늘어뜨린 채 벽에 기대고 있었다. 그러면서 예의 작고 찢어진 눈으로 나를 응시했다.

나는 문밖으로 나가봤다. 칠흑 같은 밤이었다. 나는 과수원으로 가서 대문을 열고 암말의 시체에 가까운 길끝에 가 앉았다. 비가 얼굴을 흠뻑 적시며 뺨을 타고 흘러내렸다. 나는 게걸스럽게 젖은 풀의 냄새를 호흡했다. 그러자 차츰 사체의 그 부드러우면서도 미끈미끈한 악취가 상큼하고 짜릿한 풀 냄새를 뚫고 들어와 썩어가는 강철과 분해되는 쇳덩어리와 부패한 금속의 냄새를 덮어버렸다. 마치 고대 전쟁의 원리가 (다시 말해 사람과 동물이) 새로운 기계전의 원리를 제압하고 있는 느낌이었다. 나는 죽은 말의 냄새에서 안온함을 느꼈다. 마치 오래 살던 고향에, 다시 찾은 조국에 와 있는 듯했다.

얼마 후 나는 다시 집으로 들어가 침대에 벌렁 누웠다. 완전히 탈진상태였다. 온 뼈마디가 쑤셨다. 잠은 내 머릿속에서 동맥처럼 고동쳤다.

"교대로 포로를 감시하지." 내가 병사에게 말했다. "당신도 피곤할 거요. 세 시간 후에 깨워줘요."

"누—아니요, 누, 돔눌레 카피탄. 괜찮습니다. 안 졸려요."

그리고레스쿠가 밧줄로 두 손 두 발을 꽁꽁 묶어놓은 포로는 저쪽 구석 창문과 찬장 사이 벽에 기댄 채 앉아 있었다. 사체의 심한 악취가 방안에 고여 있었다. 석유램프의 노란 불빛이 벽으로 너울거렸다. 해바라기들은 비 내리는 과수원에서 끼이익 소리를 냈다. 병사는 포로를 향해 책상다리를 하고 앉아 있었다. 총은 총검을 꽂아 무릎 위에 올려놓은 상태였다.

"노압테 부나—잘 자요." 나는 이렇게 말하며 눈을 감았다.

"노압테 부나, 돔눌레 카피탄." 병사가 말했다.

영 잠이 오지 않았다. 갑자기 폭풍우가 거세졌다. 천둥으로 하늘이 찢어지고 시커먼 먹구름 속에서 번쩍 하는 빛이 쏟아져 드넓은 평원에 내리꽂혔다. 비가 세차게 쏟아졌다. 마치 돌멩이를 들이붓는 듯했다. 암말 사체의 악취는 비에게 채찍질을 당한 듯 집 안으로 뚫고 들어와 낮은 천장 아래 똬리를 틀었다. 짙고 끈적끈적한 냄새였다. 포로는 뒤통수를 벽에 기댄 채 꿈쩍 않고 앉아 멍하니 날 응시했다. 손과 발은 묶여 있었다. 잿빛 손은 작고 창백했다. 양쪽 손목은 밧줄에 꽁꽁 묶인 채 무릎 사이로 내려뜨리고 있었다.

"좀 풀어주지 그래요?" 내가 그리고레스쿠에게 말했다. "도망칠까봐 그러나? 발이라도 풀어주지."

병사는 앞으로 몸을 숙여 천천히 포로의 발을 풀어줬다. 포로는 무표정한 눈으로 나를 응시했다.

내가 잠에서 깬 것은 몇 시간 뒤였다. 병사는 여전히 무릎에 총을 걸쳐둔 채 포로 맞은편 바닥에 앉아 있었다. 타타르인은 뒤통수를 벽에 기댄 채 나를 응시했다.

"이제 그만 눈 좀 붙여요." 내가 침대에서 나오면서 말했다. "이젠 내가 지킬게."

"누, 누, 돔눌레 카피탄, 안 졸려요."

"가서 좀 자라니까."

그리고레스쿠 일병은 자리에서 일어나 총을 질질 끌고 침대로 갔다. 그는 두 손으로 총을 꼭 쥔 채 침대에 벌렁 드러눕더니 벽으로 몸을 돌렸다. 죽은 사람 같았다. 머리는 뒤집어쓴 먼지로 허옜고, 군복은 찢어지고 군화는 너덜너덜했다. 얼굴에는 빽빽한 검은 수염이 무성했다. 정말 죽은 사람 같았다.

나는 포로 맞은편 바닥에 가 앉았다. 책상다리를 하고 자동소총은 무릎 사이에 찔러넣었다. 타타르인은 고양이 눈처럼 가늘게 찢어진 흐릿한 눈으로 나를 응시했다. 유리 눈 같았다. 마치 죽은 자의 눈빛 같았다. 이마 밑에 도톰하게 솟은 눈꺼풀에는 먹물같이 까만 주름 두 개가 숨어 있었다. 나는 몸을 숙여 포로의 손을 풀어줬다. 밧줄 매듭을 풀면서 그의 손을 자세히 살펴봤다. 잿빛 두 손은 작고 보드라웠으며, 손톱은 희다고 할 정도였다. 손에는 상처인 듯 깊은 줄이 여러 개 나 있고, 땀구멍이 커서 마치 현미경을 들여다보는 듯한 느낌이었다. 손바닥은 못이 박였지만 보드랍고 만질만질한 것이 감촉이 좋았다. 축 늘어진 두 손은 내 손 안으로 쏙 들어왔다. 마치 죽은 사람 손 같았다. 하지만 평소에는 억세고 민첩하다는 것을 느낄 수 있었다. 가볍고 섬세한 것이 외과의사나 시계수리공, 또는 정밀기계를 만지는 숙련공의 손 같았다.

그 손은 피야틸레트카•에 헌신하는 젊은 일꾼의 손, 3차 5개년계획을 밀어붙이는 우다르니키의 손, 엔지니어로, 탱크 운전병으로 변신한 타타르 청년의 손이었다. 누천년 매끄러운 말의 가죽과 갈기, 힘줄, 무릎, 근육을 매만지느라 보드라워진 손이었다. 고삐를 잡고 부드러운 가죽안장과 마구를 다루던 그 손이 불과 몇 년 사이에 말에서 기계로, 살에서 금속제 힘줄로, 고삐에서 제어기로 옮겨갔다. 불과 몇 년 사이에 돈 강과 볼가 강, 키르기스 초원과 카스피해와 아랄해 연안에 사는 타타르 청년들은 말 키우는 사람에서 소련의 정예 노동자로, 말 타는 사람에서 노동돌격대의 스타하노프운동가로, 초원 유목민에서 5개년계획을 밀어붙이는 우다르니키와 스피에츠(전문가들)로 변신했다. 나는 마지막 매듭을 풀고 청년에게 담배를 내밀었다.

포로는 손은 아프고 손가락은 감각이 없었다. 그래서 담뱃갑에서 담배를 뽑지를 못했다. 나는 그의 입에 담배를 물리고 불을 붙여준 다음 내 담배에도 불을 붙였다. "블라가다류—감사합니다." 타타르인은 이렇게 말하며 슬쩍 웃음을 지어보였다. 나도 옅게 웃었다. 한참 동안 우리는 말없이 담배만 피웠다. 사체의 악취가 방에 가득했다. 미끈미끈하고 부드러우면서도 달짝지근한 냄새…… 나는 죽은 암말의 특이한 냄새를 들이

• Pyatiletka. 소련 국가경제개발 5개년계획의 약칭.

쉬면서 이상한 쾌감을 느꼈다. 포로도 숨을 쉬면서 미묘한, 서글픈 쾌감을 느끼는 듯했다. 콧방울이 움찔움찔 이상하게 떨렸다. 그제야 비로소 나는 죽은 자의 멍한 눈빛을 한 핏기 없는 그 창백한 얼굴에서 모든 생기가 콧방울로 들어갔다는 것을 깨달았다. 암말 사체의 냄새야말로 그의 오래된 조국, 다시 찾은 고향이었다. 우리는 말없이 서로의 눈을 들여다보며 그 달짝지근한 냄새를 들이마셨다. 서글프면서도 미묘한 쾌감이 느껴졌다. 암말 사체의 냄새는 그의 고향, 태곳적부터 있었고 지금도 살아 있는 고향이었다. 이제 우리를 가르는 것은 아무것도 없었다. 우리는 형제였다. 암말 사체의 태곳적 냄새 속에서 사는 형제였다.

오이겐 왕자는 고개를 들어 문 쪽으로 시선을 돌렸다. 그의 콧방울이 떨렸다. 저 죽은 암말의 냄새가 문지방에 서서 우리를 바라보고 있는 것 같았다. 그것은 풀과 잎사귀들의 냄새, 바다와 숲의 냄새였다. 벌써 황혼이 내려앉고 있었다. 하지만 아직도 불안한 빛이 하늘 곳곳을 배회하고 있었다. 그 유령 같은 빛 속에서 멀리 니브로플란의 가옥들과 스트란드배겐 선착장에 줄지어 늘어선 증기선과 범선들, 공원의 나무들과 시커먼 유령 같은 〈생각하는 사람〉 조각상과 〈사모트라케의 니케〉 조각상은, 마치 음울한 광기에 빠져 풍경 속에 박힌 동물과 나무와 가옥과 배를 뒤틀린 거울에 비친 상처럼 인식했던 에른스트 요셉손과 칼 힐의 풍경화처럼, 일그러져 보였다.

"그 포로 손은 왕자님 손 같았습니다." 내가 말했다.

오이겐 왕자가 자기 손을 흘끗 봤다. 다소 불편한 표정이었다. 그의 손은 베르나도트 왕가의 후예답게 희고 매력적이었다. 창백하면서도 가녀린 손가락들의 매력적인 손이었다.

"엔지니어의 손, 탱크 운전병의 손, 제3차 피야틸레트카를 주진한 우다르니키의 손도 왕자님 손 못지않게 아름답습니다. 그 손은 모차르트의 손이고, 스트라디바리, 피카소, 자우어브루흐•의 손입니다."

오이겐 왕자는 슬며시 웃었다. 그는 얼굴을 약간 붉히며 말했다. “난 이 손에 대해 그보다 훨씬 더한 자부심을 가지고 있네.”

바람의 목소리는 차츰 강하고 날카로워졌다. 말이 구슬피 길게 우는 소리 같았다. 북국(北國)의 바람이었다. 그 바람의 목소리에 나는 전율했다. 카렐리야 전선에서, 레닌그라드 외곽과 라도가▲ 호반에서 보냈던 그 무시무시한 겨울의 기억과 함께 온통 하얀색으로 끝없이 펼쳐진 적막한 카렐리야 숲의 모습이 떠올랐다. 나는 다시 몸이 떨렸다. 커다란 창유리를 덜컹덜컹 흔드는 바람이 카렐리야의 저 무자비한 얼음 바람 같았기 때문이다.

“북풍이군.” 오이겐 왕자가 말했다.

“네, 카렐리야의 바람입니다. 그 바람소리는 제가 잘 알지요.”

나는 라이콜라 숲에 관해, 그리고 라도가 호수에서 본 그 말들에 대해 이야기하기 시작했다.

● 자우어브루흐(1875~1951)는 뛰어난 수술 솜씨로 명성이 자자했던 독일의 외과의사를 말하고, 스트라디바리(1644?~1737)는 전설적인 바이올린을 제작한 악기 장인을 가리킨다.

▲ 러시아 서북부에 있는 유럽 최대 호수. 핀란드 국경과 인접해 있고, 면적은 1만8천 제곱킬로미터다.

3장

얼음 말들

그날 아침 나는 스바르트스트룀 중위와 함께 얼음 감옥에서 풀려난 말들을 보러 갔다.

연두색 태양이 창백한 푸른 하늘에서 풋사과알처럼 빛났다. 이미 해빙기에 들어선 터라 얼음으로 뒤덮인 라도가 호수는 곳곳에서 쩍쩍 소리를 내고 있었다. 울부짖는 소리 같기도 하고 고통을 못 이겨 내지르는 비명 같기도 했다. 깊은 밤이면 코르수(핀란드어 '오두막') 저 끝에서 갑자기 그런 외침 소리가 들렸다. 한 번에 몇 시간이고 새벽녘까지 울부짖기도 했다. 어느 틈에 벌써 봄이었다. 호수는 그 구린 입냄새를 우리들의 얼굴에 토해냈다. 썩은 나무와 젖은 톱밥들의 헛헛한 냄새는 해빙기의 상징이다. 저 멀리 라도가 호수 건너편 기슭은 압지에 가는 연필로 줄을 그어놓은 것처럼 가물가물했다. 이제 하늘은 구름은 다 가시고 푸른빛도 옅어졌다. 훤히 비치는 박엽지를 한없이 펼쳐놓은 것 같았다. 저기 레닌그라드 쪽으로는 하늘이 여전히 지저분하고 구겨진 것처럼 보였다. 독일군에 포위된 이 도시에서는 잿빛 연기가 구름처럼 피어올랐다. 지평선을 가로

지르는 녹색의 물줄기는 때로 맥박이 뛰는 것처럼, 뜨거운 피가 잔뜩 들어 있는 것처럼 보였다.

그날 아침 우리는 꽁꽁 언 말들이 풀려나는 것을 보러 갔다. 전날 밤 메리칼리오 대령은 바람 냄새를 킁킁 맡아보고는 이렇게 말했다. "얼음장 밑에 갇힌 말들을 땅에 묻어야 돼. 벌써 봄이란 말이야." 우리는 호수로 갔다. 거대한 붉은 화강암이 곳곳에 널린 자작나무 숲을 지나자 갑자기 어마어마하게 거대한 라도가 호수가 시커먼 모습을 드러냈다.

푸르스름하기도 하고 분홍빛이 돌기도 하는 은은한 안개 너머 소련 쪽 기슭이 수평선 옆으로 희미한 모습을 드러냈다. 이따금 카렐리야의 신성한 새 뻐꾸기의 단조로운 울음소리가 핀란드 쪽 광대한 라이콜라 삼림에서 들려왔다. 야생동물들이 나무 사이에서 울부짖는가 하면 신비한 목소리들이 서로 부르고 답하고 다시 서로 부르고 했다. 끊어질 듯 이어지는 구슬픈 그 소리들에는 무언가 달콤하면서도 고통스러운 애원 같은 것이 서려 있었다.

핀란드 사령부 코르수를 나와서 호수 쪽으로 내려가기 전에, 나는 우선 스바르트스트룀 중위를 찾아봤었다. 마구간 뒤의 코르수에 있는 작은 방의 문을 두드려봤으나 허사였다. 사령부 주변 숲에는 사람들이 전부 다 떠난 것 같았다. 차디찬 공기 속에서 저 헛헛한 냄새, 저 맥빠진 냄새가 돌아다니고 있었다. 나는 말들이 모여 있는 코르수로 가봤다. 로타• 단복을 입은 소녀가 대령의 말에게 먹일 셀룰로스(섬유소) 사료 한 동이를 마련하고 있었다.

"휘바 파이바—안녕." 내가 말을 붙였다.

"휘바 파이바."

소녀는 메리칼리오 대령의 딸로 늘씬하고 아리따웠다. 스웨덴과 핀란

• 핀란드의 여성 준군사 조직. 자원자로 구성됐으며 부상병 치료 등을 주로 맡았다.

드 사이의 보트니아 만 동쪽 연안 오울루 출신인데 아버지를 따라 전선에 와 있었다. 소녀는 1939년 겨울 소련의 침공에 맞서 싸운 제1차 핀란드전쟁▲ 때도 로타로 활약했다. 그녀는 소련군 참호에서 불과 몇 백 미터 거리의 사령부 장교클럽을 관리하고 아버지가 있는 자리에선 직접 서빙을 하기도 했다.

소녀는 혹한으로 푸르뎅뎅해진 손으로 셀룰로스를 짓이겨 만든 반죽의 커다란 박판을, 따뜻한 물을 담은 양동이에 잘게 찢어서 넣고 있었다. 나무에 묶어놓은 말은 셀룰로스가 든 양동이 쪽으로 가려고 기를 썼다. 겨울은 무시무시했다. 끔찍한 혹한과 기아, 온갖 고생과 힘든 노역으로 핀란드인의 얼굴은 오그라들어 있었다. 갈렌칼렐라(1865~1931)가 그린 핀란드 서사시 『칼레발라』의 강인하면서도 깡마른 영웅들 모습을 저 창백하고 야윈 핀란드인들의 얼굴에서 다시 찾아볼 수 있었다.

병사와 아이, 여자, 노인, 동물 할 것 없이 모두 굶주렸다. 건초와 밀짚조차 완전히 바닥이 났다. 말에게 먹일 귀리 한 톨 없었다. 개를 잡아먹는 일은 다반사였다. 병사들이 끼는 장갑도 개가죽으로 만들었다. 사람들은 셀룰로스 빵을 먹었고, 말들은 달짝지근한 셀룰로스 죽(粥)을 맛있게 먹었다. 식용 종이의 맛이라니……

대령의 딸은 말 묶은 줄을 풀어 고삐를 잡고 왼손으로는 양동이를 들고 벤치 위에 놓인 나무통으로 갔다. 셀룰로스 죽을 나무통에 쏟아붓자 말이 천천히 먹기 시작했다. 그러면서 이따금 주위를 두리번거렸다. 녀석은 나무들 사이로 희미하게 빛나는 호수 쪽을 돌아보았다. 나무통에서 김이 무럭무럭 피어났다. 말은 주둥이를 하얗게 피어오르는 김 속에 처박았다. 그러다가 다시금 고개를 들어 호수 쪽을 쳐다보면서 히히힝 하고 울었다.

"왜 저러지?" 내가 소녀에게 물었다. "뭐가 불편한 모양이네."

▲ 1939년 11월에 소련군의 침공으로 시작되어 1940년 3월에 끝난 전쟁. 흔히 '겨울전쟁'이라 부른다.

메리칼리오 대령의 딸은 고개를 호수 쪽으로 돌렸다. "말들의 냄새가 나네요."

나도 말들의 냄새가 느껴졌다. 따스하면서도 미끈미끈한 특이한 냄새였다. 송진 냄새와 자작나무의 여린 냄새가 섞여 한결 누그러진 말들의 냄새였다. 뻐꾸기는 숲 끝에서 울고 있었다. 다람쥐 한 마리가 꼬리를 곧추세운 채 나무줄기를 폴짝폴짝 뛰어오르고 있었다. 소녀는 양동이를 집어들고 말이 있는 코르수로 갔다. 그녀가 말들에게 무언가 얘기를 건네는 소리가 들렸다. 핀란드어 특유의 느린 듯하면서도 달콤한 어조였다. 말들이 자작나무 가지로 얼기설기 엮은 자리를 발굽으로 툭툭 차는 둔탁한 소리며, 보채듯이 짧게 히히힝 하는 소리, 철제 고리가 짤랑거리는 소리가 들렸다.

나는 호수 쪽으로 걸음을 재촉했다. 스바르트스트룀 중위가 길모퉁이에서 기다리고 있었다. 그는 나무줄기에 기대어 서 있었다. 높이 솟은 양가죽 방한모는 목덜미까지 덮고, 넓적다리까지 올라오는 라플란드 순록가죽 부츠는 페르시아 신발처럼 코가 뾰족했다. 중위는 두 눈을 내리뜨고 약간 구부정한 자세로 빈 파이프 통을 손바닥에 대고 톡톡 털고 있었다. 내가 다가가자 그는 고개를 들면서 미소 띤 얼굴로 나를 맞았다.

"휘바 파이바."

"휘바 파이바, 스바르트스트룀."

그의 얼굴은 창백했고, 피로와 수면부족에 땀으로 절어 있었다. 그는 변명하듯이 밤새 숲속에서 유격대와 같이 있었다고 말했다.

"메리칼리오 대령은 어디 갔나?" 내가 물었다.

"전선으로 가셨습니다." 그는 나를 흘끗 보더니 다시 빈 파이프를 우묵한 손바닥에 대고 톡톡 털면서 이따금 호수 쪽을 돌아봤다. 그의 콧방울이 떨리는 게 보였다. 그는 코로 호흡했다. 숲사람들은 늘 그랬다. 시싯(핀란드 유격대)도 늘 그랬다. 늘 경계를 게을리하지 않는 자세로 한 줌의 공기만으로 숨을 쉬는 것이다.

"정말 가볼 생각이세요?" 스바르트스트룀이 물었다. "대령님 따라 전선에 가보는 게 나았을 텐데요. 대령님도 그 꼴 안 보려고 참호로 가신 거예요."

바람결에 말들의 냄새가 실려왔다. 저 미끈미끈하고 달콤한 냄새……

"마지막으로 한번 봐야겠어, 스바르트스트룀. 다 치우기 전에."

우리는 호수를 향해 계속 걸었다. 눈에는 물기가 가득했다. 벌써 봄눈이 된 것이다. 눈은 이제 새하얗지 않다. 상앗빛이다. 오래된 상아처럼 녹색과 노란 점 같은 게 여기저기 비친다. 눈은 도처에서 붉은 화강암을 뒤덮고 있었다. 온통 포도주색이었다. 나무들이 듬성듬성한 곳에 이르자 소나무의 침엽이며 알록달록한 조약돌, 풀의 뾰족한 잎사귀들, 하얀 비늘 같은 자작나무 껍질마다 온통 얇은 얼음이 덮인 것이 마치 반짝이는 오레포르스산 크리스털로 코팅을 해놓은 것처럼 보였다. 구부러진 나무뿌리들은 그 크리스털 코팅을 뚫고 삐죽삐죽 뻗은 것이 기어가던 뱀이 얼어붙은 것 같았다. 나무들은 그 얼음막에서 영양분을 섭취하고, 더 연한 녹색의 어린 잎사귀들은 그 유리 같은 생기 없는 물질에서 수액을 빨아들이는 것 같았다. 이상한 소리가 대기를 뚫고 울려퍼졌다. 그것은 쇠를 두드릴 때 나는 비명 같은 소리도, 종소리가 바람을 타고 떨리듯이 울려퍼지는 소리도, 누군가가 바깥에서 유리창에 손가락을 대고 문지를 때 나는 질질 끄는 듯한 투박한 소리도 아니었다. 울창한 숲에서 야생벌들이 떼를 지어 시끄럽게 붕붕거리는 소리도 아니었다. 그것은 그야말로 울음소리였다. 상처 입은 야생동물의 신음 소리, 눈에 보이지는 않지만 구슬픈 새떼가 하늘을 날아가며 끼룩거리는 외롭고 절망적인 고통의 소리 같았다.

겨울, 끔찍한 1941년 겨울은 대재앙이었다. 핀란드 국민에게는 엄청난 재앙이었다. 핀란드 진역의 병원과 교회묘지를 시체로 뒤덮어버린 폐결핵은 이제 벌거벗은 거대한 시체처럼 호수와 숲 위에 드러누워 있었다. 그 썩어가는 거대한 몸뚱이는 썩은 나무 같은 헛헛한 냄새로 대기를 물들였고, 초봄의 미풍은 벌써 그 정떨어지는 냄새, 들쩍지근한 악취, 익숙하면서도 역겨운 개의 입냄새 같은 것을 퍼뜨리고 있었다. 눈마저 미적지근한 느낌이었다.

며칠 사이에 병사들은 그나마 활기를 되찾았다. 목소리도 씩씩해지고 하루 중 얼마간은 이상한 활기마저 감돌았다. 코르수 형태로 만든 참호와 로탈라(로타의 휴식소), 빽빽한 라이콜라 숲에 파놓은 참호와 움집에서 부산함 같은 것이 느껴졌다. 일 년 중에서도 신성한 계절인 봄의 귀환을 축하하기 위해 이곳 북방 사람들은 산에서 큰불을 피우고 밤새 노래하고 술 마시고 춤춘다. 그러나 봄은 부지불식간에 악화되는 북방의 질병이다. 봄은 겨울이 얼음 감옥에 고이 가두고 지켜온 생명을 썩게 하고 분해시키면서 치명적인 선물을 들이민다. 사랑, 삶의 환희, 가볍게 생각하고 즐겁게 느끼는, 티격태격하고 게으르게 잠을 즐기는, 감각의 열정을 호흡하며 자연과 하나되는 환상을 품에 안겨준다. 봄은 북방 사람들의 눈을 불꽃으로 빛나게 하는 계절이며 동시에 겨울이 깨끗이 쓸어간 오만한 죽음의 그림자가 그들 이마에 다시 드리워지는 계절이다.

"길을 잘못 들었어, 스바르트스트룀."

겨울에 말들을 보러 호수로 갈 때 다녔던 길이 안 보였다. 길은 점점 좁아지고 더 구불구불해졌다. 숲은 갈수록 울창해졌다. 눈이 녹고 주변 색깔이 변하고 봄의 번데기들이 반짝이는 얼음 고치를 깨고 황량한 겨울 습지를 떠나 하늘로 날아오르면 숲은 눈과 서리를 물리치고 다시 울창해진다. 숲은 무엇에 갇힌 듯한, 그러면서도 다른 존재들의 출입을 허용하지 않는, 은밀하고도 불가사의한 녹색의 우주다.

스바르트스트룀은 천천히 조심조심 걸음을 옮겼다. 그는 이따금 걸음을 멈추고 좌우로 귀를 기울였다. 그는 숲의 리드미컬한 적막, 자연의 그 음악적인 정적 속에서, 나뭇가지가 뚜둑 꺾어지고 부러지는 소리, 소나무 위를 다람쥐가 후다닥 내달리는 소리, 산토끼가 사사삭 수풀을 스치며 뛰어가는 소리, 여우가 무엇이 불안한지 킁킁 냄새 맡는 소리, 한 마리 새의 울음소리, 잎사귀 하나의 소곤거림, 아주 멀리서 나는 (병들고 오염된) 사람의 목소리까지 모두 감지했다. 우리 주위의 정적은 더이상 겨울의 죽은 침묵이 아니었다. 크리스털 덩어리처럼 차고 투명한 침묵이 아니었다. 그것은 살아 있는 정적, 색채와 소리와 냄새의 따스한 흐름이 밴 정적이었다. 그 정적은 마치 강물처럼 우리 주변을 흐르는 듯했다. 난 그 보이지 않는 강의 물결을 따라 둥둥 떠내려가는 기분이었다. 따스하고 촉촉한 입술 같은 양쪽 강기슭마저 눈에 보이는 듯했다.

떠오르는 해의 상쾌한 열기가 숲에 번졌다. 해는 점차 수평선 위로 떠올랐고, 은빛 호수 표면에는 분홍빛 안개가 피어올랐다. 바람결에 드르륵 하는 기관총 소리, 간헐적인 소총 소리, 주위를 아랑곳하지 않는 뻐꾸기 울음소리가 실려왔다. 그리고 그런 소리와 색채와 냄새의 풍경 저 끝으로 숲이 끝나가는 지점에서 순간 무언가 불투명하면서도 반짝이는 것이 언뜻 모습을 드러냈다. 도저히 믿기지 않는 거대한 바다가 희미하게 반짝이는 것 같았다. 라도가 호수, 라도가 호수의 얼어붙은 드넓은 수면이 모습을 드러낸 것이다.

마침내 숲을 벗어나 호수 기슭에 당도하자 말들이 눈에 들어왔다.

그 일이 일어난 것은 지난해 10월이었다. 당시 핀란드 선봉대는 우억시 강 일대 황무지를 지나 끝없이 펼쳐진 라이콜라 숲 문턱을 지났다. 도처에 러시아군 천지였다. 카렐리야 지협(地峽) 북쪽 방면에 있는 소련군 포병부대 거의 전체가 라도가 호수로 몰려들었다. 핀란드군의 압박을 벗어나기 위해서였다. 소련 포병은 대포와 군마를 배에 실어 안전하게 호수를 건널 계획이었다. 하지만 거룻배와 예인선들이 늦게 도착했다. 배가 늦을 때마다 그 결과는 치명적이었다. 벌써 서리가 깔린 상태였기 때문이다. 분초를 다투는 상황이었다. 호수는 언제라도 바로 얼어붙을 것 같았다. 게다가 유격대로 구성된 핀란드군이 울창한 숲을 자유자재로 누비며 러시아군을 사방에서 압박해 들어가면서 측면과 배후에서 공세를 퍼부었다.

사흘째 되는 날 라이콜라 숲에서 거대한 화염이 솟았다. 사람과 말과 나무들이 화염의 동그라미에 갇혀 처참한 비명을 질러댔다. 유격대는 연기와 화염이 너울거리는 사이로 사격을 가하며 모든 탈출구를 봉쇄했다. 공포에 정신이 나간 소련 포병의 말들(포를 실은 수레를 끄는 말이 거의 천 마리나 됐다)은 불구덩이 속으로 뛰어들거나 너울거리는 화염과 기관총 소사를 뚫고 내달렸다. 다수가 불에 타 죽었지만 대부분은 호숫가까지 탈출하는 데 성공해 물속으로 뛰어들었다.

호수는 그리 깊지 않았다. 수심 1.8미터 정도였다. 하지만 기슭에서 구십 미터 정도만 들어가면 호수 바닥은 갑자기 떨어진다. 물은 점점 깊어지고 불길은 거대한 장벽을 이루어 다가오는 가운데 그사이 좁은 공간에 (호수 기슭은 안쪽으로 휘어져 들어가 작은 만을 형성하고 있었다) 갇힌 말들은 다닥다닥 붙은 상태에서 머리만 수면 위로 내민 채 추위와 공포에 떨고 있었다. 뭍에 가까운 쪽 말들은 불길이 몸에 닿자 와락 앞발을 쳐들고 일어나 동료들에게로 엎어지면서 동료들을 물어뜯고 발로 차며 뚫고 나아가려고 기를 썼다. 그리고 그렇게 미친 듯이 난리를 치는 사이 얼음이 서서히 그들을 움켜잡았다.

밤새 북풍이 휘몰아쳤다. (무르만스크 쪽 바다에서 요란한 비명과 함께 북풍이 죽음의 사자처럼 몰려오면 대지는 돌연 숨이 멎는다.) 추위도 무시무시해졌다. 갑자기 유리가 깨지는 이상한 소음과 함께 물이 얼어붙었다. 열평형이 깨지면서 바다와 호수와 강이 몽땅 얼어붙은 것이다. 어떤 경우에는 심지어 바다의 파도도 공중에서 얼어붙어 허공에 얼음 파도가 매달린 모양이 된다.

이튿날 머리털은 그슬리고 얼굴은 연기로 새카매진 유격대원들이 처음으로 정찰을 나섰다. 따뜻한 재를 밟고 숯덩이가 된 숲으로 조심조심 발걸음을 옮기며 호숫가에 도착했을 때 그들의 눈앞에는 끔찍하고도 놀라운 광경이 펼쳐져 있었다. 호수는 마치 거대한 대리석 같았고, 그 위에는 수백 개의 말 머리가 널려 있었다. 도끼로 깔끔하게 잘라낸 것처럼 보였다. 얼음장을 뚫고 나와 있는 것은 말들의 머리통뿐이었다. 그리고 그 머리들은 하나같이 기슭 쪽을 향하고 있었다. 그 부릅뜬 눈들 속에는 공포의 허연 화염이 아직도 불타고 있었다. 기슭 가까이에는 앞발을 쳐든 말들이 얼음 감옥에서 몸을 내밀고 있었다.

얼마 후 겨울이 닥쳤다. 북풍이 쉬잇 소리를 내며 눈을 다 쓸어가버렸다. 호수 표면은 말끔하고 반질반질한 것이 아이스링크 같았다. 찌푸린 겨울날이 끝없이 이어지는 동안 정오 무렵 희미한 한 줄기 빛이 하늘에서 내리쪼일 때면 메리칼리오 대령의 부하들은 호수로 내려가 말 머리에 앉곤 했다. 그것은 회전목마의 목마들 같았다. "투르네, 투르네, 보 셰보 드 부아—돌아라, 돌아, 멋진 목마들아." 히에로니무스 보스•의 그림에나 나올 법한 장면이었다. 바람은 새까만 나무 해골들 사이를 뚫고 달콤하고 유치하면서도 슬픈 음악을 연주했다. 거대한 얼음판이 도는 동안 갈기가 쭈뼛 선 기괴한 회전목마의 말들이 달콤하고 유치한 음악의 슬픈 선율에 맞춰 천천히 원을 그리며 도는 것 같았다. 그 장면을 보고 병사들은 소리치곤 했다. "오프, 라!—자, 어서! 돌아라, 멋진 목마들아."

일요일 아침이면 유격대원들은 라이콜라 로탈라에 모여 차를 한 잔한 다음 호수로 향했다. (핀란드의 유격대원, 이른바 '시싯'은 삼림전(森林戰)의 늑대다. 그들은 대개 젊고 아주 어린 친구들도 있다. 심지어 소년도 있다. 그들은 고독하고 말이 없는 실란페▲ 계열의 영웅들이다. 그들은 깊은 숲속에서 평생을 보낸다. 그들은 나무와 바위와 야생동물처럼 산다.) 그들은 호수로 내려가 말 머리에 앉아 있곤 했다. 아코디언을 연주하는 대원이 라울루(노래)를 시작한다. 〈바르티오사〉라는 경계병의 노래다. 양가죽 코트로 몸을 감싼 유격대원들은 다 함께 그 구슬픈 라울루

• 1450?~1516. 네덜란드 화가. 온갖 기괴한 형상이 나오는 〈쾌락의 동산〉이 유명하다.

▲ 1888~1964. 자연과 하나되고 운명을 극복하는 민중의 힘찬 삶을 그렸던 핀란드 소설가로, 1939년 노벨문학상을 수상했다.

를 부른다. 다시 아코디언 연주자가 얼어붙은 말갈기 위에 앉아서 손가락으로 건반을 한 번 죽 훑어내리면 유격대원들은 레푸린 라울루, '뻐꾸기의 노래'를 부른다. 뻐꾸기는 카렐리야의 신싱한 새다.

시엘 미에 파이멜라울루인 라울루인
민 무아모 미에론 수오리
카르얄란 마일 쿨다카쾨젯 국쿱……

뻐꾸기 울음소리가 숲의 적막을 뚫고 울렸다. 크고도 구슬픈 소리였다. 쿵, 쿵 하는 대포 소리가 멀리 라도가 호수 맞은편에서 들려왔다. 잇따른 폭발의 굉음이 나무에서 나무로 날갯짓을 하듯이 나뭇잎 사각거리는 소리처럼 들려왔다. 그리고 간간이 들리는 피융 하는 소총 소리 탓에 더 깊고 더 은밀해진 살아 있는 적막 위로 단조롭고도 지극히 순수한 뻐꾸기 울음소리가 고집스럽게 울려퍼졌다. 거의 사람의 목소리 같았다. 국-쿱, 국-쿱……

이따금씩 스바르트스트룀과 나도 호수로 내려가 말 머리에 앉곤 했다. 딱딱하게 얼어붙은 갈기에 팔꿈치를 괴고 스바르트스트룀은 빈 파이프를 손에 대고 톡톡 털면서 은빛으로 얼어붙은 호수를 물끄러미 내다봤다. 스바르트스트룀은 비푸리(스웨덴 사람들은 '비보리'라고 한다) 출신이다. 레닌그라드와 접한 핀란드 만 연안 카렐리야 지방의 도시다. 그의 어린 아내는 레닌그라드 출신의 프랑스계 러시아 여자다. 그는 북방 사람들에게서는 보기 힘든 섬세하고도 부드러운 구석이 있다. 아내한테서 프랑스적인 것을 알게 모르게 익힌 것 같다. 그는 부인을 "아기 쿨타"('쿨타'는 핀란드어로 '황금'이란 뜻이다)라고 부른다. 그는 프랑스 단어도 몇 개 안다. 위(네), 샤르망(매력적인), 포브르 프티트(불쌍한 꼬마) 같은 말도 쓴다. 그런데 나튀렐르망(당연히)을 나튈르망이라고 발음한다. 그는 아무르(사랑)라는 말도 알고, 가끔 아무르라고 말하기도 한다. 트레 보쿠(대단히)라는 표현도 쓴다. 스바르트스트룀의 원래 직업은 포스터 디자이너다. 그는 빨강 파랑 겸용 색연필로 빨갛고 파란 꽃들을 그리는 데 많은 시간을 쏟고, 아기 쿨타의 이름을 하얀 자작나무 껍질에 새기는가 하면 지팡이 끝으로 눈밭에 아무르라고 쓴다.

스바르트스트룀은 잎담배가 없었다. 한 달간 빈 파이프만 손바닥에 톡톡 털었고, 그러면 나는 이렇게 놀려주곤 했다. "솔직히 말해봐, 스바르트스트룀. 인육이라도 피우고 싶어 죽겠지?" 그는 얼굴이 허예지면서 이렇게 답한다. "이 전쟁이 계속되면……" 그러면 나는 또 말했다. "이 전쟁이 계속되면 우리는 모두 야수가 될 거야. 자네도…… 그렇게 생각하지 않나?" 그는 이렇게 답했다. "저도 그렇겠지요, 나퇼르망."

나는 스바르트스트룀이 좋았다. 그가 좋아진 것은 문제의 인육 때문에 그의 얼굴이 허옇게 질리는 것을 본 그날부터였다. 레닌그라드 교외가 바라보이는 카나스(지협)에 있을 때였는데, 유격대원들이 소련 낙하산병의 배낭에서 사람고기를 찾아냈다. 낙하산병은 두 달 동안이나 숲속에서 땅에 구멍을 파고 동료의 시신 바로 옆에서 숨어 지냈다. 그날 밤 코르수로 돌아온 스바르트스트룀은 구토를 했다. 그는 울면서 말했다. "우리 대원들이 그 친구를 쏴 죽였어요. 하지만 그게 그 친구 잘못인가요? 우리는 모두 야수가 될 겁니다. 그리고 결국은 서로를 잡아먹는 것으로 끝이 날 겁니다." 그는 취하지 않았다. 그는 취하는 법이 거의 없었다. 술 때문이 아니었다. 그를 토하게 만든 것은 바로 그 인육이었다. 그날 나는 그가 좋아졌다. 하지만 이따금씩 그가 빈 파이프를 손바닥에 대고 톡톡 터는 것을 볼 때면 이렇게 놀려주곤 했다. "그건 사실 아닌가, 스바르트스트룀? 그 파이프에다 인육이라도 쟁여넣고 싶지?"

어느 날 헬싱키 주재 스페인 공사관에서 만찬을 하는데 스페인 공사 아구스틴 데 폭사 백작(1906~59)이 유격대가 소련 낙하산병 배낭에서 찾아낸 그 인육 얘기를 꺼냈다. 한참 맛있게 식사들을 하던 참이었다. 오래된 스페인 와인이 오울루산 참치와 훈제 순록 혀 요리에 감칠맛 나는 따스한 햇살의 풍미를 더해주었다. 다들 목소리를 높여 그 낙하산병은 인간이 아니라고, 야수라고 말했다. 하지만 토하는 사람은 없었다. 아무도. 만네르헤임 백작부인도, 데메트라 슬레른도, 칸테미르 후작도, 대통령 부관 슬레른 대령도 토하지 않았다. 작곡가 벵트 본 토르네 남작도, 심지어 티투 미카일레스쿠까지도. 아무도 토하지 않았다.

"기독교인이라면……" 아니타 벵엔스트람이 말했다. "사람고기를 먹느니 차라리 굶어죽을 거예요."

데 폭사 공사가 웃으며 말을 받았다. "하하하! 가톨릭교도라면 안 그럴 겁니다. 가톨릭은 안 그래요. 가톨릭은 사람고기를 좋아하죠."

그렇게 주장들이 분분한 사이, 눈에 반사된 빛이 창유리를 뚫고 들어와 거대한 은거울처럼 곳곳을 비췄다. 그 탓에 짙은 적갈색 호두나무 가구와 스페인 고관대작을 그린 유화 표면에 덧칠한 바니시와 붉은 태피스트리를 배경으로 벽에 걸린 금빛 십자가가 묘하게 빛났다. 데 폭사 백작이 하던 말을 이어갔다. "모든 가톨릭교도는 인육을 먹어요. 예수 그리스도의 살, 그 성스러운 예수의 살 말입니다. 그게 바로 성체(聖體), 즉 세상에서 가장 신성하고 가장 인간적인 살이죠." 그러고는 깊은 저음으로 1936년 독재자 프랑코의 부하들에게 사살당한 스페인 시인 페데리코 가르시아 로르카의 시를 낭송했다. "오다 알 산티시모 사크라멘토 델 알타르." 그 유명한 「가장 신성한 성찬식에 바치는 송가」였다. 시는 사랑 노래처럼 시작된다. "칸타반 라스 무헤레스—여자들이 노래하고 있었지요." 데 폭사는 '개구리'가 나오는 대목에 이르러 목소리를 높였다.

비보 에스타바스, 디오스 미오, 덴트로 델 오스텐소리오.
푼사도 포르 투 파드레 콘 아구하스 델룸브레.
라티엔도 코모 엘 포브레 코라손 델라 라나
켈로스 메디코스 포넨 에넬 프라스코 데 비드리오.
(오 주여, 성체현시기(聖體顯示器)• 안에 살아계시는군요

당신의 아버지가 들쑤신 바늘에 마구 찔리셨지요.

벌떡벌떡 뛰는 심장이 개구리 심장 같네요

의사들이 유리병에 보관해둔 그 개구리 심장……)

"어떻게 그런 심한 말을……" 만네르헤임 백작부인이 말했다. "예수님의 육신이 성체현시기 안에서 고동치는 것이 개구리 심장 같다니! 아, 당신네 가톨릭교도들은 정말 괴물이야!"

"세상에 그보다 더 좋은 살은 없습니다." 데 폭사 백작이 깊은 저음으로 말했다.

"안 그런가, 스바르트스트룀?" 나는 그에게 이렇게 말하곤 했다. "인육이라도 피우고 싶어 죽겠지?"

스바르트스트룀은 미소를 지었다. 힘 빠진, 서글픈 미소였다. 그는 얼음장에서 튀어나온 말 머리들을 바라봤다. 죽은 말들은 갈기가 딱딱하게 얼어 있었고, 부릅뜬 눈은 공포로 번들거렸다. 그는 가벼운 손길로 삐죽 내민 녀석들의 주둥이며, 핏기 없는 콧방울, 절망 속에 울부짖다가 뒤틀려버린 입술들을 어루만져주었다. 얼어붙은 게거품과 함께 차마 바깥으로 나오지 못하고 입 속에 매장당한 그 울음들…… 잠시 후 우리는 말없이 자리를 떴다. 죽은 말들 옆을 지나가면서 우리는 하얀 진눈깨비가 쌓인 갈기를 쓰다듬어주었다. 바람이 쉬이익 하며 거대한 얼음판 위를 스쳐지나갔다.

그날 아침 우리는 말들이 얼음 감옥에서 풀려나는 것을 보러 갔다.

달콤하면서도 미끈미끈한 냄새가 포근한 공기 중에 둥둥 떠다녔다. 벌써 4월 말이어서 햇살은 이미 따스했다. 해빙기가 시작된 지도 꽤 지난 터라 얼음장에 갇힌 말의 머리들은 벌써부터 악취를 풍기고 있었다. 어

• 그리스도의 몸을 의미하는 빵, 즉 성체를 넣어 신도들에게 보여주는 투명한 용기.

떤 때는 그 고약한 사체 냄새가 참을 수 없을 정도였다.

메리칼리오 대령이 말들을 호수에서 꺼내어 깊은 숲속에 묻어버리라고 명령한 것도 그 때문이다. 대원들은 톱과 도끼, 쇠지레, 곡괭이, 밧줄 같은 장비를 챙겨 썰매 백여 대에 나눠 타고 라도가 호수로 내려갔다.

우리가 호반에 도착했을 때는 병사들이 벌써 열심히 작업중이었다. 오십 마리쯤 되는 말의 사체가 썰매에 열십자로 쌓여 있었다. 사체들은 이제 뻣뻣하지 않았다. 흐물흐물해지고 잔뜩 부풀어오른 상태였다. 해빙으로 녹은 기다란 갈기는 바람에 날리고 있었다. 눈썹은 잔뜩 부풀어오른 물기 어린 눈 위에 붙어 있었다. 병사들이 곡괭이와 도끼로 얼음장을 깨면 공기방울이 부글부글하면서 스펀지 같은 눈과 함께 싯누런 물 위로 말들이 둥실 떠올랐다. 병사들은 말의 사체를 밧줄로 묶어 호숫가로 끌고 나갔다. 썰매에 실린 말들의 머리는 썰매 옆으로 데룽데룽 늘어졌다. 숲 곳곳에 나가 있는 핀란드 포병 소속 말들이 그 달짝지근하면서도 고약한 동족의 냄새를 맡고 히히힝 하고 울면, 썰매 끄는 말들도 애절한 울음으로 길게 화답을 했다.

"포이스, 포이스!—이랴, 이랴!" 병사들이 채찍을 휘두르며 소리쳤다. 썰매는 질퍽한 눈밭을 설렁설렁 잘도 달렸다. 들쩍지근한 공기 속에서 말방울들이 명랑한 소리를 냈다. 유쾌한 애도 같았다.

이제 응접실에 어둠이 밀려들었다. 오크힐의 고목을 뚫고 들려오는 바람소리가 크고도 구슬펐다. 북풍에 실려오는 구슬픈 말 울음소리를 들으며 나는 몸서리를 쳤다.

"잔인한 친구……" 오이겐 왕자가 말했다. "유감일세."

"저도 왕자님께 깊이 유감입니다." 나는 웃으며 말했지만 내가 웃었다는 사실 자체가 부끄러웠다. 그래서 얼굴을 붉히며 다시 말했다. "저도 저 자신이 유감입니다. 자기연민을 느낀다는 것도 수치스럽고요."

"정말 잔인한 친구야." 오이겐 왕자가 말했다. "내가 자네를 도울 일이 있으면 좋겠군."

"이상한 꿈 얘기 하나 해드리지요." 내가 말했다. "가끔 뒤숭숭한 꿈을 꿉니다. 제가 어떤 광장 같은 곳으로 걸어들어갑니다. 잔뜩 모여든 사람들은 하나같이 위를 쳐다보고 있어요. 그래서 올려다보니까 높다란 산이 광장 위에 깎아지른 듯이 서 있는 거예요. 그 산꼭대기에 커다란 십자가가 서 있어요. 그리고 그 십자가에 말 한 마리가 대롱대롱 매달려 있습니다. 사형집행인들이 사다리에 올라서서 마지막 못질을 하고 있어요. 망치로 못을 쾅쾅 박는 소리가 들립니다. 십자가에 매달린 말은 좌우로 머리를 흔들며 나직하게 히히힝 울고 있습니다. 침묵한 군중들은 울고 있습니다. 말 그리스도의 희생, 동물의 골고다 언덕의 비극이지요. 이 꿈의 의미를 이해하는 데 왕자님이 도움을 주시면 좋겠습니다. 말의 죽음이 인간의 고귀하고 순수한 모든 것의 죽음을 뜻하는 것은 아닐까요? 전쟁을 이야기하는 꿈이라고 보지 않으세요?"

"전쟁 자체가 한바탕 꿈이지." 오이겐 왕자는 이렇게 말하며 한 손으로 이마와 눈을 쓸어내렸다.

"유럽의 그 모든 고귀하고 사랑스럽고 순수한 것이 지금 죽어가고 있습니다. 말은 우리의 고향입니다. 무슨 뜻인지 잘 아실 겁니다. 우리의 고향이, 우리의 오랜 고향이 죽어가고 있는 겁니다. 그리고 뇌리를 짓누르는 그 모든 모습들, 줄기차게 울부짖는 소리, 전쟁의 길목마다 죽어 널브러진 말들의 끔찍하고도 처연한 냄새…… 그런 것들이 전쟁의 잔혹상을, 우리의 목소리를, 우리의 냄새를, 죽은 유럽의 악취를 상징한다고 보지 않으세요? 제 꿈이 그 비슷한 뭔가를 의미한다고 생각지 않으십니까? 어쩌면 꿈은 해석하지 않는 편이 나을 겁니다."

"됐네." 오이겐 왕자가 말했다. 그러고는 내 쪽으로 고개를 숙이더니 나지막한 목소리로 말했다. "아, 나도 자네처럼 아파할 수 있으면 좋으련만……"

2부

쥐

4장

신이여, 왕의 수염을 깎으소서!

"난 왕이올시다. 쾨니히." 독일제국 국무위원이자 폴란드 총독인 한스 프랑크(1900~46)는 두 팔을 쭉 펴고 손님들을 응시했다. 얼굴에는 자신감과 여유로움이 넘쳐흘렀다.

나는 그를 응시하며 웃었다.

"독일제국의 폴란드 왕, 데어 도이체 쾨니히 폰 폴렌." 프랑크가 같은 소리를 또 했다.

나는 그를 응시하며 웃었다.

"왜 웃으시오? 왕 처음 봤소?" 프랑크가 물었다.

"저도 많은 왕들과 얘기를 나눠봤습니다. 궁전이나 성에서 만찬을 같이하기도 했고요." 내가 대답했다. "하지만 저한테 '난 왕이올시다!'라고 한 왕은 없었습니다."

"지 진트 아인 앙팡 가테—못된 꼬마처럼 구시네." 점잖게 끼어든 것은 부인인 브리기테 프랑크, 디 도이체 쾨니긴 폰 폴렌—독일제국의 폴란드 왕비였다.

"선생 말이 맞소." 프랑크가 말했다. "진짜 왕은 '나는 왕이다' 하지 않지. 물론 나는 진짜 왕은 아니오. 하지만 베를린에 있는 친구들은 이 나라를 '프랑크라이히'•라고 하지. 나는 폴란드 국민에게 생사여탈권을 행사하지만 폴란드 왕은 아니오. 폴란드인한테 왕의 고결한 자비를 베풀지만 진짜 왕은 아니지. 폴란드인은 나 같은 왕을 가질 자격이 없소. 은혜를 모르는 민족이니까."

"그들은 은혜를 모르는 민족이 아닙니다." 내가 말했다.

"폴란드인들이 내가 자기들한테 해준 모든 것에 감사한다면 나는 세상에서 제일 행복한 사람일 거요. 정말 프랑크라이히의 신(神)이 된 기분일 겁니다. 하지만 그들의 불행을 경감하고 그들을 공정하게 대우하려고 애를 쓸수록 그들은 내가 자기네 나라를 위해 하는 모든 일을 더더욱 경멸합니다. 은혜를 모르는 민족이지."

손님들이 맞는 말이라며 웅성거렸다.

"폴란드인은 자존심과 위엄이 있는 민족입니다." 나는 상냥하게 웃으면서 말을 이었다. "그런데 총독님이 주인이 된 겁니다. 이민족 지배자 말입니다."

"독일인 지배자겠지. 그들은 독일인 지배자를 모시는 영광을 누릴 자격도 없어요."

"사실, 그럴 자격 없습니다. 총독님께서 폴란드인이 아닌 것이 유감이군요."

"야, 샤데!—그럼, 유감이지!" 프랑크가 유쾌하게 웃으며 말했다. 그가 웃자 손님들도 요란하게 따라 웃었다. 그런데 프랑크가 갑자기 웃음을 뚝 멈추고는 두 손을 가슴에 대고 말했다. "폴란드인이라니! 날 보시오. 내가 어떻게 폴란드인일 수 있겠소? 내가 어디로 봐서 폴란드인으로 보인단 말이오?"

• Frankreich. 독일어로 '프랑스'란 뜻이나 여기선 '한스 프랑크의 나라'이란 뜻의 말장난이다.

"총독님은 로마가톨릭교도 아닙니까?"

"그렇소." 프랑크가 다소 놀란 표정으로 대답했다. "프랑켄 지방 출신이니까……"

"그러니까 로마가톨릭이지요."

"그렇소, 독일인 로마가톨릭 신자요."

"그렇다면 총독님은 폴란드인들과 공통점이 있는 겁니다. 가톨릭교도는 모두 평등하지요. 그러니 총독님이 좋은 가톨릭교도라면 폴란드인들과 동등하다고 느껴야 합니다."

"나는 로마가톨릭교도요. 훌륭한 가톨릭교도이지만 그게 전부라고 생각하시오? 내 동료 노동자들도 로마가톨릭교도요. 그들은 모두 옛 오스트리아제국 출신이지. 하지만 폴란드인들을 지배하기 위해 가톨릭교도가 되는 걸로 충분하다고 보시오? 당신은 가톨릭교도인 민족을 다스리는 게 얼마나 어려운지 상상도 못할 겁니다."

"전 그러려고 해본 적 없습니다." 나는 이렇게 말하며 웃었다.

"조심해야 해요. 특히……" 프랑크는 테이블로 몸을 숙이더니 부드러운 목소리의 묘한 어조로 말했다. "특히, 폴란드처럼 사사건건 바티칸과 문제가 되면 말이오. 폴란드인 하나하나 뒤에 누가 있는지 아시오?"

"폴란드인 신부요?"

"아니요. 교황이 있어요. 교황 성하께서 계신단 말이오."

"좀 껄끄럽겠네요."

"내 뒤에 히틀러 총통이 계시지만 그런 것과는 좀 다르지."

"그럼요, 다르지요."

"교황 성하는 모든 이탈리아인의 뒤에도 있지요?"

"이탈리아인은 등뒤에 누가 있는 걸 좋아하지 않습니다."

"아흐, 조! 아, 그렇군!" 프랑크가 웃으며 말했다. "아흐, 조!"

"아흐! 선생은 참 앙팡테리블(무서운 아이)이네요." 독일제국의 폴란드 왕비가 우아하게 한마디 던졌다.

"무솔리니가 교황하고 죽이 맞는다는 게 참 신기해." 프랑크가 말을 이었다.

"처음에는……" 내가 말을 꺼냈다. "무솔리니와 교황 사이에도 심각한 문제가 있었지요. 둘 다 사는 도시가 같고 똑같이 무오류를 주장하니까요. 다툼이 일게 뻔했습니다. 그런데 나중에 어찌어찌해서 꿍짝이 맞았어요. 그래서 지금은 다들 만족할 정도로 가고 있지요. 이탈리아인이 태어나면 무솔리니는 잘 보살펴줍니다. 먼저 아이를 유치원에 보내고, 나중에는 학교에 보내고, 직업훈련을 시키고, 파시스트당•에 가입시키지요. 그는 아이가 스물이 될 때까지 일을 시킵니다. 그 나이가 되면 군대에 입대시켜 이 년을 지내게 하지요. 그런 뒤 제대시키고 다시 일터로 보냅니다. 아이가 성년이 되면 바로 결혼을 시킵니다. 그리고 다시 아이가 태어나면 그 아버지한테 했던 대로 똑같이 하지요. 아버지가 늙어 일을 못하고 쓸모없어지면 무솔리니는 그를 다시 집으로 보내고 연금을 주고 죽기를 기다립니다. 결국 죽으면 그는 교황 손에 넘겨지고, 그때부터는 교황이 하고 싶은 대로 하는 겁니다."

독일제국의 폴란드 왕이 두 팔을 번쩍 쳐들었다. 어찌나 웃어대는지 얼굴이 검붉어지면서 숨이 꼴딱 넘어갈 지경이었다. 그러자 모든 손님들도 두 팔을 번쩍 쳐들고 소리쳤다. "아흐! 분더바! 분더바!" 프랑크는 포도주를 한참 음미하고 나서도 여전히 흥분이 가라앉지 않았는지 떨리는 목소리로 말했다. "아! 이탈리아인들이란! 이탈리아인들이란! 정말 정치의 천재야! 정말 법률적 감각이 탁월해! 유감인 건, 모든 독일인이 로마가톨릭교도는 아니라는 거지. 독일에 종교문제가 있다면 훨씬 간단하지. 가톨릭교도는 죽으면 바로 교황에게 넘기면 돼. 하지만 개신교도들은 누구한테 넘겨야겠소?"

"그게 문제지요." 내가 말했다. "그 문제는 히틀러가 오래전에 해결했

• 1919년 무솔리니가 세력화한 정당.

어야 할 문제지요."

"그분을 개인적으로 아시오?" 프랑크가 물었다.

"그런 영광을 누리지는 못했습니다. 딱 한 번 봤지요. 베를린에서. 프리츠 토트▲ 장례식 때. 저는 인도에 군중과 함께 서 있었습니다."

"첫인상이 어떻습디까?" 프랑크가 이렇게 묻고는 내 답을 기다렸다. 얼굴에 호기심이 역력했다.

"토트의 시신을 누구한테 넘겨줘야 하는지 모르는 것 같았습니다." 나의 대답에 프랑크가 다시 크게 웃음을 터뜨렸다.

"확실히 말씀드리지." 프랑크가 말했다. "히틀러는 그 문제를 오래전에 해결했소, 니히트 바?—그렇지 않나?" 프랑크는 웃으며 손님들을 바라봤다.

손님들은 웃으면서 일제히 소리쳤다. "야, 야, 나튀얼리히—네, 네, 당연합니다."

"히틀러는 위대한 인간입니다. 그분이 위대한 인간이라 생각지 않으시오?" 내가 답변을 주저하자 프랑크는 나를 뚫어져라 응시하면서 상냥한 미소를 지어보이며 말했다. "히틀러에 대한 선생의 견해를 듣고 싶소."

"그는 거의 한 인간이지요." 내가 대답했다.

"뭐라고요?"

"거의 한 인간이라 했습니다. 제 말은 진짜 인간은 아니란 거죠."

"아흐, 조. 선생 말은 위버멘슈(슈퍼맨)란 거지, 그런 얘기 아니오? 그렇지, 히틀러는 진짜 인간은 아니지. 초인(超人)이니까."

프랑크가 앉은 테이블 끝에서 한 손님이 한마디했다. "말라파르테 선생은 어느 책에서 히틀러는 여자라고 썼더군요."

그는 히틀러의 똘마니로 폴란드 게슈타포 대장이었다. 그의 목소리는 차고 달콤하면서도 우울했다. 멀리서 들리는 듯한 목소리였다. 나는 눈

▲ 1891~1942. 기술자 출신 나치 고위 관리로 군수장관을 지냈다.

살이 찌푸려졌지만 그를 쳐다볼 용기는 없었다. 그 차고 달콤하면서도 우울한 목소리, 멀리서 들리는 듯한 그 목소리에 가슴이 약간 떨렸다.

"그렇지요." 잠시 침묵하다가 나는 말했다. "히틀러는 여자죠."

"여자라고?" 프랑크가 나를 응시하며 큰소리로 말했다. 눈에는 당황과 우려가 가득했다.

다들 말없이 나를 쳐다보기만 했다.

"그가 진짜 인간이 아니라면 여자라고 해서 안 될 게 뭐가 있겠습니까?" 내가 말했다. "해가 될 게 뭐가 있겠어요? 여자들은 우리의 존경과 사랑과 찬미를 받을 자격이 있습니다. 여러분은 히틀러가 독일 국민의 아버지라고 하지요, 니히트 바? 그런데 왜 독일 국민의 어머니는 될 수 없다는 겁니까?"

"독일인의 어머니!" 프랑크가 소리쳤다. "디 무터?"

"어머니지요." 내가 말했다. "자궁에 아이를 잉태하고, 산고 끝에 출산하고, 피와 젖으로 먹여주는 바로 그 어머니 말입니다. 히틀러는 새로운 독일민족의 어머니입니다. 그는 독일민족을 자신의 자궁에서 잉태했고, 고통 속에서 낳았고, 자신의 피와 젖으로 먹여주는……"

"히틀러는 독일민족의 아버지지 어머니가 아니오." 프랑크가 단호하게 말했다.

"어쨌거나 독일민족은 그가 낳은 아이지요. 그 점은 의문의 여지가 없습니다."

"그렇지. 그 점은 의문의 여지가 없소. 새로운 유럽의 모든 민족들은, 특히 폴란드 민족은 히틀러 같은 공정하고 엄격하신 아버지를 가졌다는 데 자부심을 느껴야 해요. 그런데 폴란드인들이 우리를 어떻게 생각하는지 아시오? 야만인이라고 생각해요!"

"그래서 기분이 안 좋으신가요?" 내가 웃으며 물었다.

"우리는 지배민족이지 야만인이 아니오. 헤렌폴크•지."

"아, 그런 말씀 마십시오!"

"왜 말라는 거요?" 프랑크가 어이가 없다는 듯 물었다.

"지배자와 야만인은 같은 거니까요."

"난 좀 생각이 달라요." 프랑크가 말했다. "우린 헤렌폴크요, 야만인이 아니지. 혹시 오늘밤 여기 모인 사람들이 야만인처럼 느껴지시오?"

"아니요. 주인들처럼 느껴집니다." 나는 웃으며 이렇게 덧붙였다. "이 말씀은 꼭 드려야겠군요. 저는 오늘밤 여기 바벨성(城)에 들어설 때, 마치 르네상스 시대 이탈리아의 궁정에 들어서는 느낌이었습니다."

독일인 폴란드 왕의 얼굴이 의기양양한 미소와 함께 밝아졌다. 그는 주변을 돌아보며 한 사람 한 사람에게 자신감 넘치는 만족스러운 웃음을 지어보였다. 그는 기분이 아주 좋았다. 나도 내 말이 그를 기분 좋게 만들 것이라는 사실을 알고 있었다.

폴란드로 떠나기 전 베를린 빌헬름 광장에 있는 독일 정부청사에서 셰퍼가 귀띔해준 이야기가 있었기 때문이다. 그는 슬쩍 웃으며 이렇게 당부했다. "프랑크 얘기를 너무 물고 늘어지지 마. 좋은 사람이지만 풍자 같은 건 이해 못하거든. 그러니까 정 못 참겠거든 꼭 르네상스 시대 이탈리아 군주 같다고 말해줘. 비꼬는 말이라는 건 모를 테니까 말이야." 셰퍼의 그 충고를 나는 정확한 타이밍에 떠올린 것이다.

내 앞에는 프랑크가 등받이가 빳빳하고 높은 의자에 앉아 있었다. 폴란드의 궁성으로 쓰였던 크라쿠프의 바벨성에 그렇게 앉은 모습이 마치 수백 년 전 폴란드를 지배했던 야겔로 왕가나 소비에스키 왕가의 옥좌에 앉은 듯했다. 그는 충성과 기사도를 중시하는 폴란드의 위대한 전통을 자신이 부흥시키고 있다고 확신하는 듯했다. 얼굴에는 순수한 자부심 같은 게 넘쳤다. 창백하고 부풀어오른 두 볼과 매부리코에서는 과대망상과 불안감이 동시에 느껴졌다. 까맣고 윤이 잘잘 흐르는 머리는 뒤로 빗어 넘겨서 넓은 상앗빛 이마가 훤히 드러났다. 그의 얼굴에서는 어린애 같

• '지배(주인)민족'이란 뜻. 나치가 독일민족을 지칭하던 말.

은 구석과 망령기 같은 것이 동시에 느껴졌다. 골난 아이처럼 삐죽 내민 두 입술이 그렇고, 툭 튀어나온 눈이며 눈꺼풀(눈에 비해 너무 크고 무거워 보였다)을 계속 내리까는 습관 탓에 양쪽 관자놀이에 생긴 깊은 일자 주름에서도 그런 것을 느낄 수 있었다.

그의 얼굴에 엷은 기름막처럼 땀이 번졌다. 커다란 네덜란드 램프들과 테이블에 일렬로 늘어선 은제 촛대가 발하는 빛이 보헤미아 크리스털 글라스와 작센 도자기에 반사까지 되면서 그의 얼굴은 마치 셀로판지로 만든 가면을 쓴 것처럼 번쩍였다.

"내 유일한 야망은……" 프랑크가 두 손으로 테이블 모서리를 잡고 등받이에 몸을 턱 기대며 말했다. "폴란드 국민을 명예로운 유럽 문명 수준으로 올려놓고 이 미개한 민족을 개화……" 여기서 프랑크는 어떤 의문이 뇌리를 스친 듯 말을 끊고는 날 뚫어져라 쳐다보며 독일어로 말했다. "아버……, 지 진트 아인 프로인트 데어 폴렌, 니히트 바?—그런데, 선생은 폴란드인들의 친구 아니오?"

"오, 나인!" 내가 대답했다.

"어째서 아니란 거죠?" 프랑크가 이탈리아어로 물었다. "선생은 폴란드인들의 친구가 아니오?"

"저는 폴란드 국민에 대한 신실한 우정을 비밀에 부친 적이 절대 없습니다." 내가 대꾸했다.

프랑크는 매우 놀랍다는 듯한 표정으로 나를 응시했다. 그는 잠시 말이 없다가 이내 다시금 천천히 물었다. "그럼 왜, 조금 전에는 그걸 부정한 거요?"

"제가 '아니요'라고 한 것은 우크라이나의 러시아인 노동자가 독일인 장교에게 '아니요'라고 말한 것과 거의 같은 이유에서였습니다." 나는 웃으며 공손한 자세로 답했다. "1941년 여름에 나는 페스찬카에 있었습니다. 우크라이나의 한 마을이지요. 그런데 어느 날 대규모 콜호스를 둘러보러 갔습니다. 마을 옆에 붙은 보로실로프 콜호스였습니다. 이틀 전에 러시아 주민들은 페스찬카를 버리고 떠난 상태였습니다. 그곳은 제가 그때까지 본 것 중 가장 크고 부유한 콜호스였습니다. 모든 게 질서정연하게 원래 그대로였지만 외양간과 마구간들은 텅 비어 있었지요. 농장에는 밀 한 톨 없었습니다. 건초도 없었습니다. 말 한 마리가 앞뜰에 나와 절뚝거리며 돌아다니고 있었어요. 늙고 눈이 먼 절름발이 말이.

농장 끝 쪽 기다란 축사 밑에는 수백 개의 농기계들이 줄지어 늘어서 있었습니다. 대부분 소련제였지만, 헝가리제도 많고 이탈리아제, 독일제, 스웨덴제, 미국제도 일부 있었습니다. 퇴각하는 소련군은 콜호스에는 불을 지르지 않았습니다. 다 익은 곡식이나 해바라기 숲도 손대지 않았지요. 농기계도 파괴하지 않았습니다. 그들은 트랙터와 말과 소만 데려갔습니다. 밀과 해바라기 씨도 가져갔지요. 농기계에는 손대지 않았습니다. 탈곡기까지 얌전히 놓아두었습니다. 장비를 일절 훼손하지 않고 그냥 둔 것입니다. 그저 트랙터만 가져갔습니다. 청바지 입은 한 노동자가 커다란 탈곡기에 기름칠을 하고 있었습니다. 전쟁은 먼 나라 일이고 페스트찬카 마을과는 상관이 없다는 투였습니다. 며칠간 비가 내렸던 터라 태양이 환히 빛났습니다. 공기는 상쾌했습니다. 하얀 깃털구름이 깔린 담청색 하늘이 진흙 웅덩이 안에 얼비쳤습니다.

잠시 후에 한 독일군 친위대 장교가 콜호스로 들어오더군요. 그의 부하 예닐곱 명도 뒤따라 들어왔습니다. 장교는 뜰 한가운데에 두 다리를 쩍 벌리고 서서 주위를 둘러봤습니다. 그러면서 이따금 고개를 돌려 부하들에게 무언가 말을 하더군요. 분홍빛 입술 사이로 금니가 반짝거렸습니다. 장교는 노동자가 기계에 기름칠을 하는 것을 보고는 갑자기 그를 불렀습니다.

'두, 콤 히어!—너, 이리 와!'

노동자는 절뚝거리며 장교한테로 갔습니다. 그 역시 절름발이였습니다. 그래서 마을사람들이 버려두고 갔던 겁니다. 노동자는 오른손에는 큰 렌치를, 왼손에는 놋쇠로 된 기름깡통을 들고 있었습니다. 그가 눈먼 말한테 가까이 가면서 부드러운 목소리로 뭐라고 중얼거리자 말이 주둥이를 그의 어깨에 문지르면서 절뚝거리며 몇 발짝 그의 뒤를 따라갔습니다. 이어 노동자가 장교 앞에 서서 모자를 벗었습니다. 그의 머리는 까맣고 곱슬곱슬했습니다. 잿빛 얼굴은 야위고 눈은 흐릿했습니다. 누가 봐도 유대인이었습니다.

'두 비스트 유데, 니히트 바?—너 유대인 맞지?' 장교가 묻더군요.

'나인, 이히 빈 카인 유데—아니요, 유대인 아닙니다.' 노동자가 고개를 저으며 대답했습니다.

'에츠토? 티 니에 에브리? 티 에브리!—뭐라고? 유대인이 아니라고!' 장교가 러시아어로 재차 물었습니다.

'다, 야 에브리—그게요, 네, 유대인 맞습니다.' 노동자가 러시아어로 대답했습니다.

장교는 한참을 말없이 그를 쳐다보다가 천천히 물었습니다. '그럼 왜 조금 전에는 아니라 그랬지?'

'독일어로 물었으니까요.' 노동자가 대답했습니다.

'쏴버려!' 장교가 말했습니다."

프랑크의 쩍 벌어진 입에서 호쾌한 웃음이 와장창 쏟아져나왔다. 모든 손님들이 등을 한껏 젖히고 시끌벅적하게 웃어댔다.

호쾌한 웃음소리가 잦아들자 프랑크가 말했다. "그 장교가 아주 솔직하고 점잖게 처리를 했군. 훨씬 악질적으로 할 수도 있었을 텐데, 니히트 바? 하지만 유머 감각은 없군. 그런 게 있었다면 문제를 농담처럼 만들 수도 있었을 텐데 말이야. 젬 레 좀 스피리튀엘—난 재치 있는 사람들이 좋아." 그가 공손하게 고개를 숙이며 프랑스어로 덧붙였다. "에 부자베 보쿠 데스프리—그런데 선생은 아주 재치가 있어. 위트와 지성미, 예술과 문화가 독일제국 치하의 이 크라쿠프 성에서는 제일 중요해. 나는 르네상스 시대 이탈리아 궁정을 바벨성에서 되살려내고 싶소. 바벨성을 슬라브족 야만인들이 가득한 바다 한가운데 떠 있는 문명과 예절의 섬으로 바꾸고 싶단 말이오. 내가 크라쿠프에 폴란드 필하모니까지 결성했다는 걸 아시오? 연주자들은 당연히 모두 폴란드인이지. 지휘는 푸르트벵글러와 카라얀•이 내년 봄에 크라쿠프로 와서 해줄 거요."

"아, 쇼팽!" 프랑크가 갑자기 큰소리로 말하며 눈을 치켜뜨고 식탁보를 마치 건반이나 되는 양 손가락으로 죽 훑었다. "아, 쇼팽! 하얀 날개를 한 천사! 그가 폴란드 천사라는 게 무슨 문제겠소? 음악의 천국에는 폴란드 천사들이 들어갈 자리도 있는 법이지. 그런데 폴란드인은 쇼팽을 안 좋아해."

"쇼팽을 안 좋아한다고요?" 내가 놀라서 물었다.

"일전에……" 프랑크가 우울한 목소리로 말을 이었다. "쇼팽에게 헌정한 연주회에서 크라쿠프 청중들은 박수를 안 쳤어요. 손뼉 치는 사람은 한 명도 없었지. 그 하얀 음악의 천사에 대한 애정 같은 것이 없더란 말이오. 나는 그 수많은 관중을 말없이 꼼짝 않고 응시하면서 저렇게 얼어붙은 듯 침묵하는 이유가 뭘까 알아내려 애를 썼지. 나는 수천수만 개의 반짝이는 그 눈들을, 쇼팽의 날개에 스치듯 애무를 받아 여전히 열기가 식지 않은 하얀 이마들을 쳐다봤소. 나는 그 하얀 천사의 서글프고도 달콤한 키스를 받았지만 여전히 핏기 없는 그 입술들을 쳐다봤소. 그러면서 그 많은 관중이 그렇게 멍하게 유령처럼 꼼짝 않고 앉아 있는 까닭이 뭔지 알아내려 애를 썼소. '아! 나는 예술과 시와 음악으로 이 사람들의 마음을 얻어야겠다! 나는 폴란드의 오르페우스가 되어야겠다!'고 생각했소. 하하하, 폴란드의 오르페우스 말입니다!" 프랑크는 이상한 웃음을 터뜨렸다. 그러더니 눈을 감고 머리를 의자 등받이에 푹 기댔다. 낯빛이 점점 창백해지면서 호흡은 가빠지고 이마에서는 땀방울이 송골송골

• 푸르트벵글러(1886~1954)와 카라얀(1908~89)은 20세기 대표적 오케스트라 지휘자들이다. 나치 치하에서도 왕성한 활동을 했으므로 종전 후 나치 부역자로 비판받기도 했다.

맺혀서 번들거렸다.

이어 브리기테 프랑크 부인, 디 도이체 쾨니긴 폰 폴렌—독일제국의 폴란드 왕비가 눈을 치켜뜨며 고개를 문 쪽으로 돌렸다. 이를 신호로 문이 열리고 거대한 은쟁반에 회색 멧돼지가 모습을 드러냈다. 쟁반에는 향기 나는 블루베리 잎사귀를 짚자리처럼 깔았기 때문에 멧돼지는 그 위에서 씩씩거리며 매복을 하고 있는 것처럼 보였다.

폴란드 괴뢰정부 의전 담당 책임자 케이트가 루블린•에 있는 숲에서 직접 총으로 쏴서 잡은 멧돼지였다. 성난 야수가 잎사귀로 만든 깔짚에 놓여 있는 것이 마치 덤불 속 블랙베리 밭에 숨어 언제라도 방심한 사냥꾼과 성난 사냥개들에게 달려들 준비가 되어 있는 것 같았다. 구부러진 허연 어금니가 집돼지 같은 턱에서 삐죽 솟아나와 있었다. 직화(直火)로 구운 멧돼지의 윤이 잘잘 흐르는 통통한 등허리에는 까만 강모가 삐죽삐죽 솟아 있었다. 그런 멋진 폴란드 멧돼지의 모습을 보면서 내 가슴속에서는 알 수 없는 연민 같은 게 솟아났다. 루블린 숲을 파르티잔처럼 누비던 네발 달린 짐승…… 녀석의 시커먼 눈구멍에서는 은밀한 무엇이 은빛으로 반짝이고 있었다. 시뻘건 불길이 타오르는 불그레한 눈빛 같았다. 은빛으로 반짝이는 불그레한 눈빛에서, 나는 농민과 숲의 사람들과 노동자들의 눈을 보았다. 비스툴라 강변 들판에서 자코파네로 이어지는 타트라 산맥의 숲속에서, 라돔과 쳉스토호바의 공장들에서, 비엘리치카 암염 광산▲에서 만난 사람들의 눈이었다.

"아흐퉁!—조심!" 프랑크는 이렇게 말하면서 손을 들어 큰 칼을 멧돼지 등에 푹 찔러넣었다.

커다란 벽난로에서 너울거리는 불길 탓이었는지, 아니면 산해진미나 최고급 프랑스, 헝가리산 포도주 탓이었는지 나는 얼굴이 화끈거렸다.

• 폴란드 남동부 도시.

▲ 타트라 산맥은 폴란드와 슬로바키아 국경을 이루는 산맥, 라돔과 쳉스토호바는 폴란드 중남부의 공업도시들이고, 비엘리치카는 크라쿠프 남동쪽에 있는 유럽에서 가장 오래된 소금 광산이다.

나는 바벨성의 거대한 연회장에서 독일제국의 폴란드 왕 테이블에 앉아 있었다. 고색창연하고, 우아하며, 부유하고, 교양 있는, 왕이 살던 도시 크라쿠프에서 르네상스 시대 이탈리아 시뇨레(영주)의 독일 짝퉁인 저 단세포적이고 잔인하며 허영심 많은 자의 작은 궁정 한가운데에 들어와 있는 것이다. 그런 생각이 들자 얼굴이 달아오르고 서글픈 수치심 같은 것이 치밀어올랐다. 만찬이 시작되자 프랑크는 플라톤이 어떻고, 마르실리오 피치가 어떻고, 루첼라이 가문의 오리첼라리 정원이 어떻고 하며 떠들었다.■ (프랑크는 과거에 로마 대학에서 공부했고, 괴테나 그레고로비우스가 썼을 법한 이탈리아어같이 약간 낭만적인 투가 있긴 하지만, 이탈리아어를 완벽히 구사한다.★ 그는 피렌체, 베네치아, 시에나의 미술관에서 많은 시간을 보냈고, 페루자, 루카, 페라라, 만토바 같은 도시도 잘 안다. 또 슈만, 쇼팽, 브람스를 좋아하고 피아노도 끝내주게 친다.) 이제 프랑크는 도나텔로에 대해, 폴리치아노에 대해, 산드로 보티첼리에 대해 떠들면서♠ 눈을 반쯤 감은 것이 마치 제 말이 무슨 음악이라도 되는 양 자기 자신에 취한 모습이었다.

프랑크는 아내 브리기테에게 우아한 미소를 보냈다. 아뇰로 피렌추올라의 작품에서 주인공 체슬로가 아름다운 아모로리스카에게 보내는 미소처럼. 프랑크는 말을 하면서 배히터 부인과 가스너 부인을 사랑스러워하는 눈길로 응시했다. 그 옛날 보르소 데스테(15세기 페라라의 영주)가 스키파노이아궁에서 젊은 페라라 여자들의 맨어깨와 분홍빛 이마를 응시할 때처럼. 프랑크는 고개를 돌려 젊고 세련된 크라쿠프 지구 총독 배히터(1934년 7월 나치를 불법화한 오스트리아 총리 돌푸스를 살해한 일당

■ 피치는 15세기 이탈리아 르네상스의 신플라톤주의자였고, 오리첼라리 정원은 16세기 마키아벨리아가 공화파의 모임을 가진 장소였다.

★ 괴테, 그레고로비우스 등은 로마를 방문했던 독일인들로, 특히 그레고로비우스는 19세기에 20년 넘게 로마에서 살면서 고전문헌을 연구했다.

♠ 도나텔로(조각가), 폴리치아노(인문주의자), 보티첼리(화가)는 15세기 르네상스의 인물들.

중 한 명인 빈 출신의 그 배히터다)를 애정 어린, 그러면서도 진지한 표정으로 바라봤다. 마치 '위대한 로렌초 데 메디치'가 암브라 별장에서 사람들과 유쾌하게 담소하면서 젊은 폴리치아노를 돌아볼 때처럼. 케이트, 볼제거, 에밀 가스너와 슈탈은 프랑크가 점잖게 한마디 던질 때마다 꼭 16세기 발다사레 카스틸리오네가 세련된 궁정에서 세련된 관리들에게 조언하듯이 화답했다. 테이블 끝에 앉은 나치 친위대장 힘러의 부하만이 묵묵히 오가는 얘기를 듣고 있을 뿐이었다. 아마도 옆방서 들리는 둔탁한 군화 소리에 청각을 곤두세우고 있었을 것이다. 거기서 지체 높으신 주인을 기다리는 것은 눈가리개 한 매를 가죽장갑 낀 팔뚝 위에 올려놓고 있는 매사냥꾼들이 아니라, 기관총으로 무장한 굳은 표정의 친위대원들이었다.

나는 얼굴이 붉어지는 걸 느꼈다. 크라쿠프에서 바르샤바까지 눈 덮인 황량한 들판을 차로 달리고 우지, 라돔, 르보프, 루블린 등등 컴컴한 소도시와 지저분한 마을들을 누비면서 여위고 창백한, 기아와 불안과 비굴함과 절망으로 얼룩진 얼굴을 한 주민들을 만났을 때처럼 얼굴이 붉어지는 걸 느꼈다. 당시 그들의 총기 없는 눈에는 청순한 표정, 고통받는 폴란드 국민들의 청순한 표정이 들어 있었다. 어느 날 저녁, 안개 낀 소도시에서 밤을 보낼 요량으로 도이체스 하우스('독일의 집'이란 뜻의 주점)에 들어갔다. 왁자한 웃음소리에 음식과 술냄새가 진동했다. 마치 마법에 걸려, 화가 조지 그로스(1893~1959)가 그렸을 법한 표현주의풍의 독일 궁정 속으로 빨려든 것 같았다. 음식이 잔뜩 놓인 테이블 주변으로 그로스가 잘 그리는 목덜미며 배, 입, 귀, 그리고 물고기 눈처럼 차갑게 응시하는 독일군의 눈들이 나타났다. 그때 서글픈 수치심이 밀려들면서 내 얼굴이 붉어졌다. 독일제국의 폴란드 왕이 앉은 바벨성 대연회장 테이블에 자리한 손님들을 하나씩 살펴보며 나는 바르샤바, 크라쿠프, 쳉스토호바, 우지의 길거리를 터벅터벅 걷는 야위고 창백한 군중들이 떠올랐다. 땀에 젖은 그 얼굴들에는 기아와 불안이 스며 있었다. 사람들은 눈으로 진창이 된 거리를 배회하고 있었다. 저 불행한 저택들과 위풍당당한 궁전에서는 매일 카펫과 은제 물품, 유리 제품, 도자기들이 빼돌려지고 있었다. 그 모두가 과거의 부와 허영과 영광의 상징이었다.

"그런데 말이요, 오늘, 바토레고 거리에는 왜 가셨소?" 프랑크가 교활한 웃음을 지으며 물었다.

"바토레고 거리요?" 내가 말했다.

"그래요, 울리차 바토레고라고 하지?" 프랑크가 에밀 가스너를 쳐다보며 다시 물었다.

"야, 바토레고 슈트라세." 가스너가 답했다.

"그 숙녀분들한테는 왜 가셨소? 그 사람들 이름이 뭐더라?"

"프로일라인(미스) 우르반스키요." 가스너가 대답했다.

"프로일라인 우르반스키든가? 나이가 든 숙녀들이지. 내 기억이 맞다면 노처녀 자매야. 그 우르반스키 자매한테는 왜 가셨소?"

"이미 다 알고 계시는군요." 내가 말했다. "그런데 바토레고 거리에서 제가 무슨 일을 했는지는 모르세요? 우르반스키 자매에게 빵을 좀 갖다주러 갔었는데……"

"빵?"

"네, 이탈리아 빵이요."

"이탈리아 빵? 그럼 그걸 이탈리아에서 가져왔소?"

"그럼요! 이탈리아에서 가지고 왔지요. 우르반스키 자매에게 줄 장미 한 아름도 피렌체에서 가져올 뻔했답니다. 하지만 피렌체에서 크라쿠프까지는 길이 너무 멀어서…… 장미는 빨리 시드니까요. 그래서 빵만 가져왔지요."

"빵?" 프랑크가 큰 소리로 물었다. "그럼 폴란드에는 빵이 없다고 생각하는 거요?" 그러면서 그는 두 팔을 쫙 벌려 은쟁반들을 끌어안는 듯한 몸짓을 했다. 쟁반에는 껍질이 얇은, 보드랍고 하얀 폴란드 빵이 잔뜩 쌓여 있었다.

창백하게 부풀어오른 그의 얼굴이 밝아지면서 웃음이 번졌다.

"폴란드 빵은 써서요."

"그래, 그건 사실이오. 이탈리아 장미가 더 달콤하지. 피렌체에서 장미를 잔뜩 가져와 우르반스키 자매에게 주었더라면 좋았을걸 그랬소. 그럼 이탈리아의 좋은 선물이 되었을 텐데. 더구나 두 '늙은' 숙녀가 그 집에서 선생이 만난 유일한 인물이 아닐 테니, 니히트 바?"

"오, 부 제트 메샹!—짓궂기도 하셔라!" 배히터 부인이 프랑크에게 손가락질하며 책망하듯이 말했다. 빈 출신인 배히터 부인은 프랑스어로 말하길 좋아했다.

"폴란드 귀족 루보미르스카 후작부인이라든가 뭐, 그랬지 않소?" 프랑크가 웃으며 말을 이었다. "릴리 루보미르스카. 릴리. 아흐 조, 릴리!"

다들 웃기 시작했지만 나는 묵묵히 있었다.

"릴리(백합꽃)도 이탈리아 빵을 좋아하나?" 프랑크의 이 물음에 다시 다들 웃음을 터뜨렸다.

나는 웃으며 배히터 부인에게 눈길을 돌렸다. "저는 위트 있는 사람이 못 됩니다. 어떻게 대답해야 할지 모르겠네요. 부인께서 대신 좀 해주시겠어요?"

"오, 선생님은 위트 있는 분이 아니란 걸 압니다." 배히터 부인이 상냥하게 대답했다. "하지만 그 대답은 아주 쉬워요. '폴란드인과 이탈리아인은 친구다, 그리고 우정의 빵은 아주 좋은 것이다'라고 하면 되죠. 안 그런가요?"

"감사합니다." 내가 말했다.

"아흐 조!" 프랑크가 이렇게 큰 소리로 말하고는 잠시 침묵하더니 한마디 덧붙였다. "선생이 폴란드 국민의 친구란 걸 잊었었네. 내 말은 폴란드 귀족들 말이오."

"모든 폴란드인은 귀족입니다." 내가 말했다.

"그렇지. 라지빌 후작•도 마부랑 구별이 안 되니까."

"그럼 잘못 보신 겁니다." 내가 말했다.

다들 어안이 벙벙해서 날 쳐다봤다. 프랑크도 나를 보며 웃었다.

그런데 이 위태위태한 시점에 문이 슬며시 열리더니 거위구이를 담은 쟁반이 등장했다. 거위는 뒤집어놓고 주변에는 감자튀김을 화환처럼 장식해놓은 상태였다. 통통한 폴란드 거위는 가슴이 불룩하고 엉덩이가 빵빵하며 목도 튼실해 보였다. 그런데 왜 그 순간 거위 목을 고전적인 방식으로 자르지 않고 친위대원들이 벽에 세워놓고 총살했다는 생각이 떠올랐는지는 잘 모르겠다. "발사!" 하는 거친 구령과 함께 따따따 하는 총소리가 들리는 듯했다. 거위는 분명 잔인한 폴란드 압제자들의 눈을 당당하게 노려보며 쓰러져갔을 것이다. 나는 "발사!" 하고 소리쳤다. 마치 그런 외침이, 그런 귀에 거슬리는 험악한 명령 소리가 무슨 의미인지 알아보려는 것처럼…… 바벨성의 대연회장에서 갑자기 따따따 하는 총소리를 듣게 될 것만 같았다. 그런데 다들 박장대소했다. 그들은 머리를 뒤로 젖히고 웃어댔으며, 나를 응시하는 프랑크 부인의 눈도 감각적인 쾌락으로 반짝였다. 그녀의 얼굴은 벌개졌고, 약간 땀에 젖었다.

"발사!" 프랑크가 소리쳤다. 그러자 웃음소리가 더 커졌다. 그들은 거위에 눈을 고정하고 목을 오른쪽 어깨에 삐딱하게 기댄 채 왼쪽 눈을 감았다. 진짜 조준을 하는 듯한 자세였다. 나도 웃음이 나왔다. 수치심이 스멀스멀 밀려왔다. 일종의 쓰라린 수치심이었다. 나는 거위가 불쌍했다. 아, 그렇다! 나는 거위 편이었다. 총을 겨누고 있는 자들 편도, "발사!" 하고 소리치는 자들 편도, "간스 카푸트!—거위가 죽었다!"라고 떠드는 자들 편도 아니었다.

나는 거위 편이었다. 그 거위를 바라보면서 늙은 후작부인 비체트 라지빌 여사가 비가 철철 내리는 가운데 폐허로 변한 바르샤바 역에서 자신을 안전한 이탈리아로 데려다줄 기차를 기다리고 있던 모습이 생각났

• 라지빌(Radziwill)은 유서깊은 폴란드 귀족 가문 '라지비우'의 독일어 발음.

다. 비가 내리는 가운데 후작부인은 플랫폼에서 꼬박 두 시간을 서 있었다. 역사 지붕은 새까맣게 그을린 상태였다. 포병이 쏜 포탄과 슈투카 폭격기가 투하한 폭탄이 휩쓸고 간 상처였다.

"내 걱정 말아요. 난 늙은 암탉이니까." 부인은 이탈리아 공사관의 젊은 서기관 소로에게 이렇게 말하고 있었다. 그러면서 이따금씩 머리를 흔들어 펠트 모자 가장자리에 맺힌 빗방울을 털어냈다.

"어디 우산 구할 데도 없네요……" 소로가 말했다.

"우산 같은 건 내 나이가 되면 써도 우습지!" 그녀는 특유의 목소리와 억양으로 말하며 웃었다. 그녀는 표정이 풍부한 눈빛으로 간신히 게슈타포의 허가를 얻어 배웅 나온 일단의 지인과 친구들을 즐겁게 해주었고, 재미난 이야기와 유쾌한 일화, 소련군과 독일군 점령지를 천신만고 끝에 빠져나오며 겪었던 애로 사항들을 들려주었다. 그녀는 자비심과 동정심과 자존심 탓에 폴란드가 겪고 있는 어마어마한 비극을 깊이 들여다보지는 못하는 것 같았다. 비가 그녀의 얼굴에 떨어지면서 볼연지를 칠한 양쪽 뺨을 타고 흘러내렸다. 노랗게 물들인 백발은 푹 젖은 채로 펠트 모자 아래로 늘어져 있었다. 부인은 빗속에서 두 시간을 그렇게 서 있었다. 신발은 진창과 플랫폼을 덮은 석탄 먼지에 푹 빠져 있었다. 하지만 그녀는 쾌활하고 생기가 넘쳤으며 열정적이었다. 그녀는 이런저런 이야기를 하면서 친척과 친구, 죽은 사람과 탈출한 사람, 구금된 사람들의 소식을 물었다. 그러다가 누가 "그 사람 소식은 모릅니다"라고 대답하면 비체트 라지빌 여사는 애원하듯이 "어머, 저런!" 하고 한탄했다. 재미난 이야기나 흥미로운 가십을 놓쳐 아쉬워하는 소리처럼 들렸다. 누가 살아 있다는 얘기를 들으면 또 부인은 큰소리로 "아, 그거 정말 재미있네"라고 말했다. 또 누가 "누구 누구는 죽었고, 누구 누구는 잡혀갔습니다"라고 하면 부인은 입을 삐죽거리며 큰 소리로 "어떻게 그럴 수가?" 하고 말했다. 마치 저들이 자신에게 말도 안 되는 얘기를 한 것에 대해 '당신, 나 놀리는 거지?' 하고 말하는 듯했다.

후작부인은 소로에게 최근 바르샤바에 떠도는 소문에 대해 물었다. 그러면서 플랫폼을 오가는 독일 장병들을 바라보며 말했다. "세 포브르 장—저 불쌍한 사람들." 그 묘한 옛날식 말투는 마치 본인 때문에 독일군들이 불편을 겪어서 안됐고 미안하다는 듯한, 폴란드의 파괴야말로 불쌍한 독일군에게 닥친 끔찍한 불행이라는 듯한 투였다.

잠시 후 한 독일군 장교가 의자를 들고 다가와 후작부인에게 절을 하고는 말없이 의자를 내밀었다. 그러자 비체트 라지빌 여사는 자세를 꼿꼿이 하고, 최대한 우아한 미소를 지으며, 경멸의 기미 같은 것은 전혀 없는 밝은 어조로 말했다. "감사합니다. 나는 친구들의 호의만 받습니다." 장교는 당황했다. 처음에는 알겠다는 표시도 감히 하지 못했다. 그러더니 얼굴이 붉어지면서 의자를 놓고 절을 한 뒤 말없이 물러갔다.

"아니, 저것 좀 봐…… 의자라니! 어떻게 저걸 가져올 생각을 하지!" 부인은 빗속에 버려진 의자를 물끄러미 바라보며 말했다. "저렇게 속이 편하다는 게 참 놀라워요. 불쌍한 사람들!"

그렇게 빗속에 서 있던 늙은 폴란드 귀부인이, 빗속에 홀로 버려진 그 의자가 생각났다. 나는 거위 편이었고, 비체트 라지빌 후작부인 편이었고, 의자 편이었다. 둘 다 빗속에 홀로 남아 있었다. "발사!" 프랑크가 다시 소리쳤다. 그러자 거위는 폐허가 된 바르샤바 역사 벽에서 쓰러진다. 그러면서 자신에게 총을 쏜 군인들을 향해 웃는다. 세 포브르 장. 나는 내가 거위 편이란 생각이 들었다. 빗속에 서 있던 비체트 라지빌 후작부인의 편이고, 폐허가 된 바르샤바 역 진창의 플랫폼으로 비를 맞고 의자를 가져가는 장교의 편이란 생각이 들었다.

다들 웃었다. 왕비만 혼자 웃지 않았다. 프랑크 총독의 부인은 근엄한 자세로 앉아 있었다. 마치 옥좌에 앉은 것 같았다. 그녀는 종 모양의 허리띠가 없는 녹색 벨벳 드레스를 가운처럼 걸치고 있었다. 끝단에 두른 붉은색 넓은 테가 눈길을 끌었다. 옛날 고딕식으로 길고 넓은 소매는 어깨 부위에서 공기를 넣은 것처럼 부푼 주름이 잡혀 있었다. 어깨 위에서 우아한 아치처럼 불룩 솟은 소매는 손목 쪽으로 내려갈수록 한층 풍성해졌다. 왕비는 종 모양의 드레스 위에 끝단에 두른 테와 똑같은 붉은색 레이스 케이프를 걸치고 있었다. 머리는 아주 단정히 정수리에 쪽을 찌었다. 이마에는 진주를 엮은 줄을 두 겹으로 두른 것이 작은 왕관 같았다. 양쪽 손목은 금팔찌를 주렁주렁 달아 번쩍거렸고, 두 손에 낀 반지들은 너무 꼭 끼어 살을 파고들어간 것이 안쓰러울 정도였다. 뚱뚱하고 땅딸막한 왕비는 고딕식 자세로 앉아 있었다. 그런데 종 모양의 벨벳 드레스와 레이스 케이프의 무게에 눌려 힘겹게 갑옷을 입은 것처럼 보였다.

번들거리는 홍조 띤 얼굴에서는 천박한 관능미가 흘러나왔다. 하지만 두 눈은 순수하고 애잔하면서도 무심한 듯한 분위기가 느껴졌다. 그녀는 비싼 마이센 도자기 접시에 수북이 쌓인 음식과 보헤미아 크리스털 글라스에서 반짝이는 향기로운 포도주 쪽으로 얼굴을 바짝 들이밀고 있었다. 콧방울에서는 물릴 줄 모르는 탐욕이나 게걸스러움 같은 게 벌름거렸다. 그런 탐욕이 두꺼운 입술에서 파르르 떨렸다. 힘들게 숨을 쉴 때마다 입과 코 주위로 가늘어졌다 굵어졌다 하는 거미줄 같은 주름이 잔뜩 잡혔다. 나는 그녀에게 혐오와 연민의 중간쯤 되는 감정을 느꼈다. '얼마나 배가 고팠으면!' 나는 그녀를 도와주고 싶은 심정이었다. 자리에서 일어나 테이블 건너편으로 몸을 숙여 큼지막한 거위 살점을 내 손으로 그녀의 입에 넣어주고, 구운 감자도 배 터지게 먹여주고 싶을 정도였다. 그녀가 배고픔을 이기지 못해 갑자기 쓰러져 번들번들한 음식 가득한 접시에 머리를 처박지나 않을까 하는 염려가 잠시도 떠나지 않았다. 하지만 홍조 띤 그녀의 얼굴을 볼 때면, 무거운 벨벳 갑옷에 덮인 불룩한 가슴을 볼 때면 그 축축한 눈에서 반짝이는, 모호하면서도 순수하고 숫처녀 같은 맑고 투명한 눈빛 때문에 차마 도와줄 수가 없었다.

다른 손님들은 게걸스럽게 먹고 마시는 중에도 왕비의 얼굴에 눈을 떼지 않았다. 그들은 눈을 반짝이며 그녀를 관찰했다. 그들도 그녀가 배고픔을 이기지 못해 번들거리는 거위살과 구운 감자가 잔뜩 쌓인 쟁반에 머리를 처박고 쓰러지지 않을까 걱정하는 듯했다. 그들은 가끔씩 포크 끝을 입술에 대고 술잔은 허공에 든 채로 꼼짝 않고 그녀를 바라봤다. 그녀는 멍한 게 뭔가 불안해 보였다. 왕도 왕비의 일거수일투족을 예의주시하면서 그녀가 뭘 원할까, 어떤 은밀한 충동을 느끼고 있을까 헤아리며 얼굴에 스치는 사소한 변화에서도 어떤 의미를 읽어내려 했다. 하지만 왕비는 무표정하게 꼼짝 않고 앉아 가끔 예의 순수하고도 멍한 눈으로 손님들을 둘러봤다. 그녀는 크라쿠프 지구 총독인 젊은 배히터를 바라보다 에밀 가스너의 수도원장 같은 얼굴을 쳐다봤다. 오스트리아 빈 출신의 가스너 역시 사기꾼처럼 빈정대는 미소를 띠면서도 누구와도 눈길을 마주치지 않았다. 그리고 왕비의 청순한 시선이 쏠릴 때면 겁먹은, 거의 두려워하는 표정으로 눈을 내리깔았다. 그녀의 눈길이 더 자주 머문 곳은 폴란드 괴뢰정부의 국가사회주의독일노동자당(나치) 우두머리인 튼튼한 몸집의 슈탈이었다. 그는 옆으로 머리칼이 듬성듬성 난 날카로운 고딕 스타일의 얼굴을 왕비 쪽으로 기울이고 있었다. 왕비는 움직임 없는 살덩어리 조각상처럼 녹색 벨벳 갑옷 속에 몸을 묻은 채 뚱뚱한 손으로 홀쭉한 크리스털 잔을 쥐고 자기 생각에 빠져 알 수 없는, 고상하고 순수하면서도 멍한 시선으로 사람들 얘기를 듣고 있었다.

나는 가끔씩 왕비에 대한 상념을 떨쳐버리고 손님들을 이리저리 둘러보았다. 배히터 부인의 미소 짓는 얼굴을, 가스너 부인의 하얀 팔을, 의전 담당 책임자인 케이트의 땀이 송골송골 맺힌 벌건 이마를 물끄러미 쳐다보았다. 케이트는 루블린의 숲에서 한 멧돼지 사냥 얘기와 볼리니아의 사나운 사냥개들과 라지비월 숲의 야생동물 얘기를 하고 있었다. 나는 괴뢰정부 차관인 뵈플레와 빌러를 지켜봤다. 둘 다 꼭 끼는 제복에 스와스티카(卍자 문양)가 그려진 빨간 완장을 차고 있었다. 붉어진 뺨에 관자놀이에서는 땀이 배어나왔고 눈은 반짝였으며, 가끔씩 왕이 "니히트 바?—안 그래?" 하고 물을 때마다 "야, 야!—네, 네!" 하고 고함을 치다시피 했다. 나는 볼제거 남작을 주시했다. 나이가 꽤 있는 오스트리아 티롤• 출신 은발 신사로 뾰족한 하얀 턱수염이 매력적이었고, 눈은 벌게졌지만 맑았다. 나는 저 당당하면서도 온화한 얼굴을 예전에 어디서 본 듯해 생각을 더듬었다. 기억을 한 해 한 해, 여기서 또 저기로 계속 거슬러 올라가다가 결국은 멀리 뷔르템베르크의 도나우에싱엔까지 갔다. 그곳에는 퓌르스텐베르크 후작 공원이 있는데 다뉴브 강의 발원이라고 하는 샘물이 커다란 대리석 저수통에서 솟아난다. 저수통 주위에는 디아나 여신과 요정들을 새긴 조각상이 빙 둘러서 있다. 나는 강물이 새로 태어난다는 요람에 몸을 숙이고 샘물이 뽀글뽀글 솟아오르는 광경을 한동안 지켜봤다. 이어 성문을 두드리고 커다란 홀을 가로질러 대리석 계단을 올라 마침내 미술관에 들어섰다. 아주 넓은 미술관 사방 벽에는 홀바인의 유명한 연작 〈십자가의 길〉이 걸려 있었다. 또 한쪽 하얀 벽에는 17세기의 유명한 독일 용병대장 발렌슈타인의 초상화가 걸려 있었다. 나는 오래전에 봤던 그 독일 용병대장을 떠올리며 볼제거 남작을 향해 미소를 지었다. 그런데 갑자기 내 시선이 힘러의 부하에게 쏠렸다.

나는 그 순간 그를 처음 본 것 같은 느낌이 들어 깜짝 놀랐다. 그 역시 나를 보고 있었고, 우리는 눈이 마주쳤다. 그는 중년에 접어든 나이였다. 마흔을 넘지는 않았을 듯했다. 검은 머리칼은 양쪽 관자놀이 부근이 벌써 하얘지고, 코는 가늘고, 입술은 탱탱하고 창백했으며, 눈은 유달리 환했다. 회색 눈이지만 파랗고 하얀 빛이 도는 것이 물고기 눈 같았다. 왼쪽 뺨에는 길게 베인 흉터가 있었다. 갑자기 뭔가 영 거슬렸다. 아주 작고, 핏기 없고 밀랍 같은 그의 귀 때문이었다. 귓불도 밀랍이나 우유처럼 투명한 느낌이었다. 그때 고대 로마의 아풀레이우스가 한 이야기가 떠올랐다. 암브로시우스라는 사람이 시체를 들여다보고 있는 동안 여우원숭이들이 그의 두 귀를 다 갉아먹어서 밀랍으로 귀를 만들어 붙였다는 이

• 오스트리아 서부·이탈리아 북부 산악지대.

야기. 저 게슈타포의 얼굴에는 뭔가 축축하고 부드러우면서도 노골적인 면이 있었다. 두개골은 튼튼하고 이마뼈는 단단해 보였지만 얼굴은 손가락으로 콕 찌르기만 해도 부서질 듯한 것이 신생아의 머리통 같았다. 새끼양 두개골 같은 느낌이었다. 폭이 좁은 광대뼈와 긴 얼굴에 째진 눈 역시 새끼양을 닮았다. 그에게는 야수적인 면과 아기 같은 면이 공존했다. 이마는 희고 촉촉한 게 병자의 이마 같았다. 부드러운 밀랍 같은 피부에서 배어나오는 땀도, 고열로 잠 못 이룬 채 드러누워 하염없이 새벽을 기다리는 폐병환자의 이마에서 흐르는 식은땀을 연상시켰다.

힘러의 부하는 말이 없었다. 그는 말없이 날 응시했고, 나는 차츰 그의 이상한 미소를 감지했다. 수줍으면서도 달콤한 미소가 얇고 창백한 입술에 맴돌았다. 그는 웃으며 나를 응시했다. 그래서 나는 처음에는 그가 날 보고 웃는다고, 정말 내게 미소를 보내고 있다고 생각했다. 그런데 그 순간 나는 그의 눈길이 멍하다는 것을 알았다. 그는 손님들의 말에 귀 기울이지 않았고 말소리와 웃음소리와 포크와 술잔이 짤랑거리는 소리를 듣고 있지 않았다. 그는 저 높고 순수한 잔인함의 천국, 공포와 고독의 천국에 가 있었다. 그 "고통스러운 잔인함"이야말로 진정한 독일적 잔인함이었다. 비스듬히 치켜올라간 그의 왼쪽 눈썹은 차가운 경멸과 잔인한 자부심을 거만하게 내비치고 있었다. 그의 이목구비 전체를 옹골지게 만드는 것, 얼굴의 온갖 특징과 움직임을 짜임새 있게 만드는 것은 그 고통스러운 잔인함이고 경이롭고 서글픈 고독이었다.

얼마 후 그의 내면에서 생동하는 인간적인 무언가가 녹기 시작하는 것처럼 보였다. 어떤 빛, 색채, 또는 어떤 표정, 아이의 표정이 멍한 두 눈 깊은 곳에서 태어나고 있었다. 그는 저 드높고 순수한 그만의 천국에서 천사처럼 사뿐히 날아 내려앉는 듯했다. 그는 거미천사처럼 높다란 하얀 벽을 타고 내려와 천천히 미끄러졌다. 교도소의 수직 벽 꼭대기에서 기어내려오는 죄수처럼.

차츰 그의 창백한 얼굴에 깊은 굴욕감이 번졌다. 그는 마치 물고기가 수중의 보금자리에서 나오듯이 고독으로부터 미끄러져나왔다. 그는 나를 뚫어져라 응시하면서 내 쪽으로 헤엄쳐왔다. 그런데 부지불식간에 나는 그의 맨 얼굴과 하얀 시선에 끌리는 동시에 거부감을 느꼈다. 그러다 어느 순간, 내가 저 가련한 괴물이 불러일으키는 혐오감과 매력에 대해 일종의 동정심 내지는 병적인 연민을 느끼면서 그를 바라보고 있다는 것을 깨달았다.

힘러의 부하가 갑자기 수줍은 미소를 짓더니 내 쪽으로 몸을 굽히면서 조심스럽게 말했다. "나 역시 폴란드인들의 친구입니다. 그들을 아주 좋아하죠."

이 말에, 그리고 이상하게도 달콤하고 구슬픈 힘러 부하의 목소리에 나는 심히 마음이 흔들렸다. 왕과 왕비와 다른 모든 손님이 자리에서 일어나 나를 바라보고 있다는 것도 알아채지 못했다. 그러나 곧 나도 일어났고, 우리 모두는 왕비를 따라 자리를 옮겼다. 일어선 왕비는 더 뚱뚱해 보였다. 그녀는 선량한 독일의 여염집 주부 같은 외모였다. 그 때문에 종 모양의 벨벳 드레스의 고상한 녹색조차 빛바랜 느낌이었다. 그녀는 큰 걸음으로 천천히 앞서갔다. 인자한 우아함이 느껴졌다. 그런데 응접실들을 지날 때마다 문턱에서 잠시 멈추어 섰다. 마치 제3제국 스타일(가장 대표적인 사례는 베를린에 있는 총리 공관이었다)의 실내장식과 가구들이 발산하는 차갑고 뻔뻔하고 바보 같은 호화로움을 두 눈으로 한껏 맛보려는 듯했다. 왕비는 문턱을 넘어 몇 걸음 옮기더니 내게 보라는 듯이 손을 들어 가구며 그림, 카펫, 천장에 걸린 샹들리에, 우락부락한 근육질의 영웅들을 형상화한 나치 조각가 브레커(1900~91)의 조각들, 총통의 흉상, 고딕 스타일의 독수리 문양과 스와스티카가 뒤섞인 태피스트리들을 가리켰다. 그러면서 우아한 웃음을 지으며 내게 말했다. "쇈, 니히트 바?—아름답지 않아요?"

이십 년 전 봤을 때는 장엄하나 황량했던 바벨성에 이제 온갖 물건들이 꽉 들어차 있었다. 동굴 같은 지하실에서 제일 높은 첨탑 꼭대기까지 폴란드 귀족들의 대저택에서 훔쳐온 가구들과 프랑스, 네덜란드, 벨기에를 폭격할 때 뮌헨, 베를린, 빈 출신 전문가와 골동품 수집가로 구성된 팀들이 독일군 꽁무니를 쫓아다니며 거저줍다시피 한 물건들 천지였다. 천장 군데군데 매달린 거대한 샹들리에가 쏟아내는 눈부신 빛은 벽에 붙인 광택 나는 장식용 가죽패널과 각종 장식품에 되비쳐 눈이 어지러울 정도였다. 사방에 히틀러, 괴링, 괴벨스, 힘러를 비롯한 나치 지도자의 초상화가 걸려 있었다. 독일제국의 폴란드 왕을 다양한 포즈로 형상화한 대리석과 청동의 흉상들은 복도, 계단참, 홀 귀퉁이, 가구들, 대리석 받침대 위, 벽감 속 가릴 것 없이 널려 있었다. 프랑크는 부르크하르트와 니체, 슈테판 게오르게의 미학에서 영감을 받아 만든 것이라 설명했는데, 〈베토벤 교향곡 3번〉이나 〈호르스트 베셀의 노래〉• 같은 영웅주의 미학, 고미술품을 애호하는 피렌체와 뮌헨 인문학자들의 장식주의 미학이 짙게 풍겼다. 갓 칠한 페인트, 새로 씌운 가죽, 가구에 덧칠한 바니시의 매캐한 냄새가 답답한 실내를 떠돌았다.

마침내 우리는 거대한 홀로 들어섰다. 제3제국 스타일의 수많은 가구와 프랑스제 카펫, 가죽걸개로 장식된 홀은 프랑크의 서재였다. (안쪽 로지아▲는 르네상스 시대 이탈리아 미술가들이 설계한 아름다운 정원과 닿아 있고) 바깥 로지아로 이어지는 커다란 두 유리문 사이의 공간은 거대한 마호가니 책상이 차지하고 있었다. 금 도금한 육중한 나뭇가지 모양의 청동 촛대에서 너울거리는 촛불이 책상에 비쳤다. 책상 위는 텅 비어 있었다. "여기서, 나는 폴란드의 미래를 생각합니다." 프랑크가 두 팔을 크게 펼치며 말했다. 이 말에 나는 살짝 웃음이 나왔다. 나는 독일의 미래를 생각했다.

• 나치 돌격대 청년 호르스트 베셀의 시 「깃발을 올려라Die Fahne hoch」(1929)에 곡을 붙인 것. 괴벨스가 이를 당가(黨歌)로 선전했으며 히틀러 집권 후 사실상 독일 국가였다. 베셀은 치정에 휘말려 총상을 입고 스물넷에 요절했는데, 나치에 의해 '피의 순교자'로 미화되었다.

▲ 한쪽 벽이 없는 복도형 방, 또는 건물 외벽의 열주형 복도.

프랑크가 고개를 까딱하자 높다란 두 유리문이 열렸고, 우리는 바깥 로지아로 나갔다. "여기는 독일의 성입니다." 프랑크가 손을 들어 바벨 성의 위용을 가리키며 말했다. 건물들의 윤곽이 새하얀 눈과 극명한 대조를 이루었다. 폴란드 왕들이 살았던 고궁 주변 아래로 수의처럼 눈을 뒤집어쓴 도시가 펼쳐져 있었다. 맑은 하늘에는 가느다란 낫 모양의 초승달이 떠 있었다. 푸르스름한 안개가 비스툴라 강에서 피어오르고 있었다. 지평선 멀리 타트라 산맥이 아름답고 투명한 자태를 드러냈다. 피우수트스키 장군(1867~1937)의 묘소를 지키는 친위대 군견들이 짖는 소리가 이따금 밤의 적막을 깼다. 살을 에는 추위에 눈물이 날 지경이었다. "꿈속 같지, 그렇지 않소?" 프랑크가 말했다.

우리가 다시 서재로 돌아왔을 때 프랑크 부인이 다가오더니 친근하게 한 손을 내 팔에 얹고 부드러운 목소리로 말했다. "따라와 보세요. 저이의 비밀을 알려드릴 테니." 서재 벽에 난 문으로 들어가니 작은 방이 나왔다. 하얗게 회를 바른 사방 벽에는 아무 장식도 없었다. 가구도 없고, 카펫이나 그림, 책이나 꽃 같은 것도 없었다. 아무것도 없었다. 육중한 플라이엘 피아노와 연주용 나무걸상만 빼고. 프랑크 부인은 피아노 뚜껑을 열고 한쪽 무릎을 걸상에 기댄 채 뚱뚱한 손가락으로 건반을 훑었다.

"그이는 중요한 결정을 내리기 전이나 심신이 극도로 피곤할 때면 중요한 회의를 하다가도 박차고 나와 여기 틀어박힙니다. 피아노 앞에 앉아 슈만, 브람스, 쇼팽 또는 베토벤을 연주하고 휴식과 영감을 얻지요. 이 방을 제가 뭐라 부르는지 아세요? 독수리 둥지라 부른답니다."

나는 말없이 허리를 굽혀 예를 표했다.

"그이는 특이한 사람이에요, 안 그래요?" 부인은 애정과 긍지가 넘치는 표정으로 날 바라보며 말했다. "그이는 예술가예요, 위대한 예술가. 순수하고 섬세한 영혼의 소유자죠. 그이 같은 예술가만이 폴란드를 통치할 수 있어요."

"네. 위대한 예술가지요. 그리고 총독님은 바로 이 피아노로 폴란드 국민을 통치하는 겁니다."

"아, 잘 아시네요!" 프랑크 부인이 가슴 벅찬 목소리로 말했다.

우리는 더 말을 하지 않고 독수리 둥지를 나섰다. 그런데 왜 그런지는 잘 모르겠지만 한동안 가슴이 울렁거리고 우울했다. 우리는 프랑크의 사택에 집결했다. 빈 스타일의 푹신한 소파나 보드라운 암사슴 가죽을 씌운 커다란 안락의자에 발을 쭉 뻗고 앉아 잡담도 하고 담배도 피웠다. 프로이센식으로 짧게 친 머리에 파란 제복을 입은 시종 둘이 오가며 커피, 술, 과자 따위를 내놓았다. 두 시종은 바삐 돌아다녔지만 바닥 전체에 깔린 두꺼운 프랑스 카펫 덕에 발소리는 나지 않았다. 녹색과 금색이 섞인 래커를 칠한 베네치아풍의 협탁들 위에는 오래된 프랑스 브랜디며 유명 상표의 아바나 시가 상자, 설탕에 절인 과일과 저 유명한 폴란드 베델 초콜릿을 쌓아놓은 은쟁반이 널려 있었다.

그렇게 안락한 분위기에 벽난로의 장작 타는 소리까지 기분 좋게 들리니 대화는 점점 정겨워졌고 서로들 친밀해진 느낌마저 들었다. 그런데 폴란드에서는 늘 그렇듯이, 독일인들은 모이면 결국 폴란드인 이야기였다. 독일인들은 폴란드인 이야기를 하면서 고약한 멸시감을 스스럼없이 드러냈다. 그러나 거기에는 이상하게도 거의 병적인, 아녀자 같은 심술과 후회, 좌절된 사랑, 무의식적인 시기와 질투 같은 것이 섞여 있었다. 그 순간 폐허가 된 바르샤바 역사에서 비를 맞으며 서 있던 늙은 비체트라지빌 후작부인의 모습이 떠올랐다. 부인은 옛날식 말투로 이렇게 말하는 듯했다. "세 포브르 장—불쌍한 사람들."

"폴란드 노동자들은……" 프랑크가 다시 입을 열었다. "유럽 최고는 아니지만 최악도 아니지. 그들은 아주 열심히 일할 수 있어. 마음만 먹는다면. 나는 그들을, 특히 그들의 기강을 믿어도 된다고 봐."

"하지만 그들은 심각한 결함이 있습니다." 배히터가 말했다. "애국심과 노동과 생산이라고 하는 기술적인 문제를 혼동하는 겁니다."

"그건 기술적인 문제만은 아니오." 볼제거 남작이 한마디했다. "도덕적인 문제도 있어요."

"현대 기술은……" 배히터가 말을 받았다. "외부적인 요소가 노동과 생산의 문제에 끼어드는 것을 허용하지 않아요. 그리고 노동자들의 애국심은 생산을 방해하는 가장 위험한 요소지요."

"그건 분명해." 프랑크가 말했다. "하지만 노동자들의 애국심은 귀족이나 중산층과는 아주 달라."

"노동자들의 조국은 기계이고 공장입니다." 힘러의 부하가 낮은 목소리로 말했다.

"그건 공산주의식 발상이지." 프랑크가 말했다. "레닌이 내건 슬로건에 있는 말 같은데. 하지만 결국 진실이지. 폴란드 노동자는 훌륭한 애국자야. 그들은 조국을 사랑해. 하지만 우리를 위해 일하는 게 폴란드를 구하는 최상의 방법이라는 건 알고 있지. 하지만 우리를 위해 일을 못하겠다고 하면……" 프랑크가 힘러의 부하를 쳐다보며 말을 이었다. "저항을 한다면……"

"우리는 많은 걸 알고 있습니다." 힘러의 부하가 수줍은 미소를 지으며 말했다. "하지만 폴란드 노동자는 그런 걸 모르지요. 아니면 알고 싶어하지 않거나."

"여러분이 전쟁에 이기고 싶다면……" 내가 끼어들었다. "노동자의 조국을 파괴해서는 안 됩니다. 기계와 공장과 산업을 파괴해선 안 됩니다. 그건 유럽의 문제입니다. 폴란드만의 문제가 아니지요. 또한 여러분이 점령한 다른 모든 유럽 국가에서 귀족의 조국, 중산층의 조국을 파괴할 수는 있습니다. 하지만 노동자의 조국을 파괴하면 안 됩니다. 이 전쟁의 진정한 의미 내지 그 의미의 대부분은 바로 그런 점에서 찾을 수 있다고 봅니다."

"농민들이……" 힘러의 부하가 말했다.

"필요하다면……" 프랑크가 다시 말했다. "노동자들을 농민의 무게로 짓눌러 죽여버려야지."

"그럼 전쟁은 질 겁니다."

"말라파르테 선생 말이 맞습니다." 힘러의 부하가 말했다. "우리는 전쟁에서 질 겁니다. 폴란드 노동자들이 우리를 좋아하게 만들 필요가 있습니다. 우리는 폴란드 국민에게 잘 보여야 합니다." 그는 이렇게 말하면서 나를 보고 미소 짓더니 다시 입을 다물고 불 쪽으로 고개를 돌렸다.

"폴란드인들은 결국 우리를 좋아하게 될 거야." 프랑크가 말했다. "그들은 낭만적인 민족이야. 새로운 형태의 폴란드 낭만주의는 독일인들에 대한 사랑이 될 거야."

"지금 폴란드 낭만주의는……" 볼제거 남작이 반론을 제기할 듯하다 말을 돌렸다. "요즘 빈에서 유행하는 농담 가운데 폴란드 민족과 관련해 우리의 처지를 잘 지적한 말이 있습니다. 이히 리베 디히, 운트 두 슐래프스트."

"그래, 맞아요." 배히터 부인이 말했다. "나는 너를 사랑하는데, 너는 잠을 자누나. 정말 재미있지 않아요?"

"네, 아주 재미있네요." 프랑크 부인이 말했다.

"결국 폴란드 민족은 깨어날 겁니다." 배히터가 말했다. "하지만 아직은 자고 있는 거지요."

"난 그들이 자는 척하고 있다고 생각해." 프랑크가 말했다. "속으론 사랑받기를 간절히 원하고 있을 거야. 어느 민족이든 여자들을 보면 알 수 있지."

"폴란드 여자들은 아름답고 우아하기로 유명한데, 선생도 진짜 그들이 그렇게 예쁘다고 생각하세요?" 프랑크 부인의 말이다.

"찬탄을 금할 수 없을 정도라 생각합니다. 외모와 우아함 때문만도 아니지요."

"그렇게 예쁘다는데 난 잘 모르겠어요. 독일에서 여성미란 좀더 엄격하고, 좀더 진실하고, 좀더 고전적인 거거든요."

"그래도 아주 예쁘고 아주 우아한 여자들이 있어요." 배히터 부인이 말했다.

"옛날 좋았던 시절의 빈 여자들은……" 나이 든 볼제거 남작이 말했다. "심지어 파리 여자들보다 더 우아하다는 평을 받았지요."

"아, 파리 여자들!" 프랑크가 큰 소리로 말했다.

"지금 파리 여자들이 남아 있나요?" 배히터 부인이 우아한 자태로 고개를 갸웃하며 물었다.

"내 생각에는 폴란드 여자들의 우아함이란 정말 시골스럽고 구닥다리야." 프랑크 부인이 말했다. "꼭 전쟁 탓만도 아니에요. 독일도 이 년 반이나 전쟁중이잖아요. 그런데도 요즘 독일 여자들은 유럽에서 가장 우아하지요."

"제가 보니까……" 가스너 부인이 말했다. "폴란드 여자들은 잘 안 씻는 것 같아요."

"음, 정말 더러워." 프랑크 부인이 가스너 부인 말을 거들면서 종 모양의 벨벳 드레스를 치켜드는 바람에 마치 방 안에 녹색 종소리가 길게 울려퍼지는 것 같았다.

"그건 그 사람들 잘못은 아니죠." 볼제거 남작이 말했다. "그 사람들한테는 비누가 없거든."

"곧 그런 핑곗거리도 없어질 거외다." 프랑크가 말했다. "독일에서 비용도 전혀 안 들고 흔해 빠진 물질로 비누 만드는 법을 개발했거든. 벌써 폴란드 여자들을 위해서 대량으로 주문해놨어. 좀 씻으라고 말이야. 그 비누는 똥으로 만들었어."

"똥으로요?" 내가 깜짝 놀라 소리쳤다.

"그럼그럼, 똥으로 만들었지." 프랑크가 대답했다.

"그런데 좋은 비누라고요?"

"아주 좋아요. 내가 면도할 때 써봤는데 정말 끝내주더라고."

"거품이 잘 나나요?"

"죽인다니까. 거품이 아주 죽여요. 왕한테 어울리는 비누지."

"갓 셰이브 더 킹!"• 나는 큰소리로 노래를 불렀다.

"다만……" 독일제국의 폴란드 왕이 한마디 덧붙였다.

"다만……" 나도 말을 따라하며 숨을 죽였다.

"한 가지 흠이 있어요. 냄새랑 색깔이 원료랑 똑같아."

이 말이 떨어지자 다들 박장대소를 했다. "아흐, 조! 아흐, 조! 분더바!" 그 와중에 프랑크 부인의 빰에 한 방울 환희의 눈물이 흘러내리는 것을 나는 보았다. 독일제국의 폴란드 왕비의 빰에……

• 영국의 국가 'God Save The King!(신이여, 왕을 지켜주소서!)'에서 save를 shave('면도하다')로 살짝 바꾸어 '신이여, 왕의 수염을 깎으소서!'라고 조롱한 것.

5장

금단의 도시들

라돔에서 길을 나서 바르샤바에 다다른 것은 어둑어둑할 무렵이었다. 눈에 묻힌 광활한 폴란드 평원을 한참 달린 끝이었다. 도시에 들어섰을 때 교외는 이미 폭격으로 만신창이가 되어 있었다. 마르샤우코프스카 거리를 보는 순간 라돔부터 새하얀 눈빛(雪光)에 눈이 부셔 어질어질했던 나로서는 그곳이 반가운 안식처처럼 느껴졌다. 거리 양쪽으로 새까맣게 불에 탄 해골 같은 궁전들이 서 있고, 폐허로 변한 중앙역과, 내장을 발라낸 듯 새카맣게 그을린 집들이 늘어서 있었다. 검푸른 밤하늘 탓에 더더욱 흉물스러웠다.

온 거리가 텅 비어 있었다. 몇몇 행인들이 건물 벽을 따라 종종걸음을 치고 있었다. 독일군 순찰병이 모퉁이마다 서 있고 멜빵으로 어깨에 건 기관총이 팔 밑에서 흔들거렸다. 사스키 광장은 거대한 유령 같았다. 나는 에우로페이스키 호텔 일층을 올려다보면서 1919년에서 1920년까지 이 년 동안 살았던 방의 창문을 찾아봤다. 그 당시 나는 이탈리아 공사관에 근무하는 젊은 직원이었다. 그 방 창문으로 불빛이 새어나왔다. 나는 브륄 궁전의 안뜰에서 잠시 걸음을 멈추었다가 현관을 지나 중앙계단 첫 단에 발을 디뎠다.

바르샤바 지구 총독 루트비히 피셔(1905~47)가 그날 나를 만찬에 초대했다. 폴란드 총독 프랑크와 그의 부인 브리기테 프랑크, 그리고 주요 나치 부역자들을 위해 마련한 저녁자리였다. 브륄 궁전은 폴란드공화국 외무부가 있던 곳으로 이제는 바르샤바 지구 총독부로 쓰이고 있었다. 폐허가 된 앙글레테르 호텔(나폴레옹이 바르샤바에 체류할 때 묵었던 호텔이다)에서 두 발짝밖에 떨어져 있지 않은데도 건물은 말짱했다. 다만 폭탄 한 발을 맞아서 주 출입구 계단 맨 윗부분과, 폴란드공화국 외무장관 요제프 베크(1894~1944, 일명 '베크 대령')가 썼고, 이제는 피셔가 쓰고 있는 호화 사저로 통하는 안쪽 로지아가 부서진 정도였다. 나는 맨 아래 계단을 밟고 올라서면서 위를 올려다보았다.

계단 맨 위쪽에는 양편으로 하얗게 회칠한 기둥이 두 줄로 늘어서서 날렵한 자태를 뽐내고 있었는데 기단이나 기둥머리가 없는 것이 간결하고 공격적인 느낌의 현대 고전주의 양식이었다. 계단을 따라 기둥과 기둥 사이에 놓인 램프에서 강한 불빛이 쏟아져나오는 가운데 갑자기 살덩어리로 빚은 거대한 두 개의 조각상 같은 것이 눈에 들어왔다. 가슴이 짓눌리는 듯한 답답함을 느끼면서 천천히 분홍빛 대리석 계단을 걸어올라갔다. 기둥 사이로 홈처럼 깊고 선명한 주름이 잡힌 금실 드레스를 걸친 피셔 부인의 근엄한 모습이 서서히 드러났다. 이마 위에는 높다란 성처럼 틀어올린 금발머리가 구리처럼 번쩍이고 있었다. 도리스식 기둥에 코린트식 기둥머리를 얹어놓은 것처럼 아주 기이한 느낌이었다. 아래서 올려다본 스커트 밑으로 거대한 두 발과 불룩한 장딴지에 둥글둥글한 두 다리가 보였다. 반질반질한 회색 실크스타킹을 신은 탓에 다리는 강철 기둥처럼 빈찍였다. 두 팔도 편하게 누지 않고 잔뜩 힘을 주어 쭉 내리뻗고 있어서 마치 끝에 무거운 납추를 달아놓은 것 같았다.

피셔 부인 옆에는 위압적인 덩어리 같은 피셔 총독이 서 있었다. 헤라클레스처럼 거대하고 뚱뚱한 몸집에 베를린 스타일로 재단한 연미복 차림이었다. 몸에 꼭 끼는 연미복에 어울리지 않게 소매는 너무 짧았다. 그의 머리통은 작고 동글동글했으며, 얼굴은 분홍빛에 통통했고, 두 눈은 툭 불거졌으며, 눈꺼풀은 붉었다. 이따금 수줍음을 이겨내려는 듯 의도적으로 천천히 혀를 놀렸다. 그는 두 다리를 쩍 벌리고 두 팔을 옆구리에서 약간 뗀 채로 힘을 주어 내리뻗고, 큼직한 두 주먹은 불끈 쥐고 있었다. 프로 권투선수 동상 같았다. 천천히 계단을 오르며 바라보는 각도가 묘하게 된 탓에 저 위의 거대한 두 인물은 마치 밑에서 올려 찍은 동상의 사진처럼 몸을 한껏 뒤로 젖히고 있는 것 같았다. 두 팔, 두 발, 두 다리가 다 그런 동상 사진처럼 거대했고, 나머지 신체부위들과 전혀 비례가 맞지 않았다. 기이하게 부풀어 일그러진 형상이었다.

한 발 한 발 걸음을 옮길 때마다 가슴 저 깊은 곳에서 알 수 없는 공포 같은 게 솟아올랐다. 마치 맨 앞줄 좌석에서 오페라를 보는데 가수가 무대 앞까지 나와 내 쪽으로 몸을 숙이고 입을 쩍 벌리고 한 손을 든 채 아리아를 왈왈할 때 같은 기분이었다. 바로 그 순간 두 거대한 살덩어리 조각상이 똑같이 오른팔을 쳐들더니 우렁찬 목소리로 외쳤다. "하일 히틀러!—히틀러 만세!"

그 순간 피셔 총독 내외의 모습이 돌연 내 눈 앞에서 차고 푸르스름한 램프 불빛 속으로 녹아들면서 그 자리에 키가 크고 날씬한 마담 베크와 베크 대령의 실루엣 같은 것이 떠올랐다. 마담 베크는 미소 지으면서 몸을 조금 숙여 내 쪽으로 손을 뻗었다. 마치 마지막 계단을 힘겹게 오르는 내 손을 잡아주려는 듯했다. 키가 크고 마른 몸집에 새 같은 머리를 한 베크 대령은 영국 신사처럼 쌀쌀맞게 우아한 자세로 절을 했다. 왼쪽 무릎을 살짝 구부리는 동작은 거의 알아채지 못할 정도였다. 부부는 먼 과거 희미한 기억으로 남은 빛바랜 두 장의 사진 같았다. 하지만 불과 엊그제 일이었다. 부부가 유령처럼 우아하게 움직이는 자리 뒤로 바르샤바의 폐허가 펼쳐져 있었다. 굶주린 군중들은 천천히 가고 있었다. 분노와 고통으로 성난 군중들은 팔을 치켜들고 비명을 지르기도 했다. 마담 베크는 바로 뒤에 그런 군중이 있다는 것을 알지 못하는 듯했다. 그녀는 미소 지으며 내 쪽으로 팔을 뻗었다. 그러나 베크 대령은 창백하고 당황한 표정으로 이따금 돌아서려는 듯, 새 같은 머리 아래 (푸른 램프 불빛이 매끈한 머리통과 우뚝한 코에 반사됐다) 앙상한 목을 돌리면서 어깨를 뒤로 젖히는 것이 자기 몸에서 바르샤바의 폐허를 밀쳐내려는 듯한 인상을 주었다. 도시의 거리들은 남루한 사람들로 붐볐다. 그들은 꾀죄죄한 모피 옷이나 닳아빠진 레인코트를 입고 간혹 눈비에 변색된 모자를 쓰고 있었다. 눈발이 날리고 있었다. 그런데 가끔씩, 인도를 따라 느릿느릿 줄지어 이동하는 군중 속에서 살아 움직이는 눈길이, 수천 개의 멍한 눈길들 틈에서, 징 박은 부츠를 신고 길을 건너는 독일군의 모습을 뒤쫓았다. 여자들의 무리는 브리스톨 호텔 앞에서, 에우로페이스키 호텔 앞에서 서로 돌아보며 지치고 희망 없는 눈길을 주고받았다. 노비 슈비아트 극장 앞에서, 쇼팽의 심장이 안치된 성 십자가 교회 앞에서, 박살난 베델과 푹스 상점 쇼윈도 앞에서도 그랬다.

한 무리의 소년들이 이리저리 뛰며 얼음을 지치다가 잠시 멈춰 서서 사령부가 들어선 포토츠키흐 궁전 뜰의 독일군 병사들이 부산스레 움직이는 모습을 바라다봤다. 광장마다 한가운데에는 남녀의 무리들이 눈밭에 말없이 웅크리고 앉아 커다란 화톳불에 손을 쬐고 있었다. 모두들 브륄 궁전 대리석 계단 맨 꼭대기에 우아하게 서 있는 허연 두 실루엣 쪽을 응시하고 있었다. 이따금씩 누군가가 두 팔을 들고 소리를 질렀다. 수갑 찬 죄수의 무리가 친위대의 호송을 받으며 지나가는 가운데 사람들의 얼굴이 일제히 미소 지으며 내게 손을 뻗친 마담 베크 쪽으로, 그리고 베크 대령 쪽으로 향했다. 베크 대령은 앙상한 목에 달린 새 같은 작은 머리를 초조하게 돌리면서 바르샤바의 폐허를 밀쳐내려는 듯한 모습이었다. 배경처럼 펼쳐진 그 누추한 폐허는 총살형을 집행한 탄환들이 벌집처럼 들어박히고 피가 덕지덕지 엉겨붙은 담벼락 같았다.

베크 대령 사저에서 열린 피셔 총독 주관 만찬에서 나는 프랑크 총독 내외는 물론이고 크라쿠프 바벨성에서 근무하는 그의 신하들 전원을 다시 만났다. 배히터 부인과 케이트, 에밀 가스너, 볼제거 남작과 힘러의 부하 등등. 분위기가 어수선해서 피셔의 부역자는 서너 명만 겨우 알아봤다. 그자가 그자 같고 정신이 딴데들 가 있는 것 같았다.

"이제 다들 다시 모였군요." 프랑크가 나를 보고 씽긋 웃으며 말했다. 그러면서 마르틴 루터의 유명한 말을 덧붙였다. "히어 슈테에 이히, 이히 칸 니히트 안더스•—이 자리에 나는 섰습니다. 안 그럴 수가 없지요."

"아버 이히 칸 슈테츠 안더스. 고트 헬페 미어!—하지만 나는 항상 안 그럴 수 있습니다. 신이여 저를 도우소서!" 프랑크의 말을 내가 이렇게 받았다.

다들 폭소를 터뜨렸다. 그러나 피셔 부인은 "유쾌한 대화의 우베르튀르(서막)"(프랑크는 이런 식의 미사여구로 만찬을 언어적으로 치장하곤 했다)에 익숙지 않아서인지 약간 당황한 표정으로 나를 보고 미소 짓더니 뭐라 입을 뻥끗하려다 얼굴을 붉히며 손님들을 돌아보고는 "많이들 드세요!"라고 했다.

피셔 부인은 젊고 통통한 몸집에 가슴이 풍만했으며 얼굴은 맹하면서도 귀염성이 있었다. 모든 남자들이 그녀를 쳐다보는 품으로 보아 한때는 매력적인 얼굴이었음이 분명하다. 그리고 게르만족이 아닌 사람 눈에만 보이는 약간의 천박함 같은 것만 제외하면 과거에는 대단히 세련된 여자였을 것이다. 머리칼은 부드러운 금발이었는데 누런 구릿빛이 감도는 것이 헤어아이론을 쓴 것이 분명했다. 길게 만 곱슬머리가 메두사의 머리처럼 이마에 달랑달랑 매달려 있었고, 미용사가 갈색 인모(人毛)로 속에다 불룩하게 다리를 넣어 마치 탄력 있는 작은 뱀들이 오글거리는 것 같았다. 피셔 부인은 수줍게 웃으며 살찐 하얀 두 손을 테이블 위에

• 마르틴 루터(1483~1546)가 1521년 보름스제국의회에서 종교재판을 받을 때 했다는 최후 발언.

아이 같은 자세로 모으고 있었다. 그녀는 줄곧 아무 말이 없었고, 다른 사람이 말을 걸 때만 다소곳하게 "네" 하고 대답했다. 프랑크 부인과 배히터 부인은 만찬 시작 무렵에는 깔보는 시선을 그녀에게서 떼지 않더니 결국에는 아예 무시하고 음식과 프랑크 총독이 예의 거들먹거리는 장광설로 이끌어가는 대화에 모든 관심을 집중했다. 피셔 부인은 오가는 말에 잠자코 귀 기울이며 커다란 인형 같은 눈으로 프랑크 총독을 꿈꾸듯이 바라봤다. 그녀가 꿈에서 깨어난 것은 사슴구이가 테이블에 등장하면서였다. 피셔 총독은 사슴의 양미간을 총 한 발에 맞춰 잡았다는 얘기를 한참 늘어놓았다. 그러자 피셔 부인은 한숨을 내쉬며 이렇게 말했다. "조이스트 다스 레벤—인생이 그렇지요."

그날 만찬은 프랑크의 말대로 사냥의 여신 디아나에게 봉헌된 자리였다. 프랑크는 피셔 부인에게 정중하게 절을 하며 미소를 보냈다. 처음에는 꿩고기가 나왔고, 이어 산토끼 고기, 그리고 마지막으로 사슴구이가 올랐다. 그리고 대화는 처음에는 디아나와 여신의 요란한 애정 행각, 호메로스와 베르길리우스가 노래했거나 중세 독일 화가들이 그린, 또는 이탈리아 르네상스 시인들이 찬미한 사냥 얘기로 갔다가 폴란드에서 사냥하는 맛과 폴란드 귀족들 소유의 야생동물 보호구역, 볼리니아의 사냥개 얘기, 그리고 독일, 폴란드, 헝가리 사냥개 가운데 어느 것이 더 우수한가 하는 문제로 옮아갔다. 그러다가 늘 그렇듯이 차츰 폴란드 문제, 폴란드인들의 문제로 화제가 바뀌더니, 역시 늘 그렇듯이 결국 유대인들의 이야기로 낙착됐다.

유럽 어디서도 폴란드처럼 독일인들이 그렇게 벌거벗은 모습을, 그렇게 적나라한 모습을 보인 적은 없다. 나는 전쟁을 오래 경험하면서 독일인들은 강자는, 무장을 하고 용감하게 맞서는 사람은 두려워하지 않는다는 확신이 생겼다. 독일인들이 두려워하는 것은 무방비 상태인 사람, 약자와 병자들이었다. 두려움이라는 라이트모티프, 그런 두려움이 낳은 독일인들의 잔인함이라는 라이트모티프는 내 전쟁경험 전체의 기저를 이루는 으뜸음이 되었다. 현대적이고 기독교적인 정신을 가진 세심한 관찰자에게 그런 '두려움'은 전율과 연민을 불러일으킨다. 그리고 나는 폴란드에서 느꼈던 것보다 더 심한 전율과 연민을 느낀 적은 없다. 폴란드에서 바로 그 병적이고 여성적이라 할 만한 두려움의 본질이 그 복잡다단한 형태를 내게 완벽히 드러냈다. 독일인을 잔인함으로 몰아가는 것, 더 할 나위 없이 차갑고 철저하게, 과학적으로 잔인한 행동으로 몰아가는 것은 두려움이다. 피억압자, 무방비 상태인 자, 약자, 병자에 대한 두려움, 여자와 어린아이에 대한 두려움, 유대인에 대한 두려움이다. 독일인은 이런 야릇한 '두려움'을 숨기려고 애쓰지만 결국은 본의 아니게 그것에 관해 이야기하는 상황으로 빠져들고 만다. 그것도 가장 어울리지 않는 타이밍에, 특히 만찬 테이블 같은 자리에서…… 포도주와 진수성찬에 열이 올라서였는지, 여럿이 무리 짓다 보니 자신감이 흘러넘쳐서였는지, 아니면 나는 겁먹지 않았다는 것을 스스로에게 증명하고픈 무의식적 충동 때문이었는지는 모르겠지만, 독일인은 결국 스스로를 드러내고, 기아와 사살과 학살에 관해 스스럼없이 계속 이야기한다. 거기에는 적의와 질투심과 좌절된 사랑과 증오는 물론이고 자기비하에 대한 기이한 열정까지 드러나 보이는 병적인 쾌감 같은 게 있다.

나는 손님들이 하는 얘기를 들으면서 어떤 전율과 연민을 느꼈는데, 아무리 그것을 감추려고 해도 허사였다. 바로 그때 나의 감정상태를 알아챈 프랑크 총독은 자신의 병적인 자기비하 감정을 나와 공유하고 싶었는지 내게로 고개를 돌리더니 미소 띤 얼굴로 장난스럽게 물었다. "게토(유대인 집단거주지)에 가본 적 있으시오, 말라파르테 선생?"

며칠 전 나는 바르샤바 게토에 갔었다. 높다란 붉은 벽돌담으로 둘러싸인 '금단의 도시' 문턱을 넘은 것이다. 독일군이 쌓은 담은 비참한 무방비 상태의 야생동물들을 우리에 가두기 위한 시설처럼 느껴졌다. 친위대 감시병들이 기관총으로 무장한 채 입구를 지키고 있었다. 출입문에는 피셔 총독이 서명한 명령서가 붙어 있었다. 유대인의 게토 이탈 시도는 사형죄에 해당한다는 것이었다. 크라쿠프, 루블린, 쳉스토호바 같은 '금단의 도시들'에 첫발을 내디뎠을 때와 마찬가지로, 남루하고 겁에 질린 군중들로 넘쳐나는 길거리를 짓누르는 얼어붙은 적막에 전율을 느꼈다. 난 그림자처럼 따라다니는 게슈타포 요원의 감시를 받지 않고 혼자 게토에 들어가려 했다. 그러나 피셔 총독의 명령은 단호했고, 이번에도 검은 '감시견'의 동행을 받아들일 수밖에 없었다. 그 친구는 키가 훤칠한 금발 청년으로 살점 없는 얼굴에 눈은 맑고 차가웠다. 얼굴은 미남에 이마는 티 한 점 없이 훤했다. 다만 철모에 가려진 부분에는 은밀한 그림자 같은 게 어려 있었다. 그는 유대인들 사이를 야훼의 천사처럼 거닐었다.

투명한 적막이 한없이 가볍게 공중을 떠도는 듯했고, 그 적막 속에서 수천 개의 발에 짓밟히는 눈에서 이를 가는 소리 같은 게 났다. 이탈리아 군복을 입은 나를 군중들은 수염이 무성한 얼굴을 들어 응시했다. 그들의 눈은 추위와 신열과 기아로 붉게 핏발이 서 있었다. 반짝이는 눈물이 속눈썹을 타고 지저분한 수염으로 흘러내렸다. 나는 군중 속을 누비다가 누군가와 부딪히면 사과를 했다. 내가 "프로셰 파나—죄송합니다"라고 하면 사람들은 믿기지 않는다는 듯이 놀란 표정으로 고개를 쳐들었다. 그러면 난 다시 "프로셰 파나"라고 했다. 그런 정중한 언사를 듣는 것은 그들에게 놀라운 일이라는 사실을 난 알고 있었다. 이 년 반 동안 짐승 같은 노예생활을 감내하고 있는 그들에게, 바르샤바 게토의 가련한 유대인들에게 적국의 장교가 (독일군 장교가 아니라 이탈리아군 장교였지만, 내가 독일군 장교가 아니라는 것으로는 그들의 공포심을 가시게 하기에는 충분치 않았다. 정말 충분치 않았을 것이다) 상냥하게 "프로셰 파나"라고 말한 것은 처음이라는 사실을 난 알고 있었다.

이따금씩 나는 시체를 건너뛰어야 했다. 나는 군중 속을 걸어가느라 발에 무엇이 밟히는지 알 수 없었다. 이따금씩 유대교 의식(儀式)에 쓰는 나뭇가지 모양의 촛대가 양편에 서 있는 인도에 널브러진 시체에 걸려 넘어질 뻔했다. 눈밭에 내버려진 시체는 데려가줄 수레가 오길 기다리고 있었지만 사망률은 높고 수레는 태부족이었다. 시체를 바로바로 다 거둬 가기엔 시간이 너무 모자라 시체들은 몇 날 며칠이고 불 꺼진 촛대들 사이 눈밭에 널브러진 채 방치되어 있었다. 대문을 들어서면 곧 방바닥에 널브러져 있는 시체들이 많았다. 계단참이나 복도는 물론이고 창백한 얼굴의 말없는 사람들이 모여 있는 방의 침대마다 시체투성이였다. 시체들의 수염에는 진흙과 눈 녹은 물이 지저분하게 묻어 있었다. 일부 시체는 눈을 부릅뜬 채 지나가는 군중들을 바라보며 퀭한 눈빛으로 우리를 따라왔다. 시체들은 뻣뻣하고 딱딱한 것이 나무로 만든 조각상들 같았다. 샤갈의 화폭에 담긴 죽은 유대인들의 모습과 너무도 흡사했다. 시체들은 추위와 사후경직으로 푸르뎅뎅해진 얼굴 탓에 수염이 파랗게 보였다. 그것은 너무도 순수한 파란색이어서 바닷말 같은 것을 연상시켰다. 그것은 너무도 불가사의한 파란색이어서 바다를, 하루 중 특정 시간대에만 기이할 정도로 푸르러 보이는 새파란 바다를 연상시켰다.

금단의 도시 거리들에 깔린 적막, 저 얼어붙은 적막은 전율처럼, 이를 가는 소리처럼 나를 무겁게 짓눌렀고, 어느 순간 나는 혼잣말로 떠들기 시작했다. 다들 나를 돌아봤다. 그들의 눈에는 깊은 충격과 공포가 넘실거렸다. 그러다 어느 순간부터 나는 그들의 눈빛을 알아보게 됐다. 눈에 들어오는 얼굴마다 하나같이 수염이 나 있었다. 수염 없는 얼굴은 오히려 섬뜩했다. 기아와 절망이 그들을 그토록 유린한 것이다. 젊은이들의 얼굴에는 거무스름하거나 불그레한 곱슬곱슬한 솜털이 듬성듬성 나 있었다. 피부는 밀랍으로 만든 것 같았다. 여자와 아이들의 얼굴은 종이로 만든 것 같았다. 보는 얼굴마다 이미 푸르스름한 죽음의 그림자가 드리워 있었다. 그런 얼굴 속에서 잿빛 종이 내지는 허연 백묵 같은 색깔의 눈알들이 기괴한 벌레처럼 안와(眼窩) 속으로 털 많은 작은 발을 부산하게 움직이면서 그 깊은 구멍 속에서 희미하게나마 솟아나오는 빛을 빨아들이고 있었다. 그 역겨운 벌레들은 내가 다가가면 안절부절못하고 잠시 먹잇감에서 떨어졌다. 놈들은 소굴에서 나오듯이 안와에서 기어나와 공포에 젖은 눈으로 나를 뚫어지게 쳐다봤다. 그들의 눈은 잔뜩 촉각을 곤두세우고 신열(身熱)에 그을린 상태이거나, 그게 아니면 축축하고 슬퍼 보였다. 다른 눈들은 녹색 광택이 나는 것이 풍뎅이 날개 같았다. 또 어떤 눈들은 빨갛고, 어떤 눈들은 까맸으며, 어떤 눈들은 하얗고, 어떤 눈들은 광택이 없이 불투명했다. 엷은 물줄기의 베일에 가린 것 같았다.

여자들의 눈에서는 용감한 단호함이 이글거렸다. 그 눈들은 내 눈길을 오만한 경멸로 받았다. 그런데 고개를 돌려 나를 호위하는 검은 감시견을 바라보는 순간 갑자기 공포와 혐오로 표정이 어두워졌다. 그러나 아이들의 눈은 참담했다. 그 눈을 나는 제대로 쳐다볼 수 없었다. 지저분한 솜 같은 하늘이, 물 먹은 면화 같은 하늘이 검정색의 긴 카프탄을 걸치고 머리에는 검은 모자를 쓴 시커먼 군중들 위에 머물러 있었다.

유대인 치안 요원들이 교차로마다 짝을 지어 서 있었다. 팔뚝에 찬 노란 완장에는 붉은 다윗의 별(유대인 표식)이 선명했다. 그들은 꼼짝 않고 무감각한 표정으로 서 있었다. 길에는 아이들 셋이 끄는 마차며 유모차, 넝마 더미와 고철과 온갖 가련한 쓰레기를 잔뜩 실은 손수레들이 끊임없이 오가고 있었다. 길모퉁이에 둘러선 무리들은 이따금씩 얼어붙은 눈밭에 발을 쾅쾅 구르고 두 손을 높이 들어 손뼉을 치며 추위와 싸웠다. 그들은 바짝 붙어 어깨동무를 했다. 열 명, 스무 명, 서른 명씩 그렇게 붙어 서로에게 약간의 온기나마 나누어주려 하고 있었다. 날레브키, 슈리네크, 자크로침스카 같은 거리에 있는 지저분한 작은 카페들은 수염이 무성한 노인들로 우글거렸다. 아무 말 없이 바짝들 붙어 있는 것이 서로에게 온기와 용기를 나누어주려는 동물들처럼 보였다.

우리가 나타나자 문 쪽에 있던 사람들이 겁을 먹고 흠칫 물러섰다. 겁에 질린 비명과 신음도 일부 들렸다. 잠시 후 다시 침묵이 깔렸다. 간간이 밭은 숨을 몰아쉬는 소리만 들렸다. 체념 속에서 죽음을 기다리는 짐승들의 침묵 같았다. 모두가 나를 따라다니는 검은 감시견을 응시했다. 모두가 그 천사 같은 얼굴을 응시했다. 누구나 아는, 예리코, 소돔, 예루

살렘의 성문 옆 올리브나무들 사이로 환히 빛나는 그 모습을 백 번도 더 봤을 바로 그 천사의 얼굴, 신의 진노하심을 알리는 천사의 얼굴이었다. 이런 상황에서 난 미소 지으며 "프로세 파나—실례합니다"라고 했다. 사실 난 그들에게 그런 말을 한다는 게 놀라운 선물임을 알고 있었다. 난 미소 지으며 "프로셰 파나" 하고 말했다. 그 순간 난 더러운 종이로 만든 것 같은 얼굴들에서 놀람과 기쁨과 고마움의 미소가 피어나는 것을 보았다. 나는 "프로셰 파나" 하고 말하며 미소 지었다.

일단의 청년들이 거리를 돌아다니며 시체를 수습하고 있었다. 그들은 집 현관으로 들어가 계단을 올라 방으로 들어갔다. 그 청년들은 무덤 파는 인부들이었다. 대부분 베를린, 뮌헨, 빈에서 대학에 다니던 친구들로 일부는 벨기에, 네덜란드, 프랑스, 루마니아에서 끌려왔다. 한때 부유하고 행복했던 청년들이 많았다. 그들은 멋진 집에 살았었다. 화려한 가구와 오래된 그림과 책들과 악기와 값비싼 은제 식기, 우아한 도자기가 있는 집에서 자랐다. 그런데 지금은 누더기를 걸친 채 진창이 된 눈밭에서 넝마로 감싼 발을 힘겹게 질질 끌고 있었다. 그들은 프랑스어, 체코어, 루마니아어는 물론이고 감미로운 빈 스타일의 독일어를 구사했다. 유럽 최고 대학에서 교육받은 문화적 소양이 깊은 청년들이었다. 그러나 지금은 남루한 차림에 주린 배를 부여잡고 해충에게 뜯기고 구타의 아픔에 시달리고 있다. 그들은 강제수용소에서 온갖 굴욕과 고통을 감내해야 했고 빈, 베를린, 뮌헨, 파리, 프라하, 부쿠레슈티에서 바르샤바 게토까지 먼 길을 끌려오면서 끔찍한 고난을 겪었다.

하지만 그들의 얼굴에는 경이로운 빛이 서려 있었다. 서로 돕겠다는, 동족의 끝없는 고난을 조금이라도 덜어주겠다는 젊은이 특유의 결기 같은 것이었다. 그들의 시선에는 온화하고도 단호한 도전정신 같은 게 있었다. 나는 잠시 멈춰 서서 그들의 선행을 지켜보다가 프랑스어로 나직이 말했다. "엉 주르 부 스레 리브르, 부 스레죄레 엉 주르 에 리브르—언젠가 자네들은 자유가 될 거야, 언젠가 행복과 자유를 되찾을 거야."

그러자 무덤 파는 청년들은 고개를 들어 나를 향해 미소 지었다. 그러고는 천천히 그림자처럼 나를 따라다니는 검은 감시견에게로 눈길을 돌렸다. 그들은 잔인한 얼굴의 미남 천사를, 성서에 나오는 죽음을 경고하는 천사를 뚫어지게 쳐다보다가 인도에 널브러진 시체들 쪽으로 다시 몸을 숙였다. 그들은 나무 조각상을 들듯 조심조심 시체들을 들어올려, 남루하고 병약해 보이는 청년들이 끄는 수레에 실었다. 눈밭에는 시체들이 남긴 흔적이 누런 얼룩으로 섬뜩하게 남아 있었다. 시체는 접촉하는 모든 것에 그런 흔적을 남긴다. 뼈만 앙상한 개들이 킁킁 냄새를 맡으며 장례 행렬을 뒤쫓았다. 기아와 수면부족과 공포에 찌든 얼굴을 한 남루한 소년들의 무리가 눈밭을 돌아다니며 넝마며 종이 쪼가리, 빈 깡통, 감자 껍질 같은 것들을 주웠다. 하나같이 곤궁과 기아와 죽음이 여기저기 남기는 귀한 쓰레기였다.

유대인의 집에 들어서면 가끔씩 나지막이 노래하는 소리, 단조롭게 흐느끼는 소리가 들렸다. 내가 집 문턱을 넘어서는 순간 그런 소리가 터져 나왔다. 뭐라 형언할 수 없는 악취, 젖은 옷가지, 썩은 인육의 냄새 같은 것이 더러운 방들을 가득 채우고 있었다. 노인과 여자와 아이의 비참한 무리가 좁아터진 감옥에 갇힌 죄수들처럼 한데 엉켜 살고 있었다. 어떤 이는 바닥에 앉고, 어떤 이는 벽에 기대고, 어떤 이는 밀짚과 종이 더미에 널브러져 있었다. 침대에는 병자와 죽어가는 자와 죽은 자들이 누워 있었다. 다들 갑자기 입을 다물고 날 응시했고, 날 따라다니는 천사를 응시했다. 몇몇은 말없이 입에 든 음식 쪼가리 같은 것을 계속 우물거렸다. 안경알 때문에 까만 눈이 더 커보이는 파리한 얼굴의 청년들은 창가에 모여 뭔가를 읽고 있었다. 이 역시 굴욕적으로 다가오는 죽음을 애써 모른 체하려는 행동이었다. 우리가 나타나면 바닥에서 일어나거나 벽에서 돌아서거나 무리에서 떨어져나와 천천히 나가오는 이들도 있었다. 그들은 우리에게 차분한 목소리의 독일어로 "가시죠"라고 했다.

며칠 전 쳉스토호바에서도 그랬다. 내가 어떤 집 문턱을 넘자 창가 바닥에 앉아 있던 청년이 앞으로 나왔다. 그의 표정에는 묘한 행복감 같은 것이 넘쳤다. 마치 고통 속에서 그 순간을 기다려온 사람처럼 보였다. 고대하던 순간이 드디어 왔다는 듯, 그는 공포 속에서 전전긍긍해왔을 그 순간을 해방의 순간마냥 기꺼워했다. 다들 아무 말 없이 청년을 응시했다. 그들의 입에서는 아무 말도 나오지 않았다. 신음도 비명도. 심지어 내가 그 친구를 살짝 밀쳐내면서 웃음기 어린 표정으로 "난 그런 이유로 여기 온 게 아니다, 난 게슈타포가 아니다, 독일인도 아니다"라고 말했을 때도 그저 잠잠했다. 난 그의 얼굴에서 서서히 실망이 번지는 것을, 그리고 내 갑작스러운 출현으로 잠시나마 거기서 해방됐다고 느꼈을 예의 고통이 다시 스며드는 것을 느꼈다.

어느 날 크라쿠프 게토에 갔을 때도 그랬다. 어떤 집 문을 들여다보니 야윈 청년 하나가 있었다. 땀에 전 얼굴에 지저분한 숄을 푹 뒤집어쓴 채 방구석에서 책을 읽고 있었다. 내가 들어서자 그는 자리에서 일어났다. 무엇을 읽느냐고 묻자 책 표지를 보여줬다. 엥겔스 서간집. 그러면서 그는 떠날 채비를 했다. 구두끈을 매고, 양말 대용으로 둘렀던 꼬질꼬질한 넝마를 벗어 정돈하고, 외투 깃 속을 뒤져 넝마쪽이 된 셔츠 칼라를 끄집어냈다. 그는 가녀린 손으로 입을 막고 기침을 했다. 그는 돌아서서 방안의 사람들에게 고개를 끄덕이는 것으로 작별인사를 했다. 그러자 다들 말없이 그를 응시했다. 그런데 문까지 왔을 때 갑자기 돌아서며 숄을 벗더니 소파에 앉은 한 할머니 목에 정성스레 걸쳐주었다. 그러고는 계단참에 서 있는 내게 되돌아왔다. 난 웃는 얼굴로 제자리로 가라고 했지만 그는 내 말이 무슨 뜻인지 영 알아듣지 못했다.

나중에 그 친구가 다가오기 전에 숄을 벗었다는 생각을 다시 하게 됐을 때 나의 뇌리에는 완전히 발가벗은 두 유대인의 모습이 떠올랐다. 그 게토에서 어느 날 아침에 본 사람들이었다. 그들은 두 친위대원에 둘러싸여 걸어가고 있었다. 한 사람은 수염 난 노인이었고 또하나는 아직 소년이었다. 기껏해야 열여섯쯤 됐을까…… 그날 그 두 사람을 본 얘기를 크라쿠프 지구 총독 배히터에게 했더니 게슈타포가 데리러 오면 많은 유대인들이 걸치고 있던 옷가지를 다 벗어서 친척과 친구들에게 나눠준다고 상냥한 말씨로 답했다. 이제 본인들은 필요 없기 때문이라는 것이다. 그들은 벌거벗은 채로 눈밭을 걸었다. 영하 삼십 도의 겨울아침 날씨는 칼로 살을 저미는 듯 사나웠다.

나는 검은 감시견을 보며 말했다. "가지." 검은 감시견과 나란히 말없이 인도를 따라 걸었다. 그는 미남형 얼굴에 눈빛은 맑고 싸늘했으며 이마는 철모로 가리고 있었다. 나는 야훼의 천사와 나란히 걷는 기분이었다. 그래서 언제라도 그가 걸음을 멈추고 "다 왔습니다"라고 해주었으면 싶었다. 천사와 씨름한 야곱이 생각났다. 살을 에는 찬바람이 불어왔다. 죽은 아이의 낯빛 같았다. 밤이 다가오고 있었고, 낮은 인도에서 병든 닭처럼 시들어가고 있었다.

우리는 날레브키 거리를 따라 '금단의 도시' 출구 쪽으로 가다가 길모퉁이에서 말없는 작은 무리와 마주쳤다. 무리 가운데에서 두 소녀가 싸우고 있었다. 소녀들은 말없이 서로 머리채를 잡아뜯고 얼굴을 할퀴고 난리였다. 그 상황에서 갑자기 우리가 나타나자 사람들은 쭈뼛쭈뼛 물러섰고 두 소녀도 떨어졌다. 한 소녀가 땅에서 뭔가를 주워들었다. 그것은 날감자였다. 소녀는 손등으로 얼굴에 묻은 피를 쓱 훔치더니 곧장 가버렸다. 다른 소녀는 그 자리에 서서 우리를 쳐다보고 있었다. 소녀는 헝클어진 머리를 다듬고, 찢어지고 흐트러진 옷을 정돈했다. 불쌍한 소녀는 창백한 얼굴에 살점이라고는 전혀 없었고 가슴도 우묵하게 들어가 있었다. 소녀의 눈에는 허기짐과 경계심과 수치심이 가득했다. 그런데 갑자기 소녀가 내게 미소를 지었다.

나는 얼굴이 화끈했다. 그 아이에게 줄 게 아무것도 없었다. 나는 아이를 돕고 싶었고, 뭐든 주고 싶었다. 하지만 당장 가진 것은 돈 몇 푼이 고작이었다. 아이에게 돈을 준다는 생각을 하는 것만으로도 수치스러웠다. 어떻게 해야 할지, 무슨 말을 해야 할지 몰랐다. 문득 작심을 하고 소녀에게 십 즈워티(폴란드 화폐 단위)짜리 지폐 몇 장을 내밀었다. 소녀는 얼굴이 창백해지면서 내 손을 막고 미소 머금은 얼굴로 말했다. "디쿠예 바르조—정말 고맙습니다."

천천히 손을 물리치면서 소녀는 내 눈을 응시하며 미소 지었다. 그러고는 돌아서서 머리를 매만지며 가버렸다.

그 순간, 나는 호주머니에 시가가 하나 있는 것이 생각났다. 라돔 지구 부총독 에겐 박사가 준 아바나산 고급 시가였다. 나는 급히 쫓아가 소녀에게 시가를 내밀었다. 소녀는 '왜 이러나' 하는 표정으로 나를 쳐다보며 얼굴을 붉히고는 시가를 받았다. 성의를 봐서 받아준 것이 분명했다. 소녀는 아무 말도 하지 않았다. 심지어 고맙다는 말도 하지 않았다. 소녀는 뒤도 돌아보지 않고 천천히 발걸음을 옮겼다. 그러면서 가끔씩 손에 쥔 시가를 얼굴에 가져다대고 향기를 맡아보곤 했다. 내가 건네준 것이 무슨 꽃송이라도 되는 양……

"게토에 가 본 적 있으시오, 존경하는 말라파르테 선생?" 프랑크가 빈정대는 듯한 미소를 지으며 물었다.

"네." 내가 차갑게 답했다.

"정말 재미있지 않아요?"

"아, 네, 정말 재미있습니다."

"전 게토 가기 싫어요." 배히터 부인이 말했다. "정말 비참하거든요."

"정말 비참하다? 왜죠?" 피셔 총독이 물었다.

"조 슈무치히—너무 더러워." 브리기테 프랑크 부인이 말했다.

"야, 조 슈무치히—네, 너무 더러워요." 피셔 부인이 말했다.

"바르샤바 게토는 폴란드 전체에서 단연 최고야. 관리가 아주 잘돼 있지." 프랑크가 말했다. "정말 모범사례라니까. 피셔 총독은 그런 문제엔 도사지."

바르샤바 지구 총독은 흐뭇한 표정으로 얼굴을 붉혔다. "좀 유감인 건……" 피셔는 꽤나 겸손한 어조로 말했다. "공간이 너무 부족하다는 겁니다. 공간만 더 있다면 관리를 훨씬 잘할 수 있을 텐데 말입니다."

"아, 네, 그건 유감이네요!" 내가 말했다.

"생각해보세요!" 피셔 총독이 얘기를 이었다. "백오십 만이 넘는 유대인이 지금 거기 살고 있는데, 전쟁 전만 해도 삼십 만이 살던 곳입니다. 그런 식으로 욱여넣을 수밖에 없는 게 제 책임은 아니지요."

"유대인들은 그렇게 사는 걸 좋아해요." 에밀 가스너가 미소 지으며 말했다.

"어찌 생각하면……" 프랑크 총독이 말했다. "저들을 억지로 달리 살게 할 수도 없어."

"그럼 국제법 위반이 되겠지요." 내가 미소 지으며 한마디했다.

프랑크는 역시 빈정거리는 듯한 눈길을 보내며 말했다. "하지만 유대인들은 불만이 많아. 원하는 대로 안 해준다고 악악댄단 말이야."

"그런 불만을 심각하게 여기는 건 아니겠지요?" 내가 물었다.

"전혀 그렇지 않아요." 프랑크가 말했다. "우리는 그런 반발에 미리미리 대비하기 위해 최선을 다하고 있지요."

"야, 나튀얼리히—네, 당연히 그렇습니다." 피셔가 말했다.

"불결한 환경문제에 대해서는……" 프랑크가 얘기를 계속했다. "그들이 개탄스러운 환경에서 살고 있다는 건 부정할 수 없어요. 독일인이라면 그런 식으로는 도저히 살 수 없을 겁니다. 농담으로라도 참을 수 없지." 프랑크는 이렇게 말하며 크게 웃었다. "하하하! 농담으로라도 참을 수 없지."

"그거 재미있는 농담이 되겠네요." 내가 한마디 거들었다.

"독일인이라면 그런 조건에서 살 수는 없지요." 배히터가 말했다.

"독일민족은 문명화된 민족이니까요." 내가 말했다.

"야, 나튀얼리히." 피셔가 말했다.

"사실 몽땅 유대인들 잘못만은 아니라는 건 인정을 해야겠지." 프랑크가 말했다. "그들이 떼거지로 모여 있는 공간은 그 정도 인구가 살기에는 좀 좁지. 하지만 기본적으로 유대인들은 더러움 속에서 사는 걸 좋아해. 불결함이란 것이 그들에게 자연스러운 서식지야. 죄다 병에 걸렸기 때문이겠지. 그리고 병자들은 마지막 수단으로 불결함 속에서 피난처를 찾곤 하지. 쥐새끼들처럼 죽어가는 건 참 안됐어."

"그들은 살아 있다는 영광에 대해 별로 고마워하지 않는 것 같아요." 나는 계속해서 이렇게 말했다. "제 말씀은 쥐새끼들처럼 살아가는 것이 영광이란 말입니다."

"나는 어떤 식으로든 그들을 비난할 생각은 없어요." 프랑크가 내 말에 살짝 제동을 걸었다. "저들이 쥐새끼들처럼 죽어간다고 했지만, 그건 사실을 말한 것일 뿐이고."

"염두에 두어야 할 건, 지금 그들이 살고 있는 환경에서는 대량 사망 사태를 방지하기가 대단히 어렵다는 겁니다." 에밀 가스너가 말했다.

"그동안 신경을 많이 썼지요." 볼제거 남작이 조심스러운 목소리로 말했다. "게토 사망률을 낮추려고. 하지만……"

"크라쿠프 게토 경우에는……" 배히터가 말했다. "제가 사망자 친척에게 매장 비용 부담을 명했습니다. 그래서 좋은 성과를 거뒀지요."

"사망률이 하룻밤 사이에 뚝 떨어졌을 것 같은 예감이 드는군요." 내가 빈정거리듯이 말했다.

"맞습니다. 떨어졌습니다." 배히터가 웃으며 말했다.

다들 웃으면서 나를 쳐다봤다.

"그들은 쥐새끼들처럼 다뤄야 돼요." 내가 말했다. "쥐약을 줘보세요. 그럼 훨씬 간단할 텐데."

"굳이 힘들여 쥐약을 풀 필요도 없습니다." 피셔가 말했다. "엄청난 속도로 죽어가고 있으니까. 지난달 바르샤바 게토에서 사만이천 명이 죽었지요."

"사망률이 좀 높군요." 내가 말했다. "이런 식으로 가면 이 년 후에 게토는 텅 비겠네요."

"유대인들 문제에서 예단은 금물입니다." 프랑크 총독이 말했다. "지금까지 우리 쪽 전문가들 예측이 다 틀렸거든. 저들은 빨리 죽을수록 수가 더 빨리 늘어요."

"유대인들이 아이는 줄기차게 낳지요." 내가 말했다. "그게 다 아이들 잘못이야."

"아흐, 디 킨더!—아, 아이들!" 프랑크 부인이 말했다.

"야, 조 슈무치히—네, 정말 더러워." 피셔 부인이 말했다.

"참, 게토에서 애들 보셨소?" 프랑크가 물었다. "끔찍하지. 더럽고 병들고. 머리는 땜통투성이에 이가 바글바글하지. 안됐다 싶다가도 막상 보면 정말 역겹단 말이야. 해골바가지들 같아. 게토에서는 유아사망률이 아주 높아요. 바르샤바 게토 유아사망률이 얼마나 되지?" 프랑크가 피셔 총독을 돌아보며 물었다.

"오십사 퍼센트입니다." 피셔가 대답했다.

"유대인은 병든 종족이야. 퇴폐의 극치지." 프랑크가 말했다. "그들은 다 타락했어. 애들을 키우거나 돌볼 줄 모르지. 우리 독일하곤 달라."

"독일은 높은 쿨투어(문화)가 있는 나라니까요." 내가 말했다.

"야, 나튀얼리히, 아동 위생은 독일이 세계 최고지요." 프랑크가 말했다. "독일 아이들과 유대인 아이들의 엄청난 차이를 보셨소?"

(유대인 아이는 아이가 아니다. 나는 바르샤바, 크라쿠프, 쳉스토호바에 있는 게토의 거리들을 다니면서 그런 생각이 들었다. 독일 아이들은 깨끗하다. 유대인 아이들은 더럽다. 독일 아이들은 잘 먹고, 잘 신고, 잘 입는다. 유대인 아이들은 쫄딱 굶고, 반은 벗고, 맨발로 눈밭을 걷는다. 독일 아이들은 이빨이 있다. 유대인 아이들은 이빨이 없다. 독일 아이들은 깨끗한 집에서, 난방이 되는 방에서 산다. 걔네는 사그마한 하얀 침대에서 잔다. 유대인 아이들은 더러운 집에서, 추운 방에서 다른 사람들과 범벅이 된 채로 산다. 걔네는 넝마나 휴지를 깔고 잔다. 바로 옆에 있는

침대에는 죽은 자와 죽어가는 자들이 널브러져 있다. 독일 아이들은 잘 논다. 걔네는 인형도 있고, 고무공, 목마, 장난감 병정, 물총, 나팔, 오르골, 팽이도 있다. 걔네는 아이가 노는 데 필요한 게 다 있다. 유대인 아이들은 놀지 못한다. 걔네는 가지고 놀 게 하나도 없다. 걔네는 장난감이 없다. 어떻게 노는지도 모른다! 게토의 아이들은 어떻게 노는지 모른다. 걔네들은 진짜 퇴화됐다. 역겹다! 걔네들의 유일한 오락거리는 시체를 잔뜩 실은 수레를 따라다니는 것이다. 그리고 걔네들은 울 줄을 모른다. 걔네들은 요새 담벼락에 가서 부모형제들이 총살당하는 걸 보기 좋아한다. 걔네들의 유일한 오락거리는 가서 어머니가 총살당하는 걸 보는 일이다. 유대인 아이들한테 적합한 오락거리라고 할까……)

"기술 부서에서 그런 엄청난 시체들을 처리하는 것은 쉬운 문제가 아니지." 프랑크가 말했다. "최소한 트럭 이백 대는 필요해. 손수레 수십 대 가지고는 어림도 없는 일이지. 어디다 묻어야 할지 갈피를 못 잡을 정도니까. 심각한 문제야."

"분명히 묻기는 묻겠지요?" 내가 말했다.

"물론이지요! 시체를 친척들한테 먹으라고 주는 줄 아시는 건 아니겠지?" 프랑크가 미소 지으며 말했다.

모두 웃었다. "아흐 조, 아흐 조, 아흐 조, 야, 야!" 그리고 당연히 나도 웃음을 터뜨렸다. 저들이 시체를 매장하지 않을지 모른다는 나의 발상은 정말 우스운 것이었다. 나는 어찌나 심하게 웃었는지 눈물이 다 나왔다. 프랑크 부인은 두 손으로 가슴을 부여잡고 고개를 뒤로 젖히더니 입을 쩍 벌리고 떠들었다. "아흐 조, 아흐 조, 분더바!"

"아, 정말 우습네요." 피셔 부인이 말했다.

만찬이 마지막 코스로 가고 있었다. 우리는 독일 사냥꾼들이 '사냥칼의 영광'이라고 부르는 의식을 거행했다. 프랑크는 이를 기욤 아폴리네르•의 시집 제목을 따서 '르 코르테주 도르페—오르페우스의 행렬'라고 불렀다. 먼저 폴란드 전통 사냥 관습에 따라 하늘색 제복을 입은 남자 시종 두 명이 라지비워 숲에서 잡은 어린 사슴을 기다란 꼬챙이에 꿴 채로 들고 나와 테이블에 올려놓았다. 빨간 바탕에 까만 스와스티카가 찍힌 삼각형 나치 깃발을 등에 꽂은 사슴고기가 나오자 손님들은 게토니 유대인이니 하며 떠들던 얘기를 잠시 멈추고 주목했다. 이어 기립한 상태에서 축하라도 하듯이 피셔 부인에게 박수를 보냈다. 흥분한 탓에 얼굴이 붉어진 피셔 부인은 웃는 얼굴로 수줍게 절을 하며 '사냥칼의 영광'을 프랑크 부인에게 양보했다. 프랑크 부인은 우아하게 답례를 하며 피셔 부인의 손에서 사냥칼을 건네받았다. 사슴뿔 손잡이가 달린 칼은 긴 날을 은제 칼집 속에 감추고 있었다. 프랑크 부인은 좌우를 돌아보며 주인과 손님에게 오늘의 주요리를 올린다는 뜻을 표한 뒤 칼집에서 칼을 꺼내어 사슴 등에 푹 박아넣는 것으로 의식을 시작했다.

천천히, 노련하고 은근하면서도 우아하게 칼을 놀리는 모습에 좌중에서는 탄성과 박수가 쏟아졌다. 프랑크 부인은 사슴 엉덩이와 가슴 부위를 살살 썰어 두껍고 커다란 조각을 냈다. 분홍빛 연한 사슴고기가 탐스러웠다. 그녀는 케이트의 도움을 받아가며 손님들에게 고기를 나눠주었다. 그녀는 차례가 된 사람들에게 고개를 살짝 까딱이거나 눈을 찡끗하거나 입술을 삐죽 내밀거나 조심하는 몸짓을 쓰면서 고기를 받으라는 신호를 보냈다. 나는 자리 덕분에, 아니, 프랑크의 표현에 따르면 외국인이라는 '장점' 덕분에 맨 먼저 서빙을 받았다. 매우 놀라운 것은 프랑크 총독이 그다음 차례였다는 것이고, 그보다 더 놀라운 것은 마지막 차례가 피셔가 아니라 에밀 가스너였다는 것이다. 의식은 일제히 박수를 치는 것으로 막을 내렸다. 프랑크 부인은 깊이 고개를 숙여 절을 하는 것으로 화답했다. 그런데 다소 놀라운 것은 그 동작에 우아함이 없지 않았다는 사실이다. 사냥칼은 빨간 바탕에 까만 스와스티카가 찍힌 삼각형 나치 깃발 옆 사슴의 등에 꽂힌 그대로 내버려두었다. 솔직히 나는 고귀한 동

• 1880~1918. 폴란드계 프랑스 시인.

물의 등에 꽂힌 칼과 깃발을 보면서 마음이 편치 않았다. 그런 상황에서 손님들의 대화가 점차 게토와 유대인 문제로 다시 돌아가자 약간의 공포심마저 들었다.

피셔 총독은 손에 든 스푼에서 앞에 놓인 사슴고기 조각에 노란 육즙 소스를 뚝뚝 흘리며 게토의 유대인들을 어떻게 매장하는지 이야기했다. "시체를 한 층 깔고 석회를 한 층 뿌리는 겁니다. 석회 한 층 뿌리고 시체 한 층 깔고." 그 말이 마치 "사슴고기 한 겹 놓고 육즙 소스 한 번 뿌리고, 육즙 소스 한 번 뿌리고 사슴고기 한 겹 놓고" 운운하는 것 같았다.

"가장 위생적인 시스템이지요." 배히터가 말했다.

"위생에 관해서는……" 에밀 가스너가 거들었다. "산 유대인들이 죽은 자들보다 전염성이 더 강해요."

"이히 글라우베 조!—동감이야!" 피셔가 큰소리로 말했다.

"죽은 자들은 걱정 안 해요." 피셔의 말이다. "애들이 걱정이지. 불행하게도 게토에 있는 아이들 사망률을 낮추기 위해 할 수 있는 일은 거의 없어요. 하지만 그 불행한 아이들의 고통을 덜어주기 위해 뭔가 해보고 싶어요. 삶을 사랑하는 법을 가르치고, 게토 거리를 미소 지으며 걷는 법도 가르치고."

"미소요?" 내가 물었다. "그 아이들한테 미소 짓는 법을 가르치고 싶다고요? 미소 지으며 걷는 법 말인가요? 유대인 아이들은 미소 짓는 법, 절대 못 배울 겁니다. 채찍으로 때려가며 가르쳐도 안 될 거예요. 걔네들은 걷는 법도 절대 못 배울 겁니다. 유대인 아이들은 걷지 않는다는 거 모르세요? 유대인 아이들은 날개가 달렸거든요."

"날개?" 프랑크가 큰 소리로 말했다.

심히 놀란 표정이 손님들 얼굴에 역력했다. 그들은 숨죽인 채 말없이 나를 응시했다.

"날개라!" 프랑크가 입을 쩍 벌리며 도저히 못 참겠다는 듯 폭소를 터뜨렸다. 그러면서 두 손을 높이 들어 날개처럼 머리 위로 이리저리 흔들었다. 웃음 때문에 목이 메어 캑캑거리면서도 그는 "짹짹 짹짹 짹짹" 하며 떠들었다. 그러자 손님들 전원이 똑같이 손을 머리 위로 흔들며 크게 소리쳤다. "아흐 조! 아흐 조! 짹짹 짹짹 짹짹!"

마침내 만찬은 끝이 났다. 피셔 부인이 자리에서 일어나 우리를 개인용 응접실로 안내했다. 예전에 베크 대령이 서재로 쓰던 방이었다. 내가 앉아본 안락의자 등받이는 하얀 대리석 조각상 무릎에 겨우 닿을 정도였다. 조각상은 이른바 '뮌헨 스타일'로 고대 그리스의 운동선수를 묘사해 놓은 것이다. 실내 불빛은 다소 어두웠고 카펫은 두꺼웠다. 벽난로에선 참나무 장작이 따닥따닥 소리를 내며 타고 있었다. 방은 더웠고 브랜디와 담배 냄새가 스며 있었다. 시끄럽게 떠드는 소리는 간간이 독일인들 특유의 폭소에 묻히곤 했다. 아무리 들어도 불쾌한 웃음소리였다.

케이트는 크리스털 글라스에 붉은 버건디 포도주와 짙고 미지근한 볼네 적포도주, 투명한 샴페인을 섞어 칵테일을 만들고 있었다. '튀르키쉬블루트—터키인의 피'라고 하는 독일 사냥꾼들의 전통 음료였다.

"그러니까……" 바로 그때 프랑크가 날 쳐다보며 정말 관심 있다는 투로 진지하게 말했다. "그러니까, 유대인 아이들은 날개가 달렸다는 얘긴가? 이탈리아에 가서 그런 얘기를 하면 이탈리아인들은 곧이들을 거요. 유대인들에 대한 전설은 그런 식으로 태어나지. 영국 신문과 미국 신문을 다 믿으면 독일인들은 폴란드에서 아침부터 밤까지 유대인들 죽이는 일 말고는 하는 일이 없는 것처럼 보일 거요. 그러나 선생도 폴란드에 한 달 이상 있어 봤지만 우리가 유대인 머리칼 한 올이라도 뽑는 걸 봤습니까. 유대인 박해란 전설이지. 유대인 아이들 날개 운운하는 얘기나 마찬가지지. 그러니 걱정 말고 드십시오." 프랑크는 튀르키쉬블루트가 가득 든 보헤미아 크리스털 글라스를 치켜들며 한마디 더했다.

"겁먹지 말고 드세요, 존경하는 말라파르테 선생. 이건 유대인의 피가 아닙니다. 프로지트!—건배!"

"프로지트!" 나도 잔을 들며 말했다. 그러고는 몰다비아•의 유서 깊은 도시 야시에서 있었던 일들을 이야기하기 시작했다.

• 루마니아 북동부 지방.

6장

야시의 쥐들

나는 문을 열어젖히고 안으로 들어갔다. 집은 텅 비어 있었다. 급하게들 떠난 티가 역력했다. 창문 커튼은 다 찢긴 채 방 안 곳곳에 널려 있었다. 천장에 놋쇠 램프가 매달려 있는 거대한 침실에는 커다란 원탁이 놓여 있고, 그 옆으로 의자가 몇 개 놓여 있었다. 찢어진 매트리스는 거위털이 다 삐져나온 상태였다. 처음 방에 들어섰을 때는 바닥에 깔린 거위털이 흰 구름처럼 풀풀 날려 땀에 젖은 내 얼굴까지 와 달라붙었다. 서랍은 다 열려 있었고, 옷가지며 서류들이 바닥 곳곳에 흩어져 있었다. 나는 전등을 켰다. 최소한 전기는 아직 들어오고 있었다. 주방에는 짚이며 깨진 도자기 조각들이 널려 있었다. 단지와 냄비들은 벽난로 속에 뒤죽박죽으로 뒤집혀 있었다. 감자 무더기가 방 한구석에서 썩어가고 있었다. 각종 오물과 음식 썩는 악취가 방 안에 진동했다.

호화 저택은 아니지만 1941년 6월 말 당시, 그러니까 독일군의 소련 침공이 시작된 직후, 몰다비아 야시에서 그보다 나은 집을 찾을 수는 없었을 것이다. 내버려진 큰 과수원 끝에 있는 작은 집은 라푸스나누 거리

어귀에 위치해 있어서 경마클럽과 코르소 레스토랑이 가까웠다. 나중에 알게 된 사실이지만 그것은 버려진 과수원이 아니라 야시의 그리스정교회 공동묘지였다.

나는 창문을 다 열어젖히고 청소를 시작했다. 몸은 기진맥진한 상태였다. 그래서 그날 저녁은 침실만 쓸고 닦기도 버거웠다. 다른 모든 건 "라 드라쿠—될 대로 돼라"였다. 전쟁도 라 드라쿠, 야시도 라 드라쿠, 야시의 집들도 모두 라 드라쿠였다. 이미 모포 두 장은 침대에 깔고, 윈체스터 소총과 콘탁스 카메라, 야전용 손전등, 불쌍한 애견 페보의 사진들은 벽에 걸어두었다.

총성 두 발이 밤의 적막을 찢었다. 총알은 창문을 박살내고 천장을 꿰뚫었다. 난 전등을 끄고 살그머니 바깥을 내다봤다. 순찰병들이 집 앞 묘지 한복판에 서 있었다. 독일군인지 루마니아군인지 분간이 안 갔다. "루미나! 루미나!—불빛이다!" 순찰병들이 소리쳤다. 루마니아군이었다. "라 드라쿠!—날 죽여라!" 내가 소리쳤다. 대답 대신 다시 총알 한 발이 피융 하고 귓가를 스쳤다. 며칠 전 부쿠레슈티의 광장에서 내가 묵던 아테네 팰리스 호텔 창문으로 여러 발의 총알이 날아들었다. 군경은 빛이 조금이라도 새는 창문이 있으면 무조건 발포하라는 명령을 받은 터였다. "노압테 부나—굿나잇!" 내가 크게 소리쳤다.

그러자 군인들도 "노압테 부나!"라 화답하곤 다른 데로 갔다.

나는 어둠 속에서 얼핏 보았던 축음기를 더듬어 붙잡고 서랍에 처박혀 있는 레코드판들 가운데 아무거나 하나를 집어들었다. 나는 손가락으로 더듬어 바늘의 위치를 확인하고는 크랭크를 돌린 다음 바늘을 레코드 가장자리에 얹었다. 키바 피치고이가 부르는 루마니아 민요였다. 어둠 속에서 키바의 달콤하고 허스키한 목소리가 흘러나왔다.

체아 인 구샤, 마리오아라,
체아 인 구샤, 마리오아라.

침대에 몸을 던지고 눈을 감았다. 그러나 곧 다시 일어나 주방으로 가서 물 한 동이를 길어다가 찬물에 부쿠레슈티에서 가져온 추이카• 병을 담갔다. 양동이는 침대맡에 놓고 다시 찢어진 매트리스에 드러누워 사지를 쭉 펴고 눈을 감았다. 레코드는 다 돌아갔고 바늘만 지걱거리고 있었다. 나는 다시 일어나 축음기를 감고 바늘을 레코드 가장자리에 얹었다. 허스키하고 달콤한 키바 피치고이의 목소리가 다시 흘러나왔다.

체아 인 구샤, 마리오아라.

전등을 켜도 되는 상황이었다면 책을 좀 읽었을 것이다. 당시 나는 해럴드 니컬슨(1886~1968)의 『헬렌스 타워*Helen's Tower*』를 가지고 있었다. 부쿠레슈티의 유대인 친구 아자페르가 운영하는 책방, 다시 말해 쿠렌툴 신문사 근처에 있는 책방에서 찾아낸 책이었다. 1937년 발행이니까 나온 지 좀 됐고, 해럴드 니컬슨의 삼촌인 더퍼린 경의 일대기를 그린 책이었다. 해럴드 니컬슨과 그 삼촌 더퍼린 경이여, 라 드라쿠. 모든 인간이여, 라 드라쿠. 찌는 듯한 여름날이었다. 숨이 턱턱 막혔다. 어느 때라도 천둥번개가 몰아칠 듯 도시의 지붕들 위로 먹구름이 낮게 깔려 있었지만 비는 오지 않았다. 키바 피치고이가 달콤한 피 같은 허스키한 목소리로 노래를 부르고 있었다. 그런데 갑자기 노래가 뚝 끊기고 바늘 돌아가는 소리만 찌걱거렸다. 침대에서 또 일어나고 싶지는 않았다. "마리오아라 고 구샤고 라 드라쿠. 노압테 부나, 돔니소아라 키바." 그렇게 나는 차츰 잠에 빠져 꿈을 꾸기 시작했다.

처음에는 내가 꿈을 꾼다는 사실도 몰랐다. 나중에야 불현듯 그게 꿈이란 걸 알게 되었다. 아마 진짜로 잠에 취해 꿈을 꾸기 시작했던 듯하

• 루마니아 특산 브랜디.

다. 그러다 선뜻 잠에서 깼는데, 너무 피곤할 때 종종 그렇듯 깬 채로 계속 꿈을 꾸었다. 바로 그 순간, 문이 열리고 해럴드 니컬슨이 들어왔다. 그는 회색이 감도는 담청색 옥스퍼드 리넨 셔츠를 입었고 파란 넥타이가 화사함을 더했다. 그는 모자(까만 펠트 모자였다)를 테이블에 툭 던지고 내 침대에서 좀 떨어진 곳에 놓인 의자에 가 앉더니 미소 띤 얼굴로 날 물끄러미 바라봤다.

방이 서서히 다른 형태로 바뀌었다. 처음에는 길거리가 되더니 이윽고 가로수가 있는 광장으로 변했다. 지붕 위로 파리의 하늘이 보였다. 도핀 광장 옆에 내가 머물던 집의 창문도 보였다. 나는 퐁뇌프 다리의 신문팔이에게 들키지 않으려고 벽에 바짝 붙어 걷다가 케 드 로를로주 모퉁이를 돌아 39번지 집 대문 앞에서 멈춰 섰다. 정말 내가 살던, 다니엘 알레비• 선생네 집 대문이었다. 나는 주택 관리인인 마르티그 부인에게 "말라파르테 씨 집에 있나요?" 하고 물었다. 마르티그 부인은 멀뚱멀뚱 나를 쳐다봤다. 날 알아보지 못한 것이다. 그녀가 날 알아보지 못하는 게 감사했다. 이탈리아군 복장으로 파리에 돌아온 것이 부끄러웠기 때문이다. 파리 길거리에서 독일군들을 보는 것도 부끄러웠다. 하기야 수년 만에 나타났으니 어떻게 알아보겠는가? "아뇨, 말라파르테 씨는 파리에 없습니다." 마르티그 부인이 대답했다. "난 그 사람 친구입니다." "우린 그 분 소식 몰라요." 마르티그 부인이 대답했다. "아마 말라파르테 씨는 아직 이탈리아 감옥에 있을 겁니다. 어쩌면 전선에 나가 있을지도 모르죠. 러시아 어디나 아프리카, 아니면 핀란드…… 어찌 알겠어요? 어쩌면 죽었거나 포로가 됐을지도 모르죠. 누가 알겠어요?" 그래서 나는 다시 알

• Daniel Halevy(1872~1962). 프랑스의 작가, 역사학자. 1931년 그라세 출판사의 '녹색수첩' 총서 기획자로서, 말라파르테가 불어로 쓴 『쿠데타의 기술*La Technique du coup d'État*』을 처음 소개했던 인물. 이 책은 곧 이탈리아어판 『국가 전복의 기술*Tecnica del colpo di Stato*』(1931)로, 이어 영어판 『쿠데타: 혁명의 기술*Coup d'État: The Technique of revolution*』(1932)로 속속 번역되어 유럽 곳곳에서 논란을 일으켰고, 이로써 말라파르테는 명성과 함께 큰 시련을 얻는다.

레비 선생 부부는 집에 계시느냐고 물었다. "아뇨, 여기 없어요. 방금 전 떠났습니다." 마르티그 부인이 낮은 목소리로 대답했다.

나는 천천히 계단을 올라가다가 돌아서서 마르티그 부인에게 미소를 보냈다. 그때는 마르티그 부인이 나를 알아본 것 같았다. 그녀는 알 듯 말 듯 묘한 웃음을 지었다. 아마도 내 체취를 맡았던 듯하다. 죽은 말들의 냄새며 야시의 버려진 옛 공동묘지 무덤 위에 자란 풀들의 냄새 같은 것을. 나는 다니엘 알레비의 문 앞에서 걸음을 멈추었다. 문손잡이를 더듬어 돌려보았다. 예전에 이탈리아로 돌아가기 전, 돌아가서 리파리 섬에 억류되기 전, 그에게 작별인사를 하러 갔을 때처럼. 다니엘 알레비는 서재에서 나를 기다리고 있었다. 화가 자크 에밀 블랑슈와 드골 대령이 옆에 있었다. 불길한 예감이 가슴을 짓눌렀다. "알레비 씨는 집에 없어요." 마르티그 부인이 계단 저 밑에서 소리쳤다.

나는 다시 좁은 나무계단을 올라 내가 묵던 다락방 앞에 섰다. 문을 두드리자 잠시 뒤, 안에서 발소리가 들렸다. 익히 아는 발걸음 소리였다. 말라파르테가 문을 열어주었다. 젊은 얼굴이었다. 지금의 나보다 훨씬 젊다. 밝은 표정에 검은 머리, 다소 흐릿한 눈…… 그는 말없이 나를 쳐다봤고, 나는 그에게 웃음 지어보였다. 하지만 그는 화답하지 않고 미심쩍은 눈초리로 쳐다봤다. 웬 낯선 사람인가 하는 눈치였다. 나는 내 방으로 들어가 여기저기 둘러봤다. 서재에는 친구들이 죄다 와 앉아 있었다. 장 지로두, 루이지 피란델로, 앙드레 말로, 피에르 베상마스네, 장 게노, 해럴드 니컬슨, 글렌웨이 웨스콧, 세실 스프리지, 바바라 해리슨 등등 내 친구 전원이 내 앞에 말없이 앉아 있었다. 일부는 죽었고,▲ 얼굴들은 창백했으며, 눈에는 총기가 없었다. 아마도 거기서 그렇게 몇 년간 나를 기

▲ 노벨문학상을 받고 작고한 피란델로(1867~1936)를 제외한 나머지 인사들은 당시 모두 살아 있었다. 지로두(1882~1944), 말로(1901~76), 베상마스네(1899~1984), 게노(1890~1978)는 프랑스의 문인들이고, 니컬슨과 스프리지(1896~1959)는 영국의 정치인과 언론인이며, 웨스콧(1901~87)과 해리슨(1904~77)는 미국의 작가와 여성 출판인이다.

다리고 있었을 것이다. 그런데 그들은 나를 알아보지 못했다. 아마도 그들은 내가 그렇게 오랜 기간 억류와 추방, 전쟁까지 겪고 나서 파리로 돌아오리라곤 더이상 기대하지 않았을 것이다.

바지선을 끌고 센 강을 오르는 예인선들의 기적 소리가 멀리 희미하고 서글프게 들려왔다. 창밖을 내다보니 생미셸에서 트로카데로까지 파리의 다리들이 한눈에 들어왔다. 부둣가를 따라 무성한 녹색의 잎들이 보이고 루브르박물관 전면과 콩코르드광장의 가로수도 보였다. 친구들은 말없이 나를 응시하고 있었고, 나는 그들 사이로 가 앉았다. 그들의 목소리를 다시 듣고 싶었고 그들이 말하는 걸 듣고 싶었다. 하지만 그들은 미동도 않고 앉아 있어서 도무지 그 속을 알 수가 없었다. 그들은 골똘히 나를 응시했다. 어쩐지 저들이 내게 유감스러워하고 있다는 느낌이 들었다. 나는 그들에게 내가 잔인해진 건 내 잘못이 아니라고 말해주고 싶었다. 우린 모두 잔인해졌다. 너도 그래, 베상마스네. 너도 그래, 게노. 당신도 그래, 장 지로두. 그리고 당신도, 바바라. 그렇지 않나? 그러자 바바라가 웃으며 고개를 끄덕였다. 자기도 알고 있다고, 이해한다고 말하는 듯이. 다른 친구들도 웃으며 고개를 끄덕였다. 마치 우리 모두가 잔인해진 건 우리 잘못이 아니라고 말하는 것 같았다. 잠시 후 나는 자리에서 일어나 문으로 향했다. 나는 문턱쯤에서 그들을 돌아보며 웃었다.

나는 천천히 계단을 내려갔다. 그런데 마르티그 부인이 나직한 목소리로 "그 양반은 우리한테 편지 한 장 없어요" 하고 말했다. 나는 레지나 코엘리 교도소나 리파리 섬에 있을 때 편지 한 번 하지 않은 것에 대해 사과하고 싶었다. "그건 자존심 때문이 아니었어요. 아시다시피 수치스러워 그랬을 겁니다." 나는 죄수의 수치를, 쫓기는 자의 수치를 느꼈다. 좁디좁은 감방에 갇힌 채 온갖 벌레와 불면과 신열로 고통받았다. 고립감과 잔인함으로 고통받았다. "네, 마르티그 부인, 그 사람은 자신의 잔인함 때문에 고통스러워했던 겁니다."

"아마 그분은……" 마르티그 부인이 조용히 말했다. "우리를 잊어버렸을 거예요." 그러면서 이렇게 한마디 덧붙였다. "아마 선생님도 잊어버렸을 거예요."

"아, 아닙니다! 그 사람은 우리를 잊지 않았습니다. 그 사람은 자신의 고통이 수치스러운 겁니다. 우리 모두가 이 전쟁으로 변한 것이 수치스러운 거지요. 아시잖아요? 그 사람은 자신이 고통받는 게 수치스러운 거라는 걸. 아시죠? 마르티그 부인."

"네." 마르티그 부인이 조용한 목소리로 말했다. "우리는 그분을 잘 알아요. 우리는 말라파르테 씨를 잘 알지요."

"굿모닝, 해럴드 공자(公子)•님." 나는 침대에서 일어나 앉으며 이렇게 말했다. 해럴드 니컬슨은 천천히 장갑을 벗고 불그레한 솜털이 덮인 짧고 하얀 손으로 콧수염을 쓰다듬었다. 그러면서 한참 손가락으로 입술을 꾹 누르고 있었다. 니컬슨의 콧수염을 볼 때마다 외무부의 젊은 엘리트 외교관이 아닌 런던 첼시 병영(兵營)이 생각났다. 그 콧수염은 전형적인 영국 사립학교의, 샌드허스트 육군사관학교의, 군대의 산물로 보였다. 니컬슨은 나를 보며 미소 지었다. 그날 파리에서도 똑같았다.

니컬슨은 르와얄 거리에 있는 라뤼 레스토랑에 마련된 점심식사 자리에 날 데려가려고 찾아왔다. 모슬리가 기다리고 있다고 했다. 니컬슨을 처음에 어디서 만났는지는 더이상 생각나지 않는다. 그에 대해 처음 말을 해준 사람은 스트롱 부인으로 어느 날 포부르 상토노레 거리에 있는 친구들 집에서 점심을 먹는 자리에서였다. 며칠 뒤 스트롱 부인은 내게 전화를 걸어 니컬슨이 데리러 갈 것이니 모슬리를 만나보라고 했다. 니컬슨은 내 서재에 앉아 불그레한 솜털이 덮인 짧고 하얀 손으로 콧수염을 쓰다듬고 있었다. 센 강에서 서글픈 예인선의 기적 소리가 들려왔다. 분명 10월의 어느 날 아침이었으리라. 안개가 자욱했고 날은 따스했다.

• 귀족 출신의 해럴드 니컬슨을 놀려주려고 '공자'라 칭한 것이다.

모슬리와 약속한 만남은 오후 두시로 잡혀 있었다. 우리는 센 강을 따라 르와얄 가로 걷기 시작했다. 우리가 라뤼 레스토랑에 들어섰을 때는 두시 오분 전이었다.

우리는 테이블에 자리를 잡고 마티니 한 잔을 주문했다. 반시간이 지나도 모슬리는 나타나지 않았다. 이따금 니컬슨이 자리에서 일어나 모슬리에게 전화를 하러 갔다. 내가 듣기로, 모슬리는 개선문 근처 나폴레옹 호텔에 기거하고 있었다. 머잖아 영국의 무솔리니가 될 인물의 주소지로는 끝내주는 곳이었다. 세시가 가까워도 모슬리는 여전히 모습을 드러내지 않았다. 아직도 침대에 가만히 누워 잠에 취해 있는 건 아닌가 하는 생각이 들었다. 좀더 기다렸다. 벌써 세시 반이 됐다. 니컬슨은 열번째로 전화하고 돌아와서는 의기양양하게 영국 파시스트동맹 당수 오즈월드 모슬리 경(1896~1980)이 곧 도착한다고 선언했다. 그는 웃으면서 모슬리 대신 변명을 하며 덧붙였다. 아침나절에는 내내 침대에서 뒹굴다가 느지막이 일어난다고, 그것도 열두시 전에는 절대 안 일어나고, 일어나도 두시까지 방 안에서 펜싱 연습을 좀 하다 호텔을 나와 도보로 약속 장소에 가는데, 꼭 늦게 나타난다고, 다들 기다리다 지쳐 자리를 뜨려는 순간 짠하고 나타난다고 했다. 나는 니컬슨에게 "인생에서 쉬운 일은 도착하는 것이고, 어려운 일은 떠나는 것이다"라는 프랑스혁명기 정치가 탈레랑(1754~1838)의 명언을 아느냐고 물었다.

"모슬리한테 어려운 일은……" 니컬슨이 말했다. "떠나기 전에 도착하는 거지."

마침내 모슬리가 라뤼 레스토랑에 들어섰을 때는 네시가 다 됐을 때였다. 니컬슨과 나는 이미 마티니를 일고여덟 잔 마시고 식사를 하던 참이었다. 그때 우리가 무엇을 먹었는지, 무슨 얘기를 했는지는 지금 생각이 나지 않는다. 다만 기억나는 것은 모슬리가 머리가 아주 작았다는 것과 목소리가 부드러웠다는 것이다. 그는 키가 컸고(아주 컸다) 야위고 게을러 보였으며 약간 구부정했다. 그는 늦은 것에 대해 조금도 미안해하지 않았다. 정반대로 아주 흡족해했다. 그는 "늦게 가는 게 목표일 때는 절대 서두르면 안 되지"라고 말했다. 니컬슨과 나는 슬쩍 눈짓을 주고받는 것으로 암묵적인 합의를 봤다. 그러나 점심을 먹는 내내 모슬리는 우리가 자기를 놀려주기로 작정했다는 사실을 전혀 눈치채지 못했다. 그는 원래 유머 감각이 풍부한 것 같았다. 하지만 모든 독재자들이 그러하듯 그는 누가 자기를 놀릴 수 있다고는 꿈에도 생각해본 적이 없었던 것이다. (모슬리는 아직 신출내기였지만 확실히 독재자가 될 자질을 타고난 인물이었다! 그런 자질이 무엇인지는 우리 모두가 안다.)

모슬리 경은 내가 쓴 『쿠데타의 기술』 영어판(1932)을 가지고 와서 속표지에 저자의 말 같은 것을 써달라고 했다. 화려한 헌사를 기대했을 게 뻔하다. 나는 그를 골리면서 실망을 안겨줄 요량으로 내 책에 나오는 문장 두 개만을 썼다. "모든 독재자들과 마찬가지로 히틀러는 여자에 불과하다." 그리고 "독재란 최고 형태의 질투다." 문장을 읽는 모슬리의 표정이 어두워졌다. 그는 눈을 반쯤 감고 나를 보며 물었다. "그럼 카이사르도 선생 견해로는 여자에 불과했나요?" 니컬슨이 터져나오는 웃음을 참느라 안간힘을 쓰면서 내게 눈짓을 했다. "그는 여자보다 더 나빴지요." 내가 대꾸했다. "카이사르는 신사가 아니었으니까요."

"카이사르가 신사가 아니었다?" 놀란 모슬리가 다시 물었다.

"감히 영국을 점령하는 이방인이 신사일 수는 없죠."

포도주들은 훌륭했고, 라뤼의 셰프는 (자존심 세고 치밀하고 여자 또는 독재자처럼 변덕스러웠지만) 당당한 상상력과 섬세한 자부심으로 만든 특급요리를 계속 내놓음으로써 엉뚱한 시간에 점심을 먹는 이상한 외국인 세 명이 차지한 테이블을 빛내주었다. 리츠 호텔에서는 벌써 은제 찻주전자에서 차가 끓고 있을 시각이었다. 모슬리의 기질은 셰프의 기질과, 그리고 테이블에 오른 여러 와인의 풍미와 완벽하게 일치했다. 모슬리는 차츰 평상심과 특유의 빈정거리는 어투를 되찾았다. 르와얄 거리에 하나둘씩 불이 켜졌다. 마들렌의 꽃 파는 아가씨들은 시들어가는 꽃을 잔뜩 실은 손수레를 끌고 콩코르드광장 쪽으로 내려가고 있었다. 우리는 여전히 브리 치즈의 좋은 점과 영국에서 권력을 장악하는 최선의 방법에 관해 토론을 벌이고 있었다.

니컬슨은 영국인은 강압이나 설득보다는 '좋은 매너'에 민감한데 독재자들은 좋은 매너를 가진 경우가 없다는 주장을 폈다. 모슬리는 좋은 매너도 요즘에는 시들해졌으며, 영국인들, 특히 '상위 일만 명'은 독재를 받아들일 자세가 되어 있다는 식으로 맞받았다.

"그럼 어떻게 권력을 잡을 건가요?" 니컬슨이 물었다. "당연히 가장 먼 길로 가야지요." 모슬리가 대답했다.

"세인트제임스 공원으로요? 트래펄가광장으로요?" "당연히 세인트제임스 공원을 거쳐 가야지요. 나의 쿠데타는 식은 죽 먹기일 겁니다." 모슬리는 이렇게 말하며 호쾌하게 웃었다. "아, 그렇군요. 선생의 혁명은 메이페어(런던 최고급 주택가)에서 시작될 겁니다. 그럼 언제쯤 권력을 잡을 것으로 예상하시나요?" 니컬슨이 물었다.

"영국 의회체제가 위기에 처하는 날은 아주 정확히 예측할 수 있죠. 오늘이라도 다우닝 가(런던의 관청가)에서 만날 약속을 잡을 수가 있어요."

"좋습니다. 무슨 요일 몇 시로 할까요?"

"아, 그건 비밀입니다." 모슬리가 웃으며 대꾸했다. "혁명이 약속을 의미한다면 선생은 또 늦게 권력을 잡을 겁니다." 니컬슨이 말했다.

"그럴수록 좋지요. 아무도 기대하지 않을 때 권력을 잡게 될 테니까요." 모슬리의 대꾸였다.

대화를 나누며 아르마냐크 브랜디의 그윽한 풍미를 한껏 즐기는 사이 라뤼 레스토랑은 점점 모습이 변하더니 나중에는 지금 내가 누워 있는 침실과 이상하게 닮은 커다란 방으로 바뀌었다. 해럴드 니컬슨은 미소 지으며 나를 응시하고 있었다. 그는 놋쇠 램프 아래 앉아서 테이블 위 검은 펠트 모자 옆에 팔꿈치를 올려놓고 있었다. 얼마 후 그는 눈짓으로 방

한구석을 보라고 했다. 눈을 돌려 보니 오즈월드 모슬리 경이 책상다리를 한 채 바닥에 앉아 있었다. 니컬슨과 모슬리가 어떻게 야시의 내 침실에 와 있는지 이해가 안 갔다. 그런데 모슬리가 아이처럼 발그레한 얼굴에 팔이 너무 짧은 것이 적이 놀라웠다. 두 다리는 어마어마하게 길었다. 너무 길어서 어쩔 수 없이 터키식으로 두 다리를 오그려서 방 안으로 들어온 것이다.

"난 자네가 왜 야시에 와 있는지 궁금하군." 해럴드 니컬슨이 내게 말했다. "나가서 싸우지 않고 말이야."

"라 드라쿠." 내가 대꾸했다. "전쟁도 라 드라쿠, 다들 라 드라쿠."

모슬리가 두 손으로 바닥을 땅땅 치자 거위털이 구름처럼 피어올랐다. 땀에 젖은 그의 얼굴에 깃털이 잔뜩 달라붙었다. 그러자 그는 낄낄 웃으며 다시 두 손으로 바닥을 땅땅 쳤다.

니컬슨은 오즈월드 모슬리 경을 노려봤다. "이런 식으로 애들 같은 짓거리나 하고 있는 거 부끄러운 줄 아셔야죠. 당신은 이제 애가 아닙니다, 오즈월드 경."

"아, 미안……" 오즈월드 모슬리 경이 눈을 내리깔며 말했다.

"나가서 싸우는 게 어때?" 니컬슨이 나를 돌아보며 말했다. "신사라면 저 야만인들과 맞서 싸우는 게 의무지." 이렇게 말하며 그는 껄껄껄 웃었다.

"라 드라쿠." 내가 대꾸했다. "당신도 라 드라쿠, 해럴드 공자!"

"모든 신사의 의무는……" 니컬슨이 얘기를 계속했다. "나가서 스탈린 군대와 싸우는 거지. 소련을 타도하라! 하하하!" 그러면서 그는 의자에 몸을 던지며 폭소를 터뜨렸다.

"소련을 타도하라!" 오즈월드 모슬리 경이 두 손으로 바닥을 땅땅 치면서 외쳤다.

니컬슨은 모슬리 쪽을 돌아보며 일갈했다. "말같지 않은 소리 하지 마십시오, 오즈월드 경."

바로 그때 문이 열리더니 키가 크고 육중한 장교 하나가 나타났다. 사병 셋이 따라왔는데 다들 눈이 벌겋고 얼굴은 땀으로 번들거렸다. 으스름 달빛에 겨우 모습을 알아볼 수 있었다. 달은 창턱을 슬그머니 엿보고 있었다. 산들바람이 열린 창으로 흘러들었다. 장교는 앞으로 나오더니 침대 발치에 멈춰 서서 손전등으로 내 얼굴에 빛줄기를 뿜어댔다. 손에 권총을 들고 있는 게 보였다.

"헌병입니다." 장교가 말했다. "신분증 좀 보여주시죠."

나는 웃음이 나와 니컬슨 쪽을 돌아다봤다. 라 드라쿠라고 말할 뻔했는데 니컬슨은 어느새 하얀 거위깃털 구름 속으로 사라지고 있었다. 우윳빛 하늘이 방 안을 뒤덮었고, 안개 낀 하늘을 배경으로 니컬슨과 모슬리의 어슴푸레한 형상이 천천히 천장으로 둥둥 떠올랐다. 바다로 풍덩 뛰어들어 저 밑바닥까지 내려갔다 다시 보글보글 물방울을 흐트러뜨리며 수면 위로 떠오르는 사람처럼.

나는 침대에서 일어나 앉았고, 꿈에서 깨어났음을 의식했다.

"한 모금 하시지?" 내가 장교에게 권했다.

나는 잔 두 개에 추이커를 채웠다. 우리는 잔을 들어 건배를 했다. "노록—건강을 위하여."

찬 추이커를 들이켜니 정신이 번쩍 나고 잠겼던 목소리도 쾌활한 기운이 되살아났다. 나는 침대머리에 걸어놓은 코트 주머니를 몽땅 뒤져 신분증명서를 장교에게 내밀며 말했다. "여기 통행증. 그거 위조한 거요."

장교가 실실 웃으며 말했다. "그런다고 놀랄 줄 아세요? 야시에는 소련 공수부대원들이 득실거리거든요." 그러면서 한마디 덧붙였다. "이런 빈집에서 혼자 주무시면 안 됩니다. 어제도 우지네 거리에서 침대에서 목이 잘린 채 죽어 있는 사람을 발견했어요."

"충고 정말 고맙소. 하지만 이런 위조증명서만 있으면 여기서는 편히 잘 수 있겠지. 그렇지 않소?"

"물론이죠." 장교가 말했다.

내 통행증에는 루마니아 부총리 미하이 안토네스쿠의 서명이 들어 있었다.

"이것도 가짜인지 봐주겠소?" 나는 야시 지구 사령관 루푸 대령이 서명한 다른 증명서를 내밀었다.

"감사합니다. 아무 이상 없습니다."

"추이카 좀더 하시겠소?"

"좋죠. 지금 야시에는 추이카가 한 방울도 없습니다."

"노록."

"노록."

장교는 사병 셋을 데리고 자리를 떴다. 나는 다시 큰대자로 누워 권총을 땀에 젖은 손에 꼭 쥔 채 깊은 잠에 빠졌다.

잠에서 깼을 때는 어느새 해가 중천이었다. 새들이 아카시아나무 가지며 황량한 교회 부속 묘지 돌십자가 위에서 재잘거리고 있었다. 나는 옷을 입고 밖으로 나가 먹을것을 찾아보았다. 거리에는 독일군 수송트럭과 탱크들이 기다랗게 줄지어 움직이고 있었다. 대포 수송용 수레들은 경마클럽 건물 앞에 서 있었다. 목덜미까지 내려오는 큰 헬멧을 쓴 루마니아 병사들이 보무도 당당하게 이동하고 있었다. 모래 빛깔 군복에는 진흙이 잔뜩 말라붙었다. 하는 일 없는 자들의 무리가 코페타리아 푼다티아 레스토랑 근처 와인 가게 입구에서 어슬렁거렸다. 코아포 이오네스쿠 미장원과 체아소니카리아 골드스테인 시계방 주위에도 그런 무리들이 있었다. 식초를 친 기름기 많은 닭고기 수프 초르바 데 푸이의 냄새가 짭짤한 브러일라산 브린자 치즈의 강한 냄새와 뒤섞여 코를 찔렀다.

나는 브라티아누 거리를 따라 성 스피리돈 병원 쪽으로 가다가 유대인 카네가 운영하는 식품점으로 들어갔다. 얼굴이 크고 머리가 납작한 카네는 양쪽 귀마저 옹기단지의 손잡이같이 생겼다.

"굿모닝, 돔눌레 카피탄." 카네가 인사를 건넸다.

그는 나를 보고 반가워했다. 내가 아직 루마니아군과 같이 프루트 강• 전선에 있다고 생각했던 모양이다.

"라 드라쿠 프루트." 내가 카네를 보며 말했다.

왠지 메슥메슥하고 어질어질했다. 나는 설탕자루에 앉아 셔츠 칼라 밑으로 손가락을 집어넣어 넥타이를 좀 느슨히 풀었다. 가게 안에는 각종 향신료와 건어물, 도료, 등유, 비누 등의 냄새가 뒤섞여 코를 찔렀다.

"이놈의 멍텅구리 같은 라스보이우(전쟁)." 카네가 말했다. "이놈의 멍텅구리 같은 전쟁."

야시의 주민들은 불안했다. 너나없이 뭔가 나쁜 일이 닥칠 것이라고 예감하고 있었다. "뭔가 나쁜 일이 일어날 것 같은 낌새가 나요." 카네가 말했다. 그는 목소리를 낮추고 문 쪽으로 못마땅한 눈길을 던졌다. 루마니아 병사들 무리와 독일군 트럭과 탱크 대열이 지나가고 있었다. '저 무기들 다 어디다 쓰려고 저러지? 저 대포랑 장갑차들 좀 봐.' 카네의 눈빛은 이렇게 말하고 있는 것 같았다. 하지만 그는 입을 꾹 다문 채 무거운 발걸음으로 가게 안을 왔다갔다할 뿐이었다.

"돔눌레 카네." 내가 말했다. "술이 똑 떨어졌어요."

"우리 가게는 대위님용으로 항상 좋은 걸 준비해두고 있지요."

카네는 비밀 장소로 가더니 추이커 세 병과 일 파운드짜리 빵덩어리 두 개, 브린자 치즈 작은 것 하나, 정어리 두어 상자, 잼 두 병, 설탕 작은 것과 차 한 봉지를 들고 나왔다.

"러시아제 찹니다." 카네가 말했다. "진짜 러시아제예요. 이게 마지막 봉지입니다. 이거 다 드시면 더 없어요." 그는 고개를 가로저으며 나를 쳐다봤다. "더 필요한 게 있으면 며칠 뒤에 다시 오세요. 우리 가게는 대위님용으로 항상 좋은 걸 준비해두고 있으니까요."

그의 표정이 슬퍼 보였다. "다시 오세요"는 마치 우리가 다시 보지 못

• 우크라이나에서 몰다비아를 거쳐 다뉴브 강으로 흘러든다.

할 것이라는 걸 알고 하는 말같이 들렸다. 분명치 않지만 정말 뭔가 재앙이 닥칠 것만 같은 분위기였고 사람들은 불안에 시달렸다. 이따금 사람들이 가게에 들러 인사를 했다. "안녕하시우, 돔눌레 카네." 그러면 카네는 안녕치 못하다는 뜻으로 고개를 가로젓고 나를 보며 한숨을 내쉬었다. 이놈의 멍텅구리 같은 라스보이우, 멍텅구리 같은 전쟁. 나는 식품꾸러미들을 호주머니 여기저기에 욱여넣고 차 봉지는 겨드랑이 밑에 낀 채로, 빵조각을 떼어 씹기 시작했다.

"라 레베데레, 돔눌레 카네—또 올게요, 카네 씨."

"라 레베데레, 돔눌레 카피탄—잘 가세요, 대위님."

우리는 악수를 하고 미소를 나눴다. 카네의 미소는 불안에 떠는 동물의 어색한 미소 같았다. 가게를 나서는데 마차 한 대가 가게 앞에 멈추었다. 카네는 문으로 뛰어가 머리가 땅에 닿도록 절을 하며 말했다. "오셨습니까, 도암나 프린치페사—후작부인 나리."

영주들이 타던 까만 구식 이인승 사륜마차는 위엄이 넘쳤다. 덮개는 내려 넓적한 가죽끈으로 묶어놓았는데, 그런 마차는 지금도 루마니아 농촌에 가면 볼 수 있다. 좌석은 쿠션을 넣어 푹신했고 회색 커버를 씌웠으며 바퀴살은 빨간 칠이 되어 있었다. 마차를 끄는 녀석들은 잘생긴 몰다비아산 백마 두 마리였다. 긴 갈기에 다리가 땀으로 번들거렸다. 높다랗고 널찍한 쿠션에는 깡마른 숙녀가 앉아 있었다. 젊음은 이미 가셨고, 얼굴 피부는 하얀 분을 덕지덕지 발랐는데도 푸석푸석했다. 숙녀는 등을 꼿꼿이 세우고 앉아 있었다. 하늘색 의상에 오른손에는 레이스 주름 장식이 달린 빨간 실크파라솔을 들었다. 피렌체식 밀짚모자 챙이 주름진 이마에 살짝 그림자를 드리웠다. 흐릿한 두 눈에는 오만한 티가 넘쳤다. 하지만 근시인 탓에 뭔가 어정쩡하고 딴 데를 보는 듯한 느낌을 주었다. 얼굴에는 아무 움직임이 없고 시선은 위를, 비난 같은 푸른 하늘을 향하고 있었다. 하늘에 동동 떠다니는 흰 구름이 호수에 비친 구름 그림자 같았다. 숙녀는 스투르자 후작부인으로 몰다비아에서 몇 손가락 안에 꼽히는 귀족이었다. 곁에는 스투르자 후작이 거만하고 쌀쌀맞은 표정으로 앉아 있었다. 후작은 그래도 젊어 보였다. 키가 크고 날렵한 몸매에 얼굴은 붉었다. 전체적으로 하얀 의상에, 잿빛 펠트 모자를 써서 이마에 살짝 그림자가 졌다. 그는 빳빳한 높은 칼라에 회색 타이를 하고 회색 면장갑에 옆에 단추가 달린 까만 부츠를 신었다.

"오셨습니까, 도암나 프린치페사." 카네가 머리가 땅에 닿도록 절을 하며 말했다. 그의 목 뒤로 피가 쏠리고 관자놀이가 불끈거리는 게 보였다. 후작부인은 카네의 인사에는 대꾸도 않고 고개를 돌리지도 않았다. 목 주위를 둘러싼 레이스 칼라가 속에 고래뼈 조각을 받쳐 그런지 숨이 막힐 정도로 꼭 끼어 보였다. 후작부인은 쌀쌀맞고 위압적인 목소리로 명령했다. "내 차, 그리고리한테 줘."

그리고리는 마부로 마부석에 앉아 있었다. 그가 입은 빛바랜 녹색 실크 제복은 밑단이 빨간 가죽부츠 뒤꿈치까지 치렁치렁 내려왔다. 머리에는 빨갛고 노란 수를 놓은 챙 없는 작은 타타르식 새틴 모자를 쓰고 있었다. 탄력없이 늘어진 뚱뚱한 몸에 얼굴은 창백했다. 그는 스콥치(거세파)라고 하는 정교회 비밀종파의 신자였다. 스콥치들이 신성시하는 도시가 바로 야시였다. 스콥치는 어린 나이에 결혼하고 일단 아들을 낳으면 스스로 거세를 한다. 카네는 내시 그리고리에게 절을 하며 뭐라고 우물거렸다. 그러고는 냉큼 가게로 뛰어들어가더니 잠시 후 다시 나와, 또 땅에 머리가 닿도록 절을 하고는 떨리는 목소리로 말했다. "도암나 프린치페사, 용서해주십시오. 남은 게 없습니다. 차라고는 한 잎도 없습니다, 도암나 프린치페사……"

"빨리, 내 차 내놔." 스투르자 후작부인이 앙칼진 목소리로 말했다.

"죄송합니다, 도암나 프린치페사……"

후작부인은 천천히 고개를 돌리더니 눈을 깜박이지도 않고 나를 응시하며 짜증난 목소리로 말했다. "이게 무슨 소리야? 그리고리!"

내시는 카네 쪽을 돌아보며 채찍을 쳐들었다. 끝에 빨간 술 장식이 달리고 손잡이에는 새김장식과 함께 빨간 파란 녹색 칠을 한 기다란 몰다비아식 채찍이었다. 그는 심술궂은 표정으로 채찍을 카네의 어깨 위로 쳐들더니 채찍 끝으로 그의 목을 툭 쳤다.

"죄송합니다, 도암나 프린치페사……" 카네가 굽신거리며 말했다.

"그리고리!" 후작부인이 들릴락 말락 한 목소리로 말했다.

그러자 내시가 깃대를 들듯이 두 팔을 위로 쭉 뻗치며 채찍을 쳐들면서 마부석에서 일어났다. 최대한 세게 치려는 것이었다. 카네는 나한테 달려와 떨리는 손으로 겨드랑이 밑에 끼고 있던 내 차 봉지를 더듬었다. 식은땀이 비 오듯 했다. 카네는 창백한 얼굴로 애걸하듯이 소곤거렸다. "죄송합니다, 돔눌레 카피탄……" 차 봉지를 붙잡는 그에게 나는 미소 지으며 봉지를 내밀었다. 그러자 카네는 굽실거리며 봉지를 그리고리에게 건넸다. 그러자 내시는 쳐들었던 채찍을 슬쩍 방향을 틀어 말등에 내리쳤다. 놀란 말들은 뒷다리로 벌떡 일어서더니 쏜살같이 내달렸다. 딸랑딸랑 말방울 소리도 요란하게 마차는 먼지구름을 일으키며 사라졌다. 말의 게거품 한 방울이 내 어깨에 튀었다. "라 드라쿠, 도암나 프린치페사, 라 드라쿠!" 나는 큰소리로 떠들었다. 하지만 마차는 이미 멀리 가버린 뒤였다. 마차는 길 저 끝 모퉁이를 돌아 경마클럽과 푼다티아 레스토랑이 있는 쪽으로 달리고 있었다.

"감사합니다, 돔눌레 카피탄." 카네가 수치심 때문인지 눈을 내리깔며 맥없는 목소리로 말했다.

"됐어요, 돔눌레 카네. 근데 저 빌어먹을 스투르자 후작부인은…… 몰다비아의 모든 귀족은 라 드라쿠."

내 친구 카네가 하늘을 우러러봤다. 벌게진 얼굴에 이마에서는 굵은 땀방울이 뚝뚝 떨어지고 있었다.

"괜찮아요." 내가 말했다. "괜찮아요. 라 레베데레, 돔눌레 카네."

"라 레베데레, 돔눌레 카피탄." 카네는 이렇게 괜찮다고 인사하며 손등으로 이마의 땀을 훔쳤다.

교회묘지 쪽으로 돌아가다가 라푸스나누 거리와 브라티아누 거리가 만나는 모퉁이에 있는 약국 앞을 지나치게 됐다. 나는 안으로 들어가 카운터 쪽으로 올라갔다.

"안녕, 돔니소아라 미카—미카 양."

"안녕, 돔눌레 카피탄."

미카는 대리석 카운터에 두 팔꿈치를 기댄 채 내게 미소를 보냈다. 미카는 귀엽게 생긴 아가씨다. 피부는 까무잡잡하고 가슴은 풍만하며, 이마에는 검은 곱슬머리가 보글보글하다. 뾰족한 턱에 크고 도톰한 입술, 얼굴에는 푸른빛이 도는 환한 솜털이 잔뜩 나 있는 아가씨다. 나는 야시를 떠나 프루트 강 전선으로 가기 전에 그녀에게 데이트를 청한 적이 있었다. 맙소사, 생각해보니 여자 얼굴 본 지 두 달이나 됐다. 부쿠레슈티에서는 여자 손목 한 번 잡아보지 못했다. 맙소사, 여자가 어떻게 생겼는지 생각도 안 날 정도다.

"쿰 메르제 라 사나타네—잘 지내시나, 돔니소아라 미카?"

"비네, 포아르테 비네—네, 아주 잘 지내요, 돔눌레 카피탄."

아리따운 아가씨지만 염소처럼 털북숭이다. 크고 까만 두 눈은 반짝반짝 빛나고, 통통하고 까무잡잡한 얼굴에 코는 가늘다. 집시의 피가 섞인 게 분명하다. 미카는 오늘저녁 통행금지 이후에 같이 산보를 가고 싶다고 했다.

"통행금지 이후에?"

"네, 네."

맙소사, 이게 무슨 소린가? 어떻게 그 시간에 여자를 데리고 다닌단 말인가! 멀리서 벌써 경찰과 순찰병들이 "스타이, 스타이!—정지, 정지!" 할 텐데. 그러곤 대꾸할 겨를도 없이 총을 쏘겠지. 게다가 폐허가 된 집들, 폭탄으로 무너지고 화염에 숯덩이가 된 동네를 돌아다닌다는 게 무슨 발상이란 말인가. 쿠자 보다 왕자 동상 맞은편 우니리 광장 앞에 있는 한 집이 낮부터 계속 불타고 있다. 소련 폭격기들이 마구 두들겨대고 있었다. 어제도 세 시간 동안 야시 상공을 줄곧 날아다녔다. 폭격기들은 지상 삼백 미터도 안 되는 높이로 낮게 왔다갔다했다. 지붕을 스치고 가는 비행기들도 있었다. 그런데 스쿨레니 기지로 귀환하던 소련 폭격기 한 대가 도시를 벗어나자마자 코포우 건너편 들판으로 곤두박질쳤다.

승무원들은 여자 여섯이었다. 나도 현장을 보러 갔다. 루마니아 병사들이 조종실을 뒤지고 있었다. 그들은 더러운 손으로, 초르바와 마말리가(루마니아식 옥수수죽), 브린자를 집어먹던 더러운 손으로 그 불쌍한 아가씨들을 더듬었다. "놔둬, 이 나쁜 새끼야!" 난 손가락으로 한 조종사의 머리칼을 들쑤시는 병사에게 냅다 소리쳤다. 억센 몸매의 금발 아가씨로 얼굴에는 주근깨가 가득했다. 눈은 부릅뜨고 입은 반쯤 벌린 채였다. 한 손은 옆으로 늘어지고 머리는 동료 조종사 어깨에 기댄, 다소곳하고 얌전한 자세였다. 두 조종사는 용감한 아가씨였다. 자신들의 의무를 수행했기에 존중받아 마땅했다. 저들은 정직한 공장노동자가 아니었을까요, 그렇지 않을까요, 스투르자 부인? 두 조종사는 위아래가 붙은 회색 작업바지에 가죽재킷을 입고 있었다. 병사들은 천천히 옷을 벗겼다. 가죽재킷 단추를 풀고 늘어진 팔을 들어올린 다음, 머리 위로 재킷을 잡아당겼다. 한 아가씨의 머리통이 늘어지자 한 병사가 턱을 잡고 목을 꽉 눌렀다. 목을 졸라 죽이려는 것 같았다. 병사는 금이 간 새까만 손톱의 큼지막한 엄지손가락을 헤벌린 파리한 입술에 대고 꾹 눌렀다. "손가락 물어, 이 바보야!" 내가 소리쳤다. 마치 아가씨가 그 말을 들을 수 있기라도 하는 것처럼. 병사들이 나를 보며 웃었다. 다른 아가씨는 폭탄 투입구와 중기관총 사이에 처박혀 있었다. 그 자세로는 재킷을 벗겨낼 수 없었다. 한 병사가 가죽헬멧을 벗기고 머리털을 잡더니 홱 밀쳐버렸다. 그녀는 비행기 잔해 옆 땅바닥으로 굴러떨어졌다.

"돔눌레 카피탄, 오늘밤 데리러 올 거죠?" 미카가 두 손에 턱을 괸 채로 물었다.

"그럼, 돔니소아라 미카. 밤에 나가면 좋을 거야. 통행금지 이후에. 밤중에 공원에 가본 적 없어요? 아무도 없지."

"그들이 우리를 쏘지 않을까요, 돔눌레 카피탄?"

"그러길 바랍시다. 저들이 우리를 쏘기를 바라자고, 미카 양."

미카가 웃으며 카운터 너머로 몸을 숙여 통통한 털북숭이 얼굴을 들이밀더니 내 입술을 살짝 깨물었다.

"일곱시에 데리러 와줘요, 돔눌레 카피탄. 저기 저 약국 맞은편에서 기다릴 게요."

"좋아요, 알겠소. 잘 가요, 돔니소아라 미카."

"잘 가세요, 돔눌레 카피탄."

나는 라푸스나누 거리로 올라가 교회묘지를 가로질러 내 집 문을 밀어젖혔다. 브린자를 좀 먹고 나서 침대에 벌렁 누웠다. 너무 더웠다. 파리들이 끊임없이 윙윙거렸다. 시끄러운 윙윙 소리는 하늘에서 떨어지는 것 같고, 묵직한 웅웅 소리는 카네이션의 진한 향기처럼 땀에 젖은 하늘 위로 느릿느릿 번져가는 것 같았다. 맙소사, 이런 상황에 잠이 오다니! 추이커가 뱃속에서 부글부글 끓었다. 오후 다섯시쯤 나는 눈을 떴다. 묘지로 나가 풀 속에 묻힌 묘비 위에 걸터앉았다. 옛날에는 묘지였지만 지금은 나의 정원인 이곳은 야시에서 가장 오래된 그리스정교회 공동묘지였다. 한때 작은 교회가 서 있던 묘지 한복판에는 아다포스트(방공호) 입구가 입을 쩍 벌리고 있었다. 안은 급경사로 된 작은 나무계단으로 내려가게 돼 있다. 아다포스트 입구는 지하묘지로 통하는 입구 같았다. 방공호 안에서는 썩은 흙냄새가 났다. 퀴퀴한 묘지 냄새. 아다포스트 지붕에는 흙을 쌓아올려 봉분처럼 보였는데 그 위로 묘비들이 엇갈린 형태로 차곡차곡 쌓여 있었다. 내가 앉아 있는 지점에서는 돔눌레 그리고리오 소이네스쿠, 도암나 소피아 잔피레스쿠, 도암나 마리아 포아에스쿠에 대한 찬사가 눈에 들어왔다. 묘비에 새겨진 글들이다.

날은 뜨겁고 입술은 갈증으로 바짝 말랐다. 땅에서 풍기는 죽음의 냄새를 맡으며 나는 아카시아 그늘 속에서 망가지지 않고 남아 있는 일부 무덤 주위에 둘러쳐진 녹슨 철제 난간을 하염없이 바라봤다. 갑자기 어질어질하면서 속이 메슥거렸다. 라 드라쿠 미카, 미카와 그녀의 모든 염소털도 라 드라쿠. 파리들이 심술궂게 윙윙거렸다. 저 아래 프루트 강변에서 축축한 바람이 불어왔다.

이따금 도시 저 아래편에서, 우시네, 소콜라, 파쿠라리 방향에서, 니콜리나 철도창 근방에서, 바흘루이 강변을 따라 드문드문 들어선 건물들 쪽에서, 타타르족 거주지였던 치카우와 타타라시 교외에서 날카로운 소총 소리가 울려퍼졌다. 신경이 곤두선 루마니아 병사들과 경찰은 "스타이! 스타이!" 하고 소리치며 손을 들고 말고 할 겨를도 주지 않고 사람들을 향해 발포한다. 아직 통행금지는 시작되지도 않은 대낮이었다. 바람에 나뭇잎들이 잔뜩 부풀어올랐다. 햇살 탓인지 바람결에 꿀냄새 같은 게 묻어났다. 미카는 일곱시에 기다리겠다고 했다. 약국 건너편에서. 이제 반시간 후에 미카를 데리고 산책을 가면 된다. 빌어먹을 돔니소아라 미카, 빌어먹을 염소들. 몇몇 통행인들이 조심조심 건물 벽에 바짝 붙어 종종걸음을 치면서 오른손에 든 통행증을 머리 위로 높이 흔들어보였다. 뭔가 조짐이 이상했다. 내 친구 카네의 말이 맞았다. 뭔가 일이 벌어질 것 같았다. 불길한 뭔가가 임박했음을 느낄 수 있었다. 피부에, 손가락 끝에 그런 조짐이 느껴졌다.

약국 앞에 도착했을 때는 정각 일곱시였다. 그런데 미카는 없었다. 가게는 문이 닫혀 있었다. 미카는 그날 저녁 일찍 문을 닫았다. 여느 때보다 훨씬 일찍. 필시 오지 않을 모양이다. 마지막 순간에 겁을 먹은 게 분명하다. 모든 여자들이여, 라 드라쿠. 여자들은 다 똑같다. 여자들은 죄다 겁을 먹는다. 그것도 늘 마지막 순간에. 빌어먹을 돔니소아라 미카, 빌어먹을 염소들. 나는 천천히 길을 따라 교회묘시 쪽으로 걸어갔다. 독일군 병사들 무리가 인도를 따라 군화를 질질 끌며 지나가고 있었다. 라푸스나누 거리 모퉁이 코르소 레스토랑 바로 맞은편에 있는 루스트라게리아(구두닦이 가게) 주인은 그날 마지막 손님의 구두에 마지막 솔질을 하고 있었다. 놋쇠 의자에 높이 앉아 구두를 내밀고 있는 손님은 루마니아 병사였다. 석양빛이 컴컴한 가게 저 뒤 구석까지 스며들어 구두약 깡통들이 반짝거렸다. 이따금 수갑 찬 유대인들이 모래 빛깔 군복을 입은 루마니아 병사들의 감시를 받으며 머리를 푹 수그린 채 터벅터벅 걸어가는 게 보였다.

"저 불쌍한 사람들 구두도 마지막으로 광 좀 내주지 그래요?" 놋쇠 의자에 높이 앉은 루마니아 병사가 웃으며 말했다.

"맨발인 거 안 보여요?" 루스트라게리아 주인이 땀에 젖은 창백한 얼굴을 들어올리며 대꾸했다. 그는 가쁜 숨을 쉬며 놀랄 만큼 빠른 속도로 쓱싹쓱싹 솔질을 해댔다.

야시의 귀족들이 경마클럽에서 창밖을 내다보고 있었다. 저 뚱뚱하고 똥배 불룩한 몰다비아의 신사들, 몸에서는 흐물흐물한 비계가 출렁이고, 멀끔한 얼굴들은 나른해 보인다. 다크서클이 완연한 새까만 눈들은 축축하면서도 노곤한 빛이 역력하다. 줄스 파스킨•의 그림에 나오는 인물들이 연상됐다. 집들도, 나무들도, 푼다티아궁 앞에 대기중인 마차들도 파스킨이 그린 그림 같았다. 멀리 스쿨레니 쪽, 갈대 무성한 진흙투성이 강기슭 사이를 느릿느릿 흐르는 프루트 강 쪽 하늘에서 대공포의 연기가 빨갛고 하얗게 피어올랐다. 구두닦이 가게 주인은 가게 철문을 내리면서 저쪽 먼 하늘에 피어오른 조각구름 같은 포연을 올려다봤다. 마치 하늘을 우러르며 다가올 폭풍우를 걱정하는 사람 같았다.

앙글레테르 호텔이 있던, 브로쿠라루 거리와 카롤 거리가 교차하는 자리에 들어선 경마클럽은 신고전주의풍의 화려한 건물이었다. 야시에서 유일한 현대식 건물로, 건축학적 디자인이나 장식 면에서 예술적 탁월함을 자랑했다. 치장도 지나치게 요란스럽지 않았다. 굵은 돋을새김을 한

• 1885~1930. 불가리아 태생으로 독일과 프랑스에서 주로 활약한 유대계 미국인 화가.

도리스식 주랑이 상아색 파사드(건물 전면) 앞에 줄지어 늘어서 있었다. 옆면 벽들에는 벽감을 잇달아 파놓았는데, 그 안에는 상아와 분홍색의 중간쯤 되는 큐피드 석고상들이 손에 활과 화살을 들고 서 있었다. 잔피레스쿠 제과점 쇼윈도와 코르소 레스토랑(야시에서 가장 화려한 고급 레스토랑)의 거대한 창유리들이 건물 일층에 늘어서 있었다. 경마클럽으로 들어가는 곳은 건물 뒤편에 있었다. 그 앞은 자갈이 깔린 널따란 뜰이었다. 완전무장을 하고 철모를 눌러쓴 루마니아 병사들이 땡볕 아래 자갈밭 여기저기에 드러누워 자고 있었다. 유리 차양 밑으로 가슴이 불룩한 커다란 스핑크스상 두 개가 클럽의 입구를 지키고 있었다.

현관의 벽들에는 광택을 낸 검은 나무판을 둘러놓았고, 움푹 들어간 문틀마다 19세기 초반 루이 필리프 시대의 프랑스풍으로 새김장식이 돼 있었다. 벽에는 각종 유화와 동판화가 걸려 있었다. 노트르담 대성당, 생루이 섬, 트로카데로 광장 등의 파리 풍경화와 1880~1900년 당시 프랑스 패션 잡지를 장식한 여성들의 초상화가 많았다. 카드놀이 하는 방에서는 녹색 펠트가 덮인 테이블마다 늙은 몰다비아 귀족들이 우울한 표정으로 브리지게임을 하고 있었다. 그들은 간간이 왕관을 수놓은 큰 손수건으로 이마의 땀을 훔쳤다. 새김장식을 한 나무로 된 특별석 구역이 벽을 따라 길게 이어졌고 난간에는 하프와 리라를 번갈아 새긴 신고전주의풍 장식이 달려 있었다. 특별석 끝은 브로쿠라루 거리가 내다보이는 창문들로 이어졌다. 이 특별석은 야시의 귀족들이 잔치를 벌이거나 할 때 오케스트라가 사용하는 자리였다.

나는 한 테이블 앞에 서서 카드놀이 하는 모습을 지켜봤다. 자리에 앉은 신사들은 땀이 나는 얼굴을 들어 목례로 인사를 대신했다. 약간 구부정하고 늙은 칸테미르 후작이 방을 가로질러 절뚝절뚝 걸어 뒤편 문으로 나갔다. 파리떼가 바람결에 날아들어 창가에서 계속 윙윙거렸다. 정원에서 피어오른 장미향이 추이카와 터키담배의 강한 향과 뒤섞였다. 야시의 귀공자들이 창문으로 거리를 내다보았다. 그 뚱뚱한 몰다비아 멋쟁이들의 눈은 검고 침울했다. 건물을 나서기 전, 나는 잠깐 그들의 엄청나게 크고 둥그런, 흐늘흐늘한 엉덩이들을 쳐다봤다. 그 부위에 파리떼가 묘하게 원을 그리며 날고 있었다.

"부나 세아라?—안녕하세요? 돔눌레 카피탄." 코르소 레스토랑에 들어서자 꼬마 웨이트리스 마리오아라가 인사를 했다. 홀에는 독일군 장교와 사병들이 우글거렸다. 경마클럽 일층에 들어선 홀은 설계가 잘된 공간이었다. 벽을 따라 말총으로 쿠션을 넣은 좁다란 소파들이 놓여 있는데 중간중간에 목제 칸막이로 작은 부스 같은 것이 만들어져 있었다. 마리오아라는 아직 애였다. 마른 몸매에 풋풋하고 상냥했다. 마리오아라는 고개를 갸웃하면서 나를 보고 옅은 웃음을 지었다. 두 손은 대리석 테이블을 짚고 있었다.

"맥주 한 잔 줄래, 마리오아라?"

마리오아라는 아픈 사람처럼 신음 소리를 내며 말했다. "오히, 오히, 오히, 돔눌레 카피탄, 오히, 오히, 오히."

"목말라, 마리오아라."

"오히, 오히, 오히. 맥주 없어요, 돔눌레 카피탄."

"아주 못됐어."

"누—아니, 누, 돔눌레 카피탄. 맥주 없어요." 마리오아라가 미소 띤 얼굴로 고개를 가로저으며 말했다.

"나 갈래. 그리고 다신 안 올 거야, 마리오아라."

"라 레베데레—안녕히 가세요, 돔눌레 카피탄." 마리오라가 미소 띤 얼굴로 고개를 가로저으며 말했다.

"라 레베데레." 나는 이렇게 대꾸하고 출입문으로 갔다.

"돔눌레 카피탄?"

"라 레베데레." 나는 돌아보지도 않고 말했다.

마리오아라는 코르소 레스토랑 문까지 따라 나와 앳된 목소리로 나를 불렀다.

"돔눌레 카피탄? 돔눌레 카피탄?"

코르소 레스토랑에서 묘지는 멀지 않았다. 한 쉰 걸음쯤 될까. 무덤 사이를 걸어가는데 "돔눌레 카피탄, 돔눌레 카피탄?" 마리오아라가 부르는 소리가 들렸다. 하지만 난 바로 되돌아가지 않을 작정이었다. 그 아이를 기다리게 해서, 맥주를 주지 않아서 화가 났다고 여기게 만들어주고 싶었다. 물론 그게 그 아가씨 탓이 아니란 걸, 야시에는 한 방울의 맥주도 없다는 걸, 난 잘 알고 있었지만.

"돔눌레 카피탄?" 집의 문을 막 열려는데 누가 내 팔을 살짝 잡으며 말했다. "부나 세아라? 돔눌레 카피탄." 카네의 목소리였다.

"어쩐 일이세요? 돔눌레 카네?" 저녁 어스름 속에서 카네 뒤로 검은 코트를 입고 수염을 기른 사람 세 명이 보였다.

"좀 들어가도 될까요, 돔눌레 카피탄?"

"그럼요."

우리는 가파른 계단을 올라 집으로 들어갔다. 나는 스위치를 켰다. "라드라쿠!" 나는 큰소리로 외쳤다.

"전기는 끊겼습니다." 카네가 말했다.

나는 촛불을 켜고 창문을 모조리 닫았다. 바깥으로 불빛이 새어나가면 안 되기 때문이다. 그러고 나서 카네와 동행한 세 사람을 쳐다봤다. 늙은 유대인 세 명은 불그레한 머리칼이 얼굴을 덮고 있었다. 이마는 너무도 창백해서 마치 은으로 만든 것처럼 빛이 났다.

"앉으시죠들." 나는 방에 널린 의자들을 가리키며 말했다.

우리는 탁자에 둘러앉았고, 나는 궁금한 마음에 카네를 쳐다봤다.

"돔눌레 카피탄." 카네가 운을 뗐다. "어려운 부탁을 좀 드리려고요."

"……좀 도와주십사 하고……" 일행 중 하나가 끼어들었다. 그는 노인이었는데 피골이 상접하고 창백한 안색에 긴 수염은 불그레한 색빛이었다. 금테 안경 너머 두 눈에서는 빨간빛이 깜빡깜빡했다. 그는 비쩍 마른 두 손으로 탁자를 짚고 있었다.

"선생님은 저희를 도울 수 있습니다, 돔눌레 카피탄." 카네는 이렇게 말하고는 잠시 침묵하다가 한마디 덧붙였다. "우리가 어떻게 해야 하는지 말씀해주실 수도 있고……"

"……저희를 위협하는 심각한 위험을 제거하려면." 앞서 카네의 말에 끼어든 그 사람이 다시 끼어들었다.

"위험이라뇨?" 내가 물었다.

깊은 침묵이 흘렀다. 그런데 갑자기 다른 일행(어쩐지 낯익은 얼굴, 예전에 어디서 본 듯한 얼굴이었지만 어디서, 언제 봤는지 영 생각이 안 났다)이 천천히 자리에서 일어났다. 키가 크고 비쩍 마른 노인으로 황갈색 머리칼에 수염에는 허연 줄무늬가 져 있고, 허연 눈꺼풀은 안경알에 밀착돼 있었다. 응시하는 허연 두 눈은 맹인의 눈 같았다. 노인은 한참 말없이 나를 응시하다가 조용한 목소리로 말했다.

"돔눌레 카피탄, 끔찍한 위험이 우리들 머리 위에 드리워져 있습니다. 우리 위를 맴돌고 있는 위협을 느끼지 못하십니까? 루마니아 당국은 무자비한 박해를 준비하고 있습니다. 학살극이 벌어지는 건 시간문제입니다. 우리를 좀 도와주시지 않겠습니까? 우리는 어떻게 해야 할까요? 뭔가 행동을 해주십시오, 우리를 좀 도와주십시오."

"내가 할 수 있는 건 아무것도 없습니다." 내가 대답했다. "난 외국인입니다. 몰다비아 전체에서 유일한 이탈리아 장교입니다. 내가 뭘 할 수 있습니까? 누가 내 말을 들어주겠습니까?"

"폰 쇼베르트 장군•한테 경고를 해주십시오. 그에게 저들이 우리한테 하려는 짓거리를 알려주시면 됩니다. 장군은 마음만 먹으면 학살극을 막을 수 있습니다. 폰 쇼베르트 장군한테 가주시지 않겠습니까? 그 사람이라면 선생 말을 들을 겁니다."

• 1883~1941. 나치의 소련 침공, 즉 '바르바로사 작전' 당시 독일군 선두에 섰던 제11군 사령관. 작전 초기인 1941년 우크라이나에서 전사했다.

"폰 쇼베르트 장군은……" 내가 대답했다. "신사입니다. 군인으로 늙은 사람이고 훌륭한 기독교인이지요. 하지만 독일인이고, 유대인에 대해서는 전혀 신경 쓰지 않습니다."

"훌륭한 기독교인이라면 선생 말을 들을 겁니다."

"그렇게 대답하겠지요. 루마니아의 내정에는 관여하지 않는다고. 루푸 대령한테 가볼 수는 있겠지요. 야시 사령관 말입니다."

"루푸 대령이요?" 카네가 말했다. "학살극을 계획하고 있는 게 바로 그 사람입니다."

"그래도 어떻게 좀 해주세요. 빨리 어떻게 좀!" 노인이 절박함을 억누르며 나직한 목소리로 말했다.

"나는 행동할 능력을 잃었습니다." 내가 답했다. "나는 이탈리아인입니다. 우리는 더이상 행동할 능력이 없어요. 이십 년간 노예로 살고 나서 우리는 더이상 책임을 떠맡을 수 없게 됐어요. 모든 이탈리아인과 마찬가지로 나도 등골이 빠졌습니다. 지난 이십 년간 우리는 모든 에너지를 생존에 쏟아버렸어요. 우리는 이제 아무짝에도 쓸모가 없습니다. 그저 박수나 칠 수 있을 따름입니다. 가서 폰 쇼베르트 장군과 루푸 대령에게 박수를 쳐주길 원하십니까? 원하신다면 멀리 부쿠레슈티까지 가서 안토네스쿠 원수한테 박수를 쳐주겠습니다. '빨간 개' 말입니다. 그게 조금이라도 도움이 된다면 그렇게 하지요. 그것 말고는 할 수 있는 게 없습니다. 혹시 당신들을 위해 쓸데없이 나를 희생하라는 얘기인가요? 나보고 야시의 유대인들을 보호하기 위해 우니리 광장에서 총살형을 당해 달라고 말하는 건가요? 그럴 수 있다면 벌써 이탈리아인들을 보호하기 위해 이탈리아 광장에서 총살을 당했을 겁니다. 우리는 더이상 행동하지 못합니다. 그리고 방법도 몰라요. 이게 진실입니다." 나는 이렇게 말하곤 얼굴빛을 감추기 위해 고개를 돌렸다.

"정말 너무 슬프군요." 노인이 중얼거렸다. 그러더니 탁자 너머로 몸을 숙여 얼굴을 내게 바짝 들이밀고는 지극히 겸손하고 상냥한 목소리로, 멀리서 들리는 듯한 목소리로 말했다. “저 모르시겠습니까?”

나는 노인을 자세히 들여다봤다. 허연 줄무늬가 진 불그레한 긴 수염, 저 뚫어져라 응시하는 허연 눈, 저 창백한 넓은 이마, 그리고 저 상냥한, 서글프면서도 멀리서 들리는 듯한 목소리를 생각하자, 불현듯 로마의 레지나 코엘리 교도소 소장 알레시 박사가 떠올랐다. 가물거리는 촛불 속에서 그를 다시 알아보게 한 것은 다름 아닌 바로 그 목소리였다. 알레시 박사는 원래 여자 교도소 만텔라테의 소장이었다. 그런데 내가 레지나 코엘리 교도소에 수감돼 있을 당시에 잠시 소장 대리를 맡고 있었다. 원래 소장이 병으로 수개월 동안 자리를 비웠기 때문이다. 여자처럼 상냥한 그의 목소리는 만텔라테 교도소에서 여자 죄수들을 오래 상대하다 보니 그렇게 변해버린 것이었다.

바로 그 상냥하고 서글픈 목소리, 정교회 주교처럼 근엄해 보이는 수염 무성한 노인한테서 나오는 그 목소리, 평온한 나날과 한가로운 굽잇길, 녹색과 장밋빛이 어우러진 황혼을 연상시키는 그 목소리는 봄날 들판이 내다보이는 창문 같았다. 그런데 그 순간, 레지나 코엘리 교도소 감방에서 내다보던 나무와 물과 구름이 어우러진 그 경치가 다시금 눈앞에 펼쳐졌다. 교도소 복도에 서글프면서도 상냥한, 멀리서 들리는 듯한 그 목소리가 들릴 때마다 그랬었다. 그것은 풍경 같은 목소리였다. 내 눈은 산과 계곡과 숲과 강이 펼쳐진 저 무한한 자유 속으로 빨려들었다. 그런 풍경을 보면서, 나를 움직였던 감정, 나를 짓눌렀던 고통, 밀짚 매트리스에서 몸부림치고 두 주먹으로 감방 벽을 쾅쾅 두드리게 만들었던 좌절 등 그 모든 것이 서서히 가라앉았다. 마치 자유와 자연의 평화 속에서 노예의 그 굴욕과 고통을 보상받은 것처럼 말이다.

죄수들에게 알레시의 목소리는 경이로운 풍경의 선물이었다. 우리 모두는 그런 풍경을 열망했고, 창살 너머 그곳으로 가는 상상을 했다. 그것은 좁은 감방으로, 눈이 부시고 텅 빈, 수직으로 치솟아 도저히 넘을 수 없는 사방의 벽에 갇힌 감방으로 은밀히 들어오는 상상의 풍경 선물이었다. 알레시의 목소리를 들으면서 죄수들은 눈앞에 저 자유롭고 가없는 풍경이 펼쳐지는 것을 보았다. 하늘에서 쏟아지는 맑고 쾌적한 빛은 계곡들을 투명한 어스름으로 물들이고, 숲의 비밀을 파헤치면서 은빛으로 반짝이는 강과 호수들의 신비를 드러냈다. 저 평원 끝 어딘가에 바다가 찰랑이고 있을 터였다. 잠시, 아주 잠시 죄수들은 자유라는 환상에 빠졌다. 감방 문이 슬그머니 소리도 없이 열린 느낌이었다. 하지만 그것도 잠시, 알레시의 목소리가 레지나 코엘리 감옥 복도의 음산한 적막 속으로 차츰 잦아들면 감방 문은 다시 천천히 닫혔다.

"저 모르시겠습니까?" 야시의 유대인 노인이 비정상으로 보일 만큼 겸손하고 상냥한 목소리로, 서글프고도 멀리서 들리는 듯한 목소리로 말을 건넸다. 알레시였다.

그를 응시하는 순간 내게서 갑자기 전율이 일었고, 고통과 공포로 이마에 진땀이 났다. 내가 자리에서 일어나려 하자 알레시가 탁자 너머로 팔을 뻗어 내 등을 잡았다.

"그날 기억 안 나세요? 감방에서 자살을 기도했지요. 4동 461호 감방이었어요. 기억 안 나세요? 우리가 제때 달려가 막았지요. 손목을 긋기 직전이었어요. 깨진 유리컵 조각이 없어졌다는 걸 우리가 몰랐을 거라 생각했나요?" 알레시는 웃으며 그 리듬에 맞춰 손가락으로 탁자를 다닥다닥 두드렸다.

"그때 얘기는 왜 꺼내는 겁니까? 나한테 참 잘해주셨죠. 하지만 그때 나를 살려준 걸 고맙다고 해야 할지는 모르겠네요."

"살려준 게 잘못인가요?" 알레시가 물었다. 그러고는 긴 침묵 끝에 다시 낮은 목소리로 물었다. "왜 죽으려고 했나요?"

"두려웠으니까." 내가 답했다.

노인은 다시 웃으며 눈을 조금 감았다.

"나도 두려웠습니다. 간수들도 두려웠지요. 안 그래, 피치? 안 그래, 코르다?" 노인이 좌우를 돌아보며 또 말했다. "간수들도 두려웠소?"

눈을 들어보니 피치와 코르다의 얼굴이 보였다. 레지나 코엘리 교도소에 있을 때 간수였던 사람들이다. 노인 뒤로 어둠 속에서 두 사람의 모습이 서서히 드러났다. 그들은 수줍은 듯 상냥하게 미소 짓고 있었다. 나도 미소를 보냈다. 나는 서글픔과 따뜻함으로 그들을 바라봤다.

"우리도 두려웠습니다." 피치와 코르다가 말했다.

피치와 코르다는 사르데냐 섬 출신이다. 단구에 깡마른, 전형적인 사르데냐의 아들이었다. 새까만 머리에 약간 찢어진 눈, 그리고 까무잡잡한 얼굴에서는 수세기 동안 기아와 말라리아에 시달린 모습이 묻어났다. 새까만 머리는 관자놀이 밑에서 눈썹까지 이어진 것이 액자 테두리 같았고, 얼굴은 은으로 만든 액자 안에 든 비잔티움의 성인(聖人) 초상화를 연상시켰다.

"우리는 두려웠습니다." 피치와 코르다가 같은 말을 반복했다. 그들의 모습은 차츰 어둠 속으로 녹아들어갔다.

"우리는 모두 겁쟁이죠, 그건 진실입니다." 늙은 유대인이 말했다. "우리는 모두 환호하고 박수쳤어요. 하지만 저들도 두려울 겁니다. 저들은 우리를 도살하려 합니다. 우리가 두려우니까. 우리가 두려운 건 우리가 약하고 무방비이기 때문입니다. 저들은 우리를 도살하려 합니다. 우리가 저들을 두려워하고 있다는 걸 알기 때문이지요. 하하하!" 그는 크게 웃으면서 두 눈을 감고 고개를 푹 숙인 채 앙상한 밀랍 같은 두 손으로 탁자 가장자리를 꾹 잡았다. 우리 모두는 더이상 말을 잇지 못했다. 마치 형언할 수 없는 고통에 시달리는 것 같았다. "당신은 우리를 도울 수 있습니다." 노인이 고개를 들며 말했다. "폰 쇼베르트 장군과 루푸 대령도 당신 말이라면 들어줄 거예요. 당신은 유대인이 아니니까. 당신은 야시의 불쌍한 유대인이 아니니까. 당신은 이탈리아 장교니까."

나는 웃음이 나서 말을 할 수가 없었다. 이런 순간에 맞닥뜨렸다는 것 자체가 수치스러웠다. 이탈리아인이라는 것이 수치스러웠다.

"……당신은 이탈리아군 장교입니다. 그들도 당신 말은 들을 거예요.

학살극을 막을 수 있을지도 모릅니다."

이렇게 말하면서 노인은 자리에서 일어나 깊이 절을 했다. 다른 두 늙은 유대인과 내 친구 카네도 일어나 깊이 절을 했다.

"난 기대 안 합니다." 그들을 문으로 배웅하면서 난 이렇게 말했다.

한 사람 한 사람 말없이 나와 악수를 나눴다. 그러고는 밖으로 나가 계단을 내려갔다. 나는 그들이 계단 아래로 차츰차츰 사라져가는 것을 보았다. 처음에는 다리가, 그다음에는 등이, 이어 어깨가, 그리고 맨 마지막으로 머리가 어둠 속으로 사라졌다. 그들은 마치 무덤 속으로 들어간 것처럼 사라졌다. 침대에 벌렁 눕자마자 나는 곧바로 잠이 들었다.

촛불 하나가 간신히 불을 밝힌 어둠침침한 방의 탁자에 유대인 넷이 둘러앉아 있는 게 보였다. 옷은 다 찢기고 얼굴은 피투성이였다. 상처 난 이마에서 천천히 피가 흘러 불그레한 긴 수염으로 떨어졌다. 카네도 부상을 당했다. 이마가 찢어져 허연 속살이 드러났고 눈에는 피가 엉겨 있었다. 내 입에서 공포에 질린 비명이 터져나왔다. 나는 침대에서 일어나 앉은 채 꼼짝하지 못했다. 차가운 식은땀이 얼굴에 흘렀다. 피 흘리는 창백한 유령들이 탁자에 빙 둘러앉은 무서운 광경은 내 눈앞에 오래 사라지지 않았다. 흙탕물 같은 새벽빛이 슬그머니 방으로 기어들고 나서야 난 기진맥진한 상태로 깊은 잠에 빠졌다.

일어나보니 늦은 시각이었다. 오후 두시는 넘은 듯했다. 라푸스나누 거리 모퉁이에 있는 루스트라게리아는 문을 닫았다. 경마클럽의 창문들은 신성한 시에스타(낮잠) 시간에 맞춰 닫혀 있었다. 한 무리의 인부와 청소부와 마부가 묘석과 아다포스트 계단 위에 앉아 말없이 밥을 먹고 있었다. 아침부터 밤까지 푼다티아 레스토랑 앞에서 일하는 사람들이었다. 기름기 많은 브린자 치즈 냄새가 파리떼와 함께 창문으로 흘러들어왔다. "안녕하십니까, 돔눌레 카피탄." 마부와 청소부들이 고개를 들어 인사를 했다. 그 무렵 나는 야시에서 나를 모르면 간첩이라고 할 정도였다. 인부들은 들고 있던 빵과 치즈를 가리키며 와서 같이 먹자는 손짓을 했다. 나는 큰소리로 "물추메스크!—감사합니다!"라고 외치면서 내가 들고 있던 빵과 치즈를 가리켜보였다.

그런데 뭔가 분위기가 이상했다. 확실히 뭔가가 있었다. 먹구름이 잔뜩 낀 하늘에서 진흙탕처럼 꼬륵꼬륵 하는 소리가 났다. 루마니아 경찰과 군인이 곳곳의 벽에 커다란 포스터를 붙이고 있었다. 루푸 대령의 포고문이 적힌 포스터였다. "군경에게 총을 쏜 집의 모든 거주자와 그 이웃집 거주자는 남녀 불문하고 전원 현장에서 총살에 처한다. 파라 코피!—아동 제외!" 아동은 열외라니. 루푸 대령이 벌써 알리바이를 만들어놓는구나 하는 생각이 들었다. 다행히 그는 아이를 사랑한다. 야시에 아이를 사랑하는 점잖은 사람이 적어도 한 명은 있다는 생각을 하니 흐뭇했다. 경찰들이 집집마다 문 주위에, 과수원들 안쪽에 숨어 있었다. 군 순찰대가 아스팔트 위를 또각또각 소리내며 걸어갔다. "안녕하세요, 돔눌레 카피탄." 묘석에 앉은 인부와 마부, 청소부들이 내게 미소를 보냈다. 나뭇잎들이 어찌나 푸른지 연두색 야광물감을 발라놓은 듯했다. 시커먼 하늘 아래 멀리 프루트 강에서 불어오는 눅눅하고 따스한 바람에 나뭇잎들이 마냥 살랑거렸다. 아이들이 봉분과 고색창연한 돌십자가들 사이에서 술래잡기를 하듯이 뛰놀고 있었다. 활기찬 장면이지만 납덩이처럼 무거운 하늘 탓에 헛되고 덧없는 마지막 유희의 순간 같았다.

이상한 고통이 도시를 짓눌렀다. 거대하고 어마어마한 괴물 같은 재앙이, 닦고 조이고 기름칠한 강철기계가 윙윙 돌아가면서 달려들듯이, 집과 나무와 거리와 야시의 주민들을 몽땅 가루로 내버릴 것만 같았다. 파라 코피. 유대인 박해를 막기 위해 내가 할 수 있는 일이 뭐라도 있으면 좋으련만…… 하지만 폰 쇼베르트 장군의 사령부는 코포우에 있었다. 그 먼 코포우까지 걸어갈 생각은 없었다. 폰 쇼베르트 장군에게 유대인은 아무것도 아니었다. 군인으로 늙었고 바이에른 출신의 신사이고 훌륭한 기독교인이지만 그런 문제에 발을 담그지는 않는다. 그게 그 사람과 무슨 상관이란 말인가? 그게 나와 무슨 상관인가? 그러나 장군한테 가봐야 한다고 나는 스스로에게 말하고 있었다. 시도는 해봐야 한다고. 사람 일은 모르는 법이니까.

나는 코포우를 향해 걷기 시작했다. 대학교 앞을 지나다 잠시 멈춰 루마니아 국민시인 에미네스쿠(1850~89)의 동상을 살펴봤다. 작은 새 한 마리가 동상 어깨에 앉아 있었다. 그때 호주머니에 있는, 유명한 소설가이자 정치인인 사도베아누(1880~1961) 앞으로 된 추천장이 생각났다. 박학다식한 사도베아누 상원의원은 뮤즈를 열렬히 사랑하는 사람이다. 나를 보면 얼음 넣은 맥주 한 잔을 권하면서 에미네스쿠의 서정시 한 대목을 읊어줄 것이다. 라 드라쿠 폰 쇼베르트 장군, 상원의원도 라 드라쿠. 나는 돌아서서 경마클럽 뜰을 건너 계단으로 올라갔다. 어쩌면 루푸 대령한테 이야기해보는 게 나을 거다. 그는 웃으며 내 면전에 대고 이렇게 말하겠지. "돔눌레 카피탄. 귀하가 말하는 그 '포그롬'이라는 걸 내가 어떻게 알겠소? 난 점쟁이가 아니오." 그럼에도 진짜로 박해가 착착 계획되고 있다면 루푸 대령은 분명 훤히 알고 있을 것이다. 동유럽에서 포그롬, 즉 유대인 박해는 항상 조직적으로 계획되고 실행됐으며 관(官)의 묵인과 방조가 있었다. 다뉴브 강과 카르파티아 산맥 너머 땅에서 사건에 우연이 작용하는 법이란 절대 없다. 거기서는 우연히 그렇게 된 일이란 없다. 루푸 대령은 내 면전에 대고 웃을 것이다. 파라 코피! 빌어먹을 루푸 대령. 장군도 라 드라쿠.

나는 계단을 내려가 코르소 레스토랑은 돌아보지도 않고 지나친 뒤 묘지로 돌아왔다. 속이 훤히 비치는 녹색 아카시아 잎들의 그림자에 묻힌 묘석 위에 누워 점점 커져가는 먹구름들을 올려다봤다. 날이 아주 더웠다. 파리들이 얼굴에서 스멀거렸다. 개미 한 마리가 팔뚝 위로 기어갔다. 어차피 나랑은 아무 상관없는 일 아닌가? 난 이미 학살극을 막기 위해 인간적으로 할 수 있는 건 다했다. 더이상 어쩔 수 없는 건 내 책임이 아니다. "라 드라쿠 무솔리니." 난 크게 소리치며 하품을 했다. "빌어먹을 무솔리니, 빌어먹을 영웅들의 후예." 나는 '시아모 운 포폴로 데로이—우리 민족은 영웅들의 후예다'를 흥얼거리기 시작했다. 무솔리니는 우리를 개새끼들 떼거리로 망쳐놓았다. 나도 우쭐한 영웅이었다고 할 수 있으리라. 하늘에서 진흙탕처럼 꼬륵꼬륵 소리가 났다.

해질 무렵, 사이렌의 비명에 정신이 번쩍 났다. 나는 애써 몸을 일으켰다. 하품을 하는데 웅웅거리는 엔진 굉음과 드르륵 하는 대공포의 포성, 쿵쿵 하고 폭탄 떨어지는 소리, 우지끈 하고 가옥들이 천천히 붕괴되는 소리가 들렸다. 저놈의 멍텅구리 같은 라스보이우. 가죽재킷을 입은 저 소련 아가씨들이 야시의 가옥과 과수원에 폭탄을 떨어뜨리고 있었다. 집에서 뜨개질이나 하고 있으면 훨씬 좋을걸 하는 생각이 들자 나도 모르게 웃음이 나왔다. 마치 저 아가씨들이 집에서 뜨개질하는 걸 좋아하고 그럴 시간이 있기라도 하는 양! ……갑자기 말이 질주하는 소리가 들려, 난 벌떡 일어나 앉았다. 미쳐 날뛰는 말이 수레를 끌고 푼다티아 레스토랑 쪽으로 돌진해 묘지 앞을 휙 지나치더니 구두닦이 가게 반대편 벽에 가서 쿵 하고 부딪혔다. 벽에 머리를 부딪치며 발을 차고 땅바닥에 고꾸라지는 게 보였다. 기차역은 불타고 있었다. 니콜리나 지구 쪽에서 짙은 연기가 피어올랐다. 독일군과 루마니아 병사들이 마구 뛰어갔다. 어깨에 멘 소총들이 춤을 추듯 덜렁거렸다. 부상당한 여자는 거리에서 발을 질질 끌며 가고 있었다. 나는 다시 무덤에 드러누워 눈을 감았다.

갑자기 적막이 깔렸다. 한 소년이 휘파람을 불며 묘지 담벼락에 붙어 걸어가고 있었다. 왁자한 목소리들이 먼지 낀 대기에 떠돌았다. 잠시 후 사이렌이 다시 비명을 질렀다. 아직은 멀리 떠 있는 소련 비행기들의 우웅 하는 소리가 뜨듯한 저녁 바람에 무슨 냄새처럼 번졌다. 코포우 비행장에서는 대공포 부대가 마구 포를 쏘아대고 있었다. 몸살이 분명했다. 뼈마디가 쑤시고 부들부들 떨렸다. 순간 미카가, 염소털이 어디 있는지 알 수 없었다. "스타이, 스타이!" 짙어지는 어둠 가운데 순찰대원들이 외치는 소리가 들렸다. 이따금 총성이 가옥들과 과수원 여기저기서 메아리쳤다. 독일군의 고함 소리가 트럭들 굴러가는 굉음 사이사이로 간간이 들렸다. 웃음소리, 프랑스어, 도자기 딸그락거리는 소리가 경마클럽에서 들려왔다. 맙소사, 내가 마리오아라를 좋아하다니!

문득 벌써 밤이 깊어졌다는 생각이 들었다. 코포우의 대공포 부대는 달을 향해 포를 쏘아대고 있었다. 노랗고 축축한 달이, 거대한 여름밤의 둥근달이 구름 자욱한 하늘 위로 천천히 솟아오르고 있었다. 대공포는 달을 향해 짖어대고 있었다. 강 쪽에서 불어오는 축축한 바람에 나무들이 흔들렸다. 대공포의 성난 고함 소리가 언덕 위로 솟아올랐다. 달은 금세 나뭇가지들 사이에 갇혀버렸다. 교수대에 매달린 사형수의 머리통처럼 가지에 대롱대롱 매달려 있던 달은 잠시 후 다시 시커먼 먹구름의 심연 속으로 들어가버렸다. 퍼런 번갯불이 번쩍 하고 밤하늘을 갈랐다. 그 갈라진 상처 속으로 깨진 유리조각들에 비친 것처럼 짙은 녹색으로 물든 현란한 밤의 풍경이 언뜻 드러났다.

묘지를 나서는데 비가 내리기 시작했다. 뜨듯한 빗방울이 천천히 떨어지는 것이 잘린 혈관에서 피가 뚝뚝 떨어지는 것 같았다. 코르소 레스토랑의 문은 닫혀 있었다. 나는 주먹으로 문을 쾅쾅 두드리며 마리오아라를 불렀다. 마침내 문이 살짝 열리고 그 틈으로 마리오아라의 목소리가 신음처럼 흘러나왔다. "오, 오, 오, 돔눌레 카피탄. 열어드릴 수 없어요. 통행금지가 벌써 시작됐거든요, 돔눌레 카피탄, 오, 오, 오!"

나는 문틈으로 손을 뻗어 그녀의 어깨를 꽉, 그러면서도 어루만지듯이 부드럽게 붙잡았다. "마리오아라, 오, 마리오아라! 문 열어, 마리오아라! 배고프단 말이야, 마리오아라!"

"오, 오, 오, 돔눌레 카피탄. 안 돼요…… 돔눌레 카피탄, 오, 오, 오!"

맥없고 수줍은 목소리였다. 나는 가녀린 그녀의 어깨를 움켜쥐었다. 머리에서 발끝까지 떨고 있는 느낌이 전해졌다. 아마 강하면서도 달콤한 내 손의 애무 때문에, 아마 비에 젖은 풀냄새 때문에, 아마 여름밤의 나른한 열기 때문에, 아니면 저 예측 불허의 달 때문에 그랬으리라. (마리오아라는 그날 밤이 떠올랐을 것이다. 그녀는 나랑 같이 버려진 묘지에 가서 낫 같은 초승달이 아카시아 잎들을 살며시 베는 것을 봤었다. 우리는 묘석 위에 앉아 있었다. 난 마이오아라를 끌어안고 있었다. 처녀의 살결에서, 곱슬머리에서 강한 냄새가, 강렬하면서도 부드러운 비잔티움의 냄새가, 루마니아와 그리스와 러시아 여자들한테서 배어나는 강하면서도 오래된 비잔티움의 냄새가, 장미와 하얀 살내가 훅 풍겨왔다. 난 거기에 취했다. 마리오아라는 새근거리며 몸을 빼려 했고, 난 그저 나직한 목소리로 "마이오아라" "마리오아라" 하고 중얼거렸다. 마리오아라가 까만 속눈썹 사이로 나를 쳐다봤다. 그 까만 양털 같은 속눈썹 사이로.)

"오, 오, 돔눌레 카피탄, 열어줄 수 없어요! 돔눌레 카피탄, 오!" 문틈으로 나를 쳐다보는 한쪽 눈이 보였다. 잠시 후 마리오아라는 "잠깐만요, 돔눌레 카피탄" 하더니 살며시 문을 닫았다. 안쪽으로 걸어들어가는 소리가 들렸다. 맨발로 타닥타닥 걷는 소리. 몇 분 후 그녀는 작은 빵과 고기 몇 점을 가지고 돌아왔다.

"아, 고마워, 마리오아라." 이렇게 말하고 나는 그녀의 가슴에 몇 백 레이를 찔러주었다. 마리오아라는 문틈으로 나를 보고 있었고, 나는 더운 빗방울이 목덜미를 때리며 등줄기로 흘러드는 것을 느꼈다. "오, 마리오아라." 나는 그녀의 어깨를 쓰다듬으며 말했다. 그러자 그녀는 고개를 숙이고 살그머니 뺨을 내 손에 기댔다. 나는 무릎에 힘을 주어 문을 열려고 했지만 마리오아라는 몸으로 문을 꾹 누르고 있었다. "오, 돔눌레 카피탄, 오." 그녀는 까만 양털 같은 그 긴 속눈썹 사이로 나를 보며 살며시 웃음을 지었다.

"고마워, 마리오아라." 나는 그녀의 얼굴을 쓰다듬으며 말했다.

"라 레베데레, 돔눌레 카피탄." 마리오아라가 나직한 목소리로 대답했다. 내가 빗속에서 돌아서자 그녀는 제자리에 선 채 문틈으로 나를 쳐다봤다.

나는 집 현관 계단에 앉아 천천히 음식을 씹으며 연약한 아카시아 나뭇잎들 위로 비가 나직막이 중얼거리는 소리를 들었다. 묘지 끝에 있는 과수원 울타리 뒤쪽에서 개 한 마리가 무엇이 불편한지 낑낑거리고 있었다. 시커먼 하늘을 올려다보니 어둠침침한 구름 사이로 노란 달이 보였다. 마리오아라는 아직 애였다. 순찰대의 쩌벅쩌벅 무거운 군홧발 소리들과 독일군 트럭들이 코포우 쪽으로, 프루트 강 쪽으로 향하는 소리들이 들렸다. 거미줄 같은 미지근한 빗줄기 사이로 사이렌 울부짖는 소리가 다시 들렸다.

처음에는 멀리서 들리는 웅얼거림 같았다. 하늘 높은 곳에서 벌들이 웅웅거리는 듯한 소리가 점점 가까워졌다. 시커먼 하늘에서 들리는 불가사의한 언어 같았다. 불가사의한 목소리, 달콤하고 은밀한 언어 같았다. 기억 같은 목소리, 숲속에서 웅웅거리는 벌떼 소리 같았다. 그 순간 문득 저쪽 무덤들 사이에서 마리오아라의 목소리가 들렸다. "돔눌레 카피탄. 오, 돔눌레 카피탄!"

코르소 레스토랑에서 예까지 뛰어나온 것이다. 혼자 있는 게 무서웠을 것이다. 집까지 데려다달라고 했다. 그녀의 집은 우지네 거리 발전소 옆에 있었다. 시내를 가로질러 거기까지 갈 엄두가 안 났던 게다. 순찰대원은 통행인들에게 발포했다. "스타이! 스타이!" 하곤 손을 들 겨를도 없이 마구 갈겨댔다. "저 좀, 집까지 데려다줘요, 돔눌레 카피탄!" 그녀의 까만 눈이 어둠 속에서 반짝였다. 눈빛은 따스한 밤의 어둠 속에서 반짝이다가는 꺼지고 꺼졌다가는 다시 타오르곤 했다. 그래서 마치 그녀는 나와 마주해 있는 어둠의 문턱에, 금단의 검은 밤의 문턱에 올라서 있는 것처럼 보였다.

사람들이 무덤과 십자가 사이를 조용히 돌아다녔다. 묘지 한가운데에 파놓은 아다포스트에 피신해 있는 사람들이다. 남자, 여자, 반은 벗은 아이들의 그림자가 지하로 조용히 걸어내려가고 있었다. 죽은 자들의 혼령이 컴컴한 지옥바닥으로 돌아가는 듯했다. 다들 아는 사람이었다. 늘 똑같았다. 그들은 밤마다 이곳을 지나 아다포스트로 들어갔다. 길 건너편

루스트라게리아 주인, 늘 경마클럽과 푼다티아 사이에 있는 우니리 기념탑 발치에 앉아 있던 두 노인, 묘지 뒤쪽 벽에 마구간이 있는 마부, 푼다티아 모퉁이의 신문팔이 여자, 부인과 애가 다섯인 데스파체레 데 비누리(포도주 가게) 짐꾼, 우체국 근처 담뱃가게 주인 등.

"부나 세아라, 돔눌레 카피탄." 그들은 지나가며 내게 인사했다.

"부나 세아라." 나도 인사했다.

마리오아라는 아다포스트로 들어가려 하지 않았다. 집으로 가려 했다. 무서워서 집에 가겠다는 거였다. 여느 때 같으면 코르소 레스토랑 내실의 소파에서 잤을 텐데 그날 밤만은 집에 가려 했다. 그녀는 벌벌 떨고 있었다.

"우릴 쏠 거야, 마리오아라."

"아니, 군인들은 장교는 안 쏴요."

"장교인지 아닌지 어떻게 알아? 깜깜한데. 우릴 쏠 거야, 마리오아라."

"아뇨, 안 쏴요." 마리오아라가 대꾸했다. "루마니아 병사들은 이탈리아 장교는 안 쏠 거예요, 그렇죠?"

"그래, 이탈리아 장교는 안 쏠 거야. 자기들도 무서울 테니까. 가자, 마리오아라. 루푸 대령도 이탈리아 장교는 무서워해."

우리는 벽에 바짝 붙어 걸음을 옮겼다. 미적지근한 비가 내리고 있었다. 내 팔에 닿은 마리오아라의 가슴이 살며시 오르락내리락 했다. 아이가 쌔근거리듯이. 우리는 우지네 거리로 갔다. 주변에는 내장을 발라낸 듯한 가옥들이 유령처럼 늘어서 있었다. 나무나 짚에다 진흙을 섞어 만든 헛간 같은 집에서 말소리와 웃음소리, 아이들 우는 소리, 시끄러운 축음기의 노랫소리가 흘러나왔다. 저 아래 발전소 쪽에서 날카로운 총성이 밤의 적막을 찢었다. 검은 창턱에 놓인 낡은 축음기 확성기에서 구슬프고 시끄러운 노래가 흘러나왔다.

보이, 보이, 보이, 만드렐로 보이……

(그대, 그대, 그대, 자랑스러운 그대……)

이따금 우리는 숨을 죽이고 나무줄기 뒤로, 과수원 담벼락 뒤로 숨었다. 순찰대원 발소리가 멀리 사라졌다. "저기, 저기가 우리 집에요." 마리오아라가 말했다. 중앙발전소의 빨간 벽돌 건물이 어둠 속에서 격납고처럼 육중한 모습을 드러냈다. 기차역 주변 철로에서 기관차의 구슬픈 경적이 들려왔다.

"누—안 돼, 누, 돔눌레 카피탄, 누, 누."

그래도 나는 그녀를 꽉 끌어안고 곱슬머리와 짙고 뻣뻣한 눈썹과 얇고 작은 입을 쓰다듬었다.

"누, 돔눌레 카피탄, 누, 누." 마리오아라는 이렇게 말하면서 나를 밀쳐내려 했다.

그때 갑자기 쾅 하고 천둥번개가 몰아쳤다. 지붕 위에서 지뢰가 터진 것 같았다. 새까만 구름조각과 나무와 집과 거리와 사람과 말이 허공으로 휘말려들어갔다가 바람에 다시 흩어졌다. 뻘겋고 퍼런 번갯불에 찢어진 구름들 틈새로 미지근한 핏줄기가 쏟아져나왔다. 루마니아 병사들이 무리지어 이동하며 소리쳤다. "파라수티스트! 파라수티스트!—공수부대! 공수부대다!" 병사들은 달리면서 허공에 대고 총을 갈겼다. 도시 저편 하늘 높은 곳에서 소련 비행기들이 웅 하며 날아가는 소리 사이로 온갖 굉음이 뒤섞인 희미한 소음이 들려왔다.

우리는 마리오아라네 집 울타리에 등을 기댄 채 숨죽이고 있었다. 바로 그 순간, 병사 둘이 길모퉁이에서 뛰어오며 우리를 향해 쉴새없이 총을 쏘았다. 총알이 피웅피웅 울타리에 박히는 소리가 들렸다. 해바라기 하나가 고개를 숙인 채 그 둥그런, 외눈박이 거인 폴리페모스 같은 멍한 눈으로 우리를 엿보았다. 노란 속눈썹이 새까맣고 큼지막한 동공 위로 반쯤 말려들어 있었다. 순간 나는 마리오아라를 와락 끌어안았고, 그녀는 몸을 뒤로 빼며 하늘을 올려봤다. 순간 그녀 입에서 낮은 목소리가 흘러나왔다. "아, 프루모스! 프루모스!—아, 멋있다! 멋있다!" 고개 들어 하늘을 우러렀을 때 내 입에서도 탄성이 나왔다.

저 위로 폭우가 쏟아지는 지붕들 위에서 사람들이 걸어가고 있었다. 작고 서투른 모습에 배가 볼록한 사람들이 구름 가장자리를 따라 걷고 있었다. 한 손으로 붙잡고 있는 거대한 하얀 우산들(낙하산)이 세찬 바람에 마구 흔들렸다. 낙하산을 챙겨 어디론가 집결하는 공수부대원들의 모습이 야시 대학의 노교수들 같았다. 회색 실크해트에 연두색 프록코트 차림의 교수들…… 마치 푼다티아에서 집으로 가는 길인 것처럼. 빗속을 천천히 걸어가는 모습이 번갯불에 언뜻언뜻 보였다. 그들은 서로 뭐라 뭐라 얘기를 나누며 가고 있었다. 저 위에서 그런 광경이 보인다는 게 좀 우스웠다. 그들은 다리를 이상하게 움직였다. 마치 가위를 접었다폈다 하면서 구름을 자르고 도심 위에 걸린 거미줄 같은 빗줄기 틈으로 길을 내며 가는 것 같았다. "노압테 부나, 돔눌레 프로페소르—안녕하세요, 교수님." 그들은 서로 지나칠 때마다 고개를 까딱하고 회색 실크해트를 엄지와 검지로 살짝 들어 보이며 인사를 나눴다. "노압테 부나!" 교수들이 아니라면 도도함이 넘치는 잘생긴 야시의 숙녀들일 수도 있겠다. 마치 공원 산책로에서 돌아오는 길인 것처럼 보였다. 희미한 얼굴들은 가장자리에 하얀 레이스가 달린 하늘색 내지 분홍색 실크파라솔에 가려 잘 보이지 않는다. 일정한 거리를 두고 구식의 근엄한 검정색 마차들이 뒤따르고 있다. 예의 내시 마부들이 기다란 빨간 술 장식이 달린 채찍을 노란색 갈기가 긴, 멋진 말들의 번들거리는 엉덩이에 걸쳐놓고 있다. 숙녀들이 아니라면 경마클럽의 늙은 귀족들일 수도 있겠다. 저 피둥피둥한 몰다비아 귀족들 말이다. 구레나룻은 파리풍으로 손질했고, 새빌 로(런던 패션가)에서 맞췄을 의상에, 높고 빳빳한 칼라 사이로 작은 넥타이를 두르고 있다. 그 틈새 덕분에 장미와 담배의 냄새가 뒤섞인, 담배연기 자욱한 경마클럽 객실에 줄곧 브리지게임을 하다가 가끔씩 약간이나마 신선한 공기를 들이마실 수 있다. 그들은 엉덩이를 흔들흔들하면서 가위걸음을 걸으며 오른손으로 거대한 하얀 우산의 긴 손잡이를 잡고 있다. 높다란 회색 실크해트를 삐딱하게 쓴 모습들이 도미에나 카랑 다쉬의 그림• 에 나오는 '비외 보'▲ 같다.

"야시의 귀족들이 탈출하는구나." 내가 말했다. "전쟁이 무서워서 부쿠레슈티의 아테네 팰리스 호텔로 피난 가는 거야."

"에이, 아니에요. 도망치는 게 아니에요. 저 밑에 집시 여자들 집이 있어요. 그리 연애하러 가는 거예요." 마리오아라가 둥둥 떠다니는 남자들을 응시하며 대꾸했다.

구름들은 파리의 명소인 파비용 다르메농빌의 작은 테이블 중간중간에 솟아난 큰나무들의 무성한 이파리 같고, 뒤로는 마네의 포르트 도핀 그림에 나오는 듯한 녹색과 파란색, 분홍색 나무들이 줄지어 서 있다. 진짜 마네 그림에 나오는 녹색, 분홍색, 파란색, 회색과 똑같았다. 번개가 높다란 성 같은 폭풍우 구름을 쪼갤 때마다 번쩍 하고 갈라지는 틈 사이로 잔디와 나뭇잎이 어우러진 우아한 풍경이 언뜻 모습을 드러냈다가 사라지곤 했다.

"정말 무슨 잔치에 가는 것 같군." 내가 말했다. "봄날 아름다운 공원에서 즐거운 잔치가 열리는 것 같아."

마리오아라는 경마클럽의 데미디외, 즉 야시의 하얀 반신반인(半神半人)들을 물끄러미 쳐다봤다. (야시는 '뒤 코테 드 게르망트'였다. 상상의 동네 '게르망트 쪽'이야말로 파리 출신 프루스트의 진정한 마음의 고향이었다. 몰다비아에서는 다들 프루스트를 줄줄 외웠다.) 마리오아라는 그들의 모습을 마냥 바라봤다. 실크해트와 외눈안경, 파란 코트 단춧구멍에 꼽힌 하얀 카네이션, 실크레이스를 두른 파라솔, 팔꿈치까지 올라오는 긴 레이스 장갑, 새와 꽃의 무늬를 수놓은 자그마한 모자, 주름 잡힌

• 화가 도미에(1808~79)와 만평가 카랑 다쉬(1858~1909)는 사회세태를 풍자하는 그림으로 유명했다.
▲ vieux beau. 젊게 차려입고 멋을 부린 노인들.

스커트 밑으로 삐져나온 자그마한 발들…… "아! 나도 저런 파티에 가봤으면, 나도 저런 멋진 실크드레스 입어봤으면!" 마리오아라가 가는 손가락으로 볼품없는 빛바랜 면 드레스를 매만지며 말했다. 초르바 데 푸이 흘린 자국이 묻어 있었다.

"어, 저 봐, 저 사람들 도망가고 있어! 비가 뒤를 쫓아가네, 마리오아라! 파티는 끝났어, 마리오아라."

"라 레베데레, 돔눌레 카피탄." 마리오아라가 작별인사를 하면서 집에 딸린 과수원으로 통하는 쪽문을 열어젖혔다. 마리오아라네는 허름한 단층 목조가옥에 빨간 기와지붕이었다. 창문은 다 닫혀 있었다. 블라인드 널빤지 틈으로 희미한 빛이 새나왔다.

"마리오아라!" 안에서 그녀를 부르는 여자 목소리가 났다.

"오, 라 레베데레, 돔눌레 카피탄." 마리오아라가 말했다.

"라 레베데레, 마리오아라." 나는 이렇게 말하며 그녀를 덥석 끌어안았다.

마리오아라는 내 품에 몸을 맡긴 채 하늘을 올려다보았다. 예광탄의 화염이 크게 원을 그리며 까만 유리 같은 밤하늘을 갈랐다. 마치 보이지 않는 여자들 목에 걸린 산호목걸이 같았다. 그것은 벨벳처럼 검은 심연에 내던져진 꽃다발이었다. 밤바다를 스쳐지나는 야광물고기였다. 실크 파라솔 그늘 속으로 녹아드는 빨간 입술이었다. 새벽 전 달도 없는 밤에 정원 은밀한 구석에서 피어나는 붉은 장미였다. 경마클럽의 '비외 보'와 노교수들은 파티가 끝나자 거대한 하얀 우산을 들고 비를 피해 집으로 향했다. 마지막 폭죽이 발사되고 있었다.

잠시 후 한바탕 쇼는 끝이 났다. 갑자기 비가 그쳤다. 구름 사이로 달이 다시 얼굴을 내밀었다. 샤갈의 풍경화 같았다. 유대인 샤갈의 하늘에는 유대의 천사들이 우글거리고, 유대의 구름들이 있고, 유대의 말과 개들이 마을 위 허공에 달랑달랑 매달려 있다. 바이올린을 켜는 유대인들이 지붕 위에 앉아 있거나 길거리 위로 창백한 하늘에 둥둥 떠다닌다. 늙은 유대인들이 불 켜진 나뭇가지 촛대 사이 길가 도랑에 죽어 널브러져 있다. 유대인 연인들은 풀밭처럼 푸른 구름 가장자리 허공에서 사지를 쭉 뻗고 있다. 그런데 문득 유대인 샤갈의 하늘 아래서, 둥근달의 투명한 빛에 물든 저 샤갈의 풍경에서, 니콜리나, 소콜라, 파쿠라리 지구에서 어지러운 소음이 들려왔다. 드르륵 하는 기관총 소리, 펑 하고 수류탄 터지는 둔탁한 소리들이었다.

"아, 사람들이 유대인들을 죽이고 있어요!" 마리오아라가 숨을 멈추고 말했다.

소음은 시내 중심가, 우니리 광장 주변 고지대와 삼성인주교교회(三聖人主教教會) 쪽에서도 들렸다. 거리마다 쫓기는 사람들의 어지러운 비명 너머로 귀에 거슬리는 험악한 독일어 고함 소리와 "스타이! 스타이!" 하는 루마니아 병사와 경찰들의 외침이 들렸다.

갑자기 우리 귀 옆으로 총알이 피융 하고 날아갔다. 길 끝에서 독일군과 루마니아군과 유대인들의 와글거리는 소리가 들려왔다. 사람들이 떼지어 도망치고 있었다. 여자, 남자, 소년, 소녀들이 총을 쏘아대는 경찰 무리들에게 쫓기고 있었다. 그 뒤로 절뚝거리는 병사 하나가 얼굴에 피를 철철 흘리며 "파라수티스트! 파라수티스트!—공수부대! 공수부대다!"라고 외치면서 하늘을 향해 총을 겨눴다. 그는 우리 쪽 몇 발짝 앞에서 무릎을 꿇더니 울타리에 머리를 부딪히며 쓰러졌다. 그는 진창에 얼굴을 박은 채 널브러졌다. 천천히 떨어지는 빗방울처럼 소련 공수부대들이 하나씩 하늘에서 떨어졌다. 거대한 하얀 우산에 매달린 채 지붕 위로 금방이라도 착지를 할 태세였다.

"오, 오!" 마리오아라가 소리쳤다. 나는 주저앉은 그녀를 끌다시피 하면서 과수원을 가로질러 대문을 팔꿈치로 밀어젖혔다.

"라 레베데레, 마리오아라." 나는 그녀를 문으로 밀어넣었다.

"누, 누, 돔눌레 카피탄, 누, 누!" 마리오아라가 내 가슴에 매달리며 가지 말라고 소리쳤다. "누, 누, 돔눌레 카피탄, 오!" 그녀는 내 손을 세게 깨물며 강아지처럼 낑낑거렸다.

"오, 마리오아라." 나는 입술로 그녀의 머리를 누르며 다른 손으로 얼굴을 탁 쳤다. 그제야 마리오아라는 내 손에서 떨어졌다. 나는 그녀를 캄캄한 집 안으로 밀어넣은 다음 과수원을 가로질러 인적 없는 길로 나갔다. 이따금 울타리며 뾰족한 목책 위로 서 있는 해바라기, 달그림자에 물든 빨간 지붕의 작은 집을 돌아다봤다.

나는 언덕 꼭대기에 올라 주변을 둘러봤다. 시내는 화염에 싸여 있었다. 시커먼 연기가 강변 저지대를 따라 뭉게뭉게 피어올랐다. 불타는 건물들 가까이에 있는 가옥과 나무들은 선명한 모습을 드러냈는데 평소보다 훨씬 커 보였다. 확대사진을 보는 듯했다. 심지어 벽에 난 균열들이며 나뭇가지, 잎사귀 하나하나까지 분간이 됐다. 그 아수라장에는 죽음의 그림자가 짙게 드리워져 있었고, 그러면서도 사진처럼 너무도 선명했다. 연극무대의 배경으로 걸어놓은 거대한 유령 같은 사진을 마주한 느낌이었다. 그러나 도처에서 솟아오르는 굉음과 사이렌의 절규와 증기엔진의 삑삑 하는 소리, 드르륵 하는 기관총 소리 같은 것들이 저 끔찍한 광경이 생생한 진짜 현실임을 말해주었다.

도심으로 뻗은 좁고 구불구불한 길들을 오르락내리락 하는 동안 들리는 소리는 날카로운 절망의 외침과 쾅쾅 문 두드리는 소리, 유리와 도자기가 박살나는 소리, 비명을 참느라 안간힘을 쓰는 흐느낌, "마마! 마마!—엄마, 엄마!" 하고 애타게 가족을 찾는 소리, "누, 누, 누!—안 돼, 안 돼!" 하며 애원하는 절규들뿐이었다. 가끔씩 울타리 뒤나 과수원 쪽에서, 또는 반쯤 내린 블라인드 사이로 집 안쪽에서, 섬광이 번쩍했다. 총을 쏜 것이다. 피융, 소리와 함께 험악한 독일군들 목소리도 들렸다. 우니리 광장에서는 한 무리의 친위대원들이 쿠차 보다 왕자 동상 옆에서 무릎쏴 자세로 작은 광장을 향해 소형 기관총을 갈겨댔다. 작은 광장에는 몰다비아 전통식 누비 코트에 높다란 가죽모자를 쓴 기하학자의 동상이 서 있었다. 총구에서 작열하는 불빛 때문에 손짓발짓을 하는 시커먼

한 무리의 사람들 모습이 눈에 들어왔다. 대부분 여자로, 그들은 동상 발치에 웅크리고 앉아 있었다. 가끔 벌떡 일어나 이리저리 도망쳐 튀어나가는 사람이 있었지만 친위대의 총탄에 바로 고꾸라지고 말았다. 유대인 무리들이 군인과 광란에 사로잡혀 칼과 쇠지레를 휘두르는 민간인들에게 쫓겨 거리로 쏟아져나왔다. 경찰 무리들은 집집마다 돌아다니며 소총 개머리판으로 문을 박살냈다. 갑자기 창문이 열리면 잠옷 차림의 부스스한 여자들이 비명을 지르며 두 손을 높이 쳐들고 모습을 드러냈다. 창문으로 몸을 던져 둔탁한 소리와 함께 아스팔트에 얼굴을 처박는 사람들도 있었다. 군인들은 떼로 몰려다니며 반지하 유리창에 수류탄을 까넣었다. 혹시나 하고 지하실에 숨어 있던 많은 사람들이 그렇게 죽어갔다. 일부 병사들은 무릎을 꿇고 폭발의 결과가 어떻게 됐는지 지하실 안을 들여다보고는 동료들을 돌아보며 낄낄 웃었다. 학살이 극심한 곳에서는 발이 핏물에 잠겼다. 히스테리와 폭력으로 얼룩진 유대인 박해가 도처에서 자행되고 있었다. 집집마다 거리마다 총성이 울리고, 울부짖음과 끔찍한 비명과 잔인한 웃음이 터져나왔다.

마침내 나는 교회묘지를 둘러싼 담 뒤로 이어지는 도로에 접한 이탈리아 영사관에 도착했다. 사르토리 영사는 현관 계단에 놓인 의자에 앉아 담배를 피우고 있었다. 피곤하고 따분한 표정이었다. 그는 나폴리 출신 특유의 덤덤한 표정으로 한가롭게 담배를 피웠다. 그러나 나는 나폴리 친구들 속마음을 잘 안다. 그 역시 속으로는 고심참담하고 있었다. 영사관 저 안쪽에서 슬픔을 억누르는 흐느낌 소리가 흘러나왔다.

"정말 우리가 있었어야 했어!" 사르토리가 말했다. "내가 구한 불쌍한 사람이란 게 고작 열두어 명이야. 일부는 부상자고. 나 좀 도와주겠나, 말라파르테? 난 치료 같은 건 잘 못해."

나는 영사관 안으로 들어갔다. 여자 네댓 명이 소파에 널브러져 있거나 구석 바닥에 앉아 있었고, 수염 기른 노인 두어 명과 소년 대여섯 명, 학생 같아 보이는 청년 셋이 있었다. (한 꼬마 소녀는 사르토리의 책상 밑에서 울고 있었다.) 한 여성은 개머리판에 맞아 이마가 찢어졌고, 한 학생은 어깨에 총을 맞아 신음하고 있었다. 난 물을 끓여 사르토리와 함께 상처를 씻은 다음 침대 시트를 찢어 붕대 대용으로 썼다. "참 못해 먹을 노릇이군!" 사르토리가 말했다. "이게 지금 우리가 할 일이지. 근데 오늘따라 머리가 지끈지끈하네."

이마가 찢어진 여성에게 붕대를 감아주는 동안 그녀는 사르토리에게 므슈 르 마르키(후작님)라고 부르면서 프랑스어로 목숨을 구해줘 고맙다는 얘기를 했다. 사르토리는 역시 따분한 표정으로 그녀를 쳐다보며 말했다. "왜 나보고 마르키래요? 난 시뇨르(미스터) 사르토리입니다." 이래서 내가 저 뚱뚱한 친구를 좋아한다. 작위도 마다하는 것이다. 아무리 받고픈 맘 없어도 받으면 흐뭇할 텐데, 위험의 순간에 나폴리인들은 가장 고통스러운 희생을 감내한다. "붕대 좀 주시겠습니까, 후작님?" 이렇게 말해주면 기분이 좀 나아질까 싶어 나는 슬쩍 농을 쳤다.

시간이 좀 지난 뒤 우리는 영사관 문지방에 나가 앉았다. 사르토리는 의자에, 나는 계단에 앉았다. 영사관 주변 정원에는 아카시아와 소나무가 무성했다. 갑자기 총성과 함께 불꽃이 튀면 새들은 퍼덕거리며 잠자코 나뭇가지 사이로 숨어들었다.

"재들도 무섭나 봐. 울지도 않네." 사르토리가 푸른 나뭇잎들을 하염없이 쳐다보며 말했다. 그는 건물 벽 출입구 바로 옆에 난 꺼먼 자국을 가리키며 다시 말했다. "저 벽 좀 봐. 피로 얼룩졌어. 저 불쌍한 친구들 중 하나가 여기 숨어 있었지. 경찰들이 와서 개머리판으로 반쯤 죽여놓더라고. 저 벽에 붙여놓고 말이야. 그러더니 끌고 갔어. 이 건물 주인이야. 점잖은 사람인데……" 그는 다시 담배를 피워 물더니 천천히 날 쳐다보며 말했다. "나밖에 없었어. 내가 어쩌겠나? 항의했지. 무솔리니한테 보고하겠다고. 면전에 대고 웃더군."

"무솔리니를 비웃은 거지, 자네를 비웃은 건 아니야."

"농담하지 마, 말라파르테. 난 점점 화가 났어. 내가 화가 나면……"

그는 담배를 피우면서 차분한 어조로 말했다. "어제부터 계속 루푸 대령한테 경찰을 보내서 영사관을 보호해달라고 부탁을 했어. 그럴 필요가 없다고 하더군."

"하느님한테 감사해! 루푸 대령 똘마니들하고는 상종을 안 하는 게 좋아. 루푸 대령은 살인자야."

"아, 그래, 그놈은 살인자야. 정말 유감이지. 그렇게 잘생긴 인간이!" 나는 웃음이 나와 고개를 돌렸다. 사르토리한테 표정을 들키지 않고 싶었다. 그때 바로 바깥 길 쪽에서 절망적 절규가, 권총 몇 발이 들렸다. 이어 개머리판으로 머리통을 퍽퍽 두드려 패는 끔찍한, 참을 수 없는 둔탁한 소리가 났다.

"저치들, 정말 사람 짜증나게 하네." 사르토리가 말했다. 그는 나폴리인 특유의 덤덤한 자세로 일어나더니 천천히 정원을 가로질러 출입구를 열고는 이렇게 말했다. "이리 들어오게들, 이리 들어와요." 나는 길 한복판으로 나가 공포에 질린 사람들을 헤치고 출입구 쪽으로 갔다. 경찰관 하나가 내 팔을 붙잡았다. 난 그자의 배때기를 힘껏 걷어찼다. "잘했어." 사르토리가 별일 아니라는 듯 말했다. "저렇게 예의 없는 것들은 맞아도 싸." 사르토리는 화가 났다. 그래서 평소와 달리 말이 험해졌다. "예의 없는 것들"이라는 말은 그가 하는 최고의 욕이다.

우리는 문턱에 앉아 꼬박 밤을 새우며 담배를 피웠다. 우리는 이따금 한길로 나가 누더기를 걸치고 피를 흘리는 사람들을 영사관 안으로 데려왔다. 그렇게 모아들인 사람이 백 명쯤 됐다.

"저 불쌍한 사람들도 먹을 게 있어야지." 내가 사르토리에게 말했다. 새로 들어온 부상자들을 보살피고 한숨 돌린 터였다.

사르토리는 주인의 말뜻을 잘 못 알아듣는 개 같은 눈으로 나를 바라봤다. "먹을거리? 있었지. 근데 경찰이 처들어와서 나 훔쳐갔어. 파치엔자—참을 수밖에."

"오 베로?—정말?" 내가 나폴리 사투리로 물었다.

"오 베로! ―정말!" 사르토리가 한숨을 내쉬며 답했다.

그러한 순간에 사르토리와 같이 있다는 게 난 정말 좋았다. 저 차분한 나폴리 사람과 같이 있다는 게 정말 편안했다. 그 역시 속으로는 공포와 분노를 삭이고 있겠지만 그걸 겉으로 드러내지는 않았다.

"사르토리. 우리는 문명 대 야만의 싸움을 하고 있는 거야."

"오 베로?" 사르토리가 물었다.

"오 베로." 내가 대답했다.

구름 낀 하늘 사이로 새벽이 밝아오고 있었다. 화염의 연기가 나무며 지붕들 위로 피어오르고 있었다. 날씨가 다소 쌀쌀해졌다.

"사르토리……" 하고 내가 말을 꺼냈다. "무솔리니가 야시 영사관이 난장판이 됐다는 소리를 들으면 미친 황소처럼 날뛸 거야."

"말 같지 않은 소리 하지 마, 말라파르테. 무솔리니는 짖기만 하지 절대 물지 않아. 저 불쌍한 유대인들을 숨겨줬다고 날 자를 거야."

"오 베로?"

"오 베로, 말라파르테."

잠시 후 사르토리는 자리에서 일어나더니 나더러 안에 들어가서 좀 쉬라고 했다.

"힘들어 보여, 말라파르테. 이제 다 끝났어. 죽은 사람은 죽은 사람이고. 더 할일도 없네."

"난 안 힘들어, 사르토리. 자네야말로 가서 눈 좀 붙여. 내가 여기서 보초를 설 테니까."

"한 시간이라도 눈 좀 붙이게." 사르토리는 이렇게 말하며 다시 의자에 몸을 묻었다.

나는 희미한 새벽빛에 잠긴 교회묘지를 가로질러 갔다. 언뜻언뜻 루마니아 병사들이 묘석에 앉아 있는 모습이 보였다. 그들은 묵묵히 빵을 씹고 있었다.

"안녕하세요, 돔눌레 카피탄."

"안녕하세요."

죽은 여자가 묘비 사이에 누워 있었다. 개 한 마리가 울타리 뒤에서 낑낑거렸다. 나는 침대에 몸을 던지고 눈을 감았다. 너무 치욕스러웠다. 이제 모든 게 끝났다. 죽은 사람들은 죽은 사람들이다. 더이상 상관할 것 없다. 젠장할, 내가 뭘 어쩌겠어. 라 드라쿠. '아무것도 할 수 없다는 것도 끔찍한 일'이란 생각이 들었다.

나는 점점 잠에 빠져들었다. 그런데 열린 창문으로 하늘이 보였다. 새벽은 벌써 밝아오는데 시퍼런 화염이 너울거리고 있었다. 하늘 한가운데 어떤 남자가 거대한 하얀 우산을 앞으로 쭉 내민 채 걸어가며 밑을 내려다보고 있었다.

"잘 쉬시게." 하늘을 날고 있는 사람은 웃는 얼굴로 고개를 까닥이며 인사를 건넸다.

"네, 산책 잘 하세요." 내가 답했다.

두어 시간 후 나는 잠에서 깨어났다. 화창한 아침이었다. 전날 밤의 폭풍우는 말끔히 가시고 대기는 칠(漆)을 한 듯 투명하게 반짝였다. 나는 창가로 가서 라푸스나누 거리를 내다봤다. 사람 형상을 한 시신들이 이상한 자세로 널려 있었다. 길가 도랑에는 시신이 무더기로 쌓여 있었다. 교회 묘지 한복판에도 수백 구의 시신이 쌓여 있었다. 개떼가 어슬렁거리며 킁킁 시신 냄새를 맡고 있었다. 주인이 '이리 와' 하면 약간 겁먹고 다가가는 그런 표정이었다. 녀석들의 표정에는 주인에 대한 존경과 안쓰러움이 넘쳤다. 녀석들은 불쌍한 시신들 사이를 이리저리 배회했다. 피 흘리는 얼굴이나 뻣뻣하게 굳은 손에 발을 대는 것조차 조심스러운 듯했다. 유대인 무리들이 경기관총으로 무장한 경찰과 군인의 감시를 받으며 시체들을 길 한쪽으로 치우는 작업을 하고 있었다. 시체들을 벽에 바짝 밀어붙여 교통에 방해가 되지 않게 하려는 것이었다. 시체를 잔뜩 실은 독일군과 루마니아군 트럭들이 끊임없이 분주히 오갔다. 죽은 소년 하나가 루스트라게리아 근처 인도에 머리를 수그린 채 벽에 기대앉아 있었다.

나는 방 안으로 물러나 창문을 닫고 침대에 앉아 아주 천천히 옷을 입었다. 가끔 침대에 누워 시도 때도 없이 몰려드는 구토를 어찌해보려고 애를 썼다. 근데 갑자기 어디서 유쾌한 목소리가, 서로 이름을 부르고 웃고 떠드는 소리가 들리는 듯했다. 마지못해 다시 창가로 가봤다.

길은 사람들로 북적거렸다. 군인, 경찰, 남자, 여자, 곱슬머리를 길게 땋은 집시들이 시끄럽게 수다를 떨며 시체들을 털었다. 그들은 시체를 들고 뒤집고 옆으로 굴려가며 코트와 바지, 속옷까지 벗기고 있었다. 발을 배 쪽으로 확 꺾어 신발을 벗기기도 했다. 옷가지와 함께 높이 쌓아둔 무기를 챙겨 달아나는 자들도 있었다. 부산하고 활기가 넘치는 것이 잔칫집 같기도 하고 시장바닥 같기도 했다. 잔인한 포즈로 꺾이고 뒤틀린 시체들은 철저히 알몸이었다.

나는 계단으로 뛰어내려가 풀밭과 문가 쪽에 널린 시체들을 밟지 않도록 조심하며 무덤들 위로 건너뛰어 묘지를 가로질렀다. 부지런히 시체들의 옷을 벗기고 있는 경찰 무리 옆을 스쳐가면서 나는 고함을 질렀다. "더러운 겁쟁이들, 꺼져, 이 야비한 개새끼들아!" 그중 한 명이 놀란 눈으로 나를 보더니 옷가지 더미에서 양복 몇 벌과 구두 두어 켤레를 들어서 내게 내밀며 기어드는 목소리로 말했다. "화내지 마세요, 돔눌레 카피탄. 아직 가져갈 거 많아요."

바로 그때 라푸스나누 거리를 지나 우니리 광장에서 딸랑딸랑 유쾌한 말방울 소리와 함께 달려오는 스투르자 후작부인의 마차가 보였다. 근엄한 내시 그리고리는 녹색 제복 차림으로 마부석에서 멋진 몰다비아 백마들의 등에 채찍을 후려치고 있었다. 말들은 머리를 높이 쳐들고 긴 갈기를 휘날리며 경쾌하게 달렸다. 높고 넓은 쿠션에 등을 꼿꼿이 세우고 앉은 후작부인은 가장자리에 레이스 주름장식이 달린 빨간 실크파라솔을 오른손에 든 채 위쪽을 쳐다보고 있었다. 옆에는 거만하고 쌀쌀맞은 표정의 스투르자 후작이 머리끝에서 발끝까지 새하얀 의상을 하고 앉아 있었다. 잿빛 펠트 모자로 이마에 살짝 그림자가 졌고 왼손에는 가죽장정의 작은 책을 들어 가슴에 바짝 붙이고 있었다.

"안녕하십니까, 도암나 프린치페사." 시체털이를 하던 사람들이 즐거운 작업을 멈추고 크게 절을 하며 인사했다.

스투르자 후작부인은 하늘색 의상에 오른손에는 레이스 주름장식이 달린 빨간 실크파라솔을 들고, 머리에는 커다란 피렌체식 밀짚모자를 약간 삐딱하게 쓰고 있었다. 그녀는 좌우를 둘러보며 무뚝뚝한 표정을 지은 채 고개를 까딱하는 것으로 인사를 대신했고, 후작은 잿빛 펠트 모자를 살짝 들어올려 웃음기 머금은 얼굴로 허리를 굽혀 답례했다.

"안녕하십니까, 도암나 프린치페사."

딸랑딸랑 유쾌한 말방울 소리와 함께 마차는 헐벗은 알몸의 시체더미 사이를 통과했다. 양쪽으로 길게 늘어서서 굽실거리는 이들의 손에는 잔인한 전리품이 들려 있었다. 내시 그리고리가 구령으로 멋진 백마들에게 잰걸음을 재촉하자 이내 마차가 휙 내달렸다. 비대한 그리고리는 근엄한 표정으로 기다랗고 빨간 술 장식이 달린 채찍으로, 말 잔등을 사뿐히 휘두르고 있었다.

7장

폴란드에서 페어플레이를

"그날 밤 야시에서 유대인이 얼마나 죽었소?" 프랑크 총독이 빈정거리는 투로 내게 묻고는 벽난로로 다리를 쭉 뻗으며 살짝 웃었다.

다른 사람들도 살짝 웃었다. 뭘 그런 걸 가지고 그러느냐는 듯한 표정이었다. 벽난로에서는 타닥타닥 장작이 탔고 얼어붙은 눈들이 하얀 손가락으로 창문을 톡톡 두드리고 있었다. 간간이 세찬 바람이, 얼음장 같은 북풍이 위잉 하고 몰아쳤다. 바람은 인근 앙글레테르 호텔 폐허에서 울부짖다가 창문으로 건너와 달빛 머금은 광장을 내려다봤다. 희미한 병사들의 그림자가 에우로페이스키 호텔 앞 인도를 따라 천천히 움직였다. 이십 년 전 소보르 성당이 있던 자리, 한 수도승의 불길한 예언을 맹신한 폴란드인들이 파괴해버린 바르샤바 그리스정교회 대성당이 서 있던 자리에는 눈송이들이 새하얀 백지처럼 차곡차곡 쌓이고 있었다. 나는 프랑크를 쳐다보면서 남들처럼 살짝 웃었다.

"미하이 안토네스쿠 부총리가 발표한 공식 보고서는 오백 명이라고 했습니다. 하지만 루푸 대령 공식 집계에 따르면 유대인 칠천 명이 학살됐다고 나와 있습니다." 프랑크의 질문에 나는 이렇게 답했다.

"꽤 되는군." 프랑크가 말했다. "하지만 점잖은 방식은 아니었어. 그런 식으로 할 필요는 없지."

"그럼요, 그런 식으로 할일은 아니죠." 바르샤바 총독 피셔는 이렇게 말하며 역시 그런 방식은 곤란하다는 듯한 표정으로 고개를 가로저었다.

"문명적인 방식이 아니지요." 크라쿠프 총독이자 오스트리아 총리 돌푸스를 살해한 일당 중 하나인 배히터가 혐오스럽다는 듯이 말했다.

"루마니아인들은 문명화된 민족은 아니지." 프랑크가 멸시하는 어조로 말했다.

"야, 에스 하트 카인 쿨투어—네, 그들은 문화가 없습니다." 피셔가 고개를 저으며 말했다.

"내 가슴이 선생처럼 여리진 않지만……" 프랑크가 말했다. "선생이 야시에서 벌어진 학살극에 충격을 느낀 것은 충분히 이해가 갑니다. 인간으로서, 독일인으로서, 그리고 폴란드 총독으로서 나는 그런 박해는 용인하지 않습니다."

"정말 현명하십니다." 내가 절을 하며 대꾸했다.

"독일이라는 나라는 고도의 문명국이고 야만적인 방법을 혐오하오." 프랑크가 정말 충격적이라는 듯한 표정으로 주위를 둘러보며 말했다.

"나튀얼리히." 나머지 사람들이 이구동성으로 떠들었다.

"독일은 동유럽에서 위대한 문명적 사명을 완수하라는 명을 받았습니다." 배히터가 말했다.

"그 '포그롬'•이란 말은 독일어가 아니지." 프랑크가 말했다.

"당연하지요, 그건 유대어입니다." 나는 이렇게 말하며 미소 지었다.

"그게 유대인 말인지는 모르겠소. 하지만 분명한 건 독일어 사전에는 그런 단어가 있었던 적도 없고 앞으로도 없으리라는 거요." 프랑크가 말

• pogrom은 원래 러시아어다.

했다.

"유대인 박해는 슬라브족이 전문이지요." 배히터가 말했다.

"어떤 경우에도 우리 독일인은 이성과 질차를 따르지, 야수적인 본능을 따르지 않소. 우리는 항상 과학적으로 행동하지요. 필요하다면, 아니 절대적으로 필요할 경우에만." 프랑크는 날 응시하며 한 음절 한 음절 힘주어 말했다. 자기가 하는 말을 내 이마에 각인시키려고 작정한 듯했다. "우리는 외과의사들을 모델로 봅니다. 도살자는 아니지. 독일 길거리에서 유대인이 학살당하는 걸 혹시 본 적이 있소?" 일장 연설이 계속됐다. "절대 못 봤을걸, 안 그렇소? 물론 가끔 학생들이 데모를 하거나 애들이 돌멩이를 좀 던지고 하기는 하지. 하지만 조금 있으면 독일에 유대인은 단 한 명도 남지 않을 거요."

"모든 게 방법과 조직화의 문제지요." 피셔가 말했다.

"때려죽이는 건 독일식 방법이 아니지." 프랑크가 하던 말을 이어갔다. "그런 식은 헛수고이고, 힘과 정력의 낭비야. 우리는 그들을 폴란드로 추방해서 게토에 쓸어넣는 식이지. 거기선 무얼 하든 자유야. 폴란드 게토 안에서는 자유공화국처럼 살 수가 있어요."

"폴란드 게토 자유공화국 만세." 나는 샴페인 잔을 치켜들며 말했다. 피셔 부인이 우아한 몸짓으로 따라준 샴페인 탓에 약간 어질어질했지만 알딸딸한 것이 기분은 좋았다.

"비바트!—만세!" 저들은 이구동성으로 내가 한 말을 따라하며 샴페인 잔을 높이 치켜들었다. 그렇게 웃고 마시면서 그들은 날 주목했다.

"마인 리버 말라파르테—친애하는 말라파르테 선생." 프랑크는 친밀감의 표시로 내 어깨에 손을 얹고 다시 이야기를 시작했다. "독일민족은 역겨운 중상모략의 희생자올시다. 우리는 살인자 종족이 아니에요. 이탈리아로 돌아가면 부디 폴란드에서 보고 들은 바를 그대로 전해주시오. 정직하고 불편부당한 선생의 의무는 진실을 말하는 것이니까. 폴란드의 독일인들은 위대하고 평화를 사랑하며 열심히 일하는 가정이란 사실을 명명백백히 증언할 수 있을 겁니다. 자, 주위를 한번 둘러봐요. 여기야말로 소박하고 단순하며 정직한 독일의 가정입니다. 그게 바로 폴란드요. 정직한 독일의 가정. 보시라니까" 이렇게 말하면서 프랑크는 한손으로 크게 원을 그렸다. 나는 고개를 돌려 주변을 봤다.

피셔 부인이 서랍에서 마분지 상자를 꺼내더니 공 모양의 털실 타래를 빼냈다. 이어 프랑크 부인에게 허락을 구하듯 살짝 절을 하고는 철테 안경을 걸치고 차분히 바느질을 시작했다. 한편 프랑크 부인은 털실 뭉치를 꺼내어 배히터 부인의 양 손목에 걸고 돌돌 풀어 공 모양으로 감기 시작했다. 우아하고 민첩한 손놀림이 놀라울 정도였다. 배히터 부인은 허리를 꼿꼿이 세우고 가슴을 쑥 내민 자세로 무릎을 딱 붙이고 앉아 실이 슬슬 풀려나가도록 리듬에 맞춰 손목을 요리조리 움직였다. 바삐 손을 놀리면서도 세 숙녀는 입가에 미소를 잃지 않았다. 안온한 가정생활의 상징이었다. 프랑크 총독은 애정과 자부심이 넘치는 눈길로 열심히 일하는 세 여인에게 미소를 보냈다. 그러는 사이 케이트와 에밀 가스너가 케이크를 썰고 큰 도자기 잔에 커피를 따랐다.

포도주에 약간 달뜬 나는 안락한 가정의 모습을 보면서, 그리고 투박한 독일식 인테리어의 둔탁한 소리, 짤랑짤랑 뜨개바늘 부딪치는 소리, 벽난로에서 따닥따닥 장작 타는 소리, 숨죽이며 케이크 씹는 소리, 도자기 잔 달그락거리는 소리를 들으면서 왠지 점점 불편해졌다. 어깨에 올린 프랑크의 손은 무겁지는 않은데도 날 짓누르는 듯했다. 프랑크한테서 느꼈던 감정을 차근차근 되짚어보고, 그가 했던 말 한마디 한마디와 몸짓의 의미와 속사정을 따져보고, 지난 며칠간 그에게서 발견한 면면들을 짜맞추어 그의 전체상을 재구성하면서 나는 그가 간단한 인물이 아니라는 확신이 들었다.

그와 같이 있을 때 느끼는 불편함은 분명 간단치 않은 그의 성격 탓이었다. 그는 잔인한 지성과 세련미, 천박함과 폭력적인 냉소주의, 섬세한 감수성의 특이한 복합체였다. 그의 내면에는 깊은 암흑지대가 존재하는 게 분명했다. 나로선 그것을 미처 다 밝혀낼 수가 없었다. 암흑지대, 다가갈 수 없는 지옥 같은 곳, 바로 그곳에서 예기치 않게 희미한 빛이 언뜻 새어나와 왠지 꺼림칙한 그의 얼굴을 밝혔다. 당혹스럽고 매혹적인 불가사의한 얼굴이었다.

오래전부터 프랑크에게 품은 생각들은 당연히 부정적이었다. 난 그를 혐오할 만큼 그에 대해 충분히 알고 있었다. 하지만 언론인으로서 그런 정도로 넘어갈 수는 없었다. 내가 프랑크에 대해 알고 있는 모든 부분들 가운데 일부는 남들의 경험을 전해 들어서 아는 것이고, 일부는 직접 경험한 것이었다. 꼭 집어서 뭐라고 말하긴 어렵지만 뭔가 부족했다. 그 본질이 뭔지는 잘 모르지만 어느 순간에라도 돌연 정체를 드러낼 그 무엇이 분명 있었다.

나는 몸짓 하나, 말 한마디, 지나가는 행동 하나도 놓치지 않으려고 애썼다. 어쩌면 그런 것들이 프랑크의 맨얼굴을 드러내줄 수 있기 때문이다. 어둡고 깊은 정신의 영역에서 갑자기 그를 뚝 떼어내 날것으로 내 앞에 내놓을 수 있기 때문이다. 본능적으로 그런 느낌이 들었다. 그의 잔인한 지성과 섬세한 음악적 감수성은 병적인, 어떤 의미에서는 범죄적인 정신의 무의식 속에 뿌리박고 있는 것이었다.

"이게 폴란드입니다. 성실한 독일 가정이지요." 프랑크가 소박한 중산층 가정의 모습을 흐뭇한 표정으로 바라보며 말했다.

"총독님도 여자들 일을 좀 해보시지 그래요?" 내가 물었다. "그런다고 총독의 권위가 손상되진 않을 겁니다. 스웨덴 국왕 구스타프 5세도 여자들 일에서 즐거움을 찾는답니다. 저녁이면 가까운 지인들에 둘러싸여 자수를 하지요."

"아흐, 조?—아, 그래요?" 숙녀들이 믿기지 않지만 부럽다는 표정으로 물었다.

"중립국 왕이 달리 뭘 할 수 있겠소?" 프랑크가 웃었다. "스웨덴 국왕이 폴란드 총독이라면 수나 놓고 있을 겨를이 있다고 생각하오?"

"총독이 자수를 한다면 폴란드인들은 지금보다 훨씬 행복할 겁니다." 내가 맞받았다.

"에이, 그 버릇 또 나오셨군!" 프랑크가 웃으며 말했다. "며칠 전엔 히틀러가 여자라고 하더니, 지금은 나보고 여자들 일을 하란 거요? 정말 폴란드를 뜨개질이나 자수 같은 것으로 다스릴 수 있다고 생각하오? 부제트 트레 말랭, 몽 셰르 말라파르테—당신 참 못됐어, 친애하는 말라파르테 선생."

"어찌 보면 총독님도 자수를 하고 있는 겁니다." 내가 말을 이었다. "폴란드 정치는 일종의 자수니까요."

"난 스웨덴 국왕과 달라. 그자는 계집애들 취미생활이나 하지." 프랑크는 자부심에 찬 어조로 말했다. "새로운 유럽이 나의 태피스트리•라오." 그는 제왕 같은 발걸음으로 천천히 방을 가로지더니 문을 열고 사라졌다.

나는 창가 쪽 안락의자에 가 앉았다. 고개를 돌려보니 거대한 사스키 광장과 에우로페이스키 호텔 뒤로 지붕이 다 날아간 가옥들, 비스툴라 강이 내다보이는 브리스톨 호텔 옆의 건물 폐허가 눈에 들어왔다.

여기가 바로 내 젊은 날의 한때를 이뤘던 풍경들 중 가장 가슴에 와닿는 장소다. 그런 생각이 들자 브륄궁의 이 방에서, 저런 자들과 한자리에 앉아 바깥 풍경을 내다보고 있는 지금의 나 자신이 참 서글프고 수치스러웠다. 이십여 성상(星霜)이 흐른 시점에 그 옛날과 똑같은 풍경이 지금 내 눈앞에 다시 펼쳐지고 있었다. 빛바랜 옛날사진 같은 풍경이 오히려 더 현실감 있게 다가왔다. 바르샤바에서 보낸 낮과 밤이 그 먼 과거의 기슭에서, 1919~20년의 흔적 속에서 살며시 솟아올랐다. 그 윤곽과 느낌은 기억 속의 그때와 똑같았다……

방마다 향냄새와 보드카 냄새가 자욱했다. 그 작은 집에는 재속(在俗)

• 색실로 그림을 짜넣은 융단. 주로 바닥에 깔거나 벽에 걸어 장식용으로 쓴다.

수녀 발레브스카가 조카딸들과 같이 살고 있었다. 극장광장 쪽으로 통하는 골목길 집이다. 스타레 미아스토(구시가)의 백여 개 성당에서 겨울밤 맑고 찬 공기를 뚫고 종소리가 울려퍼졌다. 소녀들의 붉은 입술에는 미소가 잔물결처럼 일었고, 늙은 귀족 과부들은 수녀의 벽난로 앞에 모여 무슨 비밀 이야기가 있는지 쑥덕거리곤 했다. 브리스톨 호텔 마닐로바 홀에서는 폴란드 정예 창기병(槍騎兵) 부대의 장교들이 마주르카 리듬에 맞춰 스텝을 밟으며 줄지어 선 사랑스러운 아가씨들 쪽으로 다가갔다. 하얀 드레스를 입은 아가씨들의 눈에는 순결한 불꽃이 타올랐다. 늙은 차르토리스카 후작부인은 우야즈도브스카 거리에 있는 저택에서 피골이 상접한 목에 허벅지까지 내려오는 거대한 진주목걸이를 일곱 겹으로 두른 채 늙은 빌로폴스카 후작부인 앞에 말없이 앉아 가로수가 비친 창유리들을 바라보았다. 창문에 비친 보리수 그림자가 따뜻한 방 안으로 스며들어 고운 페르시아 양탄자, 루이 15세 시대풍의 가구, 트리아농이나 쇤브룬 스타일로 그린 프랑스, 이탈리아의 풍경화와 초상화, 오래된 스웨덴 은제 식기와 예카테리나 여제 시대풍의 러시아 법랑 그릇들을 녹색으로 물들였다. 제부스카 백작부인이기도 한 아름다운 목소리의 성악가 보로나트가 크라쿠프 거리의 포토츠키 팰리스에 있는 이탈리아 영사관의 하얀 응접실 피아노 옆에 서서 스타니스와프 아우구스트• 시대의 활기찬 바르샤바 노래들과 아타만 흐미엘니츠키가 코사크족의 봉기▲를 이끌던 시기의 슬픈 노래들을 불렀다. 나는 예드비가 제부스카 옆에 앉아 있었고 그녀는 말없이 나를 바라보고 있었다. 창백한 얼굴에 쌀쌀맞은 표정이었다. 달빛 아래 말이 끄는 썰매들이 멀리 빌라누프 쪽으로 쏜살같이 내달렸다. 긴 겨울밤을 토카이 와인 향이 감도는 미슐리브스키 클럽에서 보낼 때면 늙은 폴란드 귀족들이 사냥과 말과 사냥개, 여자와 여

• 1764~95. 폴란드·리투아니아연방의 마지막 왕.

▲ 17세기 중엽 우크라이나의 코사크족이 폴란드 지배에 항거해 일으킨 반란.

행, 결투와 연애 이야기를 떠드는 소리가 들렸다. 미슐리브스키 클럽의 '트로이카'라고 할 헨릭 포토츠키 백작, 자모이스키 백작, 타르노브스키 백작은 와인과 재단사와 발레리나의 장단점을 두고 논쟁을 벌였고, 늙은 목소리로 상트페테르부르크, 빈, 런던, 파리 등을 이러쿵저러쿵 주워섬겼다. 긴 여름날 저녁은 주로 어둡고 서늘한 폴란드 주재 교황청 대사관저에서 후일 교황 비오 11세(재위 1922~39)가 되는 아킬레 라티 대사와 후일 추기경이 되는 비서 펠레그리네티와 함께 보냈다. 해질녘, 날은 아직 후텁지근한데 비스툴라 강변에서 드르륵 하는 소련군의 기관총 소리가 들렸다. 궁전 창문 아래로 창기병 3연대가 말발굽 소리 요란하게 프라하 방면으로 진군중이었다. 부됴니가 이끄는 소련 코사크 기병대와 맞서 싸우러 가는 길이었다.■ 노비 슈비아트 거리에는 시민들이 쏟아져 나와 노래를 부르고 있었다.

> 우아니, 우아니, 말로바니 지에치
> 니에예드나 파니엔카, 자 바미 폴레치……
> (창기병들아, 창기병들아, 너희가 말 달리면
> 아이들도 아리따운 아가씨도 다 사랑한다네……)★

다부진 보로니에츠카 후작부인이 말을 타고 선봉에서 3연대를 이끌었다. 두 손에 붉은 장미 꽃다발을 든 그녀는 3연대의 후원자였다.

> 니에예드나 파니엔카 이 니에예드나 도바
> 자 바미 우아니 폴레치 고토바……
> (말 달리는 모습 보면 아가씨도 과부도

■ 폴란드와 소련의 전쟁이 한창인 1920년 8월 바르샤바 근교에서 양군이 격전을 벌이기 직전 상황이다.
★ 〈여보게, 창기병들이여〉라는 유명한 폴란드 노래.

다 홀딱 반한다네……)

나는 포돌리츠키 중위와 인쟁을 벌이고 화해를 축하하는 뜻에서 사흘간 진탕 마셨다. 어느 날 밤 W 후작부인 집에서 마릴스키가 제리운스키를 겨누고 권총을 쏘았다. 그는 1919년 폴란드에 처음 들어온 폭스트롯 춤곡 〈망가진 인형〉에 맞춰 춤을 추는 커플들로 넘치는 방을 가로질러 일을 벌였다. 제리운스키는 목에 총상을 입고 피를 철철 쏟으며 바닥에 널브러졌다. 그러자 W 후작부인은 악단에게 말했다. "주에 동크, 스네리앙!—계속들 해요, 별일 아니니까!" 마릴스키는 손에 권총을 든 채 창백한 얼굴로 웃고 있었다. 그를 둘러싼 젊은 아가씨들은 춤의 열기와 선혈이 낭자한 광경에 흥분을 금치 못했다. 그러고는 한 달 뒤에 여전히 창백한 얼굴을 하고 목에 붕대를 감은 제리운스키가 마릴스키와 팔짱을 끼고 에우로페이스키 호텔에 나타났다.

영국 영사관에서 무도회가 열릴 때마다 금발 곱슬머리를 사내애처럼 짧게 자른 올가 라지빌 후작부인은 젊은 서기관 캐번디시 벤팅크•의 품에 몸을 맡겼다. 벤팅크는 루퍼트 브루크▲를 닮아서 그를 볼 때면 콘퍼드 부인이 브루크를 젊은 아폴론 신에 비유해 "화사한 금발에 그토록 천진난만한 표정으로 인생의 기나긴 쩨쩨함은 꿈에도 모르고……"라고 한 유명한 시구가 떠올랐다. 키가 크고 비단결 같은 긴 흑발에 맑은 밤하늘 같은 눈을 한 이사벨라 라지빌은 창가에 젊은 영국 장군과 나란히 서 있었다. 장군은 넬슨 제독처럼 애꾸였고 넬슨 제독처럼 외팔이었다. 그는 이사벨라 라지빌에게 조용한 목소리로 말을 하다가 간간이 웃음을 터뜨렸다. 달콤하고 사랑스러운 웃음이었다. 그는 분명 하나의 유령, 이 머나먼 바르샤바의 밤에 나타난 우아한 유령이었다. 그의 이름은 카튼 드 위어트■였다.

• 1897~1990. 영국 명문 귀족 벤팅크가의 자제로 당시 외교관.

▲ 1887~1915. 일차대전 때 요절한 시인. 예이츠가 '영국 최고 미남'이라 칭했던 인물.

전쟁에서 한눈이 멀고, 한팔을 잃은 그는 1940년 봄에는 영국군을 이끌고 노르웨이에 상륙한다. 나 역시 분명 하나의 유령, 멀리 떨어진 시대에 속하는 음산한 유령이었다. 어쩌면 행복한 시대에, 어쩌면 죽은 시대에, 어쩌면 아주 행복한 시대에 속하는 유령……

나 역시 이 창가에서, 내 젊은 날의 이 풍경 앞에서, 근심에 쌓인 슬픈 하나의 그림자였다. 기억 저 깊은 곳에서 멀리 떨어져 있는 시대의 상냥한 그림자들이 떠올랐다. 슬그머니 웃음이 나왔다. 눈을 감고 다시 저 창백한 환영들을 바라봤다. 살가웠던 목소리가 들렸다. 세월이 흘러도 거의 변치 않는 목소리들이었다. 그때 달콤한 음악소리가 귀에 감겨들었다. 쇼팽 전주곡의 첫 소절이었다. 반쯤 열린 문틈으로 옆방에 프랑크가 고개를 푹 숙인 채 마담 베크의 피아노 앞에 앉아 있는 게 보였다. 창백한 이마는 땀에 젖었다. 깊이 고뇌하는 표정이 그의 오만한 얼굴을 누그러뜨렸다. 호흡도 힘들었다. 그는 아랫입술을 깨물고 있었다. 눈은 감고 눈꺼풀은 떨렸다. 어디가 아픈 게 아닌가 싶었다. 그리고 이런 생각을 한다는 자체가 나 스스로 짜증스러웠다.

주변의 모든 사람이 숨을 죽인 채 귀 기울이고 있었다. 더할 수 없이 순수하고 가벼운 '전주곡'의 선율이 따뜻한 방 안에 둥둥 떠다녔다. 마치 항공기에서 선전용 전단이 우수수 떨어지는 것 같았다. 각 소절마다 "폴란드 만세!"라고 붉은 글씨로 큼지막하게 인쇄되어 있는 느낌이었다. 창밖으로 거대한 사스키 광장에 눈송이들이 천천히 떨어지고 있는 게 보였다. 눈송이 하나하나에도 "폴란드 만세!" 붉은 글씨로 큼지막하게 적혀 있는 것 같았다. 내가 지금과 똑같이 붉고 큼지막하게 인쇄된 글씨들을 본 것은 이십 년 전인 1919년 10월, 이그나치 파데레프스키* 폴란드 총

■ 1880~1963. 당시 폴란드 주재 영국군사대표부 대표.

★ 1860~1941. 쇼팽 연주로 유명한 피아니스트, 작곡가. 1919년 폴란드공화국 총리를 지냈다.

리의 희고 가녀린 손가락을 타고 흘러나오는, 더할 수 없이 순수하고 가벼운 쇼팽의 선율을 통해서였다. 파데레프스키는 유서 깊은 바르샤바 왕궁의 붉은 대형 홀에서 피아노를 연주했다. 당시는 폴란드가 부활하던 시기였다. 폴란드 귀족과 외교사절은 저녁이면 가끔 총리의 피아노 주변에 모여들었다. 온화한 쇼팽의 유령이 웃으며 우리들 사이를 지나갔고 젊은 여성들의 드러난 어깨와 팔에서는 소름이 돋았다. 불멸의 천사 같은 쇼팽의 목소리는, 봄날 멀리서 다가오는 폭풍우 소리처럼 혁명과 학살의 비명들을 파묻어버렸다. 순수하고 가벼운 선율은 항공기에서 뿌린 선전용 전단처럼 창백하고 초췌한 군중들 위로 팔락거리며 내리다 결국 마지막 한 소절도 적막 속으로 꺼져갔다. 파데레프스키가 건반에서 그 큰 백발의 머리를 천천히 들자 땀에 범벅이 된 얼굴이 드러났다.

폐허가 된 바르샤바 궁에서 겨우 몇 발짝인 브륄 궁에선 지금, 독일 중산층 인테리어의 안온한 분위기 속에서 쇼팽의 순수하고 선동적인 선율이 프랑크의, 폴란드 총독인 독일인의 희고 고운 손을 타고 피어오르고 있었다. 순간 나는 굴욕감과 극도의 거부감으로 얼굴이 발개졌다.

"아, 천사의 연주 같아요!" 브리기테 프랑크 부인이 소곤거렸다. 바로 그때 연주가 끝나고 프랑크가 문턱에 모습을 드러냈다. 프랑크 부인은 실타래를 내던지고 벌떡 일어나 남편에게 달려가 손등에 키스를 퍼부었다. 겸허함과 종교적 열정에 충만한 프랑크는 부인의 입에 손을 맡긴 채 근엄한 표정을 지었다. 마치 신비한 의식을 집전한 뒤 제단에서 내려온 사제 같았다. 프랑크 부인이 존경의 표시로 무릎을 꿇을지도 모른다는 생각까지 들었다. 그러나 그녀는 프랑크의 두 손을 잡고 번쩍 치켜들더니 우릴 돌아보며 외쳤다. "여러분!" 의기양양한 목소리였다. "천사의 손이 어떻게 생겼는지 보세요들!"

나는 프랑크의 손을 바라봤다. 작고 곱고 새하얗다. 깜짝 놀랐지만 거기서 피 한 방울 떨어지지 않는 것을 보고 오히려 안도했다.

며칠간 프랑크 총독이나 피셔 바르샤바 총독을 볼 기회가 없었다. 두 사람은 베를린에서 갑자기 날아온 하인리히 힘러•를 상대하느라 여념이 없었다. 폴란드의 미묘한 정세를 살피러 온 것으로 그때가 1942년 2월 초였다. 독일군은 러시아에서 패배를 거듭하고 있었다. 힘러와 프랑크의 관계가 최악이라는 것은 세상이 다 아는 얘기였다. 힘러는 프랑크의 '과시욕'과 '지적 허영'을 경멸했다. 반면에 프랑크는 힘러의 '저열한 잔인성'을 비난했다. 폴란드 주재 나치 고위층에 일대 변동이 있을 것이라는 얘기가 공공연히 떠돌았다. 프랑크의 입지도 위태로워 보였다. 그러나 힘러가 바르샤바를 떠나 베를린으로 돌아간 뒤 승자는 프랑크인 것처럼 보였다. '일대 변동'은 결국 힘러의 친척인 쳉스토호바 수비대장을 배히터 대신 크라쿠프 지구 총독으로 앉히고 배히터는 르보프 지구 총독으로 밀려나는 수준으로 마무리가 됐다.

그사이 배히터는 가스너, 볼제거 남작과 함께 크라쿠프로 돌아갔다. 배히터 부인은 뒤에 남아 프랑크 총독이 바르샤바에서 잔무를 처리하는 며칠 동안 프랑크 부인의 수발을 들었다. 나는 스몰렌스크 전선 시찰 허가가 떨어지기를 기다리는 한편, 힘러가 와 있는 틈을 잘 활용했다. 당시 게슈타포는 힘러의 신성한 생명을 보호하는 막중한 책임에 여념이 없어서 평소 감시 임무는 소홀할 수밖에 없는 형편이었다. 이탈리아에 가 있는 폴란드 난민들이 바르샤바의 친척과 친구에게 보내달라고 부탁한 편지와 식품, 돈 같은 물품을 몰래 전해주는 것이 나의 과제였다. 외국에서 보낸 편지를 폴란드 주민에게 단 한 통이라도 몰래 전해주면 사형이었다. 따라서 나는 게슈타포의 감시망을 피하기 위해 극도로 조심했다. 자칫 다른 사람들의 목숨이 위험해질 수 있기 때문이었다. 그런 극도의 조심과 더불어 한 독일군 장교(아주 교양 있고 자비로운 청년으로 수년 전 피렌체에서 만난 뒤 친해진 인물이다)의 극진한 도움으로 선뜻 떠맡은 그 위험한 과제를 수행해낼 수 있었다.

• 당시 힘러는 게슈타포와 친위대 보안방첩부를 통합한 제국보안국(RSHA)의 최고 책임자가 되어 있었다.

위태로운 게임이었다. 그래도 나는 스포츠 정신으로 정정당당하게(독일인들을 상대로 해서도 정정당당하게 하지 않은 적이 없다) 인간으로서 해야 할 도리를 한다는 확신을 갖게 됐다. 그것이 기독교의 이웃사랑이라는 고귀한 전통에도 부합하는 일일뿐더러, 힘러나 프랑크, 그들의 철통같은 감시망을 엿 먹이고 싶은 객기도 없지 않았다. 난 게임을 즐겼고 결국 승리했다. 졌다면 기꺼이 벌을 받았으리라. 하지만 난 이겼고 그것은 오로지 늘 적을 과소평가하는 독일인들이 내가 정해진 룰대로 게임을 할 거라곤 상상도 하지 못했기 때문이었다.

힘러가 떠난 지 이틀 후 프랑크를 다시 만났다. 프로 권투선수 막스 슈멜링•을 위해 마련한 오찬자리에서였다. 장소는 바르샤바 왕궁에서 남쪽으로 이삼 킬로미터 떨어진 벨베데르궁 관저로 피우수트스키 원수가 사망할 때까지 거처로 쓰던 곳이었다. 그날 아침 나는 슬렁슬렁 벨베데르궁으로 향했다. 서글프고 우아한 가을의 쓸쓸함 같은 것이 느껴지는, 르노트르▲ 말년의 제자가 설계한 바로크풍의 정원을 지나 궁 안뜰에 들어서자 독일 깃발들이 나부끼고 독일군 보초들이 곳곳에 서 있었다. 독일인들의 발걸음과 목소리와 몸짓 탓에 기품 있는 고목과 스타니스와프 아우구스트의 화려한 취향에 맞춰 설계한 궁전 건물의 음악적 우아함, 얼어버린 분수대들의 침묵에서 뭔가 경직되고 차갑고 죽어 있는 듯한 느낌이 들었다. 이십여 년 전, 우야즈도브스카 거리 가로수 밑을 어슬렁거리거나 라지엔키 거리를 지나며 나뭇가지들 사이로 멀리 벨베데르궁의 흰 벽을 보았고, 그 대리석 계단, 아폴론과 디아나 신상, 건물에 붙인 흰 장식 석고상이 마치 살아 있는 발그레한 살덩이라 해도 과언이 아닌, 여린 재료로 만들어진 것같이 느껴졌었다. 그러나 지금은 정반대였다. 벨베데르궁에 들어선 순간 모든 게 차고 딱딱하고 죽어 있는 듯했다. 한때 뤌

• 1930~32년 세계 헤비급 챔피언. 미국의 흑인 복서 조 루이스를 꺾어 아리안족 영웅으로 선전됐다.
▲ 1613~1700. 루이 14세의 베르사유궁 정원을 설계한 궁정 조경사.

리와 라모■의 바이올린과 하프시코드가 울려퍼지고 쇼팽의 고상하고 애잔한 애가가 흘러넘쳤을, 맑고 차디찬 빛이 넘치는 대형 홀에서 지금은 독일인의 음성과 웃음만 들려왔다. 나는 홀 끝에 이르자 어디로 가야 할지 고민스러웠다. 바로 그때 나를 부르는 프랑크의 목소리가 들렸다. 그는 특유의 오만하면서도 다정한 태도로 나를 맞이했다. 그자가 이렇게 친근하게 나올 때마다 나는 놀랍고 당혹스러웠다.

"놈을 단번에 케이오시키겠어. 자네가 증인이 될 거야, 슈멜링." 프랑크가 손에 사냥칼을 움켜쥐고 말했다.

그날 폴란드 총독 주재로 바르샤바 벨베데르궁에서 열린 만찬의 주빈은 내가 아니었다. 유명한 프로 권투선수 막스 슈멜링이었다. 그가 있어서 다른 손님들의 관심이 나한테서 멀어진 게 고마웠다. 그 덕분에 나는 달콤한 과거의 추억에 잠기면서 1920년 새해 첫날의 일을 되새겨볼 수 있었다. 그때 나는 처음으로 이 방에 들어와 외교사절이 전통에 따라 국가수반 피우수트스키 원수★를 예방하는 자리에 함께했다. 늙은 원수는 초승달 모양으로 휜 오래된 장검 칼자루를 짚고 방 한가운데에 묵묵히 서 있었다. 가죽 칼집에는 정교하게 은세공이 돼 있었다. 그의 창백한 얼굴에는 굵은 핏줄들이 드러나 보였는데 마치 무슨 상처 같았다. 소비에스키♠ 스타일의 긴 콧수염에 이마는 넓고 머리는 짧게 깎았다. 이십여 성상이 흘렀건만 늙은 원수는 여전히 내 앞에 서 있었다. 그리고 바로 그 자리에 지금은 테이블이 있고, 그 위에 막 꼬챙이에서 빼내어 김이 모락모락 피어오르는 사슴고기가 놓여 있었다. 프랑크는 크게 웃으면서 기다란 사냥칼을 사슴고기에 푹 찔러넣었다.

막스 슈멜링은 프랑크 부인 오른편에 앉아 있었다. 그는 어색한 듯 고

■ 프랑스의 궁정 작곡가들로, 륄리(1632~87)의 후임이 라모(1683~1764)였다.

★ 1867~1935. 폴란드의 독재자. 1926년 쿠데타로 정권을 장악, 34년 히틀러와 동맹을 맺는다.

♠ 1629~96. '레흐스탄의 사자'로 불리던 폴란드 왕. 얀 3세 소비에스키.

개를 숙인 채 눈을 치뜨고 손님들 하나하나를 살피면서도 무슨 생각에 골똘히 빠져 있는 듯했다. 키는 평균을 조금 웃돌고 둥글둥글한 몸매에 어깨는 새우등처럼 굽었고 예절은 우아했다. 빈이나 뉴욕의 고급 양복점에서 맞췄을 회색 플란넬 정장에 감춰진 몸에서 그런 엄청난 힘이 나온다는 것이 상상이 안 갔다. 목소리는 듣기 좋은 저음이었다. 그는 느릿느릿 말하면서 미소를 지었는데, 수줍어서인지 운동선수 특유의 본능적 자신감 때문인지는 잘 알 수가 없었다. 까만 두 눈은 깊고 고요했다. 표정은 진지하고 점잖았다. 특히 두 팔뚝을 테이블에 붙이고 몸을 좀 앞으로 수그린 자세로 전방의 대상을 뚫어져라 응시하는 것이 마치 링에서 상대에게 달려들기 일보 직전의 자세 같았다. 그는 오가는 대화를 귀 기울여 들었지만 별로 깊은 관심을 갖지는 않았다. 그러면서도 흥미롭다는 듯 눈길로 프랑크 쪽을 자주 쳐다봤다. 그럴 때의 그 어렴풋한 미소는 프랑크를 대단히 존중하는 한편으로 좀 우습게 여기는 것처럼 느껴졌다.

슈멜링이 있는 자리여서인지 프랑크는 지금껏 내가 못 봤던 새로운 면모를 과시했다. 우연히 운동선수와 얼굴을 맞대고 앉은 지식인 같은 면모였다. 그는 신이 나 떠들어대면서도 깊이 고개 숙여 헤라클레스의 분신에게 예를 표하고 그 우람한 가슴과 울퉁불퉁한 알통과 거대한 돌주먹을 극구 칭찬했다. 그러나 과도하게 격식을 갖추고 스포츠의 미덕을 극찬하면서도 오만한 자세로 몇 마디씩 툭툭 던짐으로써 실은 지혜의 여신 미네르바의 제단에 향을 피우고 무지막지한 힘보다 역시 지성과 문화가 절대 우위에 있음을 모두에게 분명히 알렸다. 그러나 슈멜링은 전혀 기분 상하거나 화가 난 것 같지 않았다. 그는 놀라움과 호기심을 굳이 감추려들지 않았고 이런 별종은 처음 본다는 표정이었다. 그의 쏘아보는 눈빛과 비아냥거리는 듯한 미소, 프랑크의 질문에 답하는 조심스러운 태도에 어떤 불신 같은 게 배어 있었다. 그는 선수로 이룬 업적과 무관하게 덧씌워진 명성 따위에 연연하지 않는 단호한 태도를 보였다.

프랑크는 슈멜링에게 그리스의 크레타 섬에서 작전할 당시 입은 상처에 대해 물었다. 그 위험하고도 영웅적인 작전에서 슈멜링은 독일 공군 소속 공수부대원으로 참전한 바 있었다. 프랑크는 나를 돌아보며 슈멜링이 들것에 실려 가자 크레타 섬의 영국군 포로들이 허공에 주먹을 휘두르며 "잘 가, 막스!" 하고 야유를 보냈다는 얘기를 해주었다.

"들것에 누워 있었지만 부상을 당한 건 아니었습니다." 슈멜링이 말했다. "무릎에 총을 맞았다는 루머는 사실이 아니었어요. 파울 요제프 괴벨스(1897~1945)가 선전용으로 퍼뜨린 얘기였지요. 심지어 내가 죽었다는 말까지 나왔습니다. 진실은 간단합니다. 위경련이 왔던 거예요." 그러고는 이렇게 덧붙였다. "솔직하고 싶습니다. 그때는 복통이었어요."

"영웅적인 군인도 배가 아플 수 있는 거지. 쪽팔릴 일은 아니야." 프랑크가 말했다.

"복통이 쪽팔린다고 생각해본 적은 없어요." 슈멜링이 슬며시 웃으며 말했다. "감기에 걸린 것일 뿐, 배가 아픈 게 두려움 때문은 아니었습니다. 하지만 '복통'이라는 말이 전쟁과 관련해 언급되면 누구나 두려워 그렇다고 생각하지요."

"당신을 두려움과 연결시킬 사람은 아무도 없어요." 프랑크는 이렇게 말하더니 날 보며 다시 말했다. "슈멜링은 크레타 섬에서 정말 영웅적으로 행동했어. 본인은 이런 얘기 듣고 싶어하지 않겠지만 이 친구는 정말 영웅이야."

"저는 영웅이 아닙니다." 슈멜링이 미소 지으며 말했다. 약간 짜증스러워하는 게 느껴졌다. "싸워볼 기회도 없었어요. 사십오 미터 상공에서 항공기에서 뛰어내렸는데 덤불에 걸려 매달려 있는 순간 극심한 복통이 왔어요. 부상 관련 기사를 읽고 중립국 기자가 와서 인터뷰할 때 그런 소문을 바로 부인했지요. 그 기자한테 그냥 위경련이 왔을 뿐이라고 밝혔어요. 괴벨스는 내가 부상 사실을 부인한 것을 용서하지 않았어요. 심지어 패배주의자로 군사법원에 회부하겠다고 으름장을 놓았지요. 독일이 전쟁에서 지면 괴벨스는 날 총으로 쏴 죽일 거예요."

"독일은 지지 않아." 프랑크가 단호하게 말했다.

"나튀얼리히. 독일의 쿨투어(문화)는 복통 따위는 앓지 않으니까요." 슈멜링이 말했다.

우리는 모두 조심스럽게 웃었다. 프랑크도 마지못해 입술을 비틀어 관대한 미소를 지어보였다.

"이 전쟁에서 독일 쿨투어는 고귀한 인물을 많이 잃었소." 프랑크 총독이 근엄한 목소리로 말했다.

"전쟁은 가장 고귀한 스포츠지요." 슈멜링이 말했다.

나는 그에게 권투경기를 하러 바르샤바에 왔느냐고 물었다.

"여기 온 건, 독일 정규군과 친위대 대표들 간에 일련의 경기를 주선하고 조직하려고입니다. 폴란드에서 처음 열리는 대단한 스포츠 행사가 될 겁니다."

나는 어떤 의미에서 정치적 이벤트가 될 것이라고 말했다.

"어떤 의미에서는……" 슈멜링이 웃으며 공감을 표했다.

프랑크는 농담의 의미를 알아챘고 얼굴에는 흡족한 미소가 번졌다. 그는 방금 친위대장과의 결투에서 승리를 거두었고, 따라서 힘러와 다툰 내력을 굳이 감추려고 하지 않았다.

"나는 무지막지한 폭력의 편이 아닙니다. 힘러는 내게 폴란드에서 질서와 정의를 지탱하려면 폭력이란 수단을 사용해야 한다는 확신을 주지 못했어요."

"힘러는 유머 감각이 부족하지요." 내가 말했다.

"독일은……" 프랑크가 대꾸했다. "전 세계에서 정치인의 유머 감각이 중요하지 않은 유일한 나라지요. 하지만 폴란드는 좀 달라."

나는 프랑크에게 미소 지으며 말했다. "폴란드 국민들은 총독님의 유머 감각에 감사해야 할 겁니다."

"당연히 감사할 거요. 힘러가 정의와 질서를 추구하는 내 정책을 폭력으로 뒷받침하겠다는 생각만 하지 않았더라면 좋았을 텐데……" 그는 내게 당시 바르샤바에 떠돌던 소문에 대해 이야기하기 시작했다. 힘러가 폴란드를 뜨기 직전 폴란드 지식인 백오십 명의 총살을 명했다는 이야기였다. 프랑크는 그 사실을 알지 못했고 나중에 항의했지만 소용없었다. 프랑크는 내 앞에서 그런 학살극에 자신은 책임이 전혀 없다는 점을 분명히 하고 싶었던 듯하다. 프랑크는 그런 사실을 힘러 본인한테 직접 들었다고 말했다. 이미 총살이 집행된 상태에서 힘러가 베를린행 비행기에 오르기 직전에 이야기해줬다는 것이다. "물론, 나는 최대한 강력하게 항의했지. 하지만 너무 늦었어."

"힘러는 아마 웃었을 겁니다." 내가 말했다. "총독님의 항의는 힘러처럼 유머 감각이 없는 사람에게 우스꽝스럽게 보였을 테니까요. 어쨌든 총독님도 공항에서 힘러를 떠나보내면서 흐뭇하게 웃었겠지요. 그 소식을 듣고 기분이 좋아졌을 테니까."

프랑크는 놀라움과 불편함이 담긴 눈길로 나를 응시했다. "내가 웃은 건 어찌 알았소? 웃은 건 사실이지."

"바르샤바 사람들 모두가 압니다." 내가 대꾸했다. "다들 그 이야기를 하고 있고요."

"아흐 조!" 프랑크가 큰소리로 말하며 위를 올려다봤다.

나도 위를 쳐다보며 웃었다. 그 순간 흠칫 놀라지 않을 수 없었다. 위대한 베네치아 대가의 제자인 18세기 이탈리아 화가의 프레스코화 〈비너스의 승리〉가 있던 천장에 연한 자줏빛 등나무 정자 그림이 걸려 있었다. 1900년 '모더니스트들'로부터 시작된, 장식 많고 세밀한 리얼리즘 스타일의 그림이었다. 이 양식은 빈과 뮌헨의 장식을 중시하는 유파를 거쳐 제3제국의 관용(官用) 스타일에서 최고조에 이른다.

이런 말 하기는 끔찍스럽지만 등나무 정자는 실물 같았다. 가는 줄기들이 뱀처럼 스멀스멀 벽을 타고 올리기다 길게 꼬인 덩굴손으로 이어지면서 우리 머리 바로 위에서 얽히고설킨 모습을 드러냈다. 구불구불한 가지들에는 잎사귀와 꽃송이가 매달려 있고, 주변에는 작은 새들과 다채로운 색깔의 통통한 나비, 거대한 털북숭이 금파리들이 퍼덕거리는 것이 화가 포르투니(1838~74)가 둥근 천장에 그려놓은 티 한 점 없는 푸른 하늘에 온통 격자를 쳐놓은 것 같았다. 내 눈길은 등나무 줄기를 따라 천천히 내려가다 가지에서 가지로 옮겨가 나중에는 벽에 일렬로 빽빽하게 늘어선 가구에 머물렀다. 검고 육중한 네덜란드식 가구들 위로 들판과 바닷가 풍경이 담긴 델프트산 접시들, 탑과 바닷새를 그린 네덜란드 동인도회사의 빨간 기념품용 접시들이 걸려 있었다. 높다랗게 솟아 있는 근엄한 느낌을 주는 '옛날 바이에른식' 찬장 위에 플랑드르 스타일의 정물화 몇 점이 걸려 있었다. 물고기와 과일을 담은 큰 은제 식기와 다채로운 사냥감을 놓고 사냥개들이 킁킁거리는 장면을 담은 그림이었다. 커다란 창문에 전형적인 작센 지방의, 천박할 정도로 허연 인조견에 새와 꽃이 어우러진 문양을 수놓은 커튼이 드리워져 있었다.

슈멜링은 나와 눈이 마주치자 슬며시 웃었다. 좁은 이마에 힘이 장사인 권투선수가 등나무 정자와 가구, 벽걸이 그림과 커튼 같은 데서 엽기성과 끔찍함을 느낀다는 게 놀라웠다. 응접실에는 빈 스타일의 우아한 석고상, 이탈리아풍의 프레스코화, 프랑스 가구, 거대한 베네치아풍 샹들리에 등 옛 벨베데르궁의 품위를 느낄 수 있는 건 하나도 없었다. 과거의 조화미와 18세기의 우아함을 증언하는 것은 문과 창문의 모양과 건물의 골격뿐이었다.

내가 여기저기 두리번거리며 어떤 대상을 응시하기도 하고 놀라는 표정을 짓기도 하는 동안 브리기테 프랑크 부인은 계속 나를 주시했다. 내가 응접실의 각종 장식에 감탄하고 있다고 착각한 게 분명하다. 그녀는 내게 몸을 숙이며 자랑스러운 미소를 지으면서 독일 장식가들의 작업을 본인이 직접 감독했다고 말했다. 사실을 말하면 그녀는 유서 깊은 벨베데르궁을 환골탈태시킨 사람들에 대해 '장식가'가 아니라 '예술가'라는 거창한 표현을 썼다. 그녀가 특히 자랑스럽게 생각하는 것처럼 보이는 등나무 정자는 베를린의 유명한 여성 화가 작품이었다. 하지만 정자를 그리자는 안(案)을 처음 낸 사람은 자신이라는 점을 프랑크 부인은 강조했다. 정치적인 이유로 애당초 폴란드 화가를 쓸까 하다 그 생각은 접고 말았다는 것이다. "폴란드인이 예술에 대한 종교적 감수성이 부족하다는 건 숨길 수 없는 사실이거든요. 그건 우리 독일의 유산이지요."

예술에 대한 종교적 감수성이라는 말을 빌미로 프랑크는 다시 폴란드 미술에 대해 장광설을 늘어놓았다. 폴란드인의 종교적 태도에 대해, 그리고 본인이 폴란드인들의 우상숭배라고 지칭하는 것에 대해서도.

"폴란드인은 우상숭배 경향이 있을 겁니다" 슈멜링이 말했다. "하지만 신에 대해 아이처럼 순수한 관념을 가지고 있는 것 같더군요." 이어 슈멜링은 어젯밤 군 권투선수들이 훈련하는 걸 좀 봤는데 한 작고 늙은 폴란드인이 링 바닥에 톱밥을 뿌리면서 이렇게 말하더라고 했다. "우리 주님에게 당신 같은 주먹이 있었다면 십자가에 매달려 돌아가시는 일은 절대 없었을 겁니다."

이 말에 프랑크가 웃으며 예수 그리스도에게 슈멜링 같은 주먹, 독일인의 진짜 주먹이 있었다면 세상이 더 좋아졌을 거라고 말했다.

"어떤 의미에서……" 내가 말했다. "예수에게 진짜 독일인의 주먹이 있었다면 힘러와 다르지 않았을 겁니다."

"아흐, 분더바!" 프랑크가 크게 소리쳤다. 다들 따라 웃었다. "주먹은 고사하고……" 프랑크가 다시 하던 말을 잇자 왁자지껄한 소리들이 쏙 들어갔다. "예수 그리스도가 독일인이었다면 세상은 지금 영광이 통치하고 있겠지요."

"저라면 연민이 통치하고 있을 거라 말하고 싶군요." 내가 맞받았다.

프랑크가 폭소를 터뜨렸다. "그 버릇 또 나오셨군! 예수 그리스도도 여자라는 얘기를 하시려는 거요?"

"여자들이 들으면 좋아할 얘기네요." 배히터 부인이 우아한 미소를 지으며 말했다.

"폴란드인들은……" 바르샤바 총독 피셔가 말했다. "예수 그리스도가

늘 자기네 편이라 확신하고 있지요. 정치 문제에서도 그렇습니다. 예수가 자기네를 다른 민족보다, 심지어 독일민족보다 더 사랑한다고 생각하지요. 그들의 종교와 정치의 바탕을 이루는 게 그런 유치한 관념입니다."

"주님으로선 고마운 이야기네." 프랑크가 껄껄 웃으며 말했다. "하지만 예수 그리스도도 분별이 있어서 폴니셰 비르트샤프트(폴란드 문제)에는 끼어들지 않을 거야. 골치만 아파지거든."

"그런 신성모독을 함부로 해도 되나요?" 배히터 부인이 프랑크에게 손가락질을 하며 빈 스타일의 달콤한 억양으로 꾸짖듯 말했다.

"다신 안 그러겠습니다." 프랑크가 선생님한테 잘못을 지적당한 아이 같은 표정으로 답했다. 그러곤 낄낄 웃으며 덧붙였다. "예수 그리스도에게 슈멜링 같은 주먹이 있는 줄 알았으면 그분 얘기 함부로 안 했지."

"예수 그리스도가 권투선수였으면……" 배히터 부인이 다시 말했다. "총독님은 벌써 케이오가 됐을 거예요."

우리 모두가 웃음을 터트렸다. 프랑크는 배히터 부인에게 정중하게 절하며 예수 그리스도가 어떤 펀치로 자신을 케이오시켰을 것 같으냐고 물었다.

"슈멜링 씨가 답하는 게 낫겠네요." 배히터 부인이 대꾸했다.

"답은 어렵지 않습니다." 슈멜링이 프랑크의 얼굴을 자세히 뜯어보더니 가격할 지점을 찾았다는 듯이 말했다. "어떻게 쳐도 케이오될 겁니다. 총독님은 머리가 약하거든요."

"내 머리가 약하다고?" 프랑크가 얼굴을 붉히며 소리쳤다. 화가 나지 않은 척하며 손으로 얼굴을 어루만졌다. 하지만 화난 티가 역력했다. 모두 한껏 웃었다. 배히터 부인은 어찌나 웃었는지 눈물이 나 계속 눈을 비볐다. 프랑크 부인만이 남편을 편들고 나섰다. 그녀는 날 보며 말했다. "총독님은 폴란드 신부들에게 아주 잘해주신답니다. 폴란드 종교의 진정한 수호자시지요."

"아, 그래요?" 나는 매우 놀랍고 다행스럽다는 표정으로 되물었다.

"폴란드 신부들은……" 프랑크가 이때다 하고 나서서 화제를 돌렸다. "처음에는 날 안 좋아했지. 나로서도 신부들을 못마땅해할 이유가 많았고. 하지만 최근 소련 돌아가는 사정을 보면서 신부들도 내 편이 되었어요. 왜 그런지 아시오? 러시아가 독일을 이기는 게 겁이 난 거야. 하하하! 제어 아뮈잔트, 니히트 바?—아주 재미있지, 안 그렇소?"

"야, 제어 아뮈잔트." 내가 대꾸했다.

"지금은 나와 폴란드 성직자들 간에 완벽한 공감대가 형성돼 있지." 프랑크 총독이 그렇게 강조하며 장광설을 쏟았다. "……하지만 폴란드 종교정책의 기본 노선은 조금도 바뀌지 않았고 바뀌지도 않을 거요. 이런 나라에서 존경을 받으려면 일관성이 있어야 하거든. 나는 늘 일관되게 했고 앞으로도 그럴 거요. 폴란드 귀족들? 그런 건 안중에 없어. 그들과 접촉도 일절 없고. 나는 폴란드 귀족들 집은 문턱에도 안 가봤소. 그들도 내 집에 온 적 없고. 그들은 그냥 노름이나 하고 대저택에서 맘대로 춤이나 추라고 내버려뒀지. 그들은 노름하다가 빚쟁이가 되고 춤을 추다가 파멸을 하는 줄도 몰라. 가끔 눈을 뜨고 스스로 파멸을 초래했다는 걸 깨닫고는 나라의 불행에 눈물을 흘리며, 프랑스어로 잔인한 독재자니 폴란드의 적이니 하며 나를 비난해대지. 그러다가는 다시 웃고 또 노름하고 또 춤추고 그래. 중산층? 부유한 중산층은 대부분 1939년에 폴란드 망명정부와 외국으로 도망쳤어. 그들 재산은 지금 독일 관리들이 주무르지. 남은 중산층들은 정상적인 직업활동을 못해서 치명적인 타격을 입고 간신히 연명하고 있지. 저항이라 해봐야 웃기지도 않는 불평불만과 말뿐인 음모 나부랭이가 다야. 난 기분에 따라 뒤에서 조였다 늦췄다 하지. 폴란드인은 전부 타고난 음모꾼이야. 특히 지식인이 그래. 음모를 꾸미는 게 근본적인 그들의 열정이거든. 폴란드의 폐허에서 그들에게 유일하게 위안이 되는 건 그런 못 말리는 열정을 분출할 기회가 그래도 있다는 거지. 하지만 난 넓고 깊게 촉수를 뻗치고 있고 그걸 어떻게 활용해야 하는지도 알고 있소. 힘러는 짧아. 그저 쏴갈기고 강제수용소에 처넣을 궁리만 하지. 그 친구도 실은 폴란드인이 죽음도 투옥도 두려워하지 않는다는 걸 알고 있지 않을까? 교육기관이 정치 음모의 온상이지. 이미 다 폐쇄해버렸어. 도대체 쿨투어가 없는 나라에 고등학교와 대학이 무슨 소용이겠나?

그다음이 프롤레타리아야. 농민들은 암시장 덕에 돈 좀 만지지. 돈 좀 만지게 내버려두고 있어. 왜냐? 암시장은 중산층을 피 흘리게 하고 산업 프롤레타리아를 굶겨죽이거든. 농민과 노동자의 연대도 불가능해지지. 노동자들은 기술자들 지도하에 군말 없이 뼈 빠지게 일만 하는 거야. 폴란드공화국이 붕괴됐을 때 기술자들은 달아나지 않았어. 기계와 일터를 떠나지 않았지. 있던 자리에 그대로 남았어. 기술자와 노동자도 우리의 적이지만 그래도 존중해줘야 할 적이야. 음모를 꾸미진 않거든. 그들은 일을 하지. 그런 행동이 우리에게 대항하려는 큰 계획의 일부일 수는 있겠지. 소련에서 인쇄해 폴란드로 밀반입한 공산주의자들의 선전용 전단이 광산, 공장, 조선소 같은 곳에 돌아다녀요. 폴란드 노동자와 기술자에게 태업을 하거나 생산량을 일부러 떨어뜨리는 짓은 삼가고 열심히 일하라고 촉구하는 내용이야. 그래야 게슈타포에게 노동계급에 대해 보복할 빌미를 주지 않는다는 거지. 분명한 건, 노동자들이 힘러에게 분쇄되지 않는다면, 공동묘지에 널브러지거나 강제수용소에 끌려가지 않는다면 전쟁이 끝난 뒤에 권력을 잡을 수 있는 유일한 계급이 될 거라는 거지. 물론 전제는 독일이 패전한다는 거야. 독일이 승전해도 역시 혼자 힘으로 설 수 있는 유일한 계급, 즉 노동계급에게 의존하지 않을 수 없겠지. 폴란드 중산층은 내가 그런 전단을 만든 장본인이라고 비난해. 중상모략이야. 그런 전단들을 만든 건 내가 아니야. 하지만 배포를 용인하고 있는 건 나지. 우리의 주 관심사는 폴란드의 산업생산을 전쟁 수요에 맞추는 거야. 우리의 목표를 달성할 수 있다면 공산주의 선전물이라고 이용하지 못할 게 뭐 있나? 노동계급의 파괴를 막기 위해 우리의 전쟁물자 생산에 손상을 주지 말라고 촉구하는 선전물이란 말이야. 전 유럽에서 독일의 이해와 소련의 이해는 양립 불가능해. 단 하나, 양쪽이 동의하는 지점이 있지. 노동계급의 생산효율을 극대화해야 한다. 독일이 러시아를 박살내든 러시아가 독일을 박살내든, 결판이 날 때까지는 그렇지.

자 이제, 유대인이 남았군. 게토 안에서 그들은 무한대의 자유를 누리고 있어요. 난 단 한 놈도 처형하지 않았어. 귀족이 도박으로 파산하건 흥청대건 그냥 내버려두지. 중산층은 음모를 꾸미고, 농민은 돈을 만지고, 노동자와 기술자는 일을 하게 내버려두는 거야. 아예 한쪽 눈은 감고 있는 때도 많아."

"한쪽 눈을 감는 건……" 내가 끼어들었다. "총을 조준할 때 하는 건데요."

"그럴 수도 있겠지요. 하지만 내 말 중간에 잘라먹지 마시오." 프랑크가 잠시 머뭇거리더니 '연설'을 계속했다. "폴란드 민족의 진정한 조국, 그들의 진짜 제스포스폴리타 폴스카(폴란드공화국)는 가톨릭이야. 그것이 이 불행한 민족에게 남은 유일한 조국이지. 나는 가톨릭을 존중하고 보호하고 있어요. 처음에는 성직자들과 불화할 부분이 아주 많았어. 하지만 이젠 상황이 바뀌었지. 최근 소련에서 전세(戰勢)가 이상하게 돌아가면서 폴란드 신부들이 독일의 폴란드 점령정책에 대한 입장을 바꿨지. 그들은 우리를 돕지는 않지만 우리와 싸우지도 않아. 독일군이 모스크바 성벽 앞에서 무너졌지. 히틀러는 러시아를 분쇄하는 데 성공하지 못했어. 아니, 아직 못했다고 해야겠지. 폴란드 가톨릭 지도자들은 독일보다 러시아를 더 두려워해. 나치보다 공산당이 더 무서운 거지. 그게 맞을지도 몰라. 보시다시피 나는 선생에게 아주 솔직하게 말하고 있소. 내가 폴란드인들의 그리스도 앞에서 절을 한다고 말해도 그것 역시 진실이야. 귀하는 내가 그분 앞에서 절을 하는 건 그분이 무방비 상태이기 때문이라고 반론을 제기하겠지. 하지만 난 폴란드인들의 그리스도가 기관총으로 무장을 하고 있어도 절을 할 겁니다. 왜냐하면 독일의 이해관계가, 그리고 독일 가톨릭교도로서 나 자신의 양심이 그렇게 명하기 때문이지.

폴란드 성직자들이 날 비난하는 유일한 건더기는 '쳉스토호바의 검은 성모 마리아' 순례를 금했다는 건데. 하지만 그건 내 권한이야. 독일군의 폴란드 점령에 큰 위험이 될 수 있거든. 수십만의 광신자들이 그 수도원 주변에 시도 때도 없이 몰려드는데, 그걸 놔뒀다간 큰일나지. 매년 이백만 가까운 신자가 검은 성모 마리아가 있는 쳉스토호바 수도원을 찾았어. 그래서 순례를 금지했지. 검은 성모 마리아의 공개전시도 금했고. 그 외에는 우리 총통 각하와 나 자신의 양심에 대해서만 답할 문제지."

프랑크는 갑자기 말을 끊고 주변을 둘러봤다. 숨 한 번 안 쉬고 성난 열변을 토했던 터다. 우리는 입을 다물고 그를 쳐다보았다. 프랑크 부인은 깊은 감동을 받았는지 눈물을 흘리며 미소 지었다. 배히터 부인, 피셔 부인도 감동을 받아 땀에 젖은 총독의 얼굴에서 눈을 떼지 않았다. 그런 침묵을 참기 어려워 나는 슬쩍 헛기침을 했다. 손수건으로 이마를 닦던 프랑크가 고개를 돌려 한참 날 뚫어져라 쳐다보더니 씩 웃으며 물었다.

"쳉스토호바에 다녀오셨다고?"

내가 쳉스토호바에 다녀온 건 며칠 전이었다. 사도 바울파 수사들의 손님 자격으로 그 유명한 검은 성모 마리아 수도원을 방문했다. 멘데라 신부의 안내로 과거 묘지로 썼던 지하실로 향했다. 폴란드에서 가장 성스럽다는 검은 성모 마리아 상을 보관하고 있는 곳이었다. 성상(聖像)은 비잔틴 양식의 은제 액자에 들어 있었다. '검은 성모 마리아'라고 하는 이유는 17세기 스웨덴군이 쳉스토호바를 점령했을 때 성상에 불을 놓는 바람에 시커멓게 그을렸기 때문이라고 한다. 힘러의 가까운 친척인 쳉스토호바 수비대장은 수도사들이 특히 두려워하고 증오하는 인물이었다. 그런 그가 극히 예외적으로 내게 검은 성모 마리아 상을 볼 수 있게 해준 것이다. 그 신성한 그림이 신자의 눈에 모습을 드러낸 것은 독일군의 폴란드 점령 이후 처음이었다. 수도사들도 예상치 못한 사태에 기쁨과 놀라움을 감추지 못했다.

우리는 교회를 가로질러 지하실로 내려갔다. 교회에서 무릎을 꿇고 기도하고 있던 일단의 농민들이 우리가 지나가는 걸 보고 따라왔다. 쳉스토호바 수비대장 휘하의 나치 감시관 두 명, 귄터 락시와 프리츠 그리샤머와 늘 나를 따라다니는 친위대원 둘이 문 앞에 멈춰 섰다. 귄터 락시가 멘데라 신부에게 신호를 하자 신부는 불안한 눈빛으로 나를 쳐다보며 이탈리아어로 "농민들이……" 하고 말했다. 나는 독일어로 크게 "농민들은 거기 있으시오" 하고 말했다. 그때 키가 작고 마른 몸집에 주름이 자글자글한 수도원장이 들어왔다. 원장은 울다가 웃는 짬짬이 커다란 녹색 손수건에 코를 팽 하고 풀었다.

어둠침침한 지하실에서 금과 은, 최고급 대리석이 은은하게 빛났다. 농민들은 제단 앞에 꿇어앉아 수백 년도 더 된 쳉스토호바의 검은 성모 마리아 상을 수호하고 있는 은제 창살문을 바라보았다. 이따금 창살문을 지키고 선 친위대원들의 소총들이 딸그락거리는 소리가 났다.

갑자기 둥둥 북소리가 울리고 팔레스트리나•의 찬가를 연주하는 은제 트럼펫 소리가 나면서 지하실 벽이 흔들렸다. 이어 창살문이 천천히 올라가더니 붉은 촛불에 반짝이는 진주와 귀금속을 목에 두른 검은 성모 마리아가 아기 예수를 두 팔로 안고 있는 모습이 나타났다. 농민들은 바닥에 머리를 조아린 채 엎드려 울고 있었다. 흐느낌을 억누르는 소리, 이마를 대리석 바닥에 찧는 소리가 들렸다. 그들은 조용한 목소리로 동정녀의 이름을 불렀다. "마리아여, 마리아여." 성모 마리아가 가족의 일원이기라도 한 양, 자기들의 어머니이고, 자기들의 누이이고, 자기들의 딸이고, 자기들의 아내이기라도 한 양…… 아니, 어머니를 부르는 것 같지는 않았다. 어머니라면 "마리아여"라고 하지 않고 "마마"라고 했을 것이다. 성모 마리아는 예수의 어머니였다. 그녀는 그들의 어머니가 아니었다. 그녀는 예수의 어머니였고 예수의 어머니일 따름이었다. 그러나 그녀는 그들의 누이이고, 아내이고, 딸이었다. 그래서 그들은 그녀의 이름

• 16세기 이탈리아 교회음악 작곡가.

을 조용히 "마리아여, 마리아여" 하고 불렀다. 창살문 앞에 부동자세로 서 있는 친위대원 둘이 들으면 어쩌나 하고 숨죽여 부르는 듯한 소리였다. 위협적인 북소리와 날카로운 은세 트럼펫 소리에 지하실 사방 벽이 흔들렸다. 대리석 아치형 천장까지 무너져내릴 것 같았다. 농민들은 "마리아여, 마리아여"를 외쳤다. 마치 죽은 사람의 이름을 부르듯 죽음 같은 깊은 잠에 빠진 누이와 아내와 딸을 깨우려는 듯했다. 그들은 "마리아여, 마리아여, 마리아여!" 하고 크게 소리쳤다. 바로 그때, 멘데라 신부가 천천히 주위를 둘러봤다. 그러자 농민들은 입을 다물고 두리번거리다 귄터 락시와 프리츠 그리샤머를, 이어 소총을 든 친위대원 두 명을 쳐다봤다. 그들은 철모를 깊게 눌러쓰고 창살문 앞에 꼼짝 않고 서 있었다. 농민들은 그들을 바라보며 울었다. 조용히 흐느꼈다. 지하실의 돌 틈 사이로 북소리가 깊이 번져가고 트럼펫 소리는 대리석 천장 아래에서 더더욱 높아졌다. 그사이 창살문이 천천히 내려오고 검은 성모 마리아는 보석과 금박의 어슴푸레한 빛을 남긴 채 사라져갔다. 농민들은 나를 쳐다봤다. 눈물로 범벅이 된 그들의 얼굴에는 미소가 번지고 있었다.

바로 그런 미소가 반짝이는 것을, 난 크라쿠프 인근 비엘리치카 암염 광산 광부들의 입술에서 본 적 있다. 암염 덩어리를 깎아 만든 동굴 속은 컴컴했다. 창백한 얼굴의 노동자들이 기아와 불안에 시달린 표정으로 갑자기 내 앞에 모습을 드러냈다. 뿌연 횃불 속에 나타난 유령의 무리 같았다. 내 앞에 작은 바로크풍 교회가 모습을 드러냈다. 이 역시 17세기 말 비엘리치카 광부들이 곡괭이와 끌로 암염을 깎아 만든 것이었다. 예수 그리스도와 성모 마리아와 성인들의 상도 암염을 깎아 만든 것이었다. 암염으로 만든 제단 앞에 무릎 꿇고 있거나 손에 가죽모자를 들고 교회 문 앞에 무리지어 선 광부들도 암염으로 깎은 조각상 같아 보였다. 그들은 날 보며 말없는 눈물로 미소 짓고 있었다.

"쳉스토호바 수도원에서……" 프랑크가 내게 답할 기회도 주지 않고 곧장 말을 이었다. "선생은 북소리와 은제 트럼펫의 고함 소리를 들으면서 폴란드의 목소리를 들었다고 생각하셨겠지. 아니, 폴란드는 말이 없소. 그 무한한, 얼어붙은 폴란드의 적막은 우리의 목소리보다 크지. 우리의 외침, 우리의 총소리보다 커. 폴란드 인민과 맞서 싸운다는 건 허망한 일이오. 시체랑 싸우는 거나 마찬가지지. 그래도 폴란드 민족은 살아 있다, 피가 고동친다, 가슴에 증오가 솟고, 우리보다 강하다는 느낌이 들지. 살아 있는 시체랑 싸우는 느낌이란 말이야. 그래, 살아 있는 시체랑…… 하하하! 마인 리버 슈멜링—친애하는 슈멜링 선생, 살아 있는 시체랑 싸워본 적 있소?"

"아니요, 없습니다." 슈멜링이 프랑크를 보며 놀란 목소리로 답했다.

"그럼, 리버 말라파르테—친애하는 말라파르테 선생은?"

"시체랑 싸워본 적은 없습니다." 내가 대답했다. "하지만 산 자와 죽은 자의 싸움을 목격한 적은 있지요."

"그게 가능하오?" 프랑크가 큰소리로 물었다. "어디서요?"

모두의 눈길이 내게 쏠렸다.

"포두 일라이에이."

"포두 일라이에이? 포두 일라이에이가 어디야?"

·

포두 일라이에이는 루마니아 동북단 러시아 우크라이나 접경 베사라비아의 소도시로 몰다비아 야시에서 삼십이 킬로미터밖에 떨어지지 않은 곳이다. 한낮에 기관차 소리가 들리면 나는 포두 일라이에이가 떠오른다. 허연 먼지구름이 피어오른 파란 하늘 아래 먼지 무성한 계곡에 자리잡은 먼지 무성한 동네다. 주변의 좁다란 계곡은 낮은 언덕에 둘러싸여 있고, 언덕에는 그저 아카시아나무가 몇 그루씩 군데군데 자라고 포도나무와 밀밭이 좀 있는 정도였다.

뜨거운 바람이 불었다. 고양이 혓바닥처럼 서칠거칠한 바람이었다. 밀밭은 이미 수확을 끝내서 그루터기들만이 끈적끈적하고 무거운 햇빛에 누런 모습을 드러내고 있었다. 먼지구름이 피어올랐다. 때는 1941년 6월 말. 야시에서 무지막지한 유대인 박해가 있은 지 며칠 뒤였다. 나는 포두 일라이에이를 향해 차를 몰고 있었다. 다들 '후작님'이라 부르는 야시 주재 이탈리아 영사 사르토리와 '바보 같은 파시스트' 리노 펠레그리니도 같이 타고 있었다. 젊은 아내와 이탈리아에서 온 펠레그리니는 야시에서 허니문을 즐기는 한편으로 본국의 무솔리니 신문들에 '빨간 개' 안토네스쿠 원수와 미하이 안토네스쿠 부총리, 루마니아 국민을 도탄에 빠뜨린 그 잔혹한 하수인들을 극찬하는 기사를 작성해 보내고 있었다. 그는 몰다비아 하늘 밑을 걷는 사람들 중 가장 미남인 청년이었다. 트란실바니아알프스산맥•에서 다뉴브 강 하구까지 그가 가는 곳마다 여자들이 열광했다. 창문 밖으로 고개를 내밀고 구경을 하기도 하고 가게 문까지 몰려나와 그가 지나는 모습을 보기도 했다. 여자들 입에선 탄성이 흘러나왔다. "와, 프루모아소! 프루모아소!—멋지다! 멋져!"

하지만 그 친구는 '바보 같은 파시스트'였다. 물론 내가 그를 좀 질투한다는 것, 그리고 그가 그렇게 미남이 아니고 파시스트도 아니었다면 더 좋았을 것이라는 점은 말할 필요도 없다. 난 속으로 그를 우습게 봤다. 적어도 그가 야시 경찰서장 면전에서 "비열한 살인자!"라고 외치는 것을 보기 전까지는 그랬다. 펠레그리니는 야시에서, 소련 비행기에서 폭탄이 투하되는 그곳에서 허니문을 보내고 있었다. 밤이면 아내와 아다포스트에 들어가 숨었다. 무덤이 즐비한 공동묘지 한복판에 파놓은 방공호 말이다. 지금 우리 셋은 포두 일라이에이로 가고 있다. 이탈리아 영사관이 세든 건물의 소유주를 찾기 위해서. 건물 주인은 유대계 변호사로 점잖은 사람이었다. 경찰은 영사관 정원에서 그를 개머리판으로 개 패듯이 팬 뒤 어디론가 끌고 갔다. 초주검이 된 채로. 아마도 다른 데 가서 끝장을 내려는 것이었을 것이다. 그래야 치외법권 지역인 이탈리아 영사관 경내에서 유대인을 때려죽였다는 소리를 듣지 않을 테니까.

• 루마니아 중앙을 동서로 가로지르는 산맥.

날은 뜨거웠다. 차는 곳곳이 깊이 팬 도로를 따라 터덜터덜 전진했다. 건초열(꽃가루 알레르기)이 심한 나는 계속 재채기를 했다. 요란하게 웅웅거리는 파리떼가 구름처럼 우리 뒤를 따라왔다. 사르토리는 손수건을 휘둘러 파리떼를 쫓았다. 땀범벅이 된 얼굴로 그가 말했다. "거참, 이 더위에 시체 하나 찾으러 돌아다닌다는 게 정말 고역이군! 몰다비아에는 수천 구가 널렸는데 말이야! 건초 더미에서 바늘 찾기인 거지."

"거참, 건초 얘기 하지 말라니깐, 사르토리!" 내가 다시 재채기를 하며 말했다.

"아, 미안, 미안! 자네, 건초열이 있는 걸 깜빡했네." 사르토리가 동정 어린 눈으로 나를 보며 말했다. 핏발이 선 얼굴에 푸르뎅뎅한 코, 벌겋게 부은 눈꺼풀…… 나는 몰골이 정말 말이 아니었다.

"자넨 시체 찾는 거 좋아하잖아, 사르토리." 내가 말했다. "좋아한다고 솔직히 털어놓으시지. 자넨 나폴리 사람이야. 나폴리 사람들은 시체를 좋아하지? 장례식, 애도, 통곡, 묘지, 뭐 그런 것들 말이야. 죽은 사람 묻는 거 좋아해. 시체 좋아하잖아?"

"놀리지 좀 마, 말라파르테. 이 찜통더위에 시체 찾는 일 안 하고 놀 수도 있어. 하지만 그 불쌍한 부인과 딸한테 약속했잖아. 약속은 꼭 갚아야 할 빚이나 마찬가지야. 그 불쌍한 여자들은 아직도 살아 있을 거라는 희망을 버리지 않고 있어. 과연 아직 살아 있을까, 말라파르테?"

"어떻게 살아 있겠나? 코앞에서 살해당하는데도 자네가 아무 항의도 하지 않고 내버려뒀잖아? 자네가 왜 도살자같이 뚱뚱한지 이제 알겠어. 그게 야시 주재 이탈리아 영사님께서 세련되게 일처리하는 방식이지?"

"그래. 무솔리니가 공정한 인간이라면 나를 대사로 승격시켜줄 거야, 말라파르테."

"외무장관에 임명할걸? 틀림없이 자넨 침대 밑에 시체를 숨겨뒀겠지. 솔직히 말해봐, 사르토리. 침대 밑에서 시체랑 자는 거 좋아하지?"

"아이고 두야!" 사르토리가 손수건으로 땀을 찍어내며 한숨지었다.

우리는 사흘이나 수소문해 그 시체를 찾아 돌아다녔다. 그러다 마지막으로 경찰서장을 찾아가 혹시 그 불쌍한 아저씨가 마지막 순간에 살인자들의 마수를 피해 유치장에 들어와 있는 건 아닌지 알아본 것이다. 경찰서장은 우리를 친절히 맞아주었다. 그의 얼굴은 노랗고 통통했다. 두 눈은 까맣고 털이 많았으며 짙은 눈썹 탓에 누런빛이 돌았다. 나는 눈꺼풀 속에도 털이 나 있는 걸 보고 깜짝 놀랐다. 그건 속눈썹이 아니라 진짜 회색빛 도는 두꺼운 솜털이었다.

"성 스피리돈 병원에는 가봤나요? 아마 거기 있을 겁니다." 잠시 후 경찰서장이 눈을 반쯤 감고 떨떠름하게 말했다.

"아니요, 병원에는 없어요." 사르토리가 예의 차분한 목소리로 답했다.

"확실한가요?" 경찰서장이 회색이 도는 솜털 사이로 사르토리를 빤히 쳐다보며 말했다. "영사관 경내에서 그런 일이 있었다는 게 확실합니까? 내 부하들이 그랬다고요?"

"시체 찾는 것 정도는 도와줄 수 있지 않습니까?" 사르토리가 부드러운 얼굴로 물었다.

"그게요." 경찰서장이 담뱃불을 붙이며 말했다. "이탈리아 영사관 창문에서 도로순찰중인 경찰을 향해 권총 몇 발이 발사된 것 같던데."

"도와주시면 시체 찾는 건 그리 어렵지 않을 겁니다." 사르토리가 역시 부드러운 얼굴로 말했다.

"시체랑 노닥거릴 시간이 없어서요." 경찰서장이 상냥한 미소를 지어 보이며 말했다. "산 사람들 뒤치다꺼리하기도 바쁘거든요."

"다행히 산 사람들은 급속히 수가 줄고 있어요. 그러니 쉴 틈이 좀 날 겁니다."

"정말 좀 쉬어야 돼요." 경찰서장이 허공을 보며 대꾸했다.

"그럼 일을 나눠서 하시죠?" 사르토리가 예의 차분한 목소리로 물었다. "살인자들은 분명 아직 살아 있을 테고, 그들을 추적해서 붙잡느라 정신이 없으실 테니 시체는 제가 찾기로 하지요. 어떻습니까?"

"영사님이 그 신사분 시체를 가져와서 살해당했다는 걸 입증하지 못하면 제가 어떻게 살인자들을 추적할 수 있겠습니까?"

"알겠습니다. 시체를 가져오지요. 여기 서장님 사무실로. 다른 칠천 구의 시신과 함께요. 그럼 그 무더기에서 제가 원하는 시신을 찾게 도와주시겠지요. 됐습니까?" 사르토리는 부드러운 얼굴로 느릿느릿 말했다. 예의 덤덤한 표정은 변함이 없었다. 그러나 나는 나폴리 사람들을 잘 안다. 그 순간, 사르토리가 분노로 떨고 있다는 것을 나는 알고 있었다.

"됐습니다." 경찰서장이 대꾸했다.

그러자 펠레그리니가, 저 '바보 같은 파시스트'가, 벌떡 일어나 두 주먹을 불끈 쥐고 서장에게 소리쳤다.

"이 비열한 살인자, 야비한 겁쟁이 같으니."

나는 깜짝 놀랐다. 질투심 없이 그를 쳐다본 건 그때가 처음이었다. 그 어느 때보다 멋져 보였다. 훤칠한 키에 탄탄한 몸매…… 창백한 얼굴에 콧방울은 벌름거리고 두 눈은 이글거렸다. 서장에게 갑자기 달려드는 바람에 까만 곱슬머리가 이마로 쏟아져내렸다. 그런 그를 보면서 깊은 존경심을 느꼈다. 그는 바보 같은 파시스트지만 야시에서 유대인 박해가 벌어지던 날 밤 수차례 자기 목숨을 돌보지 않고 불행한 유대인들을 구했다. 지금도 경찰서장이 고개 한 번만 까딱하면 바로 그날 밤 길모퉁이에서 쥐도 새도 모르게 갈 수 있는 상황에서 유대인 시체 하나에 목숨을 건 것이다. 나는 지금 당장 무솔리니가 실각해서 펠레그리니를 "바보 같은 파시즘"에 편승했다는 이유로 벌하려는 자가 있다면 결단코 그를 변호하겠다고 다짐했다. 불운한 유대인을 살인자들 손에서 빼내기 위해 목숨을 거는 파시스트라면, 시체 한 구에 목숨을 거는 인간이라면, 모든 문명화된 자유인의 존경을 받아 마땅하다.

경찰서장도 자리에서 일어나 털 난 눈으로 펠레그리니를 노려봤다. 마음 같아서는 배때기를 쏴 죽이고 싶었을 것이다. 사르토리를 쏘고, 펠레그리니를 쏘고, 나까지 쏘고 싶었을 것이다. 하지만 그는 그러지 못했다.

우리는 별볼일없는 루마니아인이 아니었기 때문이다. 우리 셋은 야시의 비참한 유대인이 아니었기 때문이다. 서장은 무솔리니의 복수를 두려워했다. (하하하! 그는 무솔리니의 복수를 두려워했다. 나를 죽여도 무솔리니는 항의조차 안 하리라는 걸 그는 몰랐다. 무솔리니는 번거로운 사태를 원치 않았다. 무솔리니가 모든 사람을, 심지어 야시의 경찰서장까지도 두려워한다는 걸, 서장은 몰랐을까?) 야시의 경찰서장이 무솔리니를 두려워한다고 생각하니 슬며시 웃음이 나왔다.

"왜 웃으시오?" 갑자기 경찰서장이 내게 고개를 돌려 따져 물었다.

"이 양반, 왜 이러지?" 내가 펠레그리니에게 물었다. "내가 왜 웃는지 알고 싶다는 건가? 나는 이 사람 보고 웃고 있어. 사람 보고 웃으면 안 되나?"

"웃으면 안 된다는 법은 없지요." 펠레그리니가 말했다. "하지만 정말 기분 나쁠 겁니다."

"정말이야? 서장 보고 웃는 거야?" 사르토리가 예의 차분한 목소리로 물었다. "미안하지만 말라파르테, 자네가 실수하는 거야. 이분은 아주 신사야. 그에 맞는 대우는 해드려야지."

우리는 조용히 일어나 자리를 떴다. 그런데 문턱을 넘는 순간, 사르토리가 "잠깐" 하더니 이렇게 말했다. "서장한테 작별인사하는 걸 깜빡했네. 다시 가볼까?"

"아니." 내가 대꾸했다. "지역 수비대장한테 가보자고."

수비대장은 우리에게 담배를 권하고는 친절하게 얘기를 듣더니 이렇게 말했다. "포두 일라이에이로 갔을 겁니다."

"포두 일라이에이?" 사르토리가 물었다. "왜요?"

학살극이 일어나고 이틀 뒤 유대인을 가득 실은 기차가 포두 일라이에이로 출발했다는 것이다. 야시에서 삼십이 킬로미터를 더 들어간 마을이었다. 경찰서장은 거기다 집단수용소를 설치하기로 한 상태였다. 문제의 기차는 사흘 전에 출발을 했다니까 한참 전에 도착했을 것이었다.

"포두 일라이에이로 가세." 사르토리가 말했다.

이튿날 아침 우리는 차를 타고 포두 일라이에이로 향했다. 중간에 먼지 풀풀 날리는 들판에 서 있는 작은 역사에 들러 기차에 관한 소식을 알아보았다. 대피선에 세워둔 객차 그늘에 앉은 몇몇 병사들이, 기차는 소 싣는 화차(貨車) 열 량 정도를 달고 이틀 전 이곳에 와서 역사에서 밤을 보냈다고 말해줬다. 봉인된 화차에 갇힌 불행한 사람들은 비명을 지르고 신음하면서 병사들을 향해 창문에 못으로 때려박은 널빤지들을 제발 떼어달라고 애걸복걸했다고 말했다. 화차 한 칸에 유대인 이백 명 정도를 집어넣어서 그 안은 숨을 쉴 수가 없는 지경이었다. 기차는 새벽녘에 포두 일라이에이로 떠났다.

"기차가 포두 일라이에이에 도착하기 전에 따라잡을 수 있을 겁니다." 병사들이 이구동성으로 하는 말이었다.

철로는 계곡을 따라 도로와 나란히 뻗어 있었다. 포두 일라이에이에 거의 다 왔을 때, 먼지 날리는 들판 저편에서 길게 기적 소리가 들려왔다. 우리는 서로를 쳐다보며 흠칫했다. 어디선가 들어본 적 있는 기적 소리 같았다.

"정말 찌네!" 사르토리가 이마의 땀을 닦으며 신음하듯 말했다. 그러나 곧 후회하는 기색이 역력했다. "정말 찌네"라고 말한 게 부끄러웠던 것이다. 사르토리는 소 싣는 화차에 짐짝처럼 처박힌 사람들을 생각했다. 칸마다 이백 명을 쑤셔넣고 물도 없고 공기도 통하지 않았다. 꼼짝 않고 서 있는 나른한 햇빛을 뚫고 멀리 기적이 울렸다. 먼지 자욱한 저 황야에서 울리는 유령의 소리 같았다. 잠시 후 기차가 눈에 잡혔다. 기차는 신호판 옆에 멈추어 기적을 울리며 통과를 기다렸다. 이윽고 기차가 천천히 움직였다. 우리는 기차 옆에 바짝 붙어 따라갔다. 소 싣는 화차와 창문에 못질한 널빤지들이 보였다. 기차는 삼십이 킬로미터를 가는 데 사흘이 걸렸다. 군 수송열차에 통행우선권을 주어야 했기 때문이다. 하기야 급할 것도 없었다. 석 달 후에 포두 일라이에이에 도착했다 해도 늦었다고 할 사람은 아무도 없었을 것이다.

우리가 포두 일라이에이에 도착했을 때 기차는 역사 바로 옆 선로전환 구역에 정차해 있었다. 한낮의 열기에 숨이 턱턱 막혔다. 정오 무렵이었다. 철도 직원들은 밥을 먹으러 나가고 없었다. 기관사와 화부(火夫) 그리고 군 호송요원들이 기차에서 뛰어내리더니 차량 옆 그늘진 땅바닥에 드러누웠다.

"열차 문 당장 열어." 내가 병사들에게 명령했다.

"안 됩니다, 돔눌레 카피탄."

"당장 열라니까!"

"안 됩니다. 차량은 봉인돼 있습니다." 기관사가 말했다. "역장님한테 말씀해보시죠."

역장은 식사중이었다. 처음에는 밥 먹는 중이라며 만나주려고도 하지 않았다. 그러나 사르토리가 이탈리아 영사이고 내가 이탈리아군 돔눌레 카피탄이란 것을 알고 나서 자리에서 일어나 묵직한 펜치를 들고 종종걸음으로 우리를 따라 나왔다. 병사들은 곧 첫번째 화차 미닫이문을 열려 했다. 그러나 나무와 쇠로 된 문은 꿈쩍도 하지 않았다. 안에서 열 명 백 명이 달라붙어 꽉 붙잡고 있고, 죄수들이 문을 못 열게 사력을 다하는 것 같았다. 문이 안 열리자 역장이 고함을 쳤다. "거기, 안에 있는 사람들, 문 열게 좀 도와주시오!" 아무 답도 없었다. 우리는 다함께 붙어 용을 썼다. 화차 손잡이 바로 앞에 선 사르토리가 고갤 들어 손수건으로 땀을 닦는 순간 갑자기 드르륵 하고 문이 열렸다.

안에 있던 죄수들이 사르토리에게 와르르 쏟아졌다. 사르토리는 순식간에 시쳇더미에 파묻히고 말았다. 죽은 자들이 기차에서 탈출하고 있었다. 그들은 우르르 떨어졌다. 쿵쿵 하는 둔탁한 소리와 함께 콘크리트 조각상처럼 떨어졌다. 시쳇더미에 파묻힌 채 거대하고 차디찬 무게에 짜부라진 사르토리는 죽음의 짐에서, 그 얼어붙은 산더미에서 벗어나려 발버둥을 쳤다. 그러나 결국은 시쳇더미 속으로 빨려들어가고 말았다. 거대한 돌사태가 덮친 것 같았다. 죽은 자들은 분노했고 완악했고 바보 같았다. 아녀자들처럼 허영심이 강하고 변덕스러웠다. '죽은 자들은 미쳤다.' 죽은 자의 미움을 받는 산 자에게 화 있을진저. 죽은 자가 사랑하는 산 자에게 화 있을진저. 죽은 자를 모욕하고 그들의 고요를 깨뜨리고 그들의 명예를 손상시키는 산 자에게 화 있을진저. 죽은 자들은 시기심과 복수심에 넘쳤다. 그들은 아무도 두려워하지 않는다. 그들은 아무것도 두려워하지 않는다. 두드려 맞는 것도 부상당하는 것도 압도적인 수적 우위에 있는 적들도 두려워하지 않는다. 죽음조차 두려워하지 않는다. 그들은 필사적으로, 묵묵히 싸우면서 한 발짝도 물러서지 않는다. 그들은 움켜쥔 손을 절대 놓지 않는다. 절대 도망치지 않는다. 그들은 끝까지, 고집불통의 차디찬 용기를 가지고 싸운다. 그들은 말은 못해도 창백한 얼굴로 웃고 비웃는다. 그들은 미친 눈을 부릅뜨고 흘겨본다. 그러다 마침내 패배하면, 좌절과 굴욕을 체념하면, 흠씬 두드려맞고 뻗어버리면, 달콤하면서도 끈적끈적한 악취를 내뿜으며 서서히 썩어간다.

어떤 시체들은 사르토리를 짓뭉개버리려는 듯 하중을 다해 그에게 쏟아져내렸고, 어떤 시체들은 차갑게 굳어버린 형상으로 느릿느릿 떨어져내렸다. 머리통으로 그의 가슴을 들이받는 시체도 있고, 무릎과 팔꿈치로 그를 가격하는 시체들도 있었다. 사르토리는 그들의 머리털을 붙잡고, 그들의 옷을 움켜쥐고, 그들의 팔뚝을 틀어잡고 밀쳐내려 안간힘을 썼다. 시체들의 목덜미를 움켜쥐기도 하고 불끈 쥔 두 주먹으로 그들의 얼굴을 가격하기도 했다. 그것은 격렬한 무언의 투쟁이었다. 모두들 달려들어 어마어마한 시체의 산더미에 깔린 사르토리를 끄집어내려 했지만 허사였다. 그러다 결국 무진 노력 끝에 우리는 그를 붙잡는 데 성공했고 시쳇더미에서 그를 빼냈다. 주저앉았던 사르토리가 일어났다. 그의 슈트는 누더기가 되어 있었다. 두 눈은 퉁퉁 붓고 한쪽 뺨에는 피가 묻어 있었다. 얼굴은 창백했지만 그는 아주 차분했다. 그는 이렇게 말했다. "저 속에 산 사람 있나 보자고. 누가 내 뺨을 물었거든."

병사들이 화차로 들어가 시체를 하나씩 하나씩 밖으로 던졌다. 첫번째 칸에 처박힌 시신만 백칠십구 구였다. 모두 질식사했다. 하나같이 머리통은 부풀고 얼굴은 푸르뎅뎅했다. 그사이 독일군 일 개 분대와 현지 주민, 농민들이 달려와 화차 여는 작업을 도왔다. 그들은 시체를 밖으로 던진 뒤 철로변 둑에 나란히 늘어놓았다. 곧이어 포두 일라이에이에 거주하는 유대인들이 나타났다. 맨 앞에는 랍비가 서 있었다. 이탈리아 영사가 현장에 와 있다는 소식을 듣고 용기를 내어 달려온 것이다. 그들은 창백한 모습이었지만 차분했다. 울먹이지도 않았다. 그들은 침착한 목소리로 말했다. 다들 야시에 친구나 친척이 있어 지인들의 생사에 노심초사하던 참이었다. 그들은 검은 옷에 이상하게 생긴 딱딱한 펠트 모자를 쓰고 있었다. 랍비와 포두 일라이에이 농업은행이사회 소속이라고 밝힌 대여섯 명이 사르토리에게 다가와 넙죽 절을 했다.

"정말 찌네요." 랍비가 손바닥으로 땀을 훔치며 말했다.

"네, 정말 찌네요." 사르토리가 손수건으로 이마를 꾹꾹 찍으며 대답했다.

파리떼가 요란하게 웅웅거렸다. 죽은 자들은 철로변 둑을 따라 널브러져 있었다. 대략 이천 구였다. 태양 아래 드러누운 이천 구의 시체는 정말 많았다. 너무 많았다. 엄마 무릎에 끼어 있던 생후 몇 개월밖에 되지 않은 아기는 아직 살아 있었다. 의식은 없지만 아직 숨쉬고 있었다. 한쪽 팔은 부러진 채로. 엄마는 아이의 입을 문설주 틈에 붙인 채로 꼬박 사흘을 버텼다. 아기가 죽어가는 무리들에게 떠밀려 압사하지 않도록 처절한 사투를 벌인 것이다. 엄마는 무자비한 무게와 압력에 짓눌려 죽고 말았다. 그러나 아기는 죽은 엄마 밑으로 떨어져 양 무릎 사이에 끼는 바람에 그 틈으로 희미하게나마 숨을 쉴 수 있었다. "살아 있다." 사르토리의 목소리가 좀 이상했다. "살아 있어, 살아 있다고!" 그러는 사르토리를 보면서 나는 감동했다. 저 뚱뚱하고 차분한 나폴리 사람이 마침내 예의 덤덤함을 내던진 것이다. 그것도 그 수많은 죽은 이들 때문이 아니라 살아 있는 아이 때문에, 아직 살아 있는 단 한 명의 아이 때문에.

몇 시간 후, 해가 질 무렵이었다. 소 신는 화차 끝에서 작업하던 병사들이 피 묻은 손수건으로 머리를 동여맨 시체 한 구를 둑에 내던졌다. 야시 주재 이탈리아 영사관이 쓰고 있던 건물의 주인이었다. 사르토리는 잠자코 한동안 시체를 바라봤다. 그는 시체의 이마를 만져보고 나서 랍비에게 말했다. "점잖은 분이셨습니다."

갑자기 언쟁 소리가 들렸다. 곳곳에서 몰려든 일단의 농민과 집시가 시체에서 옷을 벗기고 있었다. 사르토리가 '무슨 짓이냐?'며 말리려 했지만 랍비는 그의 팔을 붙잡고 말했다. "어쩔 수 없습니다. 관습이니까요." 그러더니 서글픈 미소를 지으며 조용한 목소리로 다시 말했다. "내일 시신에서 훔친 옷가지를 우리한테 팔러 올 겁니다. 그러면 사야지요. 어쩌겠습니까?"

사르토리는 말없이 가련한 시체들이 털리는 것을 바라보았다. 죽은 자들은 옷을 벗겨가려는 자들의 폭력에 맞서 온몸으로 저항하는 것처럼 보였다. 남녀 불문하고 땀을 철철 흘리며 서로 고함치고 욕하면서 안 들리는 팔을 들어올리고, 뻣뻣한 팔꿈치와 무릎을 꺾어가며 재킷과 바지, 속옷을 벗기려고 난리였다. 여자 시체의 저항이 가장 완강했다. 죽은 여자한테서 속옷을 벗기는 게 그렇게 힘들 줄은 미처 몰랐다. 아무리 시체라도 여자로서의 체면은 여전히 남아서 그런 저항력을 발휘할 수 있었던 것 같다. 시체들은 왕왕 팔꿈치를 땅에 대고 일어나 그 허연 얼굴을 자신들을 욕보이고 있는 자들의 땀에 전 심각한 얼굴에 바짝 들이대기도 했다. 그렇게 부릅뜬 눈으로 노려보다 벌거벗은 몸은 쿵하고 땅에 다시 고꾸라졌다.

"가야겠네요. 늦겠어." 사르토리는 랍비를 보며 이렇게 말하고 '점잖은 분'의 사망증명서를 써달라고 청했다. 랍비는 알겠다는 늦으로 절을 했고, 우리 모두는 마을로 향했다. 농업은행장 사무실은 숨이 턱턱 막힐 만큼 더웠다. 랍비는 주변사람에게 유대교 회당에 가 명부를 가져오라고 하고 사망증명서를 작성해 사르토리에게 건넸다. 사르토리는 서류를 조심스레 접어 지갑에 넣었다. 멀리 기차의 기적이 들렸다. 금파리들이 잉크스탠드 주변을 윙윙거렸다.

"정말 유감이지만 이제 가봐야겠습니다." 사르토리가 말했다. "해가 떨어지기 전에 야시로 가봐야 하거든요."

"잠시만요." 농업은행 이사 한 명이 이탈리아어로 말했다. 키가 작고 뚱뚱한, 나폴레옹 3세• 스타일의 염소수염이 인상적인 유대인이었다. 그는 작은 찬장을 열더니 베르무트▲ 한 병을 꺼내 작은 글라스 여러 잔에 가득 따랐다. 진짜 토리노산 친자노 베르무트라고 했다. 그는 내게 이탈리아어로 베네치아, 피렌체, 로마에도 여러 차례 가봤고, 아들 둘은 이탈리아 명문 파도바 대학교 의대에서 공부했다는 이야기를 했다.

"자제분들 한번 만나면 좋겠네요." 사르토리가 상냥하게 말했다.

"아, 그 애들, 죽었어요. 어제 야시에서 죽었어요." 그가 한숨 지으며 말했다. "파도바에 가서 두 애가 다니던 학교라도 다시 볼 수 있다면 정말 원이 없겠어요."

우리는 파리떼가 윙윙거리는 그 방에 한동안 아무런 말없이 앉아 있었다. 이윽고 사르토리가 자리에서 일어났고 우리는 모두 밖으로 나갔다. 차에 오르는 동안 나폴레옹 3세의 염소수염을 기른 유대인이 사르토리의 팔을 붙잡더니 공손한 자세로 말을 걸었다. 그는 나지막한 목소리로 "제가 『신곡』 전편을 외운다는 게 참 기이하지요!"라고 하더니, 한 소절을 읊었다.

> 넬 메조 델 카민 디 노스트라 비타……
>
> (우리네 인생 반 고비에……)■

• 1852~70년 프랑스 제2제정의 황제를 지냈으며, 나폴레옹의 조카였다.

▲ 포도주에 브랜디, 향료, 약초를 넣어 향미를 낸 혼성주.

차가 출발했고, 검은 외투의 유대인들은 멀리 먼지구름 속으로 사라져 갔다.

"루마니아인들은 문명화된 민족은 아니지." 프랑크가 경멸 어린 목소리로 말했다.

"그럼요, 쿨투어가 없어요." 피셔가 고개 저으며 말했다.

"잘못 아신 겁니다." 내가 맞받았다. "루마니아인은 너그럽고 친절한 민족입니다. 난 루마니아인을 정말 좋아합니다. 라틴계 민족 중 루마니아인만이 이 전쟁에서 고귀한 의무감을 입증했고, 그들의 그리스도와 그들의 왕을 위해 피를 흘리는 엄청난 희생정신을 보여주었습니다. 그들은 단순한 민족입니다. 소박하고 상냥한 농민들이지요. 그들을 비난해선 안 됩니다. 그들에게 모범이 되어야 할 상류층이, 가족과 남자가 영혼이 썩고 정신이 썩고 뼈까지 썩은 것뿐이지요. 루마니아 인민은 유대인 학살에 책임이 없습니다. 루마니아에서 유대인 박해는 당국의 명령이나 방조로 조직화되고 조장됩니다. 철위단(鐵衛團)★이 유대인들 시신을 사지를 절단해서 부쿠레슈티의 수많은 정육점에 소고기처럼 갈고리에 걸어 전시해놓고 야유와 조소를 보낸 것도 인민들 잘못은 아니지요."

"이해해요. 선생의 혐오도 공감하고." 프랑크가 말했다. "하느님 덕분에, 그리고 내 덕도 좀 있지만, 폴란드에선 그런 끔찍한 사태를 목격한 적도 없고 그럴 기회도 없을 겁니다. 그럼그럼. 마인 리버 말라파르테. 폴란드, 독일이 다스리는 이 폴란드에서는 선생의 고귀한 분노와 연민을 표출할 기회나 빌미 같은 게 전혀 없을 겁니다. 그건 내 장담해."

"총독님을 달리 생각했다면 사르토리, 펠레그리니와 함께 야시 경찰서장에게 했던 얘기를 말씀드리지 않았을 겁니다. 위험천만한 일이니까요.

■ 단테의 『신곡』에 나오는 유명한 첫 구절.

★ 1927년 발족한 루마니아의 극우정당. 파시즘, 반공산주의, 반유대주의를 표방했다.

그랬다면 저를 강제수용소에 처박아버리지 않았을까요?"

"그래도 무솔리니는 항의조차 안 했을 거요." 프랑크가 말했다.

"그럼요, 안 했겠지요. 무솔리니는 번거로운 걸 원치 않으니까."

"아시다시피……" 프랑크가 목소리에 힘을 주어 말했다. "난 공정하고 솔직한 사람이올시다. 유머 감각도 떨어지지 않고. 무엇이든 공정하고 솔직하게 할말이 있으면 언제든 찾아오시오. 두려워할 건 아무것도 없소. 여긴 바르샤바입니다. 야시가 아니고. 나도 야시 경찰서장이 아니고. 혹시 우리의 합의를 잊으신 거요? 선생이 폴란드에 처음 왔을 때 내가 한 말 기억 못하시오?"

"게슈타포가 밀착감시를 할 게다, 하지만 자유인으로 생각하고 행동하라, 그렇게 말씀하셨지요. 총독님께 자유롭게 속마음을 열어보여도 되고, 총독님도 저한테 똑같이 하겠다고 다짐하셨지요. 게임을 정정당당히 룰대로 하겠다고."

"그 합의는 아직 유효해. 지금까지 내가 룰을 지키지 않은 적 있소? 내가 선생을 얼마나 솔직히 대하는지 보여드리리다. 힘러는 선생을 신뢰하지 않아. 그 얘기를 듣고 난 선생을 옹호해줬소. 선생은 정직한 사람일뿐만 아니라 자유인이라고 분명히 말해줬지. '이탈리아에서 투옥되고 박해당한 것도 선생이 쓴 책들 때문이다, 자유로운 정신 때문이다, 앙팡테리블 같은 경솔한 행동 때문이지, 무슨 음험한 저의가 있는 인물은 아니다.' 그간 선생을 지켜보면서 갖게 된 내 시각이 옳다는 걸 보여주기 위해 선생이 핀란드 전선으로 갈 때 종종 스웨덴을 경유하는데 그 상황을 생각해보라 했소. 중립국 스웨덴에 정치적 망명자로 남기 쉽고 그걸 막을 사람도 없는데 선생은 그러지 않았다, 종군특파원이지만 어쨌든 이탈리아군 제복을 입고 있기에 탈영이란 불명예를 안을 수 없기 때문이라고. 또 선생 책들이 영국, 프랑스, 미국에서 출판됐고, 선생은 우리가 배려를 해줘야 할 작가라고 했소. 우리로서도 독일이 지배하는 폴란드가 스웨덴만큼 자유롭다는 걸 선생에게 증거로 보여주는 게 바람직하다는 얘기도 했지. 까놓고 말해, 나는 힘러에게 '만전을 기하려면 선생이 폴란드 땅을 떠날 때 몸수색을 철저히 하라'고 충고를 해줬소. 힘러한테 그런 훈수를 둘 생각이었다는 걸 미리 예고하든지, 그런 훈수를 아예 하지 말았어야 했겠지. ……어쨌든 지금 이렇게라도 경고를 해두는 거요. 아무런 얘기 안 해주는 것보다 늦게라도 알려주는 것이 나을 테니까. 이 역시 정정당당한 게임 아니겠소?"

"거의 정정당당한 게임이지요." 내가 미소 지으며 대답했다. "하지만 힘러한테 제가 폴란드에 들어올 때 몸수색을 하라고 충고하셨으면 훨씬 좋을 뻔했습니다. 저의 솔직함을 입증하기 위해 힘러가 바르샤바에 와 있는 동안 제가 시간을 어떻게 보냈는지 말씀드리겠습니다." 나는 프랑크 총독에게 이탈리아에 가 있는 폴란드 난민들이 바르샤바의 친척과 친구들에게 전해달라고 간곡히 부탁한 편지며 소포, 금전 등등에 대해 얘기해줬다.

"아흐, 조! 아흐, 조!—아, 그렇군그래!" 프랑크가 웃으며 큰 소리로 떠들었다. "그것도 힘러의 코 밑에서! 아흐, 분더바!—대단해! 등잔 밑이 어둡다더니!"

"분더바! 아흐, 분더바!" 다들 시끄럽게 떠들며 웃었다.

"이것도 정정당당한 게임이라 보시겠지요?"

"그럼, 정정당당해!" 프랑크가 큰 소리로 "잘했어, 말라파르테!" 하더니 잔을 쳐들며 외쳤다. "자, 다들 건배!"

"프로지트!" 나도 잔을 쳐들며 말했다.

"프로지트!" 다들 따라서 건배했다.

우리는 독일식으로 한 모금에 다 들이켰다.

우리는 테이블에서 일어나 프랑크 부인의 안내에 따라 옆방으로 자리를 옮겼다. 정원이 내다보이는 커다란 프랑스식 창문 두 개에서 햇빛이 들어오는 원형의 방은 예전에 피우수트스키 원수가 침실로 쓰던 곳이었다. 작은 잿빛 새들이 나뭇가지 위에서 종종걸음을 치고 있었다. 교차로 쪽으로 망토처럼 눈을 뒤집어쓴 아폴론 상과 디아나 상이 보였고, 독일군 초병들이 어깨에 멘 소총을 흔들거리며 순찰을 돌고 있었다. 유리창에 비친 설원의 반사광이 실내의 벽이며 가구, 두꺼운 양탄자에 실며시 스며들었다.

"이 방이었지." 프랑크가 말했다. "지금 슈멜링이 앉아 있는 바로 저 안락의자였어. 피우수트스키 원수가 저기서 죽었지. 하나도 건드리지 말라고 명령했어. 모든 게 그때 그대로 있기를 원했거든. 침대만 바꿨지." 그러면서 프랑크는 부드러운 목소리로 한마디 덧붙였다. "피우수트스키 원수의 기억은 우리가 존중을 해줘야 하지 않겠소?"

피우수트스키 원수는 저 안락의자에서 두 개의 커다란 프랑스식 창문 사이로 정원 나무들을 응시하다가 죽었다. 프랑스식 창문을 마주보는, 안으로 움푹 들어간 벽은 예전에 원수가 쓰던 침대가 있던 자리로 지금은 소파가 놓여 있고, 거기에 피셔 부인과 프랑크 총독이 앉아 있었다. 원수가 죽었던, 지금은 권투선수 막스 슈멜링이 앉아 있는 바로 그 안락의자 옆에 늙은 원수가 서 있는 것만 같았다. 상처 같은 굵은 핏줄들이 드러나 보이는 창백한 얼굴, 짧고 숱이 많은 까만 머리에 소비에스키 스타일의 긴 콧수염을 한 원수는 슈멜링이 당장이라도 일어나 자리를 양보해주기를 기다리는 듯했다. 프랑크의 말이 맞았다. 피우수트스키 원수의 기억은 우리가 존중을 해줘야 한다.

프랑크는 슈멜링과 스포츠니 챔피언이니 언성을 높여가며 토론하고 있었다.

방 안의 공기는 뜨겁고 담배와 브랜디 냄새가 났다. 나는 점차 맥이 빠졌다. 프랑크와 배히터 부인 목소리가 들렸다. 슈멜링과 피셔 총독이 브랜디 잔을 입으로 가져가는 게 보였고, 피셔 부인은 미소 띤 얼굴로 고개를 돌려 프랑크 부인에게 말을 걸고 있었다. 나는 마치 사람들의 목소리와 얼굴을 천천히 지워버리는 뜨뜻한 안개에 휩싸인 기분이었다. 지겨운 얼굴과 지겨운 목소리…… 폴란드에 있다는 게 정말 참을 수 없었다. 그래도 며칠 후면 스몰렌스크 전선으로 떠나게 돼 있었다. 그것도 정정당당한 게임이지 않을까?

그 순간 프랑크가 나를 돌아보며 자코파네의 타트라 산맥•에 가서 며칠 놀다 오자고 하는 것 같은 느낌이 들었다. 저 유명한 폴란드의 겨울 휴양지 말이다. "일차대전 발발 직전인 1914년 레닌은 자코파네에서 몇 달을 보냈지." 프랑크가 웃으며 말했다. 나는 스몰렌스크 전선에 가야 하기 때문에 안 된다고 대답했다, 아니 그렇게 대답한 것 같다. 그러나 기실은 "왜 안 되겠습니까? 자코파네에서 닷새나 엿새쯤 지내다 오지요, 기꺼이"라고 대답했다. 갑자기 프랑크가 자리에서 일어나자 우리도 덩달아 일어났다. 프랑크는 게토를 둘러보자고 했다.

우리는 벨베데르궁을 나섰다. 나는 피셔 부인, 배히터 부인, 프랑크 총독과 함께 첫번째 차에 올랐다. 두번째 차에는 프랑크 부인, 피셔 총독, 막스 슈멜링이 탔다. 다른 손님들은 다른 차 두 대에 나누어 타고 따라왔다. 우리는 우야즈도브스카 거리를 따라 가다가 방향을 틀어 스비엔토치스카와 마르샬코브스카 거리를 지나 '금단의 도시' 정문 앞에 도착했다. 독일군이 게토 주변에 세운 붉은 벽돌담 앞에서 우리는 차를 세우고 밖으로 나왔다.

"이 담장 좀 보시오." 프랑크가 내게 말했다. "이게 영국과 미국의 신문들이 떠드는 것처럼 기관총이 즐비한 무시무시한 콘크리트 벽으로 보입니까?" 그는 미소 띤 얼굴로 말했다. "저 가련한 유대인들은 폐가 약해. 그래서 이 담벼락이 바람을 막아주지."

프랑크의 오만한 목소리에서 나는 뭔가 음침한 것, 서글프면서도 저열한 잔인성 같은 것을 느낄 수 있었다.

"이 담벼락의 끔찍한 부도덕성은……" 내가 대꾸했다. "유대인들이 게토를 벗어나지 못하게 한다는 사실에 있는 게 아니라, 들어가는 걸 막

• 슬로바키아 북부와 폴란드 남부에 걸쳐 있는 산맥.

지 못한다는 사실에 있습니다."

"그래도……" 프랑크가 웃으며 말했다. "게토를 벗어나면 사형이지만 유대인들은 마음대로 들락거려요."

"담을 넘나요?"

"아, 아니. 쥐구멍으로 나가지. 밤에 담장 밑에 파놓았다가 낮이 되면 흙이랑 낙엽을 모아 살짝 덮어놓는 거지. 그 구멍으로 시내로 기어나가 음식과 옷가지를 사는 거요. 게토 안의 암시장은 주로 그런 구멍을 통해 유지가 되지. 이따금 쥐새끼들이 덫에 걸려요. 여덟아홉 살 미만의 아이들 말이야. 아이들은 진정한 스포츠 정신으로 목숨을 걸어. 그것도 공정하지 않소?"

"목숨을 건다고요?" 내가 소리치듯이 말했다.

"그야 기본이지." 프랑크가 답했다. "딴 건 걸 게 없으니까."

"그런데 그걸 공정하다고 하는 겁니까?"

"물론이오. 모든 게임에는 나름의 룰이 있으니까."

"크라쿠프에서 우리 남편은……" 배히터 부인이 말했다. "동유럽 스타일의 벽을 세웠어요. 우아한 곡선형에 아취가 있는 흉벽을 갖췄지요. 크라쿠프 유대인들은 불평할 게 전혀 없어요. 유대인 스타일의 우아한 장벽이거든요."

그들은 얼어붙은 눈밭에 발을 쾅쾅 구르며 웃어댔다.

"루에!—쉿!" 몇 발짝 떨어진 눈더미 뒤에 숨어 무릎을 꿇고 있던 한 병사가 어깨에 총을 댄 채 말했다.

그 뒤에서 또다른 병사가 무릎을 꿇고 전방을 주시하는 동안 병사가 갑자기 총을 쏘았다. 총알은 쥐구멍 가장자리 벽에 가서 맞았다. "아, 놓쳤네!" 병사가 신이 난 목소리로 말하면서 탄창을 갈아끼웠다.

프랑크는 두 병사에게 다가가 뭘 쏘았느냐고 물었다.

"쥐새끼요." 두 병사는 큰소리로 웃으며 답했다.

"쥐새끼? 아흐, 조!" 프랑크가 한쪽 무릎을 꿇고 두 병사의 어깨 너머로 전방을 주시했다.

우리도 가까이 가봤다. 여자들은 깔깔거리며 스커트를 무릎까지 들어올리고 비명을 질러댔다. 쥐 어쩌고 하면 여자들이 늘 그러는 식이다.

"어딨어? 쥐 어딨어?" 프랑크 부인이 물었다.

"덫에 갇혔지." 프랑크가 웃으며 말했다.

"아흐퉁!—조심하세요!" 병사가 목표물을 겨누며 말했다. 헝클어진 머리털이 담벼락 밑 쥐구멍에서 빼져나왔다. 이어 두 손이 눈밭 위로 모습을 드러냈다. 꼬마였다.

다시 쏘았지만 총알은 목표물에서 또 몇 센티미터 빗나갔다. 꼬마의 머리가 쏙 들어가버렸다.

"총 줘봐." 프랑크가 못 참겠다는 듯 말했다. "사격법을 잘 모르는군." 그는 병사의 손에서 소총을 빼앗아 목표물을 겨냥했다.

소리 없이 눈이 내리고 있었다.

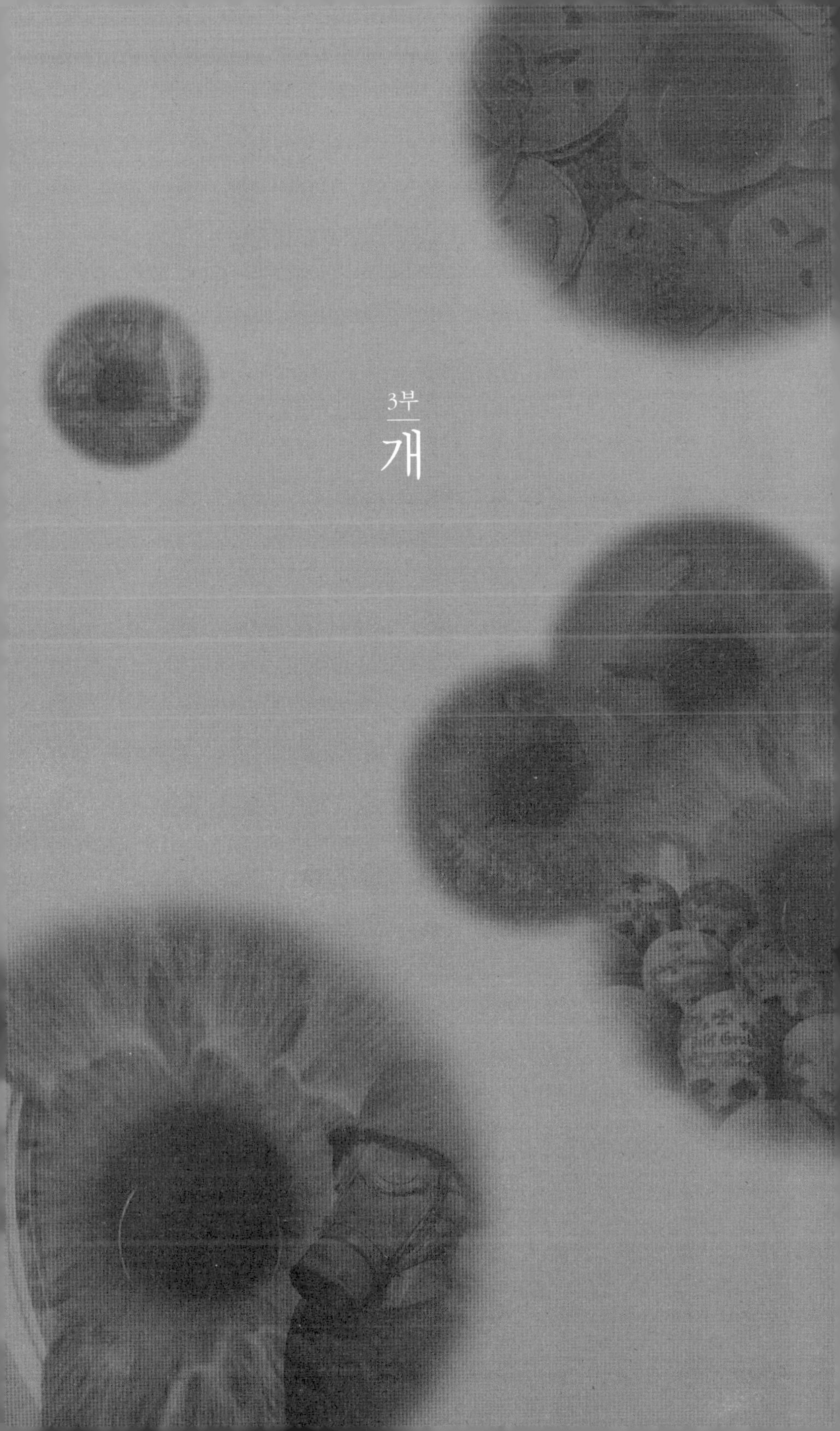

3부
개

8장

겨울밤

밍크와 흰담비족제비, 다람쥐 모피가 널린 사이로 청회색 북극여우, 은여우, 백금여우 모피들이 즐비하고 그 틈으로 끔찍하고 가련한 개가죽이 타타르 모피상 가게 쇼윈도에 전시돼 있었다. 멋진 흑백 얼룩무늬 사냥개 털가죽은 비단처럼 곱고 길었다. 녀석의 눈구멍은 퀭하고 두 귀는 축 늘어졌으며 주둥이는 찌부러져 있었다. 가격표는 귀에 달려 있었다. "잉글리시세터 순종 털가죽, 육백 핀란드 마르카." 우리는 쇼윈도 앞에서 구경을 했다. 왠지 끔찍했다.

"개가죽으로 만든 장갑 봤어? 루칸데르 대령 있잖아, 레닌그라드 전선에서 만난 핀란드군 대령. 개가죽 장갑을 끼고 있더라." 헬싱키 주재 스페인 공사 아구스틴 데 폭사 백작이 말했다. "하나 사서 마드리드 갈 때 가져가야겠어. 개가죽 장갑이라고 자랑해야지. 스패니얼 가죽장갑은 매끈하고 부드럽고, 포인터 가죽은 좀 거칠거칠하지. 비오는 날에는 껄껄한 테리어 가죽장갑이 좋아. 여기 북쪽에선 여자들도 개가죽 모자와 머프를 착용하지." 데 폭사는 대단한 지식을 뽐내듯 우쭐한 표정으로 한마디 덧붙였다. "개가죽은 여성미가 있거든."

"개는 아낌없이 주니까." 내가 대꾸했다.

1942년 3월 말이었다. 우리는 한참 길을 걸어 사보이 호텔 옆 에스플라나데 공원으로 들어선 뒤 항구가 내다보이는 광장으로 내려갔다. 그곳에 스웨덴 공사관이 자리한 신고전주의풍 건물 곁에 독일 건축가 엥겔 스타일로 재건축한 핀란드공화국 대통령궁이 있었다. 얼음장 같은 추위 탓에 면도날 위를 걷는 기분이었다. 우리는 타타르 모피상 쇼윈도에서 더 올라가 길모퉁이로 장의사를 지나쳤다. 장의사 안에는 많은 관이, 흰 칠한 관, 까맣게 반짝이며 은테 장식이 요란한 관, 마호가니색 관이 매력적인 자태를 뽐내고 있었다. 쇼윈도 앞자리에 자그마한 어린아이용 은제 관이 반짝이고 있었다.

"이거 좋네." 데 폭사는 쇼윈도 앞에서 관을 한참 들여다봤다.

선량한 스페인 사람이라면 누구나 그렇듯 데 폭사도 무자비하고 죽음을 좋아했다. 그는 영혼에만 존경심을 느낀다. 살과 피, 가련한 인간 육신의 고통, 그 나약함과 상처 등에는 무관심하다. 그는 죽음 이야기를 하길 좋아한다. 장례 행렬을 보면서 축제를 보는 것처럼 즐거워하고, 쇼윈도에 늘어선 관을 한참 물끄러미 바라본다. 그는 상처와 종기와 기형 이야기를 아주 좋아한다. 하지만 유령은 무서워한다. 그가 절대 꺼내지 않는 대화 주제가 바로 유령이다. 그는 지적이고, 교양과 위트가 넘치는 인물이다. 위트가 너무 넘친 나머지 진정 지적인 인물이라고 하긴 어려울 정도다. 그는 이탈리아를 잘 안다. 피렌체와 로마에 있는 내 친구를 대부분 안다. 심지어 우리가 과거에 서로 알지 못한 채, 한 여자를 동시에 사랑했던 사이가 아닐까 하는 생각이 들 정도다. 그는 로마 주재 스페인 공사관의 서기관을 몇 년 했다. 하지만 아쿠아산타 골프장에서, 그리고 상관인 세라노 수녜르(프랑코 정권의 외무장관)에게 제출하는 보고서에서, 위트를 부린답시고 에다 치아노 백작부인에게 누가 되는 발언을 하는 바람에 결국 쫓겨나고 말았다. "생각해봐. 내가 로마에서 삼 년이나 살았는데……" 어느 날 그는 내게 말했다. "세상에, 에다 치아노 백작부인이 무솔리니의 딸이라는 걸 몰랐던 거야."

에스플라나데 공원을 내려가면서 아구스틴 데 폭사가 해준 얘기다. 어느 날 저녁 마드리드에서 친구 여럿이 길을 가다가 산세바스티안 공동묘지의 무덤들이 파헤쳐진 걸 봤다고 한다. 그때가 1934년, 당시 스페인은 공화국이었다. 마드리드의 도시계획을 새로 하는 상황에서 공화국 정부는 오래된 공동묘지를 철거하기로 결정했다. 데 폭사와 친구들(여기엔 마드리드에서 활동하는 세사르 곤살레스 루아노, 카를로스 미라이예스, 아고스틴 비그놀라, 루이스 에스코바르 같은 젊은 작가들도 있었다)이 묘지에 도착했을 때는 벌써 밤이었고 많은 묘지가 파헤쳐지고 관도 치워진 상황이었다. 죽은 자들이 뚜껑이 열린 관 속에 누워 있는 게 보였다. 투우를 할 때 입는 화려한 복장을 그대로 차려입은 투우사들과 정복으로 빼입은 장군과 신부, 소년, 부유한 시민, 소녀, 귀족, 아이들…… 한 젊은 숙녀는 향수병을 손에 쥔 채 누워 있었다. 후일 루이스 에스코바르는 그녀에게 「한때 마리아 콘셉치온 엘롤라라 불리던 미녀를 위하여」라는 시를 헌정했다. 아고스틴 비그놀라도 가련한 뱃사람을 위해 송가를 썼다. 그 선원은 우연히 마드리드에 들렀다 바다에서 멀리 떨어진 이 음산한 교회묘지에 묻힌 인물이었다. 데 폭사와 친구들은 술이 좀 들어간 상태에서 선원의 관 앞에 무릎을 꿇고 죽은 자들을 위한 기도문을 읊었다. 카를로스 미라이예스는 시신의 가슴에 배와 물고기 한 마리, 파도를 연필로 그린 종이를 올려놓았다. 그들은 다 같이 성호를 그으며 "동서남북의 이름으로"라고 말했다.

노비요라는 이름의 학생 무덤 앞에 서 있는 묘비에는 세월의 풍화로 반쯤 지워진 상태로 "하느님은 진리를 가르쳐주시고자 그의 학업을 중도에 멈추게 하셨도다"라고 적혀 있었다.

은테 장식이 요란한 어느 관에는 미라가 된 젊은 프랑스 귀족의 시신이 누워 있었다. 프랑스 왕당파로 1830년 국왕 샤를 10세가 몰락하자 스페인으로 이주한 드 라 마르티니에르 백작이 그 주인공이었다. 세사르 곤살레스 루아노는 드 라 마르티니에르 백작 앞에서 절을 하고 다음과 같이 말했다. "소인 루아노, 문안 올립니다. 프랑스의 용감한 백작님께서는 합법적인 군주에게 충성을 다하셨습니다. 그리하여 백작님의 영혼이 계신 이 자리에서 저는 백작님의 입술에서는 더이상 나올 수 없는 소리를 외치고자 합니다. 그 외침을 들으시면 다시 가슴이 떨릴 겁니다. '국왕 폐하 만세!'" 묘지를 지키던 공화파 민간인 수비대원이 세사르 곤살레스 루아노의 팔을 붙잡고 경찰서로 끌고 갔다.

데 폭사는 예의 요란한 몸짓을 해가며 큰소리로 떠들었다. "아구스틴……" 내가 말했다. "살살 좀 해. 혼령들이 다 듣겠어."

"혼령?" 데 폭사는 갑자기 목소리를 죽이며 창백해진 얼굴로 주위를 두리번거렸다.

에스플라나데 공원 쪽의 집과 나무, 조각상, 벤치 들이 북국(北國)의 밤에 깔린 눈의 반사광 탓에 유령처럼 차가운 빛 속에서 희미하게 흔들렸다. 술 취한 군인 몇몇이 미콘카투 길모퉁이에서 아가씨와 실랑이를 벌이고 있고, 경찰관 하나는 캠프 호텔 앞 인도를 왔다갔다하고 있었다. 만네르헤임 거리 너머 지붕들 위로 허옇게 펼쳐진 하늘은 빛바랜 옛날 사진에 나오는 하늘처럼 구김살 하나 없이 고요했다. 그 허연 하늘을 배경으로 우오시수오마 호텔 지붕 위에 클루비 담배를 광고하는 거대한 철제 글자들이 시커멓게 서 있었다. 거대한 벌레의 해골 같았다. 스토크만 팰리스의 유리 타워와 초고층 빌딩 토르니 호텔이 찌푸린 하늘 아래 흔들리고 있는 것처럼 보였다.

링거폰• 레코드를 들을 때면 핀란드의 그 겨울이 생각난다. 신문을 보다 "링거폰으로 외국어를 배워보세요"라는 광고를 접하거나 어쩌다 '링

• 영국의 자습용 어학 프로그램 제조사.

거폰 인스티튜트'라는 주문 같은 단어만 봐도 저 핀란드의 겨울이 떠오른다. 저 유령 같은 숲과 얼어붙은 핀란드의 호수……

링거폰 레코드라는 말을 들을 때마다 눈을 감으면, 친구 야코 레포가 떠오른다. 핀란드군 대위 제복이 살에 끼어 터질 듯 땅딸막한 친구. 그의 둥글고 창백한 얼굴이 보인다. 광대뼈는 툭 불거지고 찢어진 작은 두 눈엔 차가운 잿빛 의심이 가득하다. 내 친구 야코 레포가 술잔을 들고 헬싱키의 자택 서재 축음기 앞에 앉아 있는 게 보인다. 주변에는 역시 술잔을 든 친구들이 모여 있다. P 공사 부부, 아구스틴 데 폭사 백작, 티투 미카일레스쿠, 마리오 오라노 등은 하나같이 거친 축음기 음악에 귀를 기울이고 있다. 야코 레포는 간간이 코냑을 가득 채운 술잔을 쳐들고 "말리얀네—건강을 위하여!"라고 외쳤다. 그러면 다들 똑같이 잔을 쳐들고 "말리얀네"라고 외쳤다. 나는 링거폰 인스티튜트라는 구절을 읽을 때마다 핀란드의 겨울이, 야코 레포의 집에서 함께 잔을 들고 거친 축음기 소리에 귀 기울이며 "말리얀네"를 외치던 그날 밤이 생각난다.

벌써 새벽 두시. 그새 밤참만 두세 번을 먹었다. 우리는 서재의 벽을 반이나 차지하는 커다란 유리창 앞에 앉았다. 헬싱키가 눈 속으로 천천히 녹아들어가는 게 보였다. 그 희고 적막한 난파선 같은 풍경 속에서 의사당 기둥들과 중앙 우체국 건물의 매끈한 전면이 돛대처럼 모습을 드러냈다. 멀리 에스플라나데와 브룬스파르켄 공원의 나무들을 배경으로, 유리와 시멘트로 된 스토크만 팰리스의 탑과 초고층 토르니 호텔이 솟아 있는 게 보였다.

창밖의 온도계는 영하 45도를 가리켰다. "영하 45도는 핀란드에서는 기본이지." 데 폭사가 말했다. 야코 레포는 이따금 코냑이 가득찬 술잔을 쳐들고 "말리얀네"를 외쳤다. 나는 레닌그라드 전선에서 막 돌아온 상태였다. 지난 이 주 동안 나는 "말리얀네"를 외치는 것 말고는 아무 일도 한 게 없다. 카렐리야 숲속에서도 그랬고, 눈에 파묻힌 코르수에서도, 참호에서도, 로탈라에서도, 지협의 오솔길에서도 그랬다. 내가 탄 썰매가 다른 썰매와 마주칠 때마다 나는 "말리얀네"를 외쳤다. 이 주 동안 가는 곳마다 한 일이라고는 잔을 들고 외치는 것이었다. "말리얀네!"

비푸리행 열차에서도 나는 우리 객실로 야코 레포를 찾아온 비푸리 지구 철도 관리 책임자와 함께 꼬박 하룻밤을 "말리얀네"를 외치며 보냈다. 땅딸하고 헤라클레스처럼 거대한 몸집의 철도 책임자는 얼굴은 창백하고 머리는 부풀어 있는 듯했다. 무거운 양가죽 코트를 벗자 정장 차림이 드러났다. 새하얀 넥타이 아래 빳빳하게 풀 먹인 셔츠와 조끼 사이로 술병이 목을 삐죽 내밀고 있었다. 아들 결혼식에 다녀오는 길이라고 했다. 피로연은 사흘간 이어졌고, 이제 비푸리로 돌아가는 길이라고 했다. 비푸리에 그가 관리하는 기관차와 객차가 있고, 사무실이 있었다. 역사는 소련이 매설한 지뢰 탓에 완전히 폐허가 됐지만 잔해를 치워 겨우 복구한 상태였다. "이상하네요." 그가 내게 말했다. "오늘 엄청 마셨는데 하나도 취하지 않네요." 내 생각에는 술은 조금밖에 마시지 않았는데도 심히 취한 것 같았다. 잠시 후 그는 품에서 술병을 꺼냈다. 주머니에서 술잔 두 개도 꺼냈다. 그는 술잔에 코냑을 가득 붓고는 말했다. "말리얀네!" 나도 소리쳤다. "말리얀네!" 우리는 밤새 "말리얀네!"를 외치며 말없이 서로 바라보았다. 그는 가끔 라틴어로 말했다. 라틴어는 우리가 서로 알아들을 수 있는 유일한 언어였다. 그는 철로를 따라 끝없이 펼쳐진 유령 같은 시커먼 숲을 가리키며 말했다. "셈페르 도메스티카 실바—우리나라 숲이 역시 제일이야." 그러면서 "솜노 비노쿠에 세풀툼—잠에 취했군"이라 하며 소파에 누운 야코 레포를 깨워 손에 잔을 들려주고는 "말리얀네!"를 외쳤다. 야코 레포도 "말리얀네!"라고 말하고는 단번에 잔을 비우고 다시 곯아떨어졌다. 그렇게 권커니 잣거니 하는 사이, 기차는 비푸리에 도착했고 우리는 서로 "발레!—안녕!" 하고 헤어졌다. 역사는 폐허 그대로였다.

두 주 동안 나는 "말리얀네!"를 외치는 것 말고는 아무 일도 하지 않았다. 코르수에서도, 카렐리야 동부 지협에 있는 로타에서도 그랬다. 나는 비푸리에서 스바르트스트룀 중위와 그의 소속 연대 장교들과 함께 "말리얀네"를 떠들었다. 테리오키, 알렉산드로브스카, 타이팔라, 라이콜라, 라도가 호반에서도 나는 메리칼리오 대령의 유격대 장교들과 함께 "말리얀네"를 외쳤다. 레닌그라드를 목전에 둔 참호에서도 루칸데르 대령 휘하 장교들과 함께 "말리얀네"를 외쳤다. 핀란드식 사우나를 할 때도 "말리얀네"를 외쳤다. 그러면서 섭씨 60도까지 치솟는 열탕에서 벌거벗은 채 뛰어나가 영하 42도의 눈밭을 뒹굴기도 했다. 레닌그라드 교외에 있는 일리야 레핀•의 생가에서도 "말리얀네"를 외쳤다. 공원 나무들 사이로 그 위대한 화가의 무덤을 바라보면, 길 끝에서 레닌그라드의 가옥들이 시작되고 있었다. 그 위로 거대한 연기구름이 뭉게뭉게 피어오르는 도시의 모습이 보였다.

야코 레포는 연신 잔을 들어올리며 "말리얀네"를 외쳤다. 핀란드 외무부 최고위 관리 가운데 하나인 P 공사도 "말리얀네"를 외쳤다. P 공사의 부인과 리시 레포도 "말리얀네"를 외쳤다. 데 폭사도 "말리얀네"를 외쳤다. 티투 미카일레스쿠와 마리오 오라노도 "말리얀네"를 외쳤다. 우리는 서재에 앉아 도시 전체가 눈밭 속으로 서서히 좌초하는 듯한 풍경을 커다란 유리창으로 내다보았다. 멀리 수평선 쪽 수오멘린나 섬에서 피어오르는 안개 속으로 얼음에 갇힌 배들이 잠기는 모습도 눈에 들어왔다.

핀란드인들이 기분이 안 좋아지는 불편한 시간이 왔다. 그들은 서로 얼굴을 노려보고 아랫입술을 깨물며 "말리얀네"라는 말도 없이 묵묵히 술만 마셨다. 가슴 속 깊은 분노를 억누르는 듯한 모습이었다. 나는 남들 눈에 띄지 않고 슬며시 자리를 뜨고 싶었고 데 폭사도 마찬가지였다. 그런데 P 공사가 데 폭사의 팔을 붙잡고 말했다. "공사님, 이발로 씨, 아시지요?" 이발로는 핀란드 외무부 차관이다.

"아주 친하지요." 데 폭사가 상냥한 어조로 답했다. "비상한 지성의 소

• 1844~1930. 러시아의 화가. 추구예프에서 태어나 핀란드에 귀속된 땅에서 죽었다.

유자이고. 이발로 부인은 요조숙녀입니다."

"이발로 부인을 아느냐고 물은 게 아닙니다." P 공사가 예의 의심 어린 작은 눈으로 데 폭사를 응시하며 말했다. "제가 알고 싶은 건 이발로 씨를 아시느냐는 겁니다."

"네, 잘 압니다." 데 폭사는 이렇게 말하면서 내게 제발 자기를 두고 먼저 가지 말라고 호소하는 눈빛을 보냈다.

"그분이 스페인과 핀란드에 대해 제게 뭐라 했는지 아십니까? 오늘밤 캠프에 있는 선술집에서 만나고 왔는데요. 하카라이넨 공사가 같이 왔더군요. 하카라이넨 공사와는 안면이 있으시지요?"

"하카라이넨 공사는 매력적인 분이지요." 데 폭사가 눈을 들어 티투미카일레스쿠를 찾으며 건성으로 답했다.

"이발로는 스페인과 핀란드의 차이를 아느냐고 묻더라고요."

"온도계가 말해주겠지요." 데 폭사가 조심스럽게 응수했다.

"온도계 얘기는 무슨 말인가요? 온도계로는 두 나라의 차이를 알 수 없습니다." P 공사가 다소 답답해하는 목소리로 말했다. "그 차이는 스페인은 공감은 하지만 싸울 의사가 없는 반면, 핀란드는 싸울 의사는 있지만 공감을 하지 못한다는 겁니다."

"하하하. 정말 재미있는 말씀이군요." 데 폭사가 웃으며 말했다.

"왜 웃나요?" P 공사가 뭔가 미심쩍어하는 목소리로 물었다.

야코 레포는 안장에 올라탄 타타르인처럼 피아노 의자에 꼼짝 않고 앉아 째진 작은 눈으로 데 폭사를 응시했다. 어두운 질투심이 가득한 눈빛이었다. 레포가 분노한 것은 P 공사가 지금 스페인 공사에게 하는 얘기를 자기한테는 해주지 않았기 때문이다.

이윽고 위험한 시간이 왔다. 이때가 되면 핀란드인은 고개를 푹 수그린 채 부루퉁해서 "말리안네"라는 말도 없이 혼자 술만 들이킨다. 마치 혼자서 몰래 술을 마시는 것 같다. 그러면서 핀란드어로 큰소리로 중얼거린다. 마리오 오라노는 벌써 사라졌다. 살금살금 누구한테도 들키지 않고 빠져나간 것이다. 나도 그의 일거수일투족을 예의주시하고 있었지만 나가는 것은 보지 못했다. 오라노는 핀란드 생활이 벌써 이삼 년이 됐기 때문에 위험한 시간이 될 때쯤 핀란드인의 집에서 귀신같이 빠져나가는 고난도의 기술을 터득하고 있었다. 나도 몇 번 살며시 빠져나갈 뻔했는데 문 앞까지 가면 뭔가 차디찬 것이 뒷덜미를 잡는 듯한 느낌이 들었고, 돌아보면 안장에 올라탄 타타르인처럼 피아노 의자에 꼼짝 않고 앉아 있는 야코 레포의 음울한 눈길과 마주쳤다. "가자." 내가 데 폭사의 팔을 잡고 말하는 순간 P 공사가 데 폭사에게 다가와 이상한 목소리로 물었다. "공사님, 매클린톡 부인한테 깃털이 달렸다는 얘기를 한 게 사실인가요? 어디서 그러셨나요?" 데 폭사가 아니라며 어물쩍 넘어가려고 했다. 그러자 P 공사는 얼굴이 창백해지면서 다그쳤다. "그게 무슨 말씀인가요? 사실이 아니라는 겁니까?" 나는 데 폭사에게 말했다. "사실대로 말해! 제발 사실대로 말하라고!"

P 공사는 얼굴이 더 창백해지면서 따지고 들었다. "사실이 아니란 겁니까? 매클린톡 부인한테 한 얘기 다시 하고 싶지 않다고 솔직히 말씀하세요." 내가 데 폭사에게 말했다. "제발, 헬렌 매클린톡한테 했던 얘기 다시 해드려." 데 폭사가 그때 이야기를 시작했다. 어느 날 밤 그는 헬렌 매클린톡과 로버트 밀스 매클린톡(미국 공사관 서기관) 부부와 함께 미국 공사 아서 숀펠드의 사택에 놀러갔다. 프랑스 비시 정부 소속 위베르 게랭 공사 부부도 나중에 합석했다.• 게랭 부인은 헬렌 매클린톡에게 외모와 억양을 보니 스페인계 아니냐고 물었다. 헬렌 매클린톡은 칠레 출신 스페인인으로 스페인 공사가 와 있다는 사실을 깜빡하고 이렇게 답했다. "유감스럽게도 그렇습니다."

"하하하! 정말 재미있지 않아요?" P 공사가 데 폭사의 등을 툭 치면서 소리쳤다.

• 비시 정부는 1940년 6월에 세워진 친독 괴뢰정부, 게랭(1896~?)은 비시 정부의 외교관이었다.

"잠깐, 이야기 아직 안 끝났습니다." 내가 초조한 어조로 말했다.

데 폭사는 그래서 매클린톡 부인에게 이렇게 말했다고 이야기했다. "헬렌, 남미 출신으로 스페인계가 아니면 머리에 깃털이 있어요."

"하하! 정말 재미있네!" P 공사가 고개를 돌려 자기 부인을 보며 말했다. "여보, 알아들었어? 남미 스페인 사람들은 머리에 깃털이 달렸대!"

나는 데 폭사에게 속삭였다. "이제 가자, 제발!"

하지만 격정의 시간이 오고야 말았다. 그 시각이면 핀란드인은 감상에 사로잡혀 빈 술잔에 고개를 처박고 한숨을 쉬며 눈물 젖은 눈길로 서로를 바라본다. 데 폭사와 내가 안락의자에 나른하게 늘어져 있던 리시 레포에게 다가가 '제발 우리 좀 보내달라'고 하소연하는 순간, 야코 레포가 자리에서 일어나더니 큰 소리로 말했다. "여러분한테 들려드리고 싶은 레코드가 있습니다." 그러면서 자랑스러운 목소리로 "제가 축음기가 있거든요"라고 덧붙였다.

그는 축음기 쪽으로 가서 가죽 앨범에서 레코드를 꺼내더니 바늘을 올려놓고 심각한 표정으로 주위를 둘러봤다. 우리는 잠자코 기다렸다.

"이건 중국어 레코드입니다." 야코 레포가 말했다.

링거폰 레코드였다. 콧소리의 강사가 중국어 발음법을 한참 가르쳤다. 우리는 말없이 귀를 기울였다. 이어 야코 레포가 레코드를 갈아끼웠다. 그는 크랭크를 돌리더니 큰 소리로 외쳤다. "이건 힌두스탄어입니다."

힌두스탄어 발음 강의가 이어졌고, 우리는 깊은 침묵 속에 귀를 기울였다.

이어 터키어 문법 강의와 아랍어 발음법, 끝으로 일본어 문법과 발음법에 관한 다섯 편의 강의가 이어졌다. 우리는 모두 말없이 레코드를 들었다. "이제 드디어……" 야코 레포가 축음기를 돌리며 소리쳤다. "놀라운 레코드를 들려드리겠습니다."

이번에는 프랑스어 발음 강의였다. 링거폰 인스티튜트 강사가 라마르틴•의 시 「호수」를 콧소리 내가며 낭독했다. 우리는 절대 침묵을 유지한 채 레코드에서 흘러나오는 소리를 들었다. 콧소리가 끝나자 야코 레포가 감격 어린 표정으로 주위를 둘러보며 말했다. "제 처는 이 레코드를 다 외웠습니다. 여보, 부탁해."

리시 레포가 자리에서 일어나 천천히 건너편으로 가더니 축음기 옆에 자리를 잡고 고개를 한 번 뒤로 젖힌 뒤 두 팔을 들고 천장을 올려다보며 라마르틴의 「호수」를 낭송했다. 그 긴 라마르틴의 「호수」 전편을 링거폰 인슈티튜트 강사와 똑같은 발음에 똑같은 콧소리로 읊은 것이다.

"정말 대단하지 않아요?" 야코 레포가 감격에 겨운 목소리로 말했다.

벌써 새벽 다섯시였다. 그다음에 벌어진 일은 기억이 안 나고, 데 폭사와 나는 어찌어찌하여 마침내 거리로 나왔다. 말도 못할 정도로 추웠다. 밤 날씨는 쾌청했고 눈은 은빛으로 다소곳이 빛나고 있었다. 내가 유숙하는 호텔에 도착하자 데 폭사는 내 손을 잡고 "말리얀네"라고 말했다.

나도 "말리얀네"라고 대꾸했다.

스웨덴 공사 베스트만은 서재 창문 앞에 앉아 우리를 기다리고 있었다. 까만 밤을 뚫고 은빛 눈의 반사광이 어둠침침한 서재로 스며들었다. 가죽 빛깔의 따스한 어둠침침함 속에 두꺼운 장서의 금빛 줄무늬들이 반짝였다. 갑자기 불이 켜지자 베스트만 공사의 크고 훌쭉한 몸매가 윤곽을 드러냈다. 스웨덴 은화에 새겨진 인물처럼 말끔하고 날카로운 모습이었다. 적막 속에 빛이 쏟아지자 허공에 얼어붙었던 그의 일거수일투족이 서서히 녹으면서 풀렸다. 그리하여 그 작은 머리며 곧고 훌쭉한 어깨가 높은 참나무 서가에 얹어놓은 스웨덴 군주들의 대리석 흉상처럼 부동의 차가움으로 다가왔다. 은발머리가 죽은 듯한 대리석 흉상의 윤기에 따스함을 더하는 가운데 냉소적인 미소가, 불안한 미소의 그림자가 그의 진지하고 부드러운 일굴에 번졌다.

• 1790~1869. 시인, 정치가. 왕정에 맞서 혁명을 이끈 프랑스의 귀족.

따뜻한 주방 테이블에 올려놓은 대형 은제 촛대 두 개가 미묘하고 따스한 빛을 발했다. 촛불은 서리 낀 유리창을 거세게 밀고 들어온 얼음에 쌓인 바다와 눈 덮인 광장의 반사광 속으로 녹아들었다. 분홍빛 촛불이 플랑드르산 아마천 식탁보를 살색으로 물들이고, 로르스트란드와 마리베리 도자기의 차가운 표면을 살짝 덮고, 오레포르스 크리스털의 얼음 같은 광채와 옛날식 코펜하겐 은제 식기의 반짝임을 따스하게 해주었지만, 방 안에는 뭔가 유령 같은, 뭔가 아이러니한 것이 떠돌았다. 여기서 아이러니란 유령이나 유령 같은 것들과 관계가 있다는 뜻에서 한 말이다. 음울한 눈의 반사광과 함께 방으로 흘러드는 북국의 밤이 주는 묘한 마력이 우리를 사로잡은 듯, 우리의 얼굴에는, 불안하고 어수선한 눈빛과 내뱉는 말에는 뭔가 유령 같은 것이 어른거렸다.

데 폭사는 창가에 앉아 있었고 허연 살덩이 같은 눈 반사광 사이로 언뜻언뜻 퍼런 혈관들이 창에 비쳤다. 북국의 밤이 건 주술을 떨쳐내려는 듯 그는 스페인의 태양에 대해, 스페인의 색채와 냄새와 소리와 향취에 대해, 안달루시아의 찬란한 대낮과 초롱초롱 별이 빛나는 밤하늘에 대해, 카스티야 고원을 적시는 선선한 바람에 대해, 황소가 죽은 투우장에 드리운 푸른 하늘에 대해 얘기했다. 베스트만 공사는 지그시 눈을 감고 데 폭사의 얘기를 듣고 있었다. 마치 창문에 어른거리는 눈 반사광 사이로 스페인의 흙냄새가 맡아지고, 멀리 얼음 바다 너머 스페인의 거리와 가옥에서 흘러나오는 소음과 음성이, 따스하고 깊은 색채가 넘실대는 정물화, 초상화, 풍경화와 함께, 길거리와 광장과 가정, 무도회, 축제 행렬, 목가, 장례식, 개선행진의 광경 들이 손에 잡힐 것같이 보이는 듯한 표정을 지어보였다. 그런 이야기들이 울림 깊은 데 폭사의 목소리에서 흘러나오고 있었다.

베스트만은 스페인 주재 스웨덴 공사로 마드리드에서 여러 해를 보낸 인물로 헬싱키 주재 공사로 임명된 것은 불과 몇 달 전이었다. 지금은 중요한 외교협상을 담당하고 있었다. 핀란드에서 특명을 완수하고 나면 마드리드로 돌아가 스페인 주재 공사를 다시 맡게 돼 있었다. 그는 내심 스페인을 관능적인 동시에 낭만적인 열정을 가지고 사랑했다. 그날 밤 그는 데 폭사가 하는 얘기를 시기와 적의가 뒤섞인 복잡한 심경으로 들었다. 마치 운 좋은 라이벌의 입을 통해 자신이 사랑하는 여자의 얘기를 듣는 불행한 연인 같았다. ("나는 남편이지 공사님의 라이벌이 아닙니다. 스페인은 내 아내이고 공사님은 그저 짝사랑하는 사람일 뿐이지요." 데 폭사가 그에게 말했다. "그것, 참……!" 베스트만의 입에서는 이런 한숨 섞인 대꾸가 흘러나왔다.) 하지만 스페인에 대한 그의 감정에는 햇빛 찬란한 남쪽 지중해 국가들을 선망하는 북유럽인이 늘 그렇듯 관능적인 열정과 숨은 거부감 같은 것이 짙게 배어 있었다. 그것은 마치 16세기 플랑드르 화가 피터르 브뤼헐의 〈죽음의 승리〉에 나오는 구경꾼들 얼굴에 묘사된 것과 같은 관능적인 거부감이었다. 관능적이고 향이 강한 꽃들 사이로 죽은 도마뱀들처럼 태양 아래 널브러진 녹색의 시신들은 보는 이들에게 경건한 공포와 동시에 관능적인 쾌감을 불러일으킨다. 매혹인 동시에 역겨움 같은 것을.

"스페인은……" 데 폭사가 말을 이었다. "관능적인 나라인 동시에 죽음의 나라이지, 유령들의 나라는 아닙니다. 유령들의 고향은 북유럽이지요. 스페인 소도시의 거리에서 만나는 것은 시신이지 유령이 아닙니다." 그는 스페인 미술과 문학 전반에 스며들어 있는 죽음의 악취에 대해, 고야의 죽음 같은 풍경화들에 대해, 엘 그레코가 그린 살아 있는 시신들에 대해, 벨라스케스가 장대한 황금빛 건물을 배경으로 그려넣은, 왕궁과 교회와 수도원의 어두침침함 속에서 썩어 문드러져가는 스페인의 왕과 대공들의 얼굴들에 대해 말했다.

"스페인에서도……" 베스트만 공사가 말했다. "유령을 만나는 건 드문 일이 아니지요. 나는 스페인 유령들을 아주 좋아합니다. 아주 상냥하고 예의범절이 반듯하거든요."

"그들은 유령이 아닙니다." 데 폭사가 말했다. "그들은 시체들입니다.

그들은 육신 없는 형상이 아닙니다. 그들은 살과 피로 돼 있습니다. 그들은 산 자들처럼 먹고 마시고 사랑하고 웃습니다. 하지만 죽은 몸뚱어리지요. 그들은 유령처럼 밤에 돌아다니지 않습니다. 한낮에, 해가 쨍쨍할 때 돌아다니지요. 스페인이 그렇게 생기가 넘치는 건 길거리에서 만날 수 있는 그런 시체들 때문입니다. 그들은 카페에 앉아 있고, 컴컴한 교회에서 무릎 꿇고 기도하고, 녹색 얼굴에 까만 눈을 반짝이며 말없이 천천히 움직이지요. 축제나 장날 같은 때 소도시와 마을의 유쾌한 부산함 속에 섞여듭니다. 산 사람들 사이에 끼어들어 웃고 사랑하고 술 마시고 노래합니다. 공사님이 유령이라고 하는 건 스페인 게 아니에요. 그건 외래종입니다. 아주 멀리서 온 거지요. 어디서 왔는지는 아무도 모르지만 그런 존재들은 이름을 부르거나 주문을 외워야 불러낼 수 있습니다."

"주문의 힘을 믿으세요?" 베스트만이 웃으며 물었다.

"선량한 스페인 사람이라면 누구나 주문의 힘을 믿지요."

"아시는 주문이 있습니까?"

"많지요. 하지만 유령을 불러내는 초자연적인 힘을 지닌 주문이 특별한 게 하나 있습니다."

"말씀 좀 해주세요. 귓속말로라도."

"그럴 순 없습니다. 무서운 일이니까요." 이렇게 말하는 데 폭사의 얼굴이 약간 창백해졌다. "그건 카스티야어로 가장 무시무시하고 위험한 말입니다. 진짜 스페인 사람이라면 그런 말은 감히 입에 올리지 못하지요. 지금 당장 시체를 가져다가 이 탁자 위에 올려놓아도 나는 눈 하나 깜짝하지 않을 겁니다. 하지만 유령을 부르면 안 됩니다. 유령에게 문을 열어주지 마세요. 무서워서 죽을 겁니다."

"그럼 그 말이 무슨 뜻인지만이라도 말해주세요." 베스트만이 말했다.

"그건 뱀을 일컫는 많은 명칭 가운데 하나입니다."

"뱀을 일컫는 명칭들은 다 괜찮지요." 베스트만이 말했다. "셰익스피어의 희곡에서 안토니우스는 클레오파트라를 감미로운 뱀 이름으로 부릅니다."

"아!" 데 폭사가 얼굴이 새하얘지면서 소리쳤다.

"왜 그러세요? 그게 차마 언급할 수 없는 그 단어인가요? 하지만 그 말이 안토니우스의 입술에 오르는 순간 달콤해집니다. 클레오파트라는 그 이상 감미로운 이름을 가져본 적이 없어요. 잠깐만……" 베스트만은 흡족한 표정으로 잔인하게 이야기를 계속했다. "그 단어가 정확하게 생각날 것 같네요. 셰익스피어가 안토니우스의 입에 올린 그 말은……"

"말하지 마세요, 제발!" 데 폭사가 소리쳤다.

"내 기억이 틀리지 않다면……" 베스트만이 잔인한 미소를 지으며 고집스럽게 말했다. "안토니우스가 클레오파트라를 부른 그 이름은……"

"제발, 말하지 마세요!" 데 폭사가 소리쳤다. "그 말, 크게 하면 안 돼요. 무서운 말입니다. 이렇게 살며시 얘기해도 될까 말까예요." 그러면서 입술을 살짝 들어 속삭였다. "쿨레브라!"

"아, 독사!" 베스트만이 웃으며 말했다. "그런 정도 말했다고 무서워 죽나? 별다를 게 없는 말인데. 나한텐 무섭지도 희한하지도 않은 말입니다." 그는 눈을 들어 천장을 쳐다봤다. 옛날 기억을 되살려내려는 듯한 표정이었다. "셰익스피어가 했던 말은 '뱀'입니다. 스페인 말 '쿨레브라'처럼 달콤한 어감은 아니지요. 오 미 쿨레브라 델 안티구오 닐로—오, 나의 유서 깊은 나일 강의 뱀이여."

"제발, 그만하세요." 데 폭사가 말했다. "그건 불길한 주문입니다. 우리들 중 누가, 우리 가까이에 있는 누가, 오늘밤 죽을 수도 있어요."

바로 그 순간, 문이 휙 열리고 이나리 호수에서 건져올린 끝내주는 연어가 식탁에 올랐다. 불그레한 살은 야들야들하면서도 싱싱했다. 녹색과 푸르스름한 빛이 감도는 은빛 비늘이 무성한 껍질 깊숙이 낸 칼집으로 언뜻언뜻 드러나는 살점은 데 폭사의 말 그대로 스페인의 시골마을 교회에 서 있는 성모 마리아 상에 덮어놓은 실크처럼 매끄러웠다. 연어 대가리는 핀란드의 강과 호수에서 자라는, 여자 머리칼처럼 가녀리고 투명한 수초를 뭉쳐 만든 받침을 베개처럼 베고 누워 있었다. 마치 브라크•의 정물화에 나오는 잠자는 물고기 머리 같았다. 연어의 맛은 물과 숲과 구름의 아련한 기억을 연상시켰다. 내게는 여름날 백야에 북극의 태양이 창백한 빛을 발하는 가운데 야들야들하면서도 어린아이 같은 녹색 하늘 아래 펼쳐진 이나리 호수의 기억처럼 느껴졌다. 은빛 비늘 사이로 반짝이는 불그레한 살은 석양이 수평선 가장자리까지 내려왔을 때 하늘에 펼쳐진 구름색깔 바로 그것이었다. 어찌 보면 석양 무렵 창턱에 놓아둔 오렌지 같고, 또 어찌 보면 나뭇잎 사이를 사각거리며 스쳐가는 부드러운 바람의 속삭임 같았다. 맑은 물과 풀이 무성한 물가를 지나 강물과 호수의 표면을 스치면서 라플란드의 광활한 숲으로 흘러드는 바람. 또 어찌 보면 깊어가는 북극의 백야에 푸른 줄이 멋지게 나 있는 녹색 하늘 위로 해가 어슬렁거릴 때 이나리 호수를 뒤덮은 은빛 잔물결 사이로 반짝이며 명멸하는 야들야들하면서도 싱싱한 불그레한 색조 그대로였다.

데 폭사의 얼굴 역시, 연어가 비늘들 사이로 분홍빛 살결을 내비치는 것처럼 불그레하게 물들어 있었다.

"유감이네." 데 폭사가 웃으며 말했다. "소련의 깃발은 연어살 분홍색이 아니니 말이야."

"다행이지." 내가 대꾸했다. "소련 깃발은 붉은색이지 연어살 분홍색이 아니니 말이야. 소련 깃발이 연어살이나 데수 드 팜(여성용 속옷) 같은 분홍색이라면 가련한 유럽에 또 무슨 일이 닥칠지 누가 알겠어."

"유럽에서는 지금 모든 게 시들어가고 있습니다." 베스트만이 끼어들었다. "마찬가지로 우리는 지금 중세를 향해 가고 있습니다. 색깔로 말하면 연어살 같은 분홍이지요."

"나도 가끔 그런 의문이 듭니다." 데 폭사가 말했다. "새로운 중세에 지식인들의 역할은 뭘까 하는 의문 말입니다. 지식인들은 이참에 다시

• 1882~1963. 프랑스 입체파 화가.

한번 유럽 문명을 구하기 위한 시도를 할 수 있을 겁니다."

"지식인들은 못 말리는 존재지요." 베스트만이 말했다.

"몬테카시노 수도원▲의 늙은 원장님도……" 내가 말했다. "이따금 똑같은 질문을 스스로 하시더군요." 나는 가브론스키 백작 이야기를 해주었다. 가브론스키는 베를린 주재 이탈리아 대사를 지낸 프라사티 상원의원의 딸 루치아나 프라사티와 결혼한 폴란드 외교관으로 폴란드가 독일군에게 점령되자 로마로 망명했고, 이따금 몬테카시노 수도원 영빈관에서 몇 주씩 머물다 가곤 했다. 수도원장인 늙은 대주교 돈 그레고리오 디아마레는 어느 날 가브론스키에게 유럽이 야만의 나락에 떨어질 위기에 처했다는 얘기를 하면서 중세에서도 가장 암울한 시기에 몬테카시노 수도원의 수도사들은 고대 그리스, 라틴 문명의 소중한 문헌들을 손으로 필사함으로써 서양문명을 구원했다고 말했다. 그러면서 덕망 높은 수도원장은 마지막으로 이런 질문을 던졌다. "오늘날 유럽 문화를 구원하려면 우리가 무엇을 해야 하겠소?" 가브론스키 백작의 대답은 "수도사들로 하여금 타자기로 똑같은 원고를 베껴쓰게 하십시오"였다.

투명한 모젤 와인에서는 비에 젖은 건초 냄새가 났다. 연어의 은빛 비늘 사이로 반짝이는, 우아하면서도 투명한 장밋빛 모젤 와인은 밤의 태양 아래 빛나는 이나리 호수의 맛 같았다. 버건디 적포도주가 잔 속에서 핏빛 반사광을 발했다. 이어 큼지막한 은쟁반에 담긴 카렐리야산 돼지 옆구리 살이 테이블 한가운데 오르자 오븐에서 갓 꺼낸 그 따스한 향취가 방 안을 가득 채웠다. 모젤 와인의 투명한 반짝임과 연어의 장밋빛 색조가 유투안요키 강의 은빛 물결과 라플란드의 녹색 하늘에 피어오른 분홍빛 구름들을 생각나게 했다면 붉은 버건디 포도주와 오븐에서 갓 꺼낸, 솔향기가 밴 카렐리야산 돼지는 햇볕에 따스해진 대지의 기억을 떠

▲ 로마 인근 몬테카시노 산 정상에 6세기경 세워진 역사적인 수도원. 9세기 사라센의 침입을 받았었고, 이 소설이 출간되던 1944년에는 연합군의 폭격으로 결국 파괴됐다가 전후에 재건된다.

올리게 했다.

버건디 적포도주만큼 흙냄새를 느끼게 하는 와인은 없다. 따스한 촛불과 하얀 눈 반사광을 받은 포도주는 흙의 빛깔, 석양빛에 선홍색과 금빛으로 물든 프랑스 동부 코트도르 구릉지의 색조 그대로였다. 강한 포도주 향에서는 여름날 저녁 버건디의 풀과 나뭇잎 같은 냄새가 났다. 저녁 어스름이나 밤에 잘 어울리는 와인은 역시 뉘 생조르주였다. 부르고뉴 지방의 여름날 저녁 같은 깊은 맛이 나는 이 와인은 '뉘(nuit)'라는 이름부터가 밤이라는 뜻이다. 뉘 생조르주는 밤의 문턱에서 석양의 햇살이 수평선 가장자리 수정 같은 잔물결에 내려앉은 것처럼 핏빛으로 빛난다. 선홍색으로 물든 대지 위에서, 죽어가는 낮의 맛과 향취가 아직은 남아 따스한 풀과 잎사귀들 사이로, 붉고 푸르른 빛이 깜박이는 듯하다. 들짐승들은 밤이 내리면 땅속으로 숨어든다. 멧돼지가 덤불을 들이받아 잔가지 부러지는 소리가 요란하다. 짧게 나는 꿩은 벌써 숲에 깔린 어스름을 틈타 슬그머니 숨는다. 날쌘 산토끼는 이 순간 처음으로 떨어지는 팽팽한 은빛 밧줄 같은 달빛을 타고 달린다. 바로 이 순간이 버건디 와인의 시간이다. 겨울밤이 시작된 바로 그 시간에, 눈의 반사광을 받아 상앗빛으로 물든 그 방에서, 뉘 생조르주의 깊은 향은 여름날 저녁 그윽한 부르고뉴의 기억을, 아직 햇볕의 온기가 남아 있는 대지 위에 잠든 밤들의 기억을 떠올리게 했다.

데 폭사와 나는 서로 쳐다보며 말없이 미소 지었다. 우리의 얼굴에는 따뜻한 온기가 밀려왔다. 우리는 서로 웃으며 바라봤다. 마치 예상치 못했던 대지의 기억이 북극의 밤의 황량한 주술에서 우리를 해방시켜주는 듯했다. 우리는 눈과 얼음의 황무지에서 길을 잃은 채였다. 십만여 개 호수로 질퍽한 나라, 부드러우면서도 강한 그 핀란드에서 헤매고 있었다. 이 나라에서는 바다 냄새가 저 멀리 카렐리야 숲과 라플란드 내륙 깊숙한 곳까지 스며든다. 반짝이는 물기를 사람과 동물의 푸르스름한 잿빛 눈에서도, 헤엄치는 사람들의 몸짓처럼 느리면서도 산만한 행동거지에서도 찾아볼 수 있다. 사람들은 새하얀 눈의 불꽃으로 빛나는 거리를 그렇게 걷는다. 또 여름밤 공원을 어슬렁거리면서 눈을 들어 지붕 위의 푸르스름하고 물기 어린 하늘을 쳐다본다. 여름날 북국의 백야는 새벽도 석양도 없이 낮이 끝없이 계속된다. 그런데 예상치 못한 대지의 기억들이 우리로 하여금 뼛속까지 흙냄새를 느끼게 해준 것이다. 그리하여 우리는 서로 쳐다보며 미소 지었다. 천신만고 끝에 난파선에서 겨우 탈출한 기분이었다.

"스콜!―위하여!" 데 폭사가 감격에 겨운 듯이 외치며 잔을 치켜들었다. 주인이 먼저 잔을 들고 '위하여!'를 외치면서 손님들에게 건배를 권하는 스웨덴 관습을 정면으로 어긴 행위였다.

"나는 잔을 들어도 스콜이라는 말은 절대 안 합니다." 베스트만이 데 폭사의 무례한 행동을 놀려주듯이 짓궂게 한마디 걸쳤다. "아서 레이드가 쓴 희곡 중에 이런 대사가 나오지요. '런던은 막 스웨덴에서 돌아온 사람들로 만원이다. 그들은 스콜을 마시고 서로 스냅(꿀꺽)이라고 외친다.' 나도 스콜은 마시고 스냅을 외칩니다."

"그럼, 스냅이지!" 데 폭사가 소리쳤다. 버건디 와인에 달떠서 애들처럼 신이 난 목소리였다.

"스냅!" 베스트만이 가만히 웃으며 말했다. 나도 따라 외쳤다. "스냅!"

"중립국이라는 건 얼마나 편할까, 안 그래요?" 데 폭사가 스웨덴 공사 베스트만을 돌아보며 말했다. "승리나 패배를 기원하지 않고 술을 마셔도 되잖아. 유럽의 평화를 위해 스냅."

"스콜!" 베스트만이 말했다.

"왜? 왜 스콜이라는 거지요?" 데 폭사가 물었다.

"가끔 실수를 하고 싶거든요." 베스트만이 빈정대듯 이죽거리며 대꾸했다.

"난 스냅이라고 하는 게 좋아요." 데 폭사가 잔을 쳐들며 말했다. "독일을 위해 스냅, 그리고 영국을 위해 스냅!"

"독일을 위해 스냅." 베스트만이 근엄한 표정으로 외치는 모습이 보기 좋았다. "그리고 영국을 위해 스콜."

"맞는 말씀입니다." 데 폭사가 말했다. "영국을 위해 스콜!"

나도 잔을 들어 '독일을 위해 스냅, 영국을 위해 스콜'이라고 외쳤다.

"자넨 스냅이라고 하면 안 되지. 독일에는 스콜이라고 해야 돼." 데 폭사가 내게 말했다. "독일은 이탈리아의 동맹국이잖아."

"개인적으로……" 내가 대답했다. "난 독일의 동맹이 아니야. 이탈리아가 지금 하는 전쟁은 무솔리니 개인의 전쟁이고, 난 무솔리니가 아니야. 그 어떤 이탈리아인도 무솔리니가 아니지. 무솔리니와 히틀러를 위해 스냅!"

"무솔리니와 히틀러를 위해 스냅!" 데 폭사가 따라 했다.

"그리고 프랑코, 스페인 총통을 위해 스냅." 내가 말했다.

데 폭사는 잠시 머뭇거리더니 "프랑코를 위해서도 스냅"이라고 외치며 웃음을 터뜨렸다. 그는 베스트만을 돌아보며 말을 이었다. "말라파르테가 폴란드에서 프랑크 총독을 상대로 페어플레이한 얘기 아십니까?" 그는 베스트만에게 내가 프랑크와 암묵적인 합의를 했고, 힘러가 바르샤바에 와 있는 동안 이탈리아에 있는 폴란드 난민들이 본국에 남아 있는 친척과 친구에게 보내달라는 편지와 돈 등을 전해준 사실을 프랑크에게 직접 말했다는 얘기를 해줬다.

"그럼 프랑크는 선생을 배신한 건 아니네요?" 베스트만이 물었다.

"그렇죠. 그 사람은 절 배신하지 않았습니다."

"프랑크와의 만남은 정말 기이하군요." 베스트만이 말했다. "게슈타포한테 넘기고 싶었을 텐데 말이죠. 선생한테는 놀라울 정도로 잘해줬다고 볼 수밖에 없군요."

"저는 그가 배신하지 않을 거라고 확신했습니다. 그가 제 솔직함을 무조건 믿어준 것은 나름으로 조심한다고 한 것이겠지요. 난 그를 신사로 간주함으로써 공범자로 만들었습니다. 하지만 그는 나중에 복수하려 들었어요. 어쩔 수 없이 공범이 되게 만든 데 대한 앙갚음이었죠. 내가 바르샤바를 떠나고 몇 주 후 그는 이탈리아 정부에 폴란드 상황을 전한 내 기사가 폴란드인의 견해를 일방적으로 대변한 것이라고 거세게 항의했습니다. 또 내가 문제의 기사를 공식 부인하고 자신에게 직접 사과문을 보내야 한다고 요구했습니다. 당시 난 핀란드에 있어서 안전했습니다. 그리고 당연히 내 대답은 '스냅!'이었지요."

"나라면……" 데 폭사가 말했다. "메르드•라고 했을 거야."

"그런 말을 쉽게 하기 어려운 때가 있지요." 베스트만이 웃는 얼굴로 말했다.

"내가 독일인한테 캉브론 장군이 워털루 전투▲에서 영국 장교에게 답한 식으로 말할 수 없다고 보십니까?" 데 폭사는 당당한 목소리로 이렇게 말하곤 나를 보며 한마디했다. "내가 독일인한테 메르드라고 하면 왕궁 만찬에 초대해주겠어?"

"거 참, 아구스틴, 자넨 스페인 공사야. 그걸 잊으면 안 돼."

"좋아! 메르드라고 답할 거야. 스페인의 이름으로."

"제발, 아구스틴, 그런 말 한마디가 스페인 국민을 전쟁으로 끌고 들어갈 수 있다는 거 몰라?"

"스페인 국민은 그보다 더 사소한 이유로 전쟁을 했어."

"적어도 히틀러가 워털루에 올 때까지는 기다려야겠네요." 베스트만이 말했다. "유감스럽게도 아직은 아우스터리츠까지밖에 못 갔습니다."

다행히 바로 그때 향긋한 냄새가 나는 부드러운 케이크를 잔뜩 담은 쟁반이 테이블에 올랐다. 성심수녀회 소속 수녀들도 볼테르식 명칭으로 페드논('수녀의 방귀'라는 뜻)이라 부르는 그 케이크였다.

"이 페드논을 보고 생각나는 게 없습니까?" 베스트만이 데 폭사에게

• merde. 프랑스어로 '똥이다'라는 뜻의 욕설.

▲ 1815년 벨기에 워털루에서 나폴레옹의 프랑스군과 영국·프로이센 연합군이 맞붙은 전투.

물었다.

"스페인이 생각납니다." 데 폭사가 엄숙한 목소리로 대답했다. "스페인은 수도원 천지고 페드논 천지니까요. 로마가톨릭 신자인 동시에 스페인 사람으로서, 이렇게 내 조국을 떠올리게 해주신 데 대해 감사를 드립니다."

"절대 스페인이나 가톨릭을 염두에 두고 한 얘기는 아니었습니다." 베스트만이 상냥하게 웃으며 말했다. "수녀원에서 많이 먹는 이런 과자들을 보면 전 어린 시절이 생각납니다. 공사님도 어린 시절이 생각나지 않으세요? 모든 아이들은 이런 과자를 좋아하니까요. 제 고향 스웨덴에도 수녀원 같은 건 없지만 페드논은 있습니다. 페드논을 보면 어린 시절로 돌아간 기분이 들지 않나요?"

"손님들 기분을 좋게 해주는 재주가 참 탁월하시네요." 데 폭사가 말했다. "이런 좋은 음식을 보면 저는 스페인의 불멸의 젊음이 생각납니다. 어른이 된 저는 불행하게도 더이상 아이는 아닙니다. 하지만 스페인 사람으로서 저는 청춘이고 불멸입니다. 정말 유감인 건 청춘이면서 동시에 쇠락해갈 수 있다는 겁니다. 지금 라틴 민족들은 쇠락해가고 있습니다." 데 폭사는 입을 다물고 고개를 푹 수그렸다. 그러다 갑자기 고개를 들어 힘찬 목소리로 말했다. "하지만 그건 고귀한 쇠락입니다. 미국 공사관에 있는 친구가 일전에 내게 그런 말을 했습니다. 그때 우리는 전쟁에 대해, 프랑스와 이탈리아, 스페인에 대해 이야기하던 중이었습니다. 제가 그 친구에게 라틴 민족들은 쇠락해가고 있다는 얘기를 했지요. 그러자 그 친구는 '그들이 쇠락해가는 건 어찌 보면 당연해. 하지만 썩어가는 그 냄새는 향기롭지'라고 하더군요."

"네, 그 냄새는 향기롭습니다." 베스트만이 말했다.

"스페인에 대해 그렇게 애정을 보여주시니 참으로 감사합니다." 데 폭사가 테이블 위로, 유리잔들의 차가운 반짝거림 너머로 몸을 숙인 채 베스트만에게 미소를 보내며 말했다. "근데, 어떤 스페인을 사랑하시는 겁니까? 신의 스페인, 아니면 인간의 스페인?"

"당연히 인간의 스페인이죠."

데 폭사 백작은 깊이 실망한 표정으로 베스트만을 바라봤다. "공사님도 그런가요? 북유럽 사람들은 스페인의 인간적인 면만을 좋아합니다. 하지만 스페인에서 젊고 불멸인 부분은 모두 신에 속하는 영역입니다. 로마가톨릭 신자가 돼 봐야 스페인을 이해하고 사랑할 수 있습니다. 진짜 스페인, 신에 속하는 스페인 말입니다. 왜냐하면 신은 가톨릭교도이고 스페인 사람이니까요."

"저는 프로테스탄트입니다. 그래서인지 신이 가톨릭교도라는 말씀은 정말 놀랍군요. 하지만 신이 스페인인이라는 얘기는 그럴듯하네요."

"신이 존재한다면 그분은 스페인 사람입니다. 이건 신성모독이 아닙니다. 신앙고백이지요."

"몇 달 후면 저는 마드리드 주재 공사로 돌아갑니다." 베스트만이 약간 비아냥거리는 어조로 점잖게 말했다. "데 폭사 공사님께 약속드리죠. 신의 스페인에 조금 더 관심을 갖고 인간의 스페인에는 조금 덜 관심을 갖도록 해보겠습니다."

"그럼 좋지요. 스페인의 신은 푸에르타 데 이에로에 있는 골프장보다 훨씬 흥미로울 겁니다." 데 폭사는 우리한테 젊은 영국 외교관 얘기를 해주었다. 그는 스페인 내전이 끝나고 프랑코 정부가 있는 마드리드로 대사관을 옮기자마자 푸에르타 데 이에로 골프장의 다섯번째 홀이 파시스트들의 폭격으로 망가졌다는 얘기가 사실인지 알아보는 데 혈안이 됐다는 것이다.

"근데 그게 사실이었나요?" 베스트만이 불안한 목소리로 물었다.

"아니요, 하느님 감사합니다. 다섯번째 홀은 망가지지 않았습니다." 데 폭사가 답했다. "다행히 반(反)파시스트 계열 언론에서 편파적으로 만들어낸 뉴스였습니다."

"다행입니다." 베스트만이 안도의 한숨을 내쉬며 말했다. "솔직히 조마조마했습니다. 현대 문명에서는 불행히도 골프 홀이 고딕 성당만큼이나 중요하거든요."

"적어도 골프 홀만은 이 전쟁에서 다치지 않기를 주님께 간절히 기도하십시다." 데 폭사가 말했다.

사실 데 폭사는 골프 홀이나 고딕 성당에는 아무 관심이 없었다. 그는 열렬한 가톨릭 신자지만 역시 스페인 스타일이었다. 말하자면 그는 종교적인 문제는 개인적인 문제로 봤고, 교회에 대해서는, 그리고 심지어 가톨릭의 양심문제에 대해서도 정신의 자유, 저 유명한 스페인식 불손함을 옹호했다. 여기서 말하는 정신의 자유는 볼테르식 정신의 자유와 무관한 개념이다. 그 밖의 정치적, 사회적, 예술적 문제에 대한 태도도 마찬가지였다. 그는 팔랑헤당(프랑코의 파시스트당) 당원이었다. 하지만 다른 스페인인이 공산주의자이거나 무정부주의자인 것과 마찬가지였다. 말하자면 가톨릭 스타일인 것이다. 데 폭사는 그런 스타일을 "벽에 등을 대고 있다"고 표현했다. 모든 스페인인은 자유인이지만 벽에 등을 대고 있다. 높고 매끈하고 통과할 수 없는 가톨릭의 벽, 신학적인 벽, 낡은 스페인의 벽이다. 그 벽은 총살집행 부대(무정부주의자일 수도 있고 공화파일 수도 있고 공산주의자나 왕정복고주의자 또는 파시스트일 수도 있다)가 적을 세워놓고 처형하는 벽이다. 바로 그 벽 앞에서 종교재판 화형식이 집행되기도 하고 가톨릭 신비극이 공연되기도 한다.

데 폭사는 핀란드에서 프랑코 치하의 스페인을 대표하는 인물이었지만 (페탱• 의 비시 프랑스 공사 위베르 게랭은 데 폭사를 '비시 스페인의 공사'라고 불렀다) 그럼에도 불구하고 프랑코와 그가 주도한 혁명을 경멸적으로 비웃었다. 데 폭사는 공산주의를 위한 봉건적, 가톨릭적 토대를 수립하려고 했던, 또는 그의 표현을 빌리면 "레닌주의를 위해 신학을 창안함으로써" 가톨릭적이고 전통적인 낡은 스페인과 노동자를 중심으

• 1856~1951. 프랑스의 군인, 정치가. 이차대전 때 친독 비시 정부 수반.

로 한 젊은 유럽을 화해시키려고 했던 청년 스페인 세대에 속했다. 그런 그가 지금은 자기 세대의 허망한 환상을, 그리고 그 비극적이고 우스꽝스러운 시도의 좌절을 비웃고 있는 것이다.

이따금 그가 스페인 내전▲ 얘기를 할 때면 나는 그가 평소의 논리적 주장과 달리 프랑코의 적들을 오히려 정치적, 윤리적, 지적 차원에서 정당하고 진실한 쪽으로 인정하고 있다는 느낌이 들었다. 자연스러운 양심의 발로였을 것이다. 그날 밤 스페인공화국 대통령 아사냐에 대해, 또 아사냐가 쓴 '비밀 일기'에 대해 말할 때도 그랬다. 문제의 일기는 아사냐가 매일 매시간 혁명과 내전 과정에서 벌어진 일들을 지극히 사소한 내용까지 꼼꼼히 기록하고 소회를 붙인 것이다. 예를 들면 어느 날 어떤 시각의 하늘색, 샘물 졸졸 흐르는 소리, 나뭇잎 스치는 바람의 사각거리는 소리, 근처 길가에서 울려퍼지는 총성을 상세히 묘사하는가 하면, 주교와 장군들, 정치가, 왕정시대의 조신, 대토지 소유자, 생디칼리스트 노동운동 지도자, 귀족, 무정부주의자 등의 소심함, 오만함, 딱함, 공포심, 냉소주의, 배신, 위선, 이기심을 적나라하게 기록했다. 그들은 아사냐를 찾아와 조언을 청하기도 하고 타협을 제안하기도 하고 몸을 팔거나 배신을 때리기도 했다. 물론 아사냐의 '비밀 일기'는 프랑코가 가져간 뒤로 출간되지 않았지만 폐기되지도 않았다.■ 데 폭사는 그 일기를 봤고, 특이한 문건이라고 표현했다. 거기 보면 아사냐는 파란만장한 사건들과 사람들에 대해 특이할 정도로 거리를 둔다. 그는 순수하고도 추상적인 공기 속에서 살아가는 고독한 인간으로 비친다. 그러나 어떤 때 보면 데 폭사는 깊은 가톨릭적 양심을 통해 오래전에 결론을 본 아주 단순한 문제들에 있어서도

▲ 프랑코 장군의 우익 군부가 독일과 이탈리아의 지원을 받아, 1936년 7월에서 1939년 3월까지 공화파 인민전선 정부에 맞서 일으킨 내전.

■ 아사냐(1880~1940)의 이 '비밀 일기'는 이로부터 육십여 년이 지난 2003년 마드리드에서 『일기 결정판: 왕정, 공화국, 내전의 기록*Diarios completos: monarquía, república, Guerra Civil*』이란 제목을 달고 정식 출판됐다.

이상하리만큼 확신하지 못하는 것처럼 보였다. 그날 레닌그라드 초입 비엘로스트로보 전선에서도 그랬다.

며칠 전, 성금요일•에 나는 데 폭사와 함께 레닌그라드가 코앞에 보이는 비엘로스트로보의 참호를 찾아갔다. 오백 미터쯤 앞 철조망 너머로 소련군 참호와 벙커가 두 줄로 늘어서 있고 소련 병사 둘이 아무 거리낌 없이 눈밭 위를 활보하고 있었다. 그들은 어깨에 소나무 통나무를 짊어지고 숲 가장자리를 따라 이동중이었다. 무슨 불만이라도 있는 듯 팔을 휘저으며 보조를 맞춰 걸었다. 둘 다 시베리아 출신인 듯 키가 컸고 커다란 아스트라한산 잿빛 털가죽 모자를 쓰고 있었다. 모래 빛깔 외투는 부츠 뒤꿈치까지 길게 내려왔고 어깨에는 소총을 메고 있었다. 두 병사는 태양에 반사된 눈빛을 받아 실제보다 엄청 커보였다. 루칸데르 대령이 데 폭사를 돌아보며 말했다. "공사님, 저 두 놈 날려버릴까요?" 하얀 스키부대 복장이 영 어색한 데 폭사는 후드 위로 루칸데르 대령을 응시하며 대꾸했다. "오늘은 성금요일입니다. 이런 날 저 친구들 때문에 내 양심이 괴로워져서야 되겠습니까? 진짜 저를 즐겁게 해주고 싶다면 쏘지 마세요." 루칸데르 대령은 깜짝 놀란 표정으로 말했다. "우리는 여기 전쟁을 하러 온 겁니다." 그러자 데 폭사는 "맞는 말씀이지만, 저는 그냥 관광객일 따름입니다"라고 응수했다. 말투와 몸짓이 평소와 달리 퉁명스러워서 나는 다소 의아했다. 그의 얼굴은 극도로 창백했고 이마에서는 굵은 땀방울이 솟아나왔다. 그를 몸서리치게 만든 것은 자신의 방문을 기념해 소련군 병사 둘을 희생양으로 주겠다는 제안이 아니라 성금요일에 사람을 죽인다는 발상이었다.

루칸데르 대령은 감정이 격해진 데 폭사의 프랑스어를 잘 알아듣지 못했는지, 아니면 그를 즐겁게 해주려고 그랬는지, 아니면 그의 거부를 으레 하는 인사치레로 잘못 알아들었는지 발포를 명했다. 탄환은 몇 발짝

• 예수께서 십자가에 매달리심을 기리는 축일. 부활절 이틀 전날.

빗나갔고 두 병사는 멀쩡했다. 데 폭사는 소련군 병사가 아무 일 없다는 듯이 통나무를 버리지 않고 팔을 저으며 행진을 계속하는 것을 보고 빙긋 웃으며 안도의 한숨을 내쉬었다. 그러면서 아쉽다는 듯한 목소리로 말했다. "성금요일인 게 유감이군! 저 친구들이 박살나는 구경을 할 뻔했는데." 그러더니 한 팔을 참호 바깥으로 내뻗어 레닌그라드에 있는 러시아정교회의 성 이삭 성당의 거대한 돔을 가리키며 말했다. "저 돔 좀 봐, 정말 가톨릭 성당이랑 똑같지 않아?" 포위된 레닌그라드의 잿빛 지붕들 위로 거대한 돔이 흔들리는 것처럼 보였다.

데 폭사는 빈정거리는 듯 미소 짓는 호리호리한 몸매의 베스트만과 마주하고 앉아 있었다. 퉁퉁하고 불그레한 얼굴이 가톨릭 신비극에서 교회 계단에 쭈그리고 앉아, 은빛 의상을 걸친 천사를 마주한 악마를 연상시켰다. 그의 장난스러운 위트는 어떤 관능적인 것으로 말미암아 뚝뚝 끊어지곤 했다. 그것은 어쩌면 라틴 민족, 특히 스페인인들의 경우 충동적인 반응이나 깊은 욕망, 자유롭고 가뿐한 지성의 유희 같은 것을 감추거나 억제하는 자존심의 집착 같은 것이었다. 데 폭사의 표정에는 짓궂은 의구심 같은 것이 묻어났다. 그것은 자신의 맨얼굴이 드러나는 데 대한 두려움, 자신의 비밀스런 일부가 적나라하게 드러나는 데 대한, 자신을 노출시키는 것에 대한, 갑작스러운 타격을 입는 것에 대한 두려움 같은 것이었다. 나는 잠자코 두 사람 얘기에 귀를 기울였다. 분홍빛 촛불이 희미해지면서 유령 같은 눈의 반사광과 유리잔과 도자기와 은제 식기의 차가운 반짝임이, 오가는 말과 미소와 눈길에 비현실적인 분위기를 더했다. 뭔가 잡아채기 위해 덫을 놓아도 끝내 빠져나가고 마는 느낌이랄까……

"노동자들은 기독교인이 아닙니다." 데 폭사가 말했다.

"왜요? 그들도 당연히 기독교인인데요." 베스트만 공사가 응수했다.

"'불합리하기 때문에 나는 믿는다'라는 테르툴리아누스의 명제는 마르크스주의자들에게는 적용이 안 됩니다." 데 폭사가 말했다. "그리고 노동자들은 당연히 마르크스주의자들입니다. 천당이나 지옥을 안 믿지요." 베스트만은 장난기 가득한 눈으로 데 폭사를 응시하며 물었다. "그럼 공사님은 어떠세요? 천당이나 지옥을 믿으십니까?" 데 폭사가 대답했다. "저는 안 믿습니다."

그때 테이블에 커다란 초콜릿 케이크가 올랐다. 수도사만큼 큰 케이크는 바퀴처럼 둥근 모양에 설탕과 피스타치오 열매로 꽃 모양 장식을 해 놓았다. 녹색 장식이 시커먼 수도사 복장 같은 초콜릿과 대조를 이루어 봄날 같은 느낌을 주었다. 데 폭사는 돈 후안과 로페 드 베가와 세르반테스에 대해, 칼데론 데 라 바르카와 고야와 페데리코 가르시아 로르카에 대해 말하기 시작했다.• 베스트만은 성심수녀회 수녀들과 그들이 만드는 과자와 자수, 프랑스어 기도에 대해 얘기했다. 수녀들의 달콤한 프랑스어는 다소 구식 억양으로 엄숙한 파스칼보다 17세기 소설 『클레브 공작부인』 계열이다. 그러자 데 폭사는 "라므네보다 『위험한 관계』 계열이죠"라고 했다.▲ 데 폭사는 스페인의 젊은 세대, 그들의 스포츠에 대한 관심과 가톨릭이나 성모 마리아와 성인에 대한 종교적 열정과 이상에 대해 얘기했다. 그들의 이상형은 백합을 든 성 루이나 막대기를 든 성 이그나티오스가 아니라 마드리드나 바르셀로나 교외에서 사이클 선수나 축구선수 같은 셔츠를 입고 다니는 젊은 노동운동가나 공산주의 노동자였다. 그는 스페인 내전 때 축구선수들은 대개 빨갱이인 반면, 투우 팬들은 거의 프랑코주의자였다는 얘기를 해줬다. 투우 관람객들은 파시스트였고 축구 관객은 모두 마르크스주의자였다는 것이다.

"선량한 가톨릭교도이자 선량한 스페인인으로서……" 데 폭사가 말했다. "나는 마르크스와 레닌을 받아들일 용의가 있어요. 단 신학적, 사회

• 모두 작가, 화가, 시인으로 명성을 날렸던 스페인 사람들.

▲ 파스칼(1623~62)은 수학자이자 신학자, 『클레브 공작부인』(1678)은 여류작가 라파예트가 지은 궁정 연애소설이며, 라므네(1782~1852)는 교권에 맞섰던 종교사상가, 『위험한 관계』(1782)는 귀족들의 은밀한 사생활을 폭로한 서간체 소설이다.

적, 정치적 견해를 공유한다는 게 아니라 그들을 성인으로 존경할 수 있다는 겁니다."

"성인으로 존경하지 말라고 말리는 사람 없어요." 베스트만이 한방 날렸다. "공사님은 스페인 국왕 앞에서 무릎을 꿇겠지요. 근데 왜 천부의 권리가 있는데 공산주의자가 되면 안 된다는 겁니까?"

"그게 프랑코의 스페인의 이상입니다." 데 폭사가 웃으며 답했다.

어느덧 밤이 무르익었다. 우리는 테이블에서 일어났다. 우리는 서재에 있는 움푹한 가죽 안락의자에 앉아 커다란 유리창으로 항구를 내다봤다. 얼음장에 갇힌 배 주변을 갈매기들이 기웃거리고 있었다. 눈 반사광이 바닷새의 차고 부드러운 날개와 함께 창문으로 달려들었다. 나는 베스트만이 유령 같은 어스름 속에서 소리 없이 경쾌하게 움직이는 모습을 보았다. 투명한 그림자 같았다. 그의 눈은 고대 조각상에 박아넣은 여리디여린 푸른색 감도는 하얀 유리 눈동자 같았다. 이마를 둘러싼 은발은 비잔티움 성화 액자를 연상시켰다. 코는 곧고 가늘었으며 입술은 얇고 창백한 것이 다소 피곤해 보였다. 두 손은 작은 편이지만 손가락은 가늘고 길었다. 오랜 세월 가죽 고삐와 안장, 순종 말가죽과 개가죽 코트, 각종 보석과 도자기, 발트해 연안산 주석 주전자, 릴레함메르와 던힐산 파이프 같은 것을 매만지느라 반질반질해진 손가락이었다. 이 북국 사나이의 푸른 눈에서 하얀 눈 덮인 지평선, 황량한 호수, 끝없는 숲이 보인다. 그 맑고 허연 눈길에서 고요한 권태가, 이미 그 종언을 인식한 현대의 고귀하고 고색창연한 권태가 느껴진다. 그 창백한 얼굴에서 묻어나는 고독함은 또 어떠한가.

그에게서 뭔가 투명한 게 느껴졌다. 포트와인과 위스키 병, 투명한 크리스털 잔을 어루만지는 두 손이 허공으로 녹아드는 듯했다. 유령 같은 눈의 반사광 속에서 가볍게 스쳐갔다. 그는 그림자처럼 방 안을 서성이는 온화한 유령 같았다. 그의 손가락은 가구의 구부러진 테두리며 술잔과 술병, 가죽 안락의자의 뒷면을 더듬으며 찬찬히 움직였다. 포트와인과 위스키 향이 영국 담배의 따스한 향, 낡은 가죽의 권태로운 냄새, 헛헛한 바다 냄새와 뒤섞였다.

갑사기 광장 쪽에서 숨을 헐떡이며 구슬피 우는 소리가 들렸다. 우리는 현관 쪽으로 나가보았다. 광장에는 아무도 없는 것 같았다. 얼어붙은 바다의 표면만이 눈에 들어왔다. 반투명한 설원의 빛 사이로 요트클럽이 있는 작은 섬과 그 주변의 섬들, 그리고 멀리 수평선 가장자리로 수오멘린나 숲의 윤곽이 어렴풋이 들어왔다. 이어 기상대 언덕과 브룬스파르켄의 나무들이 보였다. 나뭇잎을 다 털어낸 가지들은 반짝이는 눈 비늘을 뒤집어쓰고 있었다. 광장에서 들리는 안쓰러운 신음 소리는 흑흑거리는 울부짖음으로 바뀌었다. 그것은 고통에 떠는 수사슴의 울부짖음이었다. 죽어가는 말이 히히힝거리는 소리 같았다. "아, 저주받은 쿨레브라!" 데 폭사가 미신의 공포에 사로잡힌 목소리로 외쳤다. 그러나 눈부신 설원의 빛에 익숙해지면서 차츰 선창에 있는 시커먼 물체가 우리의 눈에 들어왔다. 아니, 보았다고 생각했다. 문제의 물체는 천천히 움직였다. 우리는 광장으로 내려가 그 물체 쪽으로 다가갔다. 우리가 나타나자 물체는 크게 비명을 지르더니 다시 숨만 헐떡였다.

엘크•였다. 참 멋진 녀석이었다. 짧고 불그레한 털이 촘촘히 박힌 넓고 둥근 이마에서 벌거벗은 나뭇가지 같은 거대한 뿔이 솟아나 있었다. 눈망울은 크고 까맸다. 축축하고 깊은 눈동자에서 뭔가가, 반짝였다. 눈물의 반짝임이었다. 녀석은 상처를 입은 상태였다. 넓적다리가 부러진 모양이었다. 바다를 뒤덮은 대리석 같은 얼음장을 건너다 갈라진 틈 사이에 빠졌던 모양이다. 아마도 녀석은 에스토니아에서 핀란드 만의 얼음사막을 건너, 아니면 올란드 제도(諸島)나 보트니아 만이나 카렐리아에서 건너오는 길이었을 것이다. 인가와 사람들의 따스한 냄새에 이끌린 녀석은 그 무거운 몸을 끌고 멀리 이곳 선창까지 찾아온 것이다. 녀석은

• 북유럽 삼림과 호숫가에 사는 말코손바닥사슴.

눈밭에 누워 헐떡거리며 깊고 축축한 눈망울로 우리를 바라보고 있었다.

우리가 다가가자 엘크는 일어서려고 했지만 결국 신음 소리와 함께 주저앉고 말았다. 몸집은 커다란 말만 했고 눈빛은 온순했다. 녀석은 익숙한 냄새를 맡은 듯 킁킁거리며 무거운 몸을 끌고 광장을 건너 대통령궁으로 향했다. 그러다가 연병장의 열린 정문을 지나 계단 밑에 가 널브러지고 말았다. 보초 두 명이 커다란 철모를 쓴 채 세워총 자세로 정문 양쪽에 서 있었다.

그 시각 핀란드공화국의 대통령인 리스토 뤼티(1889~1956)는 분명 잠에 빠져 있었을 것이다. 공화국 대통령은 왕보다는 훨씬 마음 편히 잔다. 상처 입은 엘크의 신음 소리에 잠을 깬 리스토 뤼티 대통령은 "이게 웬 소리냐?" 하고 비서들에게 물었다. 잠시 후 부관 슬레른 대령이 대통령궁 문 앞에 모습을 드러냈다.

"어쩐 일이십니까, 공사님?" 슬레른 대령이 스웨덴 공사 베스트만을 보고 놀란 목소리로 물었다.

이어 스페인 공사 데 폭사 백작을 알아보고는 다시 "어쩐 일이십니까, 공사님" 하고 말했다. 대단히 놀란 표정이었다.

이어 나를 보더니, 또 놀란 표정으로 "선생도 오셨소?" 하고 물었다. 그는 베스트만을 돌아보며 "공식 방문은 아니겠지요?" 하더니 대통령한테 달려가 스웨덴 공사와 스페인 공사가 다친 엘크와 함께 대통령궁 앞에 와 있다고 보고했다. "다친 엘크랑? 그 사람들, 무슨 볼일이지?" 리스토 뤼티 대통령은 깜짝 놀란 표정으로 물었다. 새벽 한시였다. 하지만 핀란드에선 동물보호가 모든 국민이 너그러운 마음으로 이행해야 할 도덕적 의무일뿐 아니라 국법이었다. 이윽고 리스토 뤼티 대통령이 무거운 늑대가죽 코트에 높다란 털가죽 모자를 쓴 채 현관에 모습을 드러냈다. 그는 우리를 반가이 맞아주었다. 그리고는 다친 엘크한테로 다가가 녀석의 부러진 다리를 살펴보더니 조용한 목소리로 말을 걸면서 장갑 낀 손으로 목을 쓰다듬었다.

"내 장담하지." 데 폭사가 내게 말했다. "대통령 장갑은 개가죽이야."

"한번 물어보지그래?"

"알았어." 데 폭사는 핀란드공화국 대통령한테 가더니 가볍게 절을 하고 말했다. "뛰 주 부 드망데 시 보 강 송탕 포 드 시앙?—실례지만 그 장갑, 개가죽입니까?"

프랑스어를 모르는 뤼티 대통령은 당황한 표정으로 데 폭사를 바라보다가 말없이 부관에게 '이게 무슨 소리냐?'는 듯 눈짓을 했다. 똑같이 당황한 부관은 스페인 공사가 한 이상한 질문의 내용을 대통령에게 통역했다. 공화국 대통령은 깜짝 놀란 표정으로 못 알아듣는 척했다. 스페인 공사가 뭘 알고 싶어하는지 충분히 파악하지 못한 나머지 그 이상한 질문의 진의를 파악하려 그랬던 듯하다. 뭔가 은밀한 정치적 함의가 있을지 모르는 일이었기 때문이다. 리스토 뤼티 대통령이 눈밭에 무릎을 꿇고 엘크 옆에 앉아 당황한 표정으로 데 폭사와 자기 장갑을 번갈아 쳐다보는 사이, 공교롭게 헬싱키 외교가 브룬스파르켄 쪽으로 가던 차 한 대가 광장에 멈춰 섰다. 차 안에는 브라질 공사 파울루 데 소자스 단타스, 덴마크 공사관 서기관인 애담 데 몰트케우이트펠트, 비시 프랑스 공사관 서기관 피에르 뒤아르가 타고 있었다. 외교관들은 하나씩 차에서 내려 다친 엘크와 핀란드공화국 대통령 주위로 몰려들었다. 몰려드는 차의 행렬이 점점 길어졌다. 한밤중에 대통령궁 앞에서 사람들이 웅성거리고 외교 차량 번호판을 단 차들이 몰려드는 진기한 광경에 광장을 지나 브룬스파르켄으로 가던 외교관들의 관심이 쏠렸다. 그들은 차를 멈추고 내려서, 호기심과 걱정 섞인 목소리로 서로 인사를 나누며 모여들었다.

슬레른 대령이 기병 연대 수의관을 부르러 간 사이 몰려든 무리에는 루마니아 공사 노티 콘스탄티니두와 공보관 티투 미카일레스쿠, 크로아티아 공사 페르디난드 보스니야코비치와 서기관 마리얀 안드라세비치, 그리고 독일 공사 비퍼트 폰 블뤼허가 가세했다.

"어, 블뤼허 패거리•가 납셨네!" 데 폭사가 소곤거렸다. "항상 정각에 출두하시지." 그는 독일 공사를 돌아보며 "안녕하십니까?" 하면서 한 팔을 뻗어 하일 히틀러 경례를 했다. 그것은 스페인의 집권 파시스트 팔랑헤당의 경례법이기도 했다.

"이게 뭐야? 공사님도 손을 드시나요?" 비시 프랑스 공사관 서기관 피에르 뒤아르가 차분한 목소리로 물었다.

"한 손을 드는 게 두 손 다 드는 것보다 낫다고 생각하지 않으세요?" 데 폭사가 슬쩍 웃으며 답했다.

피에르 뒤아르는 말 속에 뼈가 있음을 알아채고 이렇게 받았다. "놀란 건 아닙니다. 옛날에는 사람들이 손으로 일을 하고 모자로 인사를 했는데, 지금은 손으로 인사하고 '모자로 일을 한다'는 거지요. 옹 트라바예 뒤 샤포."

데 폭사가 웃으면서 대꾸했다. "맞는 말씀이야, 뒤아르 서기관! 귀하의 위트에 감탄을 금할 수 없군요." 그러더니 나를 돌아보며 슬며시 물었다. "빌어먹을, '트라바예 뒤 샤포—모자로 일을 한다'가 무슨 말이야?"

"맛이 좀 갔단 얘기야."

"프랑스어는 배워도 배워도 끝이 없어……"

두 보초병 사이로 눈밭에 널브러진 엘크는 밭은 신음 소리를 내고 있었다. 주위에는 일단의 외교관에 더해 병사 대여섯과 취기 오른 아가씨 둘, 부두에서 달려온 선원 몇몇과 어깨에 총을 걸머진 경찰관 두 명이 와 있었다. 녀석은 푸르르 콧김을 내뿜으며 거대한 머리통을 돌려 부러진 다리를 핥았다. 눈밭에 핏자국이 서서히 번졌다. 엘크가 머리를 돌리는 순간 거대한 뿔 한쪽 가지가 리스토 뤼티 대통령의 옷 주름에 걸렸다. 힘이 어마어마한 엘크가 갑자기 놀라 움직이자 핀란드 대통령도 덩달아 깜짝 놀랐다. 독일 공사 폰 블뤼허가 대통령의 손으로 잡아주지 않았더라면 눈밭에 나동그라질 뻔했다. "하, 히, 하!" 외교관들이 일제히 웃음을

• 루마니아와 크로아티아는 당시 독일의 동맹국이었다.

터뜨렸다. 독일 공사가 얼결에 한 몸짓이 마치 무언가를 상징하는 정치적 의미를 지닌 행동처럼 보였던 것이다.

"페르켈레!" 한 아가씨가 대통령이 비틀거리는 걸 보고 큰소리로 외쳤다. 페르켈레는 핀란드어로 '마귀'를 뜻하는데 핀란드에서는 절대 발설해서는 안 되는 금기어였다. 예컨대, 빅토리아 여왕 시절 영국에서 '블러디(bloody)'라는 단어가 금기시됐던 것과 같은 맥락이다. 다들 그 아가씨를 보고 웃는 사이 가까이 있던 사람들이 달려가 엘크 뿔에 걸린 가죽코트를 벗겨냈다. 바로 그 순간 핀란드 외무부 의전국장인 라파엘 하카라이넨 공사가 헐떡거리며 나타났다. 거나해진 아가씨 입에서 흘러나온 페르켈레라는 금기어를 들은 하카라이넨 공사는 초호화 담비가죽 코트를 두르고도 뼛속까지 벌벌 떨었다.

기이하게 매혹적인 광경이었다. 눈 덮인 광장에, 유령 같은 집들이 늘어서고 증기선들은 얼음장에 갇혀 있는 상태에서 모피 외투와 털모자로 무장한 일단의 사람들이 몰려든 가운데 대통령궁 정문 앞에 다친 엘크 한 마리가 널브러져 있었다. 셸데브란드나 드 보몽 자작처럼 18세기 말, 19세기 초에 연필과 도화지만 들고 이 북극의 나라에 찾아온 화가들에게는 매혹적으로 느껴졌을 풍경이다. 그사이 앰뷸런스를 타고 나타난 수의관과 간호장교는 엘크 주위에서 부산을 떨었다. 녀석은 예의 온화하고 축축한 눈으로 그들의 움직임을 예의주시했다. 여러 차례 시도 끝에 사람들(공화국 대통령과 공사들, 헬렐레한 두 아가씨까지 거들었다)은 엘크를 들것에 얹고 어깨에 멘 뒤 앰뷸런스에 실었다. 앰뷸런스는 환한 설원의 빛 속에 에스플라나데 공원 언저리로 자취를 감췄다.

외교관들은 농담을 주고받으며 담배에 불을 붙이고 얼음바닥에 발을 쾅쾅 구르면서 한동안 자리를 지켰다. 추위가 말도 못했다.

"잘들 돌아가세요, 정말 감사합니다." 공화국 대통령이 모피 모자를 들고 가볍게 절을 하며 말했다.

"안녕히 계십시오, 대통령 각하." 외교관들도 모피 모자를 벗어 예를 표했다.

외교관들의 무리는 시끌벅적한 작별인사를 나누며 흩어졌다. 차들은 희미한 엔진 소리를 남기며 부룬스파르켄 쪽으로 떠나가고, 군인과 아가씨들과 선원과 경찰들은 광장 주변으로 흩어졌다. 서로 웃고 떠드는 소리가 낭자했다. 베스트만과 데 폭사와 나는 다시 스웨덴 공사관으로 발걸음을 옮겼다. 꼼짝 않고 대통령궁 앞에 서 있는 보초 두 명의 모습이 이따금 눈에 들어왔다. 엘크의 핏자국은 바람에 날리는 진눈깨비에 서서히 덮여버렸다.

우리는 다시 서재 벽난로 앞에 와서 말없이 술을 마시고 담배를 피웠다. 간간이 개 짖는 소리가 들렸다. 구슬픈, 인간적 순수성 같은 게 느껴지는 소리였다. 그 덕분에 쾌청한 겨울밤, 허연 설원의 빛에 물든 구름 없는 하늘에 따스하고 열정적인 기운이 감돌았다. 개 짖는 소리는 유령 같은 밤의 얼어붙은 적막 속에서 유일하게 살아 있는 친근한 목소리였다. 그래서인지 난 가슴이 뛰었다. 이따금 바람결에 바닷가의 얼음 깨지는 소리가 실려왔다. 벽난로에서 자작나무 장작이 바작바작 타고 있었다. 선홍빛 불 그림자가 난로 벽 위로 넘실대더니 금박 입힌 장서 주변을 맴돌다가 높다란 참나무 책꽂이에 올려놓은 대리석 스웨덴 군주 흉상들까지 손을 뻗쳤다. 그 광경을 보면서 카렐리야의 오래된 성화가 떠올랐다. 지옥을 살아 있는 온화한 불길로 묘사하지 않고 저주받은 자들을 가둬둔 얼음 덩어리로 묘사한 그림. 개 짖는 소리가 희미하게 들렸다. 수오멘린나 섬 인근 얼음에 갇힌 범선에서 나는 소리였을 것이다.

그런저런 생각 끝에 나는 친구들에게 우크라이나의 개들, 드네프르 강의 '빨간 개들'에 관한 이야기를 했다.

9장
빨간 개들

몇 날 며칠 하염없이 비가 내렸다. 우크라이나의 진흙바다는 지평선 너머까지 스멀스멀 뻗어나갔다. 우크라이나의 가을은 정점에 이르러 있었다. 시커먼 개펄은 도처에서 발효가 시작된 밀가루 반죽처럼 부풀어올랐다. 짙은 갯내가 멀리 광활한 평원 끝에서 바람결에 실려와 밭고랑에 남아 썩어가는 알곡의 냄새와 섞였고, 해바라기의 들쩍지근한 냄새까지 뒤얽혔다. 까만 해바라기 눈동자에서 씨앗이 하나둘씩 떨어졌다. 그 커다란 둥근 눈에서 기다랗고 노란 속눈썹도 하나둘 떨어져갔다. 맹인의 눈처럼 멍하고 공허한 해바라기의 눈동자……

독일군들은 전선에서 마을 광장으로 돌아오면 말없이 소총을 땅바닥에 툭 던졌다. 머리에서 발끝까지 까만 흙투성이였다. 수염은 텁수룩하고, 퀭한 눈은 해바라기 동공처럼 멍하고 휑했다. 장교들은 입을 앙다물고 땅바닥에 널브러진 병사들과 소총을 마냥 바라만 봤다. 그때 이미 블리츠크리크, 전격전(電擊戰)은 종결된 상태였다. 그 대신 드라이시히애리거블리츠크리크, '삼십 년 전격전'이 개시된 참이었다. 이기는 전쟁은 끝나고, 지는 전쟁이 시작된 거다. 허연 공포의 얼룩이 독일군 장병들의 멍한 눈에 번지는 게 보였다. 그 얼룩은 차츰 동공을 잡아먹고 속눈썹을 그슬렸다. 속눈썹은 하나둘씩 해바라기의 길고 노란 속눈썹처럼 떨어졌다. 독일군들이 공포에 사로잡힐 때, 저 불가사의한 독일인의 공포가 그들의 뼛속까지 스며들 때 보는 사람은 늘 기이한 전율과 연민을 느낀다. 그들의 외모는 비참하고, 그들의 잔인함은 서글프고, 그들의 용기는 고요하고 절망적이다. 바로 그때 독일인들은 사악해진다. 나는 기독교 신자라는 게 후회스러웠다. 나는 기독교 신자라는 게 부끄러웠다.

전선에서 후방으로 이송되는 소련군 포로들은 이제 예전 같지 않았다. 독소전쟁* 초기 몇 달간의 양상과 전혀 달랐다. 1941년 6월과 7월, 8월의 포로들이 더이상 아니었다. 당시 독일 병사들은 작열하는 태양 아래 포로들을 걸러 후방으로 이송했다. 포로들은 몇 날 며칠을 우크라이나 대평원 붉고 검은 먼지를 헤치고 하염없이 걸었다. 전쟁 발발 초기 몇 달간 마을 아낙네들은 문 밖을 내다보며 기쁨에 울고 웃고, 급히 달려가 포로들에게 음료수와 먹을 것을 주며 "오 비예드니, 오 비예드니!—원 저런 불쌍한!" 하고 외치곤 했다. 독일군 감시병들에게도 음료수와 먹을 것을 내주었다. 감시병들은 작은 마을 광장 벤치에 앉아 담배를 피우며 무릎 사이에 경기관총을 끼워둔 채 서로 잡담을 나눴다. 그 옆으로 하얀 레닌 동상과 스탈린 동상이 진흙에 처박혀 있었다. 마을에서 한 시간쯤 쉬는 동안 소련군 포로들은 거의 자유였다. 독일군은 포로들이 왔다갔다 하거나 심지어 민가에 들어가거나 개울에서 세수하는 것도 그냥 놔두었다. 독일군 상병이 호루라기를 불면 포로들은 모두 제자리에 들어가 선다. 이어 포로들의 대열은 서서히 마을을 빠져나간다. 그들은 노래하며 녹색과 노란색으로 물결치는 광활한 평원의 바다로 사라졌다. 여자와 노인과 아이 들은 울고 웃으며 포로들의 대열을 한참 뒤따랐다. 얼마 후 그

* 1941년 6월 22일 독일이 180만 대군으로 소련을 기습함으로써 시작된 이차대전 최대의 격전.

들은 걸음을 멈추고 포로들에게 작별의 표시로 손을 흔들거나 손키스를 보냈다. 포로들은 작열하는 태양 속으로 행진하면서 이따금 뒤를 돌아보고 소리쳤다. "도즈바다냐, 다라가야!—안녕, 아가씨들!" 독일군 감시병들은 어깨에 경기관총을 멘 채 걸어가며 웃고 떠들었다. 농가 울타리로 서 있는 해바라기들만이 멀리 거대한 먼지 속으로 사라져가는 그들의 모습을 까만 둥근 눈으로 한참 바라봤다.

그때 이미 이기는 전쟁은 끝이 나고, 지는 전쟁이 시작돼 있었다. 드라이시히애리거블리츠크리크, 삼십 년간 이어질 전격전이었다. 소련군 포로 대열은 점차 수가 줄었다. 포로를 호송하는 독일군 병사들은 더이상 경기관총을 어깨에 메고 재잘재잘 웃고 떠들며 행군하지 않았다. 포로 행렬 옆에 바투 붙어 험악한 목소리로 고함을 치는가 하면 시꺼멓게 번쩍이는 총구로 포로들의 옆구리를 쿡쿡 찔러대곤 했다. 창백한 얼굴에 여윈 포로들은 진창에서 발을 질질 끌었다. 그들은 굶주림과 수면부족에 시달렸다. 민가에 도착하면 아낙네와 노인과 아이들이 눈물을 글썽이며 그들을 쳐다보며 중얼거렸다. "니체보, 니체보!—없다, 없어!" 마을사람들은 가진 게 전혀 없었다. 빵 한 조각, 우유 한 잔도 없었다. 독일군이 다 앗아간 것이다. 다 훔쳐갔다. 니체보, 니체보. "상관없어요, 아가씨." "브쇼 라브노—괜찮아요." 포로들은 비를 철철 맞으며 절망의 후렴구 같은 "브쇼 라브노, 브쇼 라브노, 브쇼 라브노" 소리에 맞춰 행군을 계속했다. 그들은 광활한 초원의 진흙바다로 서서히 사라졌다.

"첫 야외수업"이 시작됐다. 콜호스 집단농장 마당에서 처음 열린 읽기연습시간이었다. 네미로프스코예 인근 마을 콜호스에서 나는 우연히 딱 한 번 그런 수업을 참관하게 됐다. 그후로는 독일군이 읽기연습을 도와달라고 해도 절대 거부했다. "바룸 니히트?—왜 싫다는 거지요?" 폰 쇼베르트 장군 휘하 독일군 장교들이 내게 물었다. "야외수업 참관 좀 하시지요. 정말 재미있는 실험입니다, 제어 인테레산트."

포로들이 콜호스 마당에 줄지어 늘어섰다. 마당 한쪽 담과 커다란 헛간들 쪽에 여기저기 수확기, 경운기, 탈곡기 등 농기계 수백 대가 놓여 있었다. 비는 주룩주룩 쏟아지고 포로들은 흠뻑 젖었다. 포로들은 제자리에 묵묵히 어깨를 기댄 채 서 있었다. 대개 키가 큰 금발 소년들이었다. 짧게 깎은 머리에 넓적한 얼굴에 환한 눈이 빛났다. 두 손은 납작하고 두툼했고 엄지손가락은 못이 박인 듯 단단했다. 거의 다 농민 출신이었다. 노동자 출신은 대개 콜호스에서 기술자나 기계 수리공으로 일하던 이들로 키와 손을 보면 농민 출신과 쉽게 구분이 갔다. 그들은 더 크고 야위고 피부도 훨씬 하얬다. 손은 앙상하고 손가락은 길었고 손톱은 망치와 대패, 렌치, 스크루드라이버, 조종장치 같은 것을 매만지느라 만질만질했다. 심각한 얼굴의 흐릿한 눈도 농민 출신과는 달랐다.

마침내 독일군 상사가 통역을 데리고 마당에 나타났다. 상사는 체구가 땅딸막해서 나는 "뚱보 상사"라고 불렀다. 그 뚱보 상사는 다리를 쩍 벌리고 서서 포로들을 향해 집안어른처럼 수더분한 목소리로 말문을 열었다. "이제 읽기시험을 볼 예정이니 신문기사 한 구절을 큰소리로 읽어라." 시험에 통과하는 사람은 포로수용소 관리사무실 담당사무원으로 삼는다고 했고, 떨어지는 사람은 들에 나가 일을 하거나 잡역부 내지는 부두작업을 담당할 것이라고 했다.

통역은 군무원이었다. 작고 마른 체구에 나이는 기껏해야 서른으로 보였다. 얼굴에 작은 뾰루지가 빨갛게 잔뜩 나 있었다. 소련 우크라이나 멜리토폴 독일인 거류민촌 출신으로 러시아어를 하는데 이상한 독일어 억양이 섞여 있었다. 처음 봤을 때 나는 농담조로 멜리토폴은 '꿀의 도시'라는 뜻 아니냐고 했다. "그렇습니다." 이렇게 답하는 그의 목소리는 귀에 거슬렸고 표정은 부루퉁했다. "꿀이 많이 나지요. 하지만 난 벌에는 관심 없습니다. 난 학교 교사입니다." 군무원은 뚱보 상사의 수더분한 말을 한마디씩 또박또박 옮겼다. 그러고는 학생들을 꾸짖는 교사 특유의 말투로 "발음에 조심해서 주의깊고 유창하게 읽어야 한다. 시험에 떨어지면 후

회막급일 거다"라는 얘기를 멋대로 덧붙였다. 나중에 그가 한 말을 떠올렸을 때, 나는 새삼 등골이 서늘했다.

포로들은 통역이 떠드는 얘기를 잠자코 들었다. 이윽고 통역이 입을 다물자 포로들은 서로 웃으며 웅성거렸다. 많은 포로들이 창피해 어쩌나 하는 표정이었다. 그들은 채찍 맞은 개처럼 주위를 두리번거리며 농민 출신임을 속일 수 없는 투박한 손을 들여다봤다. 그러나 흐뭇하게 웃는 포로도 많았다. 그들은 통과를, 그리하여 사무원으로 편히 지낼 것을 확신하는 표정이었다. "에, 표트르! 에, 이바누슈카!" 그들은 "이봐" 하고 서로 이름을 부르며 등짝을 쳤다. 러시아 농민 특유의 단순 쾌활함이 넘쳤다. 반면에 노동자 출신들은 아무런 말이 없었다. 그들은 심각한 얼굴로 독일군 사령부가 있는 콜호스 행정부서 건물을 쳐다봤다. 이따금 상사를 보기도 했지만 군무원에겐 눈길 한 번 주지 않았다. 그윽하면서도 흐릿한 눈빛이었다.

"루에!—조용!" 상사가 갑자기 소리쳤다.

일단의 독일군 장교들이 오고 있었다. 맨 앞에 키가 크고 마른 몸집에 약간 구부정한 늙은 대령이 서 있었는데, 짧게 깎은 회색 콧수염이 인상적이었다. 한쪽 다리를 약간 저는 대령은, 건성으로 포로들을 돌아보고, 단조로운 목소리로 연설을 시작했다. 빨리 끝내야 한다는 강박관념 탓인지 절반은 그냥 우물거리고 넘어갈 정도였다. 한 문장 한 문장이 끝날 때마다 그는 한참을 쉬었다. 두 눈은 여전히 땅바닥에 내리깔고 있었다. 대령은 "시험에 통과하는 사람은 어쩌고저쩌고, 어쩌고저쩌고……" 떠들었다. 군무원이 그 짧은 문장들을 한마디씩 토막토막 통역했다. 그러곤 "모스크바 정부는 학교교육에 수십억을 투자했다, 내가 전쟁 발발 전에 멜리토폴 독일인 거류민촌 교사를 해봐서 안다, 시험에 떨어지는 사람은 잡역부나 부두노동자로 보내질 것이다"라는 얘기를 제멋대로 추가해 지껄여댔다. "학교에서 아무것도 배우지 못했다면 그건 너희들 잘못이다"라는 그런 말도 했다. 그러면서 군무원은 '전원이 유창하게 읽고, 발음도 좋아야 할 텐데, 그러지 못하면 어쩌나' 노심초사하는 표정이었다.

"총원이 얼마야?" 대령이 장갑 낀 손으로 턱을 긁으며 뚱보 상사에게 물었다.

"백십팔 명입니다." 뚱보 상사가 대답했다.

"그럼 이 분에 다섯씩 해서 서둘러 추려내도록 해." 대령이 명했다. 그러자 뚱보 상사가 답했다. "야볼!—잘 알겠습니다!"

대령이 신문 뭉치를 옆구리에 낀 장교에게 신호를 보내자 이윽고 시험이 시작됐다.

포로 다섯이 한 발 앞으로 나왔다. 한 사람 한 사람에게 장교가 신문을 나눠주었다. 콜호스 사무실에 있던 날짜 지난 『이즈베스티야』지와 『프라우다』지였다.• 신문을 받아든 포로들은 큰소리로 읽기 시작했다. 대령은 왼손을 들고 손목시계를 들여다봤다. 그는 손을 가슴 높이로 든 채 시계만 들여다봤다. 비가 내려 신문은 푹 젖었다. 다섯 포로가 들고 있는 신문은 축 늘어졌고, 그들은 벌게진 얼굴, 또는 극도로 창백해진 얼굴로 땀을 뻘뻘 흘리며 더듬더듬 읽어나갔다. 잠시 끊어지기도 하고 헛말이 나오기도 하고 억양이 틀리거나 몇 줄 건너뛰기도 했다. 어렵사리들 신문을 읽었다. 딱 하나, 아주 젊은 친구만은 예외였다. 그는 자신 있게 가끔 신문에서 눈을 떼기도 하며 기사를 읽어나갔다. 군무원은 냉소적인 웃음을 지으며 포로들이 신문 읽어가는 것을 들었다. 무언가 쾌감 같은 걸 느끼는 듯했다. 아닌 게 아니라 이 상황에서 유일한 재판관은, 통역인 바로 그였다. 그는 신문 읽는 포로들을 응시하면서 장난기 어린 표정으로 이 포로 저 포로를 천천히 둘러봤다. 이윽고 "그만!" 대령이 말했다.

다섯 명의 포로가 신문에서 눈을 뗀 채 판정을 기다렸다. 재판관이 고갯짓을 하자 상사가 소리쳤다. "떨어진 사람은 왼쪽으로 가서 서도록. 통과한 사람은 저기 오른쪽으로!" 떨어진 앞의 네 명은 재판관의 손짓에

• 『이즈베스티야』는 소련정부 기관지이며, 『프라우다』는 소련공산당 기관지.

따라 풀죽은 표정으로 왼쪽에 가서 섰다. 포로들 무리에서 야유의 웃음소리가 번졌다. 깨소금 맛이라는 듯 쾌활한 농민의 웃음소리였다. 군무원도 웃었다. "오, 비예드니!" 포로들이 시험에 떨어진 '불쌍한' 동료들을 비웃으며 놀렸다. "너희들은 도로작업 나갈 거야, 오 비예드니, 이제 돌덩이를 져 날라야 할 걸." 통과한 친구는 반대편에 홀로 서서 한껏 웃으면서 불운한 동료들을 놀려댔다. 다들 낄낄거렸다. 그러나 노동자 출신으로 보이는 포로들만은 웃음을 보이지 않았다. 그들은 대령의 얼굴을 응시하며 입을 꾹 다물고 있었다.

곧이어 다음 다섯 명 차례가 됐다. 그들은 잘 읽어보려고 무진 애를 썼다. 말이 꼬이지 않았고 억양도 틀리지 않았지만 유창하게 읽은 사람은 둘뿐이었다. 나머지 셋은 창피함에 얼굴이 벌게지거나 불안감에 창백해하면서 신문을 꽉 붙잡고 타는 입술만 다셨다. "그만!" 대령이 말했다. 다섯 포로는 고개를 들고 신문으로 땀을 훔쳤다. "거기 셋은 저기 왼쪽으로. 너희 둘은 오른쪽으로!" 군무원의 고갯짓에 따라 상사가 큰 소리로 외쳤다. 포로들은 "오, 비예드니 이반! 오, 비예드니 표트르!" 하는 식으로 떨어진 동료들을 "불쌍하다"고 놀려대며 서로의 어깨를 토닥거렸다. 마치 '너희들은 이제 돌덩이를 져 나르는 신세야!' 하고 말하는 것 같았다. 다들 웃음을 터뜨렸다.

다시 세번째로 다섯 명의 포로가 나왔다. 제대로 읽은 사람은 하나뿐이었다. 그 친구는 유창하게, 한 음절 한 음절 또박또박 읽으면서 이따금 고개를 들어 대령을 쳐다보기도 했다. 그가 읽어내린 신문은 『프라우다』 1941년 6월 24일자였고 내용은 다음과 같았다. "독일군이 러시아를 침략했다! 병사 동무들이여, 소비에트 인민이여, 우리는 전쟁에서 승리하고 침략자들을 무찌를 것이다!" 빗줄기 속에서 이런 문장이 울려퍼졌다. 대령이 웃고, 군무원과 상사와 다른 장교들도 웃고, 모두들 웃었다. 포로들까지 웃었다. 그들은 교사 못지않게 잘 읽은 동료가 감탄스럽고 부러운 표정이었다. "잘했어!" 이렇게 말하는 순간 군무원의 얼굴은 환히 빛났다. 잘 읽은 포로들은 의기양양한 표정이었다. 포로들이 자기 제자인 양 행복하고 자랑스러운 얼굴이었다. "너희들은 저 오른쪽으로." 상사는 이렇게 말하면서 칭찬하듯 합격자들의 등을 슬쩍 밀기까지 했다. 그런 상사를 보면서 대령은 한마디할 것처럼 우물거리다 그만두었다. 순간, 대령의 얼굴이 쑥스러운 듯 다소 붉어지는 게 보였다.

오른쪽에 선 포로들은 흐뭇하게 웃고 있었다. 시험에 통과한 포로들은 불운한 동료들을 노려보며 놀려주었다. 그들은 손가락으로 자기 가슴을 가리키며 "사무원!" 하고 말했다. 그러면서 다시 찡그린 표정으로 떨어진 동료들을 가리키며 "돌덩이를 짊어 날라야지!" 하고 떠들었다. 노동자 출신으로 보이는, 하나둘 왼편으로 가서 선 포로들만이 말없이 대령을 쳐다보았다. 어쩌다 그 눈길을 마주치면 대령은 얼굴이 벌게지며 조급하게 소리쳤다. "슈넬!—빨리!"

시험은 한 시간가량 계속됐다. 포로 셋이 마지막 조로 나와 이 분간 읽기를 했다. 대령이 상사를 보고 말했다. "세어 봐!" 상사는 멀리 손가락을 짚어가며 양편으로 나뉜 포로들을 세었다. "아인스, 츠바이, 드라이……하나, 둘, 셋……" 왼쪽에는 여든일곱 명, 오른쪽에는 시험에 통과한 서른한 명이 서 있었다. 이어 대령의 명령에 따라 군무원이 말을 했다. 신통찮은 학생에게 실망한 교사 같은 표정으로 "실망했다, 너무 많이 탈락시켜 유감이다, 마음 같아선 다 통과시켜주고 싶다"고 했다. 그러면서 "어쨌든 시험 통과 못한 사람들, 불평할 이유 없다, 더 열심히 해서 학교 때보다 잘하면 된다"고까지 했다. 그가 떠드는 동안 시험에 통과한 포로들은 불운한 동료들을 안쓰러운 눈길로 바라봤다. 어린 친구들은 팔꿈치로 옆구리를 찌르며 낄낄대기도 했다. 군무원이 말을 끝내자 대령이 상사더러 "알레스 인 오르트능. 베크!—다됐어, 데려가!" 하곤 딴청 피우며 잡담하던 장교들과 사령부로 발걸음을 옮겼다.

"너희들은 내일까지 여기 있다가 바로 노동수용소로 간다." 상사가 왼편에 선 무리에게 말했다. 이어 시험에 통과한 오른편 무리를 돌아보며 사나운 목소리로 정렬하라고 명했다. 포로들이 팔꿈치가 맞닿을 정도로 바짝 줄을 맞추자 그는 잽싸게 다시 숫자를 헤아려보고는 "삼십일 명" 하더니 친위대원들에게 신호를 보냈다. 친위대는 마당 저 뒤쪽에 도열해 있었다. 뚱보 상사가 "뒤로 돌아!" 하고 소리쳤다. 이 구령에 포로들은 뒤로 돌아 보무도 당당하게 진흙을 밟으며 행진했다. 담벼락 코앞까지 갔을 때 상사가 "제자리에 섯!" 하고 명령했다. 이어 상사는 포로들 뒤에 도열한 채 경기관총을 들고 선 친위대원들을 향해 큼큼 헛기침을 하더니 땅에 침을 뱉고는 소리쳤다. "발사!"

사령부 사무실 앞까지 갔던 대령이 총소리에 갑자기 걸음을 멈추고 뒤를 돌아봤다. 다른 장교들도 걸음을 멈추고 돌아봤다. 대령은 땀을 닦듯이 한 손으로 얼굴을 슥 훔치더니 건물 안으로 들어갔다. 장교들도 그 뒤를 따랐다.

"아흐 조." 멜리토폴 출신 군무원이 내 옆을 지나가며 말했다. "저렇게 머리에 뭐가 든 놈들은 러시아에서 다 쓸어버려야 됩니다. 읽고 쓰기를 너무 잘하는 농민 노동자들은 위험하거든요. 하나같이 공산주의자라니까요."

"나튀얼리히." 내가 대꾸했다. "근데, 독일에서는 농민이든 노동자든 다 읽고 쓰기를 잘하지요."

"독일인들은 높은 쿨투어를 가진 민족이니까요."

"물론이죠." 내가 대꾸했다. "독일인들은 높은 쿨투어를 가졌지요."

"니히트 바?—사실 아닙니까?" 군무원은 웃으며 이렇게 말하고 사령부 건물로 걸음을 옮겼다.

나만 덩그마니 마당 한가운데 남아 읽기조차 제대로 못하는 포로들을 마주하고 있었다. 온몸이 부들부들 떨렸다.

당시 묘한 공포가 커져가면서 그 불가사의한 허연 얼룩이 그들 눈에 번졌다. 독일군은 발이 물집투성이가 되어 걸을 수 없는 포로들을 죽이기 시작했다. 독일군들은 징발 담당 부대에 할당량만큼의 밀과 밀가루, 옥수수와 보리, 마소를 내놓지 못하는 마을에는 불을 질렀다. 유대인들이 극소수로 줄어들자 이제는 농민들을 목매달기 시작했다. 독일군들은 마을의 작은 광장에 있는 나무에 농민들의 목이나 다리를 매달았다. 그 옆에는 며칠 전만 해도 레닌과 스탈린의 하얀 동상이 서 있던 빈 받침대가 놓여 있었다. 농민들 곁에는 유대인들의 시체가 매달려 있었다. 시체들은 여러 날 시커먼 하늘 아래서 매달려 있었던 터라 빗물에 푹 분 상태였다. 다시 그 옆에는 주인과 함께 같은 나무에 매달린 개의 시체들이 늘어져 있었다. "디 유디셰 훈데!—유대인의 개들이군!" 독일 병사들은 지나가며 이렇게 말했다.

저녁이면 우리는 마을에 들어가 야영을 했다. 대개는 드네프르 강변옛 코사크족의 땅이었다. 우리는 불을 피워 젖은 옷을 말렸다. 병사들은 소곤거리는 목소리로 욕을 하며 조롱조로 끼리끼리 "아인 리터!—일 리터!" 하고 인사를 나눴다. "하일 히틀러!" 대신 "아인 리터!"라고 낄낄거리며 퉁퉁 부은 물집투성이의 허연 발을 불에 쬐었다.

그렇게 천천히 힘겹게 끝없이 동쪽으로, 동쪽으로 행군하는 동안 우리는 계속 코사크족 마을과 마주쳤다. 수염을 기른 코사크 노인들은 문간에 나와 앉아 독일군 수송차량 대열이 지나가는 것을 보며 거대한 평원 위로 활처럼 휘어진 하늘을 올려다보곤 했다. 그 경이롭고 환하고 섬세한 우크라이나 대평원의 하늘을, 선홍빛 가을 벌판 저 끝에서 티끌 한 점 없는 새하얀 구름이 높다란 도리스식 기둥처럼 떠받치고 있었다.

"베를린 라우흐트 유노—베를린에서는 유노를 피운다." 병사들은 이렇게 말하면서 텅 빈 마지막 유노 담뱃갑을 문간에 나와 앉은 코사크 노인들에게 던지며 웃었다. 담배는 점점 바닥이 났고 병사들은 욕지거리를 해댔다. "베를린 라우흐트 유노." 그들은 조롱조로 이렇게 소리치고 다녔다. 나는 베를린 라우흐트 유노라는 광고를 부착한 버스와 전차들, 계단 하나하나마다 빨간 페인트로 베를린 라우흐트 유노라고 적어놓은 베를린의 지하철이 생각났다. 그리고 베를린의 군중들이 생각났다. 그들은 불안한 눈빛에 잔뜩 찌푸린 표정이었다. 지저분한 복장에 제대로 씻지 못한 잿빛 얼굴들은 땀과 기름으로 번들거렸다. 부스스한 머리의 여자들은 눈은 충혈되고 손은 퉁퉁 부었으며, 기운 양말을 신고 있었다. 노인과 아이들은 불만 가득한 굳은 표정을 하고 있었다. 그 부루퉁하고 겁먹은 군중들 가운데 러시아 전선에서 휴가를 받아 나온 병사들도 보였다. 말이 없고 야윈 심각한 표정의 병사들은 거의가 대머리였다. 아주 어린 병사들도 머리가 다 빠져 있었다. 예의 불가사의한 얼룩 같은 것이 그들 눈동자에 번져가는 게 보였다. 나는 헤렌폴크(지배민족)를, 그리고 아무짝에도 쓸모없는 헤렌폴크라고 하는 그 허망한 영웅주의를 생각했다. "아우스 뎀 크라프트크벨 밀히—힘의 원천 우유로 만들었어요." 병사들은 이렇게 비아냥거리며 우유와 달걀을 섞어 만든 밀아이 통조림의 마지막 빈 캔을 문간에 나와 앉은 코사크 노인들에게 던졌다. "아우스 뎀 크라프트크벨 밀히"는 진흙에 처박힌 깡통에 적힌 선전광고 문구였다. 이 말을 들으면서 헤렌폴크를, 헤렌폴크의 저 불가사의한 두려움을 생각하니 등골이 서늘했다.

밤이면 나는 종종 담요를 챙겨들고 숙소로 잡은 빈집을 떠나 야영지나 마을에서 가까운 옥수수 밭에 드러누웠다. 그렇게 비에 젖은 옥수수 줄기 사이에 큰대자로 뻗어 새벽을 기다렸다. 비몽사몽간에 수송차량이나 루마니아 기병대, 장갑차 행렬이 지나가는 소리가 들렸다. 험악한 독일군의 고함도 들렸고, "인아인테, 바이아치, 인아인테!—전진, 전진!" 하고 빽빽거리는 루마니아군의 활기찬 목소리도 들렸다. 굶주린 떠돌이 개들이 다가와 킁킁거리며 꼬리를 쳤다. 저 작은 우크라이나 똥개들이다. 노르스름한 털에 눈은 빨갛고 다리는 바깥으로 굽은 녀석들이다. 어떤 녀석들은 옆으로 다가와 내 얼굴을 핥았다. 그러다 옆 고랑에서 발자국 소리가 나거나 세찬 바람에 밀이 사각거리면 낑낑거렸다. 그러면 나는 "앉아, 드미트리!" 하고 소리쳤다. 마치 사람한테, 러시아 사람한테 말하듯. 또 이렇게 소리쳤다. "조용해, 이반!" 마치 읽기를 잘하려고 무진 애를 썼던, 또는 읽기시험에 통과하고 이제는 진흙탕에 누워 얼굴에 석회 가루를 뒤집어쓴 포로에게 말하듯 소리쳤다. 그 친구는 지금 저기, 저쪽 네미로프스코예 인근 콜호스 마당 뒤편 담벼락 밑에 널브러져 있다.

어느 날 밤 나는 해바라기가 끝없이 펼쳐진 들판에서 잠을 잤다. 그야말로 해바라기의 숲, 진짜 숲이었다. 잔털 많은 높다란 줄기에 매달린 해바라기는 고개를 숙인 채 잠들어 있었다. 노랗고 긴 속눈썹을 두른 까맣고 둥근 눈은 잠에 취해 몽롱했다. 더할 나위 없이 맑은 밤하늘에는 빼곡히 박힌 푸르스름한 별들이 총총했다. 하늘은 거대한 조가비의 우묵한 안쪽 면 같았다. 나는 깊은 잠에 빠졌고 새벽에야 타악타악 하는 소리에 눈을 떴다. 풀밭을 맨발로 걸어가는 사람들의 부스럭거림 같았다. 숨을 죽이고 귀를 기울였다. 인근 야영장에서 부릉부릉 하는 차량 엔진 소리가 희미하게 들렸다. 개천 옆 숲속에서 서로 부르는 목소리도 희미하게 들렸다. 멀리서 개 한 마리가 짖어댔다. 저 아래 지평선 쪽에서 태양이 까만 밤의 껍데기를 깨면서 이슬에 젖어 반짝이는 평원 위로 따스하고 붉은 햇살을 퍼뜨리고 있었다. 그런 부산함이 퍼져가면서 차츰 소란스러워졌다. 이제 모닥불의 잔가지가 탁탁 터지는 듯한 소리가 났다. 그루터기만 남은 보리밭을 저벅저벅 지나는 대군(大軍)의 발소리 같았다. 나는 땅바닥에 누워 숨죽이고 해바라기가 그 노란 속눈썹을 쳐들고 눈을 뜨는 모습을 지켜봤다.

갑자기 해바라기들이 고개를 들고 높다란 줄기를 중심으로 천천히 도는 모습이 눈에 들어왔다. 타악타악 하는 소리가 점점 커지면서 그 크고 까만 눈들이 솟아오르는 태양 쪽으로 향했다. 아주 느리지만 변함없이 힘찬 움직임이었다. 해바라기 숲 전체가 방향을 틀어 새로 태어난 젊음으로 찬란하게 빛나는 태양을 경이로운 눈으로 바라보고 있었다. 나도 고개를 들어 동쪽을 바라다봤다. 이른 아침의 불그레한 안개를 뚫고 태양이 솟아오르고 있었다. 멀리 지평선에서는 불에 탄 연기가 푸르스름한 구름처럼 피어올랐다.

그때 비가 그쳤다. 며칠간 이어지던 차디찬 강풍도 멈추고 갑자기 서리가 내렸다. 눈은 아니고 그냥 차디찬 가을 서리가 뜬금없이 내려앉은 것이다. 밤사이 진창은 추위로 딱딱해졌고, 물웅덩이는 살얼음이 뒤덮여 반짝였다. 공기는 더없이 맑고 투명했다. 푸르스름한 잿빛 하늘은 깨진 거울처럼 쨍했다.

동쪽으로 진군하는 독일군 행렬은 점점 빨라졌다. 대포가 쿵쿵 굉음을 내는 동안 소총과 기관총이 드르륵거리며 요란을 떨었다. 총성은 서로 이어지면서 그칠 줄 몰랐다. 비 오는 날이면 부크 강과 드네프르 강 사이 질퍽한 대평원의 뻘밭을 어리바리한 두꺼비처럼 기다시피 힘겹게 전진했던 폰 쇼베르트 장군의 장갑차들은 이제 얼어붙은 바퀴자국을 따라 굉음을 내며 내달렸다. 푸르스름한 배기가스가 옅은 구름처럼 피어올랐다가 나무 위에 이르러 곧 흔적도 없이 사라졌다. 그러나 그 불가사의한 냄새는 공기 속에 여전히 남아 있었다.

1941년 가을, 독소전쟁 최대의 위기였다. '러시아의 뮈라'•로 일컬어지는 부됴니 원수 휘하의 육군은 돈 강 쪽으로 천천히 퇴각하고 있었다. 후위에는 코사크 기병대와 소형 장갑차 부대만을 남겨둔 채였다. 이 장갑차 부대를 독일군은 판처페르데(무장한 말)라고 불렀다. 판처페르데는 기동성이 뛰어난 소형 차량으로 대개 젊은 타타르족 노동자들이 운전했다. 돈 강과 볼가 강 일대의 소비에트 제철소에서 일하던 스타하노프치와 우다르니키였다. 그들은 타타르 기병대 전술을 구사했다. 갑자기 나타나 적 측면을 교란하다 수풀로 종적을 감추고 구덩이 같은 곳에 숨어 있다 적 후방을 우회해 그루터기만 남은 들판과 초원을 건넜다. 그들의 경기병 전략은 기병대 사령관 뮈라 장군이 되살아나온다고 해도 경탄을 금치

• 뮈라(1767~1815)는 나폴레옹전쟁 때 맹활약한 프랑스 육군원수.

못했을 것이다. 그들은 판처페르데를 몰고 승마학교의 말처럼 초원을 거침없이 빙빙 돌았다.

그러나 판처페르데가 나타났다는 소식도 점차 줄었다. 나는 부됴니가 어디에 있을까, 구레나룻이 근사한 부됴니가 코사크와 타타르 기병대를 거느리고 어디에 숨었을까 매우 궁금했다. 얌볼에서 드네프르 강을 건넌 직후 현지 농민들은 말했다. "아, 부됴니는 부크 강 건너편에서 당신들을 기다리고 있습니다." 부크 강을 건너자 농민들은 또 말했다. "아, 부됴니는 드네프르 강 건너편에서 당신들을 기다리고 있습니다." 그런데 지금은 뻔히 안다는 듯한 표정을 지으며 또 이렇게 말한다. "아, 부됴니는 돈 강 건너편에서 당신들을 기다리고 있습니다." 이런 식으로 독일군은 점점 우크라이나 평원 깊숙이 빠져들었다. 그것은 마치 칼을 찔러넣는 것과 같아서 상처는 벌써부터 아려왔고, 이제 곪아터질 정도가 돼버렸다. 독일군은 저녁이면 마을에 들어가 야영했다. 그때마다 시끄러운 축음기 소리가 들렸다. 소비에트 지역 어딜 가나 콜호스의 사무실이나 동네 우니베르마크(잡화점)에는 늘 축음기와 한 무더기의 레코드판들이 쌓여 있었다. 레코드는 대개 공장, 콜호스, 라보치(노동자) 클럽에서 부르는 노래들로, 〈부됴니 행진곡〉은 꼭 있었다. 나는 〈부됴니 행진곡〉을 들으면서 정말로 궁금했다. 도대체 그 부됴니는 지금 무얼 하고 있을까? 정말로 궁금했다. 구레나룻이 멋진 부됴니는 어디로 꼭꼭 숨었을까?

어느 날 독일군들이 개사냥을 시작했다. 처음에는 광견병이 너무 번져 폰 쇼베르트 장군이 개는 다 잡아 죽이란 명령을 내린 줄 알았다. 그러나 알고 보니 다른 이유가 있었다. 독일군은 일단 마을에 들어서면 유대인을 찾기 전에 개사냥부터 했다. 친위대와 판처쉬르첸(방어 덮개를 두른 전차) 부대가 거리를 누비며, 노란 털에 눈은 빨갛고 다리는 바깥으로 굽은 불쌍한 똥개들을 향해, 경기관총을 쏘고 수류탄을 던졌다. 과수원과 산울타리에 숨었던 녀석들은 완전 소탕됐고 들판까지 가혹한 추격전이 계속됐다. 불쌍한 짐승들은 숲으로 달아나거나 도랑이나 구덩이에 웅크려 숨는가 하면 과수원 울타리 뒤에 숨었다. 가옥에 들어가 몸을 피하기도 하고 구석에 몇 마리씩 모여들거나 농민의 침대 밑으로 기어들기도 했다. 오븐 뒤에 숨은 녀석도 있고 벤치 아래 숨은 녀석도 있었다. 독일군은 가옥에 들이닥쳐 개들을 몰아내고 개머리판으로 때려죽였다.

탱크병들이 개사냥에 가장 그악스러웠다. 판처애거(대전차 기갑)는 그 불쌍한 짐승에게 개인적 원한을 품고 있는 듯했다. 그래서 나는 그들에게 물어봤다. "왜들 그래?" 그러면 판처애거들은 표정이 어두워졌다. "개한테 물어보세요." 그들은 퉁명스럽게 대꾸하고는 바로 돌아섰다.

문간에 나와 앉은 코사크 노인들은 말없이 비웃는 표정을 지으며 손으로 무릎을 찰싹 쳤다. "참 불쌍한 개들이야. 아, 비에드니 소바키!—아, 불쌍한 개들!" 그들은 이렇게 말하면서 심술궂게 웃었다. 불쌍한 짐승들이 아니라 불쌍한 독일군이 안됐다는 듯한 표정이었다. 과수원 울타리 바깥을 내다보는 늙은 여자들이나 양동이 두 개를 매단 물지게를 어깨에 지고 강으로 내려가는 아가씨들, 들판에서 죽임을 당한 개들을 자비롭게 묻어주는 아이들, 그들은 하나같이 슬프면서도 고소해하는 듯한 미소를 지었다. 밤이면 들판과 숲에서 간간이 개 짖는 소리가, 구슬프게 울부짖는 소리가 들렸다. 개들은 과수원이나 가옥 밑을 돌아다니며 먹을것을 뒤졌다. 독일군 보초들이 "거기 누구야?" 하고 이상한 목소리로 고함쳤다. 그 목소리에서 섬뜩하고 불가사의한 어떤 것을 두려워하고 있음이 느껴졌다. 그들은 개를 두려워하고 있었던 것이다.

어느 날 아침 나는 포병 관측소로 나가 얼마 떨어지지 않은 지점에서 한창중인 독일군 기갑사단의 공격작전을 관찰했다. 중무장 장갑차들이 숲속에 숨어 공격 명령이 떨어지기만을 기다리고 있었다. 아침 공기는 차고 맑았다. 들판은 서리로 반짝였고, 해바라기 숲은 떠오르는 해를 배경으로 노랗고 까만 모습을 드러냈다. 해는 그리스 역사가 크세노폰의 『아나바시스』• 3권에 묘사된 태양과 흡사했다. (해는 저 앞 지평선에서 붉그레한 안개를 뚫고 솟아올랐다. 그야말로 고대인들이 숭배했던 젊은 태양의 신 아폴론 같았다. 태양은 광대무변한 푸르스름한 하늘바다에서 벌거벗은 몸으로 붉게 솟아올랐다. 솟아오르는 태양이 파르테논 신전의 도리스 양식 기둥 같은 거대한 공장 기둥들을 환히 비추었다. 유리와 콘크리트와 강철로 만든 그 기둥들은 소련 중공업의 상징이었다.) 갑자기 장갑차의 대열이 숲에서 살그머니 빠져나와 부채꼴 대형으로 대평원을 향해 진격하는 광경이 보였다.

공격개시 몇 분 후에 폰 쇼베르트 장군이 관측소에 도착했다. 그는 쌍안경으로 전선을 살펴보고는 흐뭇하게 웃었다. 장갑차와 선발 공격대가 앞서간 캐터필러 자국을 따라 전진했다. 키예프 남동쪽으로 펼쳐진 평원을 거대한 동판으로 삼아 끌로 판 풍경화 같았다. 치밀하게 묘사한 듯한 그 광활한 풍경은 뒤러▲의 판화를 보는 느낌이었다. 괴물처럼 위장망을 뒤집어쓴 병사들은 고대 검투사 비슷한 모습이었다. 그들은 판화 가장자리에 늘어선 우의적인 형상들 같았다. 그 뒤로 멀리 군데군데 나무들이 보이고, 화면 앞쪽으로 차량과 기관총, 사람과 말 들이 관측소에서 드네프르 강으로 이어지는 비탈길을 따라 다양한 포즈로 배치돼 있었다. 그런 식으로 풍경은 멀리 뻗어나갔다. 경기관총을 어깨에 메고 장갑차 뒤를 따르는 병사들과 높다란 풀이나 해바라기 밭 사이로 드문드문 보이는 탱크들도 뒤러의 풍경화 같은 느낌이었다. 세부 묘사에 극도의 관심을 쏟는 고딕 회화 스타일의 뒤러풍이 느껴졌다. 화가의 손이 그곳에 한동안 머물며 동판에 깊은 선을 파놓은 듯 눈길을 끌었다. 죽은 말은 입을 쩍 벌린 채 이빨을 드러냈고, 상처 입은 병사는 잡목 속으로 기어들어가고, 또 저쪽에서는 부상당한 병사가 나무줄기에 기댄 채 손을 들어 작열하는 태양을 가리고 있었다. 요란한 함성과 말 울음소리, 간간이 이어지

● 페르시아 내전의 그리스인 용병들이 적진을 뚫고 귀향하는 과정을 그린 기원전 4세기경 역사서.

▲ 16세기 독일 미술의 아버지. 〈기사, 죽음, 악마〉같이 웅장하고도 세밀한 동판화가 유명하다.

는 날카로운 총성, 캐터필러의 요란한 굉음도 역시 뒤러가 그 맑고 차가운 가을날 아침 공기에 끌로 새겨놓은 것 같았다.

폰 쇼베르트 장군은 미소 짓고 있었다. 죽음의 그림자는 이미 그의 머리 위를 맴돌고 있었다. 그것은 거미줄처럼 아주 환한 그림자였다. 그리고 그 역시 그런 그림자가 자기 이마 위를 맴돌고 있다는 것을 느꼈음이 분명하다. 며칠 후면 키예프 외곽에서 전사할 것을 알고 있었음이 분명하다. 그의 죽음은 특유의 경쾌한 매너처럼 변덕스러운 빈의 우아함 같은 면이 있었다. 그는 며칠 후 '황새'라고 불리는 소형 비행기를 타고 막 점령한 키예프 비행장에 착륙하다가 사망하게 된다는 것을 알고 있었음이 분명하다. 그는 빨간 꽃이 만발한 지점에 착륙했다가 느닷없는 지뢰 폭발로 허망하게 가고 만다. 비행장 풀밭에 온전하게 남은 것은 이름의 머리글자를 흰 실로 수놓은 파란 리넨 손수건뿐이었다. 폰 쇼베르트 장군은 유서 깊은 바이에른 귀족 가문 출신으로 그들에게 빈은 그저 뮌헨을 일컫는 애칭이었다. 그의 날카로운 옆모습은 고색창연하면서도 젊음이 넘쳐 보였다. 빈정거리는 듯하면서도 처연해 보이는 미소가 그랬고, 변덕스러운 우울함 같은 게 느껴지는 목소리도 그랬다. 베사라비아의 발치에서 그는 내게 말했다. "아하, 우린 지금 백인종을 상대로 전쟁을 하는 거야." 드니에스테르 강변 소로카에서도 특유의 목소리로 말했다. "비어 지겐 운스 노흐 추 토데—우리는 승리하고 죽게 되리라." 독일 승전의 마지막, 최후의 월계관은 독일민족의 죽음이 될 것이라는 뜻이었다. 독일민족과 독일의 승리로 남는 보상은 결국 죽음이 될 것이라는 뜻이었다. 그날 아침 장군은 탱크 대열이 키예프 평원에서 부채꼴로 퍼져나가는 것을 보았다. 뒤러의 동판화 같은 그 풍경 가장자리에는 옛날식 고딕체로 "비어 지겐 운스 추 토데"라고 적혀 있는 느낌이었다.

장갑차들은 선봉 공격대를 뒤에 달고 황량한 평원 깊숙이 들어가 있었다. 처음 총성이 몇 발 울린 뒤로는 무거운 정적이 대지에 깔렸다. 낮게 오르락내리락하는 평원에는 가을 첫서리로 시든 풀과 보리 그루터기가 깔려 있었다. 러시아군은 벌써 달아난 게 분명했다. 강 너머로 튀었을 것이다. 커다란 새 몇 마리가 아카시아 숲에서 날아올랐고, 참새 비슷한 잿빛 꼬마 새들이 구름처럼 솟아올라 초원 위를 맴돌며 지저귀었다. 녀석들은 솟는 해의 불길 속에서 날갯짓을 하며 허연 섬광 같은 것을 털어냈다. 멀리 떨어진 웅덩이에서 들오리 두 마리가 느리게 날갯짓하며 날아올랐다. 갑자기 멀리 보이는 숲에서 시커먼 점 같은 것이 몇 개 쏜살처럼 움직이더니 이윽고 그 수가 차츰 많아졌다. 그 점들은 잽싸게 움직이며 수풀로 사라졌다가 가까이 나타났다가 다시금 독일군 탱크 쪽으로 내달렸다. "디 훈데! 디 훈데!—개떼다! 개떼!" 우리 쪽 가까이에 있는 병사들이 겁에 질린 목소리로 소리쳤다. 바람결에 개들이 사납게 짖어대는 소리가 들려왔다. 여우 쫓는 사냥개들의 으르렁거림 같았다.

갑자기 개떼가 몰려들자 탱크들은 우왕좌왕 마구 포를 쏘아댔다. 장갑차 뒤를 따르던 선봉 공격대는 걸음을 멈추고 쭈뼛쭈뼛하며 흩어졌다. 그들은 이리저리 초원으로 뛰었다. 극도의 공포에 휩싸인 것 같았다. 드르륵 하는 기관총 소리가 맑고 경쾌했다. 딸랑딸랑 하는 유리잔 소리 같았다. 으르렁거리는 개들의 소리가 탱크와 장갑차의 굉음에 스며들었다. 이따금 풀밭이 사각거리는 소리 사이로 바람결에 이상한 소리가 들렸다. "디 훈데! 디 훈데!" 갑자기 포탄 터지는 둔탁한 소리. 이어 다시 한 발, 그리고 또 한 발. 두 대, 세 대, 다섯 대의 탱크가 불을 뿜는 게 보였다. 흙무더기가 분수처럼 튀어오르는 사이로 철갑이 번쩍거렸다.

"아하, 또 개들이군!" 폰 쇼베르트 장군이 손으로 얼굴을 문지르며 말했다. (녀석들은 '대전차 공격용 개'였다. 소련군은 개들에게 탱크 밑에 가서 먹을것을 찾는 훈련을 시켰다. 그런 다음 하루이틀 굶겨 전선으로 투입하는 것이다. 개를 굶기는 것은 공격이 임박했다는 신호다. 독일군 탱크가 숲에서 나와 부채꼴 대형으로 평원을 내달리면 소련군은 "파스홀! 파스홀!—물어! 물어!" 하고 소리치면서 굶주린 개떼를 풀어놓는다. 개의 등에 묶어놓은 바구니에는 고성능 폭약과 레이더 안테나처럼 생긴 철사가 달려 있어 닿으면 터지게 되어 있었다. 개들은 그걸 지고 먹을것을 찾아 독일군 탱크와 장갑차를 향해 미친듯이 달려들었다.) "디 훈데! 디 훈데!" 우리 쪽 독일군들이 소리쳤다. 폰 쇼베르트 장군의 얼굴이 새하얘졌다. 핏기 없는 입가에는 어처구니없다는 듯한 미소가 감돈다. 그는 한 손으로 얼굴을 문지르며 나를 보고 말했다. "왜? 왜? 개들까지!" 죽은 사람 입에서 나오는 듯한 목소리였다.

그렇게 독일군은 하루하루 흉포해져갔다. 개사냥은 무자비한 광란처럼 계속됐다. 코사크 노인들은 웃음 띤 얼굴로 그 광경을 바라보며 무릎을 치면서 말했다. "아, 비예드니 소바키!—아, 불쌍한 개들!"

어느 날 밤 시커먼 대평원에서 개 짖는 소리가 났다. 개들이 과수원 울타리를 긁어대는 소리는 영 귀에 거슬렸다. 그때마다 독일군 보초들은 신경이 곤두선 목소리로 "누구야?" 하고 소리친다. 아이들은 잠에서 깨어 밖으로 나와 살그머니 문을 열고 짙은 어둠을 향해 낮은 목소리로 외쳤다. "이지 수다! 이지 수다!—이리 와! 이리 와!"

어느 날 아침 내가 멜리토폴의 군무원에게 말했다. "개들을 다 죽이면, 러시아에 더이상 개가 없으면, 그때는 러시아 소년들이 탱크 밑으로 몰려들 겁니다."

"아, 개네는 한 종자예요." 군무원이 대꾸했다. "다 개새끼들이지요!" 그러고는 경멸스럽다는 듯 땅바닥에 침을 뱉고 자리를 떴다.

"난 러시아 개 좋아합니다." 스웨덴 공사 베스트만이 말했다. "용감한 러시아 아이들은 다 그 종자지요."

10장
여름밤

절대 끝나지 않을 것만 같던 겨울밤이 끝났다. 차고 맑은 봄날도 가고 마침내 여름이 왔다. 핀란드의 여름은 퍼런 풋사과 같은 냄새와 맛이 났다. 서늘하면서도 비가 많고 연약한 계절이다. 민물가재 크라푸의 계절이 왔다. 핀란드의 강에서만 나는 그 달콤한 가재가 막 모습을 드러냈다. 북국의 여름철 별미가 이제 식탁을 붉게 물들인다. 그리고 여름철 백야의 해는 지지 않았다.

"아, 나 같은 스페인 사람은 역시 떠돌이 신세야. 이 먼 핀란드까지 와서 샤를 5세•의 태양을 봐야 하다니!" 데 폭사 공사는 이렇게 말하며 밤하늘 태양을 바라봤다. 창턱에 걸린 태양은 제라늄 화분을 얹은 듯했다. 훤한 밤에 녹색 옷, 빨간 노란 옷을 입은 헬싱키 아가씨들이 한가롭게 거닐고 있었다. 얼굴은 분을 발라 하얗고 머리는 곱슬곱슬한 웨이브를 넣어 다듬었고 오드콜로뉴 향수 냄새가 났다. 머리에 스토크만 백화점에서

• 16세기 신성로마제국 황제로 "짐의 영토는 해가 지지 않는다"는 말을 처음 했다.

산 종이꽃 장식이 달린 종이 모자를 쓰고 있었다. 그들은 사각거리는 종이 신발을 신고 에스플라나데 공원을 거닐고 있었다.

아련한 바다 냄새가 에스플라나데 공원 끝 쪽에서 풍겨왔다. 희미한 나무 그림자들이 건물 전면에 옅게 비쳤다. 희미한 녹색의 그림자였다. 나무들이 마치 유리로 만들어진 것 같았다. 머리에 붕대를 감고 팔에 삼각붕대를 두르거나 발에 붕대를 친친 동여맨 젊은 병사들이 벤치에 앉아 카페 로얄의 소규모 악단이 연주하는 음악에 귀를 기울이며 파란 색종이 같은 하늘을 바라보고 있었다. 하늘은 지붕 위로 일렁이는 바닷바람에 구겨지는 것 같았다. 상점 쇼윈도에는 백야의 유령 같은 빛이 반사됐다. 그것은 차디찬 금속 같은 빛이었다. 그나마 새들의 지저귐이 있어 따스한 느낌이 들었다. 이제 겨울은 아주 멀리 가 있었다. 그것은 기억에 불과했다. 하지만 아직 대기 어딘가에 겨울의 흔적 같은 것이 떠돌고 있는 것 같았다. 그것은 눈 반사광 같은 허연 빛일 수도 있고, 뜨듯한 여름하늘을 어슬렁거리는 죽은 눈에 대한 기억일 수도 있었다.

크란쿨라에서는 벌써 야외파티가 시작됐다. 장소는 이탈리아 공사 빈첸초 치코나르디의 별장이었다. (공사는 벽난로 앞에 늙은 애견 렉스와 같이 앉아 있었다. 녀석은 그의 발치에 웅크리고 앉아 있었고, 공사가 앉은 의자 뒤에는 성난 표정의 하인이 눈을 부릅뜨고 뻣뻣한 자세로 서 있었다. 치코나르디 공사는 독일 공사 폰 블뤼허와 대화하면서 나폴리 방언에 강한 베를린 억양을 섞어 말했다. 그러면서 본인은 독일어를 한다고 생각했다. 공사는 부르봉 왕가 사람을 연상시키는 거대한 코에 가려 잘 보이지 않는 입을 열심히 놀리면서 두 손은 기도하듯이 꼭 모으고 있었다. 그런 치코나르디를 내가 좋아하는 이유는 특유의 차가움과 나폴리 사람다운 덤덤함, 비아냥거리는 듯한 표정과 권력욕과 명예욕이 묘한 대조를 보이기 때문이다. 과다할 정도로 큰 머리통과 이마, 턱, 코 등등에서 특유의 권력욕과 명예욕을 읽을 수 있었다. 반면에 치코나르디와 마주앉은 본 블뤼허 공사는 키가 크고 훌쭉한 몸매에 어깨가 약간 굽은 스타일이었다. 잿빛 머리는 짧게 깎았고 푸르스름한 얼굴에는 잔주름이 자글자글했다. 폰 블뤼허는 별 대꾸 없이 듣기만 하면서 단조롭게 "야, 야!—네, 네!"를 되풀이했다. 이따금 치코나르디는 창문으로 바깥에 있는 손님들을 내다봤다. 그들은 비가 부슬부슬 오는데도 나무가 많은 뜰을 거닐고 있었다. 블뤼허 부인의 자주색 모자는 녹색 나뭇잎들과 영 어울리지 않아 보였다. 르누아르의 자주색을 마네의 녹색 풍경화에 칠해놓으면 어울리지 않을 것과 마찬가지였다.)

여름철 피스카토르프의 호숫가에서 자주하는 만찬은 이미 시작됐다. 만찬자리에는 루마니아 공사 노티 콘스탄티니두, 콜레테 콘스탄티니두 부부, 데 폭사 백작, 디누 칸테미르, 티투 미카일레스쿠 등이 주로 모였다. 스페인, 크로아티아, 헝가리 공사관에서도 저녁파티가 자주 열렸다. 에스플라나데 끝 쪽에 있는 노천카페나 캠프 호텔 바에서도 오후에 긴 한담이 이어졌다. 라파엘 하카라이넨 공사와 음악가인 벵트 본 토르네 남작이 단골 멤버였다. 새들이 떼로 모여 지저귀는 녹색 나무들 아래로 에스플라나데 인도를 따라 산책도 많이 했다. 스웨덴 요트클럽 베란다에서 오랜 시간을 보내기도 했다. 요트클럽은 항구 가운데에 닻을 내려 만든 작은 인공섬 같은 곳으로 여기서 내려다보는 물결은 하얀 도마뱀들이 녹색의 수면 위로 미끄러져가는 것 같았다. 이처럼 활기찬 한 주는 호숫가나 바뢰손드 해변에 있는 스투가('오두막')에서 보내는 것으로 마무리된다. 그런 별장을 프랑스인들은 뻥튀기를 해서 샤토('성')라고 부르고, 핀란드인들은 그냥 소박하게 스투가라고 한다. 스투가는 목재와 회반죽으로 만든 오래된 시골집으로, 엥겔 스타일의 신고전주의 건물 선이 인상적이다. 지붕을 떠받친 도리스식 기둥에는 으레 연녹색 곰팡이가 피어 있다. 헬싱키 국회의사당을 설계한 건축가 사리넨은 바뢰손드 한가운데에 있는 작은 섬 보콜름에 그런 별장을 지어놓고 행복한 나날을 보냈었다. 거기서 우리는 아침 해가 떠오를 때 은빛 자작나무와 붉은 소나무가 어우러진 숲속으로 버섯을 따러 가거나 스바르테 섬과 스트렘세 섬 사이로 가서 낚시를 했다. 밤이면 구슬픈 뱃고동 소리가 안개를 뚫고 들려왔고, 갈매기 소리가 깔깔거리는 아이들 웃음소리처럼 요란했다.

맑은 낮과 허연 밤이 이어지는 핀란드의 여름이 벌써 시작됐건만 내 마음은 여전히 레닌그라드 전선과 참호와 교통호(참호와 참호 사이를 잇는 호)에서 보냈던 시간들이 끝없이 계속되는 기분이었다. 밤의 태양 아래 거대한 회색 도시가 초록빛 숲과 초원과 늪지대에 금속성 반사광을 뿜어냈다. 레닌그라드는 이따금 알루미늄으로 만든 도시 같았다. 그 도시가 발하는 희미한 빛은 꺼질 듯 말 듯 하면서도 부드러웠다. 그러나 어떤 때는 강철로 만든 도시 같았다. 그 도시가 발하는 빛은 차갑고도 잔인했다. 경우에 따라서는 그 빛이 너무도 생생하고 깊어 은으로 만든 도시 같기도 했다. 레닌그라드는 밤에 비엘로스트로보의 낮은 구릉지에서 올려다보거나 테리오키 숲 가장자리에서 바라보면 정말 은으로 만든 도시, 마치 상트페테르부르크궁의 마지막 위대한 은세공사 파베르제•가 지평선이란 은판에 조각칼로 섬세히 새겨놓은 도시 같았다. 전선과 해변을 따라 늘어선 참호와 교통호에서 보낸 시간들이 끝없이 계속되는 기분이었다. 교통호에서 보면 핀란드 만 중앙에 솟아오른 크론슈타트 요새가 마주 보였다. 요새 주위는 토트레벤 공병감의 설계대로 강철과 콘크리트로 지은 작은 보루들이 둘러싸고 있었다.

나는 밤에 잠을 이룰 수가 없었다. 그래서 스바르트스트룀 중위와 함께 참호 주위를 어슬렁거렸다. 이따금 총안(銃眼)을 통해 내다보면 레닌그라드의 공원들과 바실리 오스트로프의 나무들이 보였다. 푸슈킨 소설의 주인공 예브게니 오네긴과 도스토옙스키 작품의 등장인물들이 너무도 좋아했던 곳이다. 크론슈타트 교회의 돔들이며 무선 안테나의 빨갛고 파란 불빛, 무기고의 잿빛 지붕, 코앞의 크론슈타트 항에 정박해 있는 소련 함대의 깜박깜박 하는 불빛도 보였다. 손을 뻗으면 바로 잡힐 듯 가까

• 1846~1920. 제정러시아의 세공사, 보석 디자이너. 유럽 공예·장식 미술의 최고 거장.

웠다. 정말이지 비엘로스트로보의 흉벽과 테리오키의 참호들을 향해 손을 뻗으면 성 이삭 성당의 거대한 돔 아래 펼쳐진 레닌그라드의 가옥들과 크론슈타트 요새의 보루들이 바로 손아귀에 들어올 것만 같았다. 여름날 백야의 공기는 그렇게 투명했다. 라도가 호수 주변을 따라 펼쳐진 최전방 라이콜라 숲의 코르수 오두막에서 오랜 시간을 보내는 동안, 나는 핀란드 장교들이 메리칼리오 대령의 죽음에 대해 이야기하는 것을 들었다. 내 친구 메리칼리오는 죽기 전에 딸에게 데 폭사와 미카일레스쿠와 내게 마지막 인사를 전해달라고 당부했다. 나는 깊은 숲에 있는 로탈라에 가서 창백한 얼굴의 말없는 유격대원들과 라즈베리 시럽을 마시기도 했다. 그들은 허리에 날카로운 칼을 차고 있었다. 회색 리넨 복장을 한 젊은 여성 로타 대원들은 슬픈 얼굴을 하얀 칼라에 기댄 채 유격대원들을 안쓰러운 눈으로 바라보고 있었다. 저녁이면 나는 스바르트스트룀과 함께 라도가 호수로 내려가 작은 만쪽 물가에서 한참 앉아 있다 오곤 했다. 그 겨울에 얼음에 갇힌 말들의 머리가 반짝이는 얼음장을 뚫고 솟아 있던 바로 그곳이다. 미약하긴 하지만 그때의 악취가 여전히 축축한 밤공기 속을 떠돌고 있었다.

내가 레닌그라드 전선에서 헬싱키로 돌아오자 데 폭사는 이렇게 말하곤 했다. "오늘밤엔 공동묘지에 가서 한 잔해야지?" 어느 날 밤 우리는 티투 미카일레스쿠의 집을 나와 오래된 스웨덴인 교회 부속 공동묘지로 향했다. 묘지는 불레바르디와 게오르그카토 거리가 만나는 헬싱키 중심가에 있는데도 폭격을 당하지 않고 말짱했다. 우리는 시에르크리는 사람의 무덤 옆 벤치에 가 앉았다. 데 폭사가 주머니에서 보르츠브랜빈▲ 한 병을 꺼냈다. 우리는 술을 나눠 마시면서 핀란드를 대표하는 증류주들의 장단점을 논했다. 보르츠브랜빈, 폼메란스브랜빈, 에리코이스브랜빈, 라야마리브랜빈 중 어느 게 최고냐를 놓고 설왕설래했다. 그 낭만석인 교

▲ 브랜빈은 보드카의 일종.

회묘지에는 무덤들이 풀밭에서 안락의자 등받이처럼 서 있었다. 정말이지 낡은 안락의자들이 숲을 배경으로 한 무대에 늘어서 있는 것 같았다. 높다란 나무들은 푸른 잎사귀를 뽐내며 사각거렸고, 이파리들에는 푸르스름한 바다의 반사광이 어른거렸다.

새벽 무렵 데 폭사가 불안한 표정으로 주위를 두리번거리며 낮은 목소리로 물었다. "칼레발라 거리의 유령 얘기 들어봤어?" 그는 유령을 무서워했고, 여름이야말로 핀란드 유령들이 활개 치는 시기라고 주장했다. "난 유령이 보고 싶어. 진짜 유령 말이야." 그는 낮은 목소리로 말하면서 두려움에 떨며 불안한 눈으로 두리번거렸다. 교회묘지를 나와 칼레발라 조각상을 지나치는 순간 데 폭사가 눈을 질끈 감고 고개를 돌렸다. 칼레발라 서사시에 나오는 유령 같은 영웅들을 묘사한 조각상이 무서워 차마 볼 수 없었던 것이다.

어느 날 저녁 우리는 유령을 보러 갔다. 매일 밤, 정확히 딱 그 시각에 칼레발라 거리 끝 저택 대문 어귀에 출현한다는 그 유령을. 내 친구 데 폭사가 그 지저분한 거리까지 행차한 것은 애들처럼 유령이 두려워서가 아니라 훤한 대낮에 나타나는 유령이 보고픈 병적인 호기심 때문이었다. 유령이라면 으레 캄캄한 밤에 나타나는 것이 정석이건만, 핀란드의 여름밤, 훤한 백야의 빛 속에 나타나는 유령은 어떤 모습일지 정말 궁금했던 것이다. 한동안 헬싱키의 모든 신문들이 칼레발라 거리의 유령에 대해 떠들어댔다. 매일 밤 자정이 가까워질 무렵 항구에 접한 거리 끝에 자리한 저택의 엘리베이터가 갑자기 저절로 움직인다. 엘리베이터는 맨 위층까지 올라가 멈춰 섰다가 잠시 후 다시 소리도 없이 아래로 내려간다. 엘리베이터 문이 스르르 열린다. 이어 저택의 대문 손잡이가 살짝 돌아가고 한 여자가 문 앞에 모습을 내민다. 여자는 창백한 얼굴로 말없이 한동안 건너편 인도에 모인 사람들을 쳐다본다. 그러다 다시 말없이 대문 안으로 들어가 아주 천천히 문을 닫는다. 이윽고 다시 엘리베이터 문 열리는 소리가 나고, 엘리베이터가 강철 통로를 통과해서 스르르 올라가는 소리가 뒤따른다. 그러고는 다시 정적에 휩싸인다.

데 폭사는 조심조심 걷다가 가끔씩 내 팔을 꼭 붙잡았다. 상점 쇼윈도에 비친 우리의 모습이 유령 같았다. 우리의 얼굴은 밀랍으로 만든 것처럼 허옇게 빛났다. 자정 몇 분 전 우리는 밤의 해가 내뿜는 이상한 빛에 물든 유령의 집 앞에 당도했다. 새로운 건축 양식의 집은 초현대식 선이 인상적이었고, 밝은 색깔 도료에 유리와 크롬강을 많이 써서 번쩍번쩍했다. 지붕에는 라디오 안테나들이 삐죽삐죽 솟아 있었다. 대문 문설주에는 까만 금속제 버튼이 두 줄로 붙어 있고, 줄마다 입주자 이름이 붙은 알루미늄판이 부착돼 있었다. 문은 안에서 버튼을 누르면 자동으로 열리게 되어 있었다. 알루미늄판 밑에는 니켈판으로 된 스피커가 입을 쩍 벌리고 있었다. 이 스피커를 통해 입주자들은 방문객과 미리 대화를 한 뒤 문을 열어주는 것이다. 대문 오른쪽으로 엘란토 백화점 쇼윈도가 붙어 있고, 거기에는 생선 통조림이 진열되어 있었다. 분홍색 상표가 눈에 띄는 짙은 녹색 생선 통조림 두 개가, 허깨비 같은 상징과 기호로 구성된 추상적인 세계의 느낌을 불러일으켰다. 대문 왼편으로는 하늘색 바탕에 노란 글씨로 '파르투리 캄파모'라고 쓴 간판이 달린 가게가 있었다. 이발소와 미용실을 겸한 가게 쇼윈도에는 밀랍으로 만든 여자 흉상과 빈 향수병 두세 개, 합성수지 빗 두 개가 진열되어 있었다.

칼레발라 거리는 폭이 좁아서 유령의 집을 밑에서 올려다보면 앞면이 균형이 맞지 않아 보였다. 마치 건너편 인도에 모여 있는 구경꾼들 위로 넘어질 듯 위태위태하게 굽어 있는 것 같았다. 유령의 집은 유리와 크롬강을 많이 쓴 대단히 현대적인 스타일이었다. 지붕에는 라디오 안테나들이 삐죽삐죽 솟아 있고, 장식 없이 매끈한 허연 전면에 난 수많은 유리창들은 맑은 밤하늘을 차가운 알루미늄 빛으로 비추고 있었다. 역시 밤에 돌아다니는 애처로운 유령보다는 대단히 현대적인 스타일의 유령에게 걸맞은 풍경이었다. 전형적인 유령들은 창백하고 피골이 상접한 얼굴이 무시무시하면서도 어떤 연민을 불러일으킨다. 그들은 으스스한 수의로 몸을 감싸고 쾨쾨한 무덤 냄새를 풍기며 유서 깊은 유럽의 길거리를 배회한다. 하지만 현대판 유령들은 르코르뷔지에의 건축이나, 브라크와 살바도르 달리의 그림, 힌데미트와 오네게르의 음악을 보고 들을 때 연상되는 그런 존재다.• 현대판 유령들은 니켈 도금을 한 듯한 날렵한 모습으로 뉴욕 엠파이어스테이트 빌딩의 음울한 문턱이나 록펠러센터의 높다란 박공 벽에서, 그리고 대서양횡단 유람선 갑판이나 발전소가 발산하는 차고 푸르스름한 빛 속에서 모습을 드러낸다.

구경꾼들은 입을 꾹 다문 채 유령의 집 앞에 서서 기다렸다. 노동자도 있고, 중산층도 있고, 선원이 예닐곱에, 군인이 둘, 로타 단복을 입은 한 무리의 아가씨도 있었다. 이따금 인근 도로로 전차가 지나가면 벽들이 흔들리고 유리창이 덜컹거렸다. 자전거 한 대가 길모퉁이를 돌아 쌩하고 우리들 옆을 지나갔다. 쉭 하고 축축한 아스팔트를 스쳐가는 타이어 소리가 잠시 허공을 맴돌았다. 눈에 보이지 않는 무엇이 우리 눈앞을 지나간 듯했다. 데 폭사는 몹시 창백했다. 그는 궁금해 죽겠다는 표정으로 유령의 집에서 잠시도 눈을 떼지 않았다. 그가 내 팔을 꼭 붙잡을 때면 공포와 초조에 떨고 있는 게 느껴졌다.

갑자기 엘리베이터 움직이는 소리가 들렸다. 웅 하고 질질 끄는 듯한 소리. 그러더니 엘리베이터 문이 열리고 맨 꼭대기 층에서 다시 닫히는 소리가 났다. 또 웅 하고 엘리베이터 내려가는 소리…… 갑자기 유령의 집 대문이 열리고 한 여자가 문간에 모습을 드러냈다. 자그마한 중년 여자로 회색 옷에 까만 펠트 모자를 쓰고 있었다. 까만 종이로 만들었을지 모를 그 모자는 은색 줄이 간 금발 위에 삐딱하게 얹혀 있었다. 창백하고 마른 얼굴 탓에 밝은 두 눈은 흐릿한 얼룩 같았고 광대뼈가 툭 튀어나와 있었다. 두 손은 녹색 장갑 안에 감춰져 있었다. 두 팔은 옆으로 내린 상

• 기능성 건축을 선호한 르코르뷔지에, 대상 해체와 환상 표현에 몰두한 브라크와 살바도르 달리, 자유분방한 음악을 만든 힌데미트와 오네게르는 모두 과거와의 단절을 추구한 예술가들이다.

태였고 녹색의 두 손은 잿빛 스커트와 대조돼 시든 낙엽 같았다. 여자는 문간에 서서 건너편 인도에 모여든 호기심 많은 구경꾼들을 하나씩 쳐다봤다. 그녀의 눈꺼풀은 하얗고 눈빛에는 생기가 없었다. 잠시 후 그녀는 눈을 들어 하늘을 보더니 한 손을 천천히 들어올렸다. 손을 이마에 대고 날카로운 햇빛을 차단했다. 그녀는 잠시 하늘을 자세히 살피더니 고개를 숙이고 손을 내린 다음, 자신에게 이상한 시선을 보내고 있는 구경꾼들을 뚫어져라 바라봤다. 이윽고 여자는 대문 안으로 들어가 문을 닫았다. 다시 엘리베이터가 웅 하고 천천히 올라가는 소리가 났다. 우리는 숨죽이고 엘리베이터가 맨 위층까지 올라가는 소리에 귀를 기울였다. 웅 하는 소리는 점점 잦아지다가 이내 사라지고 말았다. 마치 엘리베이터가 허공 속으로 녹아든 듯했다. 아니면 지붕을 뚫고 하늘로 올라갔는지도 모르겠다. 구경꾼들은 눈을 들어 맑은 하늘을 응시했다. 데 폭사가 내 팔을 꼭 잡았다. 머리에서 발끝까지 떨고 있는 게 느껴졌다. "가자." 내가 말했다. 우리는 충격에 빠져 까치발을 해가며 지붕 위에 높이 떠도는 흰 조각구름을 응시하는 구경꾼 틈바구니를 살그머니 빠져나왔다. 이어 칼레발라 거리를 되짚어 스웨덴인 교회묘지로 들어갔다. 우리는 다시 시에르크라는 사람의 무덤 옆 벤치에 가 앉았다.

"유령은 아니네." 한참 침묵하던 데 폭사가 말을 꺼냈다. "우리가, 우리 자신이, 유령이었어. 그 여자가 우리를 보던 표정 생각나? 우릴 무서워하고 있었어."

"현대판 유령이지." 내가 대꾸했다. "북쪽의 유령 말이야."

"정말 그래." 데 폭사가 웃으며 말했다. "현대판 유령들은 엘리베이터를 타고 오르락내리락하더군." 그는 어린애 같은 공포심을 감추느라 멋쩍은 표정으로 웃었다. 잠시 후 우리는 묘지를 나섰다. 우리는 대로를 내려가 스웨덴 극장 뒤편 만네르헤임 거리를 가로질렀다. 에스플라나데 공원 나무 아래 풀밭에 드러누운 남녀들은 허연 밤의 햇빛에 맨얼굴을 내맡기고 있었다. 여름철 백야 때면 북국 사람들은 이상한 불안감에 시달린다. '차가운 열병' 같은 것이라고나 할까. 그래서 밤이면 바닷가를 거닐거나 공원 풀밭에 드러눕거나 항구 옆 벤치에 앉아 시간을 보낸다. 나중에 귀가할 때는 담벼락에 붙어 얼굴은 하늘을 향한 채 걷는다. 잠은 침대에 벌거벗고 누워 몇 시간만 잔다. 활짝 열어놓은 창문으로 흘러드는 차가운 빛으로 목욕을 한다. 그들은 밤의 태양 아래 벌거벗고 누워 있다. 자외선 램프를 쪼이고 있는 듯한 모습이다. 열린 창문을 통해 그들은 유리 같은 공기 속에서 집들의 유령, 나무들의 유령, 항구에서 흔들흔들하는 범선들의 유령이 움직이는 것을 바라본다.

우리는 스페인 공사관 식당에 모였다. 코끼리 다리 같은 거대한 기둥 네 개가 떠받치고 있는 육중한 마호가니 테이블에는 유리와 옛날식 스페인 은판이 깔려 있었다. 벽마다 빨간 태피스트리가 걸려 있고, 까만 가구들에는 춤추는 아이들, 각종 과일과 사냥감, 불룩한 가슴을 한 여인상 같은 것들이 조각돼 있었다. 이처럼 육감적이면서도 죽음을 연상시키는 스페인식 인테리어는 열린 창문을 통해 흘러드는 현란한 백야의 빛과 이상한 대조를 이루었다. 야회복 차림의 남자들과 목 부위가 깊이 파진 드레스에 보석으로 치장한 여자들이 육중한 마호가니 테이블에 둘러앉았다. 실크 치마들과 까만 바지들 사이로 코끼리 같은 테이블 다리가 보였다. 사람들 모습이 태피스트리의 음울한 자줏빛과 은판의 검은빛과 섞이면서 장례식에 모인 사람들 같은 느낌을 주었다. 비단을 새끼처럼 꼰 줄로 벽에 매단 스페인 왕과 대공의 초상화들이 엄숙한 표정으로 우리를 내려다보고 있었다. (찬장 위에는 황금빛 십자가가 매달려 있었는데 그리스도의 두 발은 얼음통에 담아둔 샴페인 병들 목에 닿아 있었다.) 그 모든 광경이 루카스 크라나흐(1472~1553)의 그림 같았다. 살은 푸르뎅뎅하게 야위고, 눈 주위에는 푸른 테 같은 것이 둘려 있으며, 창백한 이마에서는 땀이 난다. 얼굴 전체에는 옅은 녹색이 도는 죽음의 색조 같은 게 번져 있다. 자리에 앉은 손님들은 눈을 크게 뜨고 허공을 응시하고 있었다. 백야의 빛이 유리창에 희미한 입김처럼 서렸다.

자정이 다가오고 있었다. 석양이 브룬스파르켄의 나무 끝을 붉게 물들였다. 날이 찼다. 파리 주재 핀란드 공사의 딸 아니타 벵엔스트람의 맨어깨를 보며 내일 데 폭사, 미카일레스쿠와 함께 북극권(북위 66도 33분) 너머 라플란드로 떠날 생각을 한다. 여름이 꽤 깊어졌다. 지금쯤 라플란드는 연어낚시를 하기엔 좀 늦었을 것이다. 터키 공사 아갸 악셀이 웃으며 지각은 외교관 생활의 즐거움 중 하나라고 말했다. 그는 우리에게 재미있는 얘기를 해주었다. 폴 모랑(1888~1976)이 런던 주재 프랑스 대사관 서기관으로 부임했는데, 그가 게으르기로 유명하다는 걸 잘 아는 캄봉 대사가 이렇게 말했다는 것이다. "여보게, 출근은 하고플 때 하게. 하지만 지금보다 더 늦으면 곤란해." 아갸 악셀은 창문을 마주하고 앉아 있었다. 얼굴은 구릿빛이고, 흰머리가 성화의 은제 액자 테처럼 얼굴을 감싸고 있었다. 그는 땅딸막한 체구에 행동거지가 조심스러웠다. 그는 항상 의심스러운 눈초리로 주위를 돌아보는 것처럼 보였다. ("세 튕 죈 튀르크 퀴 아도르 르 코냑—이분은 코냑을 사랑하는 터키 청년입니다." 데 폭사가 아갸 악셀 공사를 두고 말했다. "아, 그땐 정말 터키 청년이었겠네요?" 아니타 벵엔스트람이 물었다. "더 젊었을 땐 더 터키인 같았죠." 아갸 악셀이 대꾸했다.)

인생의 황금기를 이탈리아에서 보냈고, 로마의 비아 파나마에서 삶을 마감하고 싶어하는 루마니아 공사 노티 콘스탄티니두는 로마의 여름에 대해, 그리고 인적 끊긴 광장에 호젓이 서 있는 분수대의 목소리와 이글거리는 정오의 태양에 대해 말했다. 말을 하는 동안 그의 모습은 북국의 눈부신 빛 속에서 살며시 떨렸고, 하얀 두 손은 하늘색 새틴 식탁보에 던져놓은 밀랍으로 만든 손 같아 보였다. 콘스탄티니두 공사는 전날 미켈리에 있는 만네르헤임 원수•의 사령부에서 돌아왔다. 루마니아의 젊은 왕 미켈이 원수에게 수여하는 최고 훈장을 전해주고 온 것이다. 원수를 만난 자리에서 콘스탄티니데는 덕담을 했다. "지난번 뵀을 때보다 이십

년은 젊어 보이십니다. 여름 덕분에 회춘하신 것 같네요."

"여름이라뇨? 핀란드는 겨울이 열 달이고, 나머지 두 달도 여름은 없습니다." 원수의 대꾸였다.

우리의 대화는 만네르헤임 원수의 근황을 중심으로 이어졌다. 그의 '퇴폐적인' 취향이 근엄한 행동이나 외모와 너무 안 어울린다는 얘기, 그가 국민과 군에서 절대적인 신망을 얻고 있다는 얘기 등등. 이번 소련과의 전쟁이 그 끔찍한 첫해 겨울에 핀란드 국민에게 얼마나 큰 고통과 시련을 안겨주었는지에 대한 얘기도 나왔다. 만네르헤임 백작부인은 핀란드 추위는 북쪽이 아니라 동쪽에서 갑자기 몰아친다며 이렇게 말했다. "라플란드는 북극권 너머에 있지만 매서운 추위는 저쪽 러시아 볼가 강 일대보다 훨씬 더하답니다."

"끝이 없는 동방문제에 대한 새로운 시각이네요." 데 폭사가 말했다.

"아직도 유럽에 동방문제가 존재한다고 생각하십니까?" 터키 공사가 물었다. "저는 영국 작가 필립 게달라(1889~1944)의 견해에 공감합니다. 서구인들에게 동방문제란 이제 터키인들이 서방을 어떻게 생각하느냐 하는 문제로 오그라들었지요."

데 폭사는 아침에 미국 공사 아서 숀펠드를 만났던 얘기를 했다. 숀펠드는 필립 게달라에게 대단히 화가 나 있는 상태였다. 런던에서 나온 게달라의 최신 에세이집 『전쟁하는 사람들*Men of War*』을 스토크만 서점에서 샀는데 그 내용에 열을 받은 것이다. 영국인인 게달라는 터키인들을 다룬 장에서 고대 유럽에서 야만적인 침략은 항상 동쪽에서 왔으며, 그 이유는 아메리카대륙 발견 이전이기 때문에 다른 곳에서는 올 수가 없었기 때문이라고 주장했다.

"야만적인 침략은 항상 서방에서 터키로 왔습니다." 아갸 악셀이 반론

• 1867~1951. 오늘날 핀란드의 국부로 추앙받는 인물. 이차대전 중 겨울전쟁에서 핀란드군 총사령관으로 소련군을 궤멸시켰고 이후 제6대 핀란드 대통령이 된다.

을 폈다. "멀리 호메로스 시절부터 그랬지요."

"터키인이 호메로스 시절에도 있었나요?" 콜레테 콘스탄티니두가 물었다.

"터키 카펫은 호메로스의 『일리아스』보다 훨씬 오래됐습니다." 아갸 악셀의 대꾸였다.

(며칠 전 우리는 디누 칸테미르 서기관의 사택을 방문했었다. 영국 공사관 맞은편 브룬스파르켄에 있는 린더가(家)의 멋진 저택이었다. 그 자리에서 우리는 칸테미르가 수집한 도자기와 동양 카펫들에 극찬을 아끼지 않았다. 그는 요란한 몸짓을 써가며 내게 드레스덴 도자기 최고급품들의 계보를 설명했고, 벵트 본 토르네는 유명한 린더가 미인의 초상화 아래 서서 미르차 베린데이와 티투 미카일레스쿠에게 핀란드 화가 갈렌칼렐라의 그림 이야기를 했다. 그러는 동안 터키 공사와 루마니아 공사는 방 한가운데 무릎을 꿇고 앉아 칸테미르가 바닥에 펼쳐놓은 16세기 의식용 터키 카펫 두 장을 두고 입씨름을 벌였다. 하나는 장미색, 자주색, 녹색 실을 번갈아 수놓은 사각형 문양 두 개와 길게 늘어진 다이아몬드 문양 두 개가 들어 있는 카펫이었다. 또하나는 분홍, 파란, 금색 실로 수놓은 사각형 문양 네 개가 들어 있었는데 페르시아 계통임이 분명했다. 터키 공사는 앞의 카펫에 들어 있는 다양한 색상의 조합이 지극히 아름답다고 극찬했다. 지금까지 본 것 중 가장 어려운 디자인이라고 했다. 반면에 루마니아 공사는 옛날 페르시아 세밀화를 닮은 카펫의 여성적인 미묘한 색조를 격찬했다. "전혀 그렇지 않습니다. 공사님." 콘스탄티니두가 목소리를 높이며 말했다. "맹세코 공사님이 틀린 겁니다." 아갸 악셀이 성난 목소리로 대꾸했다. 두 사람은 무릎을 꿇은 상태로 요란한 몸짓을 써가며 떠들었다. 마치 터키식 예배를 드리고 있는 것 같았다. 그렇게 언쟁을 계속하던 두 사람은 결국 각각의 카펫에 책상다리를 한 채 마주 보고 앉았다. 아갸 악셀이 말했다. "사람들은 터키를 공정하게 평가해준 적이 없어요.")

"위대한 터키 문명에서……" 아갸 악셀이 말을 이어갔다. "앞으로 남을 것은 카펫 몇 장이 전부일 겁니다. 우리는 영웅적이지만 불행한 민족입니다. 우리의 모든 불행은 오랫동안 지켜온 관용에서 비롯된 것입니다. 우리가 덜 관용적이었다면 아마도 기독교 세계 전부를 벌써 복속시켰을 겁니다."

나는 "관용"이라는 말이 터키어로 무슨 뜻이냐고 물었다.

"우리는 항상 정복한 민족들에게 너그럽게 대했습니다." 아갸 악셀이 답했다.

"잘 이해가 안 가는데요." 데 폭사가 말했다. "왜 터키인들은 기독교인이 되지 않았나요. 그랬다면 일은 간단해졌을 텐데."

"맞는 말입니다." 아갸 악셀이 대답했다. "우리가 기독교인이 됐다면 지금쯤 부다페스트에 가 있을 겁니다. 어쩌면 빈에 가 있겠지요."

"나치가 지금 빈에 있습니다." 콘스탄티니두가 말했다.

"나치가 기독교인이 된다면 거기 남을 겁니다." 아갸 악셀이 말했다.

"현대의 가장 큰 문제는 여전히 종교문제입니다." 벵트 본 토르네가 말했다. "옹 느 푀 파 튀에 디외—신을 죽일 수는 없으니까요." 그러면서 우리에게 얼마 전 보트니아 만에 접한 핀란드 도시 투르쿠에서 벌어진 일을 얘기해줬다. 한 소련군 낙하산병이 도시 인근에 떨어졌다가 붙잡혀 투르쿠 교도소에 갇혔다. 나이는 서른쯤으로 하리코프에서 공장노동자로 일했고 열렬한 공산주의자였다. 워낙 생각이 많은 그는 온갖 주제에 관심도 많고 아는 것도 많아 보였다. 특히 윤리 쪽에 강했다. 그는 일반 우다르니키나 스타하노프치보다 훨씬 많이 배운 사람이었다. 감방에서도 엄청난 독서를 했다. 특히 종교에 관한 책을 주로 읽었다. 교도소장이 이 이상야릇한 인물에 관심을 갖고 자기 서재에서 가져다가 읽게 해준 것이다. 당연히 포로는 유물론자에 무신론자였다.

얼마 후 포로는 교도소 내 공장에서 기계공으로 일하게 됐다. 어느 날 그는 목사와 이야기를 나누고 싶다고 했다. 학식과 신앙이 깊기로 유명한 젊은 루터교 목사가 교도소로 와 소련군 낙하산병의 감방으로 들어갔다. 두 시간 가까이 감방 안에서 단 둘이 이야기를 나눴다. 오랜 대화 끝에 목사가 일어서려는 찰나, 포로가 목사의 어깨에 두 손을 얹고 잠시 머뭇거리다가 그를 끌어안았다. 이런 만남의 과정은 나중에 투르쿠 지역신문에 자세히 실렸다.

몇 주가 지났다. 며칠간 이런저런 생각에 고통스러워하는 듯했던 포로는 목사를 다시 만나게 해달라고 청했다. 목사는 교도소로 가 지난번처럼 공산주의자 포로와 감방에 단 둘이 앉아 대화를 나눴다. 반시간쯤 지났을 때 지나가던 교도관이 감방 안에서 고함 소리와 살려달라는 소리가 나는 것을 들었다. 교도관이 감방 문을 따고 들어가보니 포로는 벽에 등을 대고 서 있고 목사는 그의 발치에 널브러져 있었다. 주변에는 핏물이 웅덩이를 이루었다. 목사는 죽기 전에, 대화가 끝날 무렵 포로가 자신을 포옹하더니 날카로운 쇠꼬챙이로 등을 찔렀다고 말했다. 재판 과정에서 살인자는 목사를 죽인 것은 목사의 논리적인 주장 때문에 공산주의자이며 무신론자로서 마음이 혼란스러웠기 때문이라고 주장했다. 그는 사형을 언도받고 총살형에 처해졌다.

"그는 목사 속에 있는 신을 죽이려고 했던 것이지요." 벵트 본 토르네의 결론이었다.

이 살인사건은 핀란드의 모든 신문을 장식했고 여론은 술렁거렸다. 전임 로마 주재 핀란드 공사의 아들인 굼메루스 중위는 내게 총살형을 집행한 부대의 장은 투르쿠 지역의 장교로 살인자가 평온하게 죽어가는 것을 보고 깊은 인상을 받았다고 말했다.

"그 친구는 양심의 평화를 되찾았군." 데 폭사가 말했다.

"그래도 끔찍한 일이에요!" 만네르헤임 백작부인이 소리쳤다. "어떻게 신을 죽인다는 생각을 할 수가 있지요?"

"현대 세계 전체가 신을 죽이려 하고 있습니다." 아갸 악셀이 말했다. "신의 존재 자체가 현대인의 의식 속에서는 위기에 처해 있어요."

"무슬림의 의식에도 해당되는 얘긴가요?" 칸테미르가 물었다.

"네. 불행하게도 무슬림의 의식도 마찬가지입니다. 이웃한 공산주의 러시아의 영향을 받아서만이 아니라 신을 살해하려는 분위기가 있어요. 그건 현대 문명을 이루는 한 요소입니다."

"현대 국가는……" 콘스탄티니두가 말했다. "신의 생명을 경찰력으로 보호할 수 있다고 착각하고 있어요."

"신의 생명만이 아닙니다. 현대 국가는 그 자신의 존재를 보호할 수 있다고 착각하고 있지요." 데 폭사가 말했다. "스페인의 예를 보십시다. 프랑코를 몰아내는 유일한 방법은 신을 죽이는 겁니다. 그래서 마드리드와 바르셀로나의 길거리에서는 신의 생명을 노리는 시도가 비일비재하게 일어나고 있습니다. 신에게 권총을 쏘아대지 않는 날이 하루도 없어요." 데 폭사는 전날 스페인에서 최근에 나온 책을 스토크만 서점에서 사다 봤는데 첫 페이지에 이런 얘기가 나오더라며 우리에게 읽어주었다. "신, 저 천재적인 미치광이는……"

"투르쿠 살인사건에서 중요한 건……" 벵트 본 토르네가 말했다. "러시아 공산주의자가 목사를 죽였다는 사실보다 카를 마르크스가 신을 죽이려 하고 있다는 점입니다. 그건 전형적인 마르크스주의적 범죄지요."

"우리는 현대 세계가 복음서보다 『자본론』에 훨씬 더 우호적이라는 사실을 과감하게 인정해야 합니다." 콘스탄티니두가 말했다.

"그건 『코란』에도 적용됩니다." 아가 악셀이 말했다. "무슬림 청년들이 공산주의를 쉽게 받아들이는 것을 보면 놀랍습니다. 소련에 속한 동구 자치공화국들의 무슬림 청년들은 아무런 저항 없이 무함마드(마호메트)를 버리고 마르크스를 택하고 있습니다. 코란이 없는 이슬람 세계는 어떻게 될까요?"

"가톨릭교회야말로 복음서 없이도 존재할 수 있다는 것을 스스로 입증했지요." 데 폭사가 맞받았다.

"언젠가 마르크스 없는 공산주의가 될 겁니다. 그게 바로 많은 영국인들이 기대하고 있는 거지요." 칸테미르가 말했다. "많은 영국인들의 이상은 '공식 보고서' 형태의 마르크스 『자본론』입니다."

"영국인들은……" 아가 악셀이 말했다. "공산주의를 두려워할 이유가 전혀 없습니다. 그들에게 문제는 계급전쟁에서 승리하는 거지요. 워털루 전투에서 승리했을 때와 똑같습니다. 결국은 이튼•의 놀이터니까요."

만네르헤임 백작부인이 며칠 전 있었던 일을 소개했다. 독일 공사 폰 블뤼허가 동료 외교관들과 이야기를 나누다가 공산주의가 영국에 위협이 되는 것을 크게 걱정하는 모습을 보이자 덴마크 공사관 서기관인 애담 데 몰트케우이트펠트 백작이 이렇게 말했다는 것이다. "걱정 마세요, 영국인들은 슬라브족과는 전혀 다르니까요."

"영국인들은……" 데 폭사가 말했다. "무슨 문제든 쓸데없는 요소들은 완전히 제거해버리는 대단한 재능을 타고났죠. 아무리 심각하고 복잡한 문제라도 가차 없이 벗겨버려요. 이제 공산주의가 대영제국의 길거리를 벌거벗고 어슬렁거리는 것을 보게 될 겁니다. 레이디 고다이바▲가 코번트리 거리를 말을 타고 돌아다닌 것과 마찬가지지요."

벌써 새벽 두시였다. 추위가 매서웠다. 활짝 열어놓은 창문으로 흘러드는 금속성 빛에 손님들의 얼굴이 퍼레진 것을 보고, 나는 데 폭사에게 창문을 닫고 불을 켜달라고 했다. 우리는 너나할 것 없이 시체 같았다. 훤한 대낮에 야회복을 입은 남자들이나 짙은 화장에 맨어깨를 드러낸 채 햇빛에 반짝이는 보석을 걸친 젊은 여자들처럼 시체 같아 보이는 것은 없다. 우리는 음식이 잔뜩 차려진 테이블에 둘러앉은 시체, 하데스에서 벌어지는 죽음의 연회에 참석한 시체들 같았다. 하인들이 창문을 다 닫고 불을 켰다. 그러자 뭔가 따스하고 친밀하면서도 은은한 분위기가 번

• 많은 권력자를 배출하는 영국 최고의 명문 사립 고등학교.

▲ Lady Godiva. 11세기 영국의 전설적인 백작부인으로, 남편 코번트리 영주가 농노들에게 무거운 세금을 부과하자 감세를 호소했는데, "나체로 말을 타고 거리를 순회하면 감세하겠노라"는 말에 그대로 실행해 뜻을 이루었다고 한다.

졌다. 와인 술잔에서는 보글보글 잔거품이 일고, 우리들 얼굴에는 핏기가 돌았으며, 눈빛에는 유쾌함이 살아났다. 목소리도 다시 따스하고 깊어졌다. 살아 있는 사람들의 목소리였다. 갑자기 기다란 공습경보 소리에 이어 빠바바방 하는 대공포 소리가 이어졌다. 바다 건너에서 소련 비행기들이 벌떼처럼 웅 하고 몰려오는 소리가 들렸다.

"이거 재미있겠네." 콘스탄티니두가 차분한 목소리로 말했다. "근데 무서워."

"나도 무서워요." 데 폭사가 말했다. "그리고 별로 재미는 없네요."

다들 꿈쩍도 하지 않았다. 쿵쿵 하고 둔중하게 폭탄 떨어지는 소리가 들렸다. 벽이 흔들렸다. 콜레테 콘스탄티니두 앞에 놓인 잔이 쩔렁 하고 금이 갔다. 데 폭사가 눈짓을 하자 하인이 다시 창문을 열었다. 소련 비행기들이 보였다. 백 대는 되는 것 같았다. 도시의 지붕들 위를 낮게 나는 모습이 잠자리처럼 투명한 날개를 한 거대한 곤충들 같았다.

"훤히 빛나는 북방의 밤이 정말 이상한 건……" 미르차 베린데이•가 특유의 피곤한 루마니아식 억양으로 말했다. "은밀한 밤에만 태어나는 몸짓, 생각, 감정, 대상들이, 어둠의 품속에 소중하게 감춰져 있던 것들이 훤한 대낮에 모습을 드러낸다는 점이지요." 그는 슬레튼 부인을 돌아보며 한마디 덧붙였다. "보세요, 이게 밤의 얼굴이라니까요."

슬레튼 부인의 창백한 입술이 희미하게 떨리고 있었다. 하얀 눈꺼풀 역시 떨리고 있었다. 그녀는 미소 지으며 고개를 숙였다. 슬레튼 부인은 그리스에서 태어났다. 얼굴은 투명할 정도로 눈부셨다. 두 눈은 까맣고, 이마는 시원하면서 티끌 한 점 없이 매끈했다. 그녀의 미소와 몸가짐에는 고대 그리스의 우아함이 살아 있었다. 올빼미 같은, 아테나 여신 같은 두 눈 위아래로 눈꺼풀이 바르르 떨리고 있었다.

"전 무서운 게 좋아요." 슬레튼 부인이 말했다.

• 1938~47년 루마니아 외무부에 근무했고 마르셀 프루스트 연구자로 유명하다.

드르르륵 하는 대공포 소리와 쿵쿵 하는 폭탄 소리, 윙윙거리는 차량 소음 사이로 이따금 깊은 적막이 흘렀다. 그 느닷없는 적막의 순간에 새들의 노랫소리가 들렸다.

"기차역이 불타고 있구먼." 아갸 악셀이 창문을 내다보며 말했다.

엘란토 백화점도 불타고 있었다. 날이 추웠다. 숙녀들은 모피 코트 속에 꽁꽁 숨었다. 공원 나무들 사이로 차디찬 밤의 태양이 빛났다. 저 멀리, 수오멘린나 섬에서 개 짖는 소리가 들렸다.

나는 유고슬라비아▲ 주재 이탈리아 공사 마멜리의 개 스핀에 관한 이야기를 시작했다. 당시는 독일군의 베오그라드 공습이 한창이었다.

▲ 1990년대 들어 슬로베니아, 크로아티아, 보스니아헤르체고비나 등으로 분리되었다.

11장

미쳐버린 총소리

베오그라드 포위작전이 시작되자 이탈리아 공사 마멜리는 애견 스핀을 불렀다. 멋들어진 삼 년생 영국 포인터였다. "스핀, 이리 와, 빨리!" 스핀은 공사 집무실 한 귀퉁이에 웅크리고 앉아 있었다. 그 위로 교황과 국왕과 무솔리니의 초상화가 걸려 있었다. 녀석은 마치 이들에게 가호를 의탁하려는 것 같았다. 녀석은 일어날 생각을 안 했다. 주인은 문간에 서서 녀석을 부르고 있었다. "스핀, 이리 와, 빨리. 방공호로 가야 돼." 주인의 예사롭지 않은 목소리에서 스핀은 뭔가 무서운 일이 벌어지고 있음을 직감했다. 그러자 양탄자에 침을 질질 흘리면서 불안한 눈을 두리번거리며 울부짖기 시작했다.

스핀은 멋진 영국 개였다. 혈통 좋은 사냥개로 녀석의 유일한 열정은 사냥이었다. 마멜리는 녀석을 데리고 자주 사냥을 나갔다. 베오그라드 주변 숲이 우거진 구릉이나 다뉴브 강변으로, 베오그라드 앞쪽 판체보와 제문 사이 다뉴브 강을 양분하는 큰 섬들로 나갔다. 그는 벽에 걸어둔 사냥총을 꺼내 어깨에 메고 소리쳤다. "이리 와, 스핀. 가자." 그러면 개는 신이 나서 펄쩍펄쩍 뛰며 컹컹컹 짖었다. 각종 사냥총과 탄띠, 사냥용 배낭을 걸어둔 복도에 이르면 녀석은 활기차게 꼬리를 치며 사냥용품 쪽을 올려다보았다.

그러나 그날 아침 베오그라드 폭격이 시작되자마자 스핀은 겁에 질렸다. 쿵쿵 폭탄 떨어지는 소리가 무시무시했다. 옛 왕궁에서 그리 멀지 않은 이탈리아 공사관 건물도 그 무시무시한 폭음에 지하실까지 흔들렸다. 벽에서 석회 가루가 우수수 떨어지는가 하면 바깥 담과 천장에도 커다란 금이 갔다. "이리 와, 스핀, 빨리!" 스핀은 계단에 침을 묻히며 황급히 뛰어내려가 지하실로 들어갔다. 녀석은 꼬리를 사려 두 다리 사이에 감춘 채 낑낑거렸다.

방공호는 그냥 반지하실이나 마찬가지였다. 천장에 받침대를 덧대거나 시멘트 기둥으로 보강을 하고 말고 할 시간적 여유가 없었다. 지상으로 난 틈을 통해 먼지로 얼룩진 뿌연 빛이 지하실 내부로 흘러들었다. 사방 벽에 널빤지로 얼기설기 만들어 붙인 선반에는 이탈리아 키안티 와인과 프랑스 포도주들, 위스키, 코냑, 진 같은 술병들이 놓여 있었다. 천장에는 이탈리아 프리울리산 햄과 밀라노산 소시지들이 걸려 있었다. 지하실은 일종의 식료품 창고 같은 곳이지만 결국은 쥐덫이나 마찬가지였다. 작은 폭탄 하나만 떨어져도 거기 대피한 공사관 직원 전원과 스핀을 묻어버리기에 충분했을 것이다.

때는 1941년 4월 6일 일요일 오전 7시 20분. 스핀은 겁에 질려 울부짖으며 지하실 계단을 뛰어내려갔다. 녀석은 지하실 복도를 펄쩍펄쩍 뛰며 사방 벽을 올려다보았다. 원래 있던 사냥총들은 다 제자리에 걸려 있었다. 콰르르릉 하는 어마어마한 소리는 사냥총 소리가 아니고 뭔가 비정상적인, 사람과는 무관한, 평소 보던 자연에도 없는 소리였다. 땅은 지진이 난 것처럼 흔들렸다. 집들이 서로 부딪치는가 하면 벽들이 우르르 무너지면서 우지끈 쿵쾅 하는 끔찍한 소리가 났다. 유리창은 와장창 소리와 함께 박살이 나면서 길거리로 쏟아져내렸고, 비명 소리, 우는 소리,

도와달라고 절규하는 소리, 저주를 퍼붓는 소리, 숨도 제대로 못 쉬고 도망치는 미쳐버린 사람들의 흐느낌이 뒤따랐다. 매캐한 유황 냄새가 지하실로 스며들었다. 폭발과 화재에 따른 연기와 매연도 함께 쏟아져들어왔다. 폭탄이 가옥들 위로, 스포메닉 광장으로, 옛 왕궁 위로 수없이 떨어졌다. 거리에는 차량 행렬이 정신없이 이어졌다. 차량마다 장성들과 장관, 궁정에서 한자리하는 자들과 고위 관리들이 잔뜩 타고 있었다. 민간과 군을 막론하고 공직자들은 공포에 휩싸여 황망히 수도 베오그라드를 탈출했다. 오전 열시쯤 도시는 완전히 무법천지가 됐다. 도처에서 약탈이 시작됐다.

인간쓰레기들이 제문과 판체보에서 몰려든 집시들과 한패가 되어 상점 셔터를 부숴 열고 집집마다 들어가 약탈을 일삼았다. 주택가에서는 따따따 하는 총소리가 들렸다. 주민과 약탈자들이 거리에서, 대저택으로 들어가는 계단에서, 집 안 계단참에서 서로 치고받았다. 스포메닉 광장에서는 극장이 불에 탔다. 광장 뒤편 극장 앞 제과점은 폭삭 무너졌다. 그 터키식 제과점은 발칸 전체를 통틀어 가장 맛있는 과자로 유명한 곳이었다. 일단의 무리가 그 폐허에서 소리를 지르며 고급 과자를 놓고 아귀다툼을 벌였다. 여자들은 미친년처럼 머리칼을 날리며 호기심으로 번들거리는 얼굴로 파렴치한 소리를 질러댔다. 그들은 꿀맛 같은 케이크와 캐러멜, 과자들을 마구 씹고 삼키고 난리였다.

어디서 어마어마한 굉음과 쿵쿵 하는 소리가 들렸다. 벽들이 박살이나 무너지는 소리, 충격의 비명, 웃음소리, 화재로 화염이 타오르는 소리…… 스핀은 꼬리를 감추고 어쩔 줄 몰라 낑낑거렸다. 녀석은 마멜리 공사의 발 사이에 웅크린 채 구두에 침을 흘리고 있었다. 정오 무렵, 쿵쿵 하는 폭탄 소리가 멀어지면서 차츰 잦아들자 마멜리와 공사관 직원들은 일층으로 올라갔다. 그러나 스핀은 방공호에서 나오기를 완강히 거부했다. 그 어둡고 포연 자욱한 지하실로 녀석에게 먹을거리를 갖다 바쳐야 했다.

폭탄이 떨어지는 사이사이 잠깐씩 적막이 흐르는 동안, 공사 집무실에서는 스핀의 낑낑대는 소리가 들렸다. 세상은 무너졌고 뭔가 무시무시하고 초자연적인 일이 벌어진 게 틀림없었다. 스핀은 도저히 이해할 수가 없었다. "폭격은 끝났어." 마멜리는 녀석을 보러 지하실에 내려갈 때마다 스핀에게 이렇게 말했다. "이제 올라와도 돼. 안전하다니까." 그러나 스핀은 무서웠고, 지하실을 뜰 엄두가 나지 않았다. 녀석은 먹이에는 입도 대지 않고, 그 자리에 엎드려 의구심 가득찬 눈초리로 밥통을 바라볼 뿐이었다. 그토록 믿고 따르던 주인에게 배신당할 것 같은 감이 들 때 개들은 으레 그런 하소연의 눈길을 보낸다. 지금은 인간의 법칙도 자연의 법칙도 사라진 때였다. 세상이 완전히 무너진 것이다.

그날 오후 네시경 마멜리 공사는 다시 지하실로 내려가 스핀에게 '이제 위험하지 않다, 모든 게 예전처럼 정상으로 돌아왔다'는 확신을 심어주려 했다. 바로 그때 제문과 판체보 사이 하늘에서 웅웅 하는 소음이 들려왔다. 최초의 폭탄들은 밀로스 베리토그 지역에 떨어졌다. 그 어마어마한 폭탄들을 독일 슈투카 폭격기들이 지붕에 쏟아부었다. 목표에 못을 정조준하고 단번에 무지막지한 힘으로 망치를 내리치는 듯했다. 도시 전체가 그 근저까지 뒤흔들렸다. 한 떼의 사람들이 비명을 지르며 거리로 쏟아져나왔다. 폭발음이 한 번 들리고 다시 들리는 사이, 깊은 적막이 흘렀다. 사방의 모든 것이 죽음 그 자체였다. 그야말로 자연의 적막 같았다. 지구가 죽어버리면, 지구가 생명 없는 차디찬 존재가 되면, 세상의 완전한 파괴가 완결되면, 바로 그런 생명 없는 천체처럼 어마어마한 최종적인 절대 침묵이 완성될 것이다. 그러다 갑자기 다시 무시무시한 쿵쿵 소리가 들리고 나무와 가옥들은 완전히 뿌리 뽑혔다. 도시 위로 펼쳐진 하늘은 우르르릉 하는 파열음과 함께 폭삭 무너져내렸다.

마멜리와 공사관 직원들은 방공호로 다시 내려갔다. 그들은 창백한 얼굴로 지하실 가운데 커다란 책상 주위에 가져다놓은 의자에 앉아 있었다. 폭격과 폭격 사이 스핀의 신음 소리만 들렸다. 녀석은 주인 발치에 마냥 웅크리고 있었다.

"세상의 종말이군요." 이등 서기관 루포 후작이 말했다.

"지옥이 따로 없군." 마멜리 공사가 담뱃불을 붙이며 공감을 표했다.

"모든 자연의 힘이 우리에게 쏟아지고 있어요." 일등 서기관 귀도티가 말했다. "자연도 미쳐 돌아가네."

"별 수 없지." 파브리치오 프랑코 백작이 말했다.

"루마니아인처럼 할밖에." 마멜리가 말했다. "투툰 지 랍다레—흡연과 인내."

오가는 대화에 귀를 쫑긋하던 스핀은 그제야 완전히 감을 잡은 것 같았다. 투툰 지 랍다레. 그런데 뭘 기다리며 인내한단 건가? 마멜리와 직원들은 분명 뭘 기다리는지 알고 있을 것이다. 그러나 불안하고 창백한 얼굴로 거기 앉아 연신 담배만 빨고 있었다. 그들의 입에서 그 불안한 기다림의 이유를 속 시원히 풀어줄 한마디만이라도 나왔으면…… 그 어둠, 그 끔찍한 날과 기다림의 이유를 둘러싼 어둠은 쿵쿵 폭탄 떨어지는 그 무시무시한 소리에 불안을 더해주었다. 아니, 불안보다 더 짜증나는 것이었다. 스핀은 영국 개였다. 사냥개로서 흠 잡을 데 없는 순종 포인터였다. 아주 좋게 말해 아리안 순종견이다. 녀석의 혈관에는 유색의 피는 한 방울도 흐르지 않았다. 녀석은 서식스 최고의 애견훈련소에서 훈육을 받은 유능한 영국 개였다. 녀석은 아무것도 두려워하지 않았다. 왕도 두려워하지 않았다. 스핀은 사냥개였다. 그리고 전쟁은, 다들 알다시피, 일종의 사냥 행위였다. 거기서 사람들은 사냥감인 동시에 사냥꾼이 된다. 인간들이 총으로 무장을 하고 서로를 사냥하는 놀이다. 스핀은 총은 전혀 두렵지 않았다. 고개를 빳빳이 쳐들고 일개 연대 전체를 상대로 '돌격 앞으로'를 할 수 있을 정도였다. 총소리가 나면 녀석은 신이 났다. 총소리는 자연의 구성요소였고, 태곳적부터 이어져온 세계의, 녀석의 세계의 일부였다. 총소리가 들리지 않는다면 삶이 무슨 가치가 있겠는가? 광활한 들판과 숲을 누비고 사바 강과 다뉴브 강 너머 구릉지를 달리며, 팽팽한 밧줄 같은 사냥감의 냄새를 좇는, 냄새의 밧줄을 요리조리 곡예사처럼 타는 재미가 없다면 삶이 무슨 의미가 있겠는가? 사냥꾼의 총소리가 맑고 옅은 아침 공기를 가르거나, 비 오는 가을날 잿빛 거미줄을 파르르 떨게 하거나, 눈 덮인 평원에 날아가 꽂힐 때, 자연의 질서는 완벽한 모습으로 다가온다. 그런 총소리야말로 자연의 완성, 세계와 삶의 완성에 마지막 아름다움을 더해주는 것이다.

마멜리가 긴긴 겨울밤을 서재 벽난로 앞에 앉아 짧은 파이프를 입에 물고 책을 보는 동안에도 스핀은 주인 발치 양탄자에 배를 깔고 엎드려 탕 하는 총소리와 유리처럼 투명한 아침 공기가 쨍그랑거리는 소리를 듣는 꿈을 꾸었다. 벽난로에서는 장작불이 타닥타닥 소리를 내며 기분 좋게 타고 있었고, 바깥에서는 윙윙거리는 바람소리와 좔좔거리는 빗소리가 들렸다. 녀석은 고개를 들어 두리번거리다가 오래된 터키제 사냥총을 올려다봤다. 문가 벽에 걸린 총은 표면에 온통 자개를 박아 장식한 것이 특이했다. 마멜리는 이 총을 모나스티르에서 단 돈 몇 디나르(유고의 화폐 단위)를 주고 구입했다. 이 총은 18세기 초 사보이의 오이겐 공 휘하에서 오스만제국의 터키군과 맞서 싸운 기독교도 병사들에게 총알을 뿜어댔을 것이고, 제문의 벌판을 달리는 헝가리와 크로아티아 기병대에게도 탄환을 날렸을 것이다. 고색창연한 총은 충직하게 임무를 완수했고, 자연의 영원한 질서를 유지하는 작업에도 기여했다. 아주 젊은 시절에도 총은 세계의 완전함을 마지막으로 아름답게 장식해주는 일을 했다. 그 시절 경쾌한 총소리가 탕 하고 빛나는 아침햇살을 찢으면 저 위쪽 부코바르나 제문, 노비사드에서 젊은 폴란드 창기병이 말에서 툭 떨어졌다. 스핀은 '총의 자식'은 아니지만 총이 없는 세계는 상상할 수도 없었다. 총의 목소리가 근엄하게 울려퍼지면 그 어떤 것도 자연의 질서와 조화와 완벽함을 교란시킬 수 없었다.

그러나 그날 아침 세계를 붕괴시킨 그 무시무시한 폭음은 친숙한 총의 목소리가 절대 아니었다. 그것은 전에는 결코 들어보지 못한 목소리였다. 새롭고 몸서리쳐지는 목소리였다. 어마어마한 괴물이, 광포하고 낯선 신이 총의 지배를 영원히 전복시켜버린 듯했다. 친숙하고 오래된 신의 지배는 끝났다. 이날 이때까지 세계를 질서 있고 조화롭게 유지했던 신의 지배는 끝났다. 이제 총의 목소리는 영원히 들을 수 없게 됐다. 저 광포하고 방자한 굉음이 총소리를 다 덮어버린 것이다. 그러고 보니 그 공포의 순간에 스핀 앞에 서 있던 마멜리의 모습은 왜소하고 창백한 인간의 모습이었다. 그 뒤로 붕괴된 자연이, 폐허에 파묻힌 세계가 펼쳐져 있었다. 텅 빈 사냥용 배낭을 메고 이제는 싸움에서 패하여 소리를 내지 않는, 쓸모없는 총을 어깨에 걸머진 채 불에 탄 들판과 숲을 절뚝거리며 걸어가는 그의 모습은 생각만 해도 안쓰러웠다.

순간, 스핀의 뇌리에 끔찍한 생각이 스쳤다. 저 끔찍한 목소리가…… 갑자기 광기에 사로잡힌 저 폭음이, 길거리와 들판과 숲과 강변을 질주하며 다시금 광란의 목소리로 자연을 뒤죽박죽으로 만들어버리면 어쩌나 하는 불안이 밀려왔다. 그런 생각에 스핀은 피가 얼어붙는 것만 같았다. 저 끔찍한, 미쳐 날뛰는 무기로 무장한 마멜리의 모습은 생각만 해도 무시무시했다. 마멜리가 탄창을 끼우고 총을 들어 개머리판을 어깨에 딱 붙이고 자고새를 쏜다. 총의 아가리에서 무시무시한 천둥소리가 터진다. 끔찍한 폭음이 온 도시를 뒤흔들고, 땅에 깊은 구멍이 파이고, 집들은 서로 부딪치며 굉음과 함께 무너지고, 거대한 먼지구름이 피어오른다.

지하실에서는 다들 아무 말도 하지 않았다. 땀에 젖은 창백한 얼굴로 그냥 자리에 앉아 너나없이 기도를 했다. 스핀은 눈을 감고 영혼을 신의 손에 맡겼다.

그날 나는 판체보에 있었다. 베오그라드가 코앞이었다. 도시 위로 구름처럼 피어오르는 어마어마한 시커먼 연기가 멀리서 보니 마치 거대한 독수리의 날개 같았다. 날개는 점점 커져가며 하늘을 뒤덮었다. 석양이 검은 연기구름 사이를 뚫고 내리꽂히자 주변은 붉고 검은 광채로 빛났다. 치명상을 입은 독수리가 힘찬 깃털로 하늘을 찢고 날아오르려고 안간힘을 쓰는 것 같았다. 숲이 우거진 언덕에 자리잡은 도시 위로, 노란 강물이 굽이쳐 흐르는 저 끝 녹색의 평원 위로, 독일군 슈투카 폭격기 편대들이 부리를 삐죽 내밀고 쌕쌕 소리와 함께 곤두박질치면서 발톱으로 하얀 가옥들과 유리처럼 번쩍이는 높은 건물들, 교외에서 방사형으로 뻗은 도로들을 갈가리 찢고 있었다. 다뉴브 강과 사바 강변에서는 거대한 흙더미가 분수처럼 치솟았다. 우리 쪽으로 우웅 하는 비행기 소리가 계속 들려왔다. 불길 속에서 반짝이는 금속성 날개들이 줄기차게 휘파람을 부는 듯했다. 둔탁한 소리가 다시 지평선을 뒤흔들었다. 북을 요란하게 쳐대는 소리 같았다. 멀리 지평선 여기저기에서 화염이 솟았다. 세르비아 군인들이 들판으로 흩어졌다. 독일군 정찰대들이 허리를 숙인 채 도랑마다 수색을 하는 모습이 보였다. 티미슈 강•을 따라 골풀과 갈대가 우거진 늪지도 샅샅이 뒤졌다. 따스함이 느껴지는 저녁이었다. 탱탱한 달덩이가 수평선 끝자락 구릉 위로 천천히 떠올랐고, 달빛은 다뉴브 강 수면을 거울처럼 적셨다. 나는 반쯤 무너진 집의 한 방에 앉아 달이 천천히 떠오르는 것을 보고 있었다. 하늘은 꼬마의 손톱처럼 분홍색으로 물들어갔다. 바로 그때 사방에서 개들의 구슬픈 합창 소리가 높아졌다. 고통에 시달리는 인간의 목소리도 염세적인 감정을 표현함에 있어서는 개들의 목소리를 따르지 못한다. 그 어떤 음악도, 가장 순수한 음악조차도 개들의 목소리만큼 존재의 고통을 제대로 표현하지 못한다. 그것은 변형된, 떨리는 소리였다. 그 소리들은 균일한 호흡으로 길게 서로 이어지다 갑자기 높은 흐느낌과 함께 뚝 끊어졌다. 그것은 듣는 이를 현혹시키는 유혹의 소리였고, 소나기의 중얼거림과 함께 바람이 스쳐가는 늪지와 빽빽한 숲, 갈대와 골풀이 우거진 도랑 사이에서 나는 고독한 외침이었다. 소택지에는 죽은 동물의 시체가 둥둥 떠다녔다. 둔중한 까마귀들이 떼를

• 루마니아 서부와 세르비아에 걸쳐 있는 강으로 다뉴브 강과 합류한다.

지어 말들의 시체에서 날아올랐다. 그 소리 없는 날갯짓은 햇빛을 머금어 금빛으로 빛났다. 굶어죽기 일보 직전인 개들의 무리가 마을 주위를 맴돌았다. 가옥 한 채만이 아직도 고독하게 매캐한 연기를 내뿜고 있었다. 개들은 이리저리 뛰어다녔다. 아가리를 쩍 벌린 채 불신이 가득한 벌건 눈으로 좌우를 두리번거리며 펄떡펄떡 뛰었다. 놈들은 이따금 멈춰 서서 달을 보며 구슬피 울듯이 높은 소리로 울부짖었다. 탐스러운 노란 달이 연한 장밋빛 하늘로 천천히 솟아오르면서 폐허로 변한 황량한 마을들을 투명한 빛으로 비춰주었다. 거리와 들판에 시체들이 널렸고, 저 멀리 허연 도시는 까만 연기의 거대한 날개로 덮여 있었다.

사흘 동안 나는 판체보에 머물러야 했다. 이어 우리는 다시 전진했다. 티미슈 강을 건너 다뉴브 강과 합류하는 지점에 있는 반도를 횡단한 다음 다시 사흘을 다뉴브 강변 리타라는 마을에서 체류했다. 베오그라드가 바로 건너다보였다. 유고 국왕 페타르 2세의 이름을 따서 명명한 철교는 공습으로 완전히 우그러진 모습이 기괴하면서도 환상적이었다. 세차게 흐르는 싯누런 물결에 새까맣게 불타버린 기둥이며 매트리스, 말과 양과 사슴의 시체 등등이 떠내려갔다. 건너편 강변에는 죽어가는 도시가 봄의 향기 속에 서 있었다. 루마니아 역(驛)과 두스야노바 구(區) 위로 검은 연기가 구름처럼 피어올랐다. 그러던 어느 날, 석양이 질 무렵 클링베르크 대위는 병사 넷과 함께 작은 보트를 타고 다뉴브 강을 건너 베오그라드를 점령했다. 우리도 나룻배에 나눠 타고 거센 물살을 헤치며 강을 건넜다. 대(大)독일 사단 소속 상사 한 명이 요란한 몸동작을 해보이며 도강 작전을 지휘했다. (강변 제방 위에 도리스식 기둥처럼 홀로 고독하게 서 있던 상사는 그 엄청난 수의 사람과 차량의 이동을 통제하는 유일한 중재자였다.) 그렇게 해서 우리는 베오그라드에 입성했고 프린스 파울 거리 끝에 있는 루마니아 역에 도착했다.

녹색의 바람이 나무 잎사귀들과 장난을 치고 있었다. 해는 이미 지고, 마지막 햇살이 황량한 잿빛 하늘에서 떨어지고 있었다. 하늘은 불씨조차

다 꺼진 재 같았다. 길을 가면서 보니 서 있는 전차와 택시가 많았다. 차량 안에는 시체들뿐이었다. 푸르뎅뎅하게 부푼 시체들 옆 좌석에 웅크리고 있던 큰 고양이들이 인광을 발하는 야릇한 눈으로 나를 쳐다봤다. 한 노란 고양이는 야옹거리면서 한참 내 뒤를 따라왔다. 박살난 유리가 양탄자처럼 깔린 길을 걷는 동안 구두에 밟힌 유리조각들이 끔찍한 소리를 냈다. 가끔 행인을 만나기도 했다. 그들은 담벼락에 바짝 붙어 불안한 표정으로 주위를 두리번거리며 조심조심 걷고 있었다. 내 질문에 답하는 사람은 아무도 없었다. 다들 이상하게 허연 눈으로 날 쳐다보다가 뒤도 돌아보지 않고 내뺐다. 먼지를 뒤집어쓴 그들의 얼굴에는 두려움과 공포가 아니라 그저 어마어마한 놀라움 같은 것이 서려 있었다.

통행금지까지는 반시간 정도밖에 남지 않았다. 주택가는 황량했다. 발칸 호텔 앞, 폭탄이 떨어져 파인 구덩이 옆에 시체로 가득한 버스가 한 대 서 있었다. 스포메닉 광장에는 왕립극장이 아직도 불타고 있었다. 밤은 검게 색칠한 유리 같았지만 허연 달빛이 파괴된 가옥들과 인적 없는 거리, 정적만 흐르는 차량과 선로에 멈춘 전차들을 적시고 있었다. 가끔씩 섬뜩한 총성이 죽은 도시에 울려퍼졌다. 사위가 깜깜해졌을 무렵 마침내 내가 도착한 곳은 이탈리아 공사관이었다. 얼핏 보니 건물은 멀쩡했다. 그러나 박살난 유리창들이며 갈가리 찢긴 철제 셔터, 석회가 다 떨어져나간 담장, 강력한 폭발의 압력으로 붕 뜬 지붕 등이 차츰 눈에 들어왔다.

나는 건물 안으로 들어가 계단을 올라갔다. 작은 석유램프들이 내부를 밝히고 있었다. 여기저기 가구 위에 올려놓은 램프는 성상 앞에 놓는 작은 밀랍초 같았다. 이탈리아 공사 마멜리는 집무실에 앉아 서류를 보고 있다. 창백하고 여윈 얼굴은 양옆에 놓인 촛불 때문에 노란 빛의 화환을 두른 것 같다. 그는 나를 뚫어저리 쳐다보더니 고개를 세게 젓는다. 눈이 믿기지 않는 모양이다. "어디서 오는 길이야?" 그가 놀란 목소리로 묻는다. "부쿠레슈티에서 왔나, 테메슈바에서 다뉴브 강을 건넜나? 어떻게 왔어?" 그는 그동안 있었던 끔찍한 공습이며 소름끼치는 인간 학살극에 대해 자세히 말해줬다. 공사관 사람들은 몇 날 며칠을 공포에 떨며 지냈다. 공사관 안에 꼼짝 않고 틀어박혀 약탈자들의 수중에 들어간 베오그라드를 독일군이 하루빨리 점령해주기만을 기다렸다. 정원 담 뒤쪽에만 천 킬로의 폭탄이 떨어졌다. "하지만 하늘이 도우셔서 우리는 전원 무사하네. 단 한 명의 부상자도 없어." 그가 이런 말을 하는 동안 나는 그를 유심히 살펴봤다. 눈 주위에 불그레하면서도 시퍼런 띠 같은 게 생겼고, 얼굴은 초췌하기 이를 데 없다. 잠을 못 자서 눈꺼풀은 벌겋다. 마멜리는 작고 마른 체구에 약간 구부정하다. 오래전부터 늘 지팡이를 짚고 절뚝거리며 다녔다. 일차대전 때 입은 부상 탓이다. 아직도 다리를 약간 끄는 식으로 걷는다. 그를 안 지 얼마나 됐던가? 아, 벌써 이십 년도 더 됐다. 마멜리는 선량하고 점잖은 사람이다. 마멜리, 나는 그를 좋아한다. 전쟁은 그의 기독교적 양심을 훼손시킨다. 명예에 손상을 입은 것과 같다. 그는 갑자기 말을 끊고 손으로 얼굴을 문지르더니 한참 입을 다물고 있다가 "밥부터 먹지" 하고 권한다.

식탁에 둘러앉은 얼굴들은 하나같이 창백하고 땀에 절었으며 면도도 통 못한 모습이다. 마멜리와 공사관 직원들은 장기간 포위 공격을 당하는 요새를 지키는 수비대처럼 살았다. 이제 포위는 끝이 났다. 그런데 물과 전기와 가스가 떨어졌다. 제복 입은 하인들은 흠잡을 데는 없지만 졸음 가득한 얼굴에 불안감 같은 게 서려 있다. 촛불들이 포도주 잔 위로, 은제 식기 위로, 눈처럼 하얀 리넨 냅킨들 위로 너울거린다. 우리는 파스타 한 접시와 치즈 약간, 오렌지 한 알을 먹었다. 식사가 끝난 뒤 마멜리는 나를 다시 집무실로 데려간다. 우리는 하던 이야기를 계속한다. 내가 물었다. "스핀은 어디 있어요?"

마멜리는 서글픈 표정으로 나를 쳐다본다. 눈빛에서 창피하고 괴로운 심경 같은 게 느껴진다. "아파." 그의 대답이다.

"아, 불쌍한 녀석 같으니라고! 어디가 아픈데요?"

마멜리는 얼굴이 붉어지면서 나의 시선을 외면한 채 당황한 표정으로 답한다. "몰라, 뭐가 잘못된 건지. 아파."

"심각한 건 아니지요?"

"그럼, 별로 심각한 건 아냐." 마멜리가 서둘러 말한다. "심각할 게 뭐 있겠나."

"제가 좀 가볼까요?"

"아, 아냐, 그럴 필요 없어." 마멜리가 얼굴을 붉히며 답한다. "그냥 혼자 놔두는 게 좋겠어."

"스핀과 저는 친구 사이입니다. 날 보면 반가워할 텐데."

"그야 그렇지. 자넬 다시 보면 반가워할 거야." 마멜리가 위스키 잔을 입에 대며 말한다. "하지만 그냥 조용히 놔두는 게 좋겠어."

"옛날 친구를 다시 보면 녀석도 좋아할 텐데." 나는 이렇게 말하면서 자리에서 일어났다. "어디 있어요? 가서 내가 왔다는 거나 알려주죠."

"스핀 성격 잘 알잖아." 마멜리가 안락의자에서 일어날 기색도 없이 말한다. "아프다고 남이 걱정해주는 거 싫어해. 의사도 돌봐줄 사람도 필요 없지. 알아서 나을 거야." 마멜리는 조니 워커 잔을 잡고는 슬며시 웃으며 "위스키 더 하겠나?" 하고 권한다.

"아픈 게 아니군요. 공사님한테 삐친 거예요. 사냥에 데리고 나가주지 않으니까. 공사님도 요즘 게을러진 거예요. 편한 게 좋죠? 밖에 나가기도 싫고. 안 좋은 징조야. 늙었다는 얘기거든요. 게을러진 거 맞죠?"

"아니야, 그렇지 않아." 마멜리가 얼굴을 붉히며 말한다. "그건 사실이 아니야. 매주 한 번은 스핀이랑 사냥을 나가. 최근에도 좋은 데 많이 다녀왔어. 프루슈카고라 산•에도 갔었지. 거기서 사흘이나 보냈네. 딱 한 달 됐어. 집사람이 와 있을 때였구나. 나한테 삐친 게 아냐. 정말이야, 병이라고."

• 어원대로 하면 '프랑크족의 산'이란 뜻. '세르비아의 보석'이라 일컬을 만큼 경관이 수려한 명산.

"그럼 가보죠." 나는 문으로 발걸음을 옮기며 말했다. "어디 있어요?"

"지하실에." 마멜리가 눈을 내리깔며 대꾸한다.

"지하실이요?"

"응, 지하실. 난 방공호라고 하지."

"방공호요?" 나는 마멜리를 똑바로 쳐다보며 물었다.

"수단 방법은 다 써봤어. 그래도 안 올라오려고 해." 마멜리가 여전히 눈을 내리깔고 말했다. "벌써 거의 열흘째 저러고 있어. 방공호에 내려간 이후로 말이야."

"올라오려고 하질 않는다? 그럼 우리가 내려가 보죠."

이렇게 해서 우리는 계단을 내려갔다. 불은 석유램프 하나를 들었다. 지하실에서도 제일 후미지고 깜깜한 곳에 안락의자 쿠션을 깐 자리에 스핀이 몸을 돌돌 만 채 엎드려 있다. 먼저 내 눈에 들어온 것은 녀석의 눈에 힘이 없고 불안이 어른거린다는 점이었다. 이어 쿠션에 꼬리를 툭툭 치는 소리가 들린다. 맨 마지막 계단에 내려섰을 때 나는 마멜리에게 살며시 물었다. "대체 문제가 뭐예요?"

"병이라니까." 마멜리의 대꾸다.

"보기에는 멀쩡한데, 도대체 뭐가 잘못된 거죠?"

"겁을 먹었어." 마멜리가 조용한 목소리로 말하며 얼굴을 붉힌다.

실제로 스핀은 겁먹은 눈빛이었다. 어마어마한 공포에 압도된 개의 눈빛이었다. 게다가 공포심에 더해 뭔가 불편하고 수치스러워하는 듯한 감정이 느껴졌다. 녀석은 나를 보자마자, 나의 냄새와 목소리를 알아채자마자, 귀를 축 늘어뜨리고 주둥이를 두 앞발 사이에 처박고는 빠끔히 나를 쳐다봤다. 그러고는 아주 천천히 꼬리를 쳤다. 심히 부끄럼을 타는 개 같았다. 녀석은 살이 쪽 빠져 갈비뼈가 앙상했다. 옆구리가 움푹 들어가고, 눈에서는 진물이 흘렀다. "오, 스핀!" 내가 소리쳤다. 가여운 느낌이 들면서도 '이놈, 네가 이러고 있으면 되냐?' 하고 준열히 꾸짖어주고 싶은 마음이었다. 스핀은 애원하는 눈빛으로 나를 보더니 야속하다는 표정으로 마멜리를 쳐다봤다. 그런 녀석을 보니 심경이 복잡하게 꼬였음을 알 수 있었다. 공포심은 물론이고, 주인에 대한 섭섭함과 야속함, 약간의 연민과 동정심 같은 것이 얽히고설킨 것이다.

"겁에 질린 것만이 아니에요." 내가 말했다. "좀 달라요."

"달라?" 마멜리가 물었다. 목소리에 생기가 돈다. 희소식이라도 들은 것 같은 표정이다.

"겁만 먹은 게 아니네요. 더 깊은 감정이 섞여 있어요. 공포만이 아니라는 감이 드는데, 어쩌면 그래서 희망적이지요. 공포는 품위 없는 감정이지요. 그런데 공포심만이 아니에요." 스핀은 귀를 쫑긋하고 내 얘기를 들었다.

"이제 답답한 가슴이 좀 뚫리는 것 같네." 마멜리가 말했다. "우리 집안에 아직까지 겁쟁이는 없었어. 녀석이 우리 가문 최초의 겁쟁이라 할 수 있을 거야. 마멜리 가문은 용감한 족속이었거든. 그런데 스핀이 마멜리 가문의 이름을 더럽히면 나로서는 너무나 괴로울 거야."

"전 스핀이 공사님 가문의 전통을 더럽히지 않을 거라고 확신합니다. 그렇지, 스핀? 유 아러 브레이브 도그, 안튜?—넌 용감한 개야, 그치?" 나는 스핀에게 녀석의 모국어로 말을 걸며 이마를 쓰다듬어주었다. 스핀은 꼬리를 치며 나를 바라보다가 마멜리에게로 시선을 돌렸다. 야속함과 분노와 서운함, 애정 어린 책망 같은 것이 복합된 표정이었다.

"잘 자, 스핀." 내가 말했다. 마멜리와 나는 집무실로 돌아가 불 꺼진 벽난로 앞 소파에 앉았다. 우리는 한참 그렇게 앉아 있었다. 말없이. 우리는 술을 마시고 담배를 피웠다. 마멜리는 가끔 한숨을 쉬며 물끄러미 날 쳐다봤다. "내일 아침이면……" 내가 말을 꺼냈다. "스핀이 다 나은 걸 보게 될 겁니다. 묘수를 알고 있거든요." 나는 자리에서 일어났다. 마멜리는 나를 친대까지 데려다주고는 불안한 목소리로 "잘 자게" 하고 말했다. 멀어져가는 그의 발소리가 가뿐하면서도 아직 뭔가 불안하게 들렸다. 전보다 더 절뚝거리는 것 같았다.

침대라고 해봐야 거실에 있는 널찍한 소파였고 바로 옆은 식당이었다. 나는 장화를 벗고 소파에 몸을 던졌다. 도통 잠이 안 왔다. 식당과 거실을 나누는 커다란 유리문을 통해 유리잔이며 크리스털병, 도자기, 은접시 같은 것들이 어둠 속에서 언뜻언뜻 허옇게 반짝이는 게 보였다. 소파는 거실 한구석에 놓여 있었다. 그 위에는 성서에 나오는 요셉과 이집트 관리 보디발의 아내 이야기•를 묘사한 커다란 유화가 걸려 있었다. 그림 속의 정결한 청년 요셉은 따뜻한 양털로 만든 멋진 붉은색 외투를 걸치고 있지만 나는 덮을 거라곤 진흙이 잔뜩 튄 비에 젖은 레인코트뿐이었다. 나는 보디발의 음탕한 아내의 손길이 어려운 사람을 불쌍히 여기고 보살펴주려는 어머니의 이미지가 아닐까 하는 엉뚱한 상상을 했다. 죄인인 보디발의 아내는 불순한 욕망 때문이 아니라 요셉의 외투를 벗겨서 내 어깨에 걸쳐주려는 선량한 의도에서 요셉을 유혹한 것일지 모른다는 생각이 들었다. 독일군 순찰병들의 발소리가 황량한 거리에서 둔탁하게 울려퍼졌다. 밤 한시쯤 누가 불가리아 공사관 정문을 두드렸다. 이탈리아 공사관 바로 맞은편이다. "조용히 해. 떠들지 말라고." 잠결에 나는 이렇게 중얼거렸다. "불쌍한 우리 스핀 깬단 말이야." 평소 스핀은 이 무렵 잠이 들었다. "유 아러 브레이브 도그, 안튜?" 갑자기 피곤이 몰려왔다. 나는 바로 곯아떨어졌다.

다음날 아침 나는 마멜리한테 가서 말했다. "사냥총 가져오세요."

마멜리는 현관으로 걸어가더니, 벽에 걸어둔 총을 가져와서는 총열을 후후 불었다.

"이제 내려가서 스핀을 데리고 오지요."

우리는 계단을 내려가 지하실 문 너머로 모습을 드러냈다. 스핀은 총을 든 마멜리를 보자마자 꼬리를 감추고 어린아이가 칭얼대듯 신음하면

• 히브리 청년 요셉은 이집트에 노예로 팔려가지만 주인 보디발의 신임을 받아 집안 대소사를 관장하는 집사가 된다. 남편이 출장간 사이 보디발의 아내가 유혹하지만 요셉은 거부한다. 「창세기」 39장의 일화로 서양 미술과 문학의 단골 소재다.

서 떨었다. "가자, 스핀!" 내가 말했다.

스핀은 눈을 뚱그렇게 뜨고 총을 바라보며 부들부들 떨었다.

"가자, 스핀. 나가자." 나는 애정 어린 질책이 담긴 목소리로 반복했다. 그러나 스핀은 꼼짝하지 않았다. 녀석은 뚱그레진 눈으로 총을 바라보며 겁에 질려 떨었다. 바로 그때 내가 녀석의 발을 붙잡았다. (녀석은 겁에 질린 꼬마처럼 벌벌 떨며 안절부절못했다. 마멜리가 어깨에 걸친 총을 차마 볼 수 없었던 것이다.) 드디어 우리는 녀석을 붙잡아 천천히 계단을 올라서 현관으로 갔다.

현관에는 베오그라드 주재 교황청 대사 몬시뇰▲ 펠리치와 미국 공사 블리스 레인이 와 있었다. 내가 왔다는 소식을 듣고 온 것이다. 두 사람은 내가 당일로 다시 부다페스트로 떠난다는 얘기를 듣고, 가는 편에 소포 몇 가지를 전해달라고 부탁을 하러 왔다. 블리스 레인 공사는 커다란 노란색 봉투를 들고 있었다. 부다페스트 주재 미국 공사관에 전해달라는 게 그의 부탁이었다. 그는 전보 문안(文案)도 내밀었다. 헝가리 수도 부다페스트에 가서 부인에게 쳐달라는 얘기였다. 레인 부인은 당시 피렌체에 있는 친구 집에 가 있었다. 몬시뇰 펠리치도 부다페스트 주재 교황청 대사관에 소포를 전해달라고 부탁했다.

"지금은 스핀만 생각해야 합니다. 병이 심각하니까요." 내가 말했다. "우편물 얘기는 나중에들 하시죠."

"그럼그럼." 몬시뇰 펠리치가 말했다. "지금은 스핀만 생각해야지."

"스핀이 누구예요?" 미국 공사가 큼직한 노란 봉투를 빙글빙글 돌리며 물었다.

"스핀이 누구냐고? 스핀 몰라요?" 몬시뇰 펠리치가 레인 공사에게 되물었다.

"스핀이 아픕니다. 녀석의 건강을 되찾아주는 게 급선무지요." 내가

▲ 가톨릭에서 고위 성직자에게 주는 명예 칭호.

말했다.

"설마 죽이려는 건 아니겠지요?" 블리스 레인이 흥분한 표정의 마멜리가 떨리는 손으로 움켜쥔 소총을 가리키며 말했다.

"한 방이면 끝날 겁니다." 내가 대꾸했다.

"그래도 너무 끔찍해요." 블리스 레인이 격앙된 목소리로 외쳤다.

그사이 나는 정원으로 나가 나무판에 자갈을 깐 길에 스핀을 주저앉히고 밧줄로 묶었다. 스핀은 처음에는 달아나려 안달을 부렸다. 그러다 사정이 여의치 않은 줄 알고 기가 죽어 어린애처럼 낑낑거렸다. 그러나 마멜리가 실탄 장전하는 것을 보곤 몸을 떨며 땅바닥에 납작 엎드려 눈을 질끈 감았다. 몬시뇰 펠리치는 아예 돌아서서 저쪽으로 몇 발짝 옮기더니 고개를 숙인 채 서 있었다.

"됐어요?" 내가 마멜리에게 물었다.

다들 뒤로 물러섰다. 귀도티, 루포 후작, 파브리치오 프랑코 백작, 바바이, 코스타, 코라도 소피아 등등 모두가 침묵한 채 총을 응시했다. 총을 든 마멜리의 두 손이 떨리고 있었다.

"이건 너무 끔찍해요." 블리스 레인이 기어들어가는 목소리로 말했다. "이건 정말 너무 끔찍한 짓이에요."

"쏘세요!" 내가 마멜리를 다그쳤다.

마멜리는 천천히 총을 들어올렸다. 사람들이 깜짝 놀라 그를 말렸다. 스핀은 땅바닥에 납작 엎드린 채 조용히 흐느꼈다. 마멜리는 천천히 총을 들어 어깨에 걸고, 겨냥을 하고, 방아쇠를 당겼다.

정원 담벼락 사이로 짧고 명징한 총성이 메아리쳤다. (마멜리가 겨냥한 것은 한 나무였다. 한 무리의 참새들이 겁에 질려 우수수 날아올랐다. 가지에서 잎사귀 몇 개가 떨어져 잿빛 공중에서 한참을 떠돌다 땅바닥으로 내려앉았다.) 그 순간 스핀이 귀를 쫑긋하더니 눈을 번쩍 뜨고 두리번거렸다. 친숙한 목소리, 친구 같은 총소리였던 것이다. 그 소리가 녀석의 귀에는 그렇게 달콤할 수가 없었다. 모든 게 이제 다시 옛날 질서 그대로 되

돌아왔다. 그 시절 조화롭던 세상으로 돌아온 것이다. 자연은 이제 광란에 날뛰는, 그 무시무시한, 미쳐버린 거대한 무기의 굉음에 파열되지 않았다. 이제는 예전처럼 느긋하게 미소 지을 수 있었다. 마멜리가 탄환을 장전할 때 스핀은 핏줄의 피가 다 얼어붙는 느낌이었고, 저 돌아버린 총구에서 천둥 같은 굉음이 터져나올 것이라 예상했다. 자연을 뒤엎어버리고, 세상을 완전히 결딴낸, 지상을 폐허와 슬픔으로 가득 채운 저 무시무시한 굉음이 다시 터져나올 것이라 생각했다. 그래서 다가오는 끔찍한 사태를 예감하며 눈을 질끈 감았던 것이다. 그런데 이제 무기는 그 소름 끼치는 광기를 떨쳐버린 듯했다. 기운을 회복한 자연 속에서 그 옛날의 친숙했던 목소리가 울려퍼졌다. 스핀은 꼬리치며 일어나 주위를 두리번거렸다. 어지간히 놀란데다 아직 실감이 안 나는 표정이었다. 녀석은 몸을 부르르 떨며 정원을 냅다 내달렸다. 그러면서 힘찬 소리로 컹컹 짖어대다가 끝에는 마멜리한테 달려가 그의 품에 두 앞발을 내던졌다. 그러고는 다시 사냥총을 향해 힘차게 짖어댔다.

마멜리의 얼굴은 다소 창백했다. "가자, 스핀." 마멜리가 이렇게 말하고 자리에서 일어서자 그 뒤를 개가 졸졸 따랐다. 마멜리는 현관 벽 원래 자리에 다시 사냥총을 걸어놓았다.

4부

새

12장

유리 눈

황제 빌헬름 2세•의 조카딸인 프로이센 공주 루이제(아버지 요아힘 호엔촐레른 왕자는 빌헬름 2세의 동생으로 몇 년 전 사망했다)와 그녀의 친구 일제는 그날 저녁 포츠담 역에서 나와 만나기로 되어 있었다. "리첸제에서 자전거 타고 나갈게요." 전화에서 일제는 이렇게 말했다.

촉촉하고 따스한 봄날 저녁이었다. 나는 베를린발 기차에서 내렸다. 보슬비가 뿌연 은빛 안개처럼 대기를 적셨고, 그 바람에 광장 언저리의 집들은 알루미늄으로 만든 것처럼 보였다. 장교와 사병들이 무리지어 역 앞 인도에 서 있었다.

역사 벽에 붙인 아돌프 히틀러 경호부대 선전 포스터가 눈에 띄었다. 친위대원 두 명이 경기관총으로 무장을 한 모습이 그려져 있었다. (말끔히 면도한 얼굴은 윤곽이 뚜렷하고 커다란 철모를 이마 깊이 눌러썼다. 잿빛 눈은 차갑고 잔인하게 번득였다. 뒤로 불타는 가옥이며 까맣게 단

• 독일 황제 겸 프로이센 왕으로 재위(1888~1918)했으며 일차대전의 주역이었다.

나무들, 진흙 깊숙이 처박힌 대포 같은 것들이 배경을 이루고 있어서 대원들의 모습과 강한 대조를 이뤘다.) 그때 내 팔을 잡는 손길이 느껴졌다. "안녕하세요?" 일제였다. 자전거를 한참 다고 와서 그런지 빰은 발갛고 머리는 바람에 헝클어져 있었다. "루이제는 저기서 기다리고 있어요. 자전거 지킨다고." 일제가 살며시 미소 지으며 말했다. "루이제는 정말 불쌍해요. 선생님이 좀 잘해주세요."

루이제는 자전거 두 대를 가로등에 기대놓고 한 손으로 손잡이를 잡은 채 우리를 기다리고 있었다. "코망 탈레 부?—안녕하세요?" 특이한 포츠담 억양이 섞인 프랑스어로 그녀가 인사했다. 자신감이 넘치면서도 수줍은 어조였다. 그녀는 나를 올려다보며 고개를 갸웃하더니 핀 같은 거 없느냐고 물었다. 나도 마침 핀이 없었다. "온 독일에서 핀 하나를 찾을 수가 없네요." 그녀가 웃으며 말했다. 스커트 한 군데가 찢어져 있었다. 꽤나 신경이 쓰이는 모양이다. 그녀는 작은 티롤산 녹색 펠트 모자를 목덜미까지 눌러쓰고 엽연초 색깔의 트위드 스커트를 입고 있었다. 남성복처럼 재단한 가죽조끼가 가슴을 감싸 안아 잘록한 허리와 둥그런 엉덩이가 도드라져 보였다. 양말은 목이 짧아 맨다리가 훤히 드러났다. 나를 다시 만나 무척 반가운 모양이다. 왜 나는 두 아가씨와 함께 리첸제에 갈 수 없었을까? 내가 탈 자전거를 구하기 어렵지 않았을 텐데. 그럼 그날 밤은 성에서 보낼 수 있었을 텐데. 하지만 나는 그럴 수 없었다. 다음날 리가(라트비아의 수도)를 거쳐 헬싱키로 가야 했기 때문이다. 출발을 좀 미루면 안 됐을까? 리첸제는 정말 아름다운 곳인데…… 진짜 성은 아니지만 멋진 전원형 대저택이 있고 그 주변에는 멋진 숲이 펼쳐져 있다. 리첸제 숲에는 일반 사슴과 다마사슴들이 떼를 지어 살고 있었다. 그곳 자연은 그야말로 아름답고 젊음이 넘쳤다.

우리는 포츠담 시내 쪽으로 걸었다. 나는 자전거에 몸을 기대고 걷는 루이제 곁에서 따라갔다. 비는 벌써 그쳤다. 따스하고 맑은 밤인데 달은 안 보였다. 고향 마을에서 아가씨랑 나란히 걷는 듯한 기분이 들었다. 프라토에서 살던 어린 시절로 돌아간 느낌이었다. 공장 아가씨들이 퇴근하는 저녁 무렵이면 나는 파브리코네의 인도에서 비앙카를 기다리곤 했다. 나는 자전거를 끌고 그녀와 함께 세랄리오 문을 지나 집으로 향했다. 거리는 진창이었다. 루이제는 공장 아가씨들처럼 진창 따위에는 신경을 쓰지 않는 것 같았다. 웅덩이가 있어도 철벅철벅 그냥 걸었다. 우리 고향 마을 공장 아가씨들과 똑같았다. 비앙카와 똑같았다. 이제 막 뜬 별들이 멀리서 희미하게, 안개 낀 하늘 사이로 빠끔히 우리를 내려다보고 있었다. 나뭇가지에서 새들이 달콤하고 유쾌한 음악을 연주했다. 강물은 길 저편 끝에서 바람에 커튼이 날리듯이 솨솨 소리를 냈다. 우리는 다리에 도착하자 멈춰 서서 몸을 숙여 강물을 내려다봤다. 군인 둘이 탄 배가 난간 밑으로 물결을 타고 미끄러져 내려갔다. 루이제는 대리석 난간에 몸을 기댄 채 잡풀이 무성한 양안 사이로 강물이 유유히 흘러가는 광경을 바라보았다. 그녀는 난간 아래로 몸을 숙인 채 까치발을 하고 허리를 쭉 뻗었다. 메르카탈레 다리에서 프라토를 높이 에워싼 붉은 담을 따라 흐르는 비센초 강을 굽어보던 비앙카의 모습과 똑같았다. 그때 나는 비앙카에게 루핀•씨나 호박씨를 사주곤 했는데, 비앙카는 입으로 씨를 까서 강물에 퉤퉤 뱉는 걸 재미있어했다.

"여기가 이탈리아라면……" 내가 말했다. "밤(栗)이나 루핀씨 사줄 텐데. 근데 독일에서는 밤은 구경도 할 수 없으니. 루핀씨 좋아하나요, 루이제? 아니면 소금 간을 한 호박씨는?"

"피렌체에 있을 땐 토르나부오니 거리에서 매일 밤을 한 봉지씩 사곤 했어요. 지금 생각하니 다 동화 같은 옛날 얘기네요."

"신혼여행은 이탈리아에 가서 즐겨요, 루이제."

"아, 벌써 제 결혼 소식 들으신 모양이군요. 누구한테 들었어요?"

"아가타 라티보르기 일전에 말해주디군요. 카프리 심의 저희 집으로

• 콩과 루피너속 식물.

가 지내요, 루이제. 난 멀리 핀란드에 가 있을 테니까. 완전히 당신 집이에요. 카프리의 달은 정말 꿀처럼 달콤하지요."

"안 돼요. 여권을 압수당했어요. 독일 땅을 벗어날 수 없어요. 우린 리첸제에서 망명객처럼 살아요." 왕실 가문 공주의 삶도 녹록하지 않았다. 왕실 사람들은 집에서 반경 몇 킬로미터 밖으로는 외출이 금지됐다. 루이제가 웃었다. 엎드리면 코 닿을 베를린에 가는 데에도 당국의 특별 허가를 받아야 했다.

나무들이 강물에 비쳤다. 공기는 달콤했고, 베일처럼 번진 희미한 안개가 은빛으로 빛났다. 우리는 다리에서 다시 한참을 걸었다. 한 젊은 장교가 앞에 와 서더니 거수경례를 했다. 키가 큰 금발 청년이었다. 웃는 얼굴이 환했다.

"아, 한스!" 루이제가 얼굴을 붉히며 말했다.

청년의 이름은 한스 라인홀트였다. 그는 루이제 앞에서 차렷자세를 취했다. 두 손은 옆으로 힘차게 내리뻗고 루이제에게 미소를 보냈다. 그러다 무슨 마법에 홀린 사람처럼, 보조를 맞추어 행진하는 소대 쪽으로 천천히 고개를 돌렸다. 소대원들은 보도에 발을 쿵쿵 내디뎠다. 경계근무를 마치고 병영으로 돌아가는 한스의 소대원들이었다.

"우리랑 같이 가, 한스!" 루이제가 상냥한 목소리로 권했다.

"병정놀이 아직 안 끝났어. 오늘 야간 근무거든." 한스가 말했다. 그의 눈길이 루이제의 얼굴을 스치고 지나더니 아스팔트에 쿵쿵 발을 구르며 멀어져가는 병사들에게로 향한다.

"잘 가, 한스." 루이제가 말했다.

"잘 가, 루이제." 한스는 손을 모자에 대고 뻣뻣한 포츠담 스타일로 루이제에게 경례를 하고, 다시 일제와 나에게도 경례를 했다. 그는 "잘 가, 일제" 하고는 나를 향해 살짝 허리를 굽히고 나서 자기 소대 쪽으로 뛰어갔다. 길 저쪽 끝으로 한스와 소대원들이 사라졌다.

루이제는 말없이 걸었다. 자전거 바퀴가 습기 찬 아스팔트에 쉭쉭 하고 스치는 소리만 들렸다. 길 저쪽 멀리서 차량들의 웅 하는 소리와 함께 인도를 오가는 발걸음 소리가 희미하게 들렸다. 일제도 말이 없었다. 이따금 작은 금발머리를 가로저을 뿐이다. 왕왕 그런 적막을 뚫고, 지방 소도시의 밤거리 같은 적막을 뚫고 사람 소리가 들렸다. 그것은 희미한 소리들이 드문드문 섞인 적막에 어울리는 사람의 목소리였다. 순수하고 고독한 그런 목소리.

"한스는 다음달에 전선으로 가요. 그래도 결혼식 올릴 시간은 돼요." 루이제는 잠시 머뭇거리다 말을 이었다. "이 전쟁은……" 그런 뒤 다시 침묵했다.

"이 전쟁은 무섭지요?" 내가 물었다.

"아니, 그런 말이 아니고. 아니에요, 하지만 이 전쟁은 뭔가……"

"뭔가?"

"아니에요. 내 말은…… 에이, 부질없는 소리!"

우리는 다리에서 멀지 않은 레스토랑에 도착해 안으로 들어갔다. 큰 홀에는 사람들이 꽉 차서 옆에 붙은 작은 홀 끝 쪽 테이블에 자리를 잡았다. 군인 두서넛이 말없이 둘러앉아 있고, 아직 꼬마라고 해도 과언이 아닌 여학생 둘이 나이든 여자와 저녁식사를 하고 있었다. 가정교사인 듯했다. 여학생들은 긴 금발머리를 땋아 어깨 밑으로 늘어뜨렸고, 풀 먹인 하얀 칼라는 회색 교복 뒤로 젖혀 있었다. 루이제는 불안한 표정이었다. 누구를 찾는 듯 주위를 두리번거리다 이따금 눈을 들어 나를 보며 서글픈 미소를 지었다. 갑자기 그녀가 말했다. "더는 참을 수가 없어요." 그녀의 소박한 우아함에는 차가운 엄격함 같은 것이 스며 있었다. 포츠담 특유의 그 차가운 엄격함 말이다. 포츠담에서는 바로크식 건축이나 까다로운 신고전주의 건축, 교회와 대저택과 병영과 대학과 주택에 붙어 있는 하얀 장식용 석고상에서도 그런 엄격함이 느껴졌다. 궁전도 부르주아들의 주택도 풍성하고도 촉촉한 나무들의 녹색과 어우러져 그 차가운 엄격함이 더욱 돋보였다.

루이제를 대할 때 나는 아주 마음이 편했다. 공장 아가씨를 대할 때와 마찬가지였다. 루이제의 매력은 그 소박함에 있었다. 평범한 보통 아가씨의 소박함 같은 것이었다. 그녀의 수줍은 서글픔 같은 분위기는 즐거움이라고는 없는 생활, 지속되는 일상의 힘겨움의 결과인 것 같았다. 말하자면 힘들고 지루한 일상의 우울함 같은 것 말이다. 그러나 그녀에게서 자존심의 추락이나 자포자기 같은 것은 전혀 느낄 수 없었다. 불필요한 굴욕감이나 쓸데없는 수치심 또는 괜한 증오 같은 것도 없었다. 지위가 높은 사람들이 갑자기 추락했을 때 흔히 보이는 그런 증상들 말이다. 다만 그녀에게서는 서글픈 소박함이랄까, 무의식적인 인내, 억압된 열정, 고색창연한 고결함, 도저한 강단(剛斷) 같은 것을 느낄 수 있었다. 그게 바로 자존심의 뿌리였다. 나는 그녀를 대할 때 아주 마음이 편했다. 퇴근시간에 지하철에서 만난 공장 아가씨나 공장 인근 베를린 교외의 안개 낀 거리에서 만난 아가씨를 대할 때와 다를 바 없었다. 그들이 힘겨운 표정으로 무리지어 걸어가는 사이 조금 떨어진 곳에서는 멍한 표정의 말없는 여자들이 따라간다. 맨다리에 벌거벗다시피 한 봉두난발의 여자들이다. 폴란드, 벨라루스, 우크라이나에서 '백인 매춘부' 일제 단속 때 독일군이 포로로 잡아온 여자들이다.

루이제의 두 손은 곱고 가냘팠다. 손톱은 거의 투명할 정도였다. 푸른 핏줄들이 호리호리한 손목에서 손 곳곳으로 퍼져나갔다. 그녀는 한 손을 식탁보에 올려놓고 홀 벽을 장식한 말 그림 사진들을 바라보았다. 베르네와 아담이 그린, 빈 궁정의 마방(馬房)이 자랑하는 최고의 순종들이다. 잽싸게 내달리는 녀석들도 있고, 푸른 나무와 파란 물을 배경으로 펄쩍 펄쩍 뛰는 놈들도 있다. 나는 루이제의 호엔촐레른가 특유의 손을 응시했다. (나는 호엔촐레른가의 손은 확실히 구별할 수 있다. 짧지만 세련되고, 약간 통통하면서 엄지가 삐죽 나온 것으로 유명하다. 손가락은 아주 작아서 가운뎃손가락도 다른 손가락들보다 별로 길지 않다.) 루이제의 손은 강한 세제 때문에 벌겋게 거칠어진 상태였다. 잔주름이 자글자글하고, 여기저기 깊은 골이 패고, 피부가 벗겨진 곳도 있었다. 마치 루레벤 교외에 가봤을 때 주물 공장 담벼락에 옹기종기 모여 앉아 갈색 빵을 뜯어먹던 폴란드와 우크라이나 출신 여자 노동자들 손 같았다. 또 한편으론 동유럽에서 끌려온 '백인 노예들'의 손, 그러니까 저녁이면 판코프나 슈판다우 같은 베를린의 공장지대에서 흔히 볼 수 있는 러시아 여자 금속노동자들의 손 같았다.

"이탈리아나 스웨덴에서 비누 좀 구해주실 수 있어요?" 루이제가 손을 감추며 물었다. "빨래를 직접 해야 하거든요. 양말이랑 속옷 등. 주방 세제도 좀 구해주세요." 그녀는 난감한 표정으로 입을 다물었다 다시 말했다. "공장에서 일했으면 좋겠어요. 이런 프티부르주아 생활은 더 견딜 수가 없어요."

"곧 그렇게 될 겁니다. 저들이 공주님을 공장으로 보낼 거예요."

"아, 아니에요. 저들은 호엔촐레른 왕실과 아무 관계도 맺고 싶어하지 않아요. 우리는 독일의 바리새인입니다. 저들은 상종을 안 하려고 해요." 그녀는 경멸조로 말했다. "저들은 황제 폐하와는 상종을 안 하려 한다니까요."

그 순간 눈에 까만 붕대를 두른 병사 둘이 홀로 들어왔다. 간호사가 같이 와서 자리잡는 것을 도와주었다. 그들은 우리 쪽 가까운 곳에 테이블에 자리를 잡고 꼼짝 않고 앉아서 아무런 말도 하지 않았다. 이따금 간호사가 고개를 돌려 우리 쪽을 쳐다보았다. 그러다 눈먼 두 병사에게 뭔가 속삭이자 병사들도 우리 쪽으로 고개를 돌렸다.

"정말 어리네!" 루이제가 낮은 목소리로 말했다. "애들이에요."

"재들은 운이 좋은 겁니다. 전쟁에 잡아먹히지 않았으니까. 전쟁은 시체는 안 먹어요. 산 군인만 먹지. 산 군인의 다리를, 팔을, 눈알을 갉아먹습니다. 대개 잠든 사이에 벌어지는 일이지요. 쥐새끼들이 갉아먹는 것처럼. 하지만 인간은 그보다는 문명화됐어요. 절대 산 사람은 안 먹죠. 왜 그런지는 알 수 없지만 인간은 시체 먹는 걸 좋아해요. 아마 잠들어 있다고 해도 산 사람을 먹기는 아주 힘들기 때문에 그럴 거예요. 스몰렌스크 전선에서 러시아 포로들이 동료 시체를 먹는 걸 봤어요. 굶주림과 강추위로 죽은 시체들이지요. 독일군들은 그냥 옆에 서서 바라보고만 있었어요. 그들을 존중해주는 태도였지요. 독일군은 인간적인 감정이 넘칩니다. 안 그렇습니까? 하지만 그건 그들 잘못은 아니지요. 포로들에게 줄 식량이 없었거든요. 그러니 그냥 바라보고 서 있을 수밖에. 고개를 저으며 그러더군요. '아르메 로이테—불쌍한 놈들.' 독일인들은 감상적인 민족입니다. 세상에서 가장 감상적이고 가장 문명화된 민족이지요. 독일 사람들은 시체는 먹지 않을 거예요. 산 사람을 먹지."

"제발, 제발 끔찍한 소리 좀 그만하세요." 루이제가 손으로 내 팔을 잡고 말했다. 떨고 있는 게 느껴졌다. 나도 분노와 연민에 휩싸였다.

"추위가 말도 못할 정도더군요." 나는 하던 말을 계속했다. "그래서 골골했어요. 독일인들 앞에서 그런 약한 모습을 보인다는 게 정말 쪽팔렸어요. 독일군 장교와 사병들이 날 경멸하는 표정으로 바라보더군요. 가녀린 여자를 바라보는 듯한 그런 눈빛으로요. 난 얼굴이 붉어졌어요. 그 순간 약한 모습을 보여 미안하다고 사과하고 싶었습니다. 하지만 헛구역질이 나 독일군에게 사과를 하진 못했어요."

루이제는 말이 없었다. 내 팔을 잡은 그녀의 손이 떨리는 게 느껴졌다. 루이제는 두 눈을 감았다. 호흡까지 멈춘 것 같았다. 그렇게 눈을 감은 채 떨면서 말했다. "가끔 그런 생각이 들어요. 우리 가문이 지금 벌어지고 있는 이 모든 사태에 일부 책임이 있는 게 아닐까 하는…… 호엔촐레른 왕가가 일부 책임이 있다고 생각하세요?"

"일부 책임이 없는 사람이 누가 있겠습니까? 나는 호엔촐레른 가문 사람도 아니지만 때로 그런 생각을 하지요. 나도 일부 책임이 있다, 유럽에서 지금 벌어지고 있는 이런 개 같은 상황에 대해."

"가끔 그런 생각도 들어요. 독일 여성으로서 나는 독일민족을 사랑해야만 한다. 호엔촐레른 가문 사람으로서 독일민족을 사랑해야 한다. 그렇게 생각하지 않으세요?"

"그들을 사랑해야 한다는 의무감을 느낄 필요까지야 없겠지요. 하지만 독일인들은 정말 사랑스럽지요."

"네, 그럼요. 정말 사랑스럽지요." 일제가 미소 지으며 말했다.

"유리 눈 이야기 들어보실래요?"

"끔찍한 얘기라면 정말 못 듣겠어요."

"끔찍한 얘기 아닙니다. 독일식 얘기예요. 감상적인 얘기."

"조용히 말씀하세요. 저기 병사들이 엿들을지 몰라요."

"세상에 맹인들보다 더 사랑스러운 존재가 있다고 생각하시나요? 아마 있을 겁니다. 그게 바로 유리로 만든 의안(義眼)을 한 사람들입니다. 그런데 작년 겨울 폴란드에 갔을 때 맹인들보다 더 상냥한, 인공 눈알을 박은 사람들보다 더 사랑스러운 사람들을 봤습니다. 당시 나는 폴란드 바르샤바의 에우로페이스키 카페에 있었습니다. 스몰렌스크 전선에서 돌아온 직후였죠. 기진맥진한 상태였지만 토할 듯한 기분에 통 잠을 못 이뤘습니다. 밤에도 끔찍한 복통으로 말똥말똥 깨어 있곤 했지요. 동물을 꿀꺽 삼켰는데 놈이 뱃속에서 내장을 잘근잘근 갉아먹는 느낌이랄까. 몇 시간을 누운 채로 눈만 멍하니 뜨고 어둠을 바라보곤 했습니다. 그날 밤은 에우로페이스키 카페에 있었습니다. 오케스트라가 폴란드 민요와 빈 가곡을 연주하고 있더군요. 독일 병사 몇 명이 근처 테이블에 간호사 두 명과 함께 앉아 있었고요. 카페는 그저 그런 사람들로 북적거렸습니다. 잘나 보이는 사람, 불쌍해 보이는 사람, 위엄 있는 사람, 용감하면서도 슬퍼 보이는 사람, 온갖 사람들로 만원이었어요. 예속과 궁핍의 시기, 폴란드인이 모이는 장소 어디서나 볼 수 있는 그런 이들이죠. 피곤에 찌든 남자와 여자가 테이블에 앉아 말없이 음악을 듣거나 서로 뭐라 소곤거렸습니다. 그들의 행색은 남루하기 그지없었죠. 리넨은 너무 많이 빨아 색이 바랬고 구두 뒤축은 다 닳아 있더군요. 그들의 매너에는 특유의 점잖음이 있었습니다. 그 덕분에 폴란드 국민은 평범한 행동조차 과거의 우아함과 고상함을 반사하는 김 서린 거울처럼 보였습니다.

숙녀들은 참으로 소박했습니다. 그런데 어딘지 놀라운 데가 있었습니다. 일굴에는 진중함과 자존심 같은 것이 있어서 해쓱한 궁기를 살짝 가려주고 있었습니다. 그녀들은 파리하게 미소 짓고 있었지만 달콤함이나 체념 또는 연민 같은 느낌은 전혀 없었습니다. 고통으로 일그러진 입술에 비친 그 파리한 미소에 비굴함 같은 것은 없었답니다. 깊고 맑은 눈에서는 분노와 격정이 느껴졌어요. 그녀들은 상처 입은 새, 새장에 갇힌 새와 같았고, 폭풍우를 예고하며 피곤한 몸을 끌고 날아가는 갈매기들과 같았습니다. 바람과 파도 소리에 섞이고 말 울음소리를 남기며 까만 바다와 하늘을 배경으로 허옇게 날아가는 갈매기들 말이죠. 독일 병사들이 그 옆 테이블에 앉아 있었습니다. 그들의 눈은 한 곳을 멍하니 바라보고 있었고, 얼굴에는 아무 움직임도 없었습니다. 그들의 멍한 눈 한가운데 동공이 이상하게 팽창했다 수축했다 하는 것을 나는 봤습니다. 자세히 보니 눈꺼풀을 깜박이지 않았습니다. 하지만 그들은 맹인은 아니었습니다. 어떤 병사는 신문을 읽고 있고, 또 어떤 병사들은 연주자와 오가는 사람들, 테이블 주변을 부산하게 움직이는 웨이터들을 보거나 안개 낀 거대한 유리창 너머 눈밭에 덩그맣게 펼쳐진 피우수트스키 광장을 내다보고 있었기 때문입니다.

순간 나는 덜컥 겁이 났습니다. 그들에게 눈꺼풀이 없다는 걸 알아챘기 때문입니다. 눈꺼풀이 없는 병사들은 이미 본 적이 있었습니다. 며칠 전 스몰렌스크 전선에서 돌아오는 길에 민스크 역 승강장에서였지요. 지난겨울의 무시무시한 추위는 도저히 상상할 수 없는 기이한 결과들을 낳았습니다. 수천수만 명의 병사가 사지를 잃었습니다. 수천수만 명의 병사가 혹한으로 귀와 코와 손가락과 성기가 떨어져나갔지요. 머리칼이 떨어져나간 병사도 많았고요. 하룻밤 사이에 대머리가 되기도 했습니다. 기계총에 걸린 것처럼 군데군데 머리가 빠진 병사들도 있었지요. 눈꺼풀이 떨어져나간 병사도 많았습니다. 혹한에 피부가 손상되면 눈꺼풀은 각

질처럼 툭 떨어져나가기 마련이지요. 바르샤바의 에우로페이스키 카페에서 그런 불쌍한 병사들의 눈을 보고, 나는 모골이 송연했습니다. 그들의 멍한 눈은 동공을 팽창·수축시키면서 막무가내로 쏟아져들어오는 빛을 차단하려 애를 썼습니다. 하지만 허사였지요. 나는 저 불쌍한 친구들이 어둠 속에서도 멍하니 눈을 뜨고 잠을 자는 모습을 생각했습니다. 밤은 그들의 유일한 눈꺼풀이었습니다. 그들의 종착점은 정신착란이었습니다. 정신착란만이 눈꺼풀 없는 눈에 약간의 가림막이 되어줄 수 있을 테니까요."

"아, 그만해요!" 루이제가 고함을 치다시피 했다. 그녀는 이상하게 허연 눈으로 나를 응시했다. "제발 그만하세요." 그녀는 목소리를 낮추며 눈을 감고 깊이 숨을 들이쉬었다.

"유리 의안 얘기 해드리지요."

"왜 그렇게 날 괴롭히세요?"

"그냥 기독교적인 얘기예요, 루이제. 독일제국 호엔촐레른 가문의 공주 아니신가요? 점잖은 숙녀 아니신가요? 기독교적인 얘기를 하는 게 왜 안 되죠?"

"그럴 권리는 없어요." 루이제가 날카로운 목소리로 말했다.

"그럼 아이들 얘기를 해드리죠."

"아, 제발, 조용히 좀 하세요." 루이제가 애원했다. "제가 떨고 있는 거 안 보이세요? 무섭단 말이에요."

"나폴리 아이들과 영국 조종사들 얘기입니다." 나는 계속 말을 이었다. "재미난 얘기예요. 전쟁 때도 재미난 건 있는 법이죠."

"전쟁이 그야말로 끔찍한 건……" 일제가 말했다. "바로 재미난 게 있기 때문이죠. 미소 짓는 괴물들을 보는 건 정말 참을 수가 없어요."

"나폴리에 있을 때였어요. 전쟁 초기였지요. 처음 폭격이 시작됐을 때 얘기입니다." 내가 다시 말했다.

"어느 날 보메로에 사는 친구 초대를 받아 저녁을 먹으러 갔어요. 보메로는 나폴리 시가 한눈에 내려다보이는 언덕으로, 포질리포 언덕으로 이어지면서 해변으로 내려가는 멋진 곳이었습니다. 몇 년 전까지만 해도 작은 집들과 별장이 드문드문 있는 정도의 시골이었죠. 집집마다 과수원이 있고, 포도나무 몇 그루와 올리브나무, 가지, 토마토, 양상추, 완두콩, 박하, 장미, 로즈메리 같은 것들을 키우는 계단식 밭이 있었습니다. 보메로의 장미와 토마토는 그 아름다움과 명성 면에서 고대 파에스툼의 장미나 폼페이의 토마토에 뒤지지 않습니다. 지금은 그런 과수원들이 정원으로 바뀌었지만요. 그래도 유리와 콘크리트로 지은 거대한 건물들 사이사이에 옛날식 별장과 허름한 농가들이 남아 있고, 고적한 푸른 과수원은 드넓은 푸른 바다와 아름다운 조화를 이루고 있습니다. 앞바다 멀리 카프리 섬이 은빛 안개 사이로 우뚝 솟아 있죠. 그 오른쪽에 이스키아 섬이 있고, 왼쪽에는 소렌토 해변이 보입니다. 바다와 하늘은 투명한 거울 같지요. 더 왼쪽 아래로는 베수비오 화산이 있는데 마치 바다를 굽어보는 거대한 불상 같습니다. 보메로의 길들을 걷다 보면, 나무와 가옥들 사이를 어슬렁거리다 보면, 베르길리우스의 무덤에 그늘을 드리운 근엄한 고목 소나무를 만나게 되는데, 거기가 바로 내 친구의 작은 시골 농가와 과수원이 있는 곳입니다.

친구와 나는 저녁식사를 기다리며 포도나무 덩굴이 덮인 과수원 정자 아래서 담배를 피우며 두런두런 얘기를 나누었습니다. 해는 벌써 져 햇빛은 거의 꺼져가고 있었어요. 그곳의 풍경과 시간과 계절은 시인 산나차로(1456~1530)가 노래했던 것과 똑같았습니다. 산들바람은 산나차로가 노래했던 그 산들바람이었고, 바다 냄새와 과수원의 향기가 동풍에 실려 왔습니다. 밤이 바다에서 살며시 피어오르면 제비꽃 떨기들은 밤이슬에 젖었지요. 밤이면 바닷가는 제비꽃 향기로 물들고 집 안에는 상쾌한 바다의 숨결이 가득했지요. 친구가 말했습니다. '밤은 쾌청할거야. 분명 그들이 올 것이고. 영국 조종사들에게 줄 선물을 과수원에 준비해놓자.' 무슨 말인지 영문을 모르겠더군요. 친구가 집 안으로 들어가 인형과

작은 목마, 장난감 트럼펫과 과자 두 봉지를 들고 나오는 걸 보고, 이게 뭐하는 건가 싶었죠. 내가 어리둥절해하는 걸 말없이 심술궂게 즐기면서, 그는 여기저기 다니면서 들고 나온 물건들을 늘어놨습니다. 장미 덤불 속에, 양상추 사이에, 오솔길 조약돌 위에, 금붕어들 노니는 수반(水盤)의 테두리 위에.

'뭐하는 거야?' 내가 물었습니다.

그는 진지한 표정으로 날 보며 미소 지었습니다. '지금 자고 있는 두 아이가 폭격이 처음 시작됐을 때 완전히 겁에 질려 있었지'라고 말을 꺼내더군요. 막내는 건강도 아주 나빠졌다고 해요. 그래서 그 무시무시한 나폴리 폭격을 아이들을 위한 일종의 오락으로 바꿔놓았다는 겁니다. 공습경보가 밤하늘을 찢으면 친구 부부는 침대에서 뛰어나와 두 꼬마를 품에 안고 쾌활한 목소리로 외쳤답니다. '우아, 재미있다! 아, 재미있다! 영국 비행기들이 너희한테 선물을 주러 오네!' 그러곤 식구들은 지하실로 내려가죠. 피난처로선 허술하기 짝이 없는 곳으로요. 그들은 거기 웅크리고 숨어 공포와 죽음의 시간을 '아, 재미있다!' 외치며 보냈답니다. 그렇게 시간이 가면 결국 두 아이는 잠에 빠져 영국 조종사들이 떨어뜨릴 선물을 꿈꾸었죠. 이따금 폭탄이 쿵쿵 떨어지고 근처 건물들이 무너지는 소리가 들리면 꼬마들은 잠에서 깨어나고, 그러면 아버지는 이렇게 말했답니다. '저 봐, 저기. 그들이 너희 선물을 떨어뜨리고 있구나!' 두 꼬마는 기쁜 나머지 손뼉을 치며 외쳤지요. '난 인형! 난 칼! 아빠, 영국 사람들이 작은 보트는 안 갖다 줄까?' 새벽 무렵 우웅 하는 항공기 소리가 서서히 하늘 저 멀리 사라지면 어느새 날이 훤해졌습니다. 부모는 아이들 손을 잡고 정원으로 나가 소리치지요. '찾아, 찾아봐! 풀숲에 떨어졌을 거야.' 두 꼬마는 이슬에 젖은 장미 덤불을 뒤지고, 양상추 줄기 사이며, 토마토 밭을 뒤졌답니다. 여기서 인형을 찾아내고 저기서 작은 목마를 찾아내고, 멀리서 사탕 봉지를 찾아냅니다. 이제 두 아이는 폭격을 무서워하지 않게 된 것이지요. 오히려 폭격을 학수고대했고 폭격이 있으면

신나했습니다. 어느 날인가 아침에 수풀을 뒤지다가 작은 장난감 비행기를 찾아냈어요. 불쌍한 영국군 비행기임이 분명했습니다. 나폴리 어린이들을 행복하게 해주기 위해 나폴리를 공습하는 동안 저 더러운 독일 놈들이 대공포로 격추시킨 거였지요."

"아, 정말 놀라운 얘기네요." 루이제가 손뼉을 치며 큰소리로 말했다.

"이제 그 얘기 해드리죠. 지크프리트•와 고양이 얘기 말입니다. 그 두 나폴리 소년은 지크프리트와 고양이 얘기를 좋아하지 않겠지만, 공주님은 정말 좋아할 거예요. 독일 이야기이고, 독일 사람들은 독일 이야기를 좋아하니까요."

"독일인들은 독일적인 건 모두 좋아하지요." 루이제가 말했다. "그리고 지크프리트는 독일 사람이니까."

"그럼 고양이는? 루이제, 고양이는 뭡니까? 고양이도 지크프리트와 같은 종인가요?"

"지크프리트는 독특하지요." 루이제가 대꾸했다.

"맞는 말입니다! 지크프리트는 독특하고, 다른 사람들은 모두 고양이니까. 이제 지크프리트와 고양이 얘기를 들어보세요. 난 그때 유고슬라비아 판체보 근처의 리타라는 마을에 있었습니다. 수도 베오그라드가 코앞이었습니다. 다뉴브 강을 건널 준비를 하고 있었어요.

몇 발의 총성이 허연 4월의 아침 공기를 갈랐습니다. 우리와 불타는 베오그라드 사이에는 리넨 막 같은 공기가 가로막고 있었습니다. 친위대원들이 도강 명령을 기다리고 있었죠. 다들 아주 어렸고, 하나같이 고딕 스타일의 삼각형 얼굴을 하고 있었어요. 턱은 뾰족하고, 옆모습은 각이 졌으며, 눈빛은 전형적인 독일인 지크프리트처럼 순수하고도 잔인했습니다. 그들은 다뉴브 강 기슭에 앉아 경기관총을 무릎 사이에 끼워놓고 말없이 베오그라드의 첨탑을 바라보고 있었습니다. 대원들 중 한 명은

• 지크프리트는 『니벨룽의 노래』에 나오는 게르만족 영웅의 이름이기도 하다.

내 가까이에 앉아 있었지요. 열여덟 살쯤 된 청년으로 금발에 푸른 눈, 붉은 입술이 해맑은 차가운 미소와 대조를 이뤘습니다. 우리는 대화를 시작했고, 전쟁의 잔인함, 그 파괴와 친지들과의 사별, 학살극 등등에 대해 이야기했습니다. 그 친구는 친위대 중에서도 히틀러 경호부대는 타인의 고통에 아랑곳하지 않는 훈련을 받는다는 얘기를 해줬습니다. 다시 한번 말하거니와 그의 푸른 눈은 지극히 맑았어요. 그는 경호부대 훈련병은 '고양이 심판'을 당당하게 통과할 때까지는 경호대원 자격이 없다고 했습니다. 훈련병은 왼손으로 산 고양이 등가죽을 쥐고, 녀석이 두 발로 저항할 수 있는 정도의 공간을 둔 상태에서 오른손에 든 작은 칼로 고양이의 두 눈을 도려내야 합니다. 유대인을 죽이는 법을 익히는 훈련이었던 겁니다."

이 얘기를 듣고 루이제는 내 옷소매를 부여잡았다. 그녀의 손톱에 살이 눌려 아팠다. 그녀의 손이 떨리는 게 느껴졌다. "어떻게 그런 끔찍한 얘기를……" 루이제는 낮은 목소리로 말하며 창백한 얼굴을 눈먼 두 병사 쪽으로 돌렸다. 병사들은 고개를 약간 뒤로 젖힌 채 말없이 음식을 먹고 있었다. 간호사가 그들의 동작을 살살 거들었다. 나이프나 포크가 접시 가장자리로 헛나갈 때면 손등을 잡아주거나 하는 식이었다.

"아, 루이제, 미안해요!" 내가 말했다. "그런 끔찍한 얘기를 하는 나도 등골이 오싹합니다. 하지만 당신이 분명히 알아야 할 사실들이 있습니다. 어떤 의미에서 고양이도 지크프리트와 같은 종에 속한다는 걸 분명히 알아야 해요. 그런 생각해본 적 있어요? 예수 그리스도도 어쩌면 지크프리트와 같은 종이고, 예수 그리스도야말로 십자가에 못 박혀 죽은 고양이라는 것을요. 당신은 다른 독일인들이 교육받은 식으로 생각해선 안 됩니다. 지크프리트는 독특하고, 다른 종족은 모두 고양이란 식으로 생각하면 안 된다는 말입니다. 그래요, 루이세. 시크프리트도 고양이와 같은 종입니다. '카푸트(kaputt)'라는 단어의 어원이 '희생물'을 뜻하는 히브리어 '카파로트(kapparoth)'라는 거 아세요? 고양이는 카파로트입니다.

지크프리트와 반대로 희생되는 대상이지요. 고양이는 희생된 지크프리트입니다. 희생물로 주어진 지크프리트지요. 그런 순간이 있고, 그런 순간은 항상 반복됩니다. 독특한 존재인 지크프리트도 고양이가 되고, 카파로트, 즉 희생물이 되고 파멸하는 순간 말입니다. 지크프리트가 죽음에 가까워지는 때가 바로 그런 순간이죠. 하겐이나 힘러 같은 자들•이 그의 눈을 고양이 눈처럼 도려내려고 떨쳐나서는 순간 말입니다. 결국 카파로트, 희생물로 전락해 파멸하는 게 바로 독일민족이 타고난 운명입니다! 이 이야기의 깊은 의미는 지크프리트가 고양이로 바뀐다는 데 있습니다. 당신이 분명히 알아야 할 사실이 있어요, 루이제. 당신도 우리 모두가 지크프리트이며 우리 모두가 언젠가는 카파로트, 희생물이 되고 파멸할 운명이라는 걸 알아야 합니다. 그래서 우리는 기독교도이고, 그래서 지크프리트 역시 기독교도이고, 그래서 지크프리트는 고양이이기도 한 거지요. 황제와 황제의 자녀들이 분명히 알아야 할 사실이 있습니다. 당신은 지금까지 교육을 아주 잘못 받은 거예요, 루이제."

"난 이제 지크프리트가 아니에요. 난 제국의 공주보다는 고양이에 훨씬 가까워요."

"네, 루이제, 당신은 호엔촐레른 왕실의 공주라기보다는 여성 노동자에 더 가깝습니다."

"그렇게 생각하세요?" 루이제가 수줍게 물었다.

"여성 노동자들은 당신을 좋아할 거예요. 공장에서 친구가 된다면 말입니다."

"나도 공장에서 일하고 싶어요. 이름도 바꾸고 다른 공원들처럼 일하고 싶어요."

"왜 이름을 바꾼다는 거죠?"

"호엔촐레른 가문…… 다른 노동자들이 내 진짜 이름을 알면 날 좋아

• 유대인 박해로 악명 높았던 나치 친위대 장교들.

하겠어요?"

"요즘 호엔촐레른 가문의 이름이 무슨 의미가 있나요!"

"그 의안 얘기 좀 해주세요." 루이제가 갑자기 부드러운 목소리로 말을 건넸다.

"그건 다른 허구한 얘기들이나 마찬가지예요, 루이제. 얘기할 필요도 별로 없어요. 기독교적인 이야기니까요. 기독교적인 이야기 아시잖아요? 다 뻔하죠."

"기독교적인 이야기라는 게 무슨 뜻이에요?"

"올더스 헉슬리의 장편소설 『연애대위법*Point counter point*』(1928) 읽어보셨죠? 필립이라는 꼬마의 죽음이 맨 마지막 장에 나오는데 그게 기독교적인 겁니다. 헉슬리는 꼬마를 죽게 만드는, 불필요하게 잔인한 종말을 피할 수도 있었겠죠. 헉슬리는 어느 날 버킹엄궁으로 들어오라는 명을 받았습니다. 국왕 조지 5세와 메리 왕비가 궁금했던 모양입니다. 그 당시 『연애대위법』이 엄청난 성공을 거두고 있었거든요. 국왕 내외는 헉슬리를 따뜻하게 맞아주었습니다. 그리고 그의 작품들에 대해 이야기하다가 헉슬리가 했던 여행과 계획중인 작품, 영국 현대문학의 흐름과 미래에 대해 이것저것 물었습니다. 알현을 마치고 발걸음을 돌린 헉슬리가 이미 출입구 문턱까지 갔는데, 조지 5세 전하가 상냥한 목소리로 다시 와보라고 불렀습니다. 국왕은 불편한 기색이었죠. 뭔가 하고 싶은 말이 있는 것이 분명한데 머뭇거렸습니다. 마침내 국왕은 헉슬리에게 불안한 목소리로 이렇게 말했답니다. '헉슬리 선생, 왕비와 나는 선생을 좀 꾸짖을 일이 있소. 그 꼬마를 굳이 죽일 필요는 없었잖소?'라고요."

"아, 정말 재밌는 얘기군요!" 루이제가 큰소리로 말했다.

"그게 기독교적인 얘기입니다, 루이제."

"의안 얘기 해주세요." 루이제가 얼굴을 붉히며 말했다.

1941년 겨울이었다. 나는 우크라이나 폴타바 인근에 있었다. 그 일대에는 파르티잔이 득실거렸다. 마치 흐미엘니츠키가 이끈 코사크족의 봉기나 푸가초프의 농민반란, 스텐카 라진의 농민반란이 다시 일어난 것 같았다. 파르티잔 무리는 드네프르 강 일대의 숲과 늪지를 중심으로 출몰했다. 폐허가 된 마을에서도, 도랑과 덤불 속에서도 느닷없이 총성이 울리고 드르륵 하는 기관총 소리가 시끄러웠다. 그러고는 다시 적막이 흘렀다. 그 광활한 러시아 평원 특유의 순수하고 단조로운 적막이.

어느 날 말을 탄 독일군 장교가 포병 대대를 이끌고 마을을 지나고 있었다. 산 사람이라곤 마을 어디에도 없었다. 가옥들은 오래전에 사람이 다 떠난 것 같았다. 콜호스 마구간에는 백 마리쯤 되는 말들이 굶어죽은 채 땅바닥에 널브러져 있었다. 고삐는 여전히 구유에 묶인 상태였다. 마을에는 음산한 분위기가 감돌았다. 독일군의 광란의 보복이 휩쓸고 간 러시아 마을 특유의 분위기였다. 장교는 막연한 불안과 함께 공포를 느끼며 황량한 가옥들을 둘러봤다. 문턱에는 밀짚이 널려 있고, 창문은 활짝 열린 가운데 텅 빈 방에는 적막만 흘렀다. 과수원과 울타리 위로 까맣고 둥근 해바라기의 눈들이 미동도 없이 길고 노란 속눈썹 아래 그 멍한 서글픈 눈으로 지나가는 포병들의 대열을 보고 있었다.

장교는 말갈기 쪽으로 몸을 숙여 두 손으로 안장머리를 잡고 앞으로 나아갔다. 마흔쯤 된 장교는 머리가 이미 허옇게 세고 있었다. 이따금 그는 눈을 들어 안개 낀 하늘을 쳐다보다가 등자를 밟고 안장에서 일어나 고개를 돌려 따라오는 대원들을 주시했다. 사병들은 무리를 지어 포가(砲架)를 밀고 있었다. 앞에서 포가를 끄는 말들의 발이 진흙길에 푹푹 빠졌다. 습기 찬 공기를 채찍 소리가 갈랐다. 대원들은 "휴, 홋!—이랴, 이랴!" 소리치며 말을 다그쳤다. 날은 그무레했다. 마을은 잿빛 가을날 속에 유령 같은 형상을 하고 있었다. 한줄기 바람이 일었다. 유대인 대여섯 명의 시체가 나뭇가지에서 흔들리고 있었다. 이 집 저 집에서 계속 휘익휘익 하는 휘파람 소리 같은 것이 바람결에 들렸다. 마치 아이들이 맨발로 더러운 방을 뛰어다니는 것 같았다. 사각사각 하는 소리도 그치지 않았다. 쥐들이 사람 없는 집을 맘대로 누비고 다니는 것 같았다.

포병 대대는 마을에 들어와 잠시 군장을 풀었다. 병사들은 벌써 과수원 사이사이에 난 길로 흩어져 말에게 먹일 물을 구하러 나갔다. 장교는 급히 말을 달렸다. 그는 이상하게 창백한 얼굴로 소리를 질렀다. "베크, 베크, 로이테!—흩어져, 흩어져!" 그러면서 급히 내달리다 가옥 계단 위에 쓰러져 있는 군인들을 채찍으로 툭툭 쳐보았다. "베크, 베크, 로이테!" 그가 다시 소리쳤다. 이윽고 병사들 사이에 플렉튀푸스, 즉 발진티푸스라는 소문이 퍼졌다. 그 공포스러운 단어는 아직 마을 안으로 들어오지 못한 맨 후미의 포가에도 전해졌다. 모든 대원이 제자리로 돌아갔고, 대대는 다시 이동을 시작했다. "휴, 홋!" 채찍 소리가 그무레한 공기를 갈랐다. 포병 대원들은 길을 가며 열린 창문들을 겁에 질린 눈으로 바라다봤다. 집 안에는 푸르뎅뎅한 유령 같은 시체들이 눈을 부릅뜨고 밀짚 위에 널브러져 있었다. 장교는 마을 한복판에서 말 위에 앉은 채 묵묵히 있었다. 그 옆으로 스탈린 동상이 진창에 처박혀 있었다. 장교는 대열이 자기 옆을 지나가는 것을 보면서 이따금 한 손을 천천히 들어 피곤한 표정으로 왼쪽 눈을 문질렀다.

땅거미가 지려면 아직 멀었으나 늦은 오후의 그림자로 인해 나뭇잎들은 한층 짙푸르러 보였다. 장교가 탄 말은 뭐가 불안한지 흙바닥에 연신 발굽을 차며 뒷걸음질하거나 이미 마을을 저만치 벗어난 대열을 따라가려 안달이었다. 장교는 말을 꾹 눌러 천천히 가게 하면서 맨 후미의 포가를 뒤따랐다. 대열 후미에 자리한 장교는 마을 끝에 있는 가옥을 지나자 등자를 딛고 안장에서 일어나 뒤를 돌아보았다. 길과 마을 광장에는 아무도 없었다. 가옥들은 을씨년스럽게 텅 비었고 여전히 휘파람 같은 소리, 사각사각 하는 소리가 들렸다. 바람이 진흙과 밀짚을 이겨 만든 벽 위로 거친 혓바닥을 날름거리며 내는 소리였다. 맨발의 아이들과 굶주린 쥐새끼들이 멀리 대열을 따라오며 내는 소리 같았다. 장교는 피곤하고 우울한 표정으로 손을 쳐들더니 눈을 문질렀다. 그때 갑자기 마을 쪽에서 총성이 울렸다. 총알이 피융 하고 그의 귓가를 스쳤다.

"할트!—정지!" 장교가 소리쳤다. 포병 대열은 움직임을 멈췄고, 맨 뒤쪽 포대의 기관총이 마을 가옥들을 향해 불을 뿜어댔다. 첫 총성에 이어 다시 총성이 울렸다. 파르티잔들의 사격은 차츰 거세지고 집요해졌다. 포병대원 둘이 총에 맞았다. 장교는 말에 박차를 가해 대열을 따라 뛰며 큰 소리로 명령했다. 병사들이 뒤로 달려가면서 사격을 하며 마을을 포위했다. "사격준비!" 장교가 소리쳤다. "다 쓸어버려!" 파르티잔들의 사격은 계속됐다. 포병대원이 또하나 총에 맞았다. 그러자 장교는 극도로 광분했다. 그는 들판을 이리저리 뛰며 대원들에게 포신을 전부 마을로 돌리라고 채근했다. 가옥 몇 채에 불이 났다. 소이탄이 마을 상공으로 빗발치듯 쏟아졌다. 벽이 부서지고 지붕이 박살나고 나무가 찢겨나가고 연기가 구름처럼 피어올랐다. 겁 없는 파르티잔들은 사격을 계속했다. 그러나 곧 어마어마한 포격이 마을을 쑥대밭으로 만들어버렸다.

이어 포연과 화염 속에서 한 무리의 파르티잔들이 총을 높이 들고 뛰어나왔다. 노인도 일부 있었고, 대개는 청년들이었다. 개중에는 여자도 하나 있었다. 장교는 안장 위에서 몸을 숙여 그들을 하나씩 살펴보았다. 그의 이마에서는 땀이 떨어져 얼굴을 타고 줄줄 흘렀다. "다 쏴버려!" 장교가 날카로운 목소리로 말하고는 한 손으로 눈을 눌렀다. 지겨워하는 목소리였다. 눈을 누른 몸짓도 지겨움의 표현이었을 것이다.

"포이어!—발사!" 상사가 고함쳤다. 드르륵 하는 경기관총 소리가 멈추자, 장교는 돌아서서 쓰러진 파르티잔들을 들여다보고는 말채찍으로 신호를 했다. 그러자 상사가 "야볼!—네!" 하고 답을 하더니 시체들을 향해 일일이 다시 권총을 발사했다. 이어 상사가 손을 들자 대원들은 말을 포가에 묶었고, 포병 대대는 대열을 갖추어 다시 길을 떠났다.

장교는 말갈기 쪽으로 고개를 숙여 두 손으로 안장머리를 잡고 맨 후미 대포에서 오십 걸음쯤 떨어진 간격을 유지하며 대열을 뒤따랐다. 진흙 탓에 둔탁해진 말발굽 소리들마저 멀어질 무렵 느닷없이 총알 한 발이 피융 하고 그의 귀를 스쳤다. "할트!" 장교가 소리쳤다. 대열이 제자리에 섰다. 후미의 포대가 다시 마을을 향해 포를 쏘았다. 포대의 모든 기관총이 불타는 가옥들을 향해 불을 뿜었다. 그런데 천천히 일정한 간격을 두고 다시 총성이 연기구름을 갈랐다. "넷, 다섯, 여섯……" 장교는 큰 소리로 세었다. "총 하나로 쏘는 거야. 한 놈이다." 갑자기 두 손을 든 물체가 자욱한 포연을 뚫고 뛰어나왔다.

병사들이 파르티잔을 붙잡아 장교 앞에 꿇어앉혔다. 안장에서 몸을 굽혀 포로를 찬찬히 살펴보던 장교 입에서 탄성이 흘러나왔다. "아인 킨트!—아이잖아!" 기껏해야 열 살 정도. 소년은 비쩍 마른 몸에 더럽기 그지없었다. 옷은 누더기에 얼굴은 새까맸고 머리와 손은 불에 그슬린 자국이 역력했다. 아인 킨트! 소년은 차분한 얼굴로 장교를 바라보며 눈을 끔뻑거렸고 이따금 손을 들어 천천히 팽 하고 코를 풀었다. 장교는 안장에서 슬며시 내려와 손목에 고삐를 감아쥐고 선 채 소년을 마주보았다. 피곤하고 지겨운 표정이었다. 아인 킨트! 장교는 집에 아들이 하나 있었다. 베를린 비츠레벤 광장 쪽에 살았다. 거의 같은 또래였다. 아마 루돌프가 한 살 많으리라. 이 소년은 정말 어린애같이 생겼다. 아인 킨트! 장교가 말채찍으로 부츠를 치자 말은 초조한 듯 발로 연신 땅을 차며 주둥이를 장교 어깨에 비볐다. 두 발짝 떨어진 거리에서 통역이 성난 표정으로 차렷자세를 한 채 대기하고 있었다.

"아인 킨트! 난 애들하고 전쟁하러 러시아에 온 게 아니야." 갑자기 장교가 아이 쪽으로 몸을 숙이더니 마을에 파르티잔이 더 있느냐고 물었다. 장교의 목소리에 피곤함과 지겨움이 넘쳤다. 그 탓에 중압감을 느낀 통역은 화를 내며 같은 질문을 러시아어로 되풀이했다.

"니예트—아니요." 소년이 대답했다.

"왜 우리 대원들한테 총을 쐈지?"

소년은 놀란 얼굴로 장교를 뚫어지게 쳐다봤다. 통역이 그 질문을 두 번 반복했다.

"알잖아요. 왜 물어요?" 소년이 대꾸했다. 목소리는 차분하고 또렷했다. 겁먹은 기색도 없고 건성으로 하는 대답도 전혀 아니었다. 소년은 장교를 똑바로 쳐다보며 답하기 전까지 군인처럼 차렷자세를 취했다.

"독일군이 어떤 사람들인지 알아?" 장교가 낮은 목소리로 물었다.

"아저씨가 독일군 아니에요, 장교 동지?" 소년이 대꾸했다.

장교가 신호를 하자 상사가 소년의 팔을 잡고 허리띠에서 권총을 빼들었다.

"여기 말고, 멀리 가." 장교가 돌아서며 말했다.

소년은 상사의 팔에 이끌려 질질 끌려갔다. 그때 갑자기 장교가 다시 돌아서더니 말채찍을 쳐들며 소리쳤다. "아인 모멘트!—잠깐!" 상사가 돌아서서 당황한 표정으로 아이를 데리고 장교 앞으로 돌아왔다.

"지금 몇 시야?" 장교가 물었다. 대답도 기다리지 않고 장교는 소년 앞을 왔다갔다하며 말채찍으로 자기 부츠를 탁탁 쳤다. 말은 고삐를 채면서 콧김을 뿜고 머리를 흔들었다. 마침내 장교가 소년 앞에 서더니 한참을 말없이 들여다보고는 피곤한 목소리로 느리게 말했다. 지겨움이 가득한 목소리였다. "얘야, 난 너를 다치게 하고 싶지 않다. 넌 꼬마야. 그리고 난 애들을 상대로 전쟁을 하고 있는 게 아니다. 넌 우리 대원들을 쐈어. 하지만 난 애들을 상대로 전쟁을 하고 있는 게 아니야. 리버 고트!—나 원 참! 난 전쟁을 발명한 사람이 아니야." 장교가 잠시 말을 끊었다가 이상할 정도로 상냥한 목소리로 다시 말했다. "잘 들어라. 난 한쪽 눈이 유리 눈이야. 어느 게 진짜인지 구별하긴 어렵지. 생각하지 말고 바로 얘기해봐. 어느 쪽이 유리 눈인지. 맞히면 널 풀어주마."

"왼쪽이요." 소년이 바로 대답했다.

"어떻게 알았지?"

"그래도 인간적인 표정 같은 게 느껴져서요."

루이제가 숨을 크게 쉬며 내 팔을 잡았다.

"그럼 그 소년은? 그 아인 어떻게 됐어요?" 루이제가 나직이 물었다.

"장교는 소년의 두 뺨에 입을 맞추고 금과 은으로 옷을 해 입히고 여덟 마리의 백마가 끄는 왕궁마차와 백 명의 기마근위대를 불렀답니다. 말들은 번쩍이는 가슴받이를 하고 있었지요. 그러곤 소년을 베를린으로 보냈습니다. 히틀러는 소년을 왕의 아들처럼 반갑게 맞이했고, 군중들이 환호하는 가운데 자기 딸과 결혼시켰답니다."

"네, 알겠어요." 루이제가 말했다. "결국 그렇게 끝이 났군요."

"그 장교를 나중에 다시 만났습니다. 드니에스테르 강변 소로카에서 말입니다. 아주 진지한 사람이고 좋은 아버지였어요. 하지만 진짜 프로이센 사람이었어요. 빈 사람들이 폼만 잡는 얼간이라 놀리는 스타일 말예요. 그는 내게 자기 가족과 하던 일을 말해주었습니다. 전기 엔지니어였다고 했어요. 아들 루돌프 얘기도 했어요. 열 살 소년이었지요. 의안을 구별하긴 정말 어려웠습니다. 그 사람 말이 세계에서 제일 좋은 유리 눈은 독일에서 만든다더군요."

"그만하세요!" 루이제가 말했다.

"독일 사람은 모두가 의안을 끼고 있어요." 내가 말했다.

13장

굴 바구니

레스토랑에는 우리만 남았다. 간호사가 데려온 눈먼 병사 둘은 이미 나갔다. 그때껏 말이 없던 일제가 웃음을 머금고 날 바라봤다. "유리 의 안은……" 그녀가 말했다. "유리로 만든 새 같아요. 날 수가 없죠."

"아니, 일제, 아직도 눈이 난다고 믿어? 정말 어린애 같아, 일제!" 루이제가 말했다.

"눈은 우리 속에 갇힌 새예요." 일제가 말했다. "아까 두 병사의 눈은 텅 빈 새장이었어요."

"눈먼 사람들의 눈은 죽은 새지." 루이제가 말했다.

"눈먼 사람들은 밖을 볼 수 없어." 일제가 대꾸했다.

"그들은 거울에 비친 자신의 모습만 봐." 루이제가 말했다.

"히틀러의 눈은……" 일제가 다시 말했다. "죽은 사람들의 눈으로 가득해요. 그의 눈은 죽은 사람들의 눈으로 가득하다고요. 수백수천 개의 눈이 들어 있어요." 일제를 그냥 어린애라고 말할 수도 있다. 이상한 공상과 희한한 환상에 젖어 있는 어린애. 어머니가 영국인이라 그런지 나는 일제가, 유명한 초상화가 게인즈버러(1727~88)가 그렸을 법한 '순수의 그림' 같다는 생각이 들었다. 아니 내가 틀렸다. 게인즈버러는 영국 전원 특유의 나른한 위엄과 침울한 오만함, 순진함 모두가 느껴지는, 그런 풍경과 닮은 여자들을 그렸다. 그러나 일제에게는 다른 뭔가가, 변덕스럽고 환상에 빠져 정신이 오락가락하는 듯한 뭔가가 있었다. 이는 영국의 풍경과 게인즈버러의 그림에는 없는 것이다. 일제는 오히려 고야가 그렸을 법한 '순수의 초상화'를 닮았다. 짧고 곱슬곱슬한 금발과 새벽에 핀 장미에 우유를 뿌린 듯한 하얀 얼굴(오, 공고라여!), 눈동자 주변에 회색 반점이 서린 저 사랑스러운 파란 눈, 장난스럽게 갸웃하는 우아한 고갯짓 등을 보면 마치 고야(1746~1828)가 〈로스 카프리초스〉•풍으로 그린 순수의 초상화처럼 보였다. 그 초상화의 배경으로는 분홍빛과 잿빛이 어우러진 황량한 카스티야의 지평선, 높이서 부는 바람에 바짝 마른, 그러면서도 군데군데 핏빛이 어린 풍경이 어울릴 듯했다.

일제는 결혼한 지 삼 년이 됐지만 아직 처녀 같았다. 남편은 전선으로 떠난 지 두 달이 지났고 지금은 어깨에 파편이 박혀 러시아 보로네시의 야전병원에 누워 있었다. 일제는 남편에게 편지를 썼다. "난 아이를 낳을 거예요. 하일 히틀러!" 임신은 전시 의무노동을 피할 수 있는 유일한 길이었다. 일제는 공장에서 일할 생각이 없었다. 그녀는 공장노동자가 되고 싶지 않았다. 그녀는 애 낳는 것을 선호했다. "히틀러를 엿 먹이는 유일한 길은 아이를 갖는 거예요." 일제가 말했다. 루이제가 얼굴을 붉히며 수줍은 어조로 일제를 꾸짖었다. "일제!" 그러자 일제가 말했다. "그렇게 포츠담식으로 깐깐하게 굴지 마, 루이제!"

"눈은 끔찍한 물질로 돼 있어요." 내가 말했다. "끈적끈적하고 생명 없는 물질로. 손에 쥘 수도 없죠. 달팽이처럼 손가락 새로 빠져나가니까."

• Los Caprichos는 '일시적인 기분' 또는 '변덕'을 뜻하며, 19세기초 스페인의 대표 화가 고야의 판화집 제목. 이 판화집에는 '이성의 잠은 괴물을 낳는다'를 비롯한 80점의 작품이 들어 있다.

1941년 4월, 나는 베오그라드에서 자그레브(크로아티아의 수도)로 향하고 있었다. 유고슬라비아 전쟁은 며칠 전에 끝났고 나치 꼭두각시 정권 '크로아티아 자유국가'가 막 탄생한 상황이었다. 안테 파벨리치가 자그레브에서 우스타샤• 무리를 데리고 통치하고 있었다. 모든 마을에 크로아티아 총통 안테 파벨리치의 거대한 초상화가 내걸리고 그 옆에는 신생 크로아티아 민족주의 국가의 각종 포고령과 경고문이 붙어 있었다. 초봄 투명한 은빛 안개가 다뉴브 강과 드라바 강에서 피어올랐다. 프루슈카고라 산 구릉지대는 포도밭과 밀밭이 어우러진 초원의 푸른 물결 속으로 녹아들고 있었다. 포도밭의 옅은 녹색과 밀밭의 짙은 녹색이 서로 앞서거니 뒤서거니 이어지며 파란 비단 같은 하늘 아래 기막힌 명암대조를 자아냈다. 몇 주 동안 비가 계속된 끝에 처음 맞는 맑은 날이었다. 길에는 진흙이 물살처럼 서서히 밀려 흘러내리고 있었다. 그날 밤 나는 하는 수 없이 크로아티아 동쪽 끝 일로크에 여장을 풀었다. 노비사드와 부코바르 중간지점이었다. 그 일대의 유일한 여인숙에서 투숙객들과 함께 공동 식탁에 앉아 저녁을 먹었다. 무장한 농민과 세르비아 제복에 가슴에는 크로아티아 배지를 단 경찰, 팔란카와 일로크 사이에서 나룻배를 타고 강을 건너온 피난민, 이런 사람들과 함께 어울렸다.

저녁을 먹고 나서 우리는 테라스로 나갔다. 다뉴브 강이 달빛에 반짝이고 트롤 어선과 바지선의 불빛이 나무들 사이로 보이다 말다 했다. 녹색으로 물든 프루슈카고라 산에 은빛 평화가 찾아들었다. 통행금지 시간이었다. 무장 농민순찰대가 저녁 점호차 유대인들의 집 문을 두드리며 그들의 이름을 크게 불렀다. 문들마다 다윗의 별을 빨간 페인트로 그려 놓았다. 유대인들은 창문으로 나와 "여기 있습니다, 여기 있습니다" 하고 답했다. 무장 농민들은 "도브로! 도브로!—좋아, 좋아!" 하고 크게 소리치며 개머리판을 땅바닥에 쿵쿵 찧었다. 집집마다 벽에 붙은 거대한

• '크로아티아 혁명운동'의 약칭. 파시스트 독재자 파벨리치(1889~1959)의 행동조직이었다.

신생 자그레브 정부 삼색기 포스터들이 달빛을 받아 적, 백, 청색을 선명하게 뽐냈다. 나는 기진맥진한 상태였다. 자정 즈음에 나는 침대에 널브러졌다. 등을 대고 누워서 열린 창문 틈으로 내다보니, 달덩이가 나무들과 지붕 위로 서서히 올라가고 있었다. 신생 크로아티아의 국가원수 안테 파벨리치의 거대한 초상화가 길 건너편 가옥에 붙어 있었다. 일로크 지역 우스타샤들이 주둔한 건물이었다. 흐릿하게 초록빛이 도는 두꺼운 종이에 검은 잉크로 인쇄한 초상화였다. 파벨리치 총통은 커다란 검은 눈으로 나를 응시했다. 좁고 고집스러운 이마 아래 움푹 들어간 옴팡눈이 인상적이었다. 입은 크고 입술은 두꺼웠다. 콧마루는 선이 날렵하면서도 두툼하고 귀는 거대했다. 사람의 귀가 그렇게 크고 길 수 있다고는 도저히 상상할 수 없는 지경이었다. 귓불은 뺨 중간까지 내려와 우스꽝스러우면서도 괴기했다. 대상 인물을 바라보는 시점을 잘못 잡은 것이 분명했다. 초상화를 그린 화가의 실수인 셈이다.

새벽 무렵 헝가리 육군 중대 하나가 꽉 죄는 노란 군복을 입고, 내가 자는 여인숙 창문 밑을 노래하며 지나갔다. 헝가리 병사들은 간헐적으로 흥얼거리는 식으로 노래를 했다. 이따금 목소리 하나가 툭 튀어나오면 옆에서 따라 불렀다가 이내 잠잠해지는 식이었다. 스무 개, 서른 개의 목소리가 잠깐씩 따라하다가 이내 끊기고 말았다. 그러고는 몇 분 동안 착착 착착 행진하는 발소리와 소총이 가죽끈에 툭툭 튀기는 소리만 들렸다. 그러다 다시 다른 목소리가 노래를 시작하다가 곧 중단됐다. 스무 개, 서른 개의 목소리도 화답을 하려는 듯하다 갑자기 조용해졌다. 다시 힘찬 발소리와 소총들이 가죽끈에 툭툭 튀기는 소리가 이어졌다. 서글프고도 잔인한 노래였다. 그들의 목소리에서, 그들의 따라하는 노래와 갑작스러운 침묵에서 고독함 같은 것이 느껴졌다. 그것은 쓰라린 피로 가득한, 서글프고 잔인하면서도 아련한 헝가리의 목소리, 인간의 서글픔과 잔인함이라는 저 깊은 차원에서 솟아오르는 목소리였다.

이튿날 아침 부코바르 거리에 나가 보니 소총으로 무장한 헝가리 경찰

순찰대원들이 모퉁이마다 서 있었다. 다리 근처 부코바르 광장에는 사람들이 우글거렸다. 여자들은 인도를 따라 걸으면서 쇼윈도에 비친 자기들 모습을 응시했다. 녹색 옷을 입은 소녀가 쇼윈도 앞을 천천히 가벼운 발걸음으로 왔다갔다하는 것이 유리창에는 녹색 나뭇잎이 실바람에 살랑거리는 것처럼 비쳤다. 안테 파벨리치의 초상화는 담벼락에서 나를 노려보고 있었다. 좁고 강인해 보이는 이마 아래로 움푹 들어간 예의 그 눈이었다. 다뉴브 강과 드라바 강은 풀이 썩는 달짝지근한 냄새를 불그레한 아침에 토해냈다. 부코바르에서 목초지와 푸른 숲이 우거지고 작은 강과 시내들이 흐르는 슬라보니아를 거쳐 자그레브까지 가는 길에도 총통의 초상화는 예의 검은 눈으로 우리를 환영해주었다. 그 무렵 총통의 초상화는 우리에게 이미 친숙해진 얼굴이었다. 안테 파벨리치의 얼굴은 친구의 얼굴 같았다. 내가 오래전부터 잘 알고 있던 사람의 얼굴 같다고나 할까. 그것은 영락없는 친구의 얼굴이었다. 벽에 붙은 초상화 포스터들은 안테 파벨리치가 크로아티아 인민의 보호자이며 크로아티아 농민의 아버지이고, 크로아티아 인민의 자유와 독립을 위해 싸우는 모든 사람들의 형제라고 선언하고 있었다. 농민들은 포스터를 읽고 나서 고개를 저으며 내게 얼굴을 돌렸다. 툭 튀어나온 광대뼈를 한 그 얼굴들은 총통의 깊고 검은 눈과 똑같은 눈으로 나를 응시했다.

후일 자그레브 구시가 왕궁에서 집무실에 앉아 있는 안테 파벨리치를 처음 보았을 때 나는 옛날 친구라도 만난 기분이었다. 기억도 안 날만큼 오래전부터 아는 친구 같았다. 크고 넓적하면서도 강인하고 거친 느낌을 주는 얼굴이었다. 창백한 흙빛 얼굴에 깊이 파묻힌 두 눈은 검은 불길로 빛나고 있었다. 뭐라 형언하긴 어렵지만 그 얼굴에는 어떤 바보스러움 같은 게 각인돼 있었다. 아마도 거대한 귀 때문인 듯했다. 가까이서 보니 초상화보다 더 거대하고 우스꽝스럽고 괴기했다.

그러나 차츰 그런 바보스러움은 수줍음과 다름없다는 생각이 들었다. 도톰한 입술로 인한 얼굴 전체의 육감적인 느낌마저 엄청 크고 이상한 귀 탓에 완전히 죽고 말았다. 육감적인 입술과 대조적으로 귀는 두 개의 추상적인 대상, 살바도르 달리가 그린 초현실주의적인 조가비나 형이상학적 대상 같았다. 그 귀를 보노라면 다리우스 미요나 에릭 사티의 곡을 들을 때 느끼는 기형 같다는 생각이 들었다.• 음악과 귀 사이에 연상작용이 일어나 그랬을 것이다.

안테 파벨리치가 고개를 돌려 옆모습이 내 눈에 들어왔을 때는 그 거대한 귀가 머리를 옆으로 밀어올리고 있는 것 같았다. 마치 거대한 몸뚱이를 끌고 공중으로 치솟아오르려고 안간힘을 쓰는 두 날개 같았다. 그런데 안테 파벨리치의 얼굴에는 모딜리아니의 초상화 속 인물같이 우아한 가녀림 같은 것이 있어서 마치 고뇌를 감춘 가면 같아 보였다. 내 눈에 그는 심성이 착하고 단순하면서도 너그러웠다. 그것은 수줍음과 기독교적 자비에서 연유하는 인간적인 면모일 수 있었다. 내 눈에 그는 고문이나 뼈 빠지는 중노동 같은 끔찍한 육체적 고통에는 굴하지 않을 수 있지만 도덕적 고통은 조금도 견뎌낼 수 없을 것 같은 인물이었다. 내 눈에 그는 선량한 사람이었다. 바보 같은 분위기도 내 눈에는 수줍음, 선량함, 소박함 때문일 수 있었다. 그는 농부처럼 사실과 사람과 사물을 육체적 요소로, 도덕적 세계가 아닌 물리적 세계에 속하는 물리적 요소로 대하는 스타일이었다.

그의 두 손은 넓적하고 두툼하고 털이 많았다. 손가락 마디는 굳은살이 박여 옹이 같았다. 자세히 보면 그는 손을 어디다 두어야 할지 늘 골치인 것 같았다. 처음에는 탁자 위에 놓았다가 다시 들어올려 거대한 귓불을 비비다가 이내 바지 주머니에 찔러넣었다. 그러나 대개는 책상 모서리에 손목을 대고 털이 숭숭 난 두꺼운 손가락을 서로 엇갈려 비비고 문지르곤 했다. 촌스럽고도 수줍은 몸짓이었다. 그의 목소리는 깊고 리

• 초현실주의풍 음악을 작곡한 프랑스 작곡가들로, 다리우스 미요(1892~1974)는 〈지붕 위의 소〉란 오페라가, 에릭 사티(1866~1925)는 〈말라버린 태아〉란 피아노곡이 유명하다.

드미컬했으며 매우 달콤했다. 그는 토스카나 방언 억양이 섞인 이탈리아어로 느릿느릿 말했다. 피렌체와 시에나에 대해. 젊은 시절 여러 해 동안 망명생활을 했던 곳이라고. 그의 말을 들어본 느낌으로는 그는 유고슬라비아 국왕 알렉산더 암살을 주도한 테러리스트임이 분명했다. 알렉산더 국왕과 함께 암살된 프랑스 외무장관 바르투(1862~1934)의 죽음에서도 자유롭지 못했다. 그는 국민의 자유를 수호하기 위해 극단적인 방법도 불사했지만 그로 인해 야기된 각종 유혈극에 충격을 받았을 것이라는 느낌이 강해졌다. 그는 선량한, 단순하고 너그러운 사람이었다. 안테 파벨리치는 예의 깊고 검은 눈으로 나를 응시했다. 그러다 그 기괴한 귀를 쫑긋하며 이렇게 말했다. "나는 우리 국민을 선량함과 정의로 다스릴 겁니다." 이상하게 생긴 입에서 그런 감동적인 말이 나왔다.

어느 날 아침 그는 내게 카를로바츠와 슬로베니아 접경지역 쪽으로 해서 크로아티아를 잠시 돌아보자고 했다. 청명한 5월 아침이었다. 밤은 아직 사바 강변 숲에 드리운 광대한 녹색 장막을 완전히 거두지 않은 상태였다. 녹색의 5월 밤이 숲과 촌락과 성채 들과 들판과 안개 낀 강둑을 여전히 덮고 있었다. 해는 아직 지평선 저 끝에서 환한 모습을 드러내지 않고 있었다. 수많은 새들이 나무에 자리를 잡고 있었다. 갑자기 아침 해가 드넓은 계곡을 환히 비추었다. 분홍빛 증기 같은 것이 들판과 숲에서 피어올랐다. 안테 파벨리치는 차를 세운 뒤 길에 내려 두 팔을 벌리고 눈앞에 펼쳐진 풍경을 끌어안는 몸짓을 해보이며 내게 말을 건넸다. "이게 나의 조국입니다."

옹이처럼 굳은살 박인 털북숭이 손으로 하는 몸짓은 그토록 온화한 풍경에는 너무 우악스러워 보였다. 녹색 계곡과 먼지 낀 푸른 하늘을 뒤로하고 길가에 서 있는 거대하고 육중한 사나이. 그의 큰 머리통과 거대한 귀는 온화한 풍경과 날카로운 대비를 이뤘다. 그는 마치 드라바와 다뉴브 강변 도시들의 불 밝힌 광장에 서 있는 메슈트로비치(1883~1962)의 조각상 같았다. 잠시 후 우리는 다시 차에 올라 자그레브에서 류블랴나까지 펼쳐진 멋진 전원을 하루종일 누볐다. 우리는 자그레브 너머 나무가 많은 구릉지역인 자그레브스카고라 산의 비탈을 올랐다. 총통은 이따금 차에서 내려 천천히 거닐며 농민들과 대화를 나눴다. 그는 제철 날씨와 파종에 대해, 풍년이 예상되는 그해 수확과 소들에 대해 말했다. 나라가 독립된 덕에 크로아티아 인민이 평화롭게 생업에 전념할 수 있게 됐다는 얘기도 했다. 나는 그의 소박한 몸가짐과 상냥한 말씨가 좋았다. 그는 겸허한 자세로 농민들에게 다가갔다. 그의 리드미컬한 저음을 듣노라면 기분이 좋았다. 아주 달콤한 목소리였다. 우리는 습한 저녁이 돼서야 차를 돌렸다. 곳곳에 자줏빛 강물이 흐르고 그 위로 선홍색 구름이 다리처럼 걸쳐져 있었다. 푸른 숲들 사이에 녹색 호수가 점점이 박혀 있었다. 그 달콤한 목소리와 깊고 검은 눈, 기괴한 귀의 기억은 크로아티아의 온화한 풍경과 더불어 나의 뇌리에서 오래도록 사라지지 않았다.

몇 달 뒤, 1941년 늦여름께 나는 러시아에서 돌아온 참이었다. 몸은 지치고 아팠다. 드니에스테르 강과 드네프르 강 사이 광활한 평원의 먼지와 진창에서 여러 달 뒹군 탓이었다. 군복은 누더기가 되다시피 했고, 햇빛과 비에 탈색됐고, 피와 꿀 냄새가 흠뻑 배었다. 우크라이나에서 벌어진 전쟁의 악취였다. 나는 며칠간 부쿠레슈티에 머물며 잠시 쉬었다. 우크라이나와 베사라비아, 몰다비아 지역을 한참 이동하느라 너무 힘이 들었던 것이다. 그런데 내가 도착한 날 저녁, 루마니아 총리실 비서관이 아테네 팰리스 호텔에 있는 내게 전화를 걸어, 미하이 안토네스쿠 부총리가 좀 보자고 한다는 통보를 했다. 미하이 안토네스쿠는 나를 반갑게 맞으며 차를 권했다. 집무실은 으리으리하고 환했다. 그는 프랑스어로 자기 얘기를 했다. 말투에서 갈레아초 치아노 백작(1903~44)을 연상시키는 자만심 같은 게 강하게 느껴졌다. 안토네스쿠는 칼라에 풀을 먹인 모닝코트에 회색 실크넥타이 차림이었다. 양장점 주인 같은 인상이었다. 둥글고 통통한 얼굴은 여동생 같은 여자의 불그레한 얼굴을 덧칠해놓은 듯한 느낌이 들었다. 내가 참 미남이시라고 하자, 그는 "무슨 그런 말씀을" 하며 아주 흡족한 웃음을 지었다. 그는 말을 하는 동안 뱀처럼 작고 까만 특유의 눈을 반짝이며 날 응시했다. 세상에 그런 뱀눈은 그야말로 처음이었다. 활짝 핀 장미꽃 다발이 책상 위의 화병에 꽂혀 있었다. "난 장미가 정말 좋소." 안토네스쿠가 말했다. "월계수보다 장미가 낫지." 나는 그가 추진하는 정책이 아침이 지나고 나면 시드는 장미꽃처럼 단명할 우려가 크다고 한마디했다. "아침이 지나고 나면 시든다!" 그는 내가 한 말을 되풀이하며 "그게 바로 영원이지!" 하고 대꾸했다. 잠시 후 그는 나를 한참 쏘아보더니 '당장 이탈리아로 떠나라'고 충고했다. "선생, 경솔했소. 러시아 전선에서 보낸 전쟁 관련 기사에 대해 말들이 많았소. 당신은 열여덟 소년이 아니잖소? 그 나이에 무슨 앙팡테리블 노릇을 하나. 이탈리아 감옥에서 얼마나 있었지?"

"오 년입니다." 내가 대답했다.

"그 정도면 충분하지 않소? 앞으로는 처신에 좀더 조심하는 게 좋을거요. 난 선생을 높이 평가합니다. 부쿠레슈티에서는 선생의 『쿠데타의 기술』을 안 읽은 사람이 없어요. 다들 선생을 좋아하지. 하지만 소련이 이 전쟁에서 승리할 거라고 주장할 권리는 없소. 게다가 선생의 말은 틀렸소. 조만간 러시아는 붕괴될 거요."

"러시아는 귀국의 등 위로 엎어질 겁니다." 내가 대꾸했다.

그는 뱀 같은 눈으로 나를 보며 미소를 지었다. 그는 장미꽃 한 송이를 내밀더니 나를 문간까지 배웅했다. "행운을 빕니다." 그가 말했다.

다음날 아침 나는 바로 부쿠레슈티를 떠났다. 인근 모고쇼아이아의 별장에서 쓸쓸하게 사실상의 망명생활을 하고 있는 파리 시절 친구 마르타 비베스쿠 후작부인(1886~1973)을 찾아볼 겨를도 없었다. 나는 부다페스트에서 몇 시간 있다가 다시 자그레브로 가 며칠 쉬었다. 자그레브에 도착한 당일 저녁 에스플라나데 카페 테라스에서 친구인 플리베리치와 그의 딸 네다를 만났다. 아주 넓은 테라스는 철제 테이블에 둘러앉은 사람들로 북적였다. 나는 나른한 표정의 자그레브 미녀들을 물끄러미 쳐다봤다. 다들 특유의 맵시 있는 의상을 걸치고 있었다. 거기에는 오스트리아·헝가리제국의 수도 빈의 우아함, 1910년에서 1914년까지 찬란하게 꽃핀 그 우아함이 아직 남아 있었다. 그들을 보며 나는 크로아티아 농민 여성들을 생각했다. 그들은 갑각류의 껍데기 또는 귀뚜라미의 딱딱한 날개 같은, 빳빳하게 풀을 먹인 널따란 리넨 치마 밑에 아무것도 입지 않고 다닌다. 그 단단한 리넨 갑각 속에는 지금도 보드랍고 불그레한 따스한 맨살이 숨쉬고 있을 것이다. 에스플라나데 카페 오케스트라가 옛날식 빈 왈츠를 연주했다. 머리가 센 연주자들은 아마 페르디난트 대공•이 네 마리 백마가 끄는 까만 마차를 타고 가는 모습을 본 바로 그 사람들일 것이다. 바이올린들도 아마 오스트리아제국 마지막 황후 치타의 결혼식 때 연주를 맡았던 바로 그 바이올린들일 것이다. 자그레브의 숙녀와 아가씨들은 네다 플리베리치를 비롯해 모두 알테스 빈(옛날 빈)이요, 오스트리아 펠릭스(행복한 오스트리아)요, 라데츠키 마르슈(라데츠키 행진곡)였다. 라데츠키 장군이 무용을 떨치던, 잘나가던 오스트리아제국의 수도 빈의 예전 모습 그대로였다. 따스한 밤, 나뭇잎들이 불빛에 반짝였다. 빨갛고 파란 아이스크림들이 유리 그릇에서 녹고 있었다. 유리구슬과 자개 파편을 박음질한 깃털 부채와 실크 부채들이 왈츠 리듬에 따라 움직였다. 희고 검은, 때로는 달빛 같은, 수천의 애타는 눈들이 에스플라나데 카페 테라스, 공원 나무들, 지붕들 위로 밤하늘에 새처럼 날아올랐다. 지평선 저쪽으로, 암흑을 살짝 찢어놓은 듯 녹색의 비단 같은 하늘이 열려 있었다.

얼마 뒤 한 장교가 우리 테이블로 다가왔다. 마키에도 소령이었다. 마키에도 백작은 과거 오스트리아제국 육군 대위였지만 지금은 크로아티아 총통 안테 파벨리치 부관이다. 그는 테이블과 철제 의자 사이로 엉덩이를 씰룩대며 빠져나오면서 케피 모자에 손을 얹어 좌우로 가볍게 목례를 건넸다. 여지들의 애타는 눈길이 높고 딱딱한 옛날 합스부르크 왕가

• 오스트리아·헝가리제국의 황제. 1914년 사라예보에서 암살당해 일차대전의 원인이 됐다.

풍의 케피 모자에 쏠렸다. 그는 희미한 옛날식 웃음을 머금고 우리 쪽으로 다가왔다. 잘 다듬은 짙은 금발 콧수염에 가려 그의 입은 작아 보였지만 웃음 덕분에 통통한 얼굴이 그런대로 환해 보였다. 그 웃음은 안테 파벨리치 관저 부속실에서 외교관, 고위 관료, 우스타샤 대표들을 맞이할 적에 지어보이던 바로 그 웃음이었다.

마키에도 소령은 부속실에서 앞에 놓인 타자기 위로 약간 몸을 숙인다. 두 손에는 오스트리아제국 황실근위대 장교들이 꼈던 것과 같은 새하얀 장갑을 끼었다. 입은 꾹 다물고 오른손 한 손가락으로 타자기의 까만 키를 톡톡 친다. 아주 천천히, 집중력을 다해. 왼손은 남녀 네 커플이 추는 카드리유 춤을 출 때처럼 허리에 댄 채로.

마키에도 백작은 네다 앞에 이르자 허리 굽혀 인사를 한 뒤 하얀 장갑을 낀 손으로 번쩍거리는 케피 모자챙을 살짝 잡고 몸 굽혀 말없이 웃음을 지어보였다. 그러다가 갑자기 자세를 꼿꼿이 세우더니 날 돌아보며 '자그레브에서 다시 만나 정말 반갑다'고 했다. 그는 상냥하면서도 책망하는 듯한 어조로 한마디 한마디를 오케스트라가 연주하는 빈 왈츠 리듬에 맞추듯이 말했다. "자그레브에 오셨단 얘기, 왜 곧장 해주지 않으셨습니까? 내일 아침 열한시에 제 사무실에서 뵙죠. 방문자 명단에 성함을 올려놓겠습니다. 총통께서도 다시 보면 반가워하실 겁니다." 그러고는 낮은 목소리로, 은밀히 할 얘기가 있다는 듯 몸을 숙이며 덧붙였다. "그분이 정말, 정말 반가워하실 겁니다."

다음날 아침 열한시, 나는 안테 파벨리치 관저 대기실에 앉았다. 마키에도 소령은 타자기 위로 몸을 숙이고 왼손은 허리에 댄 채 오른손 한 손가락으로 까만 키를 천천히 치고 있었다. 예의 새하얀 장갑을 낀 손이었다. 안테 파벨리치를 만난 게 어느새 몇 달 전이었다. 집무실에 들어선 뒤, 나는 그가 정국 구상을 수정했다는 걸 알아챘다. 몇 달 전 마지막 방문 때 그의 책상은 집무실 끝, 창문에서 제일 멀리 떨어진 구석에 있었다. 그런데 지금 책상은 문 바로 앞에 놓여 있다. 문과 책상 사이는 사람

하나 겨우 지날 정도의 공간밖에 없었다. 나는 들어서자마자 무릎을 책상에 찧을 뻔했다.

"내가 머리를 좀 썼지." 안테 파벨리치가 내 손을 잡고 웃으며 말했다. "못된 마음을 품고 들어오면 바로 책상에 부딪혀 내 얼굴을 마주하게 되오. 그럼 평정심을 잃고 마각을 드러내지. 히틀러와 무솔리니는 다른 스타일이지요. 자기 자리와 방문객 사이에 아주 널따란 공간을 두는 식 말이오." 나는 그가 말하는 동안 그의 모습을 예의주시했다. 내 눈에 그는 많이 변해 있었다. 지친 얼굴에 피로와 불안의 기색이 역력했다. 눈은 수면부족으로 벌겠다. 그러나 목소리만큼은 예전같이 리드미컬한 저음으로 아주 달콤한 느낌, 선량하고 소박하고 너그러운 사나이의 목소리 그대로였다. 거대한 두 귀는 이상하게 수척해진 채로, 투명하다 해도 과언이 아닐 정도였다. 창가 쪽의 오른쪽 귀는 분홍색 지붕들, 녹색 나뭇잎들, 푸른 하늘이 유리창에 비쳐 보였다. 벽 쪽의 다른 한쪽 귀는 그늘져 있는데다 물렁하고 섬세한 허연 물질로 된 듯했다. 밀랍으로 만든 귀 같았다. 나는 안테 파벨리치의 두툼한 털북숭이 손, 좁고 고집스러운 이마, 괴기한 귀 등을 자세히 훑어봤다. 선량하고 소박하고 너그러운 사나이에게 연민 같은 게 밀려왔다. 알고 보면 인간성이 매우 섬세한 사람이었는데, 그 몇 달 사이 정세가 아주 나빠졌다. 파르티잔들의 봉기가 제문에서 자그레브까지 크로아티아 전역을 휩쓸었다. 창백한, 거의 잿빛이 돼버린 총통의 얼굴에 슬픔이 가득했다. 깊고 진실한 슬픔이었다. 이 탁월한 인물이 얼마나 더 고통을 겪어야 할까 하는 생각이 들었다.

잠시 후 마키에도 소령이 들어와 이탈리아 공사 라파엘레 카제르타노가 왔다고 알렸다. "들어오시라고 해." 안테 파벨리치가 말했다. "이탈리아 공사를 기다리시게 할 수야 없지."

카제르타노가 들어왔다. 우리는 우호적인 분위기에서 심각한 시국에 대해 이런저런 이야기를 나눴다. 파르티잔 무리들은 밤이면 자그레브 근교까지 치고 들어왔다. 하지만 충성심에 넘치는 파벨리치의 우스타샤들은 저 짜증나는 게릴라들을 금세 진압하곤 했다. "이곳 크로아티아 인민은……" 안테 파벨리치가 말했다. "선량과 정의로 통치되길 원합니다. 이 자리에 내가 있는 것도 그래서고요."

총통이 말을 하는 동안 나는 그의 책상에 놓인 버들고리 바구니를 응시했다. 뚜껑은 열려 있었다. 바구니 안에는 런던 피커딜리 거리의 포트넘 앤드 메이슨 식료품 백화점에 진열되곤 했을 법한 홍합과 굴이 가득 들어 있는 것 같았다. 카제르타노 공사가 내게 살짝 윙크를 하며 말했다. "굴찜 좋아하시죠?"

"달마티아산 굴인가요?" 내가 총통에게 물었다.

안테 파벨리치는 바구니 뚜껑을 벗겨 홍합을 보여주었다. 젤리처럼 미끈미끈한 덩어리가 들어 있었다. 그는 예의 선량하면서도 피곤한 미소를 지어보이며 말했다. "나의 충성스러운 우스타샤 대원들이 선물로 보내온 거랍니다. 사람 눈알 이십 킬로그램입니다."

14장

달콤한 죽음에 관하여

루이제는 나를 뚫어져라 바라봤다. 얼굴에는 점차 고통스러워하는 표정이 번졌다.

"저 자신이 부끄럽네요." 루이제는 이렇게 중얼거리며 낙담한 표정으로 미소를 지었다. "우리 모두가 부끄러워해야겠지요."

"왜 내가 부끄러워해야 하지?" 일제가 반박했다. "난 부끄러운 거 없어. 성모처럼 순결무구하다고 생각해. 난 전쟁과는 무관해. 전쟁이 나를 어쩌진 못해. 난 아이를 가졌어. 난 신성합니다. 우리 아이, 우리 아이. 우리 아이가 아기 예수일 수 있다는 생각, 해보셨어요?"

"아기 예수가 또 나올 필요는 없죠." 내가 말했다. "우리 중 누구라도 세상을 구원할 수 있습니다. 어떤 여자도 또다른 구세주를 나을 수 있어요. 누구라도 골고다 언덕에 올라가 자신을 십자가에 못 박으라고 떠들 수 있습니다. 오늘날 그리스도가 되는 건 그리 어렵지 않습니다."

"성모처럼 순진무구한지 아닌지는 결국 우리한테 달렸어요." 일제가 다시 말했다. "전쟁이 나를 더럽힐 수는 없어요. 전쟁이 내 뱃속에 든 아기를 더럽힐 수는 없다고요."

"우리를 더럽히는 건 전쟁이 아니야." 루이제가 말했다. "우리의 모든 생각과 느낌을 더럽히는 건 바로 우리야. 우리가 깨끗하지 않으니까. 뱃속에 있는 우리 아이들을 더럽히는 건 우리라고."

"전쟁이야 될 대로 되겠지!" 일제가 말했다.

"오, 일제!" 루이제가 책망하는 어조로 말했다.

"그렇게 깐깐하게 굴지 마, 루이제. 전쟁이야 될 대로 되겠지!"

"타티아나 콜로나의 아이들 얘기를 해드리지요." 내가 말했다. "역시 기독교적인 이야기입니다."

"또 기독교적인 이야기라니 무섭네요." 루이제가 대꾸했다.

다음은 타티아나 콜로나의 아이들 이야기다. 1940년 여름, 무솔리니가 영국을 상대로 선전포고를 했을 때였다. 카이로 주재 이탈리아 공사관 직원들은 이집트를 떠나 본국으로 귀환했다. 카이로 주재 공사관 서기관 귀도 콜로나 후작은 부인 타티아나와 두 아이를 나폴리의 어머니 집에 맡겨두고 로마로 가 외무부에서 인사 발령을 기다렸다. 초가을의 어느 날 밤, 타티아나는 공습경보를 듣고 깜짝 놀랐다. 일단의 영국 폭격기들이 바다 쪽에서 날아와 지붕 위를 스치듯 날아갔다. 나폴리 공습이 시작된 것이다. 숱한 사상자가 나오고 심각한 피해가 발생했다. 성 제나로의 피가 도시를 보호해주지 않았다면 피해는 훨씬 컸을 것이다. 불운한 시민들이 믿을 수 있는 유일한 방공망은 나폴리의 수호성인 제나로뿐이었다. 타티아나의 두 아이는 겁에 질렸다. 작은애는 몇 주 동안 열병을 앓으며 정신착란까지 일으켰다. 꼬마가 좀 호전되자 타티아나는 나폴리를 떠나 남편에게 갔다. 그사이 귀도 콜로나는 스웨덴 스톡홀름 주재 공사관 서기관으로 발령이 난 상태였다.

겨울이 거의 끝나가는 시점에 타티아나는 남편이 있는 스톡홀름에 도착했다. 참새 무리들이 봄소식을 알리고 있었다. 어느 날 아침 두 아이가 잠든 사이 참새 한 마리가 열린 창문을 타고 아이들 방으로 들어왔다. 잠에서 깬 아이들은 겁에 질려 비명을 질렀다. “엄마, 엄마, 살려줘요!” 타티아나가 달려왔다. 아이들은 새파랗게 질린 얼굴로 벌벌 떨고 있었다. 아이들은 영국 비행기가 창문으로 들어와 방 안을 날아다니고 있다고 소리쳤다.

불쌍한 작은 참새는 짹짹거리며 가구 위를 이리저리 뛰어다녔다. 아이들이 비명을 지르고, 타티아나가 뛰어들자 참새는 겁에 질려 안절부절못했다. 창문 틈으로 나갈 수도 있었지만 거울에 비친 제 모습에 다시 놀라 화장대에 부딪치며 우왕좌왕했다. 그러다가 결국 창문을 찾아 탈출했다.

두 아이는 기진맥진해져 침대에 누웠다. 얼굴은 창백했다. 영국 비행기가 다시 창문으로 날아들지 않을까 전전긍긍했다. 그 공포심은 의사도 약으로도 없앨 수 없었다. 봄도 어느덧 가고 창백한 여름햇살이 맑은 스톡홀름 하늘을 비치고 있었다. 카를라플란 거리 가로수 우듬지에 참새 지저귀는 소리가 피어올랐다. 그러나 두 아이는 침대에 납작 엎드려 시트를 뒤집어쓴 채 겁에 질려 벌벌 떨었다. 천진난만한 새들의 노랫소리만 울려퍼졌다.

어느 날 타티아나가 커다란 장난감 상자를 들고 아이들 방으로 들어갔다. 상자에는 작은 태엽 비행기들, 헝겊으로 만든 새들, 새와 비행기 그림이 잔뜩 든 그림책들이 담겨 있었다. 아이들은 침대에서 일어나 장난감 새와 깡통 비행기를 가지고 놀았다. 그들은 프로펠러 태엽을 감으면서 그림책을 넘겼다. 타티아나는 아이들에게 비행기와 새의 차이를 이야기해주고, 참새와 검은머리꾀꼬리와 울새가 어떻게 사는지도 얘기해주고, 유명한 조종사들의 행적에 대해서도 이야기해주었다. 매일같이 헝겊으로 만든 새를 가구 위에 올려놓고 천장에는 빨갛고 파란 장난감 비행기들을 매달아놓았다. 명랑하게 지저귀는 금색 카나리아들을 나무 새장에 넣어 벽에 걸어놓기도 했다.

두 아이가 기력을 회복하자 타티아나는 매일 아침 아이들을 데리고 나가 스칸센 공원의 나무 밑에서 놀았다. 세 식구는 풀밭에 앉아 장난감 비행기의 태엽을 감았다. 비행기는 프로펠러가 돌면서 풀밭 위를 풀쩍풀쩍 달렸다. 타티아나가 빵을 부수어 바위에 올려놓으면 새들이 사방에서 날아와 지지배배 노래하며 빵조각을 쪼아 먹었다. 나중에는 아이들을 스톡홀름 브로마 공항에 데려가 엔진 세 개짜리 대형 여객기들이 매일 아침 핀란드, 독일, 영국으로 출항하는 모습을 가까이서 보여줬다. 참새들은 저들끼리 조잘거리며 공항 잔디밭 위를 부산하게 종종거렸다. 녀석들은 거대한 알루미늄 비행기들을 무서워하지 않았다. 비행기들은 풀밭을 따라 굉음을 내며 미끄러지다가 훌쩍 날아오르거나 높은 하늘에서 천천히 내려와 풀밭 위에 살포시 내려앉았다. 그렇게 해서 타티아나의 아이들은 치료가 됐다. 이제 아이들은 새를 더이상 두려워하지 않는다. 아이들은 참새가 도시에 폭탄을 떨어뜨리지 않는다는 걸 안다. 영국 참새도 마찬가지다.

"정말 재밌는 얘기네요!" 일제가 손뼉을 치며 말했다.

"정말 아름다운 얘기군요." 루이제가 말했다. "무슨 동화 같아요." 루이제는 타티아나 콜로나의 아이들 이야기를 들으니 레오나르도 다빈치가 그린 그림들이 생각난다고 했다. 아이와 여자들의 머리, 새, 해골, 날아다니는 기계 들이 얽히고설킨 그림 이야기였다.

"분명히……" 루이제가 말했다. "타티아나 콜로나는 다빈치의 그림에 나오는 여자처럼 순수하고 온화한 사람일 거예요."

"네, 그래요." 일제가 말했다. "타티아나는 다빈치가 그린 여자처럼 순수하고 온화한 사람이 틀림없어요. 분명 타티아나는 새나 아이 같은 사람이에요. 천국을 믿을 거예요. 천국을 믿지 않는 새나 아이가 어디 있겠어요?"

"유럽에는 이제 천국이 없어." 루이제가 말했다.

"타티아나는 희한한 동화를 만들어 새들에게 속삭여주는 나비 같군요." 내가 말했다. "타티아나가 아이들한테 새는 도시를 폭격하지 않는다고 말해주기 전에, 새들이 이미 도시를 폭격했다는 것은 분명 진실이었으니까요."

"나비들은 죽음을 즐겨요." 일제가 말했다.

"어떤 여자가, 지금은 죽고 없는 여자가 어느 날 저녁 제게 그런 얘기를 해줬어요. 두 종류의 여자가, 두 종류의 장미가 있다고, 영원히 사는 불멸의 존재가 있고 죽음을 즐기는 존재가 있다고 말이에요."

"죽은 장미도 불멸의 존재예요." 일제가 말했다.

"셰익스피어는 죽은 장미의 냄새를 좋아했습니다." 내가 말했다. "그는 '가장 달콤한 향기는 달콤한 죽음으로 말미암는 것이니'•라고 했죠. 어느 날 저녁 베를린 근처 반제 호숫가에 있는 이탈리아 대사관저에서 저녁을 먹고 있었어요." 밤의 날씨는 맑았고 마지막 겨울의 달이 얼어붙은 호수 위에서 환히 빛나고 있었다.

테이블에 둘러앉은 젊은 독일 숙녀들은 대단히 아름답고 세련되어 보였지만 그 환한 눈에는, 윤기 흐르는 살결과 머릿결에는 뭔가 썩어가는 것이 느껴졌다. 그들은 차고 무심한 웃음을 터뜨리며 서로의 얼굴을 흐릿한 눈으로 응시했다. 웃고 응시하는 그 눈빛에는 서로 공모를 하면서도 외로워하는 불편한 감정 같은 게 스며들어 있었다. 님펜부르크 화병과 마이센 화병에 꽂힌 장미 다발이 화사한 모습을 뽐내고 있었다. 가구 위 곳곳에 놓인 화병에는 하얀 장미도 있고, 붉은 장미도 있고, 소녀의 뺨처럼 우윳빛이 도는 분홍 장미도 있었다. 테이블 한복판에 아침 호수처럼 뿌연, 넓적한 조가비 모양의 무라노 화병이 놓여 있었다. 그날 아침 베네치아에서 공수해온 장미였다. 장미는 아직 베네치아의 향기가 촉촉했다. 한적한 수로를 따라 곤돌라를 젓는 사공들의 음성이 투명한 꽃잎 위에서 떨리고 있는 듯했다. 은제 촛대의 촛불들이 작센 도자기에 삼자

• 셰익스피어의 「소네트 54」에 나오는 구절.

는 물결처럼 흐릿하게 비치면서 테이블 곳곳에 널린 유리잔의 반짝임 속으로 섞여들어갔다. 그것은 새벽 알프스 빙하의 차디찬 빛 같기도 하고 우리가 모여 앉은 베란다와 실내를 구분하는 거대한 유리문의 반짝이는 표면 같기도 했다. 가로수가 즐비한 공원과 반제 호숫가를 거닐던 손님들은 지금 이렇게 여기에 들어와 차가운 달빛 속에 조용히 앉아 있다.

깜박이는 촛불이 이따금씩 손님들의 얼굴을 환히 비췄다. 장밋빛 새틴 식탁보에 어린 빛은 희미한 상앗빛 부라노 레이스를 물들였다. 그래서인지 달콤한 장미향이 은은하게 풍겼다. 베네치아 만의 개펄 냄새가 밤의 정원 냄새와 섞일 무렵 같은 분위기였다. 와토의 그림• 비슷한 프랑스 유파의 회화 몇 점이 벽에 걸려 있었다. 그림의 색조는 최근 건물을 성급하게 리모델링하는 과정에서 광택제를 덧발라 원래보다 더 강렬하게 느껴졌다. 정물화 속 장미는 조각상과 시커먼 나무, 은빛 분위기에 녹색의 과일이 묘사된 침침한 풍경을 배경으로 반짝였다. 그림 속 장미들은 장미 그림자 같았다. 작센 화병과 무라노 화병에서 당당히 젊음을 뽐내는 듯한 베네치아산 장미에 눈을 고정시키고 있으면 오래전 죽은 장미들의 기억이 떠올랐다. 그 옛날 장미들이 그토록 생기 넘쳤던 과거의 추억이 되살아나는 것이다.

손님들은 내가 보기에 이상한 자세로 앉아 있었다. 어깨는 의자 등받이에 뻣뻣하게 붙이고 가슴은 약간 앞으로 처진 느낌이었다. 손님들은 음식을 본능적으로 멀리하려는 듯 위를 쳐다보는 자세였다. 숙녀들은 어울리지 않게 부드러운 목소리로 말하고 있었다. 먼 곳에서 떠드는 사람들처럼 비현실적이고 맥이 빠져 보였다. 눈두덩에 퍼런 테두리 같은 게 보일 만큼 피곤한 표정들이었다. 세련된 예절이나 우아한 드레스, 머리 장식과 화장에서도 무심하고 진부한 표정 같은 게 느껴졌다. 그들의 세련된 우아함은 무의식적인 노력의 결과처럼 보였다. 물려받은 부와 돈에

• 와토는 로코코 양식의 대표 화가로 18세기 프랑스 상류사회의 모습을 그렸다.

대한 무관심, 특권 출신과 사회 지위 같은 것은 그들이 도덕적 자부심을 느낄 만한 것들이었다. 그런 여자들이 가진 최고의 재주는 현재를 즐기는 것, 덧없이 흘러가는 순간을 파우스트처럼 즐기는 것이었다. 그러나 그것도 시간에 대한 두려움, 덧없는 젊음에 대한 은밀한 두려움, 세월과 영고성쇠의 무상함을 이겨낼 수 없는 내적 갈망 같은 것들로 말미암아 활기는 없어 보였다. 그들의 본질을 지배하는 것은 심술궂은 질투심과 가슴 쓰린 후회와 좌절에 빠진 오만함 같은 것이었고, 그래서 오히려 육감적인 특권의식 같은 것들이 두드러져 보였는지 모르겠다.

이와 대조적으로 테이블에 앉은 남자들은 무심하면서도 유쾌한 분위기였다. 느긋하면서도 변화에 아랑곳하지 않는 분위기라고 할까. 남자들 무리에는 이탈리아인 몇 명과 스웨덴 사람 한 명, 브라질 대사가 끼어 있고, 나머지는 독일인들이었다. 다들 외교가 사람이었다. 늘 외국인과 접하는 직종인데다 독일 본토에서 멀리 떨어져 산 지 오래라 그런지 비교적 자유분방한 것이 진짜배기 독일인과 꽤나 다른 종자들 같았다. 물론 다른 독일인과 다르다는 데 내심 불안해하고 자신감도 떨어져 보였다. 여자들과 달리 남자들은 평온한 모습이었다. 허심탄회하게 웃는 모습에 의구심이나 턱없는 오만함 같은 구석은 없었다. 이탈리아 대사관저에 모인 사람들은 그 끔찍한 겨울의 독일, 황량하고 어둡고 잔인한 독일에서 수십 킬로미터 떨어진 곳에 와 있는 느낌이었다.

"에디가 군에 갔다죠? 정말 군인이 된 건가?" 독일 외무부 의전국장인 되른베르크 백작이 웃으며 물었다. 거대한 되른베르크는 키가 이 미터 십삼 센티미터에 뾰족한 턱수염을 기른 것이 로마 신화에 나오는 반인반양(半人半羊) 파우누스 같았다. 그는 테이블에 몸을 숙인 채로, 털이 숭숭 난 커다란 두 손을 새틴 식탁보에 올려놓고 있었다.

"정말 군인이 됐습니다." 내가 대납했다.

"에디는 수줍음이 너무 많아서 전우들 앞에서 옷도 못 갈아입을 텐데……" 베로니카 폰 클렘이 말했다.

"불쌍한 에디. 정말 여린데!" 아가타 라티보르 후작부인이 말했다.

며칠 전 비스마르크 총리의 손자 에디 비스마르크(1903~70)의 근황을 전해준 사람은 카프리 섬에 가 있는 악셀 문테였다. 에디는 스위스에 있는 비스마르크가(家) 소유의 작은 별장에서 몇 주 지내려고 카프리 섬을 떠났는데 갑자기 군 당국이 독일로 소환을 했다는 것이다. 지금은 스트라스부르 병영에서 좌절의 나날을 보내고 있었다. 베로니카의 말처럼 "매우 불편한" 생활이리라. 에디의 신상 변화를 얘기하면서 악셀 문테는 뾰족한 이빨을 드러내며 싱긋 웃었다. 꼿꼿이 지팡이를 짚고 서서 망토를 여윈 어깨 뒤로 넘긴 그는 점점 크게 웃는 바람에 얼굴이 흔들렸다. 악셀 문테의 뒤로 바위와 올리브나무가 늘어선 드넓은 바다 경치가 펼쳐져 있었다. 그래서 마치 벽을 등진 채 서서 마른 천둥에 고개가 흔들리는 것처럼 보였다. 악셀 문테의 장난기는 카프리 섬의 푸른 하늘 아래 홀로 서 있는 나무처럼 유별났다. 우리는 그의 마테리타 대저택에서도 제일 높은 곳에 서 있었다. 그의 주변에는 풀잎 하나 자라지 않고 쩍쩍 갈라진 흙만 하품하듯 입을 벌리고 있었다. 이따금 토양 틈새로 절망처럼 파란 야윈 도마뱀들이 빠끔히 고개를 내밀었다.

악셀 문테라는 인간은 물론, 토양과 나무, 도마뱀들까지 엘 그레코의 그림 같았다. 악셀 문테는 에디 비스마르크의 편지를 주머니에서 꺼내더니 큰 소리로 읽어나갔다. 단어마다 의도적으로 더듬는가 하면 각 문장 끝에서 잠시 읽기를 멈추고는 벌레 먹은 나무처럼 누런 콧수염 새로 이를 드러내고 싱긋 웃었다. 이따금 성난 표정으로 같은 단어를 두세 번 반복하는가 하면 발음이 제대로 안 되는 척하기도 했다. 관객을 놀려주기 좋아하는 배우 같았다.

"에디 비스마르크가 군인이래!" 악셀 문테가 손을 들어 편지를 깃발처럼 흔들며 소리쳤다. "에디 비스마르크가 군인이래! 전진, 진군! 퓨어 고트 운트 파터란트—신과 조국을 위하여! 하하하!"

"당연한 일이죠." 이탈리아 대사 디노 알피에리•가 예의 바보 같은 목소리로 말했다. "독일은 훌륭한 자녀들을 다 끌어모아야 하는 상황이니까. 비스마르크가 사람인 에디가 제3제국의 육군이 되어 평범한 군인으로 싸운다면 좋은 일이죠."

다들 웃었다. 되른베르크는 심각한 표정으로 말했다. "고맙네, 에디. 독일은 이 전쟁에서 승리할 거야."

며칠 전 핀란드로 복귀하기 위해 카프리를 떠나기 전 나는 카프리 섬의 그란데 마리나 항구에 갔다. 소금기 허옇게 말라붙은 높다란 벽이 둘러쳐진 좁은 길을 거닐다 모나 윌리엄스의 별장인 포르티노 앞을 지나쳤다. 주인이 미국에 가고 없는 사이, 비서인 에디 비스마르크 백작이 집주인 노릇을 했다. 그날따라 비가 내려서인지 포르티노는 병 걸린 인간처럼 처량해 보였다. "백작님은 전쟁에 나가셨습니다." 내가 지나는 걸 보고 정원사가 말을 해주었다. 금발의 섬약한 에디가 스트라스부르 병영에서 감자를 까고 있다고 생각하니 심술맞게도 쾌감 같은 것이 솟았다. "백작이 전쟁에 나갔어. 전진, 진군! 퓨어 고트 운트 파터란트!" 악셀 문테는 깨소금 맛이라는 듯 에디의 편지를 흔들어보이며 낄낄거렸었다.

"에디가 전쟁터에 나가면 틀림없이 훌륭한 군인이 될 거야. 이름값 할 거라고." 알피에리가 바보 같은 목소리로 떠들자 다들 웃었다.

"에디는 정말 좋은 사람이에요, 나도 참 좋아해." 안네 마리 폰 비스마르크가 말했다. "도련님이 참전을 안 했으면 이 전쟁은 깡패들 전쟁이 되고 말았을 거예요." 안네 마리는 스웨덴 여자로 에디의 형 오토 폰 비스마르크 후작의 아내였다. 남편 오토는 당시 로마 주재 독일 대사관 참사관이었다.

"비스마르크란 성은 전쟁터에 써먹기엔 너무 고급스럽지요." 되른베르크가 비아냥거렸다.

• 1886~1966. 파시스트 정치인. 무솔리니 정권하에서 선전활동을 했고 갈레아초 치아노가 외무장관일 때 문화장관으로 1938년 반(反)셈족 인종분리법을 통과시켰던 인물.

"비스마르크 가문 사람이 이 전쟁에서 전사를 한다면 그야말로 웃기는 얘기가 될 거예요." 안네 마리의 말이다.

"네, 정말 우스꽝스러운 일이겠지요." 아가타 라티보르 후작부인이 장난기 어린 목소리로 말했다.

"왜 아니겠어?" 안네 마리가 웃는 얼굴로 아가타를 살짝 쏘아보며 대꾸했다.

베로니카와 아가타가 주도하는 대화에는 뭔가 치사하고도 오만하고 사악한 느낌 같은 게 느껴졌다. 두 여자의 우아한 행동에는 화사함 같은 게 없었다. 젊고 예쁜 여자들의 말을 들으면서 나는 베를린 근교 여성 노동자들이 생각났다. 이맘때면 그들이 집이나 기숙사로 돌아갈 시간이다. 노이쾰른, 판코프, 슈판다우 군수공장에서 기나긴 하루일과가 끝났으리라. 노동자들 모두가 노동계급은 아니다. 중상류층, 공무원, 장교들의 부인도 많았다. 그저 의무노동의 톱니바퀴에 갇히고 만 것이다. 폴란드, 우크라이나, 벨라루스, 체코슬로바키아에서 끌려온 '노예'도 많았다. 그들의 블라우스에는 P(폴란드)나 Ost(동유럽) 같은 출신지 약자가 새겨져 있었다. 그러나 노동자든 중산층이든 점령지에서 끌려온 노예든, 모두가 서로 존중하고 돕고 위해주었다. 그들은 하루 열 시간에서 열두 시간씩 일한다. 경기관총으로 무장한 친위대의 감시를 받으며 각자 바닥에 분필로 선을 그은 좁은 공간에 갇혀 일했다. 밤이면 그들은 기진맥진해진다. 온몸은 엔진 윤활유로 새까매졌다. 머리에 쇳가루가 잔뜩 앉고 손과 얼굴은 황산이 튀어 덴 자국이 곳곳에 나 있다. 눈에는 피곤과 공포와 불안으로 다크서클이 생겼다. 똑같은 공포와 불안을, 나는 그날 저녁 이탈리아 대사를 중심으로 테이블에 둘러앉은 젊은 독일 여성들에게서 보았다. 육감적인 자태와 도도한 행동, 상황에 개의치 않는 무심함 같은 것에 가려지긴 했지만 뚜렷이 느낄 수 있었다. 그들이 입은 드레스는 파리와 로마, 스톡홀름과 마드리드에서 외교 행낭 편에 몰래 들여온 것이었다. 그들이 쓰는 향수와 분, 장갑과 신발과 속옷도 마찬가지였다. 그들이 그 우아함을 특권적으로 누리는 것에 대해 특별한 자부심을 가지고 있는 것은 아니었다. 그들은 제대로 교육을 받았고 자신들에게 주어진 그 사소한 것들을 당연한 것으로 여겼다. 그렇지만 그 우아함은 그들 애국심의 일부이기도 했다. 애국심의 일부…… 그들은 독일민족이 겪고 있는 고통과 결핍과 상실을, 전쟁으로 인한 모든 공포를 자랑스럽게 생각했다. 그들은 이런저런 특권을 누리는 만큼, 그런 것을 민족과 함께해야 할 당연한 권리라고 여겼다. 그런 것이 바로 그들의 애국심이었다. 공포와 불안과, 독일민족이 겪는 온갖 시련들을 주저 없이 당당하게 마주 대하는 것이 바로 애국심이었다.

대사관저의 따뜻한 홀에는 카펫이 두껍게 깔리고 꿀 같은 색조의 차가운 달빛과 분홍빛 촛불이 훤했다. 그 분위기에서 젊은 여자들이 말하고 손짓하고 미소 짓는 것을 보니 행복했던, 쾌락을 좇던 부도덕한 세계가 떠올랐다. 그 시절에 대한 아쉬움과 함께 회한 같은 것이 밀려왔다. 감각과 허영에 빠져 허우적거리던 비굴한 세계가 죽은 장미 냄새와 은제 식기, 골동품 도자기의 허연 번쩍임 덕분에 고기 썩는 끔찍한 냄새와 함께 되살아난 느낌이었다. (로마 주재 독일 대사관 직원의 부인인 베로니카 폰 클렘은 베를린으로 돌아온 지 며칠 안 되어 그런지 엑셀시오르 호텔바나 이사벨레 콜로나 후작부인의 대저택 만찬에서, 또는 아쿠아산타 골프클럽 같은 데서 주워들은 최신 소문을 열심히 떠벌렸다. 대개 갈레아초 치아노 백작과 그의 정치·사교적 처신에 관한 내용이었다.) 베로니카가 최근 로마의 스캔들을 소개하는 방식이나 그런 얘기에 대해 젊은 독일 여자들(아가타 라티보르 후작부인, 마리아 테레자, 알리체, W 백작부인, B 남작부인, T 후작부인 등)이 이러쿵저러쿵 떠드는 태도에서는 어떤 경멸 같은 게 느껴졌다. 이탈리아, 미국, 스웨덴, 헝가리에서 온 다른 숙녀들(버지니아 카사르디, 안네 마리 비스마르크 후작부인, 에델스탐 남작부인, 테오돌리 후작부인, 안젤라 란차, 주세피나 폰 슈툼 남작부인 등등) 역시 공감을 표하는 척하면서도 말투에 악의와 조소가 섞여 있었다. 양쪽 모두 말 속에 악감정과 가시가 들어 있었다.

"요즘엔 필리포 안푸조(1901~63) 외무차관을 두고 말들이 많아요." 아가타 라티보르가 말했다. "예쁜 D 백작부인이 갈레아초 치아노 백작 품에서 안푸조의 품으로 자리를 옮긴 모양이에요."

"그게 바로……" 테오돌리 후작부인이 말했다. "지금으로서는 안푸조가 치아노의 총애를 한몸에 받고 있단 증거지요."

"블라스코 다예타(1907~69)에 대해서도 똑같은 얘기를 할 수 있을까요?" 베로니카가 물었다. "그 사람은 치아노한테 조르지나를 물려받았고, 그 때문에 눈 밖에 났다는 소문이 돌았거든요."

"블라스코는 눈 밖에 나는 일은 절대 없을 거예요." 아가타의 주장이다. "아버지가 시종장이니까 국왕을 잘 구워삶을 거고, 상관인 갈레아초 치아노는 무솔리니의 사위니까 총통을 잘 구워삶을 거고, 부인은 독실한 가톨릭 신자니까 교황 성하를 잘 구워삶을 거예요. 블라스코가 조르지나 같은 여자를 늘 끼고 있는 게 오히려 갈레아초로부터 자신을 보호하는 거지요."

"로마의 정치는……" 다시 베로니카가 말했다. "플레이보이 네댓 명 손에 놀아나는 거예요. 로마에서 제일 멍텅구리 같은 여자 서른 명을 가지고 서로 줬다 뺏었다 하는 거라니까요."

"그 서른이 마흔 명이 넘어가면……" T 후작부인이 말했다. "이탈리아에는 혁명이 일어날 겁니다."

"네댓 명의 미남자가 마흔 명이 넘어도 마찬가지 아니겠어요?" 안네마리 비스마르크가 끼어들었다.

"아, 그건 좀 다르죠." 되른베르크가 말했다. "늙은 정부(情婦) 서른 명보다는 정치인들을 제거하는 게 훨씬 쉽지요."

"정치적인 견지에서 보면……" 아가타가 또 한마디했다. "로마는 갸르소니에르,* 불륜의 보금자리 같은 곳이죠."

"왜 그렇게 불만이 많으세요, 부인?" 버지니아 카사르디가 미국식 억양으로 물었다. "로마는 신성한 도시, 하느님이 잠시 머물 곳으로 선택한 도시잖아요."

"지금 그 치아노 백작 얘기 참 재밌네요." 베로니카가 다시 나섰다. "이 말을 또 해야 할지 모르겠는데, 바티칸에서 나온 얘기예요."

"또 해보시죠." 내가 말했다. "바티칸에도 뒷문은 있는 법이니까요."

"'치아노 백작은 여자 밝히느라 정신이 없다'고 바티칸에서는 말들이 많더군요. 그런데 본인은 '정치에 열중하고 있다'고 생각한다는 거예요."

"폰 리벤트로프(1893~1946)가 내게 그런 말을 했어요." 아가타가 말했다. "밀라노에서 만나 '강철조약'▲을 맺는데, 치아노 백작이 자기를 보는 표정이 매우 불편했다는 거예요."

"그 말은 마치……" 내가 말했다. "폰 리벤트로프 장관이 치아노의 정부였다는 식으로 들리네요."

"지금은 필리포 안푸조의 품으로 넘어갔답니다." 아가타의 대꾸다.

베로니카는 에다 치아노 백작부인을 정말 좋아한다며 최근에 그녀가 남편과 이혼하고 피렌체의 젊은 귀족 에밀리오 푸치(1914~92) 후작과 결혼할 생각이라는 말을 하곤 했다고 소개했다.

"에다 치아노 백작부인도 그 서른 명의 여자들 가운데 하나인가요?" 그렇게 T 후작부인이 물었다.

"에다는, 정치적으로는, 그 서른 명 가운데 성공과는 가장 거리가 먼 케이스지요." 아가타가 말했다.

"이탈리아 국민들은 그녀를 성인처럼 떠받듭니다. 무솔리니의 딸이라는 걸 절대 잊지 않죠." 알피에리가 예의 바보 같은 목소리로 말했다.

다들 웃었다. 그리고 B 남작부인은 알피에리를 돌아보며 '제일 잘생긴 대사님이 예의도 바른 남자더라'는 얘기를 했다. 손님들은 다시 웃었고,

---

● garçonnière. 독신자용 아파트.

▲ 1939년 5월 체결된 독일·이탈리아 우호조약. 양국 외무장관인 폰 리벤트로프와 치아노가 주역이었다.

알피에리는 우아하게 절을 하며 말했다. "저는 로마에서 제일 예쁜 여자 서른 명의 대사올시다." 이 말에 손님들이 박장대소를 했다.

에다 치아노 백작부인이 젊은 푸치 후작과 결혼하고 싶다고 떠벌린 건 그저 사소한 가십거리였다. 그러나 베로니카의 말에서, 젊은 독일 여자들의 이런저런 대꾸에서, 로마에서 떠도는 가십에 오르내리길 간절히 원하는 알피에리가 무솔리니의 대사가 아니라 로마에서 제일 예쁜 여자 서른 명의 대사이고 싶다고 한 말에서, 가십이란 것이 이탈리아의 일상에서 얼마나 중요하고 국민적 관심사인지를 알 수 있다. 드러내놓고 말은 안 하지만 이탈리아 국민 전체가 어떤 생각을 하는지가 나타나 있는 것이다. 치아노 백작 부부를 둘러싼 소문은 오랫동안 떠돌았다. 젊은 외무장관 치아노가 로마 중심가 팔라초 콜로나의 아리따운 여자들에 파묻혀 지내고, 팔라초 키지(이탈리아 외무부 청사)의 미남 귀족들과 어울려 다닌다는 얘기가 파다했다. 그런 멋쟁이들 사이에 벌어지는 시기, 질투, 경쟁, 음모를 쑤군거리는 소리가 많았다. 베로니카도 그 무리에 끼어달라는 간청을 많이 받았다고 자부했고, 아가타 라티보르는 늙지만 않았어도 진작 그런 무리에 속했을 것이라 생각했다. 그러나 갈레아초 치아노는 늙은 여자는 끔찍이도 싫어했다. 로마 사교계 인사들에 관한 소문은 미주알고주알 퍼졌다. 그래서 비굴하게 서로 호의를 구하고 쾌락을 탐하며 도덕에는 무관심한 그들의 행태가 어떤지 말만 들어도 눈에 선했다. 그런 행태야말로 저 깊은 데까지 썩어버린 사회의 징표였다.

이날 대사관저에 모인 사람들은 이탈리아 전반의 부패, 전쟁을 '내가 알게 뭐야' 하는 식으로 수동적으로 대하는 이탈리아 국민과 독일인들의 '영웅적인 헌신'을 계속 비교해가며 떠들었다. 베로니카, 아가타, T 후작부인, W 백작부인, B 남작부인은 하나같이 이렇게 말하는 듯했다. '보라, 내가 얼마나 고통당하고 있는지. 보라, 전쟁의 배고픔과 시련과 고통과 잔인함이 내게 어떤 짓을 했는지. 보라, 그리고 창피한 줄 알라!' 독일에서 외국인처럼 살던 다른 젊은 여자들도 은근히 얼굴을 붉혔다. 그들은 독일의 '영웅적인 헌신'에 대한 찬사가 오가자 입가에 번지는 미소를 감출 길 없는 듯했다. 아니면 가슴 깊이 그들과 공감하고 똑같이 죄스러운 마음을 갖고 있는지도 모를 일이었다.

내 맞은편, 되른베르크 백작과 에델스탐 남작 사이에 한 숙녀가 앉아 있었다. 그리 젊지 않은 나이였는데 베로니카와 그 일당이 떠들어대는 천박하고 악의적인 얘기에 피곤한 미소만 짓고 있었다. 그녀에 대해 내가 아는 것이라곤 이탈리아 출신이며 성씨가 안티노리이고, 독일 외무부 고위 관리와 결혼을 했는데 그 남편의 이름은 독일 정치 칼럼에 가끔 오르내리는 브라운 폰 슈툼 남작이라는 정도였다. 나도 그녀의 피곤함에 공감을 하는 터라 그녀에게 눈길이 갔다. 안색은 지치고 파리했지만 언뜻언뜻 젊음이 느껴졌다. 밝은 눈은 달콤함의 베일을 쓰고 은밀한 수줍음 같은 것을 띠고 있었다. 관자놀이와 화가 난 듯한 입가에는 가는 주름이 져 있었다. 이탈리아 여자 특유의 우아함이 완전히 가시지 않은 얼굴이었다. 반쯤 올려뜬 눈꺼풀 주위에는 사랑의 눈길 같은 이탈리아 여자 특유의 달콤한 환상 같은 것이 은은히 감돌았다. 그녀는 이따금 날 바라봤다. 나는 신뢰가 담긴 눈길이 머무는 것을 느끼면서 내심 불편했다. 잠시 후 나는 그녀가 베로니카 일당의 적대적인 관심 대상이라는 걸 알게 됐다. 그들은 소박한 드레스와 매니큐어를 칠하지 않은 손톱, 다듬거나 덧칠하지 않은 눈썹, 립스틱을 바르지 않은 입술을 한 그녀를 아니꼽다는 표정으로 줄곧 바라봤다. 주세피나 폰 슈툼의 얼굴과 행동 하나하나에서 자신들과 다른 괴로움과 두려움을 발견하는 일에서 악의적인 쾌감을 느끼는 듯했다. 그녀의 슬픔은 독일인들이 느끼는 것과는 달랐고, 베로니카 일당이 노골적으로 과시하는 다른 민족의 고통에 대한 자부심 같은 것도 없었다. 나는 차츰 주세피나의 표정에서 자신과 공감해달라는, 좀 도와달라는 무언의 호소 같은 것을 읽을 수 있었다.

안개 낀 유리창들 너머로 눈에 들어오는 얼어붙은 반제 호수는 번쩍이는 거대한 대리석판 같았다. 그 위에는 스케이트며 빙상요트들이 미끄러지면서 생긴 이상한 자국들이 깊이 파여 있었다. 달빛 속에 높다란 벽처럼 솟은 시커먼 숲들은 호수를 교도소 담장처럼 에워싸고 있었다. 베로니카는 카프리 섬의 겨울햇살에 대해, 에다 치아노와 그녀의 경박한 무리들이 카프리 섬에서 보냈던 나날들에 대해 이야기하고 있었다.

"도저히 이해가 안 갑니다." 되른베르크 백작이 말했다. "치아노 백작부인이 왜 그런 무리들을 끌고 다니는지. 몬테카를로에서 그 기둥서방들을 데리고 다니는 늙은 여자들 꼬락서니라니……"

"에다는 진짜 '비에이유 팜므(쪼그랑할멈)'예요." 아가타가 말했다.

"하지만 겨우 서른인데!" T 후작부인이 소리쳤다.

"서른이면 늙은 거지. 젊었던 적이 한 번도 없었으니까." 그러면서 아가타는 에다 치아노 백작부인은 젊어 보인 적 없고 일찌감치 늙었으며, 늙은 여자 특유의 변덕과 독재적인 성깔이 여간 아니란 얘기를 덧붙였다. 살살 눈웃음치는 하인들을 데리고 다니는 다른 늙은 여자들과 마찬가지로 그녀도 주변에 알랑거리는 친구들만 두었다. 그녀를 즐겁게 하고 비위를 맞추기만 하는 간신 같은 자들이었다. "정말 애처로운 여자예요." 아가타가 결론짓듯 말했다. "에다에게 최악의 적은 바로 권태죠. 밤마다 할렘의 검둥이 여자처럼 주사위 놀이를 하며 보내죠. 일종의 보바리 부인•이라고나 할까. 보바리 부인이 무솔리니의 딸이라면 어땠을지 상상이 가세요?"

"자주 울어요. 하루종일 방 안에 틀어박혀 있기도 하고. 내내 울죠." 베로니카가 말했다.

"늘 웃어요." 아가타가 음흉한 목소리로 말했다. "밤이면 미남과 사기꾼 스파이 같은 자들을 데리고 술을 마시곤 하지요."

"혼자 마시는 건 더 나쁩니다." 되른베르크 백작이 말했다. 그러면서

• 플로베르가 1857년 펴낸 장편소설 제목이자 주인공.

이런 얘기를 해줬다. 터키 아드리아노플에서 불행한 영국 영사를 만났는데 그는 권태 때문에 죽을 지경이었다. 그래서 혼자 술을 마시지 않기 위해 저녁내 고적한 자기 방에서 거울 앞에 앉아 몇 시간이고 말없이 술을 마셨다고 한다. 그러다가 거울 속에 들어앉은 사람이 결국 웃음을 터뜨리면 자리에서 일어나 침대로 갔다는 얘기였다.

"에다라면 오 분도 안 돼서 거울에다 술잔을 집어던졌을 거예요." 아가타가 말했다.

"에다는 폐가 약해 오래 못 살리란 걸 잘 알고 있죠." 베로니카가 말했다. "그녀의 괴팍함이나 변덕, 고집 같은 것은 병의 결과예요. 어떤 때는 가엾다는 생각이 들어요."

"이탈리아 사람들은 가엾게 생각하지 않을 거예요." 아가타가 말했다. "이탈리아인들은 그녀를 미워하죠. 어떻게 그런 여자한테 연민을 느끼겠어요?"

"이탈리아 사람들은 자기들이 모시는 사람은 누구나 증오하지요." 경멸하는 말투로 W 백작부인이 말했다.

"그건 하인의 증오 같은 정도지요." 아가타가 말했다. "그녀에 대해서는 아예 혐오하는 거예요!"

"카프리 사람들은……" 알피에리가 나섰다. "그녀를 좋아하진 않지만 존경하고 그녀의 모든 괴팍함을 너그럽게 봐줍니다. 이런 식이죠. '불쌍한 백작부인, 광인의 딸이 된 건 그녀 잘못이 아니지.' 카프리 사람들은 역사를 좀 이상한 방식으로 봅니다. 작년에 아팠을 때 몇 주 요양을 하러 카프리에 갔었어요. 피콜라 마리나 해변에서 만난 어부들이 내가 비쩍 마르고 창백한 얼굴로 지나가는 것을 보고 그러더군요. '너무 상심하지 마세요, 선생님. 히틀러가 전쟁에서 진들 무슨 대수겠습니까? 그저 건강이나 챙기세요.' 그들은 내가 베를린 주재 대사라는 이유로 나를 독일 사람처럼 생각한 거예요."

"하하하!" 되른베르크 백작이 웃었다. "'건강이나 챙기세요!' 그거 나쁘지 않은 자세군요."

"에다가 아버지를 미워한다 하던데……" T 후작부인이 말했다.

"사실 나도 그녀가 아버지를 혐오한다 생각해요." 베로니카가 거들고 나섰다.

"그럼 갈레아초는 어떤가요?" B 남작부인이 물었다. "에다는 남편을 경멸한다던데."

"경멸하겠죠. 하지만 아주 좋아하기도 해요." 베로니카가 말했다.

"어쨌든 남편한테는 매우 충실하지요." T 후작부인이 말했다. 비아냥거리는 품이 역력했다.

다들 웃었다. 그러자 '가장 잘생긴 대사이자 여자한테 더할 나위 없이 잘해주는' 알피에리가 말을 꺼냈다. "아! 부인이 맨 먼저 돌을 던지시는군요?"

"저는 열여덟 살 때 처음 돌을 던졌어요." T 후작부인이 응수했다.

"에다가 교육을 더 잘 받았다면……" 아가타가 말했다. "완전한 허무주의자가 됐을 거예요."

"그녀의 허무주의가 어떤 형태인지 모르겠군요." 내가 말했다. "하지만 그녀는 분명 무지막지한 데가 있어요. 적어도 이사벨레 콜로나 후작부인이 믿는 그런 형태겠지요. 어느 날 저녁 로마의 대저택에서 저녁을 먹는데 피에몬테 왕자비 얘기가 나왔어요. 치아노 백작부인이 그러더군요. '무솔리니 왕조는 사보이 왕가 같아요. 오래가지 못할 거예요. 나도 피에몬테 왕자비처럼 끝날 거예요.' 다들 깜짝 놀랐습니다. 피에몬테 왕자비가 그 자리에 앉아 있었거든요. 한번은 이사벨레 콜로나 후작부인의 대저택에서 무도회가 열렸는데 치아노 백작부인이 다가온 이사벨레에게 '우리 아버지가 언제 이것들을 다 쓸어버릴 결심을 하실지 궁금하네요' 라고 했어요. 어떤 날에는 우리가 자살 이야기를 하고 있는데 그녀가 갑자기 내게 '우리 아버지는 절대로 자살할 배짱이 없을 거예요'라고 하더군요. 나는 '총으로 자살하는 방법을 보여주시죠'라고 대답했어요. 다음

날 아침 경감 하나가 우리 집에 와서 치아노 백작부인 이름을 대며 앞으로는 만나지 말라고 하더군요."

"그래서 다시는 못 봤나요?" T 후작부인이 물었다.

"아니요, 딱 한 번, 얼마 후 잠깐 만났습니다. 우리 집 뒤편 숲을 지나 마트로마니아로 천천히 걸어가는 길에 에다를 만났습니다. 나는 그녀에게 날 볼 생각이 없다면 이쪽 숲에는 발을 들여놓지 말라고 했습니다. 그녀는 이상한 표정으로 나를 보더니 얘기를 나누고 싶었다고 하더군요. '나한테 무슨 할말이 있나요?'라고 내가 물었지요. 풀이 죽은 표정이더군요. '아니요! 내가 원한다면 당신 인생을 망쳐놓을 수도 있다는 말을 하고 싶었어요.' 그녀는 한 손을 내밀며 '우리 친구로 지내요. 괜찮죠?' 하더군요. 나는 '우리는 친구인 적 없습니다'라고 말했지요. 그랬더니 말없이 자리를 떴습니다. 그녀는 길 끝에서 나를 돌아보더니 미소를 지었습니다. 당황스럽더군요. 그날 이후로 그녀가 참 안됐다는 생각이 듭니다. 또하나 나는 그녀에게 미신과 같은 존경심을 느껴요. 그녀는 일종의 스타브로긴•입니다."

"스타브로긴이라 하셨나요?" T 남작부인이 물었다. "왜 그녀가 스타브로긴이라고 생각하세요?"

"죽음을 사랑하니까." 내가 대답했다. "그녀 얼굴은 특이합니다. 어느 날은 죽음의 가면 같고 또 어느 날은 자살의 가면 같거든요. 언제 그녀가 누구를 죽였다거나 자살했다는 얘기를 들어도 전 놀라지 않을 겁니다."

"네, 그녀는 죽음을 사랑해요." 되른베르크 백작이 말했다. "카프리 섬에 있을 때 그녀는 종종 밤에 혼자 밖에 나가곤 했어요. 바다 위로 깎아지른 절벽을 열심히 올라갔어요. 벼랑 끝에 서 있기도 하고요. 어느 날 농부들이 그녀가 살토 디 티베리오 절벽에 앉아 허공에 다리를 흔들고 있는 것을 봤어요. 그녀는 밀리아라 바위 위에서 몸을 숙이고 아래를 내

• 1871년 도스토옙스키가 발표한 『악령』에 나오는 주인공으로 '악마적 초인'의 전형.

려다보고 있었습니다. 사백오십 미터 낭떠러지 아래가 시퍼런 바다인데 마치 발코니에 나와 있는 것 같았어요. 어느 폭풍우가 치는 밤에 내 눈으로 직접 본 적도 있습니다. 체르토사 수도원 지붕 위를 걸어 다니더라고요. 마법에 걸린 고양이처럼 이 지붕에서 저 지붕으로 풀쩍풀쩍 뛰더군요. 네, 그녀는 죽음을 사랑해요."

"살인을 하거나 자살을 하려면 죽음을 사랑하는 것으로 충분한가요?" W 백작부인이 물었다.

"충분합니다." 내가 대답했다. "그게 스타브로긴의 은밀한 도덕성이고 그의 끔찍한 고백의 오묘한 의미지요. 무솔리니는 딸이 스타브로긴과 같은 계열이라는 걸 알고 있습니다. 딸을 두려워하죠. 그래서 감시를 붙였어요. 그는 딸의 일거수일투족, 딸이 하는 모든 말, 딸의 모든 생각과 나쁜 품행에 대해 완전히 꿰고 싶어합니다. 심지어 경찰 쪽 인물을 그녀의 품에 안겨주기까지 했어요. 다른 사람의 눈을 통해서라도 딸이 비뚜로 나가는 걸 감시하고 싶었던 거지요. 무솔리니는 딸한테서 스타브로긴의 고백을 끌어내고 싶어합니다. 그의 유일한 적, 실질적인 라이벌은 딸입니다. 그녀는 그의 은밀한 양심이죠. 무솔리니가의 검은 피가 아버지 혈관에만 흐르는 건 아니죠. 에다의 혈관에도 흐릅니다. 만일 무솔리니가 합법적인 군주이고 에다가 왕세자라면 무솔리니는 아마 왕위를 수호하기 위해 딸을 제거했을 겁니다. 무솔리니는 딸의 방탕한 생활을 진심으로 즐기고 있습니다. 그녀를 위협하는 병도 마찬가지고요. 그래서 평화롭게 통치할 수 있는 겁니다. 하지만 평화롭게 잠을 잘까요? 에다는 무자비합니다. 밤마다 그의 꿈에 나타나지요. 언젠가 아버지와 딸 사이에 유혈극이 벌어질 겁니다."

"정말 흥미진진한 얘기네요." T 후작부인이 말했다. "오이디푸스 이야기 아닌가요?"

"네, 그럴 수도 있지요. 오이디푸스의 그림자가 스타브로긴에게서도 발견된다는 의미에서 말이죠."

“선생 말이 맞는 것 같군요.” 되른베르크 백작이 말했다. “죽음을 사랑하는 것으로 충분합니다. 카프리 섬 아나카프리에 있는 독일군 야전병원 군의관 키퍼 대위가 하루는 퀴지사나 호텔로 불려갔습니다. 에다 치아노 백작부인을 진료하려고요. 그녀는 당시 극심한 만성편두통에 시달리고 있었어요. 에다를 가까이서 관찰할 기회였지요. 키퍼 대위는 진찰을 잘하는 유능한 의사입니다. 그는 에다의 병이 불가사의하다는 것을 알았습니다. 백작부인의 방을 나와 매우 당혹스러워했지요. 나중에 그러더군요. 관자놀이에 변색된 점 같은 것이 있는데 권총에 맞은 상처 비슷하다고요. 그러면서 말하기를, 후일 그녀가 권총으로 관자놀이를 쏘아 생기는 상처일 게 분명하다고 했습니다.”

“또 흥미진진한 얘기네요!” T 후작부인이 큰소리로 말했다. “정말이지 그 여자한테 매료되기 시작하네요. 정말 그녀가 나이 서른에 권총자살을 할 거라고 믿으세요?”

“걱정하지 마세요. 그녀는 일흔이 돼서야 자살할 겁니다.” 주세피나 폰 슈톰이 갑자기 말을 했다.

우리는 놀라 그녀를 돌아봤다. 다들 웃었다. 나는 말없이 그녀를 바라봤다. 그녀는 창백한 얼굴로 미소 짓고 있었다. “그녀는 나비 종류가 아니에요.” 주세피나 폰 슈톰이 경멸조로 말했다.

그녀의 말에 불편한 침묵이 뒤따랐다.

“마지막으로 이탈리아를 떠날 때……” 줄곧 말이 없던 버지니아 카사르디도 미국식 억양으로 한마디했다. “이탈리아 나비를 한 마리 가져왔어요.”

“나비요? 그게 무슨 뚱딴지같은!” 아가타 라티보르가 큰 소리로 떠들었다. 화가 나고 기분이 상한 표정이었다.

“아피아 가도에서 만난 로마 나비예요.” 버지니아는 우리에게 어느 날 저녁 체칠리아 메텔라의 고대 분묘 근처에 있는 이상한 이름을 가진 여관에서 친구들과 저녁을 먹고 있는데 그 나비가 머리에 내려앉은 얘기를 해주었다.

“이상한 여관 이름이란 게 뭔가요?” 되른베르크가 물었다.

“‘여기서는 아무도 죽지 않는다’였어요.” 버지니아가 대답했다.

주세피나 폰 슈툼이 웃으며 나를 쳐다보더니 부드러운 목소리로 “맙소사!” 하면서 손으로 입을 가렸다.

“로마 나비는 여느 나비와는 달라요.” 버지니아가 말했다. 그녀는 비행기를 타고 베를린으로 올 때 보드지 상자에 나비를 넣어왔다. 나중에 침실에 나비를 풀어놓자 나비는 잠시 방 안을 훨훨 날아다니더니 거울에 앉아 며칠을 꼼짝 않고 있었다. 그저 이따금씩 가녀린 하늘색 더듬이를 움직일 따름이었다. “나비는 거울 속에 비친 제 모습을 들여다봤어요.” 버지니아는 며칠이 지난 어느 날 아침, 거울 위에 죽어 있는 나비를 발견했다고 한다.

“거울에 빠져죽은 거네요.” 테오돌리 후작부인이 말했다. “나르시스 얘기랑 똑같네.”

“그 나비가 거울에 빠져죽었다고 생각하세요?” 베로니카가 물었다.

“나비는 죽음을 사랑하지요.” 주세피나 폰 슈툼이 부드러운 목소리로 말했다.

다들 웃었다. 나는 그 바보 같은 웃음에 기분이 상해 주세피나를 쳐다봤다.

“거울에 비친 상이, 거울에서 쳐다보는 자신의 상이 나비를 죽였네요.” 에모 백작부인이 말했다.

“저는 거울에 비친 상이 먼저 죽었다고 생각해요.” 버지니아가 말했다. “일은 늘 그런 식이죠.”

“그 상은 거울 속에 남아 있었어요.” 에델스탐 남작부인이 말했다. “그 나비는 죽은 게 아니에요. 날아간 거죠.”

“나비, 파피용. 그거 좋은 말이네, 파피용.” 알피에리가 예의 바보 같고 경박한 목소리로 말했다. “그런데 프랑스어로 파피용은 남성명사인

데, 이탈리아어로 파르팔라는 여성명사라는 거 아세요? 우리 이탈리아에서는 숙녀들에게 대단히 친절하죠."

"나비들한테 그렇단 말씀이죠?" T 후작부인이 말했다.

"독일어에서도 '나비'는 남성명사입니다. 데어 슈메털링. 우리 독일에서는 남성명사를 높이 쳐주는 경향이 있습니다."

"데어 크리크." 테오돌리 후작부인이 말했다. "전쟁."

"죽음도 그리스어로는 남성명사예요. 죽음의 신 타나토스 말입니다." 되른베르크가 말했다.

"독일어에서 '태양'은 여성명사입니다. 디 존네." 내가 말했다. "독일민족의 역사는 태양을 여성으로 보는 민족의 역사라는 걸 염두에 두지 않으면 제대로 이해할 수가 없습니다."

"맞는 말씀 같군요." 되른베르크가 말했다.

"말라파르테 선생 말이 뭐가 맞는다는 거죠?" 안젤라가 비아냥거리는 어조로 물었다. "독일어에서 '달'이란 단어는 남성이에요, 데어 몬트. 그것도 중요하죠. 독일민족의 역사를 이해하고 싶다면 말이에요."

"물론입니다." 되른베르크가 대꾸했다. "매우 중요하죠!"

"독일의 모든 신비롭고 병적인 특성은 태양이 여성이라고 하는 데서 비롯되는 것이죠. 디 존네." 내가 말했다.

"네, 우리는 불행히도 대단히 여성적인 민족입니다." 되른베르크가 대꾸했다.

"나비 얘기가 나왔으니 말인데……" 알피에리가 나를 돌아보며 말했다. "선생은 책에서 히틀러가 나비라고 쓰지 않았소?"

"아니요, 히틀러는 여자라고 했죠."

자리에 모인 사람들 모두 서로 쳐다봤다. 약간 당황하고 놀란 표정들이었다.

"사실, 히틀러를 나비에 비교하는 건 내가 봐도 말이 안 돼요." 알피에리 대사가 말했다.

다들 웃었다. 버지니아가 말했다. "히틀러를 '마인 캄프'• 책갈피에 끼워 나비 표본처럼 말린다는 생각은 해본 적이 없어요. 그렇다면 정말 이상한 발상이지요."

"여고생들이나 할 법한 발상이지요." 되른베르크가 미소 띤 얼굴로 말했다. 파우누스 같은 짧은 턱수염이 눈길을 끌었다.

날이 어두워졌다. 알피에리 대사는 얼어붙은 반제 호수가 달빛 아래 반짝이는 광경을 놓치지 않을 요량으로 커튼을 쳐 창문을 가리는 대신 촛불을 다 끄게 했다. 음산한 달빛이 멀리 들리는 음악처럼 차츰 방 안으로 들어와 유리잔과 도자기, 은제 식기로 번져갔다. 우리는 은빛 어스름 속에서 긴장한 표정으로 침묵했다. 으스름한 달빛 속에 웨이터들이 조용히 테이블 사이를 오갔다. 프루스트의 작품에 나오는, "거의 응고된 바다가, 푸르스름한 우유 색깔이" 반사된 빛이었다. 밤 날씨는 맑고 바람 한 점 없었다. 창백한 하늘을 배경으로 나무들이 미동도 않고 서 있었다. 눈은 푸르스름한 하얀 빛깔로 반짝였다.

우리는 오래 자리에 앉아 호수를 응시했다. 그 침묵 속에는 앞서 젊은 독일 여자들의 웃음과 목소리에서 감지했던 것과 똑같은, 당당하면서도 뭔가 두려워하는 불안과 고뇌 같은 것이 서려 있었다. "참 아름답네." 베로니카가 벌떡 일어나 소리쳤다. "하지만 이렇게 칙칙한 분위기는 싫어요." 우리는 모두 그녀를 따라 응접실로 들어갔다. 빛이 충만한 응접실에서 유쾌한 대화가 밤이 깊도록 계속됐다. 주세피나는 말없이 내 옆으로 다가와 앉았다. 어느 순간 그녀가 내게 무슨 할말이 있다는 느낌이 들었지만 그녀는 날 바라보다 그냥 자리에서 일어나 응접실을 나가버렸다. 그날 밤 그녀를 다시 보지 못했다. 차를 타고 집에 간 모양이었다. 차바퀴가 눈 위에서 뽀드득 뽀드득 하는 소리가 들렸고, 웅 하는 엔진 소리가 차츰 멀어졌다. 새벽 두시에 우리는 알피에리의 관저를 나섰다. 나는 베

• 1927년에 완간된 히틀러 자서전 『나의 투쟁*Mein Kampf*』의 원제.

로니카, 아가타와 함께 차를 타고 베를린으로 돌아갔다. 가는 길에 베로니카에게 주세피나 폰 슈툼을 잘 아느냐고 물었다.

"이탈리아 사람이지요." 베로니카의 답변이었다.

"정신이 좀 이상한 것 같아요." 아가타가 약간 새된 어조로 덧붙였다.

지하철을 타고 가는 길이었다. 누렇고 창백한 얼굴에 땀을 흘리는 지저분한 사람들이 가득했다. 그런데 주세피나 폰 슈툼이 앞에 앉아 있는 게 눈에 들어왔다. 큰 가방을 무릎에 올려놓고 있었다. 그녀는 상기된 얼굴로 웃으며 "안녕하세요?" 하고 말했다. 그녀의 옷은 수수하다 못해 빈티가 난다고 할 정도였다. 장갑도 끼지 않은 맨손은 추위에 트고 독한 표백제 탓에 벌겋게 갈라진 데가 많았다. 그녀는 풀이 죽고 지친 표정이었다. 창백하고 피곤해 보였다. 눈 주위에는 붉은 테두리 같은 게 생겼고 입술은 푸르뎅뎅했다. 그녀는 서둘러 집으로 돌아가는 길이었다. 너무 늦었다. 집에서 저희들끼리 엄마를 기다리고 있을 두 아이 생각에 걱정인 모양이다. 그녀는 "살기 힘드네요"라고 했다. 얼굴에는 미소가 흘렀지만 목소리는 떨렸다. 그녀는 이따금 얼굴을 붉혔다. 그녀는 내게 이탈리아 소식을 물었다. 그녀는 이탈리아로 돌아가고 싶어했다. 다만 며칠이라도, 로마나 움브리아의 어머니 집으로, 가고 싶어했다. 그녀는 휴식이 간절했지만 갈 수 없었다. 독일 여성으로서 지켜야 할 의무 때문이었다. 그녀는 ('독일 여성'이기 때문에) 독일에 남아, 전쟁에서 해야 할 몫을 해야 한다고 하면서 얼굴을 붉혔다. 나는 그녀에게 말했다.

"여기서 이탈리아인으로 지내는 게 좋지 않나요?" 그녀의 얼굴에 짙은 슬픔이 깔렸다. 마치 달콤한 이탈리아의 풍경에 밤이 내려앉는 듯했다. 그녀가 대답했다. "지금 저는 더이상 이탈리아 사람이 아니에요, 말라파르테 선생님. 저는 독일 여자예요." 그녀의 표정에 초라하면서 질망적인 기색 같은 것이 비쳤다. 내가 들은 바로는 그녀의 남편은 아들이 셋이라고 했다. 브라운 폰 슈툼 남작은 일찍이 상처를 했는데 첫번째 아내와 사이에 아들 삼형제를 두었다. 그런데 하나는 러시아에서 전사했고, 둘째는 심한 불구가 됐으며, 셋째는 부상을 입고 베를린의 한 병원에 누워 있었다. (주세피나가 슈툼 남작과 사이에 낳은 세 아이 가운데 열 살인 둘째는 몇 달 전 티롤에 있는 한 호텔 수영장에서 익사했다.) 비극이었다. 주세피나는 집안을 돌봐야 했다. 청소하고 빨래하고 상을 차리고, 가게 앞에서 줄을 서고, 딸을 학교에 데려다주고, 젖먹이를 보살펴야 했다. "우유가 떨어졌어요. 정말 기진맥진이네요, 말라파르테 선생님." 그녀가 얼굴을 붉히며 말했다. 그녀는 전시 독일의 어둡고 외로운 여성들의 세계로 떨어졌다. 그 우울한 세계에는 고뇌만 가득할 뿐 우아함과 희망 같은 것은 없었다.

(슈툼 공사는 아내가 전쟁이 모든 독일 여성들에게 강요한 결핍과 고통과 박탈을 함께하고 있다는 사실에 자부심을 갖고 있었다. 그는 주세피나가 외교관이나 제3제국 외무부 고위 관리의 아내들에게 허용된 특권을 누리는 것을 원치 않았다. "나는 내 아내가 모범이 되고, 공통의 운명을 공유해주기를 원해." 아내의 고통과 궁핍과 노고와 말 못할 좌절감 같은 것이야말로 충성스럽고 성실한 프로이센 정통 관료의 자랑이었다. 그는 주세피나가 여느 독일 여성처럼 일을 하고 고생을 한다는 사실을 자랑스러워했다. 슈툼 공사는 아내가 가게 앞에서 줄을 서고, 매달 정해진 배급량의 석탄을 담은 부대를 들고 집에 오고, 마루를 닦고, 상을 차리는 것을 자랑스러워했다. 그는 외무부 구내식당에서 식사를 해결했다. 진수성찬이 넘치는 연회에 참석하는 경우를 빼고는. 1942년 외국인 클럽 주방장은 베를린 일대에서 명성이 자자했다. 클럽 지하실 식료품 창고도 당연히 명성이 자자했다. 그는 백포도주보다 적포도주를 좋아했다. 샤토네프 뒤 파프 같은 것은 그 어떤 브랜드의 모젤 와인이나 라인 와인보다 좋아했다. 그가 가장 좋아하는 브랜디는 쿠르부아지에였지만 겨울에는 헤네시를 더 좋아했다. "코냑 제조업자 헤네시 선생을 1936년 파리에서 만났다"고 했을 정도다. 그는 저녁 늦게 고급 관용차를 타고 집에

돌아와 창백하고 피곤에 전, 겁먹고 힘겨워하는 아내의 얼굴을 보면서 자랑스러워했다. 슈툼 공사는 제3제국의 정직하고 충실한 관료였다. 의무에 충실하고, 무엇보다 조국 독일과 제3제국에 헌신하는 프로이센 스타일의 관료였다. "야, 야! 하일 히틀러!")

잠시 후 그녀는 내게 "전 여기서 내려요, 안녕히 가세요"라고 했다. 내가 내릴 역은 아니었다. 나는 카이저호프 역까지 가야 했다. 하지만 자리에서 일어나 무거운 가방을 들고 "외람되지만 제가 댁까지 바래다드리겠습니다"라고 했다. 우리는 계단을 올라 지하철역을 빠져나왔다. 길거리는 벌써 컴컴했다. 눈은 진창이 됐지만 그래도 걸을 때마다 빠드득 빠드득 소리가 났다. 우리는 엘리베이터를 타고 삼층으로 올라갔다. 그녀의 집 문 앞에서 주세피나가 "들어왔다 가실래요?" 하고 말했다. 하지만 나는 그녀가 어린 딸내미를 위해 저녁을 해줘야 하고 젖먹이에게 젖을 물려야 하며, 집 안을 정돈해야 한다는 것을 알고 있었다. 그래서 이렇게 답했다. "감사하지만 가봐야겠습니다. 중요한 약속이 있어서요. 허락하신다면 다음 기회에 와서 대화나 나누시죠……" 나는 '다음엔 이탈리아 얘기를 하시죠'라고 말할 뻔했다. 그러나 그녀가 너무 안쓰러워 보였다. 그녀에게 이탈리아 얘기를 한다는 것은 너무 잔인할 것 같았다. 게다가 이탈리아가 정말 살아 있는지 누가 안단 말인가? 어쩌면 이탈리아는 동화나라 이야기, 꿈나라 이야기가 됐을지도 모른다. 이탈리아가 아직 살아 있는지 누가 안단 말인가? 누가 안단 말인가? 우울하고 잔인하고 오만하면서도 절망에 빠진 독일 외에는 더이상 아무것도 존재하지 않았다. 더이상 아무것도 존재하지 않았다. 그래도 이탈리아야! 나는 계단을 내려가며 웃었다. 그 순간 이탈리아가 존재하고 있을지 더는 확신이 안 갔다. 나는 웃으며 계단을 내려갔고, 길거리에 나섰을 때 큰소리로 외쳤다. "아, 이탈리아!"

몇 달 후 핀란드에서 돌아오는 길에 나는 베를린에서 이틀을 머물렀다. 늘 그렇듯이 경유비자밖에 없었다. 늘 그렇듯이 독일에서 이틀 이상

머무는 것은 허용되지 않았다. 저녁에 반제의 이탈리아 대사관저에서 알피에리가 만찬이 끝날 무렵 내게 예의 바보 같은 목소리로 주세피나 폰슈툼이 창문에서 뛰어내렸다는 얘기를 해줬다. 나는 충격을 받지도 않았고 슬프지도 않았다. 그 사건은 내게 오래된 슬픔이었다. 나는 주세피나가 생을 마감할 것이라는 걸 오래전부터 알고 있었다. 그날 밤, 웃으면서 계단을 내려가 진창이 된 눈밭에 침을 뱉으며 "아, 이탈리아!" 하고 크게 소리친 이후부터 알고 있었다.

15장

소로카의 아가씨들

"아, 여자로 사는 건 정말 어려워요." 루이제가 말했다.

"브라운 폰 슈툼 남작은 부인 자살 소식을 듣고……" 일제가 말했다. "눈 하나 깜짝하지 않았어요. 얼굴이 약간 붉어졌을 뿐. 그는 '히틀러 만세!'라고 했어요."

그날 아침 남작은 평소와 다름없이 외무부에서 일일 외신 기자회견을 주재하고 있었다. 아주 침착한 모습이었다. 주세피나의 장례식에 참석한 독일 여자는 아무도 없었다. 슈툼 공사 동료의 부인들도 가지 않았다. 영구차는 베를린에 사는 이탈리아 여성 몇 사람, 독일군 토트 토목건설단 소속 이탈리아인 노동자, 이탈리아대사관 직원 몇 명만이 따랐다. 주세피나는 독일 여성들의 동정을 받을 가치가 없었다. 독일 외교관 부인들은 독일민족이 겪는 시련과 고통과 궁핍에 자부심을 갖고 있다. 독일 외교관의 독일인 부인들은 창문에서 뛰어내리지 않는다. 자살하지 않는다. 히틀러 만세! 슈툼 공사는 히틀러의 외교관 부하들이 입는 제복을 입고 관을 뒤따랐다. 이따금 그는 의심스러운 눈빛으로 주위를 둘러봤고, 얼굴이 붉어지기도 했다. 그는 아내가 (어쩌랴, 아내는 이탈리아인인 것을) 독일민족에게 주어진 고난을 함께 극복할 용기가 없었다는 것이 수치스러웠다.

"가끔 난 여자라는 게 수치스러워요." 루이제가 나직이 말했다.

"왜요, 루이제? 소로카 아가씨들 얘기를 해드리지요." 내가 말했다. "루마니아 드니에스테르 강변의 소로카 말입니다."

그 아가씨들은 불쌍한 유대인이었다. 독일군의 마수를 피하려고 들로 숲으로 도망친 여자들이었다. 발치에서 소로카에 이르는 베사라비아의 들과 숲에는 독일군을 피해, 독일군의 마수를 피해 숨은 유대인 아가씨들이 많았다.

그들은 독일군의 얼굴이나 험악한 목소리, 파란 눈, 큼직한 발을 두려워한 것이 아니라 그들의 손을 두려워했다. 그들은 독일군의 금발머리나 경기관총을 두려워한 것이 아니라 그들의 손을 두려워했다. 독일군 병사 대열이 길 끝에 나타나면 밀밭이나 아카시아와 자작나무 숲에 숨어 있던 유대인 아가씨들은 공포에 떨었다. 그중 하나가 울면서 비명을 지르면 동료 아가씨들이 입을 손으로 틀어막거나 밀짚을 쑤셔넣었다. 그럴수록 겁에 질린 아가씨는 몸부림치며 울부짖으려 했다. 독일군의 손이 두려웠던 것이다. 그녀는 벌써부터 억세면서도 매끈한 독일군의 손이 옷 속을 파고드는 것을 느꼈다. 강철 같은 그들의 손가락이 보드라운 속살을 헤집고 들어오는 것을 느꼈다. 유대인 아가씨들은 여러 날을 들판 밀밭에 숨어 지냈다. 높다란 금빛 이삭 아래 고랑 사이에 누워 밤을 보냈다. 금빛 찬란한 나무들이 우거진 따스한 숲속에서 곤히 자는 것처럼. 그들은 행여 금빛 이삭을 건드릴세라 살금살금 움직였다. 독일군은 바람 한 점 없는 허공에서 이삭들이 움직이는 것을 보면 "아흐퉁!—조심해! 파르티잔이닷!" 하고 소리치며 밀밭을 향해 일제사격을 퍼부었다.

그들은 열여덟에서 스무 살가량 되는 유대인 아가씨들이었다. 유대인

중에서도 제일 어리고 아리따운 처녀들이었다. 베사라비아의 게토에 있는 다른 유대인 여자들은 못생기고 불구인 경우가 많았다. 그 여자들은 집 안에 틀어박혀 커튼 새로 독일군이 지나가는 것을 빠끔히 내다보면서 공포에 떨었다. 그 모든 불쌍한 여자들을 떨게 만든 것은 공포심만이 아니었다. 뭔가 다른 것이 있었다. 그 여자들은 꼽추에 절름발이, 괴혈병으로 몸이 헐거나 곰보이거나 습진으로 머리가 다 빠진 경우도 있었다. 그 여자들은 커튼을 젖히고 독일군이 지나가는 것을 보며 공포에 떨었다. 그러다 독일군이 별 뜻 없이 눈길을 보내거나 무슨 몸짓이나 말을 하면 지레 겁을 먹고 쏙 들어갔다. 그러다 다시 깜깜한 방 안에서 땀을 흘리는 벌건 얼굴로 깔깔거리며 옆방 창문으로 달려가 독일군이 길모퉁이로 돌아가는 것을 지켜봤다.

들판과 숲속에 숨은 아가씨들은 부릉부릉 하는 엔진 소리나 또각또각 하는 말발굽 소리, 베사라비아의 발치로, 드니에스테르 강변의 소로카로, 우크라이나로 이어지는 도로들을 오가는 각종 바퀴들이 삑삑거리는 소리를 들으면 얼굴이 하얘졌다. 그들은 들짐승처럼 살았다. 주변 농민들한테 구걸해 얻은 마말리가 빵조각, 짭짤한 브린자 치즈 쪼가리를 씹으며 연명했다. 해가 질 무렵이면 독일 병사들은 밀밭에 숨은 유대인 아가씨 사냥에 나섰다. 그들은 거대한 손에 달린 다섯 손가락처럼 부채꼴로 퍼져나가면서 밀밭을 샅샅이 뒤졌다. 여기저기서 "쿠르트! 프리츠! 카를!" 하며 동료의 위치를 확인하는 소리가 들렸다. 약간 쉬었지만 젊은 목소리들이었다. 그들은 사냥터를 누비며 자고며 메추라기, 꿩 등등을 모는 사냥꾼 같았다.

깜짝 놀란 종달새들이 먼지 낀 석양 하늘 위로 푸드덕 날아올랐다. 병사들은 고개를 들어 종달새를 바라봤다. 숨어 있는 아가씨들은 숨을 멈추고 경기관총을 쥔 독일군 병사들의 손을 주시했다. 억세면서도 매끈한, 허연 솜털로 뒤덮인 독일군의 손이 이삭들 틈으로 언뜻 드러났다가 사라지곤 했다. 사냥꾼들은 이미 바짝 다가와 있는 상태였다. 그들은 허리를 낮춘 자세로 전진했다. 쉰 듯한 숨소리가 들렸다. 마침내 한 아가씨가 비명을 지르자 다른 아가씨가, 그리고 또다른 아가씨가 잇따라 비명을 질렀다.

어느 날 독일 제11군 위생국에서 소로카에 군 위안소를 열기로 결정했다. 그런데 소로카에는 늙고 추한 여자들밖에 없었다. 소로카는 지뢰와, 독일군과 소련군이 퍼부어댄 포탄으로 초토화된 상태였다. 전 주민이 거의 다 도망쳤고 청년들은 소련군을 따라 드네프르 강을 건넜다. 시내 공원 주변부만 그런대로 온전했는데 드니에스테르 강 서쪽 기슭에는 옛날에 제노바 사람들이 축조한 고성(古城)이 남아 있었다. 그 주위로 황토와 나무로 만든 작달막한 오두막들이 어지럽게 늘어서 있었다. 거기에는 타타르인과 루마니아인, 불가리아인, 터키인 들이 비참하게 살고 있었다. 강이 내려다보이는 절벽 꼭대기에서 보면 도시는 경사가 심하고 나무가 우거진 둑 쪽에 몰려 있는 형국이었다. 가옥들은 완전히 파괴되거나 불에 탄 상태였다. 공원 너머로 보이는 몇 채는 아직도 연기를 내뿜고 있었다. 독일군이 제노바 고성 담장 가까이 있는 가옥에 위안소를 열었을 당시의 드니에스테르 강변 소로카는 바로 그런 모습이었다. 도시는 폐허로 변했고, 거리에는 독일군 대열과 말과 차량이 넘쳐났다.

위생국은 특별 순찰대를 파견해 도시 주변 들판과 숲속에 숨어 있는 유대인 아가씨 사냥에 나섰다. 그렇게 해서 제11군 사령관의 감시를 받는 위안소가 공식 개장했을 때 겁에 질려 창백한 얼굴로 벌벌 떠는 아가씨 열 명 정도가 폰 쇼베르트 장군과 그 수행원들을 영접했다. 그 아가씨들의 눈은 눈물범벅이었다. 다들 너무 어렸고 서넛은 아직 애였다. 그들이 입은 옷은 동유럽 창녀촌의 전통 복색이라 할, 넓은 소매에 빨간, 노란, 녹색이 섞인 길고 헐렁한 실크가운이 아니었다. 그저 있는 것 중 제일 좋은 옷을 챙겨 입었을 뿐이다. 대개는 그 일대 중산층의 소박한 의상이었다. 그래서 시험공부 같이하러 친구 집에 모인 대학생들 같았다. (일부는 실제로 대학생이었다.) 외모는 초라했고 쭈뼛대는 품이 겁에 질려 있었다. 며칠 전, 창녀촌이 문을 열기 전에 나는 그들이 거리를 지나는 것을 보았다. 열 명쯤 됐다. 겨드랑이에 보따리를 낀 채, 또는 가죽가방이나 끈으로 묶은 꾸러미 같은 걸 들고 걸어가고 있었다. 경기관총으로 무장한 친위대원 두 명이 그들을 뒤따랐다. 아가씨들의 머리는 먼지가 쌓여 허옜고 치마에는 밀 이삭이 더덕더덕 붙어 있었다. 양말은 찢어져 구멍이 숭숭 뚫려 있었다. 신발 한 짝을 들고 맨발로 절뚝거리며 걷는 아가씨도 있었다.

한 달 후, 소로카를 지나는 길이었다. 어느 날 저녁 군무원 셍크가 군위안소로 유대인 아가씨를 보러 가자고 했다. 내가 싫다고 하자 셍크가 낄낄거리며 놀렸다. "그 아가씨들, 창녀 아니에요. 점잖은 집안에서 자란 아가씨들이라고요."

나는 "점잖은 아가씨들이란 건 나도 알아" 하고 대꾸했다.

"그렇게 불쌍하게 생각할 필요 없어요. 유대년들이니까."

나는 "유대인 아가씨들이란 건 나도 알아" 하고 대꾸했다.

"그럼, 걔들이 우리가 가면 기분 나빠할 것 같아서 그래요?"

나는 "자네가 모르는 게 있어, 셍크" 하고 대꾸했다.

"그게 뭔데요?"

"저 불쌍한 소로카 아가씨들은 창녀가 아니야. 자유의지로 몸을 파는 게 아니라고. 어쩔 수 없이 창녀 노릇을 하고 있는 거지. 다 존중받아 마땅한 사람들이야. 전쟁포로를 당신들이 야비한 방식으로 착취하고 있는 거지. 저 불쌍한 아가씨들 수입에서 사령부로 얼마나 들어가나?"

"아가씨들이랑 연애하는 건 공짜예요. 무료 서비스죠."

"강제노동이란 얘기네."

"에이, 무료 서비스라니깐. 어쨌든 돈은 줄 필요 없어요."

"돈을 줄 필요가 없다? 왜?"

군무원은 지금 있는 아가씨들 순번이 끝나면 두 주일쯤 뒤에는 집으로 돌려보내고 다른 팀을 투입한다고 설명했다.

"집으로? 집으로 돌려보내는 거 확실해?"

"그럼요." 셍크가 약간 당황해하는 표정으로 대답했다. 얼굴이 다소 상기됐다. "집으로. 아마 병원으로 갈 겁니다. 모르겠네. 아니면 뭐 강제 수용소로 가겠죠."

"저 불쌍한 유대인 아가씨들 대신 소련군 포로들을 창녀촌에 투입해보지 그래?"

셍크가 폭소를 터뜨렸다. 그는 내 등을 치며 파안대소했다. "아흐, 조! 아흐, 조!—아, 맞아, 그거네요!" 하지만 나는 그 친구가 내 말뜻을 제대로 알아듣지 못했다고 본다. 그는 분명 내가 히틀러 경호부대가 발치에서 동성애자를 위한 창녀촌을 은밀히 운영한 얘기를 하는 것이라 생각했을 것이다. 그는 내 말뜻을 제대로 알아듣지 못했다. 그는 입을 쩍 벌리고 웃으며 내 등을 쳤다.

"저 불쌍한 유대인 아가씨들 대신 소련군 병사들을 투입하면 훨씬 재미있지 않겠어?"

이윽고 셍크는 알아들었다는 듯이 더 크게 웃다가 갑자기 심각한 목소리로 물었다. "러시아인들을 호모라고 생각하세요?"

"전쟁이 끝나면 알게 되겠지."

"야, 야, 나튀얼리히—네, 네, 물론이지요. 전쟁이 끝나면 알게 되겠지요!" 셍크가 낄낄거리며 말했다.

어느 날 밤 아주 늦은 시각, 자정 무렵이었다. 나는 밖으로 나가 제노바 고성으로 향했다. 강 쪽으로 내려가 그 비참한 동네 골목길로 접어든 다음 그 집 문을 두드리고 들어갔다. 천장 가운데 매달린 석유램프가 불밝힌 커다란 방에는 아가씨 셋이 벽에 붙은 소파에 앉아 있었다. 위층으로 이어진 나무계단이 보였다. 위층에서는 삐걱거리는 문소리, 가벼운 발소리, 멀리서 웅얼웅얼하는 소리가 흘러나왔다. 모든 것이 어둠에 잠겨 있는 듯했다.

세 아가씨가 눈썹을 치켜뜨고 날 쳐다봤다. 그들은 노란 빨간 녹색의 줄무늬가 든 볼품없는 루마니아식 카펫이 깔린 낮은 소파에 차분히 앉아 있었다. 한 아가씨는 책을 읽다가 내가 들어오는 것을 보고 무릎에 책을 내려놓았다. 파스킨이 그린 창녀촌 실내 풍경 같았다. 아가씨들은 말없이 날 쳐다봤다. 한 아가씨가 손가락으로 까만 곱슬머리를 매만졌다. 머리칼이 이마 쪽에 몰려 있는 것이 아이들 머리 같았다. 방 한구석에는 노란 숄로 덮인 탁자 위에 맥주와 추이카 예닐곱 병과 술잔들이 두 줄로 놓여 있었다.

"구테 나흐트!—안녕하세요!" 곱슬머리 아가씨가 머리를 매만지며 독일어로 인사를 건넸다.

"부나 세아라!—안녕하세요!" 내가 루마니아 말로 대꾸했다.

"부나 세아라!" 아가씨가 슬픈 미소를 지어보이며 내 말을 받았다.

그 순간, 나는 내가 왜 여기 왔는지 생각이 나지 않았다. 물론 나는 셍크에게 알리지도 않고 여기 온 것이 호기심 내지는 막연한 연민 같은 것 때문이 아니라 나의 양심이 지금으로서는 도저히 용납할 수 없는 어떤 이유 때문이라는 걸 알고 있었다.

"너무 늦었네요."

"곧 문 닫을 시간이에요." 곱슬머리 아가씨가 말했다.

다른 아가씨가 소파에서 일어나 나를 힐끗 보더니 구석에 있는 축음기가 놓인 작은 테이블로 천천히 다가갔다. 그녀는 크랭크를 돌리고 바늘을 레코드에 얹었다. 탱고 리듬을 탄 여자 목소리가 흘러나왔다. 나는 축음기로 가서 바늘을 내려놓았다.

"왜 그러세요?" 두 팔을 들고 춤출 준비를 하던 아가씨가 내게 물었다. 그녀는 내 대답을 기다리지도 않고 홱 돌아서더니 원래 앉았던 소파로 가 앉았다. 작고 뚱뚱한 아가씨는 밝은 녹색 면 슬리퍼를 신고 있었다. 나는 그녀가 앉은 소파로 가 앉았다. 그녀는 나를 빤히 쳐다보며 다리 안으로 치마를 접어 내가 앉을 자리를 내주었다. 그때 그녀의 미소가 왜 짜증스럽게 느껴졌는지 나도 모르겠다. 그 순간 계단 꼭대기의 위층 문이 열리더니 "수잔나!" 하고 부르는 여자 목소리가 들렸다.

창백한 얼굴의 마른 아가씨가 노란 종이를 깔때기처럼 접어 씌운 촛불을 들고 계단을 내려왔다. 어깨 위로 치렁치렁 내려온 머리칼에 슬리퍼를 신고 있었다. 팔에는 타월을 걸치고 손으로 실내복을 치켜든 모습이었다. 허리에 끈으로 묶은 목욕 타월 비슷한 실내복은 수도사의 망토 같았다. 그녀는 계단을 반쯤 내려오다가 나를 유심히 보더니 얼굴을 찌푸렸다. 내가 와 있는 게 짜증스러운 모양이었다. 그러고는 의구심이 가득한 표정으로 주변을 둘러봤다. 그녀는 레코드가 치직거리며 헛돌아가는 축음기와 손도 안 댄 술잔, 제자리를 지키고 있는 술병들을 보고 크게 하품을 하고는 쉰 듯한 목소리로 말했다. "자자, 수잔나. 늦었어." 귀에 거슬리는 무례한 어조였다.

수잔나라는 아가씨는 그 친구를 놀리는 양 웃으며 쳐다봤다. "벌써 피곤해, 루블리아? 뭘 했다고 그렇게 피곤하실까?"

루블리아는 대꾸하지 않았다. 그녀는 맞은편 소파에 앉아 하품을 하면서 내 군복을 찬찬히 살피더니 "독일 아저씨가 아니네. 뭐예요?" 하고 물었다.

"이탈리아 사람이오."

"이탈리아인?" 루블리아라는 아가씨는 이제 호기심 어린 표정으로 나를 살펴봤다. 책을 읽던 아가씨는 책을 덮은 채 노곤하고 멍한 표정으로 나를 쳐다봤다.

"이탈리아는 참 아름답지." 수잔나가 말했다.

"추한 나라라면 좋겠어." 내가 말했다. "그냥 아름답기만 한 건 아무짝에도 쓸모없으니까."

"이탈리아에 가보고 싶어요." 수잔나가 다시 말했다. "베네치아에. 베네치아에 가서 살고 싶어요."

"베네치아?" 루블리아가 웃으며 물었다.

"나랑 베네치아에 안 갈래?" 수잔나가 대꾸했다. "아직 곤돌라 구경도 못했어."

"연애중이 아니라면 당장이라도 떠날 텐데."

동료들이 웃었다. 그중 한 아가씨가 말했다. "우린 지금 모두 연애중이야!" 다들 웃으며 내게 이상한 눈길을 보냈다.

"우린 애인이 너무 많아요." 수잔나가 프랑스어로 말했다. 루마니아 유대인 특유의 부드러운 억양이었다. "놈들이 이탈리아로 보내주지 않을 거야." 루블리아가 담배에 불을 붙이며 말했다. "질투심이 너무 세거든!" 루블리아는 길고 좁은 얼굴에 입술은 얇고 입은 슬퍼 보였다. 꼬마 입 같았다. 하지만 밀랍빛 코는 뼈대가 굵고, 콧방울은 붉었다. 루블리아는 이따금 고개를 들어 천장을 바라보며 짐짓 상관 않겠다는 듯이 허공에 연기를 내뿜었다. 그 허연 눈길에는 체념한 듯한, 그러면서도 절망적인 뭔가가 있었다.

무릎에 책을 놓고 앉아 있던 아가씨가 두 손으로 책을 움켜쥐고 일어났다. "노압테 부나—굿나잇."

"노압테 부나, 돔눌레 카피탄." 아가씨는 어색하고 어설프면서도 우아하게 절을 하고 돌아서더니 계단으로 올라갔다.

"촛불 필요해, 조에?" 루블리아가 올라가는 아가씨를 보며 물었다.

"됐어. 난 어두워도 안 무서워." 조에가 돌아보지도 않고 대꾸했다.

"내 꿈, 꿀 거지?" 수잔나가 조에 뒤에다 대고 소리쳤다.

"그럼! 베네치아에서 자고 있을게!" 조에는 이렇게 답하고 사라졌다.

한동안 우리는 아무 말도 하지 않았다. 멀리서 들리는 트럭의 굉음이 창유리를 뚫고 들어왔다.

"독일 사람들 좋아하세요?" 느닷없이 수잔나가 내게 물었다.

"그럼 안 되나?" 내 목소리가 수상쩍게 들렸는지 그녀가 말을 돌렸다.

"아주 좋은 사람들 아니에요?"

"아주 좋은 사람도 일부 있지."

수잔나가 나를 한참 바라보다가 형언할 수 없는 증오가 담긴 목소리로 말했다. "그 사람들은 여자한테 너무 잘해줘요."

"저 애 말, 곧이 안 들리죠?" 루블리아가 말했다. "속으로는 그들을 아주 좋아한답니다."

수잔나는 이상한 표정으로 나를 보며 웃었다. 허옇고 물컹한 뭔가가 그 깊은 눈동자 속에서 슬그머니 일어나다가 녹아내리는 듯했다.

"그들을 사랑한다면 이유가 있겠지……" 내가 말했다.

"그럼요." 수잔나가 말했다. "그들이 내 마지막 사랑이거든요."

그녀는 미소 짓고 있었지만 눈에는 눈물이 가득했다. 나는 수잔나의 손을 살살 어루만졌고, 수잔나는 고개를 떨어뜨렸다. 말없는 눈물이 뺨을 타고 하염없이 흘러내렸다.

"왜 울고 그래?" 루블리아가 쉰 목소리로 말하며 피우던 담배를 집어 던졌다. "우린 아직 유쾌하게 살 날이 이틀 남았어. 여기 더 있으면 좋겠어? 이제 충분하지 않니?" 그러더니 목소리를 높이고 살려달라고 소리치는 사람처럼 두 손을 머리 위로 마구 흔들었다. 증오와 혐오와 비통함이 범벅이 된 목소리였다. "이틀이야, 이틀 더 남았다고. 그럼 집으로 보내줄 거야! 이틀밖에 안 남았는데, 이렇게 울고불고 할래! 이제 우린 자유야, 모르겠어? 자유라고, 자유!" 루블리아는 소파에 쓰러져 쿠션에 얼굴을 묻고 벌벌 떨기 시작했다. 덜덜거리는 이가 마주치는 소리가 심하게 났다. 루블리아는 이따금 공포에 질린 이상한 목소리로 같은 얘기를 되풀이했다. "이틀이야, 이틀밖에 안 남았다고!" 그녀의 슬리퍼 한 짝이 벗겨져 나무 마룻바닥에 떨어졌다. 드러난 맨발은 아이처럼 작았다. 불그레하고 주름이 자글자글한데다 허연 상처 자국이 또렷했다. 참으로 먼 길을 걸어온 모양이었다. 그녀가 어디서 왔는지는 아무도 모른다. 붙잡혀 이 집에 강제로 수용되기 전까지 얼마나 넓은 공간을 도망 다녔는지는 아무도 모른다.

수잔나는 말없이 고개를 숙인 채 손을 내 손아귀에 내맡기고 있었다. 숨도 안 쉬는 것 같던 그녀가 갑자기 차분한 목소리로, 나를 쳐다보지도 않고 물었다. "저들이 우리를 집에 보내줄 거라 생각하세요?"

"당신들을 여기 평생 묶어두지는 못해요."

"이십 일마다 아가씨들을 바꿔요. 우리가 여기 온 게 벌써 십팔 일 됐어요. 이틀 남았죠. 이제 다른 팀이 올 거예요. 벌써 우리한테 얘기해줬어요. 하지만 정말 저들이 우리를 집으로 돌려보내줄 거라고 생각하세요?" 나는 그녀가 뭔가 두려워하고 있다고 느꼈지만 그게 뭔지 알 수 없었다. 그녀는 키시네프의 학교에서 프랑스어를 배웠고 아버지는 발치의 상인이라고 했다. 또 루블리아의 아버지는 의사이고, 동료들 가운데 다른 세 명은 대학생이라고 했다. 그러면서 루블리아는 음악을 전공했고, 피아노를 천사처럼 잘 친다고, 위대한 음악가가 될 거라고 했다.

"저 아가씨는 이 집을 떠나면 다시 학업을 계속할 수 있을 거예요." 내가 말했다.

"누가 알겠어요? 지금까지 오만 일을 다 겪었는데! 그러니, 어떻게 끝이 날지 누가 알겠어?"

루블리아가 팔꿈치를 소파에 대고 이쪽을 쳐다봤다. 그녀의 얼굴은 꽉 쥔 주먹처럼 탄탄해 보였다. 밀랍빛 얼굴에서 두 눈이 이상하게 빛났다. 그녀는 열병 걸린 사람처럼 부들부들 떨었다. "그럼, 난 정말 위대한 음악가가 될 거야." 그녀는 이렇게 말하면서 웃기 시작했다. 그녀는 실내복 주머니를 뒤져 담배를 찾았다. 그러고는 자리에서 일어나 테이블 쪽으로 가서 맥주 한 병을 따고 잔 세 개에 부은 다음, 나무받침대에 받쳐 우리에게 권했다. 그녀의 움직임은 가뿐하고 조용했다.

"아이, 목말라." 루블리아는 이렇게 말하더니 눈을 감고 맥주를 벌컥벌컥 들이켰다.

실내는 후텁지근했다. 반쯤 닫힌 창문들 틈으로 여름밤의 짙은 숨결이 흘러들었다. 루블리아는 맨발로 방 안을 왔다갔다했다. 손에는 빈 잔을 들고 눈길은 멍하니 한곳에 꽂혀 있었다. 길고 마른 몸집이 헐렁한 붉은 실내복 속에서 흔들렸다. 맨발로 나무 마룻바닥을 밟는 소리가 살짝살짝

났다. 줄곧 한마디도 않고 있던, 살아 있는 징표라곤 전혀 없던(우리를 응시하고 있었지만 정말로 보고 있는 것 같지는 않았다) 다른 아가씨는 사태가 어떻게 돌아가는지도 모르고 있다가 벌써 잠이 들었다. 그녀는 여기저기 기운 가운을 걸친 채 소파에 누워 있었다. 한 손은 다리에 올리고 다른 손으로 가슴에 주먹을 쥔 상태였다. 이따금 공원 쪽에서 날카로운 총성이 울렸다. 드니에스테르 강 저 아래 얌볼 쪽 건너편 기슭에서 무더운 밤공기를 뚫고 포성이 쿵쿵 울려왔다. 루블리아는 잠든 동료 앞에 서서 그를 말없이 바라보다가 수잔나한테로 고개를 돌리고 말했다. "얘 침대에 갖다 뉘어야겠다. 피곤한 모양이야."

"우린 하루종일 일했어요." 수잔나가 변명처럼 말했다. "완전 녹초지요. 낮에는 사병들을 받고, 밤 여덟시부터 열한시까지는 장교들을 받아요. 잠깐도 못 쉬죠." 그녀는 남 얘기하듯, 그저 늘 하는 일 얘기하듯 말했다. 역겨워하는 기색 같은 것도 없었다. 그녀는 말을 하면서 자리에서 일어나 루블리아를 거들어 친구를 일으켜 세웠다. 발이 바닥에 닿자 친구는 잠에서 깨어나 신음 소리를 냈다. 통증이 심한 환자 같았다. 그녀는 친구들의 부축을 받아 계단을 오르는 동안 온몸을 그들 손에 내맡겼다. 신음 소리와 일행의 발소리는 위층 문이 닫히면서 잠잠해졌다.

나만 혼자 남았다. 천장에 매달린 램프에서 연기가 심하게 났다. 나는 일어나서 심지를 조절했다. 램프는 계속 흔들렸고, 내 그림자가 벽에 비친 가구며 술병이며 다른 물건들의 그림자 위로 자꾸 겹쳐졌다. 그 순간에 떠났더라면 좋았을 뻔했다. 나는 소파에 앉아 문가를 쳐다봤다. 여기와 있다는 게 잘못이라는 느낌이 어렴풋이 들었다. 루블리아와 수잔나가 돌아오기 전에 떠났더라면 좋았을 뻔했다. "가셨으면 어쩌나 했어요." 뒤에서 수잔나의 음성이 들렸다. 그녀는 소리 없이 계단에서 내려와 있었다. 그녀는 방 안을 천천히 돌아다니며 술병과 술잔을 정돈하고 소파로 다가와 내 옆에 앉았다. 분을 잔뜩 바른 얼굴이 조금 전보다 훨씬 창백해 보였다. 그녀는 소로카에 얼마나 있을 거냐고 물었다.

"모르겠네. 기껏해야 이삼 일 정도? 오데사 전선으로 가야 하거든. 하지만 곧 돌아올 거예요."

"독일군이 오데사를 점령할 거라고 생각하세요?"

"난 독일군이 뭘 하든 상관 안 해."

"저도 그렇게 말할 수 있으면 좋겠어요."

"아, 미안, 수잔나. 내 말뜻은 그런 게 아니고……" 불편한 침묵이 잠시 흐른 뒤 나는 다시 이렇게 말했다. "독일군이 뭘 하느냐는 중요하지 않아요. 전쟁에 이기려면 그 이상의 것이 필요하니까."

"누가 전쟁에서 이길지 아세요? 독일이나 영국이나 러시아가 전쟁에서 이길 거라고 짐작하시겠죠? 전쟁은 우리가 이길 거예요. 루블리아, 조에, 마리카 같은 우리가. 나랑 우리 같은 모든 여자들이. 전쟁은 창녀들이 이길 거예요."

"그만하시오." 내가 말했다.

"창녀들이 이길 겁니다." 수잔나가 목소리를 높이며 같은 말을 반복했다. 그러고는 말없이 웃으며 떨리는 목소리로, 겁먹은 아이의 목소리로 물었다. "저들이 우리를 집에 보내줄까요?"

"왜 안 보내주겠어? 또다시 이런 데로 보낼 것 같아서 무서워요?"

"아, 아니에요! 이런 일을 이십 일 하고 나면 우리는 아무 일에도 맞지 않아요. 난 그들을, 다른 여자들을 봤어요." 수잔나가 갑자기 말을 멈췄다. 나는 그녀의 입술이 떨리는 걸 보았다. 그날 그녀는 사병 마흔세 명과 장교 여섯 명을 받아야 했다. 그녀는 허탈하게 웃었다. 그녀는 더이상 삶을 견딜 수 없었다. 몸의 피폐가 역겨움보다 더 나빴다. "역겨운 건 저리 가라예요." 그녀가 미소 띤 얼굴로 입을 열었다. 그 미소가 참으로 가슴 아팠다. 마치 변명을 하는 것 같았다. 아니면 그 모호한 미소에는 뭔가 다른 것, 뭔가 알 수 없는 것이 숨겨져 있을지도 몰랐다. 그녀는 다른 여자들, 자신과 루블리아와 조에와 마리카보다 먼저 왔던 여자들이 이 집을 떠날 때 참으로 비참한 상태였다고 했다. 그들은 더이상 여자로 보이지 않았다. 그들은 넝마였다. 수잔나는 그들이 가방을 들고 겨드랑이에 너절한 짐 보따리를 끼고 나가는 걸 보았었다. 경기관총으로 무장한 친위대원 두 명이 그들을 밀어 트럭에 태웠다. 아무도 모르는 곳으로 데려가려는 것이었다. "집에 가고 싶어요." 수잔나가 말했다. "집에 가고 싶어요."

램프에서 다시 그을음 섞인 연기가 피어올랐다. 매캐한 기름 냄새가 방 안에 퍼졌다. 나는 수잔나의 손을 살며시 쥐었다. 손은 겁먹은 새처럼 떨고 있었다. 밤은 문간에서 다친 들짐승처럼 쌔근거리고 있었다. 그 따뜻한 숨결이 살랑거리는 나뭇잎들, 찰싹거리는 강물의 소리와 함께 방 안으로 파고들었다.

"그 사람들, 여기서 나갈 때 난 봤어요." 수잔나가 진저리치며 말했다. "유령들 같았어요."

우리는 그렇게 말없이 앉아 있었다. 방 안은 어둑했다. 쓰라린 슬픔이 밀려왔다. 나는 더이상 내가 하는 말을 신뢰할 수 없었다. 내가 하는 말은 다 삿된 거짓이었다. 우리의 침묵도 삿된 거짓처럼 느껴졌다.

"또 봐요, 수잔나." 내가 조용히 말했다.

"위층으로 안 가실래요?"

"늦었소." 나는 문으로 향하며 대답했다. "또 봐요, 수잔나."

"오르부아—또 봐요." 수잔나가 미소 띤 표정으로 말했다.

그 불쌍한 미소가 문턱에서 빛나고 있었다. 하늘에는 별이 총총했다.

"그 불쌍한 아가씨들 얘기 더 들은 건 없나요?" 루이제가 오랜 침묵을 깨고 물었다.

"이틀 후 그 아가씨들이 끌려갔단 얘기를 들었습니다. 독일군은 이십일마다 아가씨들을 바꿨죠. 창녀촌을 떠난 아가씨들은 등 떠밀려 트럭에 태워진 다음 강 쪽으로 내려갔습니다. 나중에 솅크가 그러더군요. 그렇게 불쌍해할 필요 없다고. 그들은 더이상 아무 일에도 맞지 않았어요. 넝마로 전락한 거죠. 게다가 유대인이었으니까."

"그들이 총살당할 거란 걸 알고 있었나요?" 일제가 물었다.

"알고 있었지. 그들은 두려움에 떨었어. 당연히 알고 있었지! 소로카에서는 다들 알고 있었어."

밖으로 나가 보니 하늘에는 별이 총총했다. 별들은 생명 없는 유리 의안처럼 차갑게 빛나고 있었다. 험악한 기차 소리가 정거장 쪽에서 들렸다. 창백한 봄 달이 맑은 하늘에 떠오르고 있었다. 나무며 가옥들은 끈적끈적하고 물컹한 물질로 만든 것처럼 보였다. 저 위쪽 강가에서 새 한 마리가 노래하고 있었다. 우리는 인적 없는 도로를 따라 걷다가 강둑 위에 앉았다.

어둠 속에서 쏼쏼 흐르는 강물소리가 누군가 맨발로 풀밭을 누비는 것 같았다. 창백한 달빛을 받아 훤한 나뭇가지에서 새 한 마리가 울기 시작했다. 이윽고 다른 녀석들이 멀리서 또 가까이서 따라 울었다. 커다란 새 한 마리가 소리 없는 날갯짓을 하며 나무들 사이로 날아오르더니 물 위를 활강하며 천천히 강을 건넜다. 그때 나의 뇌리에 로마 레지나 코엘리 교도소의 여름밤이 떠올랐다. 한 무리 새가 교도소 지붕에 내려앉아 노래하기 시작했다. 자니콜로 언덕의 나무에서 날아온 녀석들이 분명했다. 타소의 참나무에 둥지를 틀고 있었을 것이라는 생각이 들었다. 녀석들이 타소의 참나무에 둥지를 틀고 있었을 것이란 생각에 나는 눈물이 났다. 운다는 게 부끄러웠지만 감옥생활을 오래하다 보면 새의 노랫소리가 인간의 자존심보다 더 강하게 다가오는 법이다. "오, 루이제." 나는 이렇게 말하면서 그녀 손을 꼭 쥐었다. 원래 그럴 뜻은 물론 아니었다.

루이제는 살며시 손을 빼며 나를 바라봤다. 질책이 아닌 놀라는 눈빛이었다. 내가 돌출행동을 한 데 놀란 모양이었다. 어쩌면 그녀는 내 서글픈 애무와 더 해주고 싶었던 이야기들을 회피한 것을 후회했을지 모르겠다. 그 순간 꼭 쥐었던 수잔나의 손이 다시 떠올랐다. 그 작고 땀에 찬,

저 멀리 소로카의 창녀촌에서 잡았던 수잔나의 손이 떠올랐다. 어느 날 밤 베를린의 지하철에서 은밀히 쥐었던 러시아 여성 노동자의 손도 떠올랐다. 넓적하고 주름진, 황산으로 튼 손이었다. 수잔나와 함께 앉은 기분이었다. 그 불쌍한 유대인 아가씨는 소로카의 창녀촌 소파에 앉아 있었다. 루이제에게, 프로이센의, 독일제국의, 호엔촐레른 왕가의 공주 루이제에게 깊은 연민이 느껴졌다. 그 으스름한 달밤에 주변에서는 새들이 노래하고 있었다. 두 아가씨는 말없이 어둠 속에서 허옇게 흐르는 강물을 바라보고 있었다.

"제 피티에 데트르 팜므." 루이제가 특유의 포츠담식 억양이 섞인 프랑스어로 조용히 말했다. "여자인 게 참 유감이네요."

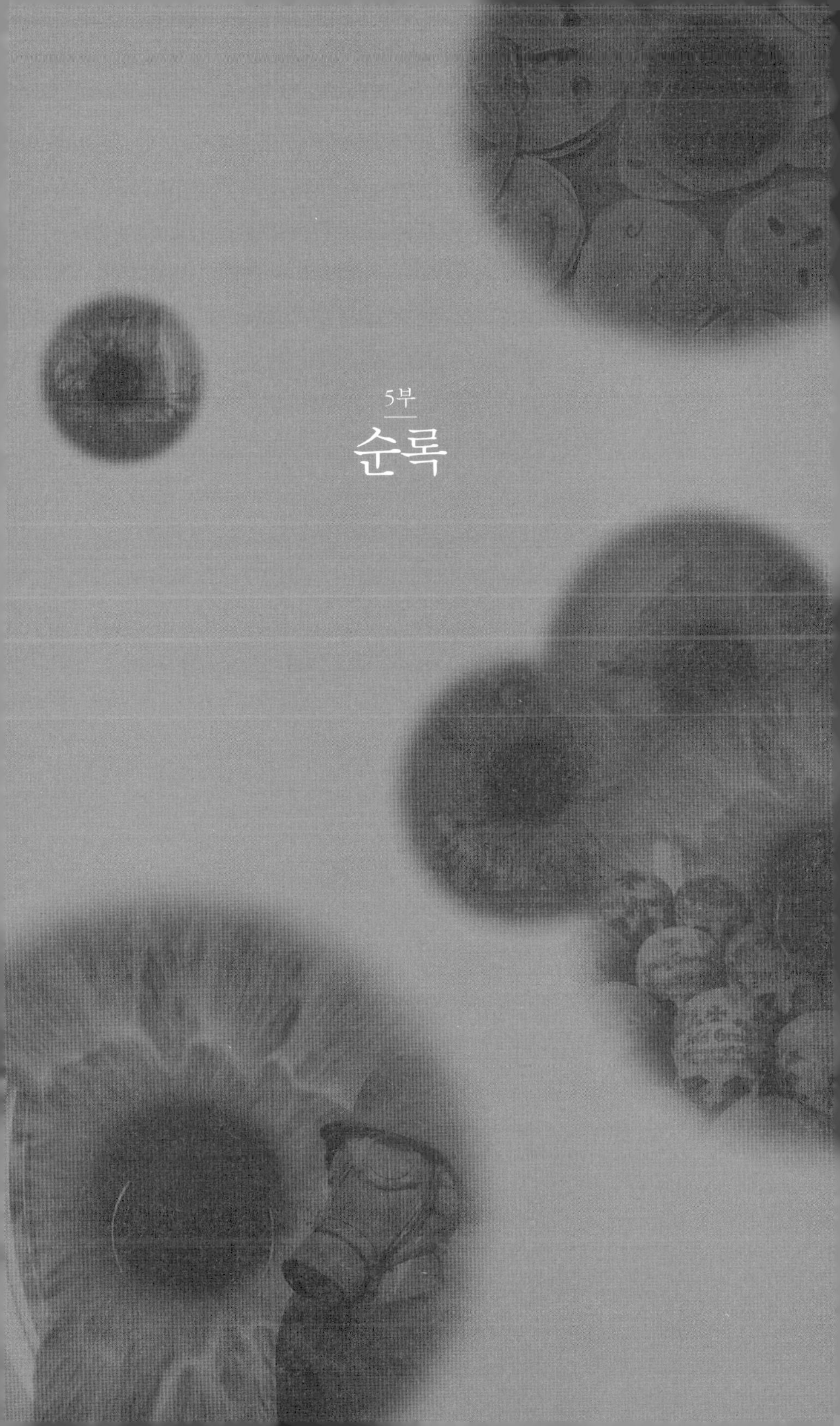

5부

순록

16장
벌거벗은 인간들

핀란드 라플란드 주지사 카를로 힐릴라•는 잔을 들고 "말리얀네—건배"라고 말했다. 우리는 주지사 공관에서 만찬중이었다. 장소는 북극권에 위치한 라플란드의 주도 로바니에미였다.

"북위 66도 33분이 바로 우리 가랑이 사이를 지나갑니다"라고 힐릴라가 말했다. 핀란드 주재 스페인 공사 아구스틴 데 폭사 백작이 테이블 밑을 내려다봤다. 순간 주위에서 웃음보가 터지자 데 폭사는 중얼거리는 목소리로 "빌어먹을 술꾼들!" 하며 혀를 찼다. 다들 취해 얼굴이 허옜다. 만찬장에 모인 사람들은 한곳을 멍하니 응시하고 있었다. 이마는 땀에 젖었고 눈빛은 알코올이 들어가면 자개 빛깔을 띠는 핀란드인들의 눈빛 그대로였다. 나는 데 폭사 공사에게 "아구스틴, 술이 너무 과해"라고 말했다. 그러자 아구스틴은 "그래, 자네 말 맞아. 하지만 이게 막잔이야"라고 대꾸했다. 로바니에미 시장(市長) 올라비 코스키넨이 잔을 들고 "말리

• 1902~65. 핀란드의 정치인. 당시 핀란드 정부의 독일군 연락책.

얀네"를 외치자 데 폭사는 "감사합니다. 난 더 안 마시겠습니다"라고 했다. 주지사는 그를 물끄러미 보다가 "공사님 건강을 위해 마시자는데 거부하는 겁니까?" 하고 말했다. 나는 데 폭사에게 속삭였다. "제발, 아구스틴, 막가면 안 돼! 항상 '네, 네'지. 제발 좀!" 그러자 데 폭사가 "네, 항상 '네'지요"라고 말했다. 그는 간간이 잔을 들어 "말리얀네"를 외쳤다. 얼굴은 갈수록 불쾌해졌고 이마에는 땀이 번들거렸다. 김 서린 안경 뒤에서 눈이 너울거리는 듯했다. 하늘이시여, 저희를 도우소서! 데 폭사를 보면서 이런 말이 절로 나왔다.

시간은 자정으로 가고 있었다. 태양은 엷은 안개의 베일에 싸여 지평선 위에서 빛났다. 화장지로 감싼 오렌지 같았다. 북국의 유령 같은 햇빛이 얼어붙은 돌풍을 뚫고 창문으로 흘러들어 거대한 연회장을 비췄다. 만찬이 시작된 지 벌써 여섯 시간이 지났다.

만찬장은 초현대식 핀란드 스타일로 꾸며져 있었다. 조명이 수술실처럼 강렬했고, 천장은 낮았으며, 벽은 온통 하얗고, 바닥에 분홍빛 자작나무를 깐 것이 인상적이었다. 세로가 길고 좁은 커다란 창으로 케미 강과 오우나스 강 일대의 드넓은 계곡이 내다보이고 그 주변으로 수목이 우거진 오우나스바라 언덕이 펼쳐져 있었다. 라플란드 유목민과 핀란드 농부들이 베틀로 짠 전통 융단 '리야'가 벽마다 걸려 있고, 그 옆으로는 스웨덴 화가 셀데브란드와 아벨렌, 프랑스 화가 드 보몽 자작의 멋진 동판화들이 걸려 있었다. 한 리야는 수준이 대단했다. 나무와 순록과 활과 화살을 분홍색, 회색, 녹색, 검은색으로 짜넣은 멋진 작품이었다.

또하나 보기 드문 리야는 주조색(主調色)이 하얀, 분홍, 녹색, 갈색이었다. 동판화들은 보트니아 동부와 라플란드를 묘사한 것으로 오울루와 케미 강, 오우나스 강 일대와 퇴르네 항 주변 바다, 로바니에미 전통시장 풍경이 인상적이었다. 18세기 말, 셀데브란드와 아벨렌, 드 보몽 자작이 이런 동판화를 제작할 당시만 해도 로바니에미는 핀란드 개척민과 순록 키우는 유목민, 라플란드인 어부들이 사는 큰 마을 수준이었다. 통나무로 작은 오두막을 대충 짓고 그 주위에 방책을 높게 쌓은 산골마을이었다. 마을 중앙에는 시장과 나무로 지은 교회, 거기 딸린 묘지가 있었다. 래커 칠을 곱게 한 신고전주의풍의 교회는 '바시'라는 이름의 이탈리아인이 지었다고 한다. 바시는 스웨덴계지만 건축 양식은 루이 15세 시대의 프랑스, 예카테리나 여제 시대의 러시아 스타일이었다. 목재는 동(東)보트니아 북쪽과 라플란드의 핀란드 개척민 가옥에서 흔히 보는 하얀 칠을 한 가구를 만드는 나무였다. 창문 사이사이와 문 위로는 핀란드 전통 칼 푸코가 즐비하게 걸려 있었다. 손으로 벼린 날에 털이 촘촘하고 부드러운 순록가죽 손잡이가 달린 칼이었다. 주지사 공관에 모인 손님들은 다들 허리에 푸코를 하나씩 차고 있었다.

주지사는 테이블 맨 위쪽 하얀 곰가죽을 씌운 의자에 앉아 있었다. 어찌된 영문인지 모르겠지만 공교롭게도 나는 주지사 오른쪽에, 스페인 공사 데 폭사 백작은 왼쪽에 앉게 됐다. 데 폭사는 화가 났다. "내 기분이 문제가 아니야, 모르겠어?" 그가 내게 말했다. "스페인의 체면 문제라고." 핀란드 주재 루마니아 공사관 서기관인 티투 미카일레스쿠가 술에 취해 내게 말했다. "아, 스페인을 위해서란 거지? 자네의 스페인을 위해서?" 나는 그를 진정시키려고 했다. "내 잘못이 아니야."

"자네가 이탈리아를 대표하는 건 아니잖아? 그런데 왜 오른쪽에 앉았지?" 데 폭사가 따지듯이 물었다.

"이 친구가 이탈리아를 대표하는 거 아냐? 자넨 자네의 이탈리아를 대표하잖아, 말라파르테?" 미카일레스쿠가 말했다.

"자넨 입 닥쳐!" 데 폭사가 말했다. 심히 취한 친구들이 말싸움을 하면서도 그렇게 용의주도하게 분노를 표출하는 것이 참 대단하다 싶어 나는 가만히 듣고만 있었다.

"걱정 마. 주지사는 왼손잡이니까." 미카일레스쿠가 말했다.

"틀렸어. 주지사는 왼손잡이가 아니야. 사팔뜨기야." 데 폭사가 응수했다.

"그래? 사팔뜨기라면 문제가 다르지. 그럼 불평할 필요 없겠네." 미카일레스쿠가 말했다.

"나를 왼쪽에 앉히려고 일부러 사팔뜨기처럼 군다는 생각 안 들어?" 데 폭사가 물었다.

"그럴 수도 있겠지. 일부러 사팔뜨기 노릇하는 거야." 미카일레스쿠가 말했다.

스페인 공사 아구스틴 데 폭사 백작이 라플란드 주지사 카를로 힐릴라를 돌아보며 말했다. "주지사님, 저는 지금 지사님 왼쪽에 앉아 있습니다. 여긴 제자리가 아닌데요."

카를로 힐릴라가 놀란 표정으로 나를 쳐다봤다. "거기가 선생 자리 아닌가요?"

아구스틴 데 폭사는 가볍게 고개 숙이며 말했다. "제가 말라파르테 자리에 앉아 있어야 한다고 생각하지 않으십니까?"

힐릴라는 더더욱 놀란 표정으로 나를 바라보며 말했다. "왜 저러죠? 자리를 바꾸고 싶으신가요?"

다들 놀란 표정으로 나를 쳐다봤다.

"전혀 아닙니다. 여기가 제자리 맞습니다." 내가 대답했다.

"들으셨지요?" 주지사가 데 폭사를 돌아보며 의기양양한 어조로 말했다. "저분은 제자리에 앉아계시네요."

그러자 티투 미카일레스쿠가 데 폭사에게 말했다. "자, 아구스틴. 주지사가 보통이 아니라는 거 알겠지?" 데 폭사는 얼굴을 붉히며 냅킨으로 술잔을 닦더니 당황한 어조로 말했다. "네, 맞는 말씀입니다. 제가 몰랐군요."

나는 심각한 표정으로 아구스틴을 보며 말했다. "자네 너무 마셨어."

"미안해!" 아구스틴이 깊은 한숨을 쉬며 대답했다.

우리가 자리에 앉은 지 벌써 여섯 시간이 흘렀다. 크라푸 민물가재가 나오고, 케미 강에서 잡은 빨간 참새우가 나오고, 스웨덴식 애피타이저

가 나오고, 캐비아가 나오고, 시카 송어가 나오고, 훈제 순록 혓바닥이 나오고, 소녀의 입술처럼 선연한 빛깔의 거대한 연어가 나오고, 구운 순록과 곰 발바닥이 나오고, 설탕으로 드레싱을 한 오이 샐러드가 나왔다. 끝이 안 보일 정도로 긴 테이블에 슈납스와 모젤 와인, 샤토 라피트 와인을 부었던 빈 잔들이 어지럽게 널린 가운데 하늘이 새벽처럼 훤할 무렵 마지막으로 브랜디가 나왔다. 브랜디 타임이 되자 우리는 모두 핀란드식 만찬 특유의 깊은 침묵에 잠긴 채 꼼짝 않고 서로를 뚫어져라 응시했다. 그 의식(儀式) 같은 침묵을 깨는 것은 "말리안네"라는 건배사뿐이었다.

식사는 끝났지만 주지사의 턱은 계속 뭔가를 위협적으로 씹는 듯한 둔탁한 소리를 냈다. 카를로 힐릴라는 서른을 조금 넘긴 나이에 땅딸막한 체구였다. 목도 짧아서 두 어깨 사이에 푹 파묻힌 듯했다. 나는 그의 두꺼운 손가락들과 우람한 어깨, 근육질의 팔을 예의주시했다. 작은 두 눈은 좁은 이마 아래 붉고 두꺼운 눈꺼풀 밑으로 약간 처져 있었다. 짧은 금발은 심한 곱슬머리였다. 푸르스름한 입술은 부풀어 갈라진 금이 많이 나 있었다. 힐릴라는 턱을 가슴에 바짝 붙이고 입술을 오므렸다 폈다 하는 식으로 말을 하다가 이따금씩 고개를 들어 주위를 둘러봤다. 눈빛에서는 거칠고 교활한 기운이 느껴졌다. 잽싸게 움직이는 눈동자에서는 분노와 잔인함 같은 것이 번들거렸다.

"힘러는 천재입니다." 카를로 힐릴라가 주먹으로 테이블을 치며 말했다. 그는 바로 그날 아침 힘러와 네 시간이나 면담을 했고, 그런 사실에 지나친 자부심을 느끼고 있었다.

"하일 힘러." 데 폭사가 잔을 치켜들며 말했다.

"하일 힘러." 카를로 힐릴라가 나를 책망하는 듯한 눈빛으로 응시하며 다시 말했다. "그런데 선생은 힘러를 만나 얘기까지 하고도 그를 못 알아본 척했지요?"

며칠 전 일단의 독일군 장교들이 로바니에미의 포얀호비 호텔로비 엘리베이터 앞에 서 있었다. 엘리베이터 바로 앞에는 중간쯤 되는 체구의 남자가 히틀러식 제복을 입고 서 있었는데 생김새가 꼭 작곡가 스트라빈스키(1882~1971) 같았다. 광대뼈가 툭 튀어나온 것이 황인종 같았다. 수족관 유리 같은 두꺼운 안경알 뒤로 보이는 허연 눈은 물고기 눈 같았다. 이상한 얼굴은 잔인하고도 멍한 느낌을 주었다. 그는 큰 목소리로 말을 하며 웃었다. 잠시 후 그가 엘리베이터의 격자형 덧문을 밀어 닫고 버튼을 누르려는 순간 내가 뛰어들어 장교들 틈을 파고 들어갔다. 나는 덧문을 밀어젖히고 엘리베이터 안으로 들어갔다. 장교들이 막고 자시고 할 겨를도 없이 순식간에 벌어진 일이었다. 히틀러식 제복을 입은 인물은 나를 밀쳐내려는 듯한 몸짓을 취했다. 나도 깜짝 놀라 그를 밀쳐내고 덧문을 닫은 뒤 버튼을 눌렀다. 그렇게 해서 철제 우리 안에 힘러와 단둘이 있게 된 것이다. 그는 놀란 눈으로 나를 바라보았다. 화가 난 듯한 표정이었다. 얼굴이 창백한 것이 다소 불편해하는 듯 보였다. 그는 씨근거리며 한쪽 구석으로 가 갑작스러운 공격에 대비하려는 듯 두 손을 들어 가드 자세를 취하고 예의 물고기 눈으로 나를 응시했다. 나는 당황스러웠다. 엘리베이터 유리창으로 장교들과 게슈타포 요원들이 계단을 힘껏 뛰어올라가다가 계단참에서 서로 부딪히고 넘어지고 하는 모습이 보였다. 나는 힘러를 돌아보고 슬며시 미소 지으며 버튼을 먼저 눌러 미안하다고 사과하고, 몇 층 가시느냐고 물었다. "삼층." 그가 미소 띤 얼굴로 말했다. 이제야 불안감이 좀 가신 모양이었다.

"저도 삼층 갑니다." 내가 말했다.

엘리베이터가 삼층에서 멈췄다. 나는 문을 열고 그에게 먼저 내리라고 양보했다. 그러나 힘러는 살짝 허리를 굽혀 공손히 문을 가리켰다. 그래서 내가 먼저 나갔다. 바깥에 모여 있던 장교와 게슈타포 요원들의 눈이 둥그레졌다.

아직 잠자리에 들기 전인데 친위대원 하나가 방문을 두드렸다. 힘러가 자기 숙소로 와서 펀치나 한 잔하자고 청했다는 것이다. "힘러가? 페르켈레!" 내 입에서 이런 말이 절로 나왔다. 페르켈레는 "악마"를 뜻하는 핀란드 말로 이곳에서는 금기어였다. 힘러가? 왜 날 보잔 거지? 나랑 만난 적이 있던가? 힘러가 엘리베이터에서 본 바로 그 사내일 줄은 꿈에도 몰랐다. 힘러가? 침대에서 일어날 엄두가 안 났다. 그런데 명령이 아니라 초대라지 않는가. 난 친위대원에게 초대에 감사하나 오늘은 좀 봐달라, 너무 피곤해 벌써 잠이 들었다고 전해달라고 했다. 잠시 후 다시 문 두드리는 소리가 났다. 게슈타포 요원이었다. 그는 힘러가 보낸 선물이라며 브랜디 한 병을 내밀었다. 난 탁자에 잔 두 개를 놓고 게슈타포 요원에게 한 잔하라고 권했다. "프로지트!―건배!" 내가 말했다.

"하일 히틀러." 게슈타포 요원이 대답했다.

"아인 리터―일 리터." 내가 말했다. 바깥 복도에서는 게슈타포 요원들이 지키고 있었고, 호텔 주변은 경기관총으로 무장한 친위대원들이 둘러싸고 있었다. 나는 다시 "프로지트!" 하고 외쳤다.

"하일 히틀러." 게슈타포 요원이 다시 대꾸했다.

"아인 리터."

다음날 호텔 지배인이 내게 정중하게 방을 비워달라고 하고는 일층 복도 끝에 있는 더블베드 룸으로 옮겨줬다. 다른 침대는 게슈타포 요원이 차지했다.

"일부러 못 알아본 척한 거지." 친구인 핀란드군 대위 야코 레포가 냉담한 눈으로 나를 보며 말했다.

"그 사람 정말 본 적 없어. 근데 어떻게 알아봐?"

"힘러는 비범한 인물이야. 대단히 흥미로운 사람이지." 야코 레포가 말했다. "초대를 받아들였어야지."

"난 그런 사람하고 엮이고 싶은 마음 없네." 내가 답했다.

"잘못 생각하는 겁니다." 주지시가 말했다. "나도 힘러를 만나보기 전에는 끔찍한 인물일 거라고 생각했어요. 오른손에 권총 들고 왼손에 채찍 든 사람이라고 생각했지요. 그런데 네 시간 동안 대화 나눠보고 나서 대단히 교양 있는 사람이라는 걸 알았습니다. 예술가, 정말 예술가이고, 인간적인 모든 것에 반응할 줄 아는 고결한 인물이었습니다. 한마디 더 한다면 감상적인 사나이지요." 주지사는 그를 "감상적인 사나이"라고 했다. 주지사는 또 힘러와 개인적으로 몇 차례 만났고 네 시간이나 대화하는 영광을 누렸다며, 힘러가 자기한테 초상화를 그려달라고 부탁한다면 오른손에는 성경책을, 왼손에는 기도서를 든 모습으로 그려주겠다고 했다. 주지사는 진짜 "오른손에는 성경책을, 왼손에는 기도서를 든 모습"이라고 표현하면서 두 주먹으로 테이블을 쾅 쳤다.

데 폭사와 미카일레스쿠와 나는 어색한 미소를 억누를 수가 없었다. 데 폭사가 나를 보며 물었다. "엘리베이터에서 만났을 때 그 사람, 손에 뭘 들고 있던가? 권총과 채찍, 아니면 성경책과 기도서?"

"아무것도 안 들고 있었어." 내가 답했다.

"그럼 힘러가 아니네. 다른 사람이었어." 데 폭사가 진지한 표정으로 말했다.

"성경책과 기도서입니다. 바로 그거예요!" 주지사가 다시 주먹으로 테이블을 치며 말했다.

"자넨 일부러 모른 척한 거야." 친구 야코 레포가 말했다. "힘러라는 걸 뻔히 알고 있었어."

"큰일 날 뻔했어요." 주지사가 말했다. "엘리베이터에 누가 있었다면 암살 시도라고 생각하고 바로 선생을 쐈을 겁니다."

"문제가 될 게 분명해." 야코 레포가 말했다.

"말리얀네." 데 폭사가 잔을 치켜들며 말했다.

"말리얀네." 다른 손님들이 일제히 화답했다.

손님들은 의자 등받이에 등을 대고 뻣뻣하게 앉아 고개를 살살 흔들었다. 세찬 바람에 흔들리는 듯이. 독한 브랜디 냄새가 홀 안을 떠돌며 코를 자극했다. 야코 레포는 데 폭사와 미카일레스쿠와 나를 뚫어져라 쳐다봤다. 흐릿한 눈에는 이상한 적대감 같은 게 번득였다. "말리얀네." 카를로 힐릴라 주지사는 가끔씩 잔을 치켜들고 이렇게 말했다. "말리얀네." 다른 사람들이 일제히 외쳤다. 나는 커다란 창문으로 케미와 오우나스 계곡의 처연하고 황량하면서도 절망적인 풍경을 응시했다. 숲과 물과 하늘이 투명하고 깊은 모습으로 다가왔다. 강렬하면서도 분필처럼 허연 북국의 햇빛으로 물든 끝없는 지평선이 멀리 굽이치듯 펼쳐진, 수목이 우거진 언덕들 끝자락에 맞닿았다. 그 포근한 골짜기마다 늪지와 호수와 숲이 감춰져 있고 북방의 큰 강들이 흐르고 있었다. 나는 텅 빈 높은 하늘을 쳐다봤다. 불투명한 빛의 덩어리 같은 것이 차갑게 빛나는 나뭇잎들과 물 위에 드리워져 있었다. 저 유령 같은 나라의 모든 비밀스럽고 불가사의한 의미가 그 하늘 빛깔에, 분필처럼 허옇게 얼어죽은 듯한 빛으로 반짝이는 차디찬 고적함 속에 드러나 있었다. (허연 원반 같은 밤의 태양이 걸려 있는) 하늘 아래로 보이는 나무들과 바위와 풀과 물은 물컹하고 끈적끈적한 이상한 물질로 돼 있는 듯했다. 분필처럼 허연 햇빛은 북국의 유령 같은 음산한 빛이었다. 그 고요하고 순수한 반짝임 속에서 사람들 얼굴은 마치 분필로 깎은, 눈도 멀고 말도 못하는 가면들처럼 보였다. 눈도 없고 입술도 없고 코도 없는 얼굴들은 마치 화가 데 키리코(1888~1978)의 그림에 나오는 달걀 모양의 얼굴들을 닮았다. 그야말로 형태도 없이 매끈한 분필로 만든 가면들 같았다.

나는 주지사에게 빙긋 웃으며 그를 비롯해 여기 모인 분들의 모습을 보니, 로바니에미에 도착한 날 밤에 시장에서 본 잠자는 병사들 얼굴이 떠오른다고 말했다. 그들은 땅바닥에 밀짚으로 자리를 깔고 자고 있었다. 그들의 얼굴은 분필을 깎아 만든 듯했다. 눈도 입술도 코도 없는 매끈한 계란 모양의 얼굴이었다. 잠든 병사들의 섬세한 눈은 여린 빛이 희미한 소리를 내며 수줍게 내려앉아, 작은 둥지를, 한 방울 그림자를 만드는 지점이었다. 그들의 얼굴에서 오직 살아 움직이는 느낌을 주는 것은 바로 그 파란 그림자 방울이었다.

"달걀 모양의 얼굴? 내 얼굴도 달걀 모양인가?" 주지사는 이렇게 물으면서 불편하고 놀란 표정으로 나를 보며 자기 눈과 코와 입을 만져봤다.

"네. 꼭 달걀 같습니다." 이어 나는 사람들에게 페차모로 가는 길에 소단퀼레에서 본 것들을 말해줬다. 그날 밤은 날이 맑았고, 하늘은 허옇고, 나무와 언덕과 가옥 등 모든 것이 분필로 만든 것처럼 보였다. 밤의 태양은 속눈썹 없는 눈먼 눈 같았다.

잠시 후 앰뷸런스가 이발로 거리로 내려가는 게 보였다. 앰뷸런스는 우체국 앞에 섰다. 우체국 옆에는 야전병원으로 쓰는 작은 호텔이 있었다. 흰 가운을 입은(아, 눈부시도록 새하얀 리넨 가운이라니!) 간병인 서너 명이 앰뷸런스에서 들것들을 내리더니 길가 풀밭에 차례로 늘어놓았다. 얼어붙은 듯 무거워 보이는 들것에는 분필로 만든 조각상들이 놓여 있었다. 조각상들의 머리는 달걀 모양으로 갸름하고 매끄러웠으며, 눈도 없고 코도 없고 입도 없었다. 그들의 얼굴은 달걀 모양이었다.

"조각상?" 주지사가 물었다. "정말 조각상을 말하는 겁니까? 분필 조각상? 그런 걸 앰뷸런스에 실어 병원으로 옮기고 있었다고요?"

"네. 조각상이었어요. 분필로 만든 조각상. 갑자기 잿빛 구름이 하늘에 퍼지면서 주위가 어두컴컴해지는 바람에 조각상의 진짜 형상이 드러났죠. 아직 허연 주변과 하나처럼 녹아 있던 존재들이 떠오른 거죠. 들것에 실린 분필 조각상들이, 갑자기 구름이 그림자를 드리우는 바람에 사람 형상으로 바뀌었어요. 그들은 남자였습니다. 부상당한 군인들이었죠. 그들은 의아한 눈으로 날 계속 바라봤어요. 나도 그들이 보는 앞에서 분필 조각상에서 사람으로 바뀌었으니까요. 살아 있는 인간, 살과 피와 그림자가 있는 인간 말입니다."

"말리얀네." 주지사가 놀란 눈으로 나를 보며 심각하게 말했다.

"말리얀네." 다른 사람들도 똑같이 따라 하면서 브랜디를 넘칠 듯이 따른 잔을 치켜들었다.

"야코는 뭐하는 거야? 저 친구 돌았나?" 데 폭사가 내 팔을 잡으며 말했다.

야코 레포는 꼼짝 않고 의자에 앉아 있었다. 고개는 약간 앞으로 수그린 상태였다. 그는 낮은 목소리로 중얼거렸다. 얼굴은 무표정했고, 눈에서는 검은 불길 같은 게 이글거렸다. 그는 아주 천천히 오른손을 옆으로 내리더니 갑자기 푸코 단도를 꺼내들고 티투 미카일레스쿠의 얼굴을 노려봤다. 다들 레포의 동작을 따라 푸코를 빼들었다.

"아니야, 그런 식으로 하면 안 되지." 주지사가 말했다. 그도 푸코를 빼들고 곰 사냥꾼의 동작을 흉내냈다.

"아, 알겠네, 그렇게 심장을 곧바로 찌른다는 거지요?" 이렇게 말하는 티투 미카일레스쿠의 얼굴이 다소 창백해졌다.

"이렇게, 심장을 곧장 찌르는 겁니다." 주지사가 칼을 밑으로 찌르는 시늉을 하며 말했다.

"그럼 곰이 쓰러지는 거죠." 미카일레스쿠가 말했다.

"아니. 단번에 쓰러지진 않아." 야코 레포가 말했다. "몇 발짝 더 가다가 비틀비틀하면서 쓰러지지. 정말 멋진 순간이야."

"다들 고주망태가 됐어." 데 폭사가 내 팔을 잡고 속삭였다. "점점 겁이 나네."

"제발, 겁먹은 모습 보이지 마. 자네가 무서워하는 걸 저들이 알면 또 공격을 할 거야. 나쁜 사람들은 아니지만 일단 취하면 애들 같거든."

"나쁜 사람들이 아니라는 건 나도 알아. 애들 같지. 하지만 난 애들이 무서워."

"자네가 겁먹지 않았다는 걸 보여주려면 큰 소리로 '말리얀네'라고 외치고 저들을 똑바로 쳐다보면서 단숨에 잔을 비워."

"난 지금 죽을 지경이야. 한 잔 더하면 정말 죽고 말 거야."

"제발, 취하면 안 돼! 스페인 사람이 취하면 위험하다고."

"세뇨르 미니스트로—공사님." 핀란드군 장교 마요르 본 하르트만이 스페인어로 데 폭사에게 말했다. "스페인 내전 때 왕당파 군대 친구들한테 푸코 게임을 가르쳐줬는데 참 즐거웠습니다. 정말 재미난 게임이지요. 가르쳐드릴까요, 세뇨르 미니스트로?"

"그러실 필요까지는 없겠습니다." 데 폭사가 '왜 저러나' 하는 표정으로 대답했다.

마요르 본 하르트만은 이탈리아 피네롤로 기병학교를 다녔고, 스페인 내전 때 프랑코군 자원병으로 싸운 인물로 정중하면서도 고집이 셌다. 그는 명령에 죽고 명령에 사는 스타일이라 자신의 정중한 제의에 상대가 군말 없이 따라주기를 기대했다.

"싫으십니까? 왜죠? 꼭 배워둬야 하는 게임입니다, 세뇨르 미니스트로. 보세요. 왼손 다섯손가락을 쭉 펴고 테이블 위에 올려놓습니다. 푸코는 오른손에 들고 칼끝으로 손가락 사이를 콱콱 찍는 거지요." 그는 설명을 하면서 단도를 빼들고 벌린 손가락 사이를 한 번 찍었다. 칼끝이 엄지와 검지 사이 테이블에 쿡 박혔다.

"어떻게 하는지 아시겠죠?"

"발가메 디오스!—하느님 맙소사!" 데 폭사가 얼굴이 노래지며 말했다. "한번 해보시죠, 세뇨르 미니스트로." 본 하르트만이 데 폭사에게 푸코를 건네주며 말했다.

"해보고 싶은데 손가락이 안 펴져서. 제 손가락은 오리발 같거든요."

"그럴리가!" 본 하르트만이 못 믿겠다는 듯이 말했다. "한번 봅시다!"

"그럴 필요 없어요." 데 폭사가 두 손을 등뒤로 감추며 말했다. "타고난 흠 같은 겁니다. 손가락이 안 펴져요."

"봐요!" 본 하르트만이 말했다.

사람들이 스페인 공사의 손가락이 과연 오리발처럼 생겼는지 보려 다가왔고, 데 폭사는 손을 테이블 밑으로 숨겼다가 주머니에 찔러넣었다가 다시 등뒤로 감추었다.

"물갈퀴 같은 게 있다는 거죠?" 주지사가 허리춤에서 푸코를 쥐며 말했다. "손 좀 보십시다."

사람들이 데 폭사 쪽으로 다가와 각자 푸코를 빼들었다.

"물갈퀴? 물갈퀴는 아니에요. 물갈퀴라기보다 손가락 사이에 약간 살이 붙어 있는 정도입니다."

"그런 살은 잘라버려야지." 주지사가 기다란 푸코를 들고 말했다. "눈가의 잔주름 같은 건 안 좋아요."

"네? 잔주름이요?" 본 하르트만이 말했다. "그 나이에 벌써 잔주름이 있습니까, 세뇨르 미니스트로? 어디 눈 좀 봅시다!"

"눈?" 주지사가 물었다. "눈은 왜?"

"지사님도 잔주름이 있네요." 데 폭사가 말했다. "눈 좀 보십시다."

"내 눈이요?" 주지사가 불편한 목소리로 말했다.

사람들이 목을 길게 빼고 주지사의 눈을 쳐다봤다.

"말리안네." 주지사가 잔을 치켜들며 말했다.

"말리안네." 다른 사람들도 따라했다.

"우리랑 술 마시는 게 싫은가요, 공사님?" 주지사가 못마땅한 어조로 물었다.

"지사님, 신사 여러분!" 스페인 공사 데 폭사가 심각한 표정으로 자리에서 일어나 말했다. "전 더 못 마십니다. 이러다 병날 겁니다."

"병이요?" 힐릴라 주지사가 물었다. "정말 아파요? 그럼 한 잔 더 해야지! 말리안네—건강을 위하여!"

"말리안네." 데 폭사가 잔을 치켜들며 말했다.

"한 잔 더 드시지요!" 주지사가 말했다. "아플 땐 마셔야 해."

"아구스틴, 제발 좀 마셔!" 내가 데 폭사에게 말했다. "저들이 자네가 취하지 않은 걸 알면 자넨 끝이야! 그러니까 취하지 않은 걸 저들이 모르게 하려면, 아구스틴, 마셔야 돼." 핀란드 사람들과 어울릴 때는 무조건 마셔야 한다. 그들과 술을 마시지 않는 사람은, 그들과 코가 비뚤어지도록 취하지 않는 사람은, 말리안네를 두세 번 놓치거나 진도가 남들보다 두세 잔 뒤처지는 사람은 불신과 의구심의 눈총을 한몸에 받게 되기 때문이다. "제발, 아구스틴, 자네가 안 취했다는 거 들키지 말라고!"

"말리안네." 데 폭사가 한숨과 함께 잔을 쳐들며 말했다.

"마십시다, 공사님!" 주지사가 말했다.

"하느님 도와주소서!" 데 폭사는 이렇게 말하며 두 눈을 질끈 감고 넘칠 듯이 따른 브랜디 잔을 단숨에 비웠다.

주지사가 다시 사람들 잔을 채워주며 말했다. "말리안네."

"말리안네." 데 폭사가 잔을 들며 따라했다.

"제발, 아구스틴, 취하지 말라고!" 내가 말했다. "스페인 사람이 취하면 무서워. 자넨 스페인 공사라는 걸 명심해."

"상관없어!" 데 폭사가 말했다. "말리안네."

"스페인 사람들은 술 마실 줄 몰라요. 마드리드 포위 당시 저는 프랑코군과 함께 대학도시 앞에서……"

"뭐요?" 데 폭사가 말했다. "우리 스페인 사람들이 술을 마실 줄 모른다고?"

"제발, 아구스틴, 자넨 스페인 공사라는 걸 명심하라고!"

"수오멜레!" 데 폭사가 잔을 치켜들며 말했다. 수오멜레는 "핀란드를 위하여!"라는 뜻이다.

"아리바 에스파냐!—스페인을 위하여!" 본 하르트만이 화답했다.

"제발 좀, 취하지 말라고, 아구스틴!"

"다 꺼지라 그래! 수오멜레!" 데 폭사가 말했다.

"미국 만세!" 주지사가 말했다.

"미국 만세!" 데 폭사가 말했다.

"미국 만세!" 다른 사람들이 일제히 잔을 치켜들며 따라했다.

"독일 만세, 히틀러 만세!" 주지사가 말했다.

"다 꺼지라 그래!" 데 폭사가 말했다.

"무솔리니 만세!" 주지사가 말했다.

"꺼지라 그래!" 나는 슬며시 웃음 짓고 잔을 치켜들며 이렇게 말했다.

"꺼지라 그래!" 주지사가 말했다.

"꺼지라 그래!" 다들 잔을 치켜들고 일제히 소리쳤다.

"미국은 핀란드의 둘도 없는 친구입니다." 주지사가 말했다. "미국에 가 있는 우리 동포가 수십만이나 되지요. 미국은 제2의 조국입니다."

"미국은……" 데 폭사가 말했다. "핀란드인의 낙원이죠. 그래서 유럽인은 죽으면 천국에 가고 싶어하지만 핀란드인은 죽으면 미국에 가고 싶어하는 거죠."

"난 죽으면……" 주지사가 말했다. "미국에 갈 생각 없습니다. 난 핀란드에 남을 겁니다."

"당연하지요!" 야코 레포가 데 폭사를 흘겨보며 말했다. "죽었든 살았든 우린 핀란드에 남을 겁니다."

"우린 분명히 핀란드에 남을 겁니다. 죽어도." 다른 사람들이 데 폭사를 흘겨보며 말했다.

"캐비아 좀 주세요." 데 폭사가 말했다.

"캐비아 달라고요?" 주지사가 물었다.

"캐비아 정말 좋아하거든요." 데 폭사가 말했다.

"스페인에는 캐비아가 많나요?" 로바니에미 시장 올라비 코스키넨이 물었다.

"예전엔 러시아산 캐비아를 갖다 먹었습니다." 데 폭사가 대답했다.

"러시아 캐비아?" 주지사가 얼굴을 찌푸리며 말했다.

"메리칼리오 대령한테 들었는데, 러시아 캐비아에 관해 아주 재미난 이야기가 있습니다." 데 폭사가 말했다.

"메리칼리오 대령은 죽었어." 야코 레포가 말했다.

"라도가 호숫가에 갔을 때였습니다." 데 폭사가 아랑곳하지 않고 얘기를 계속했다. "라이콜라 숲 말입니다. 핀란드 유격대들이 러시아군 참호에서 기계 윤활유인 그리스(grease)가 가득한 짙은 회색 상자를 찾아냈어요. 어느 날 메리칼리오 대령이 최전선 참호에 들어갔습니다. 유격대원들이 스노 부츠에 기름칠을 하고 있었어요. 대령은 킁킁 냄새를 맡더니

'이게 무슨 이상한 냄새야!' 했습니다. 물고기 비린내였던 겁니다. '비린내 나는 구두약입니다.' 한 유격대원이 깡통을 대령에게 보여주며 말했습니다. 그건 캐비아 깡통이었지요."

"러시아 캐비아는 구두 닦는 그리스로 쓰면 제격이지." 주지사가 멸시조로 말했다.

그때 웨이터가 문을 확 열고 뛰어들며 크게 소리쳤다. "디틀 장군이십니다!"

주지사가 자리에서 일어나 데 폭사를 보며 말했다. "공사님, 독일의 디틀 장군은 노르웨이 나르비크 탈환 전투의 영웅이며 북부전선 총사령관으로서 제 초대를 받아들이는 영광을 주셨습니다. 공사님이 저의 공관에서 디틀 장군을 만나뵙게 되셨으니 정말 기쁘고 자랑스럽습니다!"

바깥에서 이상한 소음이 들렸다. 컹컹, 야옹, 꿀꿀 하는 소리가 난리였다. 개와 고양이와 멧돼지가 공관 홀에서 마구 뒤엉켜 싸우는 것 같았다. 우리는 영문을 몰라 서로 얼굴만 쳐다봤다. 갑자기 문이 열리고 디틀 장군이 문간에 나타났다. 그는 두 손 두 발로 바닥을 짚고 기고 있었고, 그 뒤를 일단의 장교들이 똑같이 기고 있었다. 그렇게 한 줄로 늘어선 행렬이 가관이었다. 그 기이한 행렬은 컹컹 짖고 꿀꿀거리고 야옹야옹 하면서 만찬장 가운데로 다가왔다. 그러다가 디틀 장군(독일군 제3산악사단 사단장)이 벌떡 일어나 부동자세를 취하고 손을 모자에 살짝 댔다가 두 팔을 쭉 벌리며 사람들을 향해 천둥 같은 목소리로 외쳤다.

"누하!"

핀란드에선 재채기를 한 사람에게 "누하(감기)"라고 하면 "행운을 빈다!"는 뜻이 된다. 우리 앞에 서 있는 이상한 사나이의 모습을 나는 마냥 바라봤다. 키가 크고 마른 몸매였다. 아니 말랐다기보다 여위었다고 하는 편이 낫겠다. 옛날 바이에른 지방의 목수가 대충 깎아 다듬은 목각상 같았다. 고딕식 조각상을 연상시키는 외모는 예전 독일 장인이 깎아 만든 목각품 비슷했다. 눈에는 생기가 넘치고 거칠지만 아이 같은 구석이 있었다. 콧방울에는 유달리 솜털이 많았고 이마와 뺨에는 잔주름이 수두룩했다. 바짝 마른 장작에 금이 잔뜩 가 있는 듯했다. 짧게 깎은 검고 매끈한 머리털은 마사초(1401~28)의 그림에 나오는 심부름하는 아이의 머리처럼 앞이마 쪽으로 내려와 있어, 얼굴 전체가 원숭이 같기도 하고 앳된 티가 느껴지기도 했다. 웃을 때 입이 일그러지면 그런 느낌이 더 강해졌다. 그의 일거수일투족은 너무 급작스럽고 기민해서 오히려 병적으로 느껴졌다. 그의 내면과 외면에서 본인은 극구 밀어내지만 끊임없이 그를 위협하고 배신감을 느끼게 하는 어떤 불길함 같은 것이 느껴졌다. 오른손은 불구였다. 총상 입은 손의 어색한 움직임도 은밀히 그를 위협하는 어떤 것에 대한 은근한 의구심을 말해주는 듯했다. 나이는 쉰 정도로 아직 젊어 보였다. 그러나 라플란드의 원시림과 북극권의 늪과 툰드라, 페차모에서 어부(漁夫) 반도에 이르는 거대한 전선, 리자 강변에서 멀리 알라쿠르티와 살라까지 배치돼 있는 바이에른과 티롤 출신의 부하 산악부대원들과 마찬가지로, 그의 푸르스름하면서도 노란 피부와 초라하고 맥없는 표정에서 천천히, 그러나 치명적으로 부식돼가는 징후를 읽을 수 있었다. 그것은 북극점에 가까운 지역에서 잘 걸리는 한센병 또는 노년기의 퇴화 같은 것이었다. 머리털은 빠지고 이는 떨어져나가고 얼굴에는 깊은 주름이 파인다. 아직 살아 있는 인간의 몸뚱이를 노란 수의 같은 피부가 감싸고 있지만 그 안에서 육신은 마냥 분해돼가고 있다.

디틀 장군이 갑자기 나를 쳐다봤다. 그의 눈빛은 순치되고 체념한 동물의 눈빛이었다. 그의 눈에서 초라하고 절망적인 분위기가 느껴진다는 사실이 나로서는 매우 놀라웠다. 그는 놀란 짐승의 눈으로 나를 바라봤다. 그 야릇한 표정은 골똘한 생각에 빠진 듯 슬픈 모습으로 라플란드 원시림을 돌아다니는 독일 병사들의 모습과 똑같았다. 디틀 휘하의 젊은 산악부대원들이 바로 그런 모습이었다. 이는 다 빠지고, 머리는 대머리에, 얼굴은 주름투성이, 그리고 허연 코는 시체 같았다.

"누하!" 디틀이 소리쳤다. "엘자는 어디 있나?"

엘자가 들어왔다. (작고 마르고 가냘픈 엘자 힐릴라는 주지사의 딸로 인형 같은 차림새를 하고 있었다.) 나이는 열여덟 살이지만 아직 애처럼 보였다. 엘자는 거대한 홀 끝에 있는 문에서 펀치 잔을 여러 개 얹은 커다란 은쟁반을 들고 들어왔다. 그녀는 분홍색 자작나무 바닥을 천천히 가로질러 종종걸음을 쳤다. 이어 미소 띤 얼굴로 디틀 장군에게 다가가 우아하게 한쪽 무릎을 살짝 굽히고 고개 숙여 절을 하며 말했다.

"휘바 파이바—안녕하세요."

"휘바 파이바." 디틀도 고개 숙여 절을 하며 말했다. 그는 은쟁반에서 펀치 한 잔을 집어들고 소리쳤다. "누하!" 참모장교들도 쟁반에서 각자 펀치 잔을 집어들고 소리쳤다. "누하!" 디틀은 고개를 젖히고 펀치를 단숨에 들이켰다. 장교들도 그를 따라 단숨에 들이켰다. 달짝지근하면서도 강렬한 펀치 냄새가 홀 안에 퍼졌다. 비가 올 때 순록이 풍기는 달짝지근한 냄새, 순록의 젖냄새와 똑같았다. 나는 눈을 반쯤 감았다. 유투안요키강으로 흘러드는 이나리 호숫가 숲속에 와 있는 기분이었다.

이나리 호숫가에는 비가 오고 있다. 하늘은 눈 없는 얼굴, 죽은 자의 하얀 얼굴 같다. 비는 나뭇잎사귀며 풀에게 끊임없이 중얼거리고 있다. 늙은 라플란드 여자가 호숫가에 앉아 파이프를 문 채 무표정한 얼굴로 나를 응시하고 있다. 속눈썹 하나 까딱하지 않고. 순록의 무리가 숲속에서 풀을 뜯고 있다. 녀석들은 눈을 들어 나를 쳐다본다. 녀석들의 눈은 초라하고 절망적이다. 저 불가사의한 죽은 자들의 눈빛 그대로다. 순록의 젖냄새가 빗속에 퍼진다. 호수 기슭의 나무들 밑에는 독일군 병사들이 앉아 있다. 얼굴에 모기장 같은 방충망으로 만든 마스크를 쓰고, 손에 두꺼운 순록가죽 장갑을 끼고 있다. 그들의 눈은 초라하고 절망적이다. 그들의 눈에서도 저 불가사의한 죽은 자들의 눈빛이 느껴진다.

디틀 장군은 꼬마 같은 엘자의 허리를 끌어안고 사람들이 부르는 왈츠에 맞춰 춤을 추며 홀을 누볐다. 여기저기서 손뼉 치는 소리와 유리잔이 푸코와 산악부대원들의 칼 손잡이에 부딪혀 짤랑거리는 소리가 났다. 창가에는 한 무리의 젊은 장교들이 말없이 펀치를 마시며 장군을 바라보고 있었다. 그중 하나가 고개를 돌려 내 쪽을 봤지만 나를 알아보지는 못했다. 나는 그 장교가 페데리코 빈디시그래츠 후작이라는 것을 알아보고 미소를 보냈다. "프리키!" 하고 그의 애칭을 부르자 그는 누가 날 부르나 싶어 다른 쪽을 두리번거렸다. 이 먼 곳에서 반갑게 나를 부르는 사람이 누굴까 하고 말이다.

이윽고 내 앞에 다가선 사람은 나이가 든 얼굴이었다. 로마에서, 피렌체에서, 포르테 데이 마르미에서 봤던 그 젊은 프리키가 더이상 아니었다. 그나마 예전의 우아함은 그래도 남아 있었다. 하지만 그 우아함에도 부식돼가는 느낌이 있었다. 그의 이마에 허연, 거의 유령 같은 그늘이 지면서 얼굴이 어두워졌다. 프리키는 잔을 쳐들고 입술을 움직여 "누하!" 하고 외치고는 고개를 젖히고 펀치를 들이켰다. 얼굴뼈는 허약해 보였고 피골이 상접한 듯한 느낌이었다. 머리털이 많이 빠져 얼굴 전체가 허옜고 이마는 거무튀튀했다. 머리칼이 자꾸 빠지고 잇몸은 흐물흐물해졌다. 밀랍 빛깔의 귀 뒤쪽으로 움푹 들어간 목덜미는 병든 아이처럼 힘이 없어 보였다. 노인의 맥없는 목덜미와 다를 바 없었다. 테이블에 잔을 내려놓는 가녀린 손이 떨렸다. 스물다섯밖에 안 된 프리키는 벌써 저 죽은 자들의 불가사의한 눈빛을 하고 있었다.

나는 페데리코에게 다가가 "프리키" 하고 살며시 말을 붙였다. 프리키는 천천히 돌아보더니 차츰 나를 알아보았다. 나를 바라보는 그의 표정이 서글퍼 보였다. 그는 나의 모습과 피곤한 입과 창백한 눈을 찬찬히 살피고 말없이 내 손을 꽉 잡았다. 우리는 서로 바라보며 잠시 미소를 지었다. 그 긴 순간 동안 페데리코는 포르테 데이 마르미 해변에서 봤던 그때 그 모습으로 다가왔다. 그때 태양은 사막을 흐르는 꿀의 강처럼 천천히 움직였고, 우리 집 주위의 전나무들은 꿀처럼 따스한 황금빛 햇살을 똑똑 떨어뜨렸다. (그러나 그사이 클라라는 폰 퓨르스텐베르크 후작과 결혼을 했고, 주니는 딴 남자와 사랑에 빠졌다.) 우리는 눈을 치켜뜨고 유리창 밖으로 허옇게 반짝이는 나뭇잎사귀들과 강물과 하늘을 응시했다. '불쌍한 프리키……' 그런 생각이 들었다.

페데리코는 꼼짝 않고 창문 앞에 서 있었다. 그는 거의 숨도 쉬지 않고 말없이 거대한 라플란드의 숲을 응시하고 있었다. 푸른 강물과 호수는 은빛으로 반짝이고, 수목이 우거진 언덕들은 멀리 얼어붙은 허연 하늘 아래로 끝없이 펼쳐졌다. 나는 페데리코의 팔을 살짝 붙잡았다. 애무 같은 것이었을지 모르겠다. 페데리코는 고개를 돌려 나를 바라봤다. 누런 피부는 잔주름이 가득했고, 눈에는 초라하고 절망적인 빛이 가득했다. 처음에 봤던 그 눈빛이었다.

그 눈빛을 다시 보는 순간 나는 떨렸다. 그것은 짐승의 눈빛이었다. 페데리코가 저 불가사의한 짐승의 눈빛을 하고 있다는 생각에 나는 몸서리가 쳐졌다. 그는 순록의 눈을 하고 있었다. 초라하고 절망적인 순록의 눈을 하고 있었다. 나는 그에게 '아니야, 프리키, 이건 네가 아니야'라고 말하고 싶었다. 그러나 그는 그저 나를 순록처럼 물끄러미 쳐다봤다. '아니야, 프리키, 이건 네가 아니야!' 그러나 페데리코는 묵묵히 나를 쳐다봤고, 그 눈이 꼭 순록처럼 보였다. 그는 순록의 눈을 하고 나를 쳐다봤다. 초라하고 절망적인 눈빛으로.

페데리코의 동료인 다른 장교들도 젊었다. 아마 스물, 스물다섯, 아니면 기껏 서른일 것이다. 그런데 하나같이 누렇게 주름진 얼굴에서 노년의 징표랄까, 분해되고 죽어가는 기색이 엿보였다. 다들 초라하고 절망적인 순록의 눈을 하고 있었다. 그 모든 얼굴에서, 그 모든 눈에서, 아름답고 경이로운 온순함, 들짐승의 처연함 같은 것이 느껴졌다. 들짐승의 그 멜랑콜리한 광기, 야릇한 순수함, 끔찍한 서글픔 같은 게 느껴졌다. 동물에게 있는 그 무시무시한 기독교적 연민 같은 것이라고 할까. 짐승들은 그리스도라는 생각이 떠올랐다. 그 순간 내 입술과 손이 떨렸다. 나는 페데리코를 바라봤다. 그리고 그의 동료들을 바라봤다. 하나같이 예의 시들고 주름진 얼굴을 하고 있었다. 허연 이마에 이빨 없는 미소, 예의 순록 같은 눈빛이었다. 잔인함마저, 독일적인 잔인함조차 그들의 얼굴에서는 이미 사라졌다. 그들은 그리스도의 표정, 짐승의 표정을 하고 있었다. 갑자기 처음 라플란드에 왔을 때 들은 독일군 얘기가 떠올랐다. 다들 목소리를 죽여가며 무슨 신비한 일이나 되는 양 하던 얘기였다. (그것은 실제로 신비한, 금지된 주제였다.) 디틀 장군 휘하 산악부대원들이 깊은 숲속에서 나무에 목을 매달거나, 호숫가에 주저앉아 몇 날이고 지평선을 멍하니 바라보다가 머리에 총을 쏘아 자살하거나, 성적 환상이라 고밖에 할 수 없는 기이한 광기에 휩싸여 들짐승처럼 숲을 방황하다 고요한 호수에 뛰어들어 익사하거나, 바람에 울부짖는 전나무 밑에 침상처럼 펼쳐진 이끼에 드러누워 죽음이 오기만 기다린다는 얘기였다. 그들은 얼어붙은 숲의 적막 속에서 죽을 날만을 기다렸다.

'아니야, 프리키, 이건 네가 아니야.' 나는 프리키에게 이렇게 말하고 싶었다. 그런데 페데리코가 "로마에서 우리 형 봤어요?" 하고 물었다. 나는 "그럼. 떠나기 전날 밤 엑셀시오르 호텔 바에서 봤어"라고 대답했다. 그러나 나는 후고가 죽었다는 사실을 알고 있었다. 이탈리아 항공대장교 후고 빈디시그래츠 후작은 알렉산드리아 상공에서 화염에 휩싸여 추락했다. "그럼, 엑셀시오르 호텔 바에서 봤어. 마리타 굴리엘미가 같이 있더군." 페데리코가 물었다. "형은 어땠어요?" "좋아. 자네 얘기를 물으면서 안부 전해달라더군." 그러나 나는 후고가 죽었다는 사실을 알고 있었다. "형이 저한테 보낸 편지 같은 거 없어요?" "그날 저녁에 잠깐밖에 못 봤어. 안부 전해달라고만 하더군." 이렇게 대답했지만 나는 후고가 죽었다는 사실을 알고 있었다. "형은 정말 좋은 사람이에요." "그럼, 정말 좋은 친구지. 다들 후고를 좋아해. 후고는 자네를 사랑한다고 했어." 그러나 나는 후고가 죽었다는 사실을 알고 있었다. "어떤 때는 밤에 자다 일어나 형이 죽었다는 생각을 해요." 나를 보는 페데리코의 눈은 들짐승의 눈, 순록의 눈이었다. 죽은 자들의 눈에서 반짝이는 들짐승의 그 불가사의한 눈빛이었다. "왜 형이 죽었다고 생각하지? 엑셀시오르 호텔 바에서 내가 봤다니까. 로마를 떠나기 전에." 나는 이렇게 답했지만 후고가 죽었다는 사실을 알고 있었다. "죽었다는 게 뭐 나쁠 게 있나요?" 페데리코가 말했다. "나쁠 거 없죠. 금지된 일도 아니니까. 죽는 게 금지된 일이라고 생각하세요?" "음, 프리키, 후고는……" 갑자기 이런 말이 내 입에서 튀어나왔다. 내 목소리는 떨렸다. "후고는 죽었어! 로마를 떠나기 전날 밤 엑셀시오르 호텔 바에서 봤지. 그런데 벌써 죽었어. 자네에게 안부를 전해달라고 했지. 하지만 편지를 쓸 수는 없었어. 죽었으니까."

페데리코가 순록의 눈으로 나를 바라보며 미소 지었다. "후고 형이 죽었다는 건 알고 있었어요. 오래전에 죽었다는 걸 알고 있었지요. 죽는다는 건 정말 놀라운 일이에요." 그는 내 잔에 술을 따라주었다. 나는 페데리코가 건넨 잔을 들었다. 손이 떨렸다. "누하!" 페데리코가 말했다.

나도 말했다. "누하!"

"이탈리아로 돌아가고 싶어요. 다만 며칠이라도." 한참 침묵하던 끝에 페데리코가 말했다. "로마로 가고 싶어요. 로마는 정말 젊음이 넘치는 도시니까. 그런데, 파울라는 요새 뭐해요? 보신 지 오래됐지요?"

"어느 날 아침 골프장에서 봤어. 로마 떠나기 직전에. 정말 좋은 아가씨지, 프리키."

"저도 정말 좋아해요. 그런데 에다 치아노 백작부인은 뭐하고 지내나요?" 그가 또 물었다.

"뭐하고 지낼 거라고 생각해? 다른 사람들이랑 똑같이 지내지."

"그 말씀은……"

"아무것도 안 한다고, 프리키."

그는 나를 보고 미소 지으며 물었다. "그런데 알베르타는 뭐하고 지내나요? 루이자는요?"

"프리키, 모두 창녀야. 요즘 이탈리아에서는 창녀가 되는 게 유행이지. 이탈리아에서는 모두가 창녀야."

"이탈리아는 언제나 그랬어요."

"언제나 그랬지, 언제나 그럴 거고. 오랫동안 나도 창녀였어. 딴 사람들이랑 똑같이. 나중에는 그런 생활이 역겨워졌어. 그래서 반란을 일으켰고, 결국 감옥에 가고 말았지. 하지만 감옥으로 끝나는 것도 창녀가 되는 한 방식이야. 영웅조차도, 국왕과 조국을 위해 싸우는 것도, 이탈리아에서는 창녀가 되는 한 방식이지. 이게 거짓말이고, 자유를 위해 싸우다 죽은 모든 이들에 대한 모욕이라고 말하는 것도 창녀가 되는 한 방식이야. 탈출구는 없어, 프리키."

"언제나 그랬어요, 이탈리아는." 페데리코가 말했다. "언제나 똑같은 나라예요. 똑같이 허연 배꼽 아래까지 화사한 깃발로 덮인 나라……"

> 그대 배꼽 저 아래 허연 곳에서
> 조국이 나를 부르고 있다
> 그 모든 깃발들 펄럭이면서

"자네가 쓴 시인가?"

"네, 제가 쓴 겁니다. 리파리 섬에 있을 때 썼어요."

"정말 슬픈 시군. '봉헌'이라는 제목이 어울리겠네. 절망적인 시야. 감옥에서 쓴 것 같은 느낌이 드네."

"누하!" 페데리코가 잔을 치켜들며 말했다.

나도 따라했다. "누하!"

우리는 오래 말없이 서 있었다. 페데리코는 미소 띤 얼굴로 나를 응시했다. 들짐승의 저 초라하고 절망적인 눈빛으로…… 요란하게 떠드는 소리가 홀 끝에서 들렸다. 돌아보니 독일군 장교들이 디틀 장군과 카를로 힐틸라 주지사와 대 폭사 백작을 둘러싸고 있었다. 이따금 느닷없이 디틀의 날카로운 목소리가 터져나오고 귀가 멍멍해질 정도로 요란한 함성과 웃음소리가 잇따랐다. 디틀이 무슨 말을 하는지는 알아들을 수가 없었다. 그는 한 단어를 아주 낮은 목소리로 계속 반복하고 있는 것 같았다. '트라우리히'라는 단어 같았다. 독일어로 '슬픈'이라는 뜻이다. 페데리코가 주위를 두리번거리며 말했다. "난리군! 항상 저 모양이지. 낮이고 밤이고 홍청망청하네요. 장교와 사병들의 자살이 어지럼증이 날 정도로 급증하고 있는데 말입니다. 자살이 번지는 걸 막으려고 힘러가 이 먼 북쪽 동네까지 몸소 찾아왔어요. 아마 자살한 자들을 체포할 겁니다. 손을 꽁꽁 묶어서 매장하겠지요. 겁을 줘서 자살을 중단시킬 수 있다고 생각하는 겁니다. 어제 산악부대원 셋을 총살시켰어요. 목매 자살하려고 했다는 이유였습니다. 힘러는 죽는다는 것이 정말 좋은 일이라는 걸 몰라요." 페데리코는 죽은 자들의 눈 같은 표정으로 나를 바라봤다. "머리에 총을 쏴 자살한 사람이 많습니다. 강이나 호수에 뛰어들어 자살하기도 하고요. 그런 사람들은 가장 어린 축에 속하지요. 정신이 나가 숲을 배회하는 자들도 있습니다."

"트라아아아우우우리이이히!" 디틀 장군이 아주 낮은 목소리로 소리쳤다. 슈우욱 하는 슈투카 폭격기의 무시무시한 활강 소리를 흉내낸 것이다. 그러자 공군 장성인 멘슈가 "꽝!" 하고 비명을 질렀다. 폭탄 터지는 소리를 흉내낸 것이다. 입술과 손과 발로 온갖 울부짖음과 휘파람과 소음을 내는 식으로 모두가 두 장군의 행동에 동참했다. 벽이 무너지고 폭발로 유산탄이 휘잉 날아가는 소리를 흉내낸다. "트라아아아우우우리이이히!" 디틀이 소리쳤다. "꽝!" 멘슈가 비명을 질렀다. 그러자 다시 다들 짐승 같은 소릴 내며 난리를 쳤다. 그 광경을 보니 거칠면서 괴기한 뭔가가, 야만적이면서 치기 어린 뭔가가 느껴졌다. 멘슈 장군은 오십쯤 된 인물로 키가 작고 마른 체구였다. 노란 얼굴에는 주름이 많았고 입에는 이빨이 없고 머리칼은 성글고 허옜다. 사악해 보이는 두 눈은 잔주름의 그물에 갇혀 있었다. 그는 "꽝!" 하고 비명을 지르며 데 폭사를 이상한 눈초리로 노려봤다. 증오와 멸시가 가득한 눈빛이었다.

"잠깐!" 갑자기 멘슈 장군이 한 손을 들고 소리쳤다. 그는 데 폭사 쪽을 보며 무례하게 물었다. "트라우리히를 스페인어로 뭐라 하지?"

"트리스테라고 할 겁니다." 데 폭사가 대꾸했다.

"트리스테로 해보시죠." 멘슈가 말했다.

"트리이이이이스테에에에!" 디틀 장군이 외쳤다.

"꽝!" 멘슈가 비명을 질렀다. 그러더니 한 손을 들고 다시 말했다. "아니야, 트리스테는 안 돼. 스페인어는 전쟁에 어울리는 언어가 아니야."

"스페인어는 기독교의 언어지요." 데 폭사가 말했다. "스페인어는 그리스도의 언어입니다."

"아, 크리스토!" 멘슈가 말했다. "크리스토로 해보시죠!"

"크리이이이스토오오오오!" 디틀 장군이 외쳤다.

"꽝!" 멘슈 장군이 비명을 질렀다. 그러더니 한 손을 들고 다시 말했다. "아니야, 크리스토는 안 돼."

"크리스토는 독일어가 아니지요." 데 폭사가 미소 띤 얼굴로 말했다.

그 순간, 장교 하나가 디틀 장군에게 다가가 뭐라고 속삭였다. 디틀은 우리 쪽을 돌아보며 큰소리로 말했다. "여러분, 힘러가 페차모에서 돌아와 사령부에서 우리를 기다리고 있습니다. 충성스러운 독일 군인으로서 힘러에게 존경심을 표하러 갑시다!"

우리는 차에 타고 전속력으로 하얀 하늘에 잠긴, 텅 빈 로바니에미 시내를 통과했다. 그때가 밤 열시 아니면 아침 여섯시쯤이었을 것이다. 창백한 태양이 지붕 위에서 흔들거리고 있었다. 가옥들은 성에 낀 유리 같은 색깔이었고, 강물은 나무들 틈 사이로 서글프게 반짝이고 있었다.

곧 우리는 군 막사가 들어찬 마을로 들어섰다. 시 외곽에 있는 은빛 자작나무 숲 가장자리에 설치한 병영으로 북부전선 사령부가 있는 곳이었다. 장교가 디틀에게 가더니 뭐라고 말을 했다. 그러자 디틀이 우리를 돌아보고 웃으며 말했다. "힘러가 사우나에 있답니다. 가서 그분의 알몸을 구경합시다." 그의 말에 사방에서 웃음이 터졌다. 디틀은 뛰다시피 해서 전나무 통나무로 지은 가옥으로 갔다. 병영에서 좀 떨어진 숲속에 있는 가옥이었다. 디틀이 문을 홱 열어젖혔고, 우리도 따라 들어갔다.

핀란드식 증기탕 안에는 커다란 쇠창살 벽에 보일러가 있고, 수증기가 자욱한 가운데 향기 나는 자작나무 불에 쌓아놓은 뜨거운 돌판 위로 물방울이 뚝뚝 떨어지고 있었다. 선반처럼 높이를 달리해 벽에 붙인 벤치에는 열 명쯤 되는 벌거벗은 남자들이 앉거나 드러누워 있었다. 그들의 몸은 너무도 희고 보드라웠고, 축 늘어진 살에는 아무런 무장도 없었다. 완전히 발가벗은 상태여서 피부도 없는 것처럼 보였다. 그들의 살은 바닷가재의 속살 같았다. 창백하면서도 불그레한 것이 시큼한 갑각류의 냄새를 풍겼다. 널찍하고 퉁퉁한 젖가슴은 물에 퉁퉁 분 것 같으면서도 밑으로 처져 있었다. 심각하게 굳은 얼굴들(독일인 특유의 표정)은 늘어진 허연 팔다리와 선명한 대조를 이루었다. 그것은 얼굴이라기보다는 거의 마스크 같았다. 알몸의 남자들은 기진맥진한 시체처럼 벤치에 눕거나 앉아 있었다. 이따금 그들은 힘겹게, 천천히 손을 들어 상처 딱지처럼 누런 주근깨가 무성한 사지에서 흘러내리는 땀을 닦았다.

알몸의 독일인들은 놀라울 정도로 무방비 상태였다. 그들에게는 이제 비밀이나 위용 같은 것은 없었다. 그들은 이제 두려움을 주는 존재가 아니었다. 그들의 힘의 원천은 피부나 뼈나 피에 있는 것이 아니다. 그것은 그들의 제복에 있다. 그들의 진짜 피부는 바로 제복이다. 유럽인들이 독일군의 회녹색(灰綠色) 군복 속에 흐물흐물한 무방비 상태의 죽은 나신이 들어 있다는 사실을 알면 독일군은 아무리 약한 사람들에게도 두려움을 주지 못할 것이다. 일개 소년이라도 독일군 일개 대대와 감히 맞서려 할 것이다. 그들의 벌거벗은 모습을 보는 것은 독일 국민의 삶과 역사의 감춰진 의미를 파악하는 것이다. 그들은 벌거벗은 상태로 우리 앞에 서 있었다. 마치 수치심으로 수줍어하는 시체들처럼. 디틀 장군이 한 팔을 들어 큰 목소리로 "하일 히틀러!"를 외쳤다.

"하일 히틀러!" 벌거벗은 남자들이 자작나무 가지를 쥔 손을 힘겹게 쳐들며 대꾸했다. 가지는 상대방의 몸을 두드려주는 데 쓰는 도구다. 몸을 쳐주는 것은 사우나의 관습으로, 대단히 신성한 의식 같은 행위다. 그러나 나뭇가지를 든 그 손들의 움직임은 흐늘흐늘했다.

맨 아래층 벤치에 앉아 있는 벌거벗은 남자들 가운데 한 사람은 어디서 본 인물이었다. 툭 튀어나온 광대뼈 밑으로 땀이 비 오듯 흘러내렸다. 안경을 벗은 근시의 눈은 허옇게 번들거렸다. 물고기 눈에서 볼 수 있는 그런 눈빛이었다. 그는 거만하게 고개를 빳빳이 쳐들고 있었다. 그러다 이따금 불쑥 고개를 뒤로 젖히면 움푹 들어간 눈 부위와 콧방울과 귀에서 땀이 주르륵 떨어졌다. 머리통에 잔뜩 들어 있던 물이 흘러내리는 것 같았다. 그는 두 손을 무릎에 다소곳이 모은 채 벌서는 학생처럼 앉아 있었다. 두 팔뚝 사이로 불그레하게 부푼, 축 늘어진 배가 보였다. 불그레한 뱃살 위로 이상하게 튀어나온 배꼽은 가녀린 장미 꽃봉오리 같았다. 노인 배에 아이 배꼽이 달린 느낌이었다.

그런 불그레한 배가 홀딱 드러난 모습은 처음 보았다. 아주 연약해 보여 포크로 한번 찔러보고픈 마음이 간절할 정도였다. 굵은 땀방울이 가슴을 타고 보드라운 배꼽까지 흘러내리다 덤불 같은 털에 방울졌다. 그 사나이는 우리 앞에서 물로 분해되고 있는 것 같았다. 땀을 너무 많이 흘려 곧 몸뚱이는 없어지고 늘어진 피부만 껍데기처럼 남게 되지 않을까 걱정이 될 정도였다. 심지어 뼈도 흐물흐물 녹고 있는 것 같았다. 그는 오븐 속에 들어앉은 아이스크림 꼴이었다. 눈 깜짝할 사이에 마룻바닥에 땀 웅덩이만 남고 말 것 같았다.

디틀 장군이 팔을 들어 "하일 히틀러!"를 외치자 사나이가 자리에서 일어났다. 바로 그때 난 그를 알아보았다. 엘리베이터에서 봤던 그 남자, 바로 힘러였다. 그는 우리 앞에 서 있었다. 발은 납작한데 커다란 발가락들은 이상하게 위를 향하고 있었다. 반면 짧은 두 팔은 옆구리에 달랑달랑 매달려 있었다. 손가락 끝에서 작은 땀줄기가 작은 분수처럼 솟았다. 통통한 가슴에는 동글게 말린 금빛 터럭 두 올이 달려 있었다. 젖꼭지에서도 땀이 젖처럼 솟았다.

그는 젖은 바닥에 미끄러지지 않으려고 벽에 등을 딱 붙이고 있었다. 몸을 틀자 둥그런 엉덩이가 모습을 드러냈다. 벤치 바닥의 나뭇결무늬가 문신처럼 찍혀 있었다. 힘러는 다시 균형을 잡고 돌아서서 한 손을 들고 입을 열었다. 그러나 땀이 입까지 흘러내리는 바람에 "하일 히틀러!"라는 말이 나오지 않았다. 그런데 그런 몸짓이 나뭇가지로 서로 몸을 두드려주자는 신호로 잘못 받아들여졌다. 사람들이 자작나무 가지를 들고 서로 치기 시작했다. 그러더니 작당을 한 것처럼 힘러의 어깨와 등을 점점 세게 쳤다.

보드라운 살결에 허연 자작나무 잎사귀 자국이 났다. 자국은 벌게지는 듯하다가 이내 사라졌다. 힘러의 살갗에도 자작나무 잎사귀들이 새겨지는 듯하다가 사라졌다. 벌거벗은 남자들이 나뭇가지를 힘차게 휘둘렀다. 부풀어오른 입술에서 씨근거리는 소리가 흘러나왔다. 처음에 힘러는 부하들이 다가오는 것을 막으려고 했다. 두 팔로 얼굴을 가리고 웃었다. 그러나 그것은 분노와 공포를 드러내는 억지웃음이었다. 나중에 나뭇가지가 엉덩이를 파고들자 그는 요리조리 몸을 틀며 피했다. 팔꿈치로 배꼽을 가리고 까치발을 하고 빙그르르 돌면서 목을 자라처럼 양 어깨에 폭 파묻었다. 그는 회초리를 맞으면서 히스테릭한 웃음을 터뜨렸다. 채찍보다 자작나무 회초리를 더 아파하는 것 같았다. 마침내 힘러가 우리 뒤로 사우나 문이 열려 있는 것을 보고 튀어나와 밖으로 내달렸다. 그를 때리던 벌거벗은 남자들도 그가 뛰어든 강으로 달려갔다.

"여러분." 디틀이 말했다. "힘러가 미역을 감으시는 동안 제 숙소에 가서 술이나 한 잔하십시다."

우리는 숲에서 나와 풀밭을 지나 디틀을 따라 작은 목조가옥으로 들어갔다. 바이에른 산악지역에서 볼 수 있는 예쁘장한 집 같았다. 벽난로에서 전나무 장작이 타고 있었다. 상큼한 나뭇진 냄새가 따스한 실내에 번졌다. 우리는 다시 술을 마시며 디틀이나 멘슈가 잔을 들어 신호를 보낼 때마다 일제히 "누하!" 하고 소리쳤다. 얼마 후, 사람들이 푸코 칼과 산악부대 칼을 들고 멘슈 주변에 둘러앉고, 데 폭사가 투우의 마지막 순간을 팬터마임으로 흉내내는 가운데(멘슈는 황소, 데 폭사는 투우사였다) 디틀 장군이 페데리코와 내게 따라오라고 신호를 보냈다.

우리는 방을 나서 그의 서재로 갔다. 벽 한구석에 군용 간이침대가 세워져 있고, 바닥에는 북극 늑대가죽이 깔려 있었다. 침대에는 멋진 흰색 곰가죽이 덮여 있고, 사방 벽에는 압정으로 꼽은 산 사진들이 다닥다닥 붙어 있었다. 이탈리아의 토리 델 바이욜레트, 마르몰라타, 토파네, 티롤, 바이에른, 카도레 지역의 산악지대 사진도 있었다. 가죽으로 틀을 댄 창문 옆 책상에는 여자가 소녀 셋, 소년 하나와 같이 찍은 사진이 놓여 있었다. 소박하고 순수하면서도 온화한 분위기의 여자였다. 옆방에서는 멘슈 장군의 고함이 흘러나오고, 그 뒤를 따라 웃음소리가 터졌다. 요란한 고함과 손발을 쾅쾅 치는 소음이 들렸다. 멘슈의 고함 소리에 유리창과 벽난로 선반에 놓인 백랍 잔들이 흔들렸다.

"저 사람들은 좀 놀게 놔두자고." 디틀이 침대에 드러누우며 말했다. 그는 창문 쪽으로 눈길을 돌렸다. 그의 눈 역시 순록의 초라하고 절망적인 눈빛이었다. 그 역시 죽은 자들의 눈에서 보이는 저 불가사의한 짐승의 눈빛을 하고 있었다. 하얀 햇살이 나무들 사이로 비스듬히 꽂히면서 병영과 숲 가장자리에 늘어선 하얀 장교 숙소를 비췄다. 강에서 미역 감는 자들의 목소리와 웃음소리가 들렸다. 분홍색 배꼽을 한 힘러가 웃는 소리였다. 전나무 가지에서 새 울음소리가 들렸다. 디틀은 눈을 감았다. 그는 한 손은 옆으로 늘어뜨리고 다른 손은 가슴에 얹은 채 잠에 빠졌다. 어린아이처럼 희고 작은 손이었다. 죽는다는 건 정말 좋은 일이다. 멀리서 엔진 소리가 들렸다. 자작나무 숲의 은빛 녹색이 짙어졌다. 비행기 한 대가 투명한 창공을 뚫고 웅 소리를 내며 날아갔다. 옆방에서는 왁자지껄한 난리가 계속되고 있었다. 요란한 함성과 유리잔 깨지는 소리, 날카로운 고함 소리, 어린아이처럼 시끄러운 웃음소리…… 나르비크의 정복자 디틀은 독일의 전쟁 영웅이었다. 독일민족의 영웅이었다. 그는 또하나의 지크프리트였고, 지크프리트인 동시에 고양이였다. 그 역시 카파로트, 즉 희생물이었다. 죽는다는 건 정말 좋은 일이었다.

옆방에서 멘슈의 날카로운 목소리와 데 폭사의 깊은 저음이 들렸다. 언쟁을 하는 모양이었다. 나는 문간으로 갔다. 멘슈 앞에 창백한 얼굴에 땀을 뻘뻘 흘리는 데 폭사가 서 있었다. 둘 다 술잔을 들고 있었다. 주변의 장교들 역시 각자 술잔을 들고 있었다.

멘슈 장군이 말했다. "유럽의 자유를 위해 싸우는 나라들을 위해 건배합시다. 독일을 위해 건배, 그리고 이탈리아를 위해, 핀란드를 위해, 루마니아를 위해, 헝가리를 위해 건배……"

"크로아티아와 불가리아와 슬로바키아를 위해 건배!" 다른 사람들이 맞장구를 쳤다.

"크로아티아를 위해, 불가리아를 위해, 슬로바키아를 위해!" 멘슈가 똑같이 소리쳤다.

"일본을 위해!"

"일본을 위해!" 멘슈가 똑같이 소리쳤다.

"스페인을 위해!" 핀란드 주재 스페인 공사 데 폭사 백작이 말했다.

"아니, 스페인은 아니야!" 멘슈가 소리쳤다.

데 폭사가 천천히 잔을 내렸다. 창백한 이마는 땀에 젖어 있었다.

"스페인을 위해!" 데 폭사가 다시 한번 외쳤다.

"나인, 나인, 슈파니엔 니히트!—아니, 아니, 스페인은 아니야!" 멘슈 장군이 소리를 쳤다.

"스페인의 청색사단•이 레닌그라드 전선에서 독일군을 도와 싸우고 있습니다." 데 폭사가 말했다.

"나인, 나인, 슈파니엔 니히트!" 멘슈 장군이 소리쳤다.

• 스페인 내전에서 프랑코 정권은 같은 파시스트인 나치의 큰 지원을 받아 승리했음에도, 정작 이차대전 발발하자 정치적 중립을 선언하며 정규군 아닌 의용군을 파견해 싸우게 했다. 주로 팔랑헤 당원들로 구성돼 있던 이 지원군을 '청색사단'이라 불렀다.

다들 데 폭사를 쳐다봤다. 데 폭사는 창백하면서도 단호한 표정으로 멘슈 장군을 노려보고 있었다. 분노와 당당함이 넘치는 눈빛이었다.

"장군이 스페인을 위해 건배하지 않겠다면 나는 독일은 '메르드—똥이다'라고 말하겠소."

"나인." 멘슈 장군이 소리쳤다. "슈파니엔 니히트!"

"독일은 똥이다!" 데 폭사가 잔을 치켜들며 소리쳤다. 나를 돌아보는 그의 눈빛에는 승리의 확신이 넘쳤다.

"브라보, 데 폭사. 자네가 이겼어." 내가 말했다.

"비브 레스파뉴, 메르드 랄르마뉴!—스페인 만세, 독일은 똥이다!" 데 폭사가 다시 소리쳤다.

"야, 야—그래그래." 멘슈가 잔을 들며 소리쳤다. "메르드 랄르마뉴!"

"메르드 랄르마뉴!" 장교들이 일제히 잔을 들며 소리쳤다.

그들은 서로 얼싸안고 비틀거리기도 하고 넘어지기도 했다. 멘슈 장군은 마룻바닥을 기며 데굴데굴 굴러가는 술병을 잡으려고 애썼다.

17장
지크프리트와 연어

"안락의자에 사람가죽을 씌웠다고요?" 쿠르트 프란츠가 믿기지 않는다는 표정으로 물었다.

"네, 사람가죽을 씌웠습니다." 내가 다시 말했다.

다들 웃었다. 게오르크 베안다슈가 말했다. "아주 편하겠네요."

"인피(人皮)는 아주 부드럽고 얇죠." 내가 말했다. "거의 투명해."

"파리에서 인피로 제본한 고서들을 본 적은 있지만, 사람가죽 안락의자라니……"

"이탈리아에 그런 안락의자들이 있어요." 내가 말했다. "아풀리아의 콘베르사노 백작 가문 성에 말입니다. 유서 깊은 콘베르사노 가문의 한 백작은 17세기 중엽에 적들을 죽여서 가죽을 벗겼어요. 신부, 귀족, 범죄자, 산적 등등. 그걸로 성의 커다란 홀 안락의자들 커버를 만들었지요. 등받이를 수녀의 배와 유방에서 도려낸 가죽으로 씌운 의자도 있습니다. 아직도 유방과 젖꼭지 모양을 알아볼 수 있을 정도랍니다. 오래 써서 만질만질하게 닳았지만."

"오래 썼다고요?" 베안다슈가 이상하다는 표정으로 물었다.

"삼백 년 동안 그 의자에 앉았을 수많은 사람들을 생각해보시오. 수녀의 유방이라도 다 닳아 없어졌을 거야."

"콘베르사노 백작이라는 자는……" 빅토르 마우러가 말했다. "필시 괴물이었겠군요."

"당신들이 이 전쟁에서 죽인 유대인 가죽으로 안락의자 커버를 몇 개나 만들 수 있을지 궁금하군요." 내가 반문했다.

"수백만 개지요!" 게오르크 베안다슈가 말했다.

"유대인 가죽은 아무짝에도 쓸모없습니다." 쿠르트 프란츠가 말했다.

"독일인 가죽이 분명 질이 더 좋을 겁니다." 내가 말했다. "끝내주는 커버가 될 겁니다."

"가죽은 에르메스만 한 게 없지요." 빅토르 마우러가 말했다. 디틀 장군은 그를 '파리지앵'이라 불렀는데, 로마 주재 독일 대사관 공보관 한스 몰리어(1895~1971)와는 사촌이고, 프랑스에서 오래 산 인물이었다. 마우러에게 프랑스는 파리를 의미하고, 파리는 리츠 호텔 바를 의미했다.

"전쟁이 끝나고 나면……" 쿠르트 프란츠가 다시 말했다. "독일인의 가죽은 아무 가치도 없을 겁니다."

게오르크 베안다슈가 웃었다. 그는 얼굴에 방충망을 뒤집어쓰고 풀밭에 드러누워 있었다. 그는 자작나무 잎사귀를 씹다가 가끔씩 방충망을 들추고 침을 뱉었다. 그는 웃으면서 말했다. "전쟁이 끝나고 나면? 무슨 전쟁?"

우리는 호수 근처 유투안요키 강기슭에 앉아 있었다. 강물은 큰 바위 사이를 굽이치며 세차게 흘렀다. 파란 연기가 이나리 마을 위로 피어올랐다. 라플란드 유목민들이 장작 위에 구리 솥을 걸어놓고 순록 수프를 끓이는 것이었다. 해는 지평선 위에서 실실 흔들렸다. 바람에 흔들리는 것 같았다. 푸른 숲은 따스했다. 바람이 불면 풀과 나뭇가지에 잔물결이 일렁이는 것이 참으로 아름다웠다. 순록 무리가 반대편 기슭에서 풀을 뜨고 있었다. 나무들 사이로 은빛 호수가 반짝였다. 수면은 아름다운 옛날 마이센 도자기 같은 분홍색과 녹색으로 잔잔하게 물들었다. 그 따스하고 수줍은 녹색, 그 따스한 분홍색이 여기저기 반짝이는 자줏빛 포말 속으로 녹아들었다. 비가 오기 시작했다. 끝없이 추적추적 내리는 북극권의 여름비였다. 원시림에서 쇄아쇄아 하는 소리가 줄기차게 들렸다. 갑자기 햇살이 분홍색과 녹색으로 물든 호수를 비췄다. 길게 짤랑 하는 소리가 허공을 갈랐다. 달콤하면서도 서글픈, 도자기들이 부딪히는 소리 같았다.

"우리한테 전쟁은 이미 끝난 겁니다." 쿠르트 프란츠가 말했다.

전쟁은 우리와는 아주 멀리 떨어진 곳에 있었다. 우리는 전쟁 바깥에, 머나먼 땅덩어리에, 추상적인 시간 속에, 인간들 바깥에 존재하고 있었다. 한 달 이상을 우리는 라플란드의 원시림을 누비고, 리자 강변 툰드라 지대와 북극해에 면한 페차모 피오르해안의 황량하게 얼어붙은 바위투성이 벌판을 지났다. 적송 숲과 하얀 자작 숲을 통과했고, 이나리 호숫가를 따라 이발로의 구릉지대를 밟았다. 한 달 이상을 나는 이상한 사람들과 섞여 살았다. 바이에른과 티롤 출신의 젊은 산악부대원들은 이와 머리칼이 다 빠졌고, 주름투성이의 노란 얼굴에 들짐승의 초라하고 절망적인 눈을 하고 있었다. 그들을 보면서 나는 무엇이 그들을 저렇게 완전히 바꿔놓았을까 하는 궁금증이 들었다. 그들은 아직 독일인이었다. 유고슬라비아의 베오그라드에서, 소련의 키예프와 스몰렌스크와 레닌그라드에서 만났던 바로 그 독일인들이었다. 똑같이 쉰 목소리에 똑같이 강인한 이마와 둔중한 손을 하고 있었다. 하지만 그들에게는 그 어떤 독일인에게서도 보지 못했던 놀라운 것, 뭔가 순수하고 순결한 것이 있었다. 그것은 아마 짐승 특유의 잔인함, 잔인한 순진무구함, 어린이와 야수의 천진난만함 같은 것이었으리라. 그들은 전쟁에 대해 이야기할 때 다른 먼 나라 일처럼 말했다. 그러나 그들 마음속에는 어떤 경멸감이랄까, 폭력과 기아와 파괴와 살인에 대한 반감 같은 것이 있었다. 그들은 자연의 잔인함에는 불만이 없는 것처럼 보였다. 저 끝없이 펼쳐진 숲속에서 외롭게 문명과 동떨어져 사는 삶, 영원히 계속될 것만 같은 겨울밤의 지루함, 이따금 오로라 불빛으로 갈라지는 밤하늘, 무한히 계속되는 여름밤 백야의 고문, 밤이고 낮이고 하늘을 응시하는 태양…… 그 모든 것이 그들을 인간 특유의 잔인함으로 몰아간 것 같았다. 그들은 들짐승의 절망적인 초라함에, 죽음을 달가워하는 저 불가사의한 감정에 절어 있었다. 그들은 검고 깊게 반짝이는 순록의 눈을 가지고 있었다. 죽은 자들의 눈에서 보이는 그 불가사의한 동물 같은 눈빛이었다.

며칠 전 나는 숲으로 가봤다. 잠이 통 오지 않았다. 자정이 지난 시각이었다. 허연 하늘은 놀라울 정도로 투명했다. 마치 훤히 비치는 화장지로 만든 하늘 같았다. 구름 한 점 없었다. 아니, 내게는 그렇게 보였다. 하늘은 너무도 맑고 투명해서 광대무변한 텅 빈 공간처럼 보였다. 그 맑은 하늘에서 보일락 말락 하는 안개비가 떨어지고 있었다. 비는 내 뼈를 파고들었고, 나뭇잎들 사이에서, 작은 숲에서, 카펫처럼 펼쳐진 이끼 위에서 음악처럼 달콤하게 속삭이는 소리를 냈다. 이 킬로미터 가까이 숲속을 걷고 있을 때 정지를 명하는 독일군의 쉰 목소리가 들렸다. 방충망 마스크를 쓴 산악부대 정찰대원들이 내게 다가왔다. 북극권 숲을 무대로 한 게릴라전에 대비해 특수훈련을 받은 대원들이었다. 그들은 숲을 샅샅이 뒤지고 이발로와 이나리의 구릉지를 수색해 러시아와 노르웨이 파르티잔들을 찾아냈다. 우리는 큰 바위 틈에서 모닥불을 앞에 놓고 앉아 담배를 피우며 잡담을 나눴다. 안개비 사이로 송진 냄새가 났다. 그들은 늑대 무리의 흔적을 찾았다고 했다. 그 흔적을 발견하기 훨씬 전부터 그들은 늑대 무리가 주변에 있다는 사실을 알고 있었다. 순록들이 계속 불안에 떠는 모습을 보였기 때문이다. 정찰병들은 티롤과 바이에른 산악지대 출신이었다. 이따금 깊은 숲속에서 나뭇가지 부러지는 소리, 새 우는 소리가 들렸다.

우리는 목소리를 낮춰가며 대화를 했다. (그런 환경에서는 언제나 낮은 소리로 말하게 된다. 인간의 목소리가 인간에게 낯설게 들리기 때문이다. 거짓되고 인위적인, 인간과는 무관하고 절망으로 가득 찬 소리처럼 들린다. 그것은 내적 고뇌의 목소리, 자신을 표현하지도 못한 채 자신 속에서, 자신의 소리와 자신의 울림 안에서 스스로 소진되고 마는 목소리였다.) 우리는 한 백 보쯤 떨어진 숲속에서 개처럼 생긴 동물이 지나가는 것을 보았다. 짧은 잿빛 털에 녹슨 쇠 같은 색깔을 한 동물이었다.

"늑대다."

병사들이 말했다. 녀석들은 가까이로 지나가며 번들거리는 붉은 눈으로 우리를 쳐다봤다. 녀석들은 우리를 두려워하거나 의심하는 것 같지 않았다. 그런 자신감에서 평화로움과 무관심 같은 것이 느껴졌다. 일종의 처연하면서도 고상한 무덤덤함 같은 것이었다. 늑대들은 아무 소리도 내지 않고 민첩한 걸음걸이로 신속히 이동했다. 그들에게서는 야수 같은 것은 전혀 느껴지지 않았다. 오히려 고상한 수줍음이라고 할까, 당당하면서도 잔인한 온순함 같은 게 느껴졌다. 한 병사가 총을 들자 다른 병사가 그 총을 끌어내렸다. 인간 특유의 잔인함을 포기하는, 거부하는 몸짓이었다. 이런 비인간적인 고독한 환경에서는 인간조차 저 처연하고도 온순한 동물의 느낌을 그대로 받아들이는 것 외에는 자신의 인간성을 표현할 방법이 없는 것 같았다.

"폰 호이너트 장군은 한동안 노발대발이었습니다." 게오르크 베안다슈가 말했다. "연어 하나를 못 잡아서 말입니다. 독일 장군들의 모든 전략이 그 연어한테는 안 통했던 겁니다."

"독일인들은 고기잡이는 젬병이에요." 쿠르트 프란츠가 말했다.

"물고기가 독일인들을 안 좋아하지요." 빅토르 마우리가 말했다.

게오르크 베안다슈 중위는 기갑부대 장군 폰 호이너트의 부관으로 내가 이나리에 도착해서 처음 만난 독일인이었다. 민간인 시절 베안다슈는 베를린의 판사였다. 나이는 서른쯤으로 키가 크고 떡 벌어진 어깨에 턱은 강인해 보였다. 걸을 때는 약간 구부정했고, 사람을 흘겨보는 스타일이었다. 본인도 "판사 눈으로는 좀 안 어울리지요"라고 말하곤 했다. 이따금 그는 거무튀튀한 얼굴에 강한 경멸감 같은 것을 내비치며 땅바닥에 침을 뱉었다. 그의 얼굴은 가죽 빛깔이었다. 그날 콘베르사노 백작의 사람 가죽을 씌운 안락의자 얘기가 나온 것도 그의 가죽빛 피부 때문이었다. 땅바닥에 침을 뱉는 버릇은 독일 기갑사단 장군의 부관으로서는 좀 어울리지 않는 행동이었다. 이 점은 게오르크 베안다슈도 인정했다. "하지만 내가 그러는 데는 이유가 있어요." 어떨 때 보면 그는 모든 독일 장군들을 향해 침을 뱉는 것 같았다. 비록 말은 조심스럽게 하지만 그 친구가 히틀러와 그의 장군들을 높이 평가한다는 느낌이 든 적은 한 번도 없다. 폰 호이너트 장군과 라플란드 연어 중에서 선택을 해야 한다면 그는 연어의 편을 들 것이다. 그러나 결국은 모든 독일인과 마찬가지로(신분이 판사든 뭐든 마찬가지다) 그는 장군들의 명령에 복종했다. 그것이 바로 유럽 연어의 비극이다. 독일인들은 연어의 편이기는 하지만 장군들의 명령에 따르는 것이다.

나는 이나리에 도착하자마자 마을을 돌아다니며 잠잘 곳을 찾았다. 극도로 피곤했고, 수면부족으로 어질어질했다. 라플란드를 육백 킬로미터나 달려 이나리에 온 터였다. 당장이라도 침대에 큰 대자로 뻗고 싶었다. 그러나 이나리에는 침대가 귀했다. 마을의 목조가옥은 사오백 채 정도로 현지어로 '세카타바라 카우파'라고 하는 잡화점을 중심으로 옹기종기 붙어 있었다. 잡화점 주인인 핀란드인 유호 니캐넨 씨가 상냥한 미소로 맞으며 가게에서 제일 좋은 물건들을 내보였다. 합성수지로 만든 빗, 순록뼈 손잡이가 달린 푸코 칼, 감미료 캡슐, 개가죽 장갑, 모기 물린 데 바르는 크림 같은 것들이 눈에 띄었다.

"침대요? 잠자는 침대요?" 유호 니캐넨이 물었다.

"당연히 자려고 그러지요."

"그것 때문에 여기 오셨수? 우리는 침대는 안 팔아요. 군용 야전침대가 있었지만 삼 년 전에 로바니에미의 오사키 은행 지점장한테 팔아버렸습니다."

"몇 시간만이라도 침대를 빌려줄 사람을 소개해줄 수 없을까요?"

"침대를 빌려준다? 손님한테 자기 차례를 내줄 사람 말입니까? 음, 없을 것 같은데. 독일군이 침대를 다 징발해가서 우리도 겨우 남은 몇 개로 돌아가면서 자거든요. 이리야 팔무넨 히만카 부인한테 가보시죠. 그 여자 호텔에 침대 하나가 남을 겁니다. 아니면 독일군 장교한테 말해서 몇 시간 빌려줄 수 있을지 몰라요. 그러면 잘 차례가 될 때까지 어디 낚시라도 다녀오시면 되지요. 연어낚시에 필요한 건 제가 다 챙겨드릴 수 있습니다. 가격도 괜찮아요."

"강에 연어가 많습니까?"

"아주 많았죠. 독일군이 유투안요키 강에 다리를 건설하기 전까지는 그랬지요. 목수들이 톱이며 망치, 도끼 같은 것으로 엄청 시끄럽게 구는 바람에 연어들이 화가 났어요. 독일군은 이발로에 다리를 또 세우고 있어요. 그래서 연어가 이발로요키 강을 떠났습니다. 그게 끝이 아닙니다! 독일군은 수류탄으로 고기를 잡아요. 그건 학살이죠! 연어만 몰살시키는 게 아니라 다른 물고기도 다 죽여요. 연어도 유대인들처럼 다루면 된다고 생각하는 걸까요? 우린 절대 좌시하지 않을 겁니다. 일전에 제가 폰 호이너트 장군한테 그랬어요. 독일군이 소련군과 싸우는 대신 이렇게 계속 연어하고 싸우면 우리가 나서서 연어를 보호하겠다고."

"소련군과 싸우는 것보다는 연어랑 싸우는 게 쉽지요."

"잘못 생각하신 겁니다. 연어는 아주 용감해요. 녀석들을 잡는 건 쉬운 일이 아니지요. 내 생각에는 독일인들이 연어와 전쟁을 하면서 큰 실수를 저질렀어요. 독일인들이 연어조차 두려워할 날이 올 겁니다. 결국 그렇게 끝나게 돼 있어요. 그런 식으로 마지막 전쟁이 끝날 겁니다."

"그러니까, 연어들이 여기 강을 떠나고 있다는 거지요?"

"무서워서 떠나는 게 아닙니다." 유호 니캐넨의 목소리에는 화가 난 기색이 역력했다. "연어는 독일군을 두려워하지 않아요. 경멸하지. 독일군은 정정당당하지 못해요. 특히 고기잡이에서 그렇지요. 그들은 페어플레이가 뭔지 전혀 몰라요. 수류탄을 까 던져 연어를 학살한다니까요. 그들은 고기잡이는 스포츠가 아니라 일종의 블리츠크리크(전격전)라고 생각해요. 연어는 세상에서 가장 고귀한 동물입니다. 정해진 규범을 위반하기보다는 죽는 게 낫다고 생각하지요. 신사처럼 죽는 순간까지 싸우고, 영웅처럼 죽음을 담대히 맞이합니다. 하지만 꼼수를 쓰는 적과 싸워서 스스로 품위를 떨어뜨리는 짓은 안 합니다. 깜냥이 안 되는 적과 싸우는 불명예를 감수하기보다는 망명을 택하죠. 독일군이 화가 난 것은 이제 우리 강에서 연어가 안 보이기 때문입니다. 그럼, 연어가 어디로 이주하고 있는지 아십니까?"

"노르웨이?"

"네? 노르웨이인들이 연어보다 형편이 낫다고 생각하세요? 노르웨이에도 독일군이 있습니다. 연어는 어부 반도 너머 아르한겔스크와 무르만스크로 이주하고 있습니다."

"아, 그럼 러시아로 가는 거네요?"

"네, 러시아로 가고 있죠." 유호 니캐넨이 말했다. 핀란드인 특유의 광대뼈가 튀어나온 창백한 얼굴에는 잔주름이 자글자글했다. 마치 싸구려 토기처럼 흙을 빚어 햇볕에 그냥 말린 마스크 같았다. "녀석들은 러시아로 가고 있습니다. 나중에 빨갱이 사상에 물들어 돌아오지 않기를 빌어야겠지요."

"돌아올 거라고 확신하세요?"

"올 겁니다. 사람들의 예상보다 빨리 올 겁니다." 유호 니캐넨은 목소리를 낮추며 한마디 덧붙였다. "내 말 믿으세요, 장교님. 독일은 전쟁에서 질 겁니다."

"뭐라고요?" 나도 모르게 목소리가 커졌다. "지금 독일이 전쟁에서 진다고 했습니까?"

"제 말은 연어와의 전쟁을 말하는 겁니다. 여기서는 말이죠, 라플란드 사람이건 핀란드 사람이건 다 연어 편이에요. 일전에 강가에서 독일 병사 몇이 죽은 채 발견됐어요. 아마 연어가 죽였을 겁니다. 그렇게 생각하지 않으세요?"

"그럴지도 모르죠. 연어가 승리한다면 그야말로 축하를 해주고 싶네요. 연어 문제는 인간과 문명의 수준을 보여주는 것이니까요. 그건 그렇고, 잘 침대를 구해야겠는데……"

"굉장히 피곤하신가 보죠?"

"피로에 수면부족이 겹쳐서 금방 쓰러질 것 같아요."

"이리야 팔무넨 히만카 부인한테 가보세요."

"여기서 먼가요?"

"이 킬로미터 거리도 안 돼요. 잘하면 될 겁니다. 독일 장교랑 같이 잘 수도 있고."

"한 침대에서요?"

"독일인들은 남 침대에서 자는 걸 좋아해요. 잘 말하면 자리를 내줄 겁니다."

"감사합니다, 유호 니캐넨 씨. 키톡시아 팔리온—정말 감사합니다."

"휘바 파이바!—안녕히 가세요!"

"휘바 파이바!—안녕히 계세요!"

이리야 팔무넨 히만카 부인은 나를 반갑게 맞아주었다. 서른이 약간 넘은 나이에 피곤하고 슬퍼 보이는 얼굴이었다. 그녀는 바로 게오르크 베안다슈 중위가 폰 호이너트 장군의 부관이니, 그에게 침대 하나를 양보해달라고 말해보겠다고 했다.

"도대체 그 사람은 침대를 몇 개나 쓴다는 겁니까?" 내가 물었다.

"그분 방에는 침대가 두 개예요. 그중 하나를 양보해주기 바라는 거지요. 하지만 아시다시피, 독일 사람이라는 게……"

"독일 사람은 상관없어요. 그냥 졸릴 뿐이니까."

"저도 그래요. 하지만 어느 정도는, 독일 사람이라는 게……"

"독일 사람한테 부탁은 절대 하면 안 됩니다." 내가 말했다. "독일 사람한테 부탁을 하면 십중팔구는 거절당해요. 헤렌폴크라는, 그 지배민족의 절대 우월감 때문에 당연히 '노!'라고 하지요. 독일인들한테는 절대 부탁하거나 구걸하면 안 돼요. 나한테 맡겨두세요, 부인. 연어한테서 배운 요령이 있으니까."

이리야 팔무넨 히만카 부인의 나른한 눈이 갑자기 반짝였다. "아, 이탈리아 사람들은 역시 고상해! 이탈리아 사람을 직접 본 것은 선생님이 내 평생 처음입니다. 근데, 이탈리아인까지 독일군에 맞서 연어를 지키려고 할 줄은 몰랐네요. 그렇지만 그쪽은 독일군 동맹 아닌가요? 그렇게 고상한 민족이 어쩌다……!"

"이탈리아인들은 연어랑 같은 과예요. 유럽의 모든 민족이 사실은 연어지요."

"우리는 어떻게 될까……" 이리야 팔무넨 히만카 부인이 말했다. "독일군이 우리 강에 사는 연어들을 다 죽이고, 연어들이 죄다 강을 떠나게 만들어버리면 말이에요. 평화시에 우리는 낚시꾼들로 먹고살았어요. 영국, 캐나다, 미국에서 관광객들이 몰려왔죠. 라플란드에서 여름을 보내려고 말이에요. 그런데 이놈의 전쟁이……"

"내 말 믿으세요, 부인. 이 전쟁은 마지막 전쟁처럼 끝이 날 겁니다. 연어가 독일군을 몰아낼 거예요."

"정말 그렇게만 된다면 얼마나 좋겠어요!" 이리야 팔무넨 히만카 부인이 큰 소리로 말했다.

우리는 일층으로 올라갔다. 이곳 이나리 '호텔'은 알프스 산의 외딴 오두막 같은 작은 여인숙 수준이었다. 거기 딸린 목조 이층 가옥에서는 일요일 교회 예배가 끝나면 라플란드의 유목민과 어부들이 모여 순록과 녹주(毒酒), 연어 얘기를 하다가 북극권의 깊은 숲속에 있는 오두막과 텐트로 돌아가곤 했다. 이리야 팔무넨 히만카 부인이 문 앞에 서서 살살 노크를 했다.

"들어오세요." 안에서 씩씩하게 외치는 쉰 목소리가 들렸다.

"내가 하는 게 낫겠어요. 절 믿으세요. 다 잘될 겁니다."

나는 문을 확 열고 들어갔다. 자작나무 장식 테를 벽에 두른 작은 방 안에는 침대 두 개가 있었다. 창문 쪽 침대에는 게오르크 베안다슈가 얼굴에 방충망을 뒤집어쓴 채 누워 있었다. 나는 인사도 하지 않고 배낭과 레인코트를 다른 쪽 침대에 툭 던졌다. 베안다슈가 침대에 팔꿈치를 괴고 고개를 들더니 나를 머리에서 발끝까지 훑어봤다. 판사가 범죄자를 보는 그런 눈길이었다. 그는 슬며시 웃음을 지으며 낮은 목소리로 투덜거렸다. 그는 기진맥진 상태였다. 하루종일 얼음장 같은 유투안요키 강 한가운데에서 폰 호이너트 장군 옆에 서 있었기 때문에 다만 몇 시간이라도 마음 편히 자고 싶었을 것이다.

"잘 주무시오." 내가 그에게 말했다.

"한 방에서 둘이 편히 자긴 어렵죠." 게오르크 베안다슈가 말했다.

"셋이 자는 것보다는 편하겠지." 나는 이렇게 말하면서 침대에 털썩 주저앉았다.

"지금 몇 시나 됐습니까?" 게오르크 베안다슈가 물었다.

"열시요."

"아침 열시요, 밤 열시요?"

"밤 열시."

"숲에 가서 두어 시간 산책이나 하지 그래요?" 베안다슈가 말했다. "두어 시간만이라도 조용히 잠 좀 자게 해주시죠."

"나도 졸려요. 산책은 내일 아침에 하리다."

"여기는 아침이나 밤이나 마찬가지예요. 라플란드에서는 밤에도 해가 떠 있거든요."

"난 낮의 태양이 좋아."

"그 빌어먹을 연어 잡으러 온 겁니까?" 잠시 말이 없던 게오르크 베안다슈가 물었다.

"연어! 여기 강에 아직 연어가 있소?"

"딱 한 마리 있어요. 근데 그 빌어먹을 연어를 잡을 수가 없으니."

"딱 한 마리?"

"딱 한 마리죠. 근데 엄청 큰 놈이에요. 꾀가 많고 배짱이 두둑하죠. 폰 호이너트 장군도 로바니에미에 지원군을 청했을 정도니까요. 놈을 잡을 때까지 장군은 이나리를 떠나지 않을 겁니다."

"지원군?"

"장군들은 늘 그런 식이지요." 베안다슈가 말했다. "연어 잡으러 가서도 그래요. 우린 배꼽까지 차오른 강물 속에 열흘이나 서 있었습니다. 오늘밤엔 거의 잡을 뻔했어요. 놈이 다리 사이로 빠져나갔단 말입니다. 정말 가까이 왔는데 미끼를 안 무는 거예요. 장군은 화가 났지요. 연어가 우리를 놀린다고."

"당신들을 놀린다고?"

"독일 장군을 놀린다는 거예요! 내일은 장군이 로바니에미에 요청한 지원군이 올 거예요."

"산악부대 대대 하나가 더 온다고?"

"아니요. 산악부대 대위 한 사람만. 카를 슈프링엔슈미트 대위라고, 민물송어 잡이 전문가예요. 잘츠부르크 출신인데, 그 사람이 쓴 책 『대서양의 티롤 사람』 읽어보셨어요? 티롤 사람은 천생 티롤 사람이지요. 북극해 바닷가에 와도 마찬가지예요. 그 사람이 진짜 전문가라면 적어도 연어 한 마리는 잡겠죠, 그렇게 생각하지 않으세요?"

"송어는 연어가 아닌데……" 내가 슬며시 웃으며 말했다.

"누가 알겠어요? 슈프링엔슈미트 대위는 그렇게 말하지만 폰 호이너트 장군은 아니라니. 누구 말이 맞는지야 두고 보면 알겠지요."

"독일 장군이 연어 한 마리 잡으려고 지원군까지 부른다는 건 좀 그렇지 않나?"

"장군들은 늘 그런 식이라니까요. 단 한 마리의 연어를 상대할 때도 그래요. 슈프링엔슈미트 대위는 그저 도움말을 주는 정도로 할 모양이에요. 장군은 사기 손으로 잡고 싶어하니까. 안녕히 주무세요."

"좋은 꿈 꾸시오."

게오르크 베안다슈는 돌아누워 눈을 감았다. 그러나 갑자기 자리에서 일어나 내 이름이며, 부모는 누구냐, 출생 연월일과 장소, 국적, 종교, 인종은 어떻게 되느냐 등등을 꼬치꼬치 캐물었다. 포로 신문을 하는 것 같았다. 그러더니 베개 밑에서 브랜디를 한 병 꺼내 잔 두 개에 따랐다.

"프로지트—건배."

"프로지트."

그는 다시 누워 눈을 감고 슬며시 잠이 들었다. 햇살이 그의 얼굴에 내리쬐였다. 모기떼가 방 안에 가득했다. 나는 침대에 몸을 던지고 몇 시간 눈을 붙였다. 멀리서 따닥따닥 하는 캐스터네츠 소리가 들렸다. 베안다슈는 깊은 잠에 빠져 있었다. 얼굴에 방충망 마스크를 쓴 것이 로마 원형경기장 모랫바닥에 쓰러져 죽어가는 검투사 같았다. 캐스터네츠 소리가 들렸다. 풀이 사각거리고 나뭇가지가 살랑거리는 듯했다. 끝없는 행렬이 호텔 창 밑을 지나가고 있는 것 같았다. 왼손은 엉덩이에 붙이고 오른팔은 머리 위로 들어 살살 돌리면서 캐스터네츠를 치는 스페인 무희들의 행렬, 성모 마리아 상을 모신 마카레나 성당으로 향하는 세비야 무희들의 야간 행렬 같았다.

정말 캐스터네츠의 딱딱거리는 소리였다. 그 소리가 점차 가까워지면서 크고 또렷해졌다. (그러나 거기에는 딱딱 캐스터네츠 소리에 함께 따라다니는 냄새들의 울림, 시든 꽃과 튀김과 향의 냄새가 없었다.) 그것은 수백수천 개의 캐스터네츠 소리일 뿐이었다. 그것은 얼어붙은 채 반짝이는 밤의 태양 밑에서 행진하는 안달루시아 무희들의 끝없는 행렬이었다. 행렬 뒤로 따라 오는 군중들의 외침, 펑펑 폭죽 터지는 소리, 멀리 다가오는 밴드의 나팔소리 같은 것은 없었다. 그저 날카롭고 시끄러운 캐스터네츠 소리만이 점점 가까이 다가왔다.

나는 침대에서 벌떡 일어나 같이 자는 친구를 흔들어 깨웠다. 게오르크 베안다슈는 팔꿈치를 침대에 괴고 고개를 들더니 내 말에 귀를 기울였다. 그의 얼굴에 미소가 번졌다. 그는 특유의 까칠한 어조로 말했다. "순록이에요. 뛸 때 뒷다리 발굽 뒤에 있는 발가락 두 개가 부딪히면서 캐스터네츠 치는 소리 같은 게 나는 겁니다. 그걸 스페인 무희들 소리로 착각하셨나 보죠? 폰 호이너트 장군도 여기 온 첫날밤 안달루시아 무희들이 온 줄 알았어요. 새벽 두시에 순록을 그분 집무실에 대령해 보여드렸지요." 그는 웃음 띤 얼굴로 바닥에 침을 뱉고 다시 잠에 빠졌다.

나는 창밖을 내다봤다. 순록 수백 마리가 숲 가장자리에서 강 쪽으로 달려가고 있었다. 고대 그리스 신화에서 지구 북쪽 끝에 산다는 순록들이 지중해 연안 따뜻한 남쪽 땅의 유령으로 둔갑한 것 같았다. 머리에는 올리브기름을 바르고 햇볕에 그을린 안달루시아의 유령 같았다. 그런데 저 얼어붙은 헛헛한 공기에서 나는 사람의 땀냄새 같은 몽환적이고 부조리한 냄새를 감지할 수 있었다.

밤의 햇살이 호수 한가운데 흩어진 작은 섬들을 비스듬히 비추면서 핏빛으로 물들였다. 개 한 마리가, 저 아래 이나리 마을에서 구슬프게 울부짖었다. 하늘은 얼어붙은 공중에서 반짝이며 파르르 떠는 물고기 비늘 같은 구름에 덮여 있었다. 나는 쿠르트 프란츠와 함께 수목이 우거진 언덕 경사면을 따라 이나리 호수 쪽으로 걸었다. 호수 한가운데 흩어진 수백 개의 작은 섬들 사이로 우콘사리 섬이 눈에 들어왔다. 라플란드 사람들이 신성시하는 이 섬은 이나리 일대에서 가장 유명한 이교(異敎)의 성지다. 밤의 햇빛을 받아 화산처럼 붉게 물든 고치 모양의 섬에서 고대 라플란드 사람들은 봄가을로 순록과 개를 그들이 믿는 신에게 세물로 바쳤다. 오늘날에도 라플란드 사람들은 우콘사리 섬에 깊은 경외심을 갖고 있어서 특정한 날에만 섬에 발을 디딘다. 집단 무의식 내지는 고대 이교

의식에 대한 뿌리깊은 갈망 같은 게 있는 듯하다.

우리는 나무 아래 앉아 쉬면서 얼어붙은 밤의 태양 아래 은빛 맨몸을 드러낸 거대한 호수를 바라봤다. 전생은 우리한테서 아주 멀리 떨어진 곳에 있었다. 주변에서는 더이상 인간의 서글픈 냄새, 땀 흘리는 인간의, 부상당한 인간의, 굶주린 인간의, 죽은 인간의 냄새가 나지 않았다. 지금 불행에 빠진 유럽의 공기를 더럽히고 있는 것은 바로 그런 냄새들이었지만, 이곳에서는 송진 냄새, 북극권의 차고 헛헛한 냄새, 나무와 물과 흙의 냄새, 들짐승들의 냄새만 났다. 쿠르트 프란츠는 짧은 노르웨이 파이프를 피웠다. 릴레함메르산으로 유호 니캐넨 씨의 세카타바라 카우파에서 구입한 물건이었다. 나는 그를 슬쩍 엿보며 냄새를 맡아봤다. 그는 인간이었다. 아마 다른 모든 인간과 똑같은, 나와 똑같은 인간일 것이다. 그에게서는 들짐승 냄새가 났다. 다람쥐, 여우, 순록의 냄새였다. 늑대 냄새였다. 굶주림으로 말미암아 잔인해지지 않는 여름날 늑대의 냄새였다. 그것은 원시적인 동물의 냄새, 푸른 풀이 일렁이고 따스한 바람이 불고 얼음 풀린 물이 수천 개의 개울에서 찰랑이며 고요한 호수를 향해 졸졸 흘러가는, 그 잔인함과 포악함을 다 녹이고 피에 대한 갈증까지 완전히 식혀버린 여름날 늑대의 냄새였다. 프란츠에게서는 배부른 늑대, 한가롭게 빈둥거리는 늑대, 평화로운 늑대의 냄새가 났다. 전쟁이 터진 지 삼 년 만에 처음으로 나는 독일인 옆에서 마음 편히 있을 수 있었다. 우리는 전쟁으로부터 멀리 떨어져 있었다. 전쟁 바깥에, 인간들과 시간 바깥에 존재하고 있었다. 그에게서는 진짜 여름날의 늑대 냄새가 났다. 전쟁이 없는 시기의 독일 사람 냄새가 났다. 그리고 그는 더이상 피에 목말라하지 않았다.

우리는 언덕을 내려가 숲을 벗어난 뒤 이나리 마을로 가는 길에 하얀 자작나무 통나무를 박아 높은 방책을 만든 구역을 만났다.

"순록의 골고다입니다." 쿠르트 프란츠가 말했다. "가을에 순록을 도살하는 의식이 열리는데 라플란드 사람들에게는 일종의 부활절 행사 같은 거지요. 어린 양을 잡아 바치는 제사 같은 느낌이 듭니다. 순록이 라플란드 사람들의 그리스도인 셈이지요."

우리는 울안의 넓은 공터로 들어갔다. 풀잎을 벨 듯이 차고 강한 햇살이 내리쪼이는 가운데 특이하고도 신비로운 숲이 눈앞에 펼쳐졌다. 수백 수천 마리의 순록 뿔이 마구 뒤엉킨 채로 쌓여 있는 광경은 그야말로 장관이었고 환상적이었다.

어떤 곳에는 성기게, 어떤 곳에는 뼈의 숲이라고 할 만큼 빽빽이 쌓여 있었다. 아주 오래된 뿔들에는 노르스름하면서도 녹색이 돌고 불그레하기도 한 흰곰팡이가 잔뜩 피어 있었다. 아직 싱싱하고 부드러운 뿔도 많았다. 표면이 딱딱한 뼈처럼 각질화되지 않은 상태였다. 어떤 뿔들은 전체적으로 넓적한 모양에 가지가 많이 뻗어 있었다. 잔가지가 없는 긴 칼 모양의 뿔들은 땅에서 칼날이 불쑥 솟아오른 것처럼 보였다. 울안 한쪽에는 수천수만 개의 순록 두개골이 쌓여 있었다. 고대 그리스 전사들의 투구 같은 두개골들은 하얗고 매끈한, 단단한 이마뼈 밑으로 텅 빈 눈구멍을 드러냈다. 그 모든 뿔은 전쟁터에서 쓰러져간 전사들의 갑옷과 투구 같았다. 전설의 용사 롤랑이 바스크족과 싸운 론세스바예스 골짜기 같다고나 할까. 그러나 어디에도 전투의 흔적 같은 것은 없었다. 질서정연하고 적막한 것이 마냥 엄숙한 분위기였다. 바람이 풀밭을 스치면 꼼짝 않고 나무처럼 서 있는 뼈 무더기들 사이로 풀잎들이 파르르 떨렸다.

가을이면 순록의 무리들은 본능에 이끌린 듯 모종의 부름을 들은 듯 어마어마한 거리를 달려와 이 음산한 골고다 언덕으로 몰려든다. 거기에는 라플란드 유목민들이 무릎을 꿇은 자세로 '넬리얀툴렌 라키'•에 달린 귀 가리개를 목덜미 속에 집어넣고, 번쩍이는 푸코 단도를 작은 손에 움켜쥔 채 순록을 기다리고 있다. (라플란드 사람들의 손은 놀라울 정도로 작고 섬세하다. 세상에서 가장 작고 가장 섬세한 그 손은 최고의 강철로

• '사방(四方) 모자'라는 말. 윗부분이 네 방향으로 갈라져 있다고 해서 이런 이름이 붙었다.

만든 정교하고 놀라운 장치 같다. 가늘고 인내심 많은 손가락들은 스위스 라쇼드퐁의 시계공이나 암스테르담의 다이아몬드 세공사가 쓰는 족집게처럼 정교하다.) 순록들은 급소인 경동맥을 푸코의 시퍼런 갈날에 순순히 내맡긴다. 녀석들은 아무런 소리도 내지 않고 죽는다. 비장하고도 절망적인 순종이다. "예수 그리스도 같지요." 쿠르트 프란츠가 말했다. 울안에는 그 많은 핏물을 먹고 자랐을 풀들이 무성하다. 하지만 어떤 덤불의 작은 잎사귀들은 큰 불에 탄 듯 새까맣게 그을린 것처럼 보인다. 그것들을 검붉게 물들인 것은 피의 열기와 불꽃이었을 것이다.

"아니요, 그건 피가 아닙니다." 그러더니 프란츠가 덧붙여 말했다. "피는 타지 않습니다."

"피 한 방울로 완전히 불타버린 도시들을 많이 봤어요." 내가 말했다.

"피는 정말 역겨워요." 프란츠가 대꾸했다. "피는 더러운 거예요. 피가 닿으면 모든 게 더러워지죠. 토사물과 피가 난 제일 혐오스럽습니다."

프란츠는 연주창으로 벌써부터 머리가 빠지기 시작한 앞이마를 손으로 슬쩍 문지르고 릴레함메르 파이프를 이빨 빠진 입에 물었다. 그는 이따금 입에서 파이프를 빼낸 뒤 고개를 약간 숙여 땅바닥 옆으로 침을 뱉었다. 우리가 마을을 지나는 동안 라플란드 할머니 둘이 문간에 나와 앉아 멍한 눈으로 우리의 일거수일투족을 바라보다가 주름투성이의 노란 얼굴을 천천히 돌렸다. 그들은 팔꿈치를 무릎에 괸 채 쪼그리고 앉아 짧은 사기 파이프를 빨고 있었다. 하늘에서는 약한 빗방울이 떨어졌다. 커다란 새 한 마리가 전나무 가지 위를 낮게 날면서 쉰 소리로 단조롭게 울었다.

호텔 앞에서는 폰 호이너트 장군이 낚시 갈 채비를 하고 있었다. 그는 허벅지 중간까지 올라오는 순록가죽 부츠에 어깨까지 내려오는 방충망을 망토처럼 뒤집어쓰고 있었다. 두 손에는 팔꿈치까지 올라가는 개가죽으로 만든 커다란 장갑을 끼고 있었다. 그는 호텔 앞에 서서 라플란드인

하인인 페카가 도시락 챙기는 것을 기다렸다. 전투복에 머리에는 철모를 쓰고 허리에는 묵직한 모제르 권총을 찬 모습이었다. 기다란 낚싯대를 집고 선 품이 고대 튜턴족 전사가 기다란 창을 들고 있는 듯했다. 그는 이따금 옆에 서 있는 산악부대 대위에게 무슨 얘기를 했다. 땅딸막한 체구에 회색 머리를 한 대위는 불그레한 얼굴에 미소 띤 표정이 전형적인 티롤 사람이었다. 장군 뒤에 적당한 거리를 두고 게오르크 베안다슈 중위가 부동자세로 서 있었다. 그 역시 부츠와 장갑에 무장을 하고 뒤꿈치까지 내려오는 방충망 망토를 뒤집어쓰고 있었다. 그가 내게 살짝 고갯짓을 했다. 입술이 움직이는 모양을 보니 베를린식 욕지거리를 뱉으며 투덜거리는 게 분명했다.

"이번에는……" 폰 호이너트 장군이 나를 보며 말했다. "승리를 내 손에 거머쥘 거요."

"지난 며칠간은 운이 썩 좋지 않았던 겁니다." 내가 말했다.

"나도 그렇게 생각해요. 운이 없었지. 근데, 슈프링엔슈미트 대위는 그렇게 생각하지 않아요. 그 친구는 내 잘못이라는 거야. 그놈의 연어는 변덕이 심하고 고집스러운데 내가 놈의 기질을 간과했다는 거지. 정말 끔찍한 실수야! 다행히 대위가 가르침을 줬어요. 송어의 기질에 관해서. 그러니까 이번에는……"

"송어요?" 내가 물었다.

"송어. 왜, 뭐가 문제지요?" 폰 호이너트 장군이 말했다. "슈프링엔슈미트 대위는 티롤에서 송어낚시 전문가로 명성이 자자한데, 티롤 송어가 라플란드 연어와 기질이 똑같다고 하더군요. 안 그런가, 슈프링엔슈미트 대위?"

"야볼—그렇습니다." 슈프링엔슈미트 대위는 장군에게 고개 숙여 대답하고는 나를 돌아봤다. 그는 티롤 사람들이 쓰는 이탈리아이 특유의 부드러운 억양으로 말했다. "송어낚시를 할 때는 조급해 보여선 안 됩니다. 인내가 필요하지요. 수도사의 인내라고나 할까. 송어는 낚시꾼이 인

내심이 있고, 시간을 충분히 갖는 스타일이라는 걸 알면 불안하고 초조해져서 어리석은 짓을 합니다. 그런 허점을 낚시꾼은 재빨리 공략해야 하지요. 송어는……"

"네, 송어는 그렇고." 내가 말했다. "근데, 연어는요?"

"연어는 송어와 마찬가지입니다." 슈프링엔슈미트 대위가 싱긋 웃으며 말했다. "송어는 참을성이 없는 동물입니다. 오래 참지를 못하고 불구덩이로 뛰어들지요. 일단 물면 그걸로 끝입니다. 낚시꾼은 천천히 조심스럽게 릴을 감아올리면 됩니다. 식은 죽 먹기죠. 송어는……"

"네, 송어는 그렇고. 연어는요?"

"연어는 커다란 송어에 불과합니다. 전쟁 발발 직전에 티롤의 란데크에서……"

"내 생각에는……" 폰 호이너트 장군이 끼어들었다. "내 연어는 이 일대 강에서 제일 멋진 놈 같아. 거대한 짐승이지. 놀라울 정도로 강인하고. 일전에, 생각나? 놈이 주둥이로 내 무릎을 들이박을 뻔했잖아!"

"무례한 연어군요!" 내가 말했다. "벌 좀 받아야겠네."

"넨장맞을 연어지." 폰 호이너트 장군이 말했다. "유투안요키 강에 유일하게 남아 있는 연어지. 놈은 나를 힘으로 쫓아낼 수 있다고 생각하는 모양이오. 그럼 제가 다시 강의 주인이 된다는 거지. 두고 보자고. 누가 더 고집이 센지. 연어인지 독일인인지." 장군은 입을 쩍 벌리고 웃기 시작했다. 그 바람에 뒤집어쓴 방충망 망토가 흔들렸다.

"아마 놈은 장군님 제복을 보고 화가 났을 겁니다. 민간인 복장을 해보시죠. 장군 제복을 입고 연어를 잡는 건 페어플레이가 아닙니다."

"바스? 바스 자겐 지, 비테?—뭐요? 그게 무슨 말이오?" 폰 호이너트 장군의 표정이 어두워졌다.

"장군님의 연어는 유머 감각이 없는 듯합니다. 슈프링엔슈미트 대위가 유머 감각 없는 연어를 어떻게 대접해야 하는지 말해줄 수 있을 겁니다."

"송어는 위트로 대하셔야 합니다." 슈프링엔슈미트 대위가 말했다.

"장군님은 송어가 상상하는 것과는 전혀 다른 이유로 강 한가운데 서 있는 척해야 합니다. 놈을 속여야 한다는 얘기지요."

"놈은 이번에는 내 손을 빠져나가지 못해!" 폰 호이너트 장군이 단호하게 말했다.

"연어한테 독일 장군을 존경하는 법을 가르쳐야 할 겁니다." 내가 말했다.

"야, 야!—그럼그럼!" 폰 호이너트 장군이 큰 소리로 말했다. 그러면서도 화가 가시지 않았는지 의구심 어린 표정으로 나를 노려봤다.

바로 그때, 이리야 팔무넨 히만카 부인이 호텔 문 앞에 나타났다. 브랜디 한 병과 잔 여러 개를 놓은 쟁반을 든 페카가 뒤를 따라 나왔다. 부인은 미소 띤 얼굴로 장군에게 다가가 잔들을 채우더니 먼저 장군에게, 그리고 우리들 한 사람 한 사람에게 잔을 돌렸다.

"프로지트." 폰 호이너트 장군이 잔을 들며 말했다.

"프로지트." 우리 모두가 일제히 따라 했다.

"퓨어 고트 운트 파터란트—신과 조국을 위하여." 내가 말했다.

"하일 히틀러." 장군이 화답했다.

"하일 히틀러." 나머지 사람들이 한꺼번에 따라했다.

그사이 산악부대원 열 명이 나타났다. 각자 널찍한 방충망을 뒤집어쓰고 경기관총으로 무장을 하고 있었다. 장군을 강까지 호위하고, 장군이 낚시하는 동안 만에 하나 있을지 모를 러시아나 노르웨이 파르티잔들의 기습에 대비할 대원들이었다.

"가지!" 장군이 이렇게 말하고 앞으로 나갔다.

우리는 말없이 걸었다. 적당한 거리에서 호위병들이 따라왔다. 보일락 말락 한 안개비가 잎사귀들에게 소곤거리는 가운데 새 한 마리가 나뭇가지에서 빽빽거렸다. 우리 옆으로 한 무리의 순록이 캐스티네츠 소리를 내며 소나무 숲으로 뛰어갔다. 차디찬 밤, 햇살을 머금은 숲은 은으로 만든 것 같았다. 우리는 강기슭을 따라 걸었다. 비에 젖은 풀이 무릎까지 올라왔다. 게오르크 베안다슈가 회초리 맞은 개처럼 나를 흘끗 쳐다봤다. 폰 호이너트 장군은 이따금 돌아서서 말없이 베안다슈와 슈프링엔슈미트 대위를 응시했다. 그러면 두 장교는 크게 "야볼!—알겠습니다!" 하고 오른손으로 철모 가장자리를 만지는 식으로 경례를 했다. 마침내 한 시간쯤 걸은 끝에 여울에 도착했다.

그 지점부터 유투안요키 강은 폭이 넓어지고 수량이 풍부해진다. 물살은 급하지만 그다지 깊지는 않고, 큰 화강암 바위들이 여기저기서 포말이는 물결 사이로 모습을 드러냈다. 낚시채비와 도시락을 챙겨든 페카와 라플란드 주민들은 커다란 바위 아래 멈춰 섰다. 호위대원 일부는 기슭에 드문드문 늘어섰고, 다른 일부는 강을 건너 반대편 기슭에서 강을 등지고 경계를 섰다. 폰 호이너트 장군은 낚싯대를 조심스럽게 살펴보고 릴을 시험삼아 감았다 풀었다 해본 다음 베안다슈와 슈프링엔슈미트 대위에게 말했다. "가지." 장군이 먼저 강물에 발을 담갔고, 두 장교가 뒤를 따랐다. 나는 쿠르트 프란츠, 빅토르 마우러와 강기슭에 남아 나무 아래 자리를 잡았다.

강물 소리는 높고 걸걸했는데, 이따금 갑자기 굉음처럼 커졌다가 이내 깊고 무겁게 잦아들곤 했다. 장군은 물줄기 한가운데에서 낚싯대를 소총처럼 이리저리 돌렸다. 얼음장 같은 물이 배꼽까지 올라와 있었다. 장군은 주위를 둘러보면서 연어가 상상하는 것과는 전혀 다른 이유에서 강 한가운데에 서 있는 것처럼 딴청을 부렸다. 베안다슈와 슈프링엔슈미트 대위는 몇 발짝 뒤에서 꼿꼿이 서 있었다. 페카와 라플란드 사람들은 강기슭에 둘러앉아 파이프를 피우며 말없이 장군을 구경했다. 전나무 가지에서 새들이 삑삑거렸다.

두 시간쯤 지났을 때 갑자기 문제의 연어가 폰 호이너트 장군을 공격했다. 기다란 낚싯대가 위로 솟구치며 흔들리더니 곧 팽팽해졌다. 장군은 약간 흔들리는 몸으로 한두 발짝 앞으로 내디뎠다. 무릎이 흔들렸지만 연어의 기습을 용감히 버텨내고 있었다. 전투는 계속됐다. 강기슭에 흩어져 있던 라플란드 사람들과 호위대 병사들, 쿠르트 프란츠, 빅토르 마우러와 나 모두가 숨을 죽였다. 갑자기 장군이 발걸음을 크게 디디며 앞으로 나아갔다. 장군은 급류를 따라가면서 부츠를 물속에 박듯이 힘껏 딛는가 하면 오른발을 이 바위에서 저 바위로 옮겨 밀착시키며 한 발 한 발 뒤로 조심스럽게 물러섰다. (그런 전술은 독일 장군으로서도 새로운 건 아니었다. 연어낚시를 할 때 으레 전진과 후퇴를 거듭해야 하는 법이니까.) 장군은 이따금 자리에 서서 힘들게 확보한 위치를 공고히 했다. 순간 나는 연어낚시 용어로 장군이 "졌다"는 생각이 들었다. 그러나 장군은 적이 계속적으로 완강하게 몸부림치는 것을 잘 받아내고 있었다. 그는 천천히 조심스럽게 강철 낚싯대를 당겼다 놔주었다 하며 릴을 감기 시작했다. 용감한 연어를 자기 쪽으로 끌어당기는 것이다. 고기도 천천히, 조심스럽게 뒤로 한 발 한 발 몸을 뺐다. 녀석이 강력한 꼬리를 휘둘러 허공에 물거품이 튀는 순간 분홍빛과 은빛으로 반짝이는 녀석의 등이 수면 위로 드러났다. 다음 순간 녀석은 긴 주둥이를 물 밖으로 내밀었다. 아가리를 반쯤 벌리고 둥그런 눈을 허옇게 뜬 상태였다. 그러나 녀석은 두 바위 사이에 가로로 몸을 밀착시키거나 세찬 물살을 꼬리로 치받아 그 반동으로 용틀임하면서 낚싯줄을 채어 장군을 자꾸만 물가 쪽으로 끌어당겼다.

연어의 그런 거센 공격에 폰 호이너트 장군은 독일인 특유의 완강함으로 맞섰다. 프로이센의 자존심과 체면이 걸린, 개인의 명예만이 아니라 제복의 명예가 걸린 싸움이란 생각이 절실했다. 그는 가끔씩 쉰 목소리로 "아흐퉁!" 하고 소리쳤다. 그러다 어깨 너머로 베안다슈와 슈프링엔슈미트를 건너다보며 몇 마디 소리를 질렀다. 콸콸 좔좔 곡조를 바꿔가며 부르는 강물의 노랫소리 위로 그의 말이 들려왔나. 하시반 불쌍한 게오르크 베안다슈가 저런 연어와 싸우는 장군을 어떻게 도와줄 수 있겠는가? 불쌍한 슈프링엔슈미트가 저런 송어와 싸우는 장군을 어떻게 도와

줄 수 있겠는가? 장군이 걸음을 내디딜 때마다 게오르크 베안다슈와 슈프링엔슈미트 대위는 그저 뒤를 따라가는 것 외에 달리 할 수 있는 일이 없었다. 그렇게 한 걸음 한 걸음 장군과 두 보좌관은 하류로 일 킬로미터 이상을 저 드세고 용감한 연어의 몸부림에 딸려갔다.

싸움은 어느덧 세 시간째로 접어들었다. 그사이 이쪽이 기선을 잡기도 하고 저쪽이 승기를 잡기도 했다. 그런 광경을 바라보는 페카와 라플란드 사람들의 주름진 노란 얼굴에 야릇한 미소가 피어오르는 게 보였다. 그들은 옹기종기 모여 앉아 사기 파이프를 피우며 싸움 구경을 했다. 문득 장군을 바라보니 여전히 강 한가운데에서 고군분투하고 있었다. 방충망을 뒤집어쓴 전투복 차림에 허리에는 커다란 모제르 권총이 덜렁거리고 있었다. 바지의 불그레한 줄무늬가 허연 밤 햇살을 받아 반짝였다. 장군은 더 버틸 힘이 없는 것 같았다. 그의 마음속에 뭔가가 끓어오르고 있었다. 나는 그걸 느낄 수 있었다. 그의 초조한 몸짓에서, 허기진 듯한 얼굴에서, 이따금 "아흐퉁!" 하고 외치는 그 절규 같은 목소리(상처받은 자존심, 불안과 초조가 묻어나는 목소리였다)에서 나는 그걸 느꼈다. 장군은 화도 나고 겁도 났다. 장군의 몰골은 말이 아니었다.

연어와 싸운 지가 어느덧 세 시간이 지났다. 그렇게 오랜 시간을 물고기 한 마리한테 끌려다닌다는 것은 독일 장군의 위엄에 먹칠을 하는 일이었다. 그는 이러다 지면 어쩌나 겁이 나기 시작했다. 혼자만 왔더라면 얼마나 좋았을까! 하지만 그를 예의주시하고 있는 눈이 한둘이 아니었다. 우리가 보고 있었고, 라플란드 사람들이 야릇한 표정으로 주시하고 있었고, 강기슭에서 경계를 서고 있는 호위병들도 보고 있었다. 소련군에게 이 사실이 알려지기라도 한다면 난감한 일이었다. 여기서 끝을 내야 했다. 자신의 품위가, 한 독일 장군의, 모든 독일 장군들의, 독일군 전체의 품위가 훼손될 위기에 처한 것이다. 소련군에게 이 사실이 알려지기라도 한다면 또 얼마나 난감한 일인가!

폰 호이너트 장군이 갑자기 베안다슈를 돌아보며 쉰 목소리로 소리쳤다.

"게누크! 에어쉬스트 인!—됐어! 쏴버려!"

"야볼."

게오르크 베안다슈가 대답을 하고는 앞으로 나섰다. 그는 천천히 큰 걸음으로 하류로 내려갔다. 그는 물거품을 튀며 몸부림치면서 장군을 끌어당기고 있는 용감한 연어한테 다가가 지갑에서 권총을 꺼내더니 몸을 굽히고는 녀석의 머리에 두 발을 발사했다.

6부

파리

18장

골프클럽

“아, 아닙니다. 무슨 말씀을!” 로마 주재 영국 대사 에릭 드러먼드 경이 말했다. 1935년 가을의 어느 날이었다.

햇살이 불그레한 구름을 갈랐다. 금빛 햇살이 테이블을 비추자 유리잔과 도자기들이 환하게 빛났다. 로마 주변의 드넓은 캄파냐 평원이 우리 눈앞에 펼쳐져 있었다. 10월의 태양 아래 멀리 노란 풀과 갈색의 대지, 녹색의 나무들이 펼쳐진 가운데 대리석 묘비들과 붉은 아치형 수도관들이 고적하게 서 있었다. 체칠리아 메텔라의 묘비가 선명한 가을햇살 속에 반짝였다. 아피아 가도에 늘어선 침엽수들은 바람에 흔들리며 백리향과 월계수 같은 냄새를 풍겼다.

점심은 거의 끝이 났다. 유리잔들에 햇빛이 반사됐고, 포트와인의 미묘한 향이 꿀 빛깔의 따스한 공기에 스며들었다. 테이블 주위에는 로마에 사는 미국과 영국 출신 후작부인 여섯 명이 둘러앉아 젊은 샌디 바나세이 백작과 최근 결혼한 드러먼드 대사(1876~1951)의 딸 보비에게 미소를 보내고 있었다. 보비는 우리에게 해변 휴양도시 포르테 데이 마르미에서 만난 애꾸눈 수영 강사 베페가 했다는 말을 소개했다. 당시 영국과 이탈리아의 외교관계가 최악의 긴장 국면으로 치닫는 상황에서 영국 해군 소속 '본국(本國) 함대'가 전투태세를 갖추고 지중해로 이동하자 베페가 이렇게 말했다는 것이다. "영국은 무솔리니 같아요. 늘 자기가 옳다고 하지. 진짜 틀렸을 때도 그냥 우겨요."

"영국이 정말 항상 옳다고 생각하세요?" 도라 루스폴리 후작부인이 드러먼드 대사에게 물었다.

"아, 아닙니다. 무슨 말씀을!" 드러먼드 대사가 얼굴을 붉히며 답했다.

"궁금한 게 있는데……" 제인 디 산 파우스티노 후작부인이 말했다. "그 캐디랑 본국 함대 이야기가 사실인가요?" 본국 함대가 지중해에 나타나기 며칠 전 드러먼드 대사는 골프를 치고 있었다. 공이 진흙 웅덩이로 튀어 들어가자 대사가 캐디 소년에게 말했다. "저 공 좀 가져다줄래?" 그러자 소년은 "본국 함대를 보내서 가져오라 하세요"라고 대꾸했다는 것이다. 이 이야기는 사실이 아닐 가능성이 높지만 당시 모든 로마 사람들의 속을 시원하게 해주었다.

"정말 재미있는 이야기군요!" 대사가 말했다.

햇살은 장난기가 발동한 듯 그의 얼굴을 비춰 그동안 가려졌던 면모를 환히 드러냈다. 환갑의 나이답지 않게 분홍색이 도는 이마와 입술, 어린애 같기도 하고 여자 같기도 한 분위기가 감도는 맑고 파란 두 눈이 선명하게 드러났다. 교육을 잘 받고 자란 영국 신사의 전형 같은 모습이었다. 어린아이 같은 수줍음과 천진난만함은 세월이 가고 책임과 명예가 커질수록 시들어 사그라지기는커녕 오히려 새롭게 꽃을 피운다. 머리가 허연 영국 신사가 조그만 자극에도 수줍게 얼굴을 붉히는 것이다.

"브리태니아 메이 룰 더 웨이브즈, 벗 쉬 캔낫 웨이브 더 룰즈—영국이 바다를 지배할지는 몰라도 규칙을 안 지킬 수는 없지요." 내가 미소 지으며 말했다.

주위 사람들이 모두 웃었다. 그런데 도라 루스폴리가 오른손을 저으면서 창백한 얼굴을 대사 쪽으로 불쑥 내밀고 다급한 목소리로 말했다. "전통을 위배하지 않는 건 국가로서는 정말 대단한 일 아닌가요?"

"룰 더 웨이브즈, 웨이브 더 룰즈…… 정말 멋진 표현이에요." 제인 디 산 파우스티노가 말했다. "하지만 전 말장난은 싫어요!"

"해먼 웨이퍼라면 매우 흡족해했을 농담이지요." 내가 말했다.

"해먼 웨이퍼는 가십 전문작가 아닌가요?" 도라 루스폴리가 말했다.

"그 비슷한 계열이지요." 내가 대꾸했다.

"사진작가 세실 비튼(1904~80)이 쓴 『뉴욕』 읽어보셨습니까?" 코라 안티노리 옆에 앉은 미국 대사 윌리엄 필립스가 물었다.

"세실은 정말 매력적인 사람이에요." 필립스 대사의 딸 비어트리스가 말했다. 친구들은 그녀를 '비'라는 애칭으로 불렀다.

"흥미로운 책이지요." 코라 안티노리가 말했다.

"유감스러운 건……" 제인 디 산 파우스티노가 다시 끼어들었다. "이탈리아에는 세실 비튼 같은 작가가 없다는 거예요. 이탈리아 작가들은 촌스럽고 지루해요. 유머 감각도 없고."

"그건 그들만의 잘못은 아닙니다." 내가 말했다. "이탈리아는 촌이고 로마는 촌 동네의 수도예요. 세실 비튼이 로마에 관한 책을 쓴다는 게 상상이 가세요?"

"안 될 게 뭐예요?" 도로시 디 프라소가 물었다. "가십이라면 로마는 뉴욕 저리 가라예요. 로마에 없는 건 가십이 아니라 세실 비튼 같은 가십 작가지요. 당장 교황과 바티칸에 관한 이야기들을 보세요. 저만 해도 뉴욕에서는 사람들 입에 별로 오르내리지 않았지만 로마에 와서는 아주 유명 인사가 되었다고요. 도라, 그쪽은 어때요?"

"지금까지 나를 씹은 사람은 아무도 없어요." 도라 루스폴리가 기분 상한 표정으로 도로시를 쳐다보며 말했다.

모두들 웃었다. 그때 코라 안티노리가 촌구석 같은 환경이 이탈리아 작가들이 지루한 유일한 이유는 아니라는 얘기를 했다. "촌동네 작가들도 재미있을 수 있어요!"

"사실, 뉴욕도 촌스러운 도시지요." 도라가 말했다.

"어떻게 그런 생각을!" 제인 디 산 파우스티노가 가소롭다는 듯이 큰 소리로 말했다.

"문제는 언어의 특성에도 있다고 봅니다." 드러먼드 대사가 말했다.

"언어는 매우 중요하지요." 내가 말했다. "작가들만이 아니라 민족과 국가에 있어서도 그렇습니다. 어떤 의미에서 전쟁은 문법적인 실수에 불과하지요."

"아니면 발음상의 실수에 불과하거나." 윌리엄 필립스가 말했다.

"'이탈리아'라는 단어와 '영국'이라는 단어가 철자는 달라도 발음이 같았던 시대는 끝났습니다." 내가 말했다.

"발음상의 문제에 불과할 수도 있습니다." 드러먼드 대사가 나섰다. "무솔리니와 대담을 하고 나서 정말 궁금했던 게 바로 그것입니다."

(그 순간 드러먼드 대사가 팔라초 베네치아의 거대한 접견실에서 무솔리니를 만나는 모습이 나의 뇌리에 떠올랐다.

"영국 대사 들어오라고 해." 무솔리니가 의전관 나바라에게 말한다.

나바라가 슬쩍 눈짓을 하자 문이 열리고 대사가 문턱을 넘어 대리석 바닥을 지나서 16세기 스타일의 벽난로 앞에 있는 육중한 호두나무 책상으로 다가온다. 무솔리니는 등을 책상이나 벽난로 장식에 기댄 채 서 있다가 웃는 얼굴로 내방객을 맞는다. 두 사람은 그렇게 서로 얼굴을 맞댄다. 자의식이 강하면서도 상대에게 사근사근해 보이려고 애쓰는 무솔리니가 피곤한 듯 고개를 흔든다. 거대하고 통통한 얼굴은 희고 둥그런데다 대머리다. 한쪽 귀 뒤로 커다란 물혹이 삐져나와 기괴할 정도로 거대한 얼굴이 더 커보인다. 드러먼드 대사는 키가 크고 홀쭉한 체구에 미소 띤 표정으로 일거수일투족이 수줍고도 조심스럽다. 그의 이마는 어린아이처럼 약간 붉은색을 띠고 있다. 무솔리니라는 인간이 정말로 믿는 것이 있다면 그것은 자기 자신이다. 그는 논리와 행운이 양립할 수 없다는 것, 의지와 운명은 따로 갈 수밖에 없다는 생각 같은 것은 해본 적이 없다. 무솔리니의 목소리는 따스한 저음이다. 때로는 이상한, 깊고도 여성적인 색조를 띠는 그의 목소리에는 병적으로 여성적인 면이 있다. 반면에 드러먼드 대사는 자신을 믿지 않는다. '아, 아닙니다. 무슨 말씀을!' 그는 권력과 특권과 영국 함대의 영원함과 영국 중앙은행과 함대의 유머 감각을 믿는다. 그리고 영국 중앙은행의 공정성을 믿는다. 그는 이튼스쿨의 운동장과 워털루전투 현장의 긴밀한 연관성을 믿는다. 반면에 대사 앞에 선 무솔리니는 완전히 혼자다. 그는 자신이 그 무엇도, 그 누구도 대표하지 않는다는 걸 알고 있다. 그는 자신을 대표한다. 반면에 드러먼드 대사는 영국 국왕의 대리자일 뿐이다.

무솔리니가 말한다. "안녕하십니까?" 마치 '난 당신이 안녕한지 알고 싶어' 하고 말하는 듯하다. 드러먼드 대사가 말한다. "안녕하십니까?" 마치 '난 당신이 안녕한지 알고 싶지 않아' 하고 말하는 듯하다. 무솔리니는 로마냐 출신 농부처럼 말한다. 그가 '문제' '지중해' '수에즈운하' '에티오피아' 같은 단어를 입에 올리면 마치 '카드놀이' '람브루스코 와인' '폭동' '포블리'라고 말하는 것 같다. 드러먼드 대사의 말씨는 스코틀랜드 쪽으로 피가 약간 섞인 옥스퍼드 대학생 같다. 옥스퍼드대 모들린칼리지 사람들이나 런던 마이터 호텔, 메소포타미아 아일랜드 또는 스코틀랜드 퍼스셔 사람들이 쓰는 말투다. 대사가 '문제' '지중해' '수에즈운하' '에티오피아' 같은 단어를 입에 올리면 마치 '공정함' '런던 하이드파크 서펜타인 연못' '위스키' '에든버러'라고 말하는 것 같다. 미소 짓는 얼굴도 사실은 무표정하다. 입술도 살짝 움직이는 것이 단어를 가볍게 스치고 마는 것 같다. 그의 눈빛은 깊고도 은밀한 것이 마치 눈을 감고 상대를 보는 것 같다. 반면에 무솔리니아의 얼굴은 창백하고 비정상적으로 커보였다. 그러나 침착함과 느긋함을 애써 유지하려다 오히려 표정이 일그러진다. 두꺼운 입술은 마치 한 단어 한 단어를 빨아들이듯 움직인다. 둥근 두 눈은 한곳을 응시하지만 불안하다. 그는 포커를 칠 때처럼 상대를 속이는 자와 속이지 못하는 자를 아는 모습이다. 반면에 드러먼드 대사는 무엇이 공정하고 무엇이 공정하지 않은지 아는 모습이다.

무솔리니가 말한다. "난 그러고 싶소!" 드러먼드 대사가 말한다. "저도 그러고 싶습니다." 무솔리니 왈: "나는 원하지 않습니다." 드러먼드 대사 왈: "우리는 그럴 수 없습니다." 무솔리니 왈: "나는 이렇게 생각합니다." 드러먼드 대사 왈: "제 생각에는 이런 것 같습니다. 이렇게 해보는 게 어떨까요. 그렇게 되기를 희망합니다." 무솔리니 왈: "말할 필요도 없지요." 드러먼드 대사 왈: "그래도, 어쩌면, 아마, 거의, 추측건대……" 무솔리니 왈: "내 생각은 이거요." 드러먼드 대사 왈: "여론은 이렇습니다." 무솔리니 왈: "파시스트 혁명은……" 드러먼드 대사 왈: "이탈리아는……" 무솔리니 왈: "우리 국왕은……" 드러먼드 대사 왈: "국왕 폐하께서는……" 무솔리니 왈: "나는……" 드러먼드 대사 왈: "대영제국은……")

"이든도 무솔리니와 의사소통을 하는 데 애를 먹었어요." 도로시 디 프라소가 말했다. "두 사람은 같은 단어를 다르게 발음하는 것 같아요."

도라 루스폴리가 영국 외무장관 앤서니 이든(1897~1977)이 최근 로마를 방문했을 때 로마 사회가 보인 병적인 호기심에 관한 흥미로운 일화를 소개했다. 영국 대사관에서 드러먼드 대사가 마련한 오찬을 마친 직후 이든은 잠시 산책을 나갔다. 그런데 저녁 여섯시가 되어도 안 돌아왔다. 드러먼드 대사는 슬며시 걱정이 됐다. 그런데 마침 프랑스 대사관의 젊은 서기관이 바티칸박물관에서 전시실과 복도를 거닐며 구경을 하고 있었다. 며칠 전 부임한 신참인지라 과거 샤토브리앙과 스탕달이 그랬던 것처럼 로마에 신입 인사를 드리는 것이었다.• 박물관은 곧 문을 닫을 시간이었다. 그런데 금발에 콧수염을 기른 웬 젊은 남자가 에트루리아 석관(石棺) 뚜껑 위에 앉아 있었다. 양옆으로는 헤라클레스의 곤봉과 코

• 샤토브리앙(1768~1848)과 스탕달(1783~1842)은 둘 다 프랑스군으로 로마에 주둔한 바 있다.

린토스의 디아나의 길고 허연 넓적다리 상이 보였다. 남자는 독서삼매경에 빠져 있었다. 가죽으로 제본한 작은 책은 젊은 서기관이 보기에 호라티우스 시집 같았다. 서기관은 그날 로마 일간지 1면에 난 사진을 떠올리고는 혼자 책을 읽고 있는 대단한 미남이 앤서니 이든이라는 것을 알아챘다. 이든은 어둠침침한 바티칸박물관에서 호라티우스의 『서정시집』을 읽으며 지루하기 그지없는 공식 만찬과 리셉션, 외교회담, 토론 등등으로 쌓인 피로를 풀고 있었던 것이다. 이든은 교육을 잘 받은 영국 신사라면 스스로 돌아볼 때마다 어쩔 수 없이 느끼게 되는 권태 같은 것에서 헤어나고 싶었던 것 같다.

그런 이든을 봤다는 얘기를 프랑스 대사관 서기관은 별 생각 없이 동료들과 사냥클럽이나 엑셀시오르 호텔 바에서 만난 후작부인 두세 명에게 해주었다. 그날로 로마 사교계는 뒤집어졌다. 보통 때는 체질적으로나 자존심상 어지간한 일에는 콧방귀도 안 뀌는 사교계였지만 이번에는 달랐다. 그날 저녁 이사벨레 콜로나 후작부인▲이 베푼 만찬 자리에서 유일한 대화 주제는 이든 장관이었다. 이사벨레는 거의 황홀경에 빠졌다. 그런 단순한 일, 어떤 면에서는 아무 의미도 없는 사건이 그녀에게는 불현듯 숭고한 일로 느껴진 것이다. 이든과 호라티우스! 이사벨레는 호라티우스의 시는 단 한 줄도 기억하지 못하지만 이든과 저 고귀하고 다정다감한 고대 로마 시인 사이에 뭔가 공통점이 있다는 확신을 갖게 됐다. 그녀는 남이 호라티우스와 앤서니 이든이 공통점이 있다는 말을 해주기 전에 그런 생각을 먼저 하지 못한 자신이 남몰래 원망스러웠다.

다음날 오전 열시쯤 로마 사교계 인사들 전원이 우연인 양 바티칸박물관에 나타났다. 하나같이 여봐란듯이 호라티우스 시집을 옆에 끼거나 시기심 어린 두 손으로 움켜쥐고 있었다. 그러나 앤서니 이든은 나타나지

▲ 1889~1984. 레바논 명문 귀족 니콜라스 쉬르속(Nicolas Sursock)의 딸로 1909년 이탈리아 귀족 마르칸토니오 콜로나와 결혼한 뒤, 사교계의 여왕이자 로마 정치계의 큰손 노릇을 했다.

않았다. 정오가 되자 다들 허탈해하며 자리를 떴다. 바티칸박물관 안은 무더웠다. 이사벨레 콜로나는 창가에서 도라 루스폴리와 함께 살짝 들어오는 신선한 공기를 마시며 '남들이 다' 떠날 때까지 앉아 있었다. 이사벨레가 도라와 단 둘만 남게 됐을 때 말했다. "저 조각상 좀 봐, 도라! 이든 같지 않아? 분명 아폴론 상인데. 아참. 이든이 아폴론처럼 생겼지! 그 사람, 정말 젊음이 넘치는 멋쟁이 아폴론이야!" 도라가 조각상한테로 다가가 근시인 눈으로 자세히 살펴봤다. "아폴론 상이 아니에요, 부인! 자세히 보세요!" 그것은 여인상이었다. 디아나 아니면 비너스 여신상이었을 것이다. "성별은 그런 문제에서는 아무 의미가 없어! 어쨌든 그 사람 닮은 것 같지 않아?"

몇 시간 만에 호라티우스는 대유행이 되었다. 아쿠아산타 골프클럽 테이블에도, 빨갛고 하얀 체크무늬가 진 식탁보 위에도, 파리에서 사온 에르메스 가방 옆에도, 카멜과 골드 플레이크스 담뱃갑이나 던힐 라이터 옆에도 항상 디자이너 스키아파렐리(1890~1973) 스타일의 호라티우스 시집이 놓여 있었다. 스키아파렐리가 최근 패션잡지 『보그』에 해변의 뜨거운 모래나 골프장의 습한 먼지로부터 책을 보호하는 방법이라 소개한 내용에 따라 비단 손수건이나 비단 커버로 감싼 판본이었다. 그런데 어느 날 후작부인의 저택인 팔라초 콜로나 응접실 테이블 위에 16세기 베네치아에서 화려하게 장정을 한 호라티우스의 『서정시집』이 놓여 있는 것이 목격됐다. 누가 일부러 거기에 놓아둔 것이었다. 표지에 새겨진 콜로나 가문의 문장은 세월이 오래돼서 금박이 약간 바랬지만 여전히 화사한 자태를 뽐내고 있었다. 쉬르속 가문의 문장은 없었지만 이사벨레가 애지중지하는 책이라는 것은 누구나 짐작할 수 있었다.

다음날 아침 이든은 카스텔 푸자노 공원에 갈 일이 생겼다. 이 소식이 로마에 퍼지자마자 오스티아로 향하는 도로에 최고급 승용차들이 장사진을 이뤘다. 그러나 이든은 해변에서 잠시 수영과 일광욕을 하고, 다른 사람들이 오기 한 시간 전쯤 카스텔 푸자노를 떠났다. 뒤늦게 들이닥친 사람들은 실망과 분노를 감추지 못한 채 로마로 돌아갔다. 그날 저녁 도로시 디 프라소의 저택에서는 '보물찾기'가 유일한 대화 주제였다. 도로시는 이사벨레 외에는 누구도 봐주지 않았다. 도로시에 따르면 이사벨레는 에드워드 7세 때는 콘스탄티노플에서, 술탄 압둘 하미드 때는 런던에서 오래 살았던 쉬르속 가문의 한 선조가 호라티우스의 『서정시집』을 고대 시리아어로 번역했다는 사실을 발견했다. 따라서 쉬르속 가문과 호라티우스와 이든은 상통하는 점이 있는 셈이다. 이처럼 예기치 않게 앤서니 이든과의 연관성이 드러나자 이사벨레는 넘치는 자부심으로 가슴이 벅찼다. 나중에 이든이 갑자기 런던으로 떠났을 때 아쿠아산타 골프장에 모인 사람들은 '혹시 저자가 내 사랑을 낚아챈 게 아닐까' 하는 표정으로, 또는 '만인의 연인을 우리 모두 똑같이 빼앗기고 말았구나' 하는 서글픈 안도의 표정으로 서로를 바라봤다. 포르테 데이 마르미에서 돌아온 어떤 사람이 이사벨레에게 제인의 별 뜻 없는 농담(이든이 떠난 뒤에 하는 만찬은 동양에서 장례식이 끝난 뒤 망자를 보낸 사람들끼리 모여 밥을 먹는 의식 같다는 것)을 전해주자 이사벨레는 마지막 순간에 예정됐던 만찬을 취소해버렸다. 도라는 포르테 데이 마르미로 달려가 제인에게 최근 일주일 동안 있었던 사건과 소문들을 알려주었다.

"부인도 거기 계셨지요? 그날 멀리서 봤어요. 표정이 영 아니시던데! '아, 일이 잘 안 된 모양이구나' 싶었지요!" 제인 디 산 파우스티노가 말했다.

"로마는 정말 멋진 도시입니다!" 드러먼드 대사가 말했다. "공기부터가 영원의 도시다워요. 여기서는 모든 게 전설이 되지요. 사교계의 소문이 되기도 하고. 앤서니 이든이 전설적인 인물이 된 걸 보세요. 영원의 도시에서 일주일 머물렀을 뿐인데 벌써 영원의 세계로 들어갔습니다!"

"네, 하지만 너무 급히 떠났죠, 나쁜 사람." 후작부인 제인이 말했다.

그때가 골프클럽의 황금기였다. 아쿠아산타 골프장의 행복하고 찬란한 시절이었다. 훗날 전쟁이 시작되자 골프장은 일종의 산책로로 바뀌었다. 젊은 로마 여성들이 등장해 갈레아초 치아노 백작과 그 무리가 지켜보는 가운데 왔다갔다하며 작고 하얀 손으로 골프채를 휘둘렀다. 불그레한 전쟁의 공기와 더불어 갈레아초라는 샛별이 태어나 급속히 두각을 나타냈다. 아쿠아산타 골프장에 새 황금기가, 행복하고 찬란한 새날이 도래한 것처럼 보였다. 물론 사교계 사람들의 이름이나 예절, 외모, 의상은 많이 달라지고 다채로웠다. 그러나 낡은 세계에서 전혀 새로운 사람과 사물이 등장할 때 흔히 느끼게 되는 의구심 같은 것을 불러일으키지는 않았다. 새로움과 젊음은 너무도 낡아버린 세계에서는 진짜로 받아들여지지 않는 법이다. 갈레아초와 그 일당이 너무도 급속히 부상한 것은 그 자체로 정통성이 없다는 분명한 표시였다.

영국인들이 떠났다. 프랑스인들이 떠났다. 다른 나라 외교관들도 로마를 뜰 준비를 하고 있었다. 영국인과 프랑스인들의 자리를 독일 외교관들이 채웠다. 수준이 떨어지는 것이 눈에 보였다. 어색한 수줍음과 콕 집어 말하기 어려운 불편함 같은 것이 옛날의 자유로운 너그러움과 거칠 것 없는 편안함을 대신했다. 안네 마리 폰 비스마르크 후작부인(그녀는 소나무와 침엽수와 아피아 가도의 무덤들 위로 펼쳐진 비단 같은 파란 하늘 밑에서 스웨덴 출신다운 외모가 눈길을 끌었다) 그리고 독일대사관의 젊은 여자들이 수줍으면서도 우아한 미소를 띠고 나타났다. 다른 외국 여성들은 로마에 오면 로마 사람이 된 것처럼 행동하는 반면 그들은 로마에 와서도 독일인이라는 사실을 항상 의식했기 때문에 더더욱 조심스럽고 수줍었다. 그들에게는 뭔가 서글픈 분위기가 느껴졌다.

갈레아초 치아노의 젊은 무리들은 다소 경박하지만 쪼잔하지 않았다. 허영기 많고 변덕스러운 갈레아초의 이너서클에 들어가려면 먼저 여자들의 호의를 얻어야 하지만 후작이 싫은 내색을 하면 바로 쫓겨났다. 치아노 서클은 웃음과 명예와 자리와 성직(聖職)을 사고파는 시장이었다. 서클을 조종하는 핵심인물은 여자였지만 갈레아초가 총애하는 미모의 젊은 여자들과는 거리가 멀었다. 오히려 그녀는 자기가 갈레아초를 총애한다고, 갈레아초는 자기의 망아지라고 생각했다. 사실 로마 사교계가 그녀를 사교계의 지배자로 인정한 것은 오래전 일이었다. 처음에는 출신이 미천하다고 무시당했지만 결국 시가(媤家)의 명성과 지위에 본인이 가진 부와 타고난 음모꾼 기질까지 더해 높은 평가를 받은 것이다. 그런데 이제 그녀는 이상한 역사감각과 계급의식까지 드러내고 있었다. 하기야 그 탓에 최소한의 정치적 판단력까지 상실하고 말았지만.

이사벨레 콜로나 후작부인은 오랫동안 '로마의 퍼스트레이디' 노릇을 해온 관록을 바탕으로, 전쟁으로 인한 혼란과 미래에 대한 불안감에 사로잡힌 로마 사교계를 교묘하게 요리해, 팔라초 콜로나를 단기간에 저 불의의 무리들이 웅성거리는 요새로 탈바꿈시키는 데 성공했다. 무시무시한 전쟁의 폭풍우가 몰려오면서 골수 가톨릭인 구시대 귀족들의 핏속에 이교적인 절망감 같은 게 스멀거리고, 거대한 혁명의 전조라 할 수 있는 도덕과 예절의 추락 같은 사회 분위기도 이사벨레의 변신에 도움이 됐다. 팔라초 콜로나 서클은 사교계는 물론이고 정계까지 좌지우지했다. 갈레아초 치아노 백작과 그 일당은 도처에서 신선한 활력을 발휘했다. 이런 변화에 놀란 사람들은 지난 삼사십 년 동안 로마의 명문가들이 어떤 정치적 흥망성쇠를 겪었는지, 사교계의 '공공연한 비밀'이 무엇인지, 이사벨레가 로마라는 세계에서 어느 정도 영향력을 행사하고 있었는지에 깜깜한 사람들뿐이었다.

오랜 세월 이사벨레 콜로나는 여신을 모시는 순결한 처녀 사제처럼 정통성을 철칙으로 지켜왔다. 그러나 '쉬르속 가문의 꼬마'라고 손가락질하며 벼락출세한 여자로, 유서 깊은 콜로나 가문의 도리스식 기둥에 난데없이 굴러든 코린트식 기둥 같은 존재로 여긴 사람들이 많았다. ('쉬르속 가문의 꼬마'라는 표현은 이사벨레가 결혼 직후 여동생 마틸나, 즉 알베르토 테오돌리의 부인을 데리고 카이로와 콘스탄티노플을 경유해 로마에 도착했을 때 사람들이 깔보는 뜻에서 붙인 별명이다.) 나중에 무솔리니의 '혁명'이 일어나 이탈리아가 정통성을 배반한 불의한 체제가 되자 이사벨레는 미소 띤 얼굴로 차분히 관망하는 자세를 취했다. 적어도 1929년 파시스트 정권과 로마 교황청 사이에 화해협정이 체결될 때까지 수년간은 그랬다. 말하자면 창가에 조용히 앉아 있었던 것이다. 이사벨레는 팔라초 콜로나에서 창밖을 내다보며 '혁명'과의 관계를 용의주도하게 설정해갔다. 그 치밀한 에티켓과 엄격한 격식은 팔라초 콜로나에서 오랫동안 세를 살았던 불행한 케네디 부인에게 악명 높은 임대 조건을 걸었을 때와 똑같았다. 이사벨레가 이탈로 발보•에게 팔라초 콜로나의 대문을 열어주던 날 '정통' 로마는 경악했다. 그런 극적인 변화를 놓고 이러니저러니 쑤군대는 사람은 없었다. 하지만 이사벨레가 태도를 바꾸고, 이탈로 발보가 산티 아포스톨리 광장 옆에 있는 팔라초 콜로나의 응접실에 출현한 속사정을 어지간히 짐작들은 했을 것이다.

이사벨레와 로마 사교계는 물론이고 이탈리아 국민 전체에게 전쟁은 스페인 투우 용어로 이른바 '엘 모멘토 델 라 베르다드—진실의 순간'이 되었다. 전쟁은 투우사가 홀로 칼 하나만 달랑 들고 무시무시한 황소와 마주한 순간 같은 것이었다. 그 순간에 눈과 눈을 마주한 인간과 짐승의 진실이 적나라하게 드러난다. 인간이든 동물이든 모든 가식과 외피는 떨어져나간다. 바로 그 극적인 순간, 인간은 벌거벗은 채 홀로 짐승과 대면하게 된다. 짐승도 벌거벗은 채 홀로 인간과 대면하게 된다. 전쟁 초기, 바로 그 진실의 순간에, 이사벨레도 벌거벗은 채 홀로였다. 그녀는 팔라초 콜로나의 화려한 대문을 갈레아초 치아노와 그 일당에게 활짝 열어줌으로써 정통과 불의 사이에서 어떤 선택을 했는지를 분명히 했다. 그리하여 팔라초 콜로나는 파리 대주교 레츠 추기경▲의 관저 같은 것으로 바뀐 것이다. 그녀 자신이 어떤 의미에서는 이탈리아의 레츠 추기경이었

• 1896~1940. 무솔리니 파시스트 정권 초기의 제2인자로 공군원수와 리비아 총독을 지냈다.

▲ 1613~79. 일명 장 레츠. 어린 루이 14세의 섭정세력에 반발해 귀족들이 일으킨 프롱드 난의 주역이었으나, 루이 14세가 실권을 잡자 화해하고 막대한 성직 이권을 챙겼다.

다. 그 불의의 성채 위에서, 새 로마와 새 이탈리아가 보여주는 가식과 허위로 똘똘 뭉친 그 대저택에서 이사벨레는 여왕으로 군림했다. 그러나 단 한 순간도 독재로 치달을 가능성이 농후했던 과거의 못된 기질을 포기하지 않았다. 그런 세계 속에서 갈레아초는 독재자라기보다 독재의 도구로 등장했다.

이제 이사벨레의 테이블을 장식하는 것은 하얗고 빨간 장미와 겨울 딸기가 아니라 웃는 얼굴과 발그레한 뺨과 젊은 여자들의 싱싱한 딸기 같은 입술들이었다. 장미와 딸기는 이탈로 발보가 전쟁 발발 직전까지 매일 리비아에서 비행기편에 보낸 선물이었지만, 아양 떠는 얼굴들은 탐욕과 허영으로 똘똘 뭉친 갈레아초에게 이사벨레가 보내는 선물이었다. 이미 이탈로 발보는 죽고 없었다. 리비아에서 온 장미와 겨울 딸기들도 다 죽고 없었다.

잠시나마 이탈로 발보가 군림하던 당시의 로마에서는 영원할 것만 같던 명사들조차 이사벨레의 테이블을 (스탕달이 말한 바 있듯) 더 높고 더 모험적인 사교계와 정치계로 도약하는 발판으로 여기곤 했다. 발보가 대서양횡단 유람선 모임에 꾸린다는 것은 마지막 비상을 위해 프랑스 파리로 날아오를 수 있다는 뜻이기도 했다. 그러나 갈레아초 치아노가 나타나 군림하게 된 무렵부터 이사벨레의 식탁은 희생물을 바치는 일종의 제단으로 바뀌어갔다. 사람들은 그 테이블 아래 익명의 전리품이 되기 십상이었다. (어쩌면, 언제인지 모를 그 어느 날, 익명의 시체가 발견되지 말란 법도 없잖은가.) 이제 갈레아초가 얼핏 호감의 눈길을 던진 여자들도, 지체 높은 외국인들도, 사교계 여자들의 환심을 사려는 바람둥이들도, 그럴듯한 자리를 꿰차거나 어디 목 좋은 대사관에 한직이라도 차지하려 안달하는 외무부의 멋쟁이 댄디들도, 온갖 수단과 정성을 다해 이사벨레와 갈레아초 주인님께 장미 다발을 바쳤다. 그렇게 해서 선택된 극소수만 팔라초 콜로나의 문턱을 넘을 수 있었다. 팔라초 콜로나 서클에는 세상이 다 아는 음모를 꾸미는 공범자들 같은 묘한 분위기가 느껴졌다. 사실 이제 이사벨레의 초대를 받았다는 것은 사회적으로 실질적인 의미는 없었다. 정치적인 의미는 있었다손 쳐도 팔라초 콜로나의 산티 아포스톨리 광장에 초대를 받았다는 사실이 갖는 정치적 의미를 착각하는 사람이 많았다.

이사벨레는 무솔리니의 사위로 젊은 나이에 운 좋게 외무장관에 오른 매력 덩어리 갈레아초에게 팔라초 콜로나의 대문을 열어주기 전에 이미, 그가 이탈리아의 삶과 정치에서 별로 중요한 인물이 아니란 사실을 잘 알고 있었다. 그런 통찰은 이사벨레가 처음이었고 어쩌면 유일했을 것이다. 그런데 왜 이사벨레는 팔라초 콜로나에 갈레아초 치아노의 깃발을 게양했을까? 생각이 짧은 많은 사람들이 그녀가 오로지 사교계를 장악하려는 야심이나 음모꾼적인 열정 탓에 갈레아초의 후견인 노릇을 했다고 비난한다. 이보다 더 우스꽝스러운 비난이 또 어디 있을까? 그들은 '로마의 퍼스트레이디'는 사교계의 입지를 지키거나 더 강화하기 위해 안달할 필요가 없다는 사실을 간과했다. 갈레아초와 손을 잡아봐야 잃을 것만 있지 얻을 것은 아무것도 없었다. 이사벨레의 사교적 수완과 멀리 내다볼 줄 아는 처세술은 인정을 해줘야 한다. 누구도, 무솔리니조차, 이사벨레와 척지면서 로마를 통치할 수는 없었다. 권력의 자리에 오르는 과정에서 이사벨레는 누구의 가르침도 받지 않았다. 그녀는 혼자 힘으로 로마에 입성했고, 이미 오래전, 무솔리니가 집권하기 거의 이십 년 전에 입지를 확고히 했다. 그녀의 성공은 무솔리니보다 한층 더 화려했다.

이사벨레가 갈레아초 치아노와 손을 잡은 이유는 사람들이 생각하는 것보다 훨씬 깊고 복잡하다. 타락한 사회가 그 최종적 파멸에 다가가는 시기에, 역사·정치·사회적 정통성이 더이상 맥을 못 추는 나라에서, 사회를 지속적으로 지탱해가는 계급들이 그 특권을 모두 잃은 나라에서, 이사벨레는 쉬르속 가문의 후예 특유의 본능으로 이탈리아가 곧 지중해 동부 연안 서유럽 국가 중 가장 큰 나라가 될 것이란 사실을 감지했다. 정치적 도덕성의 기준으로 보면 당시 로마는 나폴리와 마찬가지로 "유럽

적 기준에는 안 어울리는 유일한 도시"라는 로즈버리 경•의 지적이 어울렸다. 그런 이탈리아에서는 이제 정통성이 사라진 체제만이 끔찍한 사회적 위기를 평화롭게 극복하는 원동력이 될 수 있었다. 전쟁으로 위기가 확산되는 심각한 사회 격변기에, 그런 체제만이, 구할 수 있는 것이나마 구해야 한다는 보수 계급의 간절한 열망을 이룰 수 있었다.

어떤 사람들은 짧은 생각에 이사벨레가 불의를 위해 정통이라는 대의를 내버렸다고 비난한다. 사교계의 언어로 보면 불의란 피에몬테 왕자 대신 갈레아초 치아노 백작을 선호했다는 의미다. 보수 계급의 눈으로 보면 피에몬테 왕자야말로 정통을, 다시 말하면 사회질서와 지속성의 원칙을 구현한 인물이었다. 그는 헌정의 틀 안에서 격변기를 평화적으로 극복할 수 있는 유일한 인물로 비쳐졌다. 유럽에서 그나마 덕이 있는 군주를 꼽으라면 역시 이탈리아 사보이 왕가의 움베르토 국왕이다. 그의 우아함과 잘생긴 외모와 미소 짓는 소박한 매너는 바로 이탈리아 국민들이 군주에게 요구하는 덕목이었다. 그러나 움베르토 국왕은 보수 계급이 부여한 책무를 감당하는 데 필요한 재능을 일부 결여하고 있었다. 물론 피에몬테 왕자는 필요한 만큼의 재능을 갖고 있다고 생각했다. 그러나 다른 사람들이 필요하다고 보는 만큼은 아니었다. 피에몬테 왕자가 명예심이 부족하다고 말하는 건 공정하지 못할 것이다. 그는 명예심을 갖고 있었다. 그러나 보수층이 위기의 순간에 군주에게 기대하는 정도는 아니었다. 겁에 질린 보수층이 말하는 군주의 '명예심'이란 왕정체제와 각종 제도와 왕실의 이해관계를 수호하는 것은 물론이고, 그런 원칙 이면에 있는 모든 것, 즉 사회질서를 구성하는 제도와 이해관계를 수호할 줄 아는 특별한 명예심을 의미한다. 더구나 피에몬테 왕자의 가신들 중에는 그 엄혹한 격변의 시기에 '명예심'이라는 용어가 보수층에게 무엇을 의미하는지 꿰뚫어볼 만한 인물도 없었다.

• 1894~95년 총리를 지낸 영국의 정치인.

많은 사람들이 피에몬테 왕자비에게 희망을 걸었다. 그러나 왕자비는 이사벨레가 사이좋게 지낼 수 있는 여자가 아니었다. 심각한 사회 격변의 순간에, 왕실은 물론이고 모든 것이 위기에 처한 시대에, 쥐르속 가문의 후예인 이사벨레 콜로나 후작부인으로선 한 수 접어두고 피에몬테 왕자비와 손을 잡는다는 것은 상상할 수 없었다. 이사벨레는 왕자비를 '플랑드르 여자'라고 불렀다. 이사벨레의 얇은 입술에서 그 표현이 나오면, 통통한 몸집에 빨간 머리, 넓적한 엉덩이에 탐욕스러운 입을 한 플랑드르 회화에 나오는 아가씨가 연상됐다. 이사벨레는 피에몬테 왕자비의 태도를 미심쩍어했다. 왕자비가 군주제를 반대하는 세력이나 심지어 공산주의자들과 위태로운 접촉을 하는 것은 그녀가 친구들의 신뢰보다 남자나 적들의 충고를 더 달가워하는 성향임을 보여준다고 생각했다. "왕자비는 친구가 없고, 친구를 원하지도 않는다"는 것이 이사벨레의 결론이었다. 그리고 그런 점을 깊이 우려한 것도 당연히 자신을 위해서가 아니라 '불쌍한 플랑드르 여자'를 위해서였다.

피에몬테 왕자와 갈레아초 치아노 백작 사이에서 이사벨레는 후자를 선택할 수밖에 없었다. 그러나 피에몬테 왕자 대신 치아노 백작을 선호하게 된 많은 이유 가운데 하나는 심각한 판단착오였다. 정치적, 역사적 관점에서 보면 치아노는 불의를 가장 본질적으로 대표하는 인물이었다. 보수 계급은 정통성 없는 파시스트 세력을 '유순한 혁명'으로 여겼고, 유순한 혁명이 바보 같은 과격한 반동보다는 사회질서 유지에 이롭다고 줄곧 생각했다. 그러나 이사벨레는 선택의 과정에서 치명적인 잘못을 저질렀다. 많은 사람들이 그랬듯 치아노를 '반(反)무솔리니 성향'으로, "구할 수 있는 것이나마 구해야 한다"는 노선을 추구하는 인물로 착각한 것이다. 영국과 미국에 우호적인 정책을 펼 것이라는 추측도 마찬가지였다. 치아노는 모두가 고대하는 '새로운 인물'(일흔은 넘어야 새로운 인물로 쳐주는 이탈리아에서 서른여섯의 갈레아초는 새로운 인물이라 하기에는 너무 젊었다)은 아니더라도 적어도 위태롭고 복잡한 상황을 타개할 수 있는 미래의 인물로 간주됐다. 훗날 이런 실수가 얼마나 심각한 것이었는지, 그리고 얼마나 나쁜 결과를 가져왔는지 명명백백하게 드러난다. 이사벨레는 신의 섭리의 도구에 불과했다는 것을 사람들이 깨달을 날이 언젠가 올 것이다. 이사벨레는 바티칸을 통해 신의 섭리와 좋은 관계를 유지했지만 결국은 도구였다. 곧 죽음을 맞이할 사회의 마지막 고통을 촉진하고 그 일그러진 모습을 분명히 보여주는 도구였다.

많은 사람들이 이사벨레처럼 갈레아초 치아노 백작을 '반무솔리니 성향'으로, 런던과 워싱턴에서 호의적으로 보는 인물로 착각했다. 갈레아초 본인은 허영심과 저 잘난 줄 아는 낙관주의에 젖어 영국과 미국의 여론이 자신에게 기대가 크다고 확신했다. 미래를 생각하는 런던과 워싱턴이 자신을 무솔리니의 복합적 유산을 계승해 불가피한 전쟁이 처참한 종언을 고한 후에도 불필요한 유혈극이나 사회 대격변을 야기하지 않고 무솔리니 체제에서 앵글로색슨 문명과 유사한 자유주의 체제로의 이행을 완수할 유일한 인물로 보고 있다고 확신했다. 그는 또 자신이 사회질서 수호를 보장해줄 수 있는 인물이라고, 무솔리니에 의해 심각하게 훼손되고 전쟁까지 겹쳐 완전히 파괴될 위기에 처한 사회조직을 지킬 수 있는 인물로 여겨지고 있다고 생각했다.

불운한 이사벨레가 어떻게 갈레아초와 그런 착각을 공유하지 않을 수 있었겠는가? 그녀는 출생으로 보면 레반트• 사람, 좀더 정확히 말하면 이집트인이지만 천성이나 교육, 그리고 습관과 정신적, 물질적 이해관계로 말미암아 영국을 아주 좋아했다. 그 결과 본능적으로 다른 사람들한테서 자신이 가장 편하게 여기는, 남들도 그렇게 느껴줬으면 하는 것을 찾으려고 하거나 찾았다고 생각했다. 더구나 갈레아초의 천성과 매너, 겉으로 드러난 행동거지들(이런 것들을 정치적 신념이라고 착각하는 사람들이 많았다)을 보면서 덩달아 신뢰와 넘치는 희망을 갖게 됐나. 발하

• 이탈리아 동쪽의 지중해 연안. 대개 중동에서 그리스까지를 가리킴.

자면 그녀와 치아노 백작 사이에는 일종의 정신적 혈연관계가 형성된 것이다. 이탈리아인인 치아노의 그런 레반트적 기질은 위기가, 전쟁이 종국으로 치달으면서 어느 때보다 뚜렷이 드러났다. 갈레아초의 그 특질은 유달리 선명하고 뚜렷했다. 그는 그 점을 알고 있었으며, 경우에 따라 그에 대해 대단히 흡족해했다. 아마도 고대 이탈리아의 본토라 할 토스카나가 아닌, 남부 이탈리아의 옛 그리스 식민지 지역에 터잡고 살아온 가문 내력 탓일 것이다. (그의 선조들은 초라한 배 몇 척을 소유한 평범한 어부로 가에타 만 연안 포르미아에 살았다. 그러나 그가 태어난 곳은 포르미아에서 북쪽으로 한참 올라간 항구도시 리보르노였다. 이탈리아 도시 중에서 레반트적 면모가 가장 활기차고 다채롭게 남아 있는 곳이다.) 그에게서 레반트적 느낌을 강하게 받게 되는 이유가 과다한 행운이 기질에 악영향을 미쳐서인지, 아니면 부와 권력과 영광과 사랑에 대한 시각이 파샤•를 연상시킬 만큼 특이하기 때문인지는 가늠하기 어렵다. 그러나 어쨌든 이사벨레가 본능적으로 갈레아초를 쉬르속 가문의 또다른 후예 같은 존재로 느낄 이유는 그만큼 많았다.

그렇게 해서 단시간 만에 이사벨레는 로마 정계의 중재자가 되었다. 여기서 '정치'란 사교계 인사들이 쓰는 의미로 하는 말이다. 거만하게 미소 짓는 얼굴들의 이면을 본 적이 없는 문외한 입장에서는 그녀가 행복해 보였을지도 모른다. 그러나 부패한 사회가 알 수 없는 힘에 의해 사악한 파국으로 치달을 때 가능한 그런 행복은 차츰 도덕적 무관심과 서글픈 냉소주의로 변질됐다. 그런 양상을 있는 그대로 보여주는 것이 바로 팔라초 콜로나의 테이블 주위에 몰려 앉은 작은 서클이었다.

이름이나 매너, 명성과 행태 등 모든 면에서 로마 최고의 인물과 최악의 인물이 그 테이블에 모두 둘러앉았다. 팔라초 콜로나에 초대받는다는 것은 로마 상류사회의 젊은 여자들로선 최고의 영예였다. 그러나 그런

• 오스만제국의 총독 칭호.

영예를 얻기는 비교적 쉬웠다. 그동안 관심에서 멀어졌던 북부지방 미녀들도 악연의 문턱을 넘기 시작했다. 남쪽 로마로 달려온 롬바르디아와 피에몬테, 베네치아의 명문가 후예들은 왕왕 자신의 유서 깊은 고귀한 피를 치아노 가문의 미천한 새 피와 섞는 데 성공했다. 나중에는 로마의 일부 B급 여배우들까지 치아노 백작의 관심을 끈 것으로 보였다. 그 이유는 치아노가 프루스트의 『게르망트 쪽』 분위기를 강하게 연상시키는 일종의 권태감을 느꼈기 때문일 수도 있고, 아니면 순수에 대한 갈망이라는 허상에 사로잡혔기 때문일 수도 있다.

날마다 더 많은 수의 '갈레아초의 과부들'이 생겨났다. 갈레아초의 총애를 받으며 아무 생각 없이 희희낙락하다가 하루아침에 소박을 맞은 여자들이다. 치아노 백작은 늘 새로운 사랑을 찾아다녔으며, 다른 모든 문제에서도 그랬듯이 애정문제에서도 변덕이 죽 끓듯 했다. 그렇게 눈 밖에 난 여자들은 이사벨레의 가슴에 얼굴을 묻고 울고불고 하면서 속마음과 원한 맺힌 질투심을 털어놓았다. 이사벨레는 일주일에 사흘을 '과부의 날'로 삼아 그들의 하소연을 들어주었다. 이사벨레는 정해진 시간(오후 세시에서 다섯시 사이)에 '과부들'을 받았다. 그녀는 두 팔을 벌리고 미소 띤 얼굴로 그들을 환영했다. 마치 위험을 면해 다행이라는, 예기치 않은 행운을 얻어 기쁘다는 몸짓 같았다. 그녀는 불행한 '과부들'의 눈물과 불평을 요란한 웃음과 주체하지 못할 만큼 명랑한 언사로 대하면서 유별난 기쁨을 느끼는 것처럼 보였다. 그것은 거의 육체적인 쾌락이라 할 만큼 특이한, 병적이고 감각적인 만족감이었다. 과부들도 진정한 사랑이 배신당했을 때와 같은 깊은 고뇌와 슬픔을 표현하기보다는 앙심과 모욕감과 분노를 표출했다. 그런 순간이야말로 심술과 음모와 기만술에 있어 타의 추종을 불허하는 이사벨레의 천부적 재능이 최고도로 발현되는 순간이었다. 그것은 어찌 보면 고결한 순수예술 또는 자유롭고 자발적인 게임, 이기심과 무관한 거의 순수한 부도덕성 같은 것이었다. 그녀는 웃고, 농담하고, 불쌍히 여겨주고, 울기까지 했다. 그러나 항상 눈은 쾌감과 욕망으로 번들거렸다. 마치 분노와 굴욕에서 솟아나는 저 불쌍한 여자들의 성난 눈물을 통해 은밀히 모종의 복수를 하는 것 같았다. 그런 예술, 그런 게임에 있어서 이사벨레는 과연 "마테리암 수페라바트 오푸스—재료보다 솜씨가 좋다"•였다. 전 로마의 악의적인 호사꾼들이 이사벨레의 최대의 비밀을 밝혀내려고 그토록 오랜 세월 열심히 쫓아다녔건만 허사였다. 그 비밀은 '과부들'이 굴욕에 치를 떠는 동안 이사벨레는 심술궂게 희희낙락하는 놀라운 장면을 직접 봐야만 그 실체를 포착할 수 있는 것이었다. 목격자는 잠시 어안이 벙벙하겠지만 야릇한 쾌감을 느끼는 이사벨레의 모습에서 복잡미묘하고 불가사의한, 뒤틀린 정신상태를 충분히 읽어낼 수 있을 것이다.

그런데 무관심과 경멸 또는 증오의 황량한 분위기가 하루가 다르게 갈레아초와 우아한 척하지만 알랑거리기 바쁜 그 똘마니들 주변을 에워쌌다. 그런 분위기는 사실 당시 불행한 이탈리아의 도덕적 풍경이기도 했다. 이사벨레도 음울한 지평선이 점점 다가오는 걸 느꼈지만 보고 싶지 않은 걸 볼 눈은 없었다. 그녀는 자신의 희망, 이기심에서 그런 것은 아니지만 본인이 꾸민 음험한 음모의 틀에 사로잡혀 있었다. 원래 그녀의 의도는 이탈리아가 시시각각 다가오는 패전의 끔찍한 시련을 극복하고, 안드로메다처럼 영국이라는 페르세우스▲의 품 안에서 새 안식처를 구하게 하겠다는 것이었다. 그러나 그녀 주변의 모든 것이 산산이 부서지고 있었다. 치아노 백작은 변덕스러운 허영에 파묻혀 하루가 다르게 이탈리아의 삶의 현실로부터 단절돼가고 있었다. 그녀가 오래전 감지했던 치아노의 진면목이 마침내 드러나고 있었던 것이다. 갈레아초는 이탈리아인의 삶에 아무 영향도 미치지 못했고 순전히 장식용 역할을 하는 데 그쳤다. 그러나 그런 현실을 보면서도 이사벨레는 분노하거나 절망하지 않았

• Materiam Superabat opus. 고대 로마 시인 오비디우스의 『변신 이야기』 2권에 나오는 유명한 구절.
▲ 희랍신화에 나오는 영웅. 바다 괴물의 제물이 된 에티오피아 왕녀 안드로메다를 구해 아내로 삼는다.

고 눈을 크게 뜨고 자신의 치명적인 실수를 들여다보려 하지도 않았다. 오히려 고결한 착각은 더 심해졌고 새삼 자부심까지 느낄 정도였다. 갈레아초는 미래의 인물이었다. 지금의 인물이 아니라는 게 무슨 상관인가? 오로지 이사벨레만이 아직도 갈레아초를 믿고 있었다. 신들이 사랑하는 그 젊은 남자가, 자비롭고 질투심 많은 신들이 그토록 엄청난 선물과 특권을 베풀어준 그 남자가, 어느 날 이탈리아를 구할 것이라는, 자신을 감싸 안은 채 화염을 뚫고 안전하고 넉넉한 영국의 품 안에 데려다줄 것이란 믿음이었다. 그런 사도적인 사명을 완수하는 과정에서 이사벨레는 '플로라 맥도널드'■ 같은 열정을 쏟았다.

이사벨레는 바티칸 쪽에도 수완을 발휘해 갈레아초 치아노가 괜찮은 인물임을 각인시키려고 애를 썼다. (당시 바티칸에는 교황청 주재 영국 공사 오스본이 숨어 있었다. 이사벨레의 노력은 런던과 워싱턴 당국에 이탈리아 국민이 치아노 백작을 얼마나 사랑하고 존경하는지 알리려는 작업이었다.) 갈레아초가 영국과 미국의 당국자들이 믿고 협력할 수 있는 유일한 이탈리아인이라는 착각, 런던과 워싱턴이 은밀히 청산의 그날을 준비하고 있다는 착각에서 그녀를 벗어나게 할 수 있는 건 아무것도 없었다. 바티칸에 있는 영향력 막강한 친구들이 현명한 충고도 해주고 이사벨레의 확신에 의구심을 표현하거나 입을 꾹 다물고 고개를 가로젓기도 했다. 영국 공사 오스본도 냉담한 반응을 보였지만 이사벨레의 믿음을 깰 수 없었다. 누가 그녀에게 "갈레아초는 신들의 사랑을 너무 많이 받아 자신조차 구원할 수 없다"고 한다면, 누가 그녀에게 질투심 많은 신들이 가장 사랑하는 인간에게 과연 어떤 운명을 부여하는지 설명하면서 "갈레아초의 운명은 다가오는 부활절에 제물로 바치려고 무솔리니가 키우는 새끼양이며, 무솔리니가 그를 살찌우고 있는 건 그 때문"이라 한다면, 이사벨레의 요란한 웃음소리로 인해 팔라초 콜로나가 뒤흔들릴 것이

■ 18세기 전설의 주인공. 위기에 처한 영국 왕자를 도망치게 도와준 스코틀랜드의 처녀.

다. 그리고 이렇게 외칠 것이다. "말도 안 돼!" 이사벨레도 갈레아초와 마찬가지로 신들의 사랑을 너무 많이 받은 것이다.

전쟁이 그 불가사의한 정체를 드러낼 무렵, 이사벨레와 갈레아초 사이에는 불길한 공범관계 같은 게 형성되기 시작했다. 그런 공동운명 의식으로 말미암아 두 사람은 눈에 보이지 않는 힘에 떠밀리기라도 하는 양 점점 사악한 도덕적 무관심에 빠져들었다. 그렇게 오래 환상에 익숙해지고 서로 광기를 강화시켜주다 보니 일종의 파탄에 도달한 것이다. 둘의 관계를 지배하는 법칙은 팔라초 콜로나에서 열리는 만찬과 유쾌한 파티를 지배하는 법칙과 똑같았다. 팔라초 콜로나의 분위기는 파리의 부촌 포부르 생제르맹 가의 프루스트적인 느낌이나 런던의 고급 주택가 메이페어나 비교적 최근에 뜬 뉴욕 맨해튼의 파크애비뉴 같은 분위기가 아니었다. 아테네와 카이로와 콘스탄티노플(이스탄불)처럼 부와 최신 유행이 흘러넘치는 현대적인 거리의 분위기였다. 변덕과 권태가 안일과 방탕으로 이어지는 분위기였다. 일말의 거리낌도 없었다. 그 부패한 궁정에서 이사벨레는 비굴한 여왕으로 행세했고, 갈레아초는 파샤의 직책을 수행했다. 뚱뚱하고 불그레한 얼굴로 빙긋이 웃으며 독재자 같은 행태를 과시하는 갈레아초는 슬리퍼를 신고 터번만 두르면 퇴폐적이고 달콤한 팔라초 콜로나의 파샤라는 표현이 딱 어울렸다.

일 년도 넘게 러시아 전선과 우크라이나, 폴란드, 핀란드 지역에 나가 있던 나는 어느 날 아침 마침내 아쿠아산타 골프장으로 돌아왔다. 테라스 한쪽 구석에 앉아 골프채를 들고 오가는 사람들을 보노라니 불편함과 불안감이 밀려왔다. 그들은 멀리 오르락내리락하는 언덕에서 불안한 모습으로 천천히 이동하고 있었다. 언덕은 붉은 아치형 수도관들이 서 있는 지점으로 차츰 경사가 낮아졌다. 소나무와 사이프러스나무들이 호라티우스 형제와 쿠리아티우스 형제들 무덤 주변을 둘러싸고 있는 게 보였다. 1942년 11월 어느 날 아침이었다. 해는 따스하고, 습한 바람에 해초와 바닷가 풀냄새가 실려왔다. 눈에 보이지는 않지만 어디선가 항공기가 파란 하늘을 웅웅 소리를 내며 날고 있었다. 꽃가루 날리는 소리가 드높은 창공에서 비처럼 쏟아져내렸다.

내가 이탈리아에 도착한 것은 불과 며칠 전이었다. 그동안 헬싱키의 한 병원에서 큰 수술을 받고 오래 누워 있느라 몸이 말이 아니었다. 아직도 걸어다닐 때 지팡이에 의지해야 했고 창백한 얼굴에 몸은 쇠약했다. 일단의 플레이어들이 어슬렁거리며 클럽하우스로 돌아오는 게 보였다. 팔라초 콜로나를 제집처럼 드나드는 미녀들과 엑셀시오르 호텔 바에 죽치고 사는 바람난 멋쟁이들, 외무부의 쌀쌀맞은 젊은 서기관들이 지나가면서 웃는 얼굴로 인사를 건넸다. 나를 보고 깜짝 놀란 사람들도 있었다. 그들은 내가 돌아온 사실을 모르고, 아직 핀란드에 있다고 생각했다. 허옇게 뜬 내 모습을 본 그들은 잠시 걸음을 멈추고 요즘 어떠냐고 물었다. 핀란드는 아주 춥다던데, 로마에는 얼마나 있을 거냐, 다시 나갔다 곧 돌아올 계획이냐…… 마티니 잔을 든 내 손이 떨렸다. 아직은 그 정도로 힘이 없었다. 나는 "그럼요" "아니요" 하는 식으로 짧게 답하면서 그들의 얼굴을 들여다보았다. 속으로 웃음이 나왔다. 그런데 파올라가 와서 우리는 창문 근처 호젓한 테이블에 자리를 잡았다.

"이탈리아는 변한 게 아무것도 없지?" 파올라가 물었다.

"아니, 모든 게 변했지." 내가 말했다. "모든 게 변했다는 게 정말 믿기지가 않네."

"이상하네." 파올라가 말했다. "난 하나도 모르겠는데."

그녀는 문 쪽을 보더니 갑자기 큰소리로 말했다. "갈레아초가 왔다! 저 사람도 변했다고 생각해?"

"갈레아초는 변했어. 모두 변했지. 모두들 두려움 속에 거대한 카파로트를, 카푸트를, 거대한 고양이를 기다리고 있지."

"그게 무슨 소리야?" 파올라가 눈을 동그랗게 뜨며 말했다.

갈레아초가 들어왔다. 그는 문간에서 잠시 머뭇거리면서 두 손을 마주 비비며 입술을 오므리고 웃었다. 그는 사람들의 인사에 답례하는 의미로

턱을 치켜들거나 눈을 크게 뜨고 상냥한 미소를 지어보였다. 그러나 입을 벌리지 않고 아가씨들 쪽을 관심 깊게 건너다보거나 남자들을 흘끗흘끗 바라봤다. 그러고는 가슴은 쭉 내밀고 배는 들이민 채 홀을 건너갔다. 살이 쪘다는 걸 감추려는 몸짓이었다. 갈레아초는 여전히 손을 마주잡고 비비며 이리저리 고개를 돌리다가 구석에 있는 테이블에 가 앉았다. 그러자 바로 시프리엔느와 마르첼로 델 드라고, 블라스코 다예타가 와서 합석을 했다. 갈레아초 치아노가 입구에 나타나자 소곤거림으로 잦아들었던 목소리들이 다시 커졌다. 다들 다른 쪽 테이블을 바라보며 큰소리로 말하기 시작했다. 강 건너편 기슭에 있는 사람을 향해 서로 이름을 부르는 것 같았다. 다들 다른 테이블들을 향해 서로 이름을 부르고 인사를 하면서도 갈레아초에게 눈길을 보냈다. 눈도장을 찍는 것이었다. 그것이 바로 큰 소리로 안부를 묻고 흥겨운 감탄사를 연발하고 미소를 날리며 눈길을 두리번거리는 유일한 이유였다. 갈레아초는 이따금 고개를 들어 다른 사람들 대화에 끼어들었다. 그는 큰 소리로 말하며 때로는 이 아가씨, 때로는 저 아가씨를 호기심 가득한 눈으로 바라봤다. (그의 눈은 남자들한테 머무는 법이 없었다. 마치 홀에 여자들밖에 없는 것 같았다.) 그는 미소를 흘리거나 살짝살짝 윙크를 던지면서 눈썹을 치켜뜨거나 도톰하게 튀어나온 입술을 씰룩거리면서 은근한 신호를 보냈다. 여자들은 그의 아첨에 엄청나게 큰 웃음으로 화답하면서 테이블 옆으로 고개를 숙여 그의 한마디 한마디를 놓치지 않으려고 했다. 물론 그러는 사이에도 쉬지 않고 질투 어린 눈길로 서로를 곁눈질했다.

우리 옆 테이블에는 라비니아, 잔나, 조르제트, 안네 마리 폰 비스마르크 후작부인과 남편인 로마 주재 독일 대사 오토 폰 비스마르크 후작 그리고 외무부의 젊은 서기관 둘이 앉아 있었다.

"오늘 아침은 다들 행복해 보이네요." 안네 마리 폰 비스마르크가 말했다. "무슨 일 있어요?"

"로마에서 무슨 새로운 일이 있겠습니까?" 내가 대꾸했다.

"난 이번에 다시 로마로 돌아왔습니다." 필리포 안푸조가 폰 비스마르크의 테이블로 다가가며 말했다. 안푸조는 그날 아침 부다페스트에서 돌아왔다. 그는 얼마 전 주세페 탈라모 후임으로 헝가리 주재 공사로 파견됐었다.

"오, 필리포!" 안네 마리가 큰 소리로 말했다.

"필리포! 필리포!" 여기저기서 안푸조를 부르는 소리가 들렸다. 안푸조는 예의 당황한 표정에 미소를 지으며 이 사람 저 사람을 향해 인사를 했다. 그는 마치 목에 부스럼이 난 양 고개를 까딱였다. 그리고 평소같이 손을 어디 두어야 할지 몰라 안절부절못했다. 허리를 짚었다가 주머니에 찔러넣었다가 그냥 옆으로 내려뜨리곤 했다. 그는 바니시를 새로 칠한 나무가구 같았다. 반질반질 윤기가 흐르는 까만 머리는 그 나이의 남자로선, 더더구나 공사 직함을 가진 사람으로선 좀 촌스러워 보였다. 그는 웃었다. 거의 불가사의해 보이는 멋진 두 눈이 반짝였다. 그는 웃으면서 예의 나른하고 감상적인 스타일로 눈꺼풀을 깜박거렸다. 두 무릎은 약간 안쪽으로 굽어 서로 닿을 정도였다. 그것이 그의 약점이었고, 그가 남몰래 고민하는 부분이었다. "필리포! 필리포!" 여기저기 안푸조를 부르는 소리가 들렸다. 갈레아초가 말을 하다 중간에 멈추는 게 보였다. 갈레아초의 눈길이 안푸조를 향하자 안푸조의 얼굴이 어두워졌다. 갈레아초는 안푸조를 시기했다. 나는 그가 아직도 필리포를 시기하는 걸 보고 놀랐다. 치아노도 무릎이 약점이었다. 약간 안짱다리였기 때문이다. 갈레아초 치아노와 필리포 안푸조의 유일한 공통점은 무릎이 서로 닿는다는 것이었다.

"미군이 어제 알제(알제리의 수도)에 상륙했어요." 안푸조는 독일 참사관 폰 비스마르크가 있는 테이블로 가서 안네 마리와 라비니아 사이에 자리를 잡았다. "그래서 오늘은 다들 이렇게 기분이 좋은 거죠."

"시끄러워요, 필리포! 얌전히 좀 있어요!" 안네 마리가 말했다.

"제대로 말하자면 로멜•이 엘알라메인에 진격했을 때 환호한 거나 마찬가지지요." 안푸조가 말했다.

녁 달 전인 6월, 이탈리아와 독일 합동군이 이집트 엘알라메인으로 진격해 곧 알렉산드리아와 카이로에 입성할 것 같은 분위기였을 때 무솔리니는 제국 원수 제복을 입고 급히 비행기를 타고 이집트 전선으로 향했다. 가져간 짐 속에 수년 전 리비아 총독 이탈로 발보가 헌정한 그 유명한 "이슬람의 칼"이 들어 있었다. 총통이 카이로에서 성대한 의식을 열어 임명하고 싶어한 이집트 총독은 무솔리니 추종세력의 일원이었다. 세라피노 마촐리니(1890~1945)는 이미 이집트 총독에 임명이 된 뒤였다. 그전에는 카이로 주재 이탈리아 공사였다. 마촐리니 역시 비행기편으로 급히 엘알라메인 전선으로 향했다. 많은 비서들과 여자 타이피스트, 통역, 아랍문제 전문가, 똑똑한 장교 보좌관들이 그를 수행했다. 수행자들 사이에는 벌써부터 자기들끼리 뒤에서 씹고 험담하는 일이 벌어지고 있었고, 리비아 사막에 가서도 시기와 자만심으로 불평불만을 터뜨리곤 했다. 그들은 갈레아초 치아노 백작이 총애하는 인사들의 애인이거나 남편, 형제 또는 사촌이었다. 에다 치아노를 따라다니다 버림받은 자들도 많았다. 이들 역시 기가 꺾이긴 했지만 자부심이 대단했다. 리비아 전쟁은 에다와 갈레아초 서클 인사들에게 아무 행운도 가져다주지 못했다고 안푸조는 말했다. 영국군이 변덕스러운 사막의 형세를 이용해 진격할 때마다 그 잘난 인사들은 포로로 잡히곤 했다. 그사이, 엘알라메인 전선에 있는 무솔리니는 알렉산드리아와 카이로에 폼 나게 입성하고 싶어 안달이 났지만 독일·이탈리아 합동군 사령관인 로멜은 그런 무솔리니가 못마땅해 만나주지도 않고 있다는 소식이 로마로 전해졌다.

"그 사람이 여기 뭐 하러 온 거야?" 로멜이 물었다. "도대체 누가 여기로 보냈어?"

기다림에 지친 무솔리니는 잔뜩 화가 나 아무 말 없이 이집트 총독 앞

• 1891~1944. 독일의 장군. 이차대전 때 북아프리카 전선에서 전차사단을 지휘해 영국군을 압도했다.

에서 왔다갔다했다. 스타일을 구긴 총독 역시 창백한 얼굴에 입을 꾹 다물고 있었다. 로마에서는 세라피노 마촐리니를 이집트 총독에 임명함으로써 외무부와 팔라초 콜로나 서클이 입은 상처가 아직도 전혀 아물지 않은 상태였다. 많은 사람들에게 당시의 시급한 과제는 이집트를 어떻게 점령할 것이냐가 아니라 세라피노를 어떻게 카이로에 입성하지 못하게 할 것이냐였다. 다들 영국군에게 기대를 걸었다. 치아노는 다른 사람들과 마찬가지로 (물론 이유는 달랐다) 일이 돌아가는 상황이 못마땅한 나머지 노골적으로 냉소적인 태도를 보였다. "아, 그래? 카이로에 가시겠다고!" 무솔리니가 카이로에 절대 입성하지 못할 것이란 비아냥거림이었다. 사실 엘알라메인 전투에서 승리가 거듭되던 시기 갈레아초는 많은 좌절을 겪었지만 (안푸조의 설명에 따르면) 그나마 장인인 무솔리니가 다만 며칠이라도 로마를 비운 것이 위안이었다. 치아노의 말대로 하면 "시 포세 레바토 달레 스카톨레!—이제야 자리를 뜨셨네!"였다.

"치아노와 무솔리니의 관계는 요즘에도 썩 좋아 보이진 않아요." 내가 말했다. "적어도 스톡홀름에서 들은 바로는 그렇습니다."

"아마 장인이 골탕을 먹기를 바라는 모양입니다." 안푸조가 마르세유 방언을 흉내낸 프랑스어로 말했다.

"두 사람한테는 전쟁이 단순히 가족끼리의 일이라는 뜻인가요?" 안네 마리가 물었다.

"허허!" 안푸조가 크게 한숨을 내쉬며 멋진 눈을 들어 천장을 올려다봤다.

"시프리엔느가 요새 심심해 죽겠는 모양이던데요." 조르제트가 말했다.

"시프리엔느는 유머 감각이 너무 많아서 갈레아초도 별로 재미없어 해요." 안네 마리가 말했다.

"말도 안 돼. 난 그 사람 정말 재미있더라. 위트 넘치고." 오토 폰 비스마르크 후작이 말했다.

"폰 리벤트로프보다 훨씬 재미있는 건 분명하지요." 안푸조가 말했다.

"폰 리벤트로프가 갈레아초에 대해서 한 말 들어보셨습니까?"

"물론 들어봤지요." 오토 폰 비스마르크가 거북한 표정으로 답했다.

"아니야, 당신은 못 들어봤어." 안네 마리가 말했다. "어디 말해봐요, 필리포!"

"독일 외무장관 폰 리벤트로프는 갈레아초가 외교문제에만 관여하지 않는다면 정말 훌륭한 외무장관일 거라고 했습니다."

"내 생각에는 갈레아초는 외무장관치고 외교문제에 너무 관여 안 하는 것 같은데." 내가 말했다. "그의 잘못은 국내 정치에 너무 많이 관여한다는 거죠."

"정말 맞는 말입니다." 안푸조가 말했다. "아침부터 밤까지 그분 하는 일이 그거죠. 그분 접견실은 내무부와 파시스트당 출장소가 됐습니다."

"그분은 주지사나 파시스트당 지방서기 임명에 더 관심이 많습니다." 외무부에서 나온 젊은 서기관 두 명 가운데 하나가 말했다. "대사 임명에는 별 관심 없지요."

"무티•는 그의 똘마니였습니다." 다른 서기관이 말했다.

"하지만 지금은 서로 앙숙이지요." 안푸조가 말했다. "나는 두 사람의 분열이 마지스트라티 백작을 불가리아 공사로 임명한 데서 비롯됐다고 봅니다."

"그게 무티랑 무슨 관계가 있지요?" 폰 비스마르크가 물었다.

"치아노는 국내 정치를 좌지우지했고, 무티는 외교 정책을 좌지우지했거든요." 안푸조가 대답했다.

"갈레아초는 좀 이상해요." 내가 말했다. "자기가 미국과 영국에서 인기가 높다는 착각을 하고 있어요."

"그 정도면 약과죠." 안푸조가 말했다. "이탈리아에서도 인기가 대단하다고 생각하고 있다니까요!"

• 1902~43. 이탈리아 정치인, 비행조종사. 갈레아초의 도움을 받아 집권 파시스트당 서기가 되었다.

"꿈도 야무지셔라!" 폰 비스마르크가 말했다.

"난 그이 참 좋던데." 안네 마리가 말했다.

"그가 전쟁의 진로를 바꿔놓을 거라고 생각하니까 그렇지요!" 안푸조가 이상하게 얼굴을 붉히며 말했다.

안네 마리가 미소 띤 얼굴로 안푸조를 바라봤다. "당신은 그 사람 아주 좋아하잖요, 필리포?"

"물론 아주 좋아하지요. 하지만 그래봤자 무슨 소용입니까. 내가 그 사람 엄마라면 걱정이 이만저만이 아닐 겁니다."

"그렇게 좋아한다면 걱정 좀 해주면 안 돼요?" 안네 마리가 물었다.

"시간이 없어요. 내 걱정하기도 바빠."

"오늘 다들 왜 이러실까?" 라비니아가 끼어들었다. "전쟁 때문에 이렇게들 신경이 날카로워진 거죠?"

"전쟁?" 안푸조가 말했다. "무슨 전쟁? 사람들은 전쟁에 신경 안 써요. 무솔리니가 가게마다, 길거리 담벼락마다 붙여놓은 포스터 못 봤어요? 국기에다가 커다랗게 딱 세 단어 써놓았잖아요. '우리는 지금 전쟁 중이다.' 그런 걸 새삼 강조하는 것도 당연하죠." 안푸조가 한마디 덧붙였다. "아무도 기억을 못하니까."

"이렇게 전쟁이 한창인데 이탈리아 국민의 정신상태는 정말 이상해요." 오토 폰 비스마르크 독일 참사관이 말했다.

"무솔리니가 누구한테 책임을 물을지 궁금합니다." 안푸조가 말했다. "전세가 나쁜 쪽으로 기울면 말입니다."

"이탈리아 국민이죠." 내가 말했다.

"아니요. 무솔리니는 절대 여러 사람에게 책임을 묻지 않습니다. 딱 한 놈만 찍지요. 특별한 목적에 맞는 딱 한 사람 말입니다. 아마 갈레아초한테 뒤집어씌울 겁니다. 그것 말고 갈레아초가 무슨 쓸모가 있겠습니까? 무솔리니가 그를 아직 그 자리에 두고 있는 건 그런 특별한 필요 때문입니다. 그의 머리통을 보세요! 딱 그런 목적에 맞는 것 같지 않아요?"

우리는 다들 고개를 돌려 갈레아초 치아노 백작을 쳐다봤다. 그의 머리통은 둥글고 약간 부풀어오른 것처럼 보였다. 그리고 너무 컸다. "그 나이에 비해 너무 크지요." 안푸조가 말했다.

"악담도 정말, 필리포." 안네 마리가 말했다.

"당신은 갈레아초 친구인 줄 알았는데요." 내가 안푸조에게 말했다.

"갈레아초는 친구가 필요 없고 친구를 원하지도 않아요. 친구를 어떻게 대해야 하는지도 모르고. 그는 친구들을 경멸하고 하인 취급합니다." 안푸조는 웃으며 말했다. "그는 무솔리니의 우정에 만족하고 있어요."

"무솔리니는 그를 아주 좋아하지 않나요?" 조르제트가 물었다.

"네, 그럼요, 아주 좋아하죠!" 안푸조가 말했다. "1941년 2월 그리스 침공작전이 파탄나고 있을 때 갈레아초는 나를 남부 항구도시 바리로 보내어 외무부 관련 문제를 논의하게 했습니다. 갈레아초에게는 매우 어려운 시기였죠. 그는 당시 폭격기 편대 중령이었습니다. 바리 인근 팔레제 비행장에 주둔하고 있었죠. 그는 무솔리니한테 엄청 화가 나 있었어요. 무솔리니를 '일 테스토네(멍청이)'라고 불렀지요. 얼마 전 보르디게라에서 회담이 열렸고, 무솔리니는 스페인 총통 프랑코와 외무장관 세라노 수녜르를 만났습니다. 회담장소로 갈 준비를 하던 갈레아초는 마지막 순간에 주저앉게 된 겁니다. 여행가방을 손에 든 채 그는 내게 '무솔리니가 나를 미워해'라고 말했습니다. 바로 그날 밤 에다가 그에게 전화를 걸어 맏이인 파브리치오가 너무 아프다고 했어요. 그 얘기를 듣고 갈레아초는 더 화가 났지요. 그는 울면서 말했습니다. "장인이 나를 미워해! 뭘 어떻게 할 수가 없어. 장인이 나를 미워하니까!" 나중에 또 그러더군요. "그 양반은 항상 내게 불행을 가져다줬어"라고.

"불행을 가져다줘?" 라비니아가 웃으며 말했다. "맙소사, 참 주제 파악이 안 되시네!"

"제 생각이 틀리지 않다면 갈레아초는 곧 자리에서 물러날 텐데……" 잔나가 말했다.

"갈레아초는 절대 제 발로 나가지는 않을 겁니다." 안푸조가 말을 이었다. "권력을 너무 좋아하거든요. 장관 자리를 마치 정부(情婦) 대하듯이 주무르고 있지요. 언제 쫓겨날지 모른다는 생각에 전전긍긍하고 있습니다."

"그때 바리에서 갈레아초가 겁먹은 건 다른 이유가 있었지요." 내가 말했다. "당시 히틀러가 이탈리아·오스트리아 국경 브레너 고개에서 회담할 때 무솔리니에게 힘러가 작성한 갈레아초 관련 보고서를 건넸기 때문입니다."

"이사벨레 콜로나에 관한 보고서 아니었나요?" 안네 마리가 물었다.

"당신이 그걸 어떻게 알지?" 오토 폰 비스마르크가 거북한 표정으로 물었다.

"온 로마가 몇 달 동안이나 그 얘기로 시끄러웠는걸요." 안네 마리가 말했다.

"갈레아초에게는 불운한 시기였습니다." 안푸조가 말했다. "제일 친한 친구들조차 등을 돌렸으니까요. 블라스코 다예타가 한번은 그러더군요. 갈레아초와 이사벨레 중에서 고르라면 이사벨레 편을 들었을 거라고."

"히틀러와 이사벨레 중에서 고르라면 어떻게 했을까요?" 내가 물었다.

"분명히 갈레아초 치아노 백작과 이사벨레 콜로나 후작부인 사이에서 선택을 해야 할 문제는 아니었지만 많은 사람들이 그렇게 생각했지요. 어느 날 아침 갈레아초가 집에 와달라 하더군요. 여덟시였으니까 평소답지 않은 시간이었어요. 가보니 목욕을 하고 있더군요. 그는 욕조에서 나와 물기를 닦으며 말했습니다. '폰 리벤트로프가 등뒤에서 칼질을 했어. 폰 리벤트로프의 배후는 힘러고. 두 놈이 그 보고서에서 내 목을 노린 거야. 무솔리니가 내 목을 폰 리벤트로프한테 바친다면 자기가 얼마나 겁쟁이인지 세상에 대고 떠드는 꼴이지!' 그러더니 두 손을 배꼽에 대고는 '살 좀 빼야겠군' 하더군요. 그는 몸을 다 닦고 목욕 수건을 둑 던지곤 거울 앞에 완전히 벌거벗은 채 섰습니다. 그러더니 상하이에서 가져온 약초 다발을 머리에 문지르기 시작했어요. 중국인들이 머릿기름으로 쓰는 약초지요. '내가 중국 외무장관이 아닌 게 다행이야.' 그가 말했습니다. '형도 나만큼이나 중국을 잘 알지? 정말 멋진 나라지만 내가 눈 밖에 나면 어떻게 될지 상상해봐.' 그는 베이징 거리에서 목격한 중국식 고문을 자세히 얘기해줬습니다. 사람을 장대에 묶어놓고 주머니칼로 살점을 살살 도려낸다는 것이었어요. 신경과 동맥, 정맥만 빼고 말이죠. 그 사람은 뼈와 신경과 혈관만으로 된 격자처럼 너덜너덜해졌답니다. 햇살이 격자 틈새를 통과하고 파리가 붕붕 드나들었습니다. 그런 식으로 고문당하는 사람은 며칠간 살아 있었습니다. 갈레아초는 그 끔찍한 고문장면을 설명해주면서 마조히즘적 쾌감을 느끼며 유쾌하게 웃더군요. 그가 그런 잔인함을 통해 감각적 쾌감을 느낀다는 걸 알 수 있었습니다. 더불어 공포와 무력한 증오도 느꼈겠지요. '이탈리아는 사정이 전혀 다르지.' 그가 말하더군요. '무솔리니는 중국인보다 훨씬 잔인한 고문법을 개발했어. 뒤에서 걷어차는 거지.' 갈레아초는 엉덩이를 만지며 말했습니다. '아프게 차는 건 아니야. 기다리게 만드는 거지. 안달 나게 하루하루, 한 시간 한 시간, 일 분 일 분을 기다리게 하는 거야.' 나는 농담조로 '우리 둘 다 예상은 했고, 다행히도 엉덩이가 뚱뚱하니 차여도 별로 아프지 않을 것'이라고 했어요. 그러자 갈레아초는 얼굴이 어두워지면서 '내 엉덩이가 정말 뚱뚱하다고 생각해?' 하고 묻더군요. 그는 그게 큰 걱정이었습니다. 나중에 옷을 갈아입으면서 그러더군요. '무솔리니는 절대 내 머리를 누구한테도 바치지 않을 거야. 그는 겁을 먹고 있어. 모든 이탈리아인이 내 편이라는 걸 아주 잘 알고 있거든. 이탈리아인은 내가 이탈리아에서 무솔리니에 감히 맞설 수 있는 유일한 사람이란 걸 알고 있어.'

그건 착각이었지만 나로선 그 환상을 깰 수 없었어요. 그래서 아무 말 안 했지요. 한참 전인 그 시절에도 이미 그는 자신이 무솔리니에 맞서고 있다고 확신하고 있었습니다. 사실 갈레아초는 아침부터 밤까지 뒤에서 걷어차일까봐 벌벌 떨고 있어요. 무솔리니와 마주한 자리에서는 남들과 똑같이, 우리 모두와 똑같이, 겁에 질린 하인이 되면서 말입니다. 그는 무솔리니의 말에 항상 '네'라고 합니다. 하지만 돌아서면 사자의 용기가 생겨서 아무것도 겁내는 게 없지요. 무솔리니가 뒤통수에 입이 달렸다면 갈레아초는 주저하지 않고 제 머리를 그 아가리 속에 들이밀 겁니다. 서커스에서 조련사가 사자한테 하듯이 말이지요. 전쟁과 무솔리니와 히틀러 이야기를 할 때 갈레아초는 아주 재미나게 말을 하곤 해요. 그가 위트가 있고 똑똑하다는 건 누구도 부정할 수 없죠. 그는 때로 사태 파악을 제대로 하는 사람처럼 정국을 진단합니다. 한번은 내가 물어봤어요. 전쟁이 어떻게 끝날 것 같으냐고."

"그랬더니 뭐래요?" 안네 마리 폰 비스마르크 후작부인이 비아냥거리는 듯한 미소를 띠며 물었다.

"아직 어느 나라가 전쟁에서 이길지 말하긴 불가능하다, 하지만 어느 나라가 벌써 패했는지는 분명하다고 하더군요."

"어느 나라가 벌써 패했다는 건가요?" 후작부인이 되물었다.

"폴란드와 이탈리아죠."

"누가 질지 예측하는 건 별로 재미없는 일이에요." 안네 마리가 말했다. "난 누가 이길지 알고 싶어요."

"그렇게 함부로 말하면 안 돼요." 안푸조가 말했다. "국가기밀이니까. 안 그래요?" 안푸조가 폰 비스마르크 독일 참사관을 돌아보며 말했다.

"그럼요." 폰 비스마르크 후작이 답했다.

"갈레아초는 가끔 믿기지 않을 정도로 경솔해요." 안푸조가 말했다. "외무부 집무실 벽이 말을 할 수 있다면, 이사벨레의 테이블이 말을 할 수 있다면, 무솔리니와 히틀러는 정말 웃기는 얘기를 자주 들을 겁니다."

"좀더 조심해야 돼요." 조르제트가 말했다. "이사벨레의 테이블은 말하는 테이블이거든요."

"또 그 진부한 얘기 타령이야!" 폰 비스마르크가 말했다.

1941년 초, 브레너 고개에서 회담할 때 히틀러는 무솔리니에게 갈레아초에 대한 힘러의 보고서를 건네주었다. 이 소식을 접한 로마는 온통 경악했다. 그러다 경악은 두려움으로, 종국에는 공공연한 악의적인 쾌감으로 바뀌었다. 그러나 이사벨레의 테이블에 앉은 사람들은 문제의 보고서를 주책없는 하인의 헛소리 정도로 치부하고 웃어넘겼다. "히틀러는 참 못됐어!" 이사벨레가 말했다. 문제의 보고서는 치아노 백작을 겨냥했다기보다 콜로나 후작부인을 노린 것이었다. 힘러는 그녀를 '제5열'•이라 불렀다. 날마다 테이블 주위에서 오가는 모든 대화가 한마디도 빠짐없이 정확히 보고됐다. 갈레아초와 에다와 이사벨레가 한 얘기는 물론이고, 사회적으로 지위가 높거나 한자리하는 고위급 손님들의 언급도 기록됐다. 치아노와 팔라초 콜로나를 찾은 외교관들이 전쟁과 히틀러와 무솔리니의 실책에 관해 한 언급은 물론이고 사회적 가십, 여자들이 서로 헐뜯는 애기, 마르첼로 델 드라고나 마리오 판사 같은 급이 떨어지는 인물들이 별 뜻 없이 한 발언도 낱낱이 기록됐다. 에다 치아노가 이런저런 문제에 대해, 히틀러나 폰 리벤트로프, 육군원수 마켄젠(1849~1945)에 대해 한 농담들도 보고됐다. 에다가 부다페스트와 베를린과 빈을 뻔질나게 드나든다는 애기도 보고됐다. 갈레아초 치아노가 무솔리니나 프랑코, 헝가리 국왕의 섭정 호르티(1868~1957)나 파벨리치, 페탱, 안토네스쿠 등에 대해 주책없이 떠든 험담도 보고됐다. 이사벨레가 무솔리니의 천박한 애정행각을 신랄하게 씹은 것이나 전쟁의 결말을 비관적으로 예측한 부분, 피렌체에서 떠도는 소문에 대한 산드라 아팔레티의 흥미로운 전언, 로마 영화계에서 활동하는 젊은 독일, 이탈리아 여배우들의 사소한 스캔들, 괴벨스나 문화부 장관 파볼리니(1903~45)의 연애담, 그 모든 것이 보고서에 상세하게 기록됐다. 그중 상당 부분은 갈레아초의 엽색행각과 변덕스러운 행태, 그가 총애하는 여자들이 서로 시기하고 질투하는 내용, 그를 따르는 똘마니들의 부패상에 할애됐다.

치아노 백작이 그나마 무솔리니의 진노를 면한 것은 힘러가 보고서에

• 외부세력에 호응하여 활동하는 내부집단. 스페인 내전에서 유래한 말.

에다에 관한 내용을 실었기 때문이다. 보고서가 에다를 깎아내리는 내용을 언급하지 않았다면 그녀의 애정행각이나 그 여자 친구들의 위험한 관계, 휴양지 코르티나담페초와 카프리 섬에서 벌어진 스캔들 따위를 언급하지 않았다면, 갈레아초의 운명은 결딴나고 말았을 것이다. 딸의 비위를 알게 된 무솔리니는 오히려 사위를 감싸게 됐다. 그러나 힘러의 보고서는 치아노 서클과 이사벨레 서클이 서로 의구심을 갖도록 하는 데 성공했다. 누가 힘러에게 그런 정보를 주었는가? 팔라초 콜로나의 하인들? 이사벨레의 집사? 치아노나 이사벨레의 절친한 친구들 가운데 누가? 이런저런 이름들이 입에 올랐다. 그중에서 특히 연적이 잘나가는 데 상심한 한 젊은 여자가 밀고자라는 의심을 받았다. 모든 '과부'가 조사대상이 됐다. "어쨌든 당신이나 나는 아니야"라고 이사벨레가 갈레아초에게 말하자 갈레아초는 "분명히 나는 아니야"라고 대꾸했다. "나 원 참!" 이사벨레는 이렇게 한탄하면서 고개를 들어 천장만 바라봤다. 거기에는 푸생의 프레스코화가 그려져 있었다.

힘러의 보고서가 가져온 유일한 성과는 갈레아초를 잠시 로마에서 떠나 있게 한 것이었다. 갈레아초는 팔레제 비행장 주둔 폭격기 편대로 발령을 받고 바리로 떠났다. 그리고 한동안 팔라초 콜로나에서, 심지어 외무부 청사에서도 그를 둘러싼 수군거림은 사라졌다. 가끔씩 뒤에서 소곤거리거나 별 관심 없다는 듯이 한두 마디씩 던지는 게 고작이었다. 그러나 이사벨레는 "분명히 나는 아니야"라고 한 갈레아초의 말에 깊이 상심했지만 여전히 그에게 품은 정리를 버리지 않았다. 그 나이의 여자가 판단을 그르칠 리 없었다.

안네 마리가 필리포 안푸조를 돌아보며 우아한 목소리로 말했다. "당신 애기는 힘러 보고서에 한마디도 나오지 않았을 거예요."

"우리 집사람에 관한 보고는 한 페이지를 꽉 채웠더군요." 안푸조가 웃으며 대꾸했다. "너무 심해."

"마리아 얘기가 한 페이지나 된다고요? 아, 불쌍한 마리아. 정말 영광이네!" 조르제트가 악의 없는 목소리로 말했다.

"그럼 나는? 내 얘기도 한 페이지 꽉 채웠나요?" 안네 마리가 물었다.

내가 끼어들었다. "부인의 질문은 전에 폰 쇼베르트 장군이 내게 했던 것과 같은 종류의 질문입니다. 러시아 침공 이후 처음 몇 달 동안 우크라이나에 머물고 있을 때였습니다. 어느 날 폰 쇼베르트 장군이 사령부로 와서 저녁이나 먹자고 하더군요. 테이블에는 장교가 한 열 명쯤 앉아 있었습니다. 숟가락을 든 지 얼마 안 돼서 폰 쇼베르트가 러시아의 독일군 상황을 어떻게 생각하느냐고 묻더군요. 나는 이탈리아 속담을 떠올리며 '제가 보기에 러시아의 독일군은 스토피(삼잎) 위를 종종거리는 닭이 아니라 대초원에 풀어놓은 닭 같다'라고 대답했습니다."

"맙소사!" 안네 마리가 놀라 소리쳤다.

"정말 흥미롭군요." 폰 비스마르크가 미소 띤 얼굴로 말했다.

"폰 쇼베르트 장군이 그 말뜻을 알아들었다고 확신하십니까?" 필리포 안푸조가 물었다.

"알아듣기를 희망했지요. 폰 쇼베르트 장군은 이탈리아에 좀 살았고, 이탈리아어도 약간 했습니다. 하지만 통역인 실러 중위(메라노 출신 티롤 사람으로 나중에 독일 국적을 취득했다)가 내 답변을 통역하며 이탈리아 속담의 의미를 설명하려 하자 폰 쇼베르트 장군은 질책하는 듯한 심한 목소리로 '이탈리아에서는 왜 삼잎 위에 닭을 키우느냐'고 물었습니다. '우리는 절대 삼잎 위에 닭을 키우지 않습니다!' 나는 이렇게 대답했어요. '그건 그냥 실타래 같은 삼잎에 파묻히면 닭이 헤어나오려 버둥거리는 모습을 설명하는 속담입니다.' 그러자 폰 쇼베르트 장군은 '우리 고향 바이에른에서는 닭을 톱밥이나 밀짚 위에서 키우는데'라고 했습니다. '이탈리아에서도 톱밥이나 밀짚 위에서 키웁니다!'

'그럼 왜 삼잎 얘길 했소?' 폰 쇼베르트 장군이 인상을 찌푸리며 물었습니다. '그건 그냥 속담이라니까요. 그냥 말이 그렇다는 겁니다.'

'음, 거참 이상하네! 우리 고향 바이에른에서는 닭을 모래 위에서 키

우는데. 그게 값싸고 실용적인 방식이지.'

'사실 토양인 이탈리아 일부 지역에서는 모래 위에서 닭을 키우기도 합니다.' 나는 땀이 나기 시작했어요. 그래서 살며시 통역한테 제발 이 난관에서 나 좀 빼내달라고 하소연을 했지요. 실러 중위는 슬며시 웃으며 한쪽 눈으로 나를 빠끔히 쳐다보더군요. 마치 '제 발로 난관을 자초하더니 이제 나더러 빼내달래?' 하고 비웃는 것 같았습니다. '그렇다면 삼잎 얘기는 왜 나왔는지 모르겠군.' 폰 쇼베르트 장군이 말했습니다. '그게 그냥 속담이라고 합시다. 그래도 속담이나 격언은 항상 현실과 어떤 연관이 있는 법이오. 말하자면, 선생 얘기는 다르지만, 이탈리아 일부 지역에서는 닭을 삼잎 위에서 키운단 얘기지. 참 비실용적이고 잔인한 방식이야.' 장군은 의구심과 멸시가 서린 굳은 표정으로 나를 노려봤습니다. 나는 이렇게 대답하고 싶었어요. '네, 그렇습니다! 인정하고 싶지는 않지만 이탈리아에서 삼잎 깐 자리에 닭을 키우는 건 사실입니다. 이탈리아 일부 지역뿐 아니라 모든 지역, 피에몬테, 롬바르디아, 토스카나, 움브리아, 칼라브리아, 시칠리아 등에서, 이탈리아 전역에서 닭뿐만 아니라 아이들도 삼잎 위에서 키우지요. 모든 이탈리아인이 삼잎 위에서 컸다는 걸 아십니까? 보세요! 잘 살펴보세요. 그럼 모든 이탈리아인이 삼잎 위에서 컸다는 걸 알게 될 겁니다.' 아마도 그는 내 말뜻을 알아들었을 겁니다. 아마도 내 말을 믿었을 겁니다. 하지만 내 말이 어디까지 진실인지 알지는 못했을 거예요. 어쨌든 나는 진땀이 났고, 계속 같은 말을 반복했어요. 아니다, 그건 사실이 아니다, 이탈리아 어디서도 닭을 삼잎 위에서 키우지 않는다, 그건 그냥 속담, 격언이다, 독일말로 하면 폴크스슈프리히보르트! 그 순간 한동안 잿빛 눈으로 나를 노려보던 한베르거 소령이 차가운 목소리로 말했습니다.

'그럼 대초원은 무슨 상관이 있는지 설명해보십시오. 삼잎 얘기는 됐고. 삼잎은 완전히 정리가 됐고. 근데, 대초원은? 대초원이 닭이랑 뭔 관계가 있다는 거요? 바스 핫 디 슈테페 밋 덴 퀴켄 추 툰?'

나는 통역을 돌아보며 도움을 청했습니다. 눈빛으로 제발 점점 심각해지는 이 위기 상황에서 나를 좀 빼내달라고 애걸했습니다. 하지만 실러도 땀을 흘리는 걸 보고 덜컥 겁이 났어요. 그의 이마는 벌써 촉촉이 젖었고, 얼굴은 하얗게 질려 있었습니다. 그러자 겁이 났지요. 주위를 둘러봤습니다. 다들 나를 노려보고 있더군요. 난 어찌할 바를 몰랐습니다. 그래서 같은 얘기를 한 번, 두 번, 세 번 되풀이했습니다. 그건 속담일 뿐이고, 격언일 뿐이라고, 그저 말장난에 불과하다고 말이지요.

'좋습니다!' 한베르거 소령이 말했습니다. '그래도 나는 초원이 닭과 무슨 관계가 있다는 건지 이해가 안 가네요.' 나는 화가 나 다시 초조한 목소리로 러시아의 독일군은 대초원에 풀어놓은 한 마리 닭과 같다고 대답했어요. 더도 말고 덜도 말고 딱 한 마리를 대초원에 풀어놓은 것과 같다고.

'좋습니다!' 한베르거 소령이 말했습니다. '그래도 나는 대초원의 닭이 뭐가 이상하다는 건지 이해가 안 가네요. 우크라이나 마을에는 암탉이 많습니다. 따라서 병아리도 많고. 전혀 이상할 게 없어요. 다른 닭들이나 마찬가지입니다.'

'아니요.' 내가 대답했습니다. '녀석들은 다른 닭들과 같지 않습니다.'

'다른 닭들과 같지 않다고요?' 한베르거 소령이 놀란 표정으로 나를 응시하며 물었습니다.

'독일에서는……' 폰 쇼베르트 장군이 끼어들었습니다. '양계가 소련보다 훨씬 높은 과학적 수준에 도달했어요. 따라서 대초원의 닭들은 독일 닭들보다 품질 면에서 훨씬 열등할 거요.'

슈타크 대령이 종잇조각에 동프로이센 지역에서 개발한 닭장 모델을 그려보였습니다. 한베르거 소령은 통계를 인용했고. 그렇게 대화는 점차 과학적 양계 방식에 대한 전문적인 토론으로 접어들었습니다. 다른 장교들도 한마디씩 거들고 나섰습니다. 나는 말없이 이마에 흐르는 땀을 닦았습니다. 폰 쇼베르트 장군과 슈타크 대령, 한베르거 소령은 이따금 하던 얘기를 멈추고 나를 응시했습니다. 그러면서 독일군과 닭이 무슨 상관이 있는지 이해가 안 간다는 얘기를 했습니다. 다른 장교들은 안쓰럽다는 표정으로 나를 바라봤습니다. 마침내 폰 쇼베르트 장군이 자리에서 일어나며 말했습니다. '슐루스!—끝!' 그러자 다들 테이블에서 일어나 밖으로 나가 침대를 찾아 마을로 흩어졌습니다.

둥그런 노란 달이 녹색이 감도는 하늘에서 빛나고 있었습니다. 통역인 실러 중위가 잘 자라고 하면서 그러더군요. '이제 독일인들을 상대로 위트를 발휘하면 안 된다는 걸 깨달으셨겠지요?'

나는 '아흐, 조!—아, 그렇군요!' 하고 대꾸하고 잠자리에 들었습니다. 너무도 당황스러워 도저히 잠이 안 왔어요. 밤 날씨는 맑고 귀뚜라미 수백만 마리가 울어대고 있었습니다. 그 소리가 내 귀에는 마치 닭 수백만 마리가 끝없이 펼쳐진 대초원에서 울어대는 소리처럼 들렸습니다. 수탉들이 울기 시작할 때쯤 비로소 나는 잠이 들었습니다."

"정말 재미있는 얘기네요!" 안네 마리가 손뼉 치며 큰소리로 말했다. 다들 웃었지만 폰 비스마르크 후작은 낯선 눈초리로 날 쳐다봤다. "정말 재미난 얘길 하는 재주가 훌륭하군요. 하지만 선생이 말하는 닭은 마음에 안 듭니다."

"난 정말 좋은데!" 안네 마리가 말했다.

"진실을 고백해드리지요." 나는 오토 폰 비스마르크를 돌아보며 말했다. "이탈리아에선 닭을 삼잎 위에서 키웁니다. 하지만 그건 말해선 안 되는 진실입니다. 우리는 기억해야 합니다, 지금은 전쟁중이라는 걸!"

바로 그때 마르첼로 델 드라고가 폰 비스마르크 부부가 있는 테이블로 다가왔다. "전쟁? 아직도 전쟁 타령이에요? 뭐 다른 얘기 없어요? 전쟁은 유행이 지났단 말입니다."

"네, 사실, 유행이 좀 지났죠." 조르제트가 말했다. "요즘엔 그런 옷 안 입죠."

"갈레아초가 저보고 좀 물어보라던데……" 마르첼로가 안푸조를 돌아보며 말했다. "오늘 외무부에서 잠시 볼 수 있겠느냐고."

"안 될 거 없지." 안푸조가 비아냥거리는 투로 대답했다. 약간의 적개심 같은 게 느껴졌다. "그러라고 월급 받는 거니까."

"다섯시쯤 괜찮아요?"

"여섯시가 낫겠네."

"됐습니다. 그럼 여섯시에." 마르첼로 델 드라고가 이렇게 말하면서 턱으로 폰 비스마르크 부부 테이블에서 멀지 않은 곳에 앉은 젊은 여자를 가리키며 누구냐고 물었다.

"브리기테 몰라요?" 안네 마리가 말했다. "나랑 아주 친해요. 예쁘지 않아요?"

"라비상트—아름답군요." 마르첼로 델 드라고는 이렇게 말하고 갈레아초 테이블로 돌아가면서 브리기테를 두 차례 돌아봤다.

그사이 많은 사람들이 자리를 떴다. 그들은 풀밭을 건너 골프장으로 향했다. 우리는 그냥 자리에 앉아 있었다. 잠시 후 갈레아초가 마리오 판사를 데리고 브리기테의 테이블로 가는 게 보였다. 안네 마리는 갈레아초가 요즘 부쩍 살이 쪘다고 말했다.

"지난번 전쟁, 일차대전 때는……" 안푸조가 말했다. "다들 살이 빠졌는데 이번 전쟁에선 다들 살이 찌네. 세상이 크게 잘못돼가고 있어. 뭐가 뭔지 모르겠어!"

폰 비스마르크는 포동포동한 건 도덕적으로 건강하다는 표시라고 대꾸했다. 빈정거리는 건지, 생각을 솔직히 말하는 건지 잘 분간이 안 갔다. 그가 다시 말했다. "유럽은 승리를 확신하고 있습니다." 나는 사람들이 비쩍 말랐고, 유럽을 다녀보면 사람들이 얼마나 말랐는지 실감할 수 있다고 하면서 이렇게 말했다. "그러면서도 사람들은 승리를 확신하고 있지요."

"어떤 사람들을 말씀하시는 건가요?" 폰 비스마르크가 물었다.

"모든 사람들이지요. 독일 사람들도 당연히 그렇고요."

"지금 '당연히'라고 하셨습니까?" 폰 비스마르크가 빈정거리는 투로 말했다.

"노동자들은 더 말랐지요." 내가 말했다. "거기에는 당연히 독일 노동자들도 포함됩니다. 그러면서도 모든 노동자들 중 그들이 가장 승리를 확신하고 있죠."

"그렇게 보세요?" 폰 비스마르크가 놀란 목소리로 물었다.

갈레아초 치아노 백작은 브리기테 앞에 서서 웃으며 예의 큰 목소리로 떠들고 있었다. 그러면서 간간이 이쪽저쪽을 돌아봤다. 브리기테는 팔꿈치를 탁자에 괴고 앉아 두 손으로 얼굴을 받쳐든 채 예쁜 눈으로 그를 바라보고 있었다. 천진난만한 장난기가 가득했다. 잠시 후 브리기테는 자리에서 일어나 갈레아초를 따라 정원으로 나갔다. 두 사람은 수영장 주변을 거닐며 맥없이 대화를 나눴다. 자신감 넘치면서도 상냥한 표정의 치아노 백작은 살짝 인상을 찌푸리며 주위를 두리번거렸다. 모두들 두 사람을 쳐다보며 서로 눈짓을 주고받았다. 일이 어떻게 돌아갈지 뻔하다는 표정들이었다.

"빙고!" 안네 마리가 말했다.

"브리기테는 정말 매력적인 여자야." 폰 비스마르크가 말했다.

"갈레아초는 여자라면 사족을 못 쓰지요." 조르제트가 말했다.

"갈레아초랑 사건 없었던 여자 여긴 없어요." 안푸조가 말했다.

"난 몇 명 알아요. 그가 껄떡거리자 딱 자른 여자들도 있다고요." 안네 마리가 말했다.

"아하, 하지만 여기엔 없지." 안푸조가 화가 난 목소리로 말했다.

"그 여자들에 대해 아는 게 있어요?" 안네 마리가 약간 도발적인 목소리로 물었다.

바로 그때 브리기테가 홀로 다시 들어와 안네 마리 쪽으로 건너왔다. 그녀는 활기가 넘쳤고 통통한 웃음을 짓고 있었다.

"조심해요, 브리기테." 안푸조가 귀띔하듯 말했다. "치아노 백작은 백

전백승이야."

"아, 알아요." 브리기테가 대답했다. "벌써 경고받았어요. 나는 대개 싸우면 지는데, 지금은 전쟁에 신물이 나서 갈레아초도 관심 없어요."

"정말?" 안네 마리가 못 믿겠다는 듯이 말했다.

우리는 함께 정원으로 나가 꿀냄새와 시든 꽃냄새가 나는 가을햇살 속을 거닐며 티샷을 하러 갔다. 골퍼들의 모습이 오르락내리락하는 구릉지 사이로 보였다 사라지곤 했다. 마치 웅덩이 속에서 헤엄치는 사람들 같았다. 골프채가 높이 치솟아 햇빛에 반짝이는 게 보였다. 골퍼들은 두 팔을 하늘로 높이 쳐들고, 잠시 기도하듯이 두 손을 모았다. 이윽고 골프채가 푸른, 장밋빛 공중에 크게 원을 그리더니 언뜻 사라졌다가 다시 솟아오르면서 햇빛에 반짝였다. 거대한 무대에서 발레를 하는 것 같았다. 바람은 풀에 달콤한 멜로디를 연주했다. 잔디 위에서 목소리들이 공처럼 튀었다. 녹색의 목소리, 노랗고 빨갛고 파란 목소리들이 그 먼 거리 탓에 부드럽고 희미하게 울려왔다. 젊은 여자들의 무리가 잔디밭에 앉아 잡담을 하며 웃고 있었다. 그들은 갈레아초를 따라 고개를 돌렸고, 갈레아초는 블라스코 다예타와 함께 이리 오라는 듯이 살살 웃음을 흘리며 앉아 있는 여자들을 어슬렁어슬렁 지나쳤다.

로마에서도 가장 예쁜 얼굴과 가장 번듯한 이름들이 꽃다발처럼 뭉쳐 있었다. 그중에서도 한층 쾌활하고 불그레한 얼굴과 생기 넘치는 눈, 빨간 입술과 여유 있고 개방적인 몸가짐이 돋보이는 것은 단연 피렌체와 베네치아와 롬바르디아 출신의 어리고 사랑스러운 아가씨들이었다. 빨간 옷을 입은 아가씨도 있고, 파란 옷을 입은 아가씨도 있고, 연두색이나 흐린 금색, 또는 분홍빛 도는 상아색 옷을 입은 아가씨도 있었다. 또 회색이나 맨살 색깔의 옷을 입은 아가씨들도 있었다. 웨이브가 진 짧은 머리의 아가씨는 젊음이 넘치는 이마와 순수한 입술을 자랑스럽게 내보이고 있었다. 또 한 아가씨는 머리를 뒤로 땋았고 다른 아가씨는 관자놀이에서 머리를 위로 부풀렸다. 아가씨들은 하나같이 웃음 띤 표정으로 화사한 얼굴을 상큼한 해를 향해 쳐들고 있었다. 마리타는 알키비아데스같이 생겼고, 파올라는 포르나리나, 라비니아는 아모로리스카, 비앙카는 디아나 여신, 파트리차는 셀바자, 마누엘라는 피아메타, 조르지나는 베아트리체, 엔리카는 라우라같이 생겼다.* 그들의 이마와 눈과 입술에서는 천진난만하면서도 고급 콜걸 같은 분위기가 느껴졌다. 그 하얗고 불그레한 얼굴들과 감각적인 새침함을 발산하는 눈꺼풀 아래 그 촉촉한 눈길에서 타락한 영광이 빛을 발하고 있었다.

파르르 떨리는 듯한 바람이 따스한 공기를 한참 동안 갈랐다. 찬란한 태양이 소나무 줄기와 아피아 가도 주변의 고색창연한 무덤과 잔디밭 끝쪽 가시덤불에 흩어진 오래된 대리석 조각과 파편들을 금빛으로 물들였다. 수영장 주변에는 외무부의 젊은 친영파(親英派) 인사들이 영어로 크게 떠들고 있었다. 간간이 몇 마디가 우리가 있는 쪽까지 들렸다. 어쩐지 캡스턴이나 크레이븐 같은 영국 담배 냄새가 나는 듯했다. 페어웨이에서는 피곤한 가을햇살에 노랗게 젖은 로마의 늙은 귀부인들이 어슬렁거리고 있었다. 근엄한 귀부인들은 처녓적 성이 스미스, 브라운, 새뮤얼 등으로 은제 손잡이가 달린 기다란 지팡이를 짚고 느릿느릿 움직이는 품이 영락없는 단눈치오(1863~1938) 세대의 늙은 미녀들이었다. 그녀들의 손가락은 아래로 갈수록 가늘어졌고, 눈 주위에는 다크서클이 선명했다. 한 아가씨가 머리칼을 휘날리며 니커스 차림의 금발 청년을 뒤쫓아 뛰어가며 소리쳤다. 상큼하지만 피곤한 장면이었다. 흐릿한 그 장면은 가장자리가 구겨진 빛바랜 컬러사진 같았다.

잠시 후 갈레아초가 나를 보더니 블라스코 다예타를 놔두고 건너와 내 어깨에 손을 얹었다. 나는 일 년 이상 그와 말을 한 적도 없고 무슨 말을 해야 할지도 몰랐다.

"언제 돌아왔어?" 그는 약간 책망하는 듯한 목소리로 내게 물었다.

---

* 비유 대상은 모두 신화나 역사, 그림, 문학에 등장하는 미남미녀들임.

"나 좀 보러 오지 그랬어?" 그는 아주 친밀한 목소리로 격의 없이 말했다. 평소답지 않은 모습이었다.

나는 핀란드에서 많이 아팠고 아직도 몸이 아주 안 좋다고 설명을 해줬다. "정말 피곤해."

"피곤해? 정나미가 떨어진다는 얘기겠지?" 그가 말했다.

"그래, 모든 게 정나미 떨어져." 내가 대꾸했다.

그는 잠시 나를 보다가 말했다. "곧 사정이 좋아지리라는 걸 알게 될 거야."

"좋아져? 이탈리아는 죽은 나라야. 시체를 가지고 뭘 할 수 있겠어? 그냥 묻을 수밖에 없지."

"앞일은 모르지."

"아마 자네 말이 맞겠지. 앞일은 모르는 거니까."

내가 갈레아초 치아노를 안 건 어릴 때부터였다.• 그는 늘 먼저 나서서 나를 변호해줬다. 1933년 내가 오 년형을 받았을 때 그는 나를 변호해줬다. 1938년과 1939년, 1941년 체포됐을 때도 무솔리니, 스타라체, 무티, 보키니, 세니제, 파리나치 같은 실권자에 맞서면서까지 나를 옹호해줬다. 나는 정치적 입장과 상관없이 늘 그에게 깊이 감사했다. 동시에 미안함도 느꼈다. 언젠가 나도 그에게 도움이 되고 싶었지만 누구도 어쩔 수 없는 상황이 되어버렸다. 그를 묻어주는 것 외에는 달리 할일이 남아 있지 않았다. 나는 적어도 사람들이 그를 묻어줄 것이라고 확신했다. 수많은 친구들이 그 자리에 나와 그의 안식을 빌어주리라 믿었다.

"그 노인네 조심해." 내가 말했다.

"알아. 장인은 날 미워해. 누구나 미워하지. 때로 그 양반, 돈 거 아닌가 싶어. 아직 내가 할 수 있는 일이 있다고 생각해?"

• 말라파르테가 치아노보다 다섯 살 연상이다.

"지금 할 수 있는 일은 없어. 늦었어! 1940년에 뭔가 했어야지. 그래야 그자가 이탈리아를 이 수치스러운 전쟁으로 끌고 들어가지 못했지."▲

"1940년?" 치아노가 말했다. 그러면서 웃는 모습이 영 마뜩지 않았다. "이 전쟁은 결과가 좋을 수도 있었어."

나는 잠자코 있었다. 그는 나의 침묵에서 어떤 분노 같은 것을 느끼고 이렇게 말했다. "그건 내 잘못이 아니야. 전쟁을 원한 건 장인이야. 내가 어쩌겠어?"

"떠나야지."

"떠나라고? 그다음엔?"

"그다음엔? 없지."

"그래봐야 아무 소용없었을 거야."

"아무 소용없었을 거야. 하지만 그래도 떠났어야지."

"떠났어야 한다, 떠났어야 한다. 그런 얘기할 땐 형은 항상 그런 식이지. 떠나라! 그다음엔 어쩌라고?"

갈레아초는 갑자기 일어서더니 클럽하우스 쪽으로 성큼성큼 걸어갔다. 잠시 문간에 서서 머뭇거리더니 안으로 들어가는 게 보였다.

나는 한동안 필드에서 어슬렁거리다가 클럽하우스로 돌아왔다. 갈레아초는 바에서 시프리엔느와 브리기테 사이에 앉아 있었다. 갈레아초 주위에는 안네 마리와 파올라, 마리타, 조르제트, 필리포 안푸조, 마르첼로 델 드라고, 보나렐리, 블라스코 다예타, 그리고 내가 모르는 젊은 아가씨가 모여 있었다. 갈레아초는 프랑스와 영국 대사에게 어떻게 선전포고를 했는지 얘기하고 있었다.

프랑스 대사 프랑수아 퐁세가 외무부 청사 집무실에 들어서자 갈레아초 치아노 백작은 따뜻하게 맞이하며 말했다. "잘 아시리라 믿습니다, 대

▲ 이탈리아는 1940년 6월 영국과 프랑스에 선전포고를 하고 프랑스 남부와 그리스, 이집트를 침공했다.

사님. 제가 왜 보자고 했는지."

"전 머리가 그리 빨리 돌아가는 편이 아니라서." 프랑수아 퐁세가 말했다. "하지만 이번에는 알 것 같습니다."

그러자 치아노 백작이 자리에서 일어나 선전포고문을 읽었다. "오 농 드 사 마제스테 르 루아 디탈리, 앙프뢰 데티오피…… 이탈리아 국왕이며 에티오피아•의 황제이신 폐하의 이름으로……"

프랑수아 퐁세는 표정이 어두워지더니 이렇게 말했다. "그럼, 전쟁이라는 얘깁니까?"

"네."

치아노 백작은 항공대 중령 제복을 입고 있었다. 프랑스 대사가 말했다. "그럼 장관님은 뭘 하실 작정입니까? 파리에다가 폭탄을 떨어뜨릴 건가요?"

"그래야겠지요. 장교로서 제 의무를 다할 겁니다."

"적어도 죽으려고 애쓰지는 마십시오." 프랑수아 퐁세가 대꾸했다. "그럴 만한 가치는 없으니까요."

프랑스 대사는 심히 격앙된 표정으로 몇 마디 더했지만 갈레아초는 대꾸하지 않는 것이 좋겠다고 생각했다. 얼마 후 치아노 백작과 프랑수아 퐁세는 악수를 하고 헤어졌다.

"그 프랑스 대사가 뭐라고 그랬는데요?" 안네 마리가 물었다. "정말 궁금하네."

"아주 흥미로운 얘기였지요." 갈레아초가 대답했다. "하지만 이 자리에서 밝힐 수는 없어요."

"틀림없이 심한 말을 했을 거예요." 마리타가 말했다. "그래서 밝히지 못하는 거고."

다들 웃었다. 갈레아초는 다른 사람들보다 더 크게 웃었다.

• 에티오피아는 1936~41년 이탈리아의 식민지였다.

"험한 말을 할 만도 하지요." 갈레아초가 대꾸했다. "하지만 사실, 대사는 그러지 않았어요. 심히 격앙된 상태였으니까."

이어 갈레아초는 영국 대사 퍼시 로레인 경(1880~1961)이 선전포고문을 접수한 얘기를 했다. 로레인 경은 집무실에 들어서더니 바로 왜 자기를 불렀느냐고 물었다. 치아노 백작은 선전포고문을 읽어줬다. "오 농 드 사 마제스테 르 루아 디탈리, 앙프뢰 데티오피……"

퍼시 로레인 경은 한 단어도 놓치지 않으려는 듯 주의깊게 듣고 나서 차갑게 말했다. "그게 정말 선전포고문 원문 그대롭니까?"

치아노 백작은 당혹감을 감출 수 없었다. "맞습니다, 이게 정확한 원문입니다."

"아!" 퍼시 로레인 경은 크게 감탄사를 내뱉고 나서 물었다. "연필 좀 빌릴 수 있을까요?"

"네, 그럼요." 치아노 백작이 그에게 연필과 외무부 전용 편지지 한 장을 건네줬다.

영국 대사는 기관명과 주소 등이 적힌 편지지 헤드를 종이칼로 잘라낸 다음 반듯하게 접더니 잘 써지는지 연필심을 그어본 다음 말했다. "지금 읽은 내용을 다시 불러주시겠습니까?"

"네, 그러죠." 치아노 백작은 너무 놀란 나머지 얼떨결에 답하고 천천히 또박또박 선전포고문을 다시 읽었다. 다 읽고 나자 퍼시 로레인 경은 아무런 감정의 동요도 내비치지 않고 치아노 백작과 악수를 한 뒤 출입문으로 걸어갔다. 그는 문간에서 잠시 머뭇거리더니 뒤돌아보지 않고 나갔다.

"뭔가 빠뜨린 게 있어요." 안네 마리 폰 비스마르크가 스웨덴어 억양이 약간 섞인 말씨로 말했다.

갈레아초는 놀란 눈으로 안네 마리를 바라봤다. 약간 불안한 표정이었다. "빠뜨린 거 없어요."

"아니, 빠뜨린 게 있습니다." 필리포 안푸조가 말했다.

"자네가 깜빡 잊고 말 안 한 게 있어." 내가 말했다. "퍼시 로레인 경은 문고리를 잡다가 돌아서서 이렇게 말했지. '전쟁이 단기간에 쉽게 끝날 거라고 생각하시는데 오산입니다. 전쟁은 아주 오래 가고 아주 힘들 겁니다. 오 르부아!—또 만나십시다!'"

"어머, 선생도 알고 계시네요." 안네 마리가 말했다.

"어떻게 알았지?" 갈레아초가 물었다. 화가 난 표정이 역력했다.

"헬싱키 주재 스페인 공사 데 폭사 백작한테 들었어. 다들 알고 있는 얘기야. 전형적인 이탈리아식 비밀이지!"

"난 그 얘기 스톡홀름에서 처음 들었어요." 안네 마리가 말했다. "스톡홀름에서는 다 아는 얘기예요."

갈레아초는 미소를 지어보였다. 더 화가 나서 그런 건지, 당황해서 그런 건지는 모르겠다. 다들 미소 띤 표정으로 그를 바라봤다. 마리타는 큰 소리로 "신경 쓰지 말아요, 갈레아초" 하고 말했다. 그 여자는 웃으면서 갈레아초를 놀렸다. 갈레아초는 따라 웃었지만 그 웃음에는 어색함 같은 것이 있었다.

"프랑수아 퐁세 말이 옳았어요." 파트리차가 말했다. "그럴 가치는 없지요."

"그래, 정말 죽을 가치는 없어요." 조르제트가 말했다.

"죽고 싶어하는 사람은 아무도 없어요." 파트리차가 말했다.

갈레아초는 화가 나고 불안한 표정이 역력했다. 대화는 이제 서서히 치아노 백작의 일부 동료들에 대한 비방으로 이어졌다. 젊은 여자들은 남미에서 돌아오자마자 골프클럽 옆에 텐트를 친 외교관을 비웃었다. 갈레아초에게 눈도장을 찍어서 눈 밖에 나거나 쫓겨나지 않으려는 작전이었다. "그 사람은 외무부 청사 대기실에서도 골프를 한대요." 시프리엔느가 말했다. 파트리차는 알피에리 얘기를 했다. 모든 여자들이 디노 알피에리 같은 인물이 베를린에 대사로 가 있어서 다행이라는 데 동의했다. "그 사람, 참 미남이야!" 이것이 여자들이 알피에리를 지지하는 이유였다. 그때 이탈리아에서는, 나중에 일부 머리 잘 돌아가는 자들이 날조한 얘기임이 밝혀지기는 했지만, 독일군 항공대 장교가 알피에리가 자기 아내와 있는 현장을 잡고 말채찍으로 알피에리의 얼굴을 몇 차례 갈겼다는 소문이 파다했다. "어머나, 그 얼굴 망가지지 않았어야 할 텐데!" 파트리차가 말했다. 안네 마리는 갈레아초에게 알피에리를 베를린 주재 대사로 보낸 것이 그를 질투해서라는 소문이 사실이냐고 물었다. 갈레아초를 포함해 모두가 한바탕 웃었다. 하지만 갈레아초가 그 말에 화가 난 것은 분명했다. "내가? 질투를 해? 그건 괴벨스가 떠드는 소리지! 괴벨스야말로 알피에리를 질투해서 본국으로 쫓아내고 싶어했습니다."

"오, 갈레아초! 알피에리는 좀 그냥 놔둬요." 마리타가 악의 없이 말했다. "그 사람은 베를린에서 아주 잘하고 있어요." 모두들 웃으며 필리포 안푸조와 헝가리에서 있었던 그의 애정행각에 대해 말하기 시작했다. 그러자 안푸조는 이렇게 말했다. "부다페스트 여자들은 나랑 엮이려 하지 않아요. 헝가리 여자들은 시커메서 피부가 희고 머리가 노란 남자들에게 환장을 하니까요." 조르제트가 갈레아초를 돌아보며 왜 부다페스트에 금발인 공사를 보내지 않았느냐고 물었다. "금발? 우리 부에 금발이 누가 있나?" 갈레아초가 반문하며 손가락으로 꼽기 시작했다.

"레나토 프루나스." 한 여자가 금발 공사 후보로 프루나스를 꼽았다. "굴리엘모 룰리." 다른 여자가 말했다. 룰리를 싫어해서 틈만 나면 인상을 찌푸리며 그의 험담을 하는 갈레아초는 "아니, 룰리는 안 돼" 하고 말했다. "내가 금발인데." 블라스코 다예타가 말했다. "그래요, 블라스코! 블라스코! 블라스코를 부다페스트로." 모든 여자들이 고함을 질렀다. "안 될 것도 없지." 갈레아초가 말했다. 하지만 외무부 인사와 승진 과정을 잘 아는 안푸조는 그런 농담이 탐탁지 않은지 미소 띤 얼굴로 블라스코 다예타를 돌아보며 비아냥거리며 말했다. "자네는 늘 내 자리를 빼앗으려고 안달이군!" 블라스코가 안푸조의 후임으로 갈레아초 치아노 장관의 비서실장이 된 것을 두고 하는 얘기였다. 한편 여자들은 왜 알베르토를 참사관으로 승진시키지 않느냐, 왜 부비가 아직 외무부에 입성하지 못했느냐, 왜 부쿠레슈티에서 일을 잘한 기지가 아테네로 전출됐느냐, 왜 갈레아초는 용단을 내려서 체사리노를 사푸포 후임 덴마크 공사로 임명하지 않느냐고 따지며 난리였다. 파트리차는 "사푸포는 덴마크에 오래 있었는데 거기서 뭘 하는지 아는 사람이 아무도 없다"고 떠들었다.

"내가 말씀드리지요." 갈레아초가 말했다. "사푸포 공사가 어떻게 독일의 덴마크 침공 소식을 알게 되었는지를. 사푸포는 '하느님께 맹세코 독일은 절대 덴마크를 침공할 만큼 어리석지 않다'고 말했습니다. 반면 덴마크 특파원인 비르질리오 릴리(1907~76)는 '하느님께 맹세코 독일은 침공한다'고 주장했지요. 사푸포 공사는 이렇게 말했습니다. '아니, 아니야, 릴리! 독일군이 왜 덴마크까지 오겠어?' 릴리는 이렇게 대꾸했습니다. '독일군이 덴마크까지 왜 오든 그게 공사님한테 무슨 상관이죠? 알고 싶은 건 오느냐 마느냐 아닙니까?' '그들은 안 와.' '옵니다.' '릴리, 자네가 나보다 정보가 더 많다고 생각하나?'

당시 비르질리오 릴리는 호텔 브리타니아에서 숙식을 해결하고 있었어요. 매일 아침 정각 여덟시면 머리 허연 늙은 웨이터가 찻잔을 담은 쟁반을 들고 방에 들어와 침대맡 작은 탁자에 내려놓고 절을 하고 이렇게 말했어요. '여기, 차 가져왔습니다, 평소대로.' 구식의 하얀 구레나룻이 테두리처럼 불그레한 얼굴을 두르고, 금색 단추가 달린 파란 제복을 입은 웨이터였습니다.

그런 의식은 이십 일 동안 계속됐습니다. 매일 아침 정각 여덟시에. 그리고 의식은 늘 똑같은 말로 끝났지요. '여기 차 가져왔습니다, 평소대로.' 어느 날 아침 늙은 웨이터가 평소처럼 정각 여덟시에 릴리의 방에 들어와 절을 하곤 평소 같은 억양으로 말했습니다. '여기, 차 가져왔습니다, 평소대로. 독일군이 왔습니다.' 비르질리오 릴리는 침대에서 벌떡 일어나 사푸포 공사에게 전화를 했습니다. 밤사이에 독일군이 코펜하겐을 점령했다•고 알려준 거지요."

사푸포와 릴리의 얘기를 모두들 아주 재미있어했다. 그제야 갈레아초는 다른 사람들과 함께 웃으며 불편함과 당혹스러움을 떨쳐버리는 듯했다. 대화가 사푸포에서 전쟁으로 넘어가자 마리타가 말했다. "아, 지겨워!" 그녀의 친구들은 왜 퀴리네타 극장에서 미국영화를 안 틀어주느냐, 왜 로마 어디서도 위스키 한 방울, 미국 담배나 영국 담배 한 갑도 구할 수 없느냐고 난리였다. 파트리차는 이번 전쟁에서 남자들이 할 수 있는 일은 오로지 본인이 원하고 시간이 있으면 나가 싸우는 것이라고 말했다. "우리는 원해요." 마르첼로 델 드라고가 말했다. "근데 시간이 없어요." 여자들은 영국군과 미군이 카멜과 럭키 스트라이크, 골드 플레이크스 같은 담배를 개선부대처럼 앞세우고 입성해주기를 기다릴 수밖에 없었다. "카멜 한 갑을 준다면 십 리라도 달려가겠어요." 마리타가 『뉴요커』지에 나오는 광고를 흉내내며 말했다. 다들 영어로 떠들기 시작했다. 점잔 빼는 옥스퍼드 영어와 패션 잡지 『하퍼스 바자』식 표현이 기묘하게 뒤섞인 영어였다.

갑자기 파리 한 마리가 열린 창문으로 날아들어왔다. 이어 또 한 마리가, 열 마리, 스무 마리, 백 마리, 천 마리가. 몇 분 사이에 바에는 파리떼가 가득 찼다. 파리들의 시간이었다. 계절마다 다르지만 매일 특정 시간이 되면 붕붕거리는 파리떼가 아쿠아산타 골프클럽을 공격한다. 골퍼들은 골프채를 휘둘러 까만 날개를 번쩍이는 파리떼를 쫓고 캐디들은 골프가방을 잔디밭에 내던지고 두 손을 휘저으며 얼굴을 가리고 처녓적 성이 스미스, 브라운, 새뮤얼인 로마의 늙은 후작부인과 근엄한 귀부인, 단눈치오 세대의 늙은 미녀들은 페어웨이에서 어슬렁거리다 손과 은제 손잡이가 달린 지팡이를 허우적거리며 달아난다.

"파리떼다!" 마리타가 비명 지르며 벌떡 일어섰다. 여기저기 폭소가 터지자 마리타가 말했다. "마음대로 비웃어. 하지만 난 파리가 무섭단 말

• 독일은 1940년 4월 9일 덴마크를 기습해 점령했다.

이에요!"

"마리타 말이 맞아요." 필리포 안푸조가 말했다. "파리는 불행을 가져오지."

안푸조의 말에 다시 폭소가 터졌다. 그러자 조르제트가 한마디했다. 매년 로마에는 새로운 재앙이 닥친다, 어느 해에는 쥐가 설치고, 이듬해에는 거미가, 그 이듬해에는 딱정벌레들이 설쳤다는 것이다. "전쟁이 시작되자마자 파리떼가 왔어요."

"아쿠아산타 골프장은 파리로 악명이 높지요." 블라스코 다예타가 말했다. "그래서 몬토르파노와 우골리노에서는 우리를 비웃고 있어요."

"이건 웃을 문제가 아니에요." 마리타가 말했다. "전쟁이 계속되면 우린 결국 파리떼에게 잡아먹히고 말 거예요."

"우리 모두는 그런 식으로 끝나도 할말이 없지." 갈레아초가 말했다. 그는 자리에서 일어나더니 시프리엔느의 팔을 잡고 문가로 갔다. 다른 사람들도 따라갔다.

갈레아초는 내 옆을 지나면서 나를 쳐다봤다. 무언가 기억을 되살리려 하는 듯한 표정이었다. 그는 시프리엔느의 팔을 놓고 내 어깨에 손을 얹고 나와 나란히 걸었다. 마치 나를 끌고 가는 것 같았다. 우리는 정원으로 나갔다. 우리는 말없이 걷기만 했다. 그런데 갑자기 갈레아초가 내게 말했다. 마치 줄곧 뇌리를 맴돌던 불편한 생각을 큰 소리로 떠드는 사람 같았다. "일전에 나한테 했던 얘기 생각나? 에다 얘기 말이야. 그땐 내가 꼭지가 돌아서 형 말을 가로막았었지. 하지만 형 말이 맞았어. 내 진짜 적은 에다야. 그 여자는 모르지. 그 여자 잘못도 아니고. 나도 잘 모르겠고, 따져보지도 않았지만 에다가 나한테 위험이 된다는, 마치 적이라도 되는 양 집사람을 조심해야 한다는 느낌이 들어. 에다가 나를 버리면, 그녀 인생에 뭔가 심각한 일이 생기면 나는 끝장이야. 형도 알잖아. 장인은 에다를 숭배해. 나한테 무슨 짓을 해서 딸이 상처를 입는다면 그런 일은 절대 하지 않겠지. 하지만 적당한 때를 노리고 있어. 모든 게 에다한테 달렸어. 나는 여러 번 아내한테 저의 행동이 나한테 얼마나 위험이 되는지 납득시키려고 노력했어. 아마 아직은 잘못된 행동을 한 건 없겠지. 모르겠어. 알고 싶지도 않고. 하지만 에다와는 얘기가 안 통해. 고집 세고 이상한 여자야. 도무지 종잡을 수가 없어. 어떤 때는 그 여자가 무서워." 그는 예의 쉰 목소리로 단조롭게 말했지만 말이 따따따 하다가 갑자기 끊기고 하는 게 영 불안했다. 갈레아초는 말을 하면서 통통한 하얀 손으로 파리들을 툭툭 쳐냈다. 고집스러운 파리들은 더 화가 났는지 우리 주위를 윙윙거리며 맴돌았다. 이따금 멀리서 드라이버로 공을 치는 소리가 약하게 들렸다. "모르겠어. 누가 에다에 대해 그런 웃기지도 않는 루머를 퍼뜨리는지. 파혼을 하고 딴 놈팡이랑 결혼하려고 한대나 어쩐대나. 에잇, 이놈의 파리!" 갈레아초는 도저히 못 참겠다는 듯 손을 허우적거렸다. 잠시 후 그가 다시 입을 열었다. "말도 안 돼! 에다는 절대 그런 짓하지 않을 거야. 하지만 벌써 그 여자 아버지는 귀를 쫑긋하고 있어. 난 내각에 오래 있진 못할 거야. 내가 무슨 생각하는지 알아? 난 영원히 갈레아초 치아노로 남을 거야. 장관직에서 물러나도 마찬가지야. 무솔리니가 나를 쫓아내면 오히려 내 도덕적, 정치적 입지에는 도움이 될 거야. 형은 이탈리아인들이 어떤지 알지? 그들은 나의 실수와 죄는 다 잊고 나를 희생양으로 볼 거야."

"희생양?"

"이탈리아 국민은 모든 일에 책임이 있는 유일한 인물이 누군지 알고 있다고 생각하지 않아? 그들은 나와 무솔리니를 구분할 줄 알아! 내가 전쟁에 반대했다는 것, 내가 힘닿는 한 최선을 다했다는 걸 안……"

"이탈리아 국민은……" 내가 그의 말을 잘랐다. "아무것도 몰라. 알고 싶어하지도 않고. 게다가 더는 아무것도 안 믿고. 자네나 다른 사람들은 1940년에 뭔가 했어야 해. 전쟁을 막았어야지. 네가 뭔가 했어야 해. 위험을 무릅쓰고라도! 그때가 온힘을 다해 저항할 수 있는 때였어. 지금은 죽어봐야 개죽음이지. 자넨 권력을 너무 좋아했어. 그게 진실이야. 이탈리아인이라면 다 알아."

"그럼 지금이라도 떠나면 된다고 생각해?"

"이제 너무 늦었어. 자넨 그자랑 공도동망(共倒同亡)할 거야."

"그럼 날보고 어쩌라고?" 조바심에 갈레아초의 목소리가 날카로워졌다. "나보고 어쩌라는 거야? 장인이 원할 때 더러운 넝마 쪼가리처럼 떨어져 나가줘라? 다 체념하고 장인이랑 같이 나자빠지고 같이 뒈져라? 그거야? 나는 죽고 싶지 않아!"

"죽어? 그럴 만한 가치는 없어." 내가 대꾸했다. 프랑스 대사 프랑수아 퐁세의 말을 그대로 돌려준 것이다.

"맞는 말이야. 그럴 만한 가치는 없지." 갈레아초가 말했다. "왜 죽어? 이탈리아 국민은 착한 사람들이야. 누가 죽는 걸 원치 않지."

"잘못 생각한 거야. 이탈리아 국민은 이제 예전의 그 국민이 아니야. 너희가 죽는 걸 보면 기뻐할 거다. 그자랑 너 말이야. 그자랑 너랑, 다른 사람들 모두……"

"우리가 죽으면 뭐가 달라지지?" 갈레아초가 물었다.

"아무것도 안 달라져. 전혀 달라지지 않지."

갈레아초가 입을 다물었다. 창백한 얼굴에 이마는 땀으로 젖어 있었다. 그 순간 한 아가씨가 잔디밭을 가로질러 한 무리의 골퍼들과 합류했다. 그들은 퍼터를 이리저리 휘두르며 클럽하우스 쪽으로 가고 있었다.

"정말 귀여운 아가씨네! 어떻게 해볼 생각 없어?" 갈레아초가 팔꿈치로 내 옆구리를 툭 치며 말했다.

19장

피

로마 레지나 코엘리 교도소에서 풀려나자마자 나는 곧바로 기차역으로 달려가 나폴리행 열차에 몸을 실었다. 그때가 1943년 8월 7일이었다. 나는 전쟁과 살육과 전염병과 기아를 피해 도망치고 있었다. 교도소와 악취와 암흑과 공기가 통하지 않는 감방과 더러운 밀짚 매트리스와 구역질나는 수프와 벌레와 이(蝨)와 똥통을 피해 도망치고 있었다. 집에 가고 싶었다. 카프리 섬으로 가고 싶었다. 바다 높이 호젓하게 서 있는 내 집으로 가고 싶었다.

당시 나는 그 길고도 잔인한 사 년간의 여정을 막 끝낸 즈음이었다. 나는 전쟁과 피와 기아와 불탄 마을과 폐허로 변한 도시들을 무수히 누볐다. 나는 지쳤고, 환멸스럽고 두려웠다. 이탈리아에는 감옥, 감옥, 늘 감옥뿐이었다. 감옥과 경찰과 수갑 찬 사람들 외에 아무것도 없었다. 그게 바로 이탈리아였다. 마리오 알리카타와 체사리니 스포르차•도 레지나

• 저널리스트이자 반파시즘 운동을 했던 인물들.

코엘리 교도소에서 수개월 고초를 겪고 석방되자마자 집으로 갔다. 나는 역으로 달려가 남부 항구도시 나폴리로 가는 기차에 몸을 실었다. 나도 집에 가고 싶었다. 기차에는 난민과 노인, 여자와 아이, 장교와 사병, 신부와 경찰들로 발 디딜 틈조차 없었다. 객차 지붕에도 군인들이 떼로 올라가 있었다. 더러는 총을 가지고 있었고 더러는 무기가 없었다. 군복을 걸친 친구도 있고, 땟국이 좔좔 흐르는 누더기를 걸친 채 풀죽은 모습을 한 친구들도 있었다. 반면에 반쯤 벗고 더럽기가 이만저만이 아닌 자들은 오히려 명랑했다. 그들은 고향으로 가는 탈영병들이었다. 아니면 어디로 가는지도 모르는 채 그냥 도망치고 있는 것인지도 모른다. 노래하고 웃는 품이 마치 어마어마한, 그러면서도 경이로운 공포에 사로잡혀 한껏 고무된 모습들이었다.

그들은 전쟁과 기아와 전염병과 폐허와 공포와 죽음을 피해 도망치고 있었다. 그들은 전쟁과 기아와 전염병을 향해, 폐허와 공포와 죽음을 향해 달려가고 있었다. 그들은 독일군과 폭격과 궁핍과 공포를 피해 도망치고 있었다. 그들은 나폴리를 향해, 전쟁과 독일군과 폭격과 궁핍과 공포를 향해 달려가고 있었다. 쓰레기와 악취, 굶어죽거나 기진맥진한, 정신나간 사람들로 가득한 더러운 방공호를 향해 달려가고 있었다. 그들은 절망을 피해, 패배한 전쟁의 비참하고도 경이로운 절망을 피해 도망치고 있었다. 그들은 기아가 끝나고, 공포가 끝나고, 전쟁이 끝난다는 희망을 향해 달려가고 있었다. 패배한 전쟁의 비참하고도 경이로운 희망을 향해 달려가고 있었다. 그들은 이탈리아를 피해 도망치면서 이탈리아를 향해 달려가고 있었다.

기차 안은 후끈한 열기로 숨이 턱턱 막혔다. 나는 석방된 이후로 씻을 기회가 없었다. 감방에 있을 때 그대로였다. 레지나 코엘리 교도소 4구역 수인번호 462번…… 내 몸에서는 아직도 달짝지근하고 미끈미끈한 빈대 냄새가 났다. 수염도 못 깎고 머리는 봉두난발에 손톱은 쪼개지고 갈라졌다. 객실 안에는 이십 명, 삼십 명, 사십 명, 아니, 얼마나 탔는지 아무도 몰랐다. 우리는 서로 밀리고 눌리고 엎어졌다. 우리의 입술은 갈증으로 갈라지고 얼굴은 푸르뎅뎅했다. 우리는 까치발을 한 채 간신히 서서 목을 최대한 위로 빼고 있었다. 입을 크게 벌려야만 겨우겨우 숨을 쉴 수 있었다. 우리는 교수형당한 사람들처럼 허공에 떠서 기차가 움찔할 때마다 이리저리 떠밀렸다.

이따금 하늘에서 "탁, 탁, 탁" 하는 소리가 들리면 기차가 급정거했다. 다들 밖으로 뛰쳐나가 철로 둑 주변 도랑이나 웅덩이 같은 곳에 숨어 "탁, 탁, 탁" 하는 소리가 멀리 사라질 때까지 하늘을 응시했다. 기차가 역에 잠시 설 때마다 우리는 대피선에서 이동하거나 정거해 있는 기다란 독일군 기차 행렬을 만났다. 차량마다 군인과 무기가 가득했다. 독일군들은 우리를 예의 잔인한 잿빛 눈으로 바라보았다. 그 눈동자에 가득한 피로와 경멸과 증오를 어찌 다 말로 설명할 수 있으랴! 같이 탄 사람들이 말했다. "재네들 어디로 가는 거야?" 옆 사람이 내게 전선에서 오는 길이냐고 물었다. "어느 전선에서 오시는 거예요?" 그러자 한 병사가 못마땅한 어조로 말했다. "이제 전선은 없어요. 전쟁도 없어요. 불멸의 승리 같은 것도 이젠 없습니다. '총통 만세'도 없다고요! 아무것도 없어요. 전선이 있어?" 나는 "레지나 코엘리에서 오는 길입니다"라고 대답했다. 그러자 병사가 다시 악의적인 눈초리로 쳐다보며 물었다. "레지나 코엘리? 그게 뭐죠? 수도원인가?" "교도소요." 내가 대꾸했다. "교도소?" 병사가 따지듯 말했다. "이제 교도소는 없어요. 경찰도 없고, 간수도 없고, 교도소도 없어요. 아무것도 없어요. 이제 이탈리아에는 교도소 같은 건 없다고. 교도소도 끝났고, 이탈리아도 끝났고, 다 끝났어!"

모두들 그 병사를 보며 웃었다. 귀에 거슬리고 악의적인, 고통에 찬 웃음, 절망적인 웃음이었다. 그들은 병사의 얼굴을 응시하며 웃었다. 나도 웃었다. "이탈리아에는 이제 교도소가 없다네!" 사람들이 말했다. "교도소가 없대! 하하하!" 우리 칸에 탄 사람들은 모두 웃었다. 통로에서도, 다른 칸에서도, 다른 통로에서도, 다른 객차에서도, 모두 웃었다. 기차

전체가 웃었다. 기관사도 화부도, 모든 기차가 웃었다. 저 앞에서 저 뒤까지 다들 웃었다. 기차는 펄떡펄떡 뛰는 듯하다가 굽이치더니 다시 선로로 슬며시 미끄러져들어갔다. 다들 그렇게 시끌벅적하게 웃는 사이 기차는 기적을 울리며 차츰 속도를 늦추더니 멈춰 섰다. 거대한 폐허와 피칠한 넝마 더미가 우리를 가로막고 서 있었다. 나폴리였다.

시커멓게 번쩍이는 파리떼 사이로 햇빛이 지붕과 아스팔트에 내리꽂혔다. 폭격으로 속이 드러난 건물들 주변에 쌓인 쓰레기 더미에서 후끈한 열기가 솟아올랐다. 메마른 먼지가 보행자들의 발밑에서 구름처럼 피어올랐다. 얼핏 나폴리는 주민이 다 떠난 것처럼 보였다. 그런데 차츰 골목과 건물 안뜰에서 와글와글하는 소리가 들렸다. 억눌린 듯한 목소리들이었다. 멀리 희미하게 들려오는 소음이었다. 창문도 없는 반지하 건물 안을 잘 들여다보면, 높이 솟은 나폴리 구시가의 번듯한 저택들 사이로 난 좁다란 골목길을 들여다보면, 바삐 돌아다니는 많은 사람들이 있었다. 그들은 서 있기도 하고 돌아다니기도 하고 손짓발짓을 섞어가며 떠들고 있기도 했다. 그들은 무리지어 작은 화톳불 주위에 둘러앉아 돌받침대 틈새로 낡은 휘발유 깡통이나 주전자, 프라이팬과 커피포트에서 물이 끓는 것을 바라보고 있었다. 남자와 여자와 아이들은 서로 엎어진 채 잠을 잤다. 대문 앞이나 대저택 안뜰, 폐허 속이나 자칫 무너질 것 같은 담벼락의 그림자 속이 모두 그들의 잠자리였다. 나폴리 어디서나 볼 수 있는 소금기 있는 축축한 석회암을 파낸 동굴 어귀 옆도 예외가 아니었다. 반지하층 안에는 서 있는 사람도 있고, 풍경화나 성인, 성모상이 장식된 높다란 바로크식 철제 또는 놋쇠 침대에 앉거나 누운 사람들도 있었다. 많은 사람들이 말없이 문간에 쪼그리고 앉아 있었다. 어디서부터 뭘 어떻게 해야 할지 몰라 그저 기다리는, 나폴리 사람들 특유의 우울한 분위기가 감돌았다. 처음 봤을 때는 도시 전체가 적막한 것이 주민이 다 떠난 것 같았다. 그러나 차츰 우르르 하는 둔탁한 소리가 먼지 자욱한 공중에 떠도는 느낌이 들었다. 그 소리는 내 귓속에서 형태와 일관성을 갖추더니 끊임없이 포효하는 맹렬한 강물 소리처럼 커져갔다.

나는 항구 쪽으로 걸어갔다. 곧게 뻗은 긴 도로를 따라 가는 길은 꿈속을 거니는 것 같았다. 그 지독한 소음에 정신은 멍해지고, 파괴된 가옥 잔해에서 바닷바람을 타고 날아오는 먼지에 눈이 안 보일 지경이었다. 태양은 테라스며 가옥 전면들을 커다란 황금망치 같은 햇살로 내리쳤고, 붕붕거리는 까만 파리떼가 날아올랐다. 고개를 들어보니 활짝 열린 창문과 발코니, 빗질하며 창문에서 하늘을 거울인 양 올려다보는 여자들의 모습이 눈에 들어왔다. 노랫소리가 저 위 어딘가에서 밑으로 떨어지자 바로 수천 개의 입술이 그 노래를 받았다. 흥얼흥얼하는 노랫소리가 입에서 입으로, 창문에서 창문으로, 거리에서 거리로 퍼져나갔다. 마치 저글러들이 공을 계속 던지고 받고 하는 것 같았다. 걸레가 다 된 셔츠를 입고 땀에 젖은 맨발의 소년 무리가(제일 어린 녀석들은 알몸이었다) 비명을 지르면서 길거리를 뛰어다니며 서로 쫓고 쫓기고 있었다. 그런데 그 아이들에게 뭔가 아득한, 조심스러우면서도 용의주도한 면 같은 게 있었다. 그들은 재미난 놀이를 하고 있는 게 아니었다. 자세히 살펴보면 그들은 거래를 하느라 바쁘다는 것을 금세 알 수 있었다. 한 친구는 상추 바구니를 들고 있고, 또다른 친구는 석탄을 한 줌 들고 있다. 멀건 수프를 담은 깡통을 든 녀석도 있고, 땔나무를 한 아름 안고 있는 녀석도 있다. 또 어떤 아이들은 밀 낟알을 운반하는 작은 개미들처럼 까맣게 불에 탄 나무기둥이나 물통, 폐허에서 건진 가구 쪼가리들과 씨름하고 있었다. 시체 썩는 냄새가 돌무더기와 무너진 담벼락에서 솟아올랐다. 황금빛 날개를 한 게으른 살찐 파리 가족들이 폐허 위에서 붕붕거리며 바삐 움직이고 있었다. 마침내 바다가 눈앞에 나타났다.

바다를 보자 나는 가슴이 벅차올랐다. 눈물이 났다. 강도, 들도, 산도, 한 그루 나무나 구름도, 바다처럼 탁 트인 자유의 감정을 불러일으키진 못한다. 감옥에 갇힌 죄수는 몇 시간이고, 며칠이나 몇 달, 아니 몇 년이고 감방 안의 벽들을 바라본다. 벽은 늘 똑같이 희고 매끈하다. 그 벽에서 바다를 보기도 하지만 그 파란 바다는 상상이 안 된다. 죄수는 그냥 희고 매끈한 텅 빈 바다를 상상할 수밖에 없다. 물결도 없고, 폭풍우도 없는, 감방 창살을 뚫고 들어오는 나른한 햇살에 빛나는 황량한 바다다. 그것이 죄수의 바다, 그것이 죄수의 자유다. 희고 매끈한 텅 빈 바다, 황량하고 차가운 자유다.

그러나 그곳에서는 내 눈앞에 따스하고 화사한 바다가, 나폴리의 자유롭고 푸른 바다가 펼쳐져 있었다. 파도는 바람의 애무를 받아 나지막한 소리를 내며 잔물결로 흩어지면서 짠물 냄새와 로즈메리 향을 풍겼다. 그곳, 내 앞에, 푸른 바다, 자유롭고 끝간 데 없는 바다가 바람에 일렁이고 있었다. 희고 차고 매끈한 황량한 감옥의 바다가 아니라 따뜻하고 깊고 푸른 바다였다. 내 앞에 바다가 있었다. 자유가 있었다. 멀리 그 바다를 바라보면서 눈물을 흘렸다. 나는 큰 광장 건너편 바다로 내려가는 길에 서 있었다. 나는 감히 더 다가갈 수가 없었다. 바다를 향해 손을 뻗칠 엄두조차 내지 못했다. 바다가 달아날까봐, 바다가 지평선 너머로 사라져버리고 말까봐, 갈라진 손톱에 기름때가 번들거리는 더러운 내 손을 역겨워하며 물러설까봐 두려웠기 때문이다.

그 먼 바다를 바라보면서 나는 길 한가운데 꼼짝 않고 서서 울었다. 푸른 하늘 높은 곳에서 웅웅거리는 벌들의 소리조차 들리지 않았다. 사람들이 나지막한 산에 파놓은 동굴로 대피하고 있는 것도 알아채지 못했다. 그때 한 소년이 다가와 내 팔을 잡더니 낮은 목소리로 말했다. "시뇨르, 스탄노 베네노!—아저씨, 사람들이 와요!" 그제야 난 군중에 둘러싸여 있다는 걸 깨달았다. 그들은 비명을 지르며 가물거리는 바다로 이어지는 넓은 길을 따라 달려가고 있었다. 여기가 어딘지 확실치 않지만 교회 기둥들을 보면서 산타루치아 거리일 거라는 생각이 들었다. 군중은 커다란 성문으로 뛰어가다 이내 사라졌다. 마치 은밀한 동굴로 빨려든 것 같았다. 나도 그들을 따라 캄캄한 지하로 숨고 싶었다. 눈을 들어 주위를 둘러보던 순간 나는 공포에 질려 온몸이 얼어붙었다.

말없는 한 무리 사람들이 다시 내게로 다가오고 있었다. 그들은 산타 루치아 거리에서 피조팔코네와 몬테 디 디오로 올라가는 좁다란 길들과 층층대에서 쏟아져나오고 있었다. 유령과 괴물로 구성된 듯한 불가사의 한 무리였다. 그들은 폐허나 저택의 안뜰, 나폴리에서도 '팔로네토의 미로'라고 하는 수백 개 어두컴컴한 골목이 밀집한 동네 반지하층에 숨어 사는 사람들이었다. 그들이 떼지어 내게로 다가왔다. 마치 요새화된 성을 공격하려는 군대 같았다. 그들은 천천히, 말없이 걸었다. 그들의 고독한 침묵은 첫 폭탄이 떨어지며 굉음을 내기 직전의 그 침묵이었다. 그들은 끔찍한 기형이었지만 그 침묵에는 어떤 거룩함 같은 것이 깃들어 있었다. 그들은 불구였다. 절름발이, 몸이 뒤틀린 사람, 꼽추, 팔 없는 사람, 다리 없는 사람…… 그 '괴물들'은 토리노에서는 성인(聖人) 코톨렝고의 자비로운 고독에 갇혀 세인들 눈에 띄지 않았다. 그런데 전쟁이 은밀한 집 가장 깊은 곳에 종교적으로 격리됐던 그들을 세상 밖으로 내쫓은 것이다. 연민과 공포, 미신과 가문의 수치 같은 관념이 그들을 평생 어둠과 침묵에 가둬놓았다. 그 '괴물들'은 서로 도와가며 천천히 이동했다. 반쯤 벗은 자도 있고 누더기 걸친 자도 있었다. 그들의 얼굴이 그토록 일그러진 것은 공포가 아니라 세상에 품은 증오와 햇빛을 보게 된 영광 때문이었다. 그들의 얼굴은 어쩌면 그 눈부신 햇빛, 한낮의 유령 같은 햇살에, 또는 곧 폭포처럼 쏟아질 강철과 화염에 대한 두려움으로 인해 사탄 같아 보였다. 그 사악한 눈초리에는 모든 피조물에 대한 적개심이 가득했다. 열병으로 뜨거운, 눈물 가득한 그들의 눈에서 이상한 빛이 반짝였다. 질질 침 흐르는 입에 감도는 일그러진 미소는 섬뜩했다. 그들은 모두 공통점이 있었다. 공포에 사로잡혀 주체 못할 분노에 떨며 입가에 게거품이 나와 있었다는 것이나.

온몸에 털이 까맣고 더러운 누더기 걸친 여자들도 있었다. 다 떨어진 속옷 아래로 젖가슴이 덜렁거렸다. 뻣뻣한 머리칼이 얼굴을 뒤덮다시피

한 어떤 여자는 젊은 남자를 끌고 있었다. 남편이나 남동생쯤 되는 듯했다. 서른쯤 돼 보이는 남자는 눈을 부릅뜨고 멍하니 허공을 바라보고 있었다. 다리는 뼈에 무슨 병이 있는지 오그라들고 뒤틀린 상태였다. 여자는 가슴을 다 드러낸 채 걷고 있었다. 한쪽 가슴은 작고 축 쳐진 것이 살이 썩어 떨어져나갔든가 암에 갉아먹힌 듯했다. 거의 새카맣게 타버린 듯한 가슴이었다. 다른 한쪽 가슴은 말라비틀어진 채 배꼽까지 늘어져 있었다. 누더기 걸친 해골 같은 사람들도 있었다. 노란 두피는 두개골에 착 달라붙고 이빨을 허옇게 드러낸 입은 잔인하게 비틀린 미소를 짓고 있었다. 대머리에 이가 다 빠지고 개 같은 얼굴을 한 노인들도 있었다. 기괴할 정도로 거대한 머리통이 비쩍 마른 작은 몸통에 붙은 젊은 아가씨들도 있었다. 몸집이 거대한 풍선처럼 부풀어오른 뚱뚱한 노파들도 있었다. 그 뚱뚱한 배는 어마어마하게 크고 머리는 새처럼 작게 오그라들고 머리칼은 멧돼지 털처럼 뻣뻣하고 삐죽삐죽했다. 원숭이처럼 생긴 장애아들도 있었다. 그중 일부는 두 손 두 발로 기어다녔다. 임시 목발에 의존해 걷는 아이들도 있었다. 동료들이 끄는 원시적인 작은 수레에 웅크려 앉은 사람들도 있었다.

그들은 모두 종교적 소심함 때문에 어두컴컴한 나폴리 골목 깊은 곳에 숨겨져 있던 '괴물들'이었다. 그들은 민초들이 은밀한 주술의식을 거행할 때 중재자 역할을 하는 우상숭배의 대상이기도 했다. 짐승 소굴 같은 은신처에서 종교적으로 완전히 격리돼 있던 그들을, 전쟁이 비로소 찬란한 햇빛 속으로 끌어냈다. 산속 동굴로 향하는 침묵의 행렬은 신성한 우상을 모시고 가는 행차, 지하에 살던 신들의 나들이 같았다. 그들이 지상으로 나온 건 지하세계의 대격변 탓인데, 그들은 다시 은신처를 찾아 신비로운 지하세계로 들어가고 있었다.

나는 갑자기 그들 사이에서 신을 보았다. '괴물들'의 숭배의 중심이 되는 그 은밀한 신을, '기적의 궁정'을 다스리는 왕을 본 것이다. 그는 천천히 앞으로 나아갔다. 끔찍한 형상의 난쟁이 무리가 그를 부축했다. 그 피조물이 인간인지 야수인지 알 길이 없었다. 머리끝에서 발끝까지 커다란 천을 뒤집어써서 겉으로 보이지 않지만 몸집은 마르고 작은 것처럼 보였다. 그는 세상 사람들의 눈을 피하려는 듯 비단 침대보를 뒤집어쓰고 있었다. 나폴리 사람이라면 아무리 보잘것없는 침대라도 꼭 씌워놓은 그런 침대보, 노랗고 아주 큰 침대보였다. 어깨에서 치렁치렁 늘어져 발까지 내려온 침대보는 땅에 끌리기도 하고 바다에서 불어오는 미풍에 살짝 팔락이기도 했다. 난쟁이 무리가 그를 둘러싼 채 부축을 했다. 침대보에 가려 앞이 안 보이니 누가 붙잡아주지 않으면 제대로 걸을 수 없었기 때문이다. 다른 난쟁이들은 돼지처럼 꿀꿀 소리를 내며 먼지 날리는 길을 가로막고 있는 절름발이나 장님 같은 불구자들을 밀치고 길을 냈다. 앞길에 조약돌이나 벽돌 쪼가리, 모르타르 덩어리 같은 게 있으면 잽싸게 치웠다. 자칫 자신들이 모시는 신이 돌부리에 걸려 넘어질까 우려한 것이다. 또다른 난쟁이들은 침대보 가장자리를 붙들고 있었다. 신이 미끄러지거나 바람에 침대보가 날려 그의 끔찍한 비밀이 세인들 눈에 노출될까 우려한 것이다. 난쟁이들이 그렇게 감추려고 애를 썼지만 바람에 들린 침대보 끝자락 밑으로 야수처럼 털이 숭숭 난 다리가 삐져나온 것을, 나는 분명히 보았다.

신은 천천히 걸었다. 두 손은 장님들이 하듯 침대보 아래로 뻗치고 있었다. 무릎은 머리에 인, 정체를 알 수 없는 짐의 무게에 눌린 듯 힘겨워 보였다. 침대보 아래 머리가 있어야 할 곳에 형체는 없지만 거대한 무엇이 있어서 이쪽 어깨로 쏠렸다가 저쪽 어깨로 쏠리기를 반복했다. 섬뜩한 건 그 괴물이 짐을 떨어뜨리지 않기 위해 아무 노력도 안 한다는 사실이었다. 괴물은 큰 짐을 머리에 이었을 때 통상 균형을 잡기 위해 하는 본능적인 동작을 전혀 하지 않았다. 저 끔찍한 괴물이, 나폴리의 저 은밀한 신이, 동물의 머리를 한 남자나 여자일 수 있다는 생각을 하니 등골이 오싹했다. 염소의 머리일 수도 있고 개의 머리일 수도 있고, 그 크기로 짐작컨대 송아지 머리일 가능성이 제일 높았다. 아니면 머리가 두 개 달렸을지도 모르겠다. 침대보 속에서 일어나는 이상한 움직임으로 볼 때 그쪽이 더 진실에 가까워 보였다. 마치 두 개의 머리가 따로 노는 듯한 움직임이었기 때문이다. 괴물이 걸어내려가는 골목길에는 건물 잔해와 오물이 가득했다. 거의 모든 집이 폭격을 맞아 파괴된 상태였다. 폐허와 죽음을 배경으로 그 신은 마치 사막을 횡단하듯 전진했다. 그는 비밀의 사원을 탈출해 이제 지하로, 나폴리 지하 신들의 왕국으로 내려가는 중이었다. 내가 비명을 질렀는지 그냥 공포심에 뒤로 물러섰는지는 잘 모르겠다. 난쟁이들이 에워싼 신이 나에게 다가오고 있었다. 그 괴물 같은 두 개의 머리가 노란 침대보 속에서 흔들리고 있었다. 가까이 다가온 난쟁이들이 고함을 치는 바람에 나는 퍼뜩 정신을 차리고 도망칠 곳을 찾았다. 그러나 알고 보니 내가 서 있는 곳은 동굴 입구였다. 괴물들의 무리는 음산한 침묵 속에서 줄곧 그 동굴을 향해가고 있었고, 그들의 끔찍한 신은 그 뒤를 따라가고 있었던 것이다. 그사이 들린 소리라곤 아이의 외마디 비명 소리나 여자의 기도 소리가 전부였다. 그들은 발을 질질 끌면서 먼지와 모르타르 조가리를 밟고 계속 걸었다. 두 팔은 가슴에 모은 자세였고 갈고리 모양의 손이 바깥쪽으로 뒤틀려 있었다. 입술은 삐죽 내민 모습이었다. 그들은 악취 나는 컴컴한 동굴로 먼저 들어가기 위해서라면 언제라도 할퀴고 물고 뜯을 기세였다. 그들의 침묵 속에는 분노와 원한이 응어리져 있었다.

그런 괴물의 무리에 떠밀려 나도 동굴 안으로 들어갔다. 캄캄하고 깊은 동굴이었다. 나폴리 지하에는 그런 터널 같은 동굴이 전인미답의 거대한 미로를 형성하고 있는데, 앙주 왕가(王家)가 통치하던 중세 때는 수도관의 통로로 활용되기도 했다. 여기저기 수직 갱도처럼 위로 뚫린 동굴 구멍으로 빛이 쏟아져들어왔다. 구멍은 지상의 도로에 닿아 있었다. 그런 동굴 구멍에 대해서는 보카치오가 『데카메론』의 '페루자의 안드레우초' 이야기에서 언급한 바 있다. 그 음산한 동굴, 석회암에 뚫린 수천 개의 작은 동굴 속에서 이 누더기 같은 이상한 무리는 삼 년을 살았다.

지하 미로에서 폭격을 피할 은신처를 찾은 것이다. 그들은 누추하기 이를 데 없는 공동체를 이루며 살았다. 배설물 속에서 뒹굴고, 파괴된 가옥에서 뜯어온 잡동사니로 자리를 깔아 잠을 자고 온갖 소소한 물품들을 거래하고 결혼식과 장례식을 치르며 살았다.

나는 그 지하도시에 몇 발짝 들여놓는 순간 고개를 돌렸다. 동굴 어귀 쪽으로 멀리 가물거리는 바다가 보였다. 항구 위로 연기와 먼지가 뒤섞여 구름처럼 솟아올랐다. 폭탄 떨어지는 소리가 땅속 나라에서는 희미하게 들렸다. 동굴 벽들이 흔들리면서 석회암이 갈라진 틈으로 흙먼지가 폭포처럼 쏟아져내렸다. 사람들은 울거나 흐느끼거나 이를 갈기는커녕 시끄럽게 소리치고 노래하고 서로 인사하고 화답했다. 그때 나는 그 오래되고 유쾌한 나폴리의 진짜 목소리를 들었다. 사람 많은 시장이나 축제가 열리는 광장을 구경하는 기분이었다. 그 많은 사람들이 피에디그로타의 노래와 교회로 가는 행렬이 부르는 찬송가에 한껏 흥이 난 듯한 모습이었다. 그것은 진짜 살아 있는 나폴리였다. 그렇게 삼 년 동안의 폭격과 기아와 전염병을 견디고 나폴리는 살아남았다. 그것은 민초들의 나폴리, 골목길과 반지하, 초라한 판잣집, 빛도 태양도 빵도 없는 가난한 동네의 나폴리였다. 동굴 천장에 매달린 전깃불에 수천 명의 얼굴들이 차츰 모습을 드러냈다. 그 많은 사람들이 끊임없이 움직이는 모습이 마치 축젯날 밤 나폴리 광장에 모인 활기찬 시민들을 보는 듯했다.

민초들이 그렇게 살갑게 느껴진 것은 처음이었다. 그때까지 나는 나폴리에 오면 늘 이방인 같은 느낌이었다. 군중이 그렇게 살갑게 느껴진 것은 처음이었다. 그때까지 군중은 나와 너무도 다른 낯선 존재였다. 나는 먼지와 땀으로 범벅이 된 상태였고 군복은 너덜너덜했다. 면도도 오래 못한 상태였고 손과 얼굴에는 기름때가 꼬질꼬질했다. 내가 감옥에서 나온 것은 불과 몇 시간 전이었다. 그런데 그 군중 속에서 나는 인간의 온기, 인간의 정, 인간의 동료애, 나와 똑같은 고뇌, 나와 똑같은 인간적 고통을 발견했다. 다만 그들의 고통이 나보다 더 크고 깊고, 더 생생하고,

더 오래됐다. 그들의 고통은 그 오랜 세월을 버텨온 힘과 체념으로 말미암아 거룩한 느낌을 주었다. 그에 비하면 나의 고통은 그저 인간적인 것이었다. 아직 오래되지도 않고 깊이 뿌리내리지도 않은 것이있다. 그들의 고통에는 깊은 절망 같은 것은 없고 크고 아름다운 희망의 빛이 스며들어 있었다. 그에 비하면 나의 초라하고 작은 절망은 그저 나약한 감정에 지나지 않았다. 그런 사실을 깨닫는 순간 나는 창피했다.

동굴 벽을 따라 화톳불이 환하게 타고 있었다. 석회암 벽에는 정으로 쪼아 만든 감실 같은 게 아주 많았다. 앙주 왕가 때 석회암 벽을 따라 설치한 수도관은 커다란 지하수 웅덩이에서 시작해 곳곳으로 지하수를 날랐다. 화톳불에서 수프 단지들이 끓고 있었다. 그 광경은 무솔리니가 나폴리에서 금지했던, 귀족과 부자들이 다 도망가고 홀로 남은 민초들이 온 힘과 정성을 다해 조직했던 공동체 식당 바로 그것이었다. 서로 도와 굶어죽지 않으려는 눈물겨운 노력이었다. 감자와 콩을 넣고 끓인 수프 냄새가 단지에서 솔솔 피어올랐다. 많이 들어본 외침소리가 들렸다. "도이에 리레! 도이에 리레! 나 미니스트라 에 베르두라, 도이에 리레! 도이에 리레!—2리라, 2리라, 야채수프 한 그릇에 2리라, 2리라!" 수백 개의 손들이 질그릇 접시와 컵, 주석 깡통을 비롯해 온갖 종류의 그릇을 쳐들었다. 전깃불에 반사돼 하얗게 빛나는 그릇들이 손에서 손으로 전달되는 광경은 사람의 머리로 이루어진 바다를 성큼성큼 건너 군중들 위를 둥둥 떠다니는 것 같았다. 붉은 불빛 사이로 수프를 쪽쪽 빨아먹는 소리, 턱이 딱딱 마주치는 소리, 접시와 허름한 백랍, 주석 그릇들이 딸랑딸랑 부딪히는 소리가 들렸다. 그러다가 어느 순간, 씹는 소리와 이빨 마주치는 소리가 잦아들면서 외치고 두런거리던 소리도 조용해지고 물장수와 음식장수들의 호객 소리도 쑥 들어가곤 했다. 그러면 다들 일어서서 조마조마한 마음으로 귀를 쫑긋했다. 시끄러운 소음은 모두 끊기고 쌔근거리는 숨소리만 간간이 들렸다.

쿵 하고 폭탄 떨어지는 소리가 썰물 빠지는 소리처럼 쉬이잇 하고 동굴에 퍼졌다. 폭음은 천장에서 천장으로 이어지다가 저 음산한 깊은 지점까지 가닿았다. 그것은 종교적 침묵이었다. 그 침묵의 순간은 공포가 아니라 연민과 슬픔에서 비롯된 것이었다. "에그, 불쌍한 사람들!" 내 옆에 있던 사람이 큰 소리로 말했다. 그의 뇌리에는 폭격 맞은 사람들이, 산 채로 건물 더미에 깔린 사람들이 떠올랐으리라. 항구 쪽 판잣집 동네와 지하실에 사는 사람들이 생각났을 것이다. 동굴 끝에서 노랫소리가 차츰 커졌다. 여자들이 떼로 모여 죽은 이들을 위해 찬송가를 부르는 소리였다. 여자들의 찬송가 소리에 누더기를 걸친 기묘한 모습의 신부들이 중얼거리는 소리가 뒤섞였다. 신부들은 텁수룩한 수염에 형언할 수 없을 정도로 더러웠다. 까만 신부복은 모르타르 먼지를 뒤집어써서 허옜다. 신부들은 이따금 군중에게 축복을 해주거나 라틴어와 나폴리 방언이 마구 뒤섞인 언어로 모든 이에게 죄를 사해주었다. 군중은 죽은 이들의 이름을, 위험에 빠진 친척과 폭격 맞은 항구 쪽 동네에 사는 친척들과 고기잡이 나갔거나 전쟁터에 나간 친지들의 이름을 소리쳐 불렀다. "미케에에에! 라필리이이이! 카르밀리이이이! 군치티이이이! 마르티이이이! 제나리이이이! 파스카아아아! 페피이이이! 마쿨라티이이이!" 그러면서 주먹 쥔 손을 신부를 향해 내뻗었다. 마치 주먹 속에 머리칼 한 줌, 옷가지나 뼛조각 같은 망자들의 유해나 유품을 움켜쥐고 있는 것처럼. 어마어마한 군중이 몇 분 동안을 무릎 꿇고 울면서 하늘을 향해 팔을 들고 카르미네의 성모 마리아에게, 제나로 성인과 산타 루치아 성녀에게 큰 소리로 자비를 청했다. 그러는 동안에도 쿵, 쿵 하는 폭격 소리가 더 가까워지고 바닥이 흔들렸다. 뻥 뚫린 동굴 안에 굉음이 메아리치고 지저분하고 음산한 공간에 뜨거운 바람이 휘몰아쳤다. 그러다 갑자기 폭음이 멀어지면 다시 감자튀김이나 물 파는 행상들의 리드미컬한 호객 소리가 여자들의 비탄과 신부들의 시편 봉독 소리를 뚫고 들려왔다. "아쿠아 프레스카! 아쿠아 프레스카!—신선한 물, 신선한 물 왔어요!" 비쩍 마른 지저분한 수사와 피곤에 전 수녀들이 사람들 사이로 헌금통을 내밀면 동전들이 짤랑짤랑 하고 떨어졌다. 여기저기 웃음소리가 났다. 폭소나 노랫소리, 유쾌한 목소리, 여자 이름을 부르는 소리가 동굴 안에 메아리치기도 했다. 그 오래된 나폴리의 소음, 그 시끄러운 목소리가 점점 커졌다. 마치 바다의 목소리 같았다.

그때 어떤 여자가 산통이 왔다. 그녀는 한밤중에 비명을 지르며 기도하고 신음하고 개처럼 울부짖었다. 곧바로 백여 명의 여자들이 산파를 자원하고 나섰다. 머리가 허연 양털 같은 할머니들이 군중을 뚫고 산통 중인 여자에게 다가왔다. 그들의 눈은 기쁨에 반짝이고 있었다. 여자가 갑자기 찌르는 듯한 비명을 질렀다. 산파들은 아기를 먼저 받으려고 다퉜다. 그러나 헝클어진 머리에 뚱뚱하고 못생긴 노파가 제일 빨리, 과감하게 아기를 움켜쥐었다. 노파는 손가락으로 아기를 매만지더니 높이 쳐들어 다른 사람들이 만지지 못하게 하고는 치맛자락으로 아기 몸을 닦고 혀로 핥아주었다. 그때 신부가 세례를 주러 왔다. "물 좀 가져오세요!" 신부가 소리쳤다. 다들 병이며 커피포트, 단지 등을 내밀었다. 군중이 소리쳤다. "세례명은 베네데토로! 벤베누토로! 제나로로! 제나로! 제나로!" 이런 외침이 드넓은 지하의 온갖 소음과 노랫소리와 웃음소리, 음식장수와 행상들의 리드미컬한 호객 소리에 녹아들었다. 그 소리들은 하나의 노래를 구성하는 서로 다른 성부(聲部)나 하나의 생명을 구성하는 서로 다른 요소 같았다. 마부들이 폭격을 피해 데려온 말들의 울음소리까지 보태졌다. 거대한 동굴은 축제가 끝난 늦은 밤의 피에디그로타 광장 같았다. 시끌벅적한 소리는 잦아들고, 푸오리그로타에서 돌아온 사람들은 마차에서 내려 광장을 거닐며 신선한 바람을 쐰다. 여기저기서 잘 가, 잘 자, 인사하는 소리, 대부와 대모, 친구와 친척들에게 작별인사 건네는 소리가 들린다. 그들은 곧 집에 돌아가 레모네이드를 한 잔 더 하거나 페이스트리 빵을 조금 먹고 잠자리에 들리라.

동굴 어귀에 서 있던 소년의 무리가 위험이 지나갔다고 알리면서 누구네 집이 폭격을 맞았고, 누가 죽거나 부상당하거나 건물 더미에 묻혔고, 피해가 어느 정도나 되는지 등등을 큰소리로 떠들었다. 군중들은 웅성거리며 동굴을 뜰 채비를 했다. 그때 저 위쪽, 움푹 들어간 동굴 벽에 망가진 가구들을 성(城)처럼 쌓아놓은 곳에서 키 큰 노인이 두 팔을 쳐든 채 우뚝 서서 격한 목소리로 외쳤다. 짙고 까만 수염에 체구가 당당한 한 사나이가 높다란 발코니에서 아래를 굽어보며 소리치는 것 같았다. "이 보네 페메네, 이 필리 에 보네 페메네, 이 체 보르델로! 자테벤네! 자타벤네!—여보시오, 착한 여인들이여, 여보시오, 착한 어머니의 아들들이여, 이 무슨 소란인가! 돌아들 가시오, 돌아들 가!" 그러면서 그는 두 손으로 자기 성에 침입해 들어온 자들을 내쫓는 듯한 몸짓을 했다. 그러고는 하품을 하면서 눈을 비볐다. 그냥 시끄러운 소리에 잠을 깬 정도가 아니라 낯선 군중 때문에 엄청 화가 난 듯한 표정이었다. 자신이 왕이자 주인으로 있는 지하 왕국에 엉뚱한 사람들이 들어와 평온을 깼다고 생각하는 듯했다.

꼭 항구 근처의 루아 카탈라나, 도가나 델 살레, 스페치에리아 베키아 같은 동네에 와 있는 기분이었다. 그래서 시커먼 석회암 천장을 올려다보면 저 멀리 수평선 위에 떠 있는 베수비오 화산이 이쪽을 굽어보는 듯한 착각이 들 정도였다. 창문에서 바다를 내다보는 늙은 선원처럼 입에 짧은 사기 파이프를 물고 목에 분홍빛 구름 스카프를 두른 모습의 베수비오 화산이 눈에 선했다. 동굴 밖으로 나간 사람들은 몇 발짝 걷다 비틀거리며 고통스러운 표정으로 하늘을 우러러봤다. 구름처럼 자욱한 먼지와 연기가 나폴리를 온통 휘감고 있었다.

하늘은 파랬지만 찌푸린 날씨였고 바다는 녹색으로 반짝였다. 나는 군중에 떠밀려 나폴리 중심가 톨레도로 향했다. 간간이 주위를 살폈다. 혹시 아는 얼굴이 있을까 싶어서. 나를 집에 데려다줄 작은 증기선이 카프리 섬에서 올 때까지 하룻밤이라도 재워줄 친구가 필요했다. 카프리를 정기 운항하는 증기선은 이틀째 나폴리 산타루치아 항에 들어오지 않았다. 집에 가려면 얼마나 더 기다려야 할지 알 수 없었다. 차츰 석양이 지면서 낮의 열기는 축축하고 무거워졌다. 무거운 모직 담요를 두르고 걷는 기분이었다. 길거리 여기저기 파괴된 건물 잔해가 언덕처럼 높이 쌓였다. 파란 비단 같은 엷은 하늘 아래 펼쳐진 그 풍경은 안개 끼고 차가운, 불안한 하늘 밑의 바르샤바나 베오그라드, 키예프, 함부르크, 베를린에서 봤던 폐허보다 훨씬 더 잔인하고 훨씬 더 죽어 있는 것처럼 느껴졌다. 고독감이 엄습했다. 혹시 아는 얼굴이 없을까 하는 마음에 주위를 둘러봤다. 온통 누더기 걸친 사람들뿐이었다. 기아와 수면부족, 고뇌로 허옇게 뜬 그들의 눈 속에는 그래도 위엄과 용기를 느낄 수 있는 경이로운 빛이 감돌고 있었다.

거리를 떠도는 소년들 무리가 폐허로 변한 가옥들 사이에 그럭저럭 비피할 곳을 마련해 살고 있었다. 그들은 잔해 더미나 무너진 벽 사이에 겨우 거처를 마련하고 부서진 가구와 매트리스, 밀짚 넣은 의자, 주전자, 온갖 질그릇 등을 가져다가 살림을 살았다. 모두 돌더미와 무너진 기둥과 일그러진 철골 뭉치 밑에서 꺼내온 것들이었다. 그런 소년들을 위해 소녀들은 화덕 주변을 분주히 오가며 주석 솥에 저녁을 끓였다. 아주 어린 친구들은 벌거벗고 쓰레기 더미를 오가며 놀고 있었다. 그들은 유리구슬이나 작은 총천연색 돌, 거울 쪼가리 같은 것에 정신이 팔려 있었다. 반면 나이가 있는 친구들은 아침부터 저녁까지 곳곳을 돌아다니며 먹거리와 일거리를 찾았다. 그들은 가방과 짐 꾸러미를 이 동네 저 동네 날라주거나 노숙자들이 소지품을 기차역이나 부두로 옮기는 것을 돕는 일을 했다. 그들은 버려진 아이들로 구성된 떠돌이 가족이었다. 그런 베스프리조르니(러시아어 '부랑아')를 나는 키예프, 모스크바, 레닌그라드, 니주니노브고로드 등 적군과 백군의 내전이 끝나고 대기근이 들었을 당시의 러시아에서 이미 목격했다. 그들은 폐허 속에 구멍을 파고 주석 깡통이며 불에 탄 널빤지 등으로 겨우 잠자리를 꾸며놓았지만 그 밑에는 산 채로 묻힌 사람들이 많았다. 어쩌면 아직도 숨을 쉬고 있을지 모른다. 전쟁으로 삼 년간 파괴와 살육이 계속됐지만 그 폐허 위에 새 나폴리의 기초가 놓이고 있었다. 전쟁 전보다 더 남루하고 배고프고 피로 얼룩졌지만 더 순수하고, 더 고귀하고, 더 진실한 나폴리가 탄생하고 있었던 것이다. 귀족과 부자와 권력자들은 모두 난파된 도시를 탈출했다. 누더기가 된 수많은 사람들만이 남아 있었다. 그들의 눈에는 옛날부터 지켜온 '그럼에도 불구하고의 희망'이 가득했다. 베스프리조르니, 그렇게 거지가 된 사람들의 다부진 입과 이마에는 절망적인 기아의 끔찍하고도 불가사의한 흔적이 역력했다. 나는 깨진 유리와 모르타르 조각이, 거대한 난파를 증언하는 마지막 잔해들이 카펫처럼 깔린 거리를 걸었다. 그러면서 내 가슴 속에는 오래된 희망이 눈을 떴다.

나는 길을 가다가 소름끼치는 비명 소리에 발을 멈추곤 했다. "모 베네! 모 베네! 모 베네!—놈들이 온다! 놈들이 온다! 놈들이 온다!" 소년과 개들의 무리가 뒷걸음질하며 고개를 들어 하늘을 보거나 피난처를 찾아 내빼는 광경을 나는 보았다. 땅바닥에 주저앉아 언제 무너질지 위태위태한 담벼락을 바라보는 친구들도 있었다. 벽은 이내 무너지고 거대한 먼지구름이 피어올랐다. 둔탁하게 무너지는 소리가 나면 곧 환호의 외침이 이어졌다. 소년들과 개들은 무너진 건물 더미 속으로 다시 달려들어 망가진 거처를 수리했다. 시장이 있는 광장으로 가는 길에 그런 폐허를 많이 봤다. 일부 가옥은 아직 불에 타고 있었다. 누더기를 걸친 남자와 여자들이 떼로 달려들어 온갖 수단을 다해 불을 끄고 있었다. 잔해 더미를 삽으로 퍼담아 불길에 던져넣는 사람들도 있었다. 불을 끄려는 안간힘이었다. 손에서 손으로 물동이를 나르는 사람들도 있었다. 그 인간사슬의 끝에는 항구에서 바닷물을 퍼담는 사람이 있었다. 건물 기둥이나 목재, 가구 같은 것들을 폐허에서 빼내는 사람들도 있었다. 불길이 번지는 것을 막기 위한 작업이었다. 도시 곳곳에서 사람들은 이리 뛰고 저리 뛰며 서로 돕고 무너진 가옥에서 가구를 빼내 산속 동굴로 옮겼다. 그러는 동안에도 야채를 비롯한 식료품을 실은 손수레들은 안전한 피난처를 찾아 돌아다니는 사람들이 모인 곳으로 부산하게 오갔다. 소리치고 닦달

하는 소음 위로 물장수의 단순하고도 무심한, 리드미컬한 호객 소리가 울려 퍼졌다. "아쿠아 프레스카!—신선한 물이 왔어요!"

시내 중심가에서는 경찰들이 무솔리니의 초상화와 "총통 만세!"라고 적힌 현수막을 뜯어내고 국왕과 바돌리오•의 초상이 담긴 포스터를 붙이고 있었다. 거기 적힌 구호는 "국왕 만세! 바돌리오 만세!"였다. 다른 경찰관들은 여기저기 오가며 벽에 글씨를 썼다. 양동이에 담긴 검정 페인트에 붓을 찍어 쓴 글씨는 "충성스러운 나폴리 만세! 나폴리 왕실 만세!"였다. 무솔리니가 쫓겨난 뒤 새로 들어선 정부가 그동안 그토록 고문당한 도시 나폴리에 준 도움은 고작 그뿐이었다. 수레들이 비아 키아이아와 피아차 데이 마르티리 광장 쪽으로 줄줄이 이어졌다. 수레들은 카라치올로 거리 도갈리 탑 옆에 있는 공터에 쓰레기들을 쏟아부었다. 쓰레기에는 이미 부패하기 시작한 팔이나 머리통 등 시체 쪼가리들이 섞여 있었다. 악취가 이루 말할 수 없을 정도였다. 수레가 지나가면 사람들 얼굴이 노래졌다. 수면부족과 피로와 공포와 역겨움에 얼굴이 잿빛이 된 마부들이 임시로 장의사 노릇을 했다. 그들은 대개 베수비오 마을에서 온 짐마차꾼으로 아침에는 똑같은 수레를 몰고, 주민이 많은 동네의 시장들로 채소와 과일을 운반했다.

모두 서로 도우려 애를 썼다. 창백하고 피곤한 얼굴들이 폐허 근처를 어슬렁거렸다. 손에는 물이나 수프를 가득 담은 병이나 단지를 들고 있었다. 그들은 보잘것없지만 준비해온 음식물을 가장 가난하고 가장 나이 많고 병든 사람들에게 나눠주었다. 병자들은 언제 무너질지 모르는 담벼락 밑 쓰레기 더미에 널브러져 있었다. 거리마다 자동차와 트럭, 비틀린 철로에 버려진 전차, 마차, 수레 사이에, 누운 채 죽어 있는 말들이 즐비했다. 파리떼가 자욱한 먼지 속에서 구름처럼 떼지어 붕붕거렸다. 산카를로 극장 근처 광장에 모인 군중들은 입을 꼭 다물고 있었다. 차갑고 허

• 1871~1956. 이탈리아의 군인. 1943년 7월 무솔리니 실각 후 총리가 되어 연합군과 휴전협정을 맺었다.

연 섬광에 눈이 부신 나머지 깊은 잠에서 막 깨어난 사람들 같았다. 그들의 얼굴에는 두려움과 당혹감이 역력했다. 그들은 문을 닫은 상점이나 폭탄 파편에 벌집이 된 셔터 앞에서 서성거리고 있었다. 이따금 지친 당나귀들이 끄는 마차가 망가진 가구들을 잔뜩 싣고 광장에 나타나면 유령 같은 형상을 한 비참한 사람들이 무리지어 뒤따랐다. 발을 질질 끌면서 먼지와 모르타르 파편들 속을 천천히 걸었다. 그들은 고개를 들어 하늘을 자세히 살피고는 일제히 소리쳤다. "모 베네노! 모 베네노! 에 비! 에 비! 에 비! 로코!—저기 있다! 저기 있다! 저거 봐! 저거 봐! 저쪽을 봐!" 단조로운 외침에 열에 들뜬 군중들은 눈을 들어 하늘을 봤다. "모 베네노! 에 비!" 하는 외침이 이 무리에서 저 무리로, 이 거리에서 저 거리로 퍼져나갔다. 하지만 아무도 동요하거나 도망치지 않았다. 이제 그런 외침은 너무 친숙하고, 이제 그런 뻔한 공포와 위험은 아무도 겁내지 않는 듯했다. 아니면 극도의 피로 탓에 안전한 곳을 찾아 도망칠 힘과 의지마저 없는 듯했다. 높은 하늘에서 벌들이 웅웅거리는 소리가 들려올 때만 군중들은 집 안뜰로 들어갔다. 그들은 마법의 힘에 이끌려 동굴로 숨어버린 듯했다. 사람이 사라진 거리에는 몇몇 노인과 소년, 행색이 말이 아닌 여자 하나가 어슬렁거리고 있었다. 너무 굶주려 멍한 모습들이었다. 그러나 그들을 잡아주는 손길이 있었다. 쓰레기 사이에 은신처를 마련한 사람들이 밖으로 나와 그들을 자기들이 사는 곳으로 데려갔다.

폐허로 변한 집들과 기적적으로 온전하게 남은 건물들 위로 뭔가 자신감 넘치는 기운 같은 게 흐르고 있었다. 처음에는 그게 뭔지 도저히 알 수가 없었다. 알고 보니 그것은 맑은, 너무도 아름답고 잔인할 정도로 맑은 나폴리의 하늘이었다. 여름햇빛 아래 쌓인 눈부시게 하얀 쓰레기나 분필처럼 하얀 모르타르 더미, 티 한 점 없이 깨끗이 잘려나간 말끔한 담벼락 같은 것들과 비교하면 나폴리의 하늘은 까맸다. 달도 없이 별만 총총한 밤의 검푸른 하늘색이었다. 그 하늘이 뭔가 단단한 것, 검은 돌과 같은 것으로 만들어진 것처럼 보이는 순간들이 있었다. 하얀 회칠을 한 벽들과 까맣게 타버린 잡동사니가 널린 도시는 그 짙고 검은, 잔인하면서도 경이로운 푸른 하늘 밑에 시체처럼 음산하게 널브러져 있었다.

왕족과 귀족, 부자와 중산층과 힘 있는 자들은 모두 나폴리를 떠나 도망쳤다. 가난한 사람들만이, 헤아릴 수 없을 만큼 많은 가난한 대중들만 도시에 남았다. 그 거대한, 전인미답의, 불가사의한 '나폴리 대륙'만이 남았다. 나는 그날 밤을 칼라시오네의 친구 집에서 보냈다. 키아타모네와 리비에라 디 키아이아의 지붕들 위로 높이 솟은 오래된 저택이었다. 다음날 아침 나는 피조팔코네 끝에서 작은 카프리 증기선이 산타루치아 부두에 정박해 있는 것을 보았다. 가슴이 뛰었다. 나는 언덕을 뛰어내려가 항구로 달려갔다.

몬테 디 디오를 떠나 팔로네토의 미로로 들어간 순간, 주위에서 어떤 단어가 속삭임처럼 들려왔다. 은밀하고도 신비한 목소리로 소곤거리는 소리였다. 그 소리는 창문과 발코니에서 내려왔고, 건물 파편 더미 속에 동굴처럼 꾸민 은신처와 더러운 반지하층에서, 저쪽 끝 건물 안뜰과 골목에서 울려퍼졌다. 처음에는 한 번도 들어본 적 없는 새로운 단어거나 내 의식 깊은 곳에서 오랫동안 망각된 단어 같았다. 나는 그 의미를 알 수가 없었다. 도저히 이해가 안 갔다. 사 년 동안 전쟁과 살육과 기아와 불탄 마을과 폐허가 된 도시들을 누볐던 내게 도저히 이해할 수 없는 단어였다. 내 귀에 그 단어는 외국어처럼 들렸다.

갑자기 그 소리가 또렷하게 들렸다. 유리조각처럼 맑고 투명한 소리가 반지하층 문간에서 흘러나왔다. 나는 그 문간으로 가서 반지하 안을 들여다보았다. 누추하기 이를 데 없는 방이었다. 커다란 철제 침대와 서랍장이 공간을 거의 다 차지하고 있었다. 장롱 위에는 유리종이 놓여 있고, 종 안에는 신성가족(神聖家族)을 묘사한 밀랍상이 들어 있었다. 한쪽 구석 난로 위에서 냄비가 끓고 있었다. 늙은 여자가 치마 끝단을 붙잡고 난로 쪽으로 몸을 숙였다. 석탄이 잘 타도록 치마로 부채질을 하려는 것 같았다. 그러나 그녀는 꼼짝하지 않고 문 쪽으로 고개를 돌린 채 무슨 소리가 나나 하고 귀를 기울였다. 치켜든 치마 밑으로 앙상하고 누런 정강이와 툭 불거지고 윤이 나는 무릎이 보였다. 고양이가 빨간 비단 침대보에 몸을 말고 있었다. 아기는 장롱 앞 아기용 침대에 잠들어 있었다. 젊은 여자 둘이 바닥에 꿇어앉아 두 손을 모은 채 천장을 바라보며 황홀한 표정으로 기도를 하고 있었다. 침대와 벽 사이에는 노인이 빨갛고 노란 꽃을 수놓은 녹색 숄을 뒤집어쓴 채 앉아 있었다. 얼굴은 창백하고 두 입술은 꽉 다물고, 크게 뜬 눈은 멍하니 허공을 응시하고 있었다. 노인은 오른손을 허리에 늘어뜨리고는 검지와 작은 손가락들을 쭉 폈다. 귀신을 쫓는 그 상징적인 몸짓은 고대 에트루리아 석관에 새겨진 형상과 비슷했다. 노인은 나를 노려봤다. 갑자기 그의 입술이 들썩이더니 이빨 빠진 입에서 또렷한 단어가 흘러나왔다. "오, 상궤!—아, 피!"

나는 소스라치게 놀라 뒤로 물러섰다. '피'라는 말에 토할 것 같았다. 사 년 동안, 그 끔찍하고 잔인하고 역겨운 독일어 블루트(피)가 수도꼭지에서 콸콸 쏟아져나오는 물처럼 내 귀를 때렸다. 블루트, 블루트, 블루트처럼, 이탈리아어 상궤 역시 내게 두려움과 역겨움을 불러일으켰다. 구토가 나왔다. 그러나 그 목소리, 그 억양에는 뭔가 경이로운 게 있는 듯했다. "오, 상궤!"라는 말이 노인의 입술에서 부드럽게 울려퍼졌다. 경이로울 만큼 오래된 동시에 새로운 단어였다. 나는 그 단어를 처음 듣는 듯했지만 형언할 수 없을 만큼 감미롭고 친숙했다. 그러나 노인의 목소리에 놀란 두 젊은 여자는 갑자기 일어나 비명을 질렀다. "오, 상궤! 오, 상궤!" 그들은 문간으로 뛰어가 비틀거리며 골목길로 몇 발짝 나서더니 "오, 상궤! 오, 상궤!" 하고 비명을 지르며 머리를 쥐어뜯고 뺨을 손톱으로 북북 긁어댔다. 그들은 계속 비명 지르며 한 무리의 사람들 뒤를 쫓아갔다. 그 무리 역시 똑같이 "오, 상궤! 오, 상궤!"를 외치며 산타마리아 에지치아카 대성당으로 올라가고 있었다.

나도 소리 지르는 그 군중을 따라갔다. 키아이아 다리를 지나 산타테

레셀라 델리 스파뇰리 골목길에 도착했다. 높다란 언덕에서 톨레도 쪽으로 실개천처럼 내려가는 골목길마다 사람들이 뛰고 있었다. 그들의 얼굴에는 고뇌와 절망과 표현할 수 없는 감정으로 심한 경련이 일었다. 언덕 꼭대기에서 보니 뭐라 중얼중얼하며 천천히 행진하는 다른 군중이 눈에 들어왔다. 그들은 톨레도 거리를 따라 북쪽으로 올라가고 있었다. 뭐라는지 분간이 안 가는 소음들 속에서 딱 한마디 알아들을 수 있는 외침이 들렸다. "오, 상궤! 오, 상궤!"

사 년 동안 전쟁을 겪으면서 처음으로, 살육과 기아와 황폐해진 도시들을 누빈 그 잔인한 여정의 끝에서 처음으로, 나는 신성하고도 거룩한 외경심이 담긴 '피'라는 말을 들었다. 유럽 곳곳에서, 세르비아, 크로아티아, 루마니아, 폴란드, 러시아, 핀란드에서 그 단어는 증오와 두려움과 멸시와 짜릿함과 공포와 잔인하고 야만적인 오만과 감각적인 쾌락을 의미했다. 그 말을 들을 때마다 나는 공포와 혐오에 몸을 떨었다. 내게 '피'라는 단어는 피 자체보다 더 끔찍한 것이었다. 나는 피를 직접 만질 때보다, 유럽 곳곳에서 뿌려진 그 가엾은 피에 두 손을 흠뻑 적실 때보다 '피'라는 말을 들을 때 더 오싹했다. 그런데 나폴리에서, 다름 아닌 이 나폴리에서, 유럽에서도 가장 불행하고 가장 기아에 시달리고, 초라하고, 버려진, 고문당한 도시에서, 나는 종교적 외경심이 담긴 '피'라는 단어를 들었다. 거룩한 존경과 깊은 자비가 나폴리 사람들 특유의 높고 순수하고 여리고 천진한 목소리를 통해 느껴졌다. 엄마, 아기, 하늘, 성모, 빵, 예수라고 말할 때의 바로 그 천진함과 순수함과 소박함이었다. 그 이빨 빠진 입에서, 그 창백하고 피곤한 입술에서 "오, 상궤! 오, 상궤!" 하는 외침이 흘러나왔다. 그것은 호소 같기도 하고 신성한 이름을 부르는 소리 같기도 했다. 기아와 굴종을 강요당하던, 야만이 화려한 의상을 걸치고 왕 노릇 하던 오랜 시간도, 궁핍과 전염병과 부패가 판치던 그 오랜 세월도, 저 초라하고 고귀한 민초들의 피에 대한 종교적 외경심을 완전히 끊어놓지 못했다. 그들은 비명 지르고 울며 두 손을 하늘로 뻗친 채 대성당을 향해 달려갔다. 그들은 놀라운 황홀경 속에서 피에 대한 신의 가호를 간절히 빌었다. 그들은 낭비된 피, 헛되이 뿌려진 피, 피로 적셔진 대지, 피로 물든 누더기, 길거리의 먼지를 뒤집어쓴 인간의 소중한 피, 교도소 담벼락에 말라붙은 핏덩어리를 서러워하며 울고 있었다. 군중들의 그 열띤 눈에는 일종의 연민, 일종의 종교적인 두려움이 스며 있었다. 그들은 손을 하늘 높이 쳐들고 부들부들 떨리는 목소리로 외쳤다. "오, 상궤! 오, 상궤! 오, 상궤!"

사 년 동안 흉포하고 무자비하고 잔인한 전쟁을 겪으면서, 나는 처음으로 종교적 외경심이 담긴 그 단어를 들었다. 거룩한 존경과 깊은 자비가 그 굶주린 많은 사람들의 입술에 맴도는 것을 보았다. 그들은 빵도 없이 집도 없이 무덤도 없이, 버려지고 배신당한 사람들이었다. 그 기나긴 사 년 만에 처음으로 '피'라는 단어에 다시 신성한 소리가 깃들었다. 나는 그 단어의 소리를 들으면서 희망과 안식과 평화를 느꼈다. "오, 상궤!" 마침내 나는 기나긴 여정의 끝에 도달한 것이다. 그 단어는 나의 항구요 나의 종착역이고, 나의 플랫폼, 나의 부두였다. 그로써 나는 다시금 인간의 대지, 문명화된 인간의 나라에 발을 딛게 된 것이다.

하늘은 맑았고, 멀리 수평선에는 녹색의 바다가 드넓은 초원처럼 반짝였다. 집과 집의 발코니와 발코니를 연결한 빨랫줄에도, 물받이와 폭격으로 갈라진 남루한 벽에도, 헤벌린 상처처럼 떨어져나간 기둥에도, 꿀같은 햇살이 똑, 똑 떨어졌다. 하늘은 곳곳에 푸른 그림자 무늬를 수놓았다. 북서풍에 바다의 냄새와 맛이, 암초를 때리는 젊은 파도 소리가, 애처롭게 동료를 부르는 선원들의 소리가 실려왔다. 하늘이 매장되지 못한 죽은 자들로 가득한 폐허의 도시 위를 푸른 강처럼 흘렀다. 아직 피를 신성하게 보는 거룩한 유럽의 도시 나폴리 위를, 인간의 피에 아직도 존경과 수치와 사랑과 경애를 느끼는 선량하고 자비로운 사람들 위를, '피'라는 단어가 아직 희망과 안전을 의미하는 사람들 위를 푸른 강처럼 흘렀다. 군중은 대성당 정문에 다다르자 무릎 꿇고 큰소리로 문을 열어달라고 호소하면서 소리 높여 "오, 상궤! 오, 상궤! 오, 상궤!"를 외쳤다. 거룩한 분노와 황홀한 자비로 가득한 그 소리에 사방 벽들이 흔들렸다.

나는 옆에 있는 사람에게 어찌된 일이냐고 물어봤다. 대성당이 폭격을 맞아 제나로 성인의 기적의 피를 보관한 작은 상자 두 개가 파괴됐다는 소문이 나폴리 전역에 퍼졌다는 것이다. 그것은 뜬소문에 불과했지만 요원의 불길처럼 도시 전체로 퍼졌고 어두컴컴한 골목과 폐허 깊이 숨은 사람들에게도 전해졌다. 전쟁을 사 년이나 겪으면서도 그때까지 단 한 방울의 피도 흘리지 않은 것 같았다. 전 유럽에 널브러진 수백만 시체에도 불구하고 단 한 방울의 피도 대지를 적시지 않은 것 같았다. 그러나 그 소중한 두 개의 상자가 박살나고 말라붙은 몇 방울의 피가 없어졌다는 소식이 전해지자마자 마치 온 세상이 피로 물들고 끝없이 피를 요구하는 대지의 갈증을 풀어주기 위해 인간의 혈관이란 혈관은 모두 잘라놓은 듯한 분위기가 됐다. 그때 한 신부가 대성당 계단에 나타나 두 팔을 들고 조용히 하라고 당부하며 제나로 성인의 고귀한 피는 안전하다고 선언했다. "오, 상궤! 오, 상궤! 오, 상궤!" 무릎 꿇은 사람들이 눈물을 흘리며 피에 대한 신의 가호를 간절히 빌었다. 모두의 얼굴에 웃음이 번졌다. 기쁨의 눈물이 굶주림으로 퀭한 얼굴을 타고 흘렀다. 모두의 가슴에 벅찬 희망이 샘솟았다. 목마른 대지에 다시는 한 방울의 피도 떨어지지 않을 것 같았다.

부두로 내려가려면 피아차 프란체세 뒤편 쓰레기로 뒤덮인 골목길들을 지나야 했다. 매장하지 못한 시신들의 악취가 코를 질렀다. 까만 파리떼가 담벼락 사이로 붕붕 날아다녔다. 짙은 연기가 항구 위로 구름처럼 솟았다. 나는 목이 말라 죽을 지경이었다. 입술은 타들어가고, 파리들이 새까맣게 달라붙었다. 우물은 모두 말라버렸다. 동네 전체에 물이라곤 한 방울도 없었다. 나는 두에 에로니 호텔에서 메르카단테 극장으로 발길을 돌렸다. 인도에 죽은 소년이 누워 있었다. 깊은 잠에 빠진 듯한 모습이었다. 끔찍하게 주름이 진 소년의 이마 주위를 파리떼가 화환 모양으로 무리지어 날아다녔다. 나는 메디나 거리로 걸음을 옮겼다. 메르카단테 동상 뒤편에 있는 집이 불에 타고 있었다. 소년들이 서로 쫓거니 쫓기거니 하며 장난치면서 날카로운 목소리로 비명을 질렀다. 내 발소리에 놀란 파리떼가 왱왱거리며 날아올랐다가 땀과 먼지로 범벅이 된 내 얼굴에 내려앉아 눈에 들러붙었다. 극심한 악취가 폐허에서 솟아났다. 바다 냄새가 코를 찔렀다. 약간 시큼했다. 메디나 끝에 이르자 작은 술집이 눈에 들어왔다. 나는 그리로 달려가 술집 문고리를 잡고 서서 헐떡거렸다.

대리석 깔린 카운터에는 유리 파편들만 널려 있었다. 뚱뚱하고 살이 축 쳐진 남자가 소매가 짧은 면내의를 걸치고 철제 테이블 옆에 앉아 있었다. 땀 때문에 살에 착 달라붙은 내의 속으로 털이 숭숭 난 늘어진 젖가슴이 훤히 비쳤다. 남자는 접은 신문지로 부채질을 하다가 이따금 더러운 손수건으로 이마의 땀을 훔쳤다. 파리떼가 실내를 빙빙 돌았다. 수천수만 마리의 파리들이 천장과 벽과 깨진 거울 위에 달라붙어 있었다. 파리들로 새카만 카운터 뒤쪽 벽에는 국왕과 왕비, 피에몬테 왕자와 왕자비의 초상화가 걸려 있었다.

"물 한 잔 주시겠습니까?" 내가 물었다.

남자는 나를 보더니 부채질을 계속하며 말했다. "물 한 잔이라?"

"목이 말라 죽을 지경입니다. 더 견딜 수가 없어요."

"목이 마르시다, 물 한 잔 달라?"

"네. 물 한 잔만. 목말라 죽겠단 말이에요!"

"물 한 잔이라!" 남자가 이맛살을 찌푸리며 말했다. "지금은 물이 희귀하다는 걸 모르시오? 나폴리에는 물이 한 방울도 없어요. 우리는 먼저 배고파 죽을 거고, 그다음에는 목말라 죽을 거고, 그래도 살아 있다면 무서워서 죽을 겁니다. 물 한 잔이라니, 칫!"

"좋습니다." 나는 이렇게 말하고 다른 테이블에 가 앉았다. "기다리죠. 전쟁이 끝나고 물 한 잔 얻어먹을 때까지."

"참는 것 말고 할일이 없지요." 남자가 말했다. "내가 여기 나폴리에서 꼼짝도 안 했다는 거 알아요? 삼 년 동안 여기서 전쟁이 끝나기만 기다렸다오. 폭탄이 떨어지면 그냥 눈을 감아. 꼼짝 않고 있는 거요. 놈들이 이 집을 다 부숴버려도. 인내의 문제일 뿐이지. 누가 더 참을성이 많은지, 전쟁인지 나폴리인지, 알게 되겠지. 정말 물 한 잔 먹고 싶소? 카운터 뒤에 병을 찾아보시구려. 아직 물이 좀 남아 있을지 모르니까. 물잔은 저쪽에 있어요."

"감사합니다."

나는 카운터 뒤편에서 물이 조금 든 병을 찾아냈다. 선반에는 유리잔 파편들만 가득했다. 온전한 물잔은 하나도 없었다. 나는 병째 물을 마시며 손으로 얼굴에 달라붙는 파리들을 쫓아냈다.

"빌어먹을 파리들!"

"맞아요, 요놈의 빌어먹을 파리들!" 남자가 신문지로 부채질을 하며 말했다. "빌어먹을 파리들!"

"왜 나폴리에서는 파리랑 싸우지 않습니까? 우리 북부 이탈리아에서는, 밀라노도 그렇고, 토리노, 피렌체, 심지어 로마에서도 시청이 파리와의 전쟁에 나섰습니다. 우리 동네에는 파리는 하나도 없어요."

"밀라노에 파리가 한 마리도 안 남았다고요?"

"네, 한 마리도 없어요. 우리가 다 죽여버렸거든요. 그게 전염병이나 각종 질병을 예방하는 방책이지요."

"나폴리에서도 파리와 싸웠지. 그야말로 파리와의 전쟁을 했어요. 삼 년 동안 파리들과 싸웠습니다."

"그런데 왜 아직도 나폴리에 파리가 이렇게 많나요?"

"그게, 보시다시피, 파리가 승리했거든!"

1941년 8월 우크라이나 페스찬카

1943년 9월 이탈리아 카프리

말라파르테와 『망가진 세계』에 관하여

로타르 뮐러(베를린 훔볼트 대학 교수)

I. 극단의 시대가 낳은 괴물 작가

1944년 10월 나폴리에서 『망가진 세계』 초판이 나왔을 당시 작품의 모태가 된 제2차 세계대전은 아직 어떻게 종결될지 확실치 않았다. 1943년 7월 실각 이후 유폐됐다가 독일 공군사령부에 의해 구출된 무솔리니는 마지막 남은 땅 '살로 공화국'(이탈리아 북단 롬바르디아 주 살로 시에 자리잡은 무솔리니 망명정부 '이탈리아사회공화국')을 지배하고 있었다. 독일군은 마지막 안간힘을 쓰고 있었고, 히틀러도 몇 달 전인 1944년 7월 20일 슈타우펜베르크 대령을 비롯한 장교들이 벌인 암살기도를 간신히 모면한 상태였다. 나폴리와 로마와 피렌체는 이미 연합군 수중에 들어간 뒤였다. 그러나 베를린 함락작전은 아직 시작되지 않았다. 그런 상황이었지만 작품 제목은 미래의 슬로건이었다. 이탈리아 차원에서만 그런 게 아니었다. 『망가진 세계』는 1940년대 후반에서 1950년대 초까지 유럽 곳곳에서 열광적인 갈채를 받았고 미국에서도 주목을 끌었다.

『망가진 세계』는 과거를 회고하는, 익숙했던 모든 것이 사라진 '영시(零時)'를 기준으로 잃어버린 것과 남은 것을 냉철하게 점검하는 책이 아니었다. 강렬하고 잔인한, 불가피한 차가움과 통속적인 뜨거움이 넘치는, 눈앞에서 벌어지는 전쟁처럼 생생한 작품이었다. 작가가 맨 앞의 「원고의 시련에 관하여」에서 말했듯이, 이 작품의 주인공은 전쟁이 아니다. 전쟁은 그저 '뒤에 펼쳐진 풍경' 노릇 정도다. 핀란드에서 이탈리아 남부까지 유럽 곳곳을 누비는 화자 '나'는 추축국의 핵심인 독일과 이탈리아에 복무하는 종군기자다. 그는 최전선을 드나드는가 하면 후방에 머물기도 하고, 외교관들과 어울리기도 하고, 점령군인 독일군사령부에 초대를 받기도 한다. 베를린 외신기자 클럽에 모습을 드러내는가 하면 로마 사교계에 출몰하기도 한다. 그 '나'는 르포르타주라고 하는 리얼리즘의 요구와, 소설이라고 하는 예술적 요구 사이에서 절묘한 줄타기를 한다.

『망가진 세계』의 작가 쿠르초 말라파르테는 1920년대에는 파시스트 독재자 무솔리니의 지지자였고, 일차대전과 이차대전 사이 파시스트들이 득세하던 시기에는 이탈리아에서 가장 잘나가는 저널리스트 중 한 명이었다. 이차대전이 끝난 1945년 그는 오십을 바라보는 나이였다. 말라파르테는 19세기가 20세기에 자리를 내주던 1898년 이탈리아 중북부 토스카나 주 프라토에서 태어났다. 본명은 쿠르트 에리히 주케르트(Kurt Erich Suckert). 아버지는 독일계 이주민이었고, 어머니는 밀라노 출신 이탈리아 여자였다. 이후 말라파르테는 '쿠르초 주케르트'라는 이름으로 성장한다. 말라파르테는 정치적 여정이나 지적·문학적 활동 면에서 극단의 시대를 대표하는 인물이었다. 그가 활동한 20세기 초반은 유럽의 다른 많은 동시대인들에게도 이차대전의 시대일 뿐 아니라 일차대전의 시대였다. 1914년에 일어난 일차대전은 모든 전쟁의 원형이었고, 이차대전은 어쩌면 그 거창한 20세기 신종 전쟁의 중요한 에피소드라 할 수 있다. 참전 체험과 정치 극단주의가 20세기 최초의 물량전이 난무하는 참호 속으로 녹아들었고, 작가 말라파르테는 거기서 태어났다.

어려서부터 '골수 이탈리아인'을 자처했던 말라파르테는 19세기의 통일·독립운동을 거쳐 태어난 이탈리아라는 민족국가를 "부르주아적이고 속물적이고 관료적인 기형아"라고 경멸했다. 그러나 거기서 제2의 민중혁명을 통해 제대로 된 국가가 탄생할 것은 분명했다. 1911년 말라파르테는 프라토 지방의 명문 치고니니 고등학교에 들어간 뒤, 교사의 소개로 조반니 파피니(1881~1956, 이탈리아의 미래파 문인)와 아르뎅고 소피치(1879~1964, 이탈리아의 미래파 화가)가 이끄는 피렌체 미래파 서클에 입문했다. 이 서클은 좀스러운 현재에 미학적 반기를 들고 박물관이나 미술관으로 대표되는 '과거지향'을 청산하는 동시에 '르네상스의 부활'을 추구했다. 미래파와의 관계를 기점으로 고등학생 말라파르테는 혁명의 분위기에 빠져들었다. 고향 프라토는 섬유산업의 중심지여서 파업과 시위 같은 것이 많았다. 그런 움직임들은 그가 열망하던 거대한 민중봉기의 선구로 비쳤을 것이다. 1913년부터는 군주제를 부정하는 공화당 청년조직에 가입해 활동했다. 공화당은 종교와 정치가 철저하게 분리된 세속주의 국가를 추구했고, 보통선거, 남부 티롤과 달마티아, 이스트리아 합병, 독일과 오스트리아·헝가리제국 간 삼각동맹 파기 등을 주장했다. 토스카나 지방 공화파는 아나키즘과 생디칼리슴(아나키즘에 바탕을 둔 노동조합 지상주의)과 비교적 가까웠다. 1914년 6월 쿠르초 주케르트는 노동자 소요가 심화되어 공안 당국과 충돌이 일어난 상황에서 공화당 소속의 소규모 돌격대를 이끌었다. 이 사건으로 난생처음 체포되고 치고니니 고등학교에서 퇴학당할 위기에 처했다.

그런데 두 달 뒤 일차대전이 터졌다. 이탈리아는 일단 중립을 고수했다. 그러나 열렬한 '개입주의자'인 프라토 출신의 어린 고등학생은 달랐다. 1914년 11월 만 십육 세의 말라파르테는 부모 몰래 기차를 타고 벤티밀리아까지 가서 도보로 프랑스 국경을 넘었다. 페피노 가리발디 장군과 그 형제들(이탈리아 독립운동의 영웅 가리발디 장군의 손자들)이 결성한 이탈리아 의용군 부대에 합류하기 위해서였다. 이들은 외인부대를 강화해 프랑스 편에서 전쟁에 참여하고자 했다. 이와 비슷한 사례로 독일 작가 에른스트 윙거(1895~1998)를 들 수 있다. 1895년생으로 말라파르테와 거의 동년배인 윙거는 1913년에 고등학교를 자퇴한 채 프랑스 외인부대에 합류해 북아프리카 전선으로 갈 계획을 세웠다. 오스트리아 소설가 로베르트 무질은 『특성 없는 남자』의 마지막 장을 쓰는 과정에서 독일이 프랑스에 선전포고를 한 1914년 8월을 회고하며 "평화로부터의 탈출을 뜻하는 전쟁"이라는 표현을 썼는데, 말라파르테와 윙거 두 사람에게 꼭 들어맞는 표현이다.

청년 말라파르테는 다른 의용군과 함께 아비뇽의 옛 교황청 건물에 머물며 기초 군사훈련을 받은 뒤 1915년 2월 프랑스 북동부 아르곤 전선으로 갔다. 그는 아비뇽 교황청에 근무했던 14세기 이탈리아 시인 페트라르카의 흔적을 짚으면서 과거 이탈리아의 영광을 되새겨보기도 했다. 아르곤 전선에서 한 달을 보냈지만 전쟁을 본격적으로 체험한 건 아니었다. 1915년 4월 말라파르테는 프라토로 돌아가 규정에 따른 시험을 치르고 학년을 마쳤다. 1915년 5월 말 이탈리아가 영국·프랑스·러시아 편으로 전쟁에 뛰어들자 말라파르테는 다시 이탈리아 정규군에 자원입대했다. 알프스 산악부대 51보병연대 중위가 된 것이다. 전쟁을 모험처럼 생각했던 고등학생이 이제야 전쟁의 쓴맛을 제대로 보게 된 셈이다. 처음에는 오스트리아·헝가리제국 군대와 산악지대에서 최초의 물량전을 겪었고, 1918년 봄과 여름에는 프랑스 에페르네 전선에서 싸웠다. 독일군은 일련의 공세를 퍼부어 승기를 잡아가는 중이었다. 쿠르초 주케르트가 소속된 이탈리아 산악부대는 프랑스 북동부로 이동 배치돼 마른과 랭스 사이의 전선을 맡게 된다. 당시 루덴도르프 장군이 이끄는 독일군이 파리로 진격중이어서 이를 저지하는 게 임무였다. 그해 6월 중순에서 7월 중순까지 이탈리아군은 블리니 전선에서 빈약한 전력으로 독일군을 상대했다. 독일군의 포격은 점점 거세졌고, 수천 명의 전사자와 수천 명의 부상자가 속출했다. 그러나 1918년 7월 17일 독일군의 공세는 사실상 끝이 났다.

주케르트 중위는 이탈리아와 프랑스에서 각각 무공훈장을 받았다. 1918년 7월 16일 독일군의 독가스 공격 때 입은 폐 부상은 평생 그를 따라다닌다. 일차대전 종전 직후인 1918~19년 겨울 벨기에 아르덴 산지에서 연락장교로 있으면서 첫 책을 쓰기 시작했다. 어찌 보면 전쟁이 몸속에 낙인찍은 폐 부상에 대한 보상이었다. 그는 문학으로 성공하겠다는 열망에 불타 격정적 언어를 쏟아냈다. 그것은 격렬한 팸플릿으로 제목도 일종의 슬로건 같았다. 『카포레토 만세! *Viva Caporetto!*』(1921)

그 제목은 일종의 계산된 도발이었고 당시까지 이탈리아군의 고통스러운 치욕으로 여겨졌던 카포레토 전투에 대한 재평가였다. 오스트리아·헝가리제국과 이탈리아가 맞붙은 알프스 지역 이손초 강 전투에서 양쪽에 엄청난 사상자가 났다. 특히 1917년 10월 이탈리아군 전체가 진지를 버리고 아군의 장교들과 헌병들까지 공격하면서 이탈리아 북동부 베네토로 후퇴하게 되었다. 전선이 뻥 뚫리면서 이탈리아군은 패전 일보 직전까지 갔었다. 전쟁이 끝난 뒤 이탈리아는 승전국의 일원이 되기는 했지만 카포레토 전투의 치욕은 침묵으로 일관할 수밖에 없었다.

소설과 에세이를 결합한 형태의 팸플릿 『카포레토 만세!』는 적에 대한 두려움과 패배주의에 젖은 장군들이 포기해버린 '카포레토 병사들'에 대한 명예회복 선언이었다. 당시 쿠르츠 주케르트 중위는 카포레토 전선이 아니라, 거기서 멀지 않은 콜 디 라나와 마르몰라다 전선에서 싸우고 있었다. 팸플릿은 명령에 불복하고 달아난 병사들의 행동을 사회혁명적인 행위로, 신병기와 엄청난 군수물자의 힘으로 승패가 결정되는 현대식 물량전에서 가장 큰 괴로움을 겪어야 하는 보병들의 총파업으로 규정하고 높이 평가했다. 『카포레토 만세!』는 부르주아 자본주의 세계에 대한 사망진단서였다. 물론 부르주아 자본주의 세계는 1914년 전쟁 발발 초기까지도 전쟁의 그런 의미를 알지 못했다. 후방에서는 전쟁에 도취한 시민들이 평범한 병사들이 대량으로 죽어나가는 것을 영웅적 행위로 미화하기에 바빴다. 『카포레토 만세!』는 그 허구적인 상투어에 멸시와 조롱을 쏟아내면서 참호와 전선에서 벌어지는 "기계에 의한 죽음"의 체험을 생생하게 보여줬다. 『카포레토 만세!』는 후방의 분위기를 격하게 반박하면서 '드르륵 드르륵' 하는 기총소사 소리 같은 의성어를 동원해 진창과 피로와 절망으로 얼룩진 진지전의 참상을 묘사하고, 보병들이 죽어나가는 세계와 후방의 안온한 시민적 삶을 극명하게 대비시킨다. 참호 속에서 생사를 넘나들던 군인들이 휴가를 얻어 후방에 가면 시민들은 그들을 전쟁의 참혹한 현실을 떠올리게 하는 불편한 존재로 여겨 멀리했다.

이 대목들을 보면 『카포레토 만세!』는 일차대전 당시의 참호전을 묘사한 앙리 바르뷔스(1873~1935, 프랑스의 소설가)의 『포화(砲火)』(1916)를 연상시킨다. 말라파르테 본인도 『카포레토 만세!』를 선전하는 글에서 '이탈리아의 바르뷔스'를 자처한다. 그러나 바르뷔스는 한 분대장의 일기를 화자 입장에서 써내려가는 방식을 택했다. 즉 『포화』에서는 전선 체험을 묘사함으로써 각 민족들의 화합이 전쟁으로 인한 고통을 없앨 수 있다는 희망을 보여준다. 그 반면 이탈리아 청년의 팸플릿에서는 길지 않은 분량의 소설적 묘사가 전쟁 이전 세계의 무감각함에 대한 이론적 공박과 전쟁으로부터 민족혁명이 발생하리라는 희망으로 점철되어 있다. 쿠르초 주케르트가 보기에 민족혁명의 도화선은 국제 사회주의혁명 운동이 아니라 전선에서의 체험과 자국민에 대한 혐오감 사이의 긴장이었다. 그러한 긴장이야말로 보병들을 참호에서 끄집어내어 반란으로 몰아가는 원동력이다. 마르크스주의자들이 계급의식이라고 부를 만한 것이 그의 경우에는 죽음의 의식이 된다. 좀더 정확히 말하면 전쟁에서 대량으로 죽어나가지만 후방의 부르주아들로부터 멸시당하고 있다는 감정으로부터 생겨나는 의식이라는 것이다. 1914년 7월 일차대전 발발은 '프롤레타리아에게 무기를 들게' 했다. 그러나 여기서 그 프롤레타리아는 카를 마르크스가 말한 산업노동자 중심의 프롤레타리아는 아니었다. 그것은 농민이고 수공업자였으며, 물론 이탈리아 여러 지방의 산업노동자도 있었다. 이들은 전쟁을 수행해야만 할 일로, 짊어져야만 할 무거운 짐으로 떠안은 사람들이었다.

이렇게 해서 전쟁사에서 큰 오점으로 남은 카포레토 전투 사건은 젊은 중위의 팸플릿에서 세계사적 사건, 이탈리아판 러시아혁명으로 바뀐다. 이리하여 보병은 일차대전 이후 문학과 정치적·문학비평적인 에세이들을 통해 전 유럽을 열광시켰던 '새로운 야만인'이라는 인물 유형의 화신이 된다. '새로운 야만인'이라는 개념은 전쟁 이전의 세계라고 하는 폐허 속에서 태어나 부르주아적 퇴폐를 땅속에 묻어버린 존재다. 쿠르초 주케르트는 이탈리아인이지만 새로운 야만인이라는 개념은 슬라브적 특징을 띤다. 도스토옙스키가 말하는 민중과 닮은 개념으로 '무한한' 삶에 대한 감각을 파괴하는 동시에 회복하는 인물들이다. 그들은 완전한 세계관을 갖추고 있지는 않지만 전선에서의 체험을 통해 부르주아 시대에 이르러 삶의 지평이 축소된 것에 큰 불만을 가지고 있던 은밀한 부류들, 특히 니체 같은 철학자가 꿈꾸었던 세계를 성취한다.

『카포레토 만세!』는 제2판(1923)부터 제목이 『저주받은 성인(聖人)들의 반란*La rivolta dei santi maledetti*』으로 바뀌었다. 전쟁을 도스토옙스키 스타일로 사회혁명적인 행위로 해석하는 분위기가 농후하다.

말라파르테는 늘 외인부대와 산악부대에서 활동한 시기를 '파시즘 예비학교'라 표현했고, 수십 년이 지나서도 첫 작품을 자주 언급했다. 실제로 거기엔 그의 지적인 기본 틀이 담겨 있다. 그것은 일종의 상처, 절대 아물지 않는 전쟁의 상처였다. 밑바닥에서 고생하는 보병들을 영웅화하는 것은 결국 이탈리아 민중을 새롭게 영웅화하는 작업이며, 젊은 팸플릿 작가는 퇴폐적인 부르주아 사회에 반대하는 지식인의 새로운 변종이 되었다. 참호에서 정치 개념이 새롭게 탄생했다. 여기서 정치는 의회민주주의와 근본적으로 긴장관계에 있는 개념이었다. 주케르트 중위는 유럽의 다른 많은 동시대인과 마찬가지로 일차대전의 영향으로부터 완전히 자유로울 수 없었다.

II. '말라파르테'의 이름으로

1925년 쿠르초 주케르트는 새 이름을 쓰기로 결심한다. 필명인 동시에 일상에서도 사용할 이름이었다. 당시 그는 이십칠 세였지만 이미 저널리스트로서 상당한 성공을 거두고 있었다. 그 성공은 이탈리아 파시즘이 부상하는 과정에서 파시즘과 손을 잡음으로써 이루어졌다. 1922년 그는 무솔리니가 '로마 진군'을 통해 집권하기 전 이미 파시스트당 당원이 되었다. 이제 그는 야심적인 필명을 찾고 있었다.

자신의 문학적 열망과 정치적 열정을 하나로 표현해낼 수 있는 트레이드마크가 필요했다. 한동안은 쿠르초 파르네제(Curzio Farnese)나 쿠르초 보르자(Curzio Borgia)로 해볼까 생각했다. 파시즘이 득세한 새 이탈리아를 혐오스러운 19세기 말을 훌쩍 뛰어넘어 위대한 정치와 예술이 꽃피는 시대로 연결시키는 가교 역할을 강조하려는 의미였을 것이다. 그는 이탈리아 파시즘의 핵심을 러시아 공산주의혁명이 추구한 집단주의와 대조되는 것으로 보았다. 이탈리아 파시즘은 소박한 민중, '야만적인 이탈리아'의 힘을 흡수한 제2의 현대판 르네상스 정신을 통해 부르주아적이고 나태한 개인을 새롭게 설정하는 것이었다. 그런데 우연히 소책자를 입수하고 거기서 이상적인 필명을 발견하게 된다. 만약 '쿠르초 보르자'(냉혹한 권모술수로 유명한 전제군주 체사레 보르자(1475~1507)를 연상시키는 이름)라고 했다면 본의 아니게 우스꽝스러운 과대망상증 환자 같은 느낌을 주었을 것이다. 문제의 소책자는 1869년 나폴레옹 탄생 100주년을 기념해 토리노에서 발간된 것으로 제목이 『말라파르테와 보나파르테*I Malaparte ei Bonaparte nel primo centenario di un Bonaparte-Malaparte*』였다. 그 소책자의 필자는 나폴레옹 보나파르트의 가계를 다루면서 나폴레옹가는 원래 말라파르테였지만 나중에 교황의 허락을 얻어 보나파르테로 성을 바꿨다고 주장했다. 글자 그대로 하면 '나쁜 편'이라는 뜻의 말라파르테를 '좋은 편'이라는 뜻의 보나파르테로 바꾸었다는 것이다. (나폴레옹은 원래 이탈리아 코르시카 출신으로 보나파르'트'는 프랑스식 발음이다.)

쿠르초 주케르트는 책자를 보고 나서 '말라파르테'를 필명으로 선택했다. 이로써 아버지의 유산을 완전히 제거해버렸다. 『저주받은 성인들의 반란』은 성공을 거뒀지만 동시에 많은 비난을 받았다. 적국 독일과 내통하는 작가가 이탈리아군의 패배주의를 부추기는 내용이라는 것이었다. 따라서 '보나파르트'라고 하는 프랑스식 이름을 연상시키기도 하는 이탈리아식 이름을 사용함으로써—새 이름으로 펴낸 첫 책이 『골수 이탈리아인*L'Arcitaliano*』이었다—독일계라는 사실과 거리를 두게 된 것이다. 이렇게 말라파르테는 독일은 노골적으로 멀리하는 한편, 늘 '프랑스 쪽'임을 과시했다. 프랑스 독자와 파리 지식인의 인정을 받으려 프랑스어를 열심히 구사했을 뿐 아니라(1931년부터 1933년까지는 파리에 살았다) 틈만 나면 "어린 시절 프랑스 편으로 참전했고, 보들레르에서 랭보, 바레스에 이르기까지 현대 프랑스 문학을 잘 안다"는 사실을 강조했다. 특히 그가 모범으로 삼은 인물은 스탕달 소설 『적과 흑』의 주인공 쥘리엥 소렐이다. 소렐은 파리를 정복하려는 모든 시골 출신 청년 야심가들의 원형이다. 아폴리네르(1880~1918, 전위예술의 기수로 초현실주의를 개척한 프랑스 작가)를 알게 된 것은 가리발디 후예들과 프랑스에 체류하던 1915년 파리에서였다. 당시 독일을 비난하면서 프랑스 편에 가담한 것이 그의 정치적 삶의 거름이 되었다.

1923년 『저주받은 성인들의 반란』 개정판 서문에서 그는 카를 마르크스의 공산주의를 비판하고 조르주 소렐(1847~1922, 프랑스 사회사상가)의 혁명적 생디칼리슴을 옹호했다. 아나키즘적 노동조합 지상주의인 생디칼리슴은 그의 정치적 급진주의와 행동주의의 모태가 되었다. 그가 생디칼리슴에서 기대한 것은 계급의식에 대한 비판이었다. 그는 일차대전 이후 시기에 파시즘이야말로 이탈리아에 맞는 형태의 생디칼리슴이라고 신전했다. 1921년 창간됐다가 단명한 잡지 『오체아니카*Oceanica*(대양)』에서 그는 개명 전의 쿠르초 주케르트라는 이름으로 「대양주의 선언」이란 글을 발표했다. 이는 소렐의 영향하에 앙리 바르뷔스를 중심으로 결성된 '클라르테 그룹'(반자본, 반교권을 표방한 사회주의 문학운동)에 대한 지지 선언이었다. 그는 1920년대 초 토리노의 신문 『템포*Tempo*(시대)』의 편집에 참여할 적에도, 또한 『일 나치오네*Il Nazione*(민족)』, 『일 마티노*Il Mattino*(아침)』, 『라 리볼루치오네 리베랄레*La Rivoluzione Liberale*(자유주의 혁명)』 같은 잡지에 글을 발표할 때도 늘 생디칼리슴 지향과 현대 이탈리아 상황에 대한 분석을 결합시켰다. 영미식 현대라는 문화·정치적 모델은 자유민주주의를 포함해 이탈리아에는 맞지 않는 체제였다. 이탈리아는 고대적 뿌리 혹은 고유한 정치적 전통에 맞는, 장구한 역사를 지닌 생산양식에 걸맞은 진로를 찾아야만 했다. 혁명적 파시즘을 주창하는 주케르트의 선언문 같은 글들에서, 근현대 이전 시기 지중해 세계를 대표하는 이탈리아는 종교개혁 이전 남부 유럽의 가장 중요한 상속자인 동시에 개신교의 북부 유럽이 지배하는 현대 유럽의 이방인으로 그려졌다. 에세이 모음인 『살아 있는 유럽과 정치 에세이*L'europa vivente ed altri saggi politici*』(1923)에서 베니토 무솔리니는 이그나티우스 데 로욜라(1491~1556, 예수회를 창설한 스페인 출신의 가톨릭 수도사, 종교개혁으로 흔들리던 가톨릭에 새로운 활기를 불어넣은 인물)의 유령으로, 파시즘은 반종교개혁 시기에 남부 유럽의 전통을 잇는 것으로 나타난다.

말라파르테의 정치적 기본 입장은 그가 파시즘에 이르는 길을 보면 뚜렷이 드러난다. 열정적인 혁명의식과 열정적인 반동의식이 모순적으로 혼재해 있다. 그는 개신교도이면서 파시즘의 반종교개혁을 찬양했고, 로마를 호의적으로 보지 않는 토스카나 출신이면서 무솔리니의 로마 진군을 찬양했다. 미학 영역에서도 서로 싸우는 1920년대 이탈리아의 두 사조에 모두 발을 담그는 이중성이 드러난다. 그는 이탈리아의 지역 특성과 '야만적인 것'을 강조하는 '스트라파에세 문학운동(strapaese, 로컬 지상주의)'에 공감하면서 그와 상반되는 '스트라치타 문학운동(stracittà, 도시 지상주의)'에도 호감을 보였다. 특히 예술과 문학에서는 코즈모폴리턴의 국제적인 미학 아방가르드의 첨단을 추구했다. 이와 같이 급진적인, 현대적이고 도시적인 성향, 대도시 지식인·예술가 서클에 어울리는 성향은 말라파르테라는 이름에서도 엿볼 수 있다. 말라파르테는 살롱 취향의 장난스러움이 느껴지는 동시에 악을 새롭게 평가하려는 현대 미학의 의지를 보여준다. 접두어 '말레(male-)'는 다양한 의미를 장난스럽게 보여주는데, 이탈리아어로 '말레'는 도덕적으로 '나쁜' 것을 뜻하며 고통과 고뇌, 종교·철학의 전통에 거부감을 뜻하는 동시에 저주로 이어지는 증오와 불화의 에너지를 느끼게 한다. 물론 이미 프랑스 시인 로트레아몽(1846~70)의 산문시집 『말도로르의 노래*Les chants de Maldoror*』나 이탈리아 시인 레오파르디(1798~1837)의 『우울*La malinconia*』에도 그런 분위기가 있었다. 그러나 처녀작 『저주받은 성인들의 반란』에서 마지막 책 『저주받은 토스카나인들*Maledetti toscani*』(1957)에 이르기까지 '말레'란 표현이 들어간 제목은 말라파르테로서는 일종의 헌사였다.

말라파르테의 선배들 중 가장 화려한 인물을 꼽으라면 역시 가브리엘레 단눈치오다. 그는 1874년부터 1881년까지 프라토의 치고니니 고등학교를 다녔다. 학교 선배인 셈이다. 단눈치오 역시 일차대전 당시의 고전적 영웅주의, 보병을 이름 없는 영웅으로 보는 인식이 얼마나 터무니없는 것인지를 간파하고 있었다. 그러나 단눈치오는 현대전을 아주 높은 곳에서 조종사의 눈으로 파악했다. 그는 일차대전 당시 조종사로 참전하면서 영웅주의를 기술이 중심이 된 새로운 상황을 가지고 재인식하려 했다. 말라파르테가 1919~20년 『카포레토 만세!』를 쓰면서 보병의 영웅주의 문제에 골몰하는 동안, 단눈치오는 비행기를 몰고 의용군들과 함께 피우메를 강제 점령해버렸다. 피우메는 일차대전 종전 후 전후처리 회담에서 유고슬라비아의 영토로 인정되었다. 하지만 단눈치오는 이를 거부하고 무모한 돌진이라고밖에 할 수 없는 개인적인 군사행동을 감행해 이탈리아의 영토임을 선언했던 것이다. 그가 사용한 비행기는 일종의 무기인 동시에 날개 달린 페가수스였다.

단눈치오와의 관계에서도 어릴 적부터 말라파르테의 사고를 규정했던 이중적인 분열 양상이 감지된다. 말라파르테는 19세기 말의 데카당스 전통에서 나름의 생활양식을 형성했다. 그러나 언론과 문학활동, 정치적 행동을 통해 그 생활양식과 싸우기도 했다. 말라파르테는 단눈치오에 열광했지만 그러면서도 그의 아류가 아님을 보여주기 위해 단눈치오가 베네치아의 병적인 퇴폐 분위기를 반영하는, 과거 부르주아 시대를 문학적으로 대표하는 인물이라 규정했다.

그러나 그의 화려하고 영웅적인 생활양식은 단눈치오에 대한 경쟁심이 중요한 요소로 작용했음을 보여준다. 모던하고 속물적인 댄디 기질과 르네상스 시대를 연상시키는 고고함이 겹쳐 나타난다. 보병과 기계전에 따른 죽음의 찬미와 대조되는 것이, 말라파르테의 생활에서는 검으로 결투해 승부를 내는 옛날식 영웅주의다. 말라파르테는 1938년부터 카프리섬에 말라파르테의 집이란 뜻의 '카사 말라파르테(Casa Malaparte)'라는 유명한 집을 짓는다. 카포 마술로 곶 쪽으로 깎아지른 벼랑에 자리해 일반인의 접근이 거의 불가능한 이 집은 어떤 면에서 보면 단눈치오가 이탈리아 북부 가르다 호반에 지은 별장 '비오리알레'의 남부 버전이라 할 수 있다. 카사 말라파르테는 전진기지이자 퇴각의 거점으로서, 치열한 정치활동을 했던 그의 외면과는 다른 삶의 무대였다.

1922년 10월 파시스트들의 로마 진군을 문학적으로 형상화한 팸플릿 『야만적 이탈리아*Italia barbara*』(1925)에서 말라파르테는 이렇게 썼다. "우리는 지난 10월에 로마를 시체로 뒤덮어야 했을지 모르겠다. 수많은 사람들을 목매달아야 했을지 모르겠다. 애국적인 귀족들은 물론이고 웅변으로 사람들을 오도한 그자들을! 그랬다면 민중은 우리 손에 입을 맞추었을 것이다." 폭력적인 전복 행위, 급습을 통한 권력 찬탈은 당시 말라파르테가 골몰하던 문제였다. 1930년대 초 그런 발상에서 프랑스어로 집필한 『쿠데타의 기술*Technique du coup d'État*』(1931)을 파리에서 펴냈다. 국가 전복 방식을 논한 이 책은 그 본질로 보면 보나파르트주의(나폴레옹 보나파르트 1세와 3세가 채택한 정치 형태로, 농민과 도시 중산층을 지지기반으로 부르주아와 프롤레타리아의 조정자를 가장한 근대적 독재정치 형태를 일컫는다)에 관한 이론이다. 극좌와 극우를 막론하고 동시대 유럽을 풍미한 수많은 지식인들의 시도와 맥을 같이하는 것으로 볼 수 있다. 이런 면모는 마르크스의 『루이 보나파르트의 브뤼메르 18일』의 효용성을 보여준 독일 작가 베르톨트 브레히트의 역사소설 『율리우스 카이사르 씨의 사업』(1938~57)이 잘 보여준다. 『쿠데타의 기술』은 르네상스 시대 마키아벨리가 정치이론의 핵심으로 강조했던 사항을 일차대전 이후 유럽 국가들에 적용한 것이라 볼 수 있다. 그 핵심이란 바로 어떤 과정을 통해 권력을 획득·유지·상실하게 되는지 보여주는 것이다. 아닌 게 아니라 일차대전 종전 이후 10년간의 역사는 전후처리를 규정한 베르사유조약이 제대로 이행된 역사도, 피폐한 경제를 복구한 역사도, 국제적으로 평화 노력이 활발했던 역사도 아니었다. 그것은 좌우의 음모꾼들을 한 축으로 하고 자유민주주의 체제를 옹호하는 세력을 다른 축으로 하는 양자 간 투쟁의 역사였다. 카틸리나(국가전복 음모를 꾸미다 처형된 기원전 1세기 로마 공화정 말기의 정치가), 크롬웰(청교도혁명이 일어나자 왕당파를 격파하고 공화제를 수립해 독재정치를 했던 17세기 영국의 정치가), 로베스피에르(왕정을 타도하고 공포정치를 하다가 처형된 18세기 말 프랑스혁명기의 정치가), 그리고 특히 나폴레옹 보나파르트 같은 이가 역사적인 모델이다. 1920년 베를린에서 제정(帝政)파 군인들이 일으킨 카프 반란, 1923년 히틀러의 뮌헨 반란, 1923년 스페인에서 일어난 프리모 데 리베라의 쿠데타, 1926년 폴란드에서 일어난 피우수트스키의 쿠데타 등은 다소 어설픈 현대판 아류라고 할 수 있다. 특히 히틀러는 '작은 카이사르'로 불리던 무솔리니를 닮고자 했으나 그의 캐리커처 수준이었다. 무솔리니는 사실 실질적인 면이나 전술적인 면에서 현대적 쿠데타 수준에 노날했다. 그러나 로마 진군 당시 너무 폼만 잡고 파시스트혁명을 어떻게 완수할 수 있는지에 대해 통찰이 부족했다. 따라서 무솔리니보다 러시아혁명의 주동자들이 쿠데타의 모범으로 여겨진다. 『쿠데타의 기술』이 드러내놓고 말하지는 않지만 사실상 주인공으로 삼고 있는 건 레온 트로츠키였다. 트로츠키는 이론가 레닌을 능가하는 쿠데타의 달인 스탈린의 최대 정적이있다.

말라파르테의 『쿠데타의 기술』에는 이중적인 면이 있었다. 그 때문에 독일과 이탈리아에서는 금서가 됐지만 프랑스에서는 엄청난 성공을 거두었다. 말하자면 민주주의 편에 서서 쿠데타를 조심하라는 경고를 담은 책이기도 하지만 좌우의 음모꾼들에게는 쿠데타의 안내서 같은 책이었던 것이다. 이 책을 쓰게 된 배경에는 말라파르테가 쿠데타로 정권을 잡은 파시스트들의 1924년 이후 행태에 점차 회의를 갖게 됐다는 사실이 있다. 반란과 찬탈의 이론가 말라파르테는 지방에서 시작된 파시스트혁명이 '타락한' 로마에 온 뒤로 그 '순수성'이 날아가버렸다고 봤다. 특히 1925년 무솔리니가 독재자를 자처하자 말라파르테는 파시즘 성향의 잡지 『라 콘퀴스타 델로 스타토*La Conquista dello stato*(국가 정복)』에 "정부가 (일부 파시스트들도 포함된) 반대자들에 대항해 단행한 조치들은 혁명 질서에 맞지 않으며 반동적인 경찰국가나 하는 짓거리다"라고 썼다. 이후에도 말라파르테와 파시스트 권력자들 간에는 이런 식의 긴장이 수년간 계속됐다. 1929년부터 1931년 봄까지 아넬리 가문 소유의 토리노 유력지 『라 스탐파*La Stampa*』를 경영할 때도 그랬다. 당시 실소유주인 조반니 아넬리는 말라파르테에게 전통적으로 자유주의 입장을 취해온 이 신문의 취약한 판매부수를 끌어올리기 위해 파시즘 노선을 강화해달라고 당부했지만 소용없었다. 하지만 그런 식의 파시스트들 내부의 차이가 말라파르테의 생명을 위협할 정도의 결과를 가져온 것은 아니다.

그가 1933년 초 파리에서 로마로 돌아오자마자 체포되어 레지나 코엘리 교도소에 수감된 것은 한때 파시스트당에서 같이 싸웠던 동료인 이탈로 발보에게 "독재자 성향이 농후하다"는 식으로 인신공격을 가했기 때문이다. 로마 진군을 조직했던 발보는 당시 파시스트당의 실력자로 공군장관이었다. 그런 발보가 "외국에서 반파시즘을 선동했다"는 혐의로 말라파르테를 비난하고 나선 것이다. 요는 "현직 장관을 중상모략했다"는 얘기였다. 1933년 11월 말라파르테는 5년 추방형을 선고받고 리파리 섬으로 쫓겨난다. 그가 추방형을 산 것은 그중 2년 반으로, 처음에는 리파리 섬에서, 그다음에는 이스키아 섬에서 지냈다. 마지막 체류지인 리비에라 해안의 포르테 데이 마르미에서는 독일 조각가 아돌프 폰 힐데브란트의 별장을 구입해 지냈다. 독일의 문호 토마스 만과 단눈치오 같은 인사들이 손님으로 와 지냈던 작은 석조가옥이었다.

발보와 갈등을 빚고 나서도 말라파르테는 정부의 영향력 있는 인사들의 후원을 완전히 잃지는 않았다. 특히 외무장관이자 무솔리니 총통의 사위인 갈레아초 치아노는 든든한 후원자였다. 치아노는 그를 힘껏 변호해줬고, 그 덕에 무솔리니는 1935년 6월 말라파르테의 추방령을 해제했다. 이후 말라파르테는 언론과 문학활동을 계속 이어갈 수 있게 됐다. 1937년에는 문화잡지 『프로스페티베*Prospettive*(전망)』(1943년까지 발행됨)을 창간했고, 1939년 초에는 이탈리아의 대표 일간지 『코리에레 델라 세라*Corriere della Sera*』 객원특파원으로 이탈리아 식민지 에티오피아를 여행했으며, 1937년에는 『피*Sangue*』를 출간했다. 『피』는 그의 정치 에세이와 산문문학의 핵심인 단어를 제목으로 삼은 단편소설집이었다.

III. 이차대전의 '망가진 세계'에 휘말리다

일차대전 때와 마찬가지로 이탈리아는 이차대전 초에도 역시 일단은 "전쟁을 주도하지는 않는 강대국"으로 남아 있었다. 그러나 1940년 6월 10일 독일 편에 서서 프랑스에 선전포고를 함으로써 전쟁의 수렁으로 빠져들었다. 말라파르테도 산악부대에 다시 징집됐다. 그러나 꼬박 두 달을 복무한 끝에 일차대전 때 입은 폐 부상을 핑계로 이탈리아군과 프랑스군이 대치하던 몽블랑 인근 전선에서 빠져 종군기자 역할을 맡게 됐다. 1941년 초 주간신문 『템포』에 연재된 일련을 글을 모아 펴낸 『눈먼 태양*Il sole è cieco*』에서는 군사전략 상황을 보고하는 기자나 관찰자가 아니라 화자인 '나'의 목소리가 서술을 주도한다. 전쟁 상황을 있는 그대로 그려내기보다 조용한 어조로 짚어간다. 서부전선을 중심으로 한 이 소설에 이어 『코리에레 델라 세라』에 쓴 전쟁 기사에서는 이야기 중심이 유럽의 남동부, 동부, 북동부 전선으로 옮아간다. 말라파르테는 이들 기사를 더 보강해 『볼가 강은 유럽에서 발원한다*Il Volga nasce in Europa*』(1943)라는 책으로 묶어냈다. 이 책은 다시 『망가진 세계*Kaputt*』라는 걸작으로 발전하게 된다. 『볼가 강은 유럽에서 발원한다』 1부는 '전쟁과 파업'이라는 제목으로 독일군과 러시아군이 우크라이나에서 싸우는 장면을 그린다. 2부 '노동자들의 요새'는 레닌그라드 포위작전을 다룬다. 베를린 장벽이 무너지던 해인 1989년 『볼가 강은 유럽에서 발원한다』의 독일어판 개정판에 유명한 극작가 하이너 뮐러가 서문을 쓴 것도 현대전을 보는 말라파르테의 특이한 관점에 관심이 있었기 때문일 것이다. 말라파르테는 현대전을 거대한 기계로 하는 노동으로, 독일군과 소련군의 전투를 두 노동자 부대의 충돌로 봤다. 그들은 농촌이든 공장이든 산업화의 세례를 듬뿍 받은 전쟁전문 노동자였다. 『볼가 강은 유럽에서 발원한다』의 모태가 된 『코리에레 델라 세라』 기사들 중 상당 부분은 검열로 삭제되었다. 그 이유는 러시아군의 기술과 노동자들의 군기를 지나치게 호의적으로 묘사하고, 그 용감성과 저항력을 과소평가하면 안 된다고 분명히 경고하면서, 러시아가 전쟁에서 승리할 가능성이 높다는 것을 노골적으로 시사했기 때문이다.

일차대전에 대한 관심은 오랜 기간 서부전선에 쏠려 있었다. 독일과 프랑스의 대치선을 따라 벨기에 전선, 솜과 베르됭의 치열한 참호전에 관심이 집중된 것이다. 서부전선에서도 기술력을 통해 가능해진 엄청난 화력으로 말미암아 전통적인 의미의 이동 전술은 의미를 잃었다. 독일 작가 에리히 마리아 레마르크의 소설 『서부전선 이상 없다』(1929)가 바로 그런 시각의 전형이라 할 수 있다. 제목도 그렇고 소설 내용도 그렇다. 서부 유럽은 이차대전에 대한 인식에서도 가장 중요한 자리를 차지한다. 문학과 영화에서도 그런 경향이 두드러진다. 스티븐 스필버그 감독의 영화 〈라이언 일병 구하기〉를 보라. 노르망디 상륙작전이 긴박하게 펼쳐지는 상황의 서부전선이 사건의 핵심 무대다. 그러나 이차대전에 관한 인식의 축은 최근 반세기 동안 점차 동쪽으로 이동했다. 현대사, 문학, 영화 등에서 폴란드와 러시아가 이차대전이 가장 끔찍한 모습을 보여준 중심지로 떠올랐다. 이와 더불어 1970년대 이후 동유럽이 유대인 말살의 중심 무대로 인식되기에 이르렀다.

청년 말라파르테의 『카포레토 만세!』는 이탈리아군과 오스트리아군이 대치한 전선 상황을 테마로 삼았다. 하지만 단눈치오의 경우와 달리, 말라파르테에게 오스트리아·헝가리제국이라고 하는 공간은 베네치아, 트리에스트, 피우메 등 이탈리아와 합스부르크 왕가의 복잡한 관계를 포함해 평생 부차적인 의미밖에 갖지 못했다. 이는 오스트라아·헝가리제국을 다스린 합스부르크 왕가가 일차대전 말기에 몰락하게 되는 현실에 대한 반작용이었을 뿐만 아니라 본인의 사회혁명적인 지향한 결과이기도 했다. 그는 전통의 지정학 관계에서는 이탈리아와 프랑스의 연관성만 강조하고, 시선을 동부 유럽과 북동 유럽으로 돌린다. 특히 합스부르크 왕가의 영향력이 미치는 세계는 무시하고 러시아혁명과 이탈리아 파시즘의 형태적 유사성이나 그 평행관계에 주목했다.

전쟁 작가 말라파르테의 머릿속을 차지한 지리적 세계는 이차대전이 끝나는 1945년 이전에 이미 동유럽을 중시하는 시각이 핵심으로 자리잡았다. 1941~43년에 작성한 메모와 기사를 바탕으로 완성한 『망가진 세계』는 이를 잘 보여주는 증거다. 이 작품은 『볼가 강은 유럽에서 발원한다』에 나오는 동부진신 묘사를 그대로 반영한다. 그러나 나치체제 독일과 공산주의체제 소련 간의 대립(양자를 동일선상에서 볼 수 있게 해주는 공통점은 현대의 기술력이다)은 유럽 전체의 좀더 큰 맥락에서 묘사된다. 스칸디나비아에서 독일, 발칸반도를 거쳐 로마와 나폴리에 이르기까지 무대를 줄곧 바꾸는 것도 그런 시각을 보여준다. 특히 동유럽의 전쟁 상황과 유대인 말살에 관한 일화들을 서유럽의 퇴폐상과 교묘히 짜맞추는 것도 같은 전략의 일환이다. 전쟁 공간에서 전쟁 당사국인 프랑스의 존재감은 보고된 사건의 배경 정도로 흐려진다. 그러나 『망가진 세계』가 다루는 강대국의 일원으로서 첫 자리를 차지하고 있긴 하다. 이때 프랑스는 조형예술, 현대문학, 화려한 상류사회를 자랑하는 전쟁 이전의 세계다. 그러나 전쟁 속에서 무기력하게 자기 몰락을 지켜볼 수밖에 없다. 파리는 국제적인 예술과 상류사회의 수도다. 작품에서 화자가 중립국 스웨덴에 있을 때나 독일군과 루마니아인들이 유대인을 박해하는 야시에 있을 때, 파시스트당이 지배하는 로마의 골프클럽에 있을 때, 나치가 지배하는 베를린의 살롱에 있을 때도, 파리는 늘 향수의 대상이다.

'나'는 전쟁의 에피소드들과 유럽 살롱계의 퇴폐 문화를 잇는 연결고리다. '나'는 말라파르테라는 작가의 이름을 달고 있지만 양면적인 인물이다. 화자가 이탈리아인인 것은 분명하다. 『볼가 강은 유럽에서 발원한다』보다 『망가진 세계』에서 이탈리아인인 '나'는 독자들에게 훨씬 강렬하게 부각된다. 그는 타락한, 허리가 부러져 신음하는 한 민족의 대표자인 동시에 마지막 남은 인간성의 유산을 지키려는 인물이다.

그러나 소설에 나오는 말라파르테라는 화자가 작가 말라파르테와 얼마나 근접한 존재인지는 불확실하다. 화자 말라파르테는 추축국의 일원인 이탈리아를 위해 복무하는 종군기자인데도 동맹국 독일군보다 폴란드인과 유대인에게 더 애정을 보인다. 작품에 나오는 루마니아 야시의 유대인 박해는 1941년 6월 실제로 일어난 사건이지만 말라파르테가 당시 현장에 있었는지 의문이다. 따라서 화자의 서술에서 어디까지를 사실로 믿고 어디까지를 상상으로 봐야 할지 모호하다.

『망가진 세계』의 속편격인 소설 『가죽*La pelle*』(1949)에서는 주 무대가 연합군이 점령중인 이탈리아다. 여기서 말라파르테는 연합군과 함께 북부 피렌체로 진군하면서 연락장교로 활동한다. 그런데 이 소설의 일부 등장인물은 1948년에 제2판이 출간된 『망가진 세계』를 알고 있는 것으로 나온다. 한 일화에서 『망가진 세계』를 읽은 어느 프랑스군 장군 하나가 화자인 말라파르테의 신빙성에 의문을 제기한다. 프랑스군과 미군이 뒤섞여 식사를 하는 자리였다. 쿠스쿠스 파스타가 나왔다. 식사 직전에 모로코 병사가 지뢰를 밟아 한 손이 날아가는 사고가 있었지만 분위기는 유쾌하고 여유가 넘친다. 그 프랑스 장군이 웃으며 말한다.

"말라파르테가 그야말로 생동감 넘치는 상상력의 소유자인 것만큼은 의문의 여지가 없어. 다음번 책에선 아마, 지금 우리가 먹는 형편없는 야전식량이 임금이 먹는 진수성찬으로 바뀌어 나올 거요. 나는 아마 모로코의 술탄쯤으로 그려지겠지."

모두가 껄껄대고 웃지만 말라파르테만은 접시에 눈을 고정시킨 채 아무런 말도 않고 자신의 신빙성을 의문시하는 이야기를 무심한 듯한 표정으로 듣고만 있다. 그러다 갑자기 자신이 직접 겪은 일이라며 말문을 연다. 모로코인의 손이 솥에 들어가 말라파르테의 접시에 올라왔다는 이야기였다. 말라파르테는 음식을 차린 주인에게 부담을 주지 않으려고 예의상 그것을 맛있게 먹었다고 말한다. 그 이야기가 사실임을 증명하기 위해 말라파르테는 문제의 손뼈를 좌중에 내보인다. 뼈만 남은 상태로 보아 사람의 손이 틀림없다는 것을 금세 알 수 있을 정도였다.

이 에피소드에는 두 가지 포인트가 있다. 첫째는 자신의 이야기를 불신하는 사람들이 얘기를 듣고 안색이 바뀌며 억지로 음식을 넘기는 장면을 지켜보는 방식으로 그들에게 벌을 주려 했다는 것이다. 둘째는 말라파르테가 식탁에 올라온 손에 관한 끔찍한 이야기는 상상으로 지어낸 것이고 손뼈는 숫양의 뼈를 가지고 '인위적으로' 그럴듯하게 꾸민 것이란 사실을 밝힌다는 점이다. 그는 속임수라는 수단을 써서 현실에서 쉬 일어날 수도 있는 이야기를 했던 것이다. 이렇게 해서 그는 미국인 친구 잭이 프랑스 장군에게 했던 다음과 같은 반론이 정당하다는 것을 강조한다. "말라파르테가 하는 이야기가 진짜냐 가짜냐는 의미가 없습니다. 여기서 문제가 되는 것은 그런 것과는 차원이 다릅니다. 그가 만들어내는 게 예술이냐 아니냐가 문제인 것이지요." 프랑스 장군은, 속을 메스껍게 했던 그 이야기가 꾸며낸 이야기였다는 사실이 밝혀질 때에는 자리에 없었다. 자리에 있었다면 아마도 예술은 현실보다 높은 차원의 진실로 도약하는 것이라는 속임수에 넘어가고 말았을 것이다. 그만큼 『가죽』이란 책을 읽는 사람은 진짜 뼈의 이미지에서 역겨움을 느끼고, 그리고 그 끔찍한 이야기가 있을 법한 현실을 단순히 예술적으로 허구화하는 게 아니라는 의식에 아주 긴밀하게 묶이게 된다.

이런 계산된 양면성을 핍진하게 해주는 것이 바로 『망가진 세계』에 핵심으로 등장하는 역사적 실존인물들이다. 우선 폴란드 총독 한스 프랑크와 그의 부하들을 들 수 있다. 이들은 이탈리아 르네상스의 독일판 아류로 등장한다. 또 우크라이나 전선의 폰 쇼베르트 장군, 핀란드 사우나에 모습을 드러낸 친위대장 힘러, 독일 권투영웅 막스 슈멜링, 갈레아초 치아노 이탈리아 외무장관, 중립국 스페인의 스톡홀름 주재 공사 아구스틴 데 폭사도 있다. 막스 슈멜링의 『회고록』에는 말라파르테가 나오지 않는다. 한스 프랑크의 『집무일지』에는 말라파르테가 단 한 문장으로 언급될 뿐이다. 말라파르테의 일기에 아주 짧게 묘사된 구절이 『망가진 세계』에선 긴 장면으로 그럴듯하게 묘사된 경우가 많다. 라플란드 인근 핀란드 사우나에서 만난 몇몇 독일 장교를 소개한 얼마 안 되는 묘사가 소설에선 벌거벗은 힘러가 자작나무 가지로 두드려 맞는 그로테스크한 장면으로 발전된다. (원 메모에는 힘러가 아예 없다.) 헬싱키 주재 스페인 공사로 나오는 데 폭사가 작품에 묘사된 자신의 모습에 이의를 제기한 것에 대해서도 말라파르테는 "『망가진 세계』에서 데 폭사가 한 말은 모두 실제로 한 것이며, 다만 그 취지를 살려 본인보다 훨씬 더 잘 말해준 것"이라고 답했다. 말라파르테에 따르면 "『망가진 세계』는 역사소설이다. 다만 등장인물들이 17세기 루이 13세 시대가 아니라 우리시대의 인물일

뿐이다. 그들은 역사인물인 동시에 동시대인이다."

작품 속 화자인 나는 연회를 베풀어준 독일군 관계자들의 반유대주의나 인종주의 발언에 슬쩍슬쩍 맞장구를 쳐준다. 이는 일종의 자기보호를 위한 위장술로, 오히려 잔인한 자들의 생생한 언어를 강조해주는 역할을 한다. 그런 차가움이야말로 잔인함을 효과적으로 드러낸다. 그들의 말을 그대로 맞받음으로써 처음에는 반인간주의에 동조하는 듯하지만 잠시 후에는 그것을 역설적으로 부인하는 것이다. 많은 문학평론들은 르포르타주의 정신이라 할 그런 '철저한 리얼리즘'을 『망가진 세계』가 대표적으로 구현하고 있다고 평한다. 그런데 기자라는 가면은 (어니스트 헤밍웨이가 스페인내전 때 종군기자를 했듯이 말라파르테는 이차대전 때 종군기자를 했다) 화자인 '나'에 이르러 매우 흐려진다. 반면에 이탈리아 네오리얼리즘 문학에서 많이 강조되는 '미국의 발견'과는 상당한 거리가 있다. 『망가진 세계』가 이야기의 서두를 마르셀 프루스트의 작품을 인용하는 것으로 시작한 것은 우연이 아니다. 이 방식은 이차대전 발발 이전의 화려했던 세계를 계속 되새기게 하면서도 그것을 빛바랜 과거의 추억 같은 것으로 묘사함으로써 그 화려했던 세계는 완전히 끝장난, 더이상 존재하지 않는 세계임을 역설적으로 보여준다. 프루스트의 소설 『게르망트 쪽』(『잃어버린 시간을 찾아서』의 한 편)에 나오는 '신들의 세계'는 이제 죽음의 알레고리로 변질된다.

『망가진 세계』는 이탈리아 단편소설의 전통을 통렬히 깨는 역할도 한다. 이 작품은 전쟁사의 실제를 증언하는 자료로서는 거의 쓸모가 없다. 『망가진 세계』는 기자에게 중요한 연대기적 연속성을 계속 깨뜨린다. 그럼으로써 보카치오의 『데카메론』 양식에 충실한 듯한 느낌을 준다. 그러나 단편이 계속 이어지는 연작소설 형식의 『데카메론』은 다양한 화자를 단일한 관객 앞에 등장시키는 게 아니라 다양한 관객 앞에 단일한 화자를 등장시킨다. 『망가진 세계』에서 예술적 요구와 서술한 에피소드가 진실이어야 한다는 요구 사이에 긴장이 가시지 않는 것은 르포르타주의 속성 때문이 아니라 화자라고 하는 전통적인 인물을 적극 활용하기 때문이다. 그 때문에 심지어 『망가진 세계』에 등장하는 에피소드들 가운데 일부는 인터넷에서 신위 여부가 논란이 되곤 한다. 예컨대 크로아티아의 파시스트 독재자 안테 파벨리치에게 선물로 들어온 사람 눈알을 담은 바구니 같은 경우가 그렇다.

처음에, 그러니까 1944년 이전에는 『망가진 세계』에 나오는 에피소드들은 굵직한 부분은 사실이고 일부 허구를 살짝살짝 가미했지만, 역사적 증언으로서 무게를 지닌 것으로 여겨졌다. 이 작품은 전쟁에서 보고 들은 작은 에피소드들을 잇달아 소개하는 방식으로 구성되어 있다. 예를 들어 한 똑똑한 유대계 소년은 독일군 장교한테 어느 쪽이 유리 눈(의안)인지 알아맞혀 보라는 말을 듣는다. 소년은 장교의 유리 눈을 바로 알아보고 손으로 가리킨다. 그러자 그걸 어떻게 알았느냐는 장교의 질문이 이어진다. 소년은 유리 눈이 진짜 눈보다 더 인간적인 느낌을 주기 때문이라고 답한다. 이런 에피소드에 나오는 등장인물은 실제 전쟁에서 일어난 일들을 거의 알레고리적인 차원으로 승화시킨다. 두려움 때문에 잔인해지는 독일군들, 예를 들어 섬세한 음악을 연주하는 독일의 지배자나 횔덜린 시를 읊조리는 장교들의 모습은 독일이 이제 곧 파멸할 것임을 구체적으로 보여준다.

페스트가 창궐하는 시대를 배경으로 펼쳐지는 보카치오의 『데카메론』처럼 이탈리아 단편소설에는 사랑 이야기가 많이 나오지만, 말라파르테의 『망가진 세계』는 그런 면에서는 좀 약하다. 사랑 이야기가 반복되어야 할 자리에 동물 이야기가 계속된다. 동물 중에서도 특히 강렬한 인상을 주는 형상이 늘 중심이 된다. 십자가형을 받은 말에 관한 꿈이라든가, 새들에 관한 대화, 라도가 호수에 꽁꽁 얼어붙은 말들의 시체에서 맨 마지막에 나오는 파리떼 이야기까지. 특히 말라파르테가 묘사한 파리떼는 장폴 사르트르나 윌리엄 골딩처럼 20세기 문학에 종종 등장한다. 전체주의가 강요하는 부자유와 절망의 공간을 횡행하는 존재로서 말이다. 『망가진 세계』의 각 부 제목이 장소나 사건이 아니라 동물명(말, 쥐, 개, 새, 순록, 파리)인 것이 의미심장하다.

곳곳에 동물들이 등장한다는 것은 우연히 또는 어쩌다 보니 그렇게 된 게 아니다. 그렇게 된 데에는 여러 요인이 있다. 우선 말라파르테는 19세기 예술은 물론이고 초현실주의를 포함해 현대예술의 '추(醜)의 미학'을 잘 알고 있다는 점을 들 수 있다. 『망가진 세계』가 보여주는 세계에는 저 동물들의 시체 썩는 냄새가 깊이 스며들어 있다. 말라파르테는 1945년 동물의 시체에 대해 서술한 글을 보면 보들레르의 시에서 충격적인 것은 에로티시즘이나 레즈비언의 등장이 아니라, 바로 동물의 시체가 등장한다는 점이라고 지적한 바 있다. 동물 등장에는 또한 어린 시절을 신화화하는 경향이 작용한 것으로 보인다. 그는 여섯 살까지 프롤레타리아 계층이 많이 사는 지방에서 양부모 슬하에서 자랐음을 늘 강조했다. 그의 어린 시절은 순진무구한 존재인 아이와 동물의 공존은 물론이고 야생동물들과도 평화롭게 어울리는 일종의 신화로 채색된다.

마지막으로 말라파르테는 새에 관한 에피소드를 전개할 때마다 인간과 동물의 경계선이 흐려지는 지점에 주목했다. 그는 아담이 동물을 배신한 것을 원죄로 해석하면서 루소와 도스토옙스키처럼 동물의 순수성을 찬양했다. 그 이면에는 인간이라고 하는 '고결하지 못한' 못된 종족에게 품은 경멸이 자리하고 있다. 말라파르테는 "살인자는 언제나 인간이며, 그 희생자는 동물이 된다"는 말을 자주했다. 그의 작품에서 동물은 우화에 그려진 것처럼 옷을 걸친 인간으로 나오는 게 아니라 인간보다 뭔가 우월한 존재로 등장한다. "동물은 신과 우리를 이어주는 중재자다. 초자연적인 것과 우리를, 자연의 비밀과 우리를 이어주는 존재다. 동물들은 전염병이, 불행이, 죽음이 다가오고 있음을 우리에게 알려준다. 그들은 예언자다."

『망가진 세계』는 죽음과 전쟁의 세계를 다루는 만큼 당연히 동물들이 곳곳에 출현한다. 동물들은 전쟁의 냄새를 맡는다. 그들은 인간이 동물에게 다가가는 것처럼 인간에게 다가온다. 그리하여 말라파르테의 『망가진 세계』는 동물과 인간의 종족주의적 경계를 허무는 쪽으로 나아간다. 그는 말과 같은 고결한 동물뿐 아니라 쥐나 개 같은 동물에게도 스스럼없다. 『망가진 세계』에서는 화자인 '나'의 냉소주의는 가끔 살롱에서 수다 떠는 자의 말처럼 느껴지기도 하지만, 거기엔 말 그대로 냉소주의가 숨어 있다. 개가 인간 속에 숨겨진 동물적인 모습을 냄새 맡는 것이다.

IV. 카푸트, 망가진 세계가 일으킨 파장

말라파르테가 핀란드에 있을 당시 이탈리아에서는 연합군의 시칠리아 섬 점령에 놀라 파시스트 평의회가 열렸다. 1943년 7월 24~25일 밤에 열린 회의에서 그들은 무솔리니 총통에 대한 불신임을 표시하고, 25일 국왕 비토리오 엠마누엘레 3세에게 무솔리니 체포를 건의했다. 국왕은 피에트로 바돌리오 장군에게 새 정부의 조각을 위촉했다. 이 소식을 들은 말라파르테는 곧장 이탈리아로 발길을 재촉했다. 귀국 직후 그는 잠시 체포됐다. 혐의는 바돌리오 정부에 대한 독일의 공격이 임박했다는 주장을 유포함으로써 독일과 이탈리아 관계를 위험에 빠뜨렸다는 것이었다. 1943년 8월 초 석방된 말라파르테는 카프리 섬에 있는 집으로 돌아갔다. 바돌리오 정부가 9월 3일 연합군 측과 체결하고 이어 8일 공표한 휴전협정에 대해서도, 1943년 10월 13일 이탈리아가 독일에 선전포고를 한 사실에 대해서도, 말라파르테는 공식적인 언급을 하지 않았다. 그 대신 그는 나름의 방식으로 종전과 전후 시대에 대한 준비를 해나가고 있었다. 그것이 바로 『망가진 세계』의 집필이었다.

후일 말라파르테는 늘 "제목은 이미 1941년 3월에 정했고, 아무도 추축국의 승리를 의심하는 사람이 없던 시기에 '전쟁의 결말에 대해 내가 어떻게 생각하는지'를 세상에 알리려 했다"고 주장했다. 『망가진 세계』

초판 (이후 판본들을 포함해) 서문에, 그는 원고가 이미 1943년 가을에 완성됐다고 밝혔다. 그러나 그가 죽고 나서 한참 지나 출간된 일기를 보면 얘기가 좀 다르다. 그 일기에 따르면 말라파르테는 1943~44년 겨울에서 1944년 봄까지도 원고 마무리 작업에 한창이었다. 1941년부터 모아온 각종 기록과 구상 등을 최종적으로 마무리한 것은 이탈리아 전선이 점차 무너져가고, 추축국의 분열로 독일이 이탈리아의 상당 부분을 점령하고, 독일군에 대한 이탈리아 파르티잔들의 저항이 극심해지던 시기였다. 1944년 초 말라파르테는 나폴리를 몇 차례 방문해 카셀라 출판사와 이 원고의 출판문제를 논의했다. 당시 나폴리는 연합군 수중에 들어간 지 꽤 된 상태였다.

말라파르테는 1943~44년 겨울 카프리 섬 절벽에 지은 집 '카사 말라파르테'에서 글을 쓰고 있었다. 그러나 외부세계와 완전히 단절되어 있었던 것은 아니다. 1943년 9월 에른스트 윙거의 『대리석 절벽 위에서*Auf den Marmorklippen*』(1939)를, 1944년 3월 초에는 『정원과 거리*Gärten und Straßen*』(1942)를 구입했다. 1944년 3월 15일 연합군이 몬테카시노 수도원을 폭격하던 날—그해 5월 12일 연합군은 이탈리아 북부로 진격한다—말라파르테는 라디오 나폴리 방송에서 금을 찾아 캘리포니아로 몰려들던 1840년대를 배경으로 한 미국의 민요 〈나의 사랑 클레멘타인〉을 듣는다. 얼마 후 베수비오 화산이 폭발했다. 말라파르테는 화산 폭발을 "경이롭다"고 했다. 같은 날 미군 심리전부대(P.W.B)의 일원으로 나폴리에 주둔해 있던 독일 작가 클라우스 만(토마스 만의 아들)은 캘리포니아주 로스앤젤레스 퍼시픽 팰리세이드에 체류중인 부모에게 보낸 편지에서 용암이 분출하면서 불을 뿜는 광경을 이렇게 묘사했다. "그야말로 장관입니다. 특히 밤이 되면 활화산 정상에서 뭉게뭉게 솟아오르는 거대한 연기구름이 화염으로 벌겋게 달아올라 빛이 납니다. 이런 어마어마한 화산 폭발은 우리들 자신의 파렴치한 행위와 또 어떤 면에서는 전쟁과 깊은 연관이 있는 것이 아닌가 하는 생각을 지울 수 없습니다."

1944년 4월 초 말라파르테는 카셀라 출판사의 가제본을 받아들었다. 당시 이미 그는 연합군 장교들과 접촉하고 있었다. 그해 5월 말 말라파르테는 『망가진 세계』의 원고를 나폴리에 주둔하고 있는 심리전부대에 제출했다. 출판 허가를 받기 위해서였다.

리노 펠레그리니는 1941~42년 몇 달간을 말라파르테와 함께 동부전선을 둘러본 이탈리아의 젊은 종군기자였다. 『망가진 세계』에서 펠레그리니는 루마니아 야시에서 벌어진 유대인 박해를 다룬 부분에 '바보 같은 파시스트'로 등장한다. 바로 그 펠레그리니가 1973년 잡지 『스토리아 일루스트라타*Storia illustrata*』에 기고를 해서 "『망가진 세계』의 원본이 따로 있고, 말라파르테가 주어서 읽어보았다"고 주장했다. 그 원본은 정치성향 면에서 최종 원고와 정반대라는 게 그의 주장이다. 반영·반미 성향이 강하고 독일군이 최종 승리를 거둘 것이란 확신에 차 있었다는 얘기다. 독일군의 패색이 짙어가는 상황에서 독일제국의 폴란드 총독 한스 프랑크를 서술한 대목 등을 개작함으로써 반연합군적이고 친독일적인 작품이 친연합군적이고 반독일적인 작품으로 탈바꿈했다는 것이다. 펠레그리니의 이 주장을 입증할 원고는 남아 있지 않다. 말라파르테도 오래전에 죽었기 때문에 더이상의 확인은 불가능하다.

이처럼 말라파르테가 기회주의자라는 의구심은 생전에 이미 제기됐다. 『망가진 세계』가 인쇄기에 들어가는 순간까지 전쟁의 산물이었던 것처럼, 1944년 10월 출간 이후 이 작품에 쏟아진 평가 역시 당대의 정치적·문화적 상황에 직접 영향을 받았다. 말라파르테는 1943년 11월 연합군에 의해 구금되지만 당시 미군 장교들과 좋은 관계를 유지하고 있던 터라 곧 석방된다. 그러나 나폴리에서 수감됐던 시절은 그가 오랫동안 논란의 대상이었음을 보여준다. 말라파르테는 줄곧 파시스트 정부의 문화적 대변자라는 비난을 들어야 했다. 이에 대해 말라파르테는 공식 서한이나 사적인 편지, 각종 기관에 보낸 메모 등에서 자신은 1931년에 이미 파시스트당을 탈당했다는 점을 강조했다. 당시는 무솔리니가 엄연히 최고 권좌에 앉아 있을 때였다. 그는 또 파시스트 정부에 밉보인 탓에 감옥에 갔고 리파리 섬으로 추방당했다는 사실도 강조했다. 게다가 『쿠데타의 기술』에서 이미 히틀러를 희화화함으로써 독일에서 이 책이 불태워지지 않았던가? 말라파르테는 독일 나치와 거리를 두었고, 그래서 보복을 당했다는 사실을 지나치게 강조하는 경향이 있다. 하지만 그 주장이 근거가 없는 허무맹랑한 것은 아니다. 그는 동부전선에서 보낸 기사들 때문에 독일 당국의 분노를 샀다. 독일 외무부는 베를린 주재 이탈리아 대사관 공보실에 1942년 2월 『코리에레 델라 세라』에 실린 말라파르테의 기사 「폴란드의 겨울」이 친폴란드 성향이 농후하다며 문제 삼았고, 이는 기록으로 남아 있다.

말라파르테가 1944년 이후에 쓴 여러 자전적 기록 중 하나에 그가 공산당에 입당원서를 냈다는 사실을 뒷받침하는 부분이 있다. (그러나 그의 입당 신청은 수용되지 않았다.) 이탈리아 공산당 서기장 '팔미로 톨리아티'는 1944년 말라파르테의 카프리 섬 자택을 방문했다. 얼마 후 말라파르테는 연합군 장교로 북진하는 동안 '잔니 스트로치'라는 필명으로 공산당 기관지 『루니타*l'Unità*(통일)』에 토스카나 북진 상황을 다룬 기사를 송고했다. 일차대전 이후와 마찬가지로, 이번에도 그의 정치적 입장은 전쟁에서 명백히 드러난 이탈리아 사회와 문화의 위기는 급진적이고 혁명적인 해결책이 필요하다는 확신에 따른 것이었다.

말라파르테는 바돌리오 정부의 이탈리아를 매우 회의적으로 보았다. 그는 패전에서 비롯된 많은 동시대인들의 반파시즘을 믿지 않았다. 이는 그가 '해방'이란 표현을 쓰지 않는 자세에서 분명히 드러난다.

말라파르테의 딜레마는 결국 이런 것이었다. 전후에 그는 스스로를 수미일관된 반파시스트라고 주장했지만 무솔리니 치하의 이탈리아에서도, 종군기자로 돌아다닐 때에도, 칠저한 반파시스트였던 적은 없다. 그러나 파시스트 국가에 공개적으로 반기를 들지 않았다는 이유로, 전후에 돌아선 수많은 반파시스트 노선 대표자들보다 훨씬 심한 탄압을 당했다. 그랬기 때문에 말라파르테는 파시즘의 수혜자라는 의혹을 받는 상황에서도 1944~45년 반파시즘으로 돌아선 인사들을 향해 '정치적 기회주의자'라는 공격적인 언사를 쏟아냈던 것이다.

그렇다고 해서 말라파르테가 반파시즘 성향의 지식인 개개인과 접촉하지 않은 것은 아니다. 이차대전 종전 이후 말라파르테를 위해 좋게 증언해준 사람들이 많다. 심지어 서면으로 진정서를 내기도 했다. 가장 대표적인 사례가 저명한 역사가인 베네데토 크로체다. 그는 전쟁 기간에 가족과 함께 카프리 섬에 모인 지식인 집단에 합류했다. 알베르토 모라비아도 그 모임의 일원이었다. 말라파르테는 일기에서 모라비아의 소설 『무관심한 사람들』(1929)에 극찬을 아끼지 않았다. 후일 모라비아는 말라파르테와 거리를 두게 되지만 그와 처음 교분을 맺은 것은 포르테 데이 마르미에 있을 때였다. 말라파르테는 유대계 어머니를 둔 젊은 모라비아를 잡지 『프로스페티베』에서 같이 일하게 했고 전선에 나가 있을 때에는 잡지의 얼굴 격인 편집장을 맡기기도 했다. 사진과 삽화도 실은 월간지 『프로스페티베』는 1937년 4월부터 1943년 3월까지 발행됐고 파시스트 체제하 이탈리아에서 가장 야심적인 문화잡지로 꼽혔다. 독일에도 비슷한 잡지 『디 라이히*Die Reich*(제국)』가 있었다. 그러나 『디 라이히』와 달리 『프로스페티베』는 코즈모폴리턴의 입장을 취했다.

『프로스페티베』는 파시즘의 선전도구로 설립됐지만 초현실주의를 비롯한 국제적 문화 아방가르드와 이탈리아 간의 교량 역할을 하기 위해 당초의 설립 취지를 사실상 포기했다. 『프로스페티베』의 필자로 활동한 인물은 마리오 프라츠, 움베르토 사바, 토마소 란돌피, 코라도 알바로 같은 이탈리아의 작가와 평론가는 물론이고, 앙드레 지드, 폴 엘뤼아르, 앙드레 브르통, 제임스 조이스 같은 프랑스와 영미권 작가, 심지어 스페인 시인 페데리코 가르시아 로르카까지 실로 다양했다. 실행하지는 못했지만 말라파르테는 1952년에 『프로스페티베』에서 함께 활동한 작가들의 명단을 출간하려고 했었다. 이는 자부심의 표현이기도 하지만 당시 반파시즘 진영에서 문화의 선두주자로 활동했던 인사들 다수가 자신과 마찬가지로 파시즘 진영에도 어느 정도 발을 담그고 있었고, 그러면서도 그에 대해 구구한 변명을 하지 않는다는 사실을 보여주려는 의도였다. 전후를 지배한 반파시즘에 대한 정치적 변명은 문학과 영화 분야를 풍미한 네오리얼리즘에 대한 반발과 짝을 이룬다. 시인이자 작가이고 허먼 멜빌, 업튼 싱클레어, 셔우드 앤더슨 같은 영미 작가들의 번역가이기도 한 체사레 파베세나 소설가 엘리오 비토리니가 '미국의 발견'을 강조한 것과 대조적으로 말라파르테는 『망가진 세계』로 독특한 경향을 선보였다. 그는 이 작품의 끔찍한 묘사들을 정당화하기 위해 전쟁 화가들, 특히 고야를 전범으로 인용했다. 말라파르테는 1946년 아우슈비츠 수용소 체험을 그린 작가 프리모 레비의 『이것이 인간인가』는 알지 못했다.

『망가진 세계』는 이탈리아에서 여러 쇄를 거듭했다. 1948년에는 초판을 낸 바 있는 나폴리의 작은 카셀라 출판사에서 로마와 밀라노에 사무실을 둔 아리아 디탈리아 출판사로 옮겨 개정판을 냈다. 말라파르테는 1947년 6월 파리로 이주했다. 샹젤리제 인근 전셋집의 높은 임대료는 『망가진 세계』의 프랑스어 번역판에서 나온 저작권료로 충당했다. 프랑스판은 1946년 번역가 쥘리에트 베르트랑의 번역으로 파리에서 출간돼 언론의 집중조명을 받았고 대중적으로도 크나큰 성공을 거두었다. 일부 비평가들은 '이탈리아의 헤밍웨이'라고 하는가 하면 블레즈 상드라르, 앙드레 말로, 생텍쥐페리를 연상시킨다고 평가했고, '현대 저널리스트의 형상을 한 단눈치오의 후예'라고 규정하기도 했다. 그러나 이탈리아에서 그랬듯 프랑스에서도 대중적인 성공은 거뒀으나 필자의 과거 파시스트당 전력이 문제가 됐다. 1947년부터 파리에서 썼고 사후에 출판된 『파리의 한 이방인 일기*Journal d'un Etranger à Paris*』에서 말라파르테는 성공을 거둔 한편으로 의혹을 받는 상황에 불편한 심경을 토로했다. 일기에서 그는 이탈리아를 '노예들의 나라'로 통렬히 비판하면서 다른 한편으로 프랑스 문학, 특히 샤토브리앙의 작품을 통해 자신을 새롭게 성찰했다. 그러면서도 당대를 풍미한 실존주의의 영웅들, 특히 카뮈와 사르트르에 대해서는 간간히 공격적이고 비판적인 입장을 피력했다.

이미 1944년 11월 미국의 일간지 『보스턴 글로브』에 「파시스트 출신의 끔찍한 이야기들」이라는 제목으로 『망가진 세계』 이탈리아어판에 관한 기사가 실렸다. 미국판은 체사레 폴리뇨(1878~1963, 영국 옥스퍼드 대학 이탈리아학과 교수를 지냈고 나폴리 대학에서 영문학을 가르쳤던 인물)의 번역으로 1946년 가을 뉴욕의 이피 더튼 출판사에서 출간됐다. 미국판 역시 성공을 거뒀다. 주요 신문들이 큰 관심을 보였다. 그러나 미국에서도 '망가진 유럽'을 핍진하게 그려낸 것은 긍정적으로 평가했지만 일부에서는 작가를 심하게 공격하는 기사가 나왔다. 『뉴욕타임스』의 비평 기사는 말라파르테가 작품에서 개탄한 노예화를 촉진하는 데 기여했다는 지적으로 끝났다. 『뉴욕 헤럴드 트리뷴』은 이렇게 썼다. "이름은 더할 나위 없이 잘 지었다. 말라파르테, '악의 편에 선 자'라니." 피렌체에 있는 말라파르테 문서고에는 말라파르테가 미국의 비평가들에게 보낸 원고가 많이 남아 있다. 예를 들면 1947년 봄 말라파르테를 '룸펜 지식인'이라고 공격한 미국의 좌파 정치문예지 『파르티잔 리뷰』에 보낸 글이 대표적이다.

그 글에는 공산당에 입당했다가 전향한 아서 쾨슬러(1905~83, 헝가리 태생 영국 저널리스트이자 소설가)와 자신을 비교하는 내용이 많이 나온다. 소련 공산당이 자행한 숙청을 다룬 아서 쾨슬러의 대표 소설 『한낮의 어둠』(1940)도 1940년대에 베스트셀러가 됐다. 평소 말라파르테는 자신은 파시즘이 아니라 이탈리아의 자유를 대표하는 인물이라 주장했고, 이는 결국 파시즘에서 전향한 사람과 공산주의에서 전향한 사람을 동등하게 취급해달라는 요구이기도 했다. 그는 이렇게 썼다.

> 내가 파시스트당에서 9년간 당원으로 있지 않고, 같은 기간을 공산당원으로 있었다고 치자. 예컨대 아서 쾨슬러처럼. 그랬다면 아마도 사람들은 나를 '변절자'라 하지 않고 '자유의 영웅'이라 불렀

을 것이다. 쾨슬러는 공산주의에 항거해 자유의 영웅이 됐다. 나는 파시즘에 항거했는데도 '룸펜 지식인, 변절자, 바람둥이, 사기꾼, 실패한 모험가' 소리를 듣는다.

V. 그 중요성을 더해가는 세기의 걸작

『망가진 세계』는 독일에 알려지기 전에 이미 세계적인 베스트셀러였고 수많은 논쟁을 불러일으켰다. 독일어판이 나오기 전에 일부가 신문이나 잡지에 소개된 것은, 전쟁이 끝나기 전인 1945년 4월 말이었다. 당시 스위스 취리히에서 발간되던 주간지 『디 벨트보케*Die Weltwoche*(세계주간)』는 독일제국 폴란드 총독 한스 프랑크에 관한 장을 「크라쿠프의 뮤즈 궁정에서」라는 제목으로 출판했다. 그러나 『망가진 세계』의 온전한 독일어판은 1951년에 가서야 출간됐다. 처음 출판 접촉을 시도한 이는 번역가 헬무트 루트비히였다. 그때가 1947년 가을이었다. 루트비히는 그해 10월 뮌헨에서 말라파르테가 소속된 카셀라 출판사에 편지를 보냈고, 11월에는 말라파르테 본인에게 편지를 보냈다. 당시 루트비히는 빌리 바이스만 출판사가 펴내는 문예지 『디 패레*Die Fäebre*(나룻배)』에서 현대 이탈리아 작가 특집을 맡고 있었다. 그는 말라파르테에게 그때까지만 해도 미국판과 스위스판을 통해서만 알려진 『망가진 세계』의 원고를 보내달라고 청했다. 그러면서 『디 패레』에는 알베르토 모라비아, 기도 피오베네, 카를로 레비, 엘리오 비토리니 같은 작가들이 기고한다고 소개했다. 말라파르테는 1948년 6월 초 루트비히에게 원고가 아닌 프랑스판 『볼가 강은 유럽에서 발원한다』를 한 부 보내주었다. 이후 루트비히는 독일에서 말라파르테의 작품들을 널리 알리는 데 주도적인 역할을 했다.

루트비히는 1942~43년 겨울 러시아(당시 소련) 전선에서 통역관으로 참전했고, 알프스와 이탈리아 전선에서도 복무한 전력이 있다. 특히 이탈리아에 있을 때는 『코리엘레 델라 세라』에 실린 말라파르테의 러시아 전선 관련 기사들을 읽은 바 있었다. 루트비히는 말라파르테에게 『망가진 세계』를 출간할 독일 출판사로 데슈가 어떠냐고 제안했다. 데슈 출판사는 알베르토 모라비아의 책을 내던 출판사였다. 로볼트 출판사도 소개해주겠다고 했다. 로볼트는 로로로 시리즈로 많은 판매부수를 자랑하던 출판사였다. 그러나 데슈나 로볼트와의 계약은 시간을 오래 끌었다. 결국 루트비히는 1949년 말 다른 출판사를 물색하게 된다. 빈에 있는 절너이 출판사와 바덴바덴에 있는 헬러 앤드 베크너 출판사였다. 헬러 앤드 베크너 출판사의 공동 설립자인 게르하르트 헬러는 말라파르테의 열렬한 독자였다. 헬러는 말라파르테를 자기 출판사에서 펴내는 시사문예 월간지 『메르쿠어*Merkur*』에 참여시키려 했다. 당시 『메르쿠어』의 편집장 한스 파이슈케는 저명한 독일 시인 고트프리트 벤을 영입하려 공을 들이는 중이었다.

다른 출판사로는 슈탈베르크 출판사가 있다. 1946년 약관 이십오 세의 잉에보르크 슈탈베르크가 설립한 출판사였다. 게르하르트 헬러는 1950년 이 출판사에 들어간다. 그해에 슈탈베르크에서 말라파르테의 『가죽』이 출간돼 큰 성공을 거뒀고, 이듬해인 1951년 『망가진 세계』가 나온다. 번역은 둘 다 헬무트 루트비히가 맡았다.

말라파르테는 1946년 여름 이탈리아 신문 『템포』에 일련의 독일 르포를 연재했다. 그 르포르타주에 묘사된 독일은 '무거운 침묵'에 싸인 나라, 잿더미 속에서도 여전히 반유대주의가 사라지지 않고 민주주의에 대한 신뢰는 적고, 노동계급은 완전히 환멸에 빠져 있음에도 불구하고 바이마르 공화국 때보다 계급갈등은 덜해지지 않고 있는 나라였다. 말라파르테의 르포는 특히 1918~19년 일차대전 패배를 훨씬 능가하는 철저한 패배를 맞은 결과 오히려 기이할 정도로 부정적인 자긍심이 생겨난 독일을 그리고 있다. 당시 독일은 자신의 파멸을 보면서 '악마적인 만족감'을 느끼는 분위기였다. 독일군이 소련에게는 영웅적으로 저항했지만 서구 연합군에게는 상대적으로 저항의 강도를 낮춤으로써 연합군의 승리를 의식적으로 도왔을 뿐만 아니라 미래의 주적이 될 러시아에 맞서 서구의 보루로서 역할을 다했다는 분위기가 지배적이었다.

『가죽』의 성공에 힘입어, 말라파르테는 독일에서 저명 작가 반열에 올랐다. 그러나 그에게 더 중요한 것은 『망가진 세계』 독일어판이었다. 원제 Kaputt는 독일어에서 가져온 표현이었다. 말라파르테는 이 단어가 독일어와 히브리어가 뒤섞인 말이라는 것에 상징적 의미를 부여했다. 독일인들은 이 작품에서 주인공으로 등장한다. 독일인은 약자들에 대한 두려움 때문에 잔인하게 변해가는 주인공들이다. 말라파르테는 독일어판 맨 앞에 「독일 독자들에게 보내는 편지」라는 글을 실었다. 여기서 그는 이탈리아어판에서 그대로 가져온 「원고의 시련에 관하여」라는 글과 함께 무솔리니를 비판하고 파시스트 정권에 의해 추방·투옥됐던 이야기를 하면서 『망가진 세계』가 혹시 독일에서 부정적으로 받아들여지지 않을까 하는 점을 우려했다.

> 이 책은 사실 그대로, 즉 반나치적인 책으로 받아들여지는 동시에 사실과 무관하게, 즉 반독일적인 책으로 받아들여질 것입니다. 왜냐하면 독일 입장에서는 전쟁을 다룬 최초의 책이 나왔는데, 그것이 독일 작가가 아니라 추축국 일원이었던 다른 나라 작가 입장에서 쓴 것이기 때문입니다. 나는 이탈리아 작가입니다. 그렇기에 이 책은 나에 대해 때로 정당한, 때로 부당한 불쾌감을 불러일으킬 수 있을 것입니다. 독일민족은 이탈리아가 1943년 9월 연합군과 휴전협정을 체결한 이후 이탈리아 민족에 그런 감정을 느껴왔습니다. 외국인의 평가를 받기 좋아하는 민족은 없습니다. 그러나 나는 이 책에서 독일민족을 평가한 게 아닙니다. 나는 독일을 패전으로 끌고 들어간 정치집단, 국가사회주의를 이끈 정치세력이 택한 방식을 비난하는 것입니다. 그들은 처음엔 독일민족을 노예

> 로 만들었고 나중엔 다른 민족들을 노예화하려 아등바등했습니다. 전쟁의 참상에 대한 보고를 '반독일'이라 생각하시는 분은 독일민족이 그 참상에 책임이 있다고 주장하는 것이나 마찬가지입니다. 나는 독일민족이 나치의 지배와 전쟁의 참상에 책임이 있다고 하는 데 반대합니다. 그것은 러시아 민족이 소련 공산주의의 끔찍한 탄압에, 이탈리아 민족이 파시즘의 바보 같은 짓거리에 책임이 있다고 주장하는 것이나 마찬가지입니다.

이런 주장은 『망가진 세계』에서 매우 분명히 드러나는, 민족을 일반화하는 심리학과 모순된다. 민족 전체의 집단적 책임을 부정하는 이런 언술은 우연히 나온 게 아니다. 당연히 『망가진 세계』에 대한 독일 측의 반발을 염두에 둔 발언이라 봐야 할 것이다. 그런 반발은 이미 1949년에 표출됐다. 문제의 평자는 독일 언론인이자 작가, 문학평론가인 프리드리히 지부르크였다. 지부르크는 『망가진 세계』를 프랑스어판으로 읽었다. 프랑스어판은 1949년 3월 중순 『디 게겐바르트*Die Gegenwart*(현대)』라는 독일 잡지에 소개됐는데, 이 잡지의 공동 편집자가 지부르크였다. 그는 말라파르테를 협잡꾼에 기회주의자라 소개하면서 그런 자가 독일인을 판단할 권리는 없다고 주장했다. 게르하르트 헬러와 헬무트 루트비히도 지부르크의 비판을 읽었으며 말라파르테에게도 그 내용을 알려주었다. 말라파르테는 지부르크가 프랑스어로 프랑스에 관해 쓴 책을 높이 평가하고 있었다. 지부르크의 책은 그라세 출판사에서 나왔다. 그러나 지부르크가 나치 당원이었으며 간헐적으로 언론을 통해 나치에 공감을 표했다는 사실도 알고 있었다. 그런 만큼 말라파르테의 반응은 격할 수밖에 없었다. "그가 나치였다는 것, 그리고 내가 나치 멍텅구리들에 대해서는 늘 정나미가 딱 떨어졌다는 것은 분명한 사실이다." 게르하르트 헬러와 말라파르테가 주고받은 편지를 보면, 헬러는 지부르크의 비난을 보면서 말라파르테를 다른 작품으로 먼저 소개함으로써 『망가진 세계』가 나왔을 때 반감을 사지 않도록 해야 한다는 판단을 일찍부터 내리고 있었음을 알 수 있다.

지부르크는 『망가진 세계』 독일어판이 나온 뒤인 1951년 가을에 또다시 『디 게겐바르트』지에 「겨 묻은 개가 똥 묻은 개를 나무란다더니—재판관 쿠르초 말라파르테의 터무니없는 오만에 관하여」라는 글을 기고해 말라파르테를 공격했다. 지부르크는 『망가진 세계』는 반나치적인 책이 아니라 독일민족 전체를 폄훼할 목적으로 쓴 것이라고 주장한다. "『망가진 세계』라는 책은 세계적인 베스트셀러가 됐다. 1944년 이탈리아판이 나오고 곧이어 전 세계 대부분의 언어로 번역본이 나왔다. 이 책은 본질적으로 독일의 비군사화와 비공업화를 추진한 미국 재무장관 헨리 모겐소에 우호적인 분위기를 조성하는 데 기여했다. 그런 분위기는 세력관계가 달라진 지금까지 완전히 사라지지 않고 있다." 지부르크는 말라파르테를 토마스 만이 소설 『베네치아에서의 죽음』에서 자세히 논한 "행실 나쁜" 예술가 유형의 전형이라면서 공격했다. 그와 더불어 횔덜린에서 토마스 만에 이르는 위대한 독일문학을 기준으로 보았을 때 『망가진 세계』는 "소설과 르포르타주를 이탈리아식으로 지저분하게 짬뽕한 것"에 불과하다고 비난했다. "그토록 진지하고 심오하게 독일적 본질을 탐구한 토마스 만의 소설 『파우스트 박사』는 우리나라에서 썰렁한 대접을 받은 반면 말라파르테의 화려하고도 끔직한 산문은 엄청난 환영을 받았다는 사실은 그야말로 수수께끼다. 아니, 어쩌면 토마스 만이 했던 얘기들은 우리의 살 속에 가시처럼 박혀 있어서 우리가 원하든 원하지 않든 우리 내면의 일부가 된 반면, 피와 향수와 포르노를 이탈리아식으로 짬뽕한 작품은 일말의 진실을 담고 있는 부분에서도 우리의 마음을 움직이지 못한다는 것은 전혀 놀라운 일이 아니다."

말라파르테의 『망가진 세계』는 개 같은 후각을 발휘하는 저널리스트의 작품인 동시에 데카당스풍의 유미주의자 못지않게 드높은 예술적 진실을 추구했고, 여러 면에서 잡다한 스타일의 혼합인 것이 사실이다. 그러나 지부르크가 폴란드 총독에 관한 서술을 예로 들면서 비난했던 과장과 상상 같은 대목들도 수십 년간 현대사 연구가 꾸준히 이루어진 지금에는 탄탄한 사실에 근거한 것임이 밝혀지고 있다. 우크라이나와 러시아, 루마니아, 폴란드에서 벌어졌던 도저히 믿기 어려운 '끔찍한 사건들'이 이차대전이 끝나고 긴 세월이 흐른 지금에 와서는 확실한 문건으로 입증되는 사실로 밝혀지고 있는 것이다. 한 미국의 평론가가 『망가진 세계』에 '사실에 근거한 허구'라는 평을 한 적이 있는데, 과연 맞는 말이다.

말라파르테는 루마니아 야시에서 벌어진 유대인 박해 때 현장에 있지 않았다. 따라서 인류애를 대변하는 이탈리아인으로서 사태에 개입할 수도 없었다. 그러나 루마니아 독재자 이온 안토네스쿠 정부의 본질적인 힘이 반유대주의에서 나온다는 사실을 분명히 증거했다. 지부르크는 말라파르테를 자격도 없이 독일인을 판단하는 자라고 비난했지만 말라파르테는 동부전선 상황과 잔학무도한 유대인 말살 정책의 진실을 전했다. 지부르크는 프랑스와 미국 쪽 비평과 달리 말라파르테를 비난하면서도 야시의 유대인 박해에 대해선 일언반구가 없다.

쿠르초 말라파르테 연보

1898년 6월 9일 이탈리아 토스카나 주 프라토에서 셋째로 태어나다. 아버지는 독일 작센 주 치타우 출신 독일인으로 이탈리아로 이주한 섬유 기술자 에르빈 주케르트, 어머니는 밀라노 출신의 이탈리아인 에다 페렐리였다. 쿠르초 말라파르테의 어릴 적 이름은 '쿠르트 에리히 주케르트'다.

1911년 프라토의 명문 치고니니 고등학교에 입학하다. 유명한 시인 가브리엘레 단눈치오도 이 학교 출신이다. 공화당 청년조직의 일원이 되다.

1912년 14세 때 처음 시집을 출간하다.

1913년 풍자잡지 출간에 참여하는 것으로 처음 저널리즘을 접하다.

1914년 제1차 세계대전 발발. 16세의 나이로 부모 몰래 고등학교를 나와 알프스 국경을 도보로 넘다. 프랑스에서 이탈리아 출신 의용군과 합류한 뒤 아르곤 전선에서 독일군과 싸우다.

1918년 셰망 데 담 전투에 참전하다. 이탈리아 동성 무공훈장과 프랑스 종려나무 십자 무공훈장을 받다. 독일군의 독가스 공격으로 입은 폐 부상이 평생을 따라다니다.

1919년 이탈리아 대표단의 일원으로 제1차 세계대전 전후처리 문제를 논의하는 파리평화회의에 참석하다. 폴란드 바르샤바 주재 이탈리아 공사관 연락관이 되다.

1921년 9월 파시스트당에 입당하다. 1922년 9월이라는 설도 있음. 『카포레토 만세!*Viva Caporeto!*』에서 제1차 세계대전 참전 체험을 묘사해 파시스트들의 반발을 사고, 그 결과 외교관직을 잃다.

1923년 여러 잡지 발행 및 선언문 발표로 정치 활동을 강화하다. 제2판부터 『카포레토 만세!』를 『저주받은 성인들의 반란*La rivolta dei santi maledetti*』으로 제목을 고쳐 출간.

1925년 유명한 이탈리아 문예지 『라 보체*La Voce*』의 출판을 맡다. 쿠르초 주케르트에서 쿠르초 말라파르테로 개명하다. 『야만적 이탈리아*Italia barbara*』가 출간되다.

1926년 문예지 『900』의 편집장이 되다. 프랑스 작가 피에르 막 오를랑, 아일랜드 소설가 제임스 조이스, 독일 작가 이반 골, 프랑스 시인 블레즈 상드라르, 소련 소설가 일리야 에렌부르크, 이탈리아 시인 필리포 마리네티, 프랑스 소설가 앙드레 말로 등 당대 유명 작가들의 글을 싣다.

1928년 소설 『돈 카말레오*Don Camaleo*』가 제노바의 한 문예지 부록으로 출간되다. 무솔리니를 비판하는 팸플릿으로 관심을 끌다가 판금되다.

1929년 이탈리아의 권위지 『라 스탐파』 편집장이 되다. 파시스트들과의 관계가 나빠지면서 1931년 봄 신문 소유주 조반니 아넬리에 의해 해고되다. 모스크바 초청으로 소련을 여행하다. 『라 스탐파』에 실린 여행기는 1930년 『레닌의 지성*Intelligenza di Lenin*』으로 출간됨.

1931년 이탈리아 최대의 신문 『코리에레 델라 세라』가 말라파르테를 파리 특파원으로 파견하다. 파리의 베르나르 그라세 출판사에서 히틀러를 희화화한 정치 저작 『쿠데타의 기술*Technique du Coup d'État*』이 출간되다. 독일어판은 1932년에 출간됨. 이탈리아어판은 무솔리니에 의해 판금되지만 여러 나라 말로 번역돼 국제적으로 유명해지다.

1933년 파리에서 로마로 귀국한 직후 체포돼 악명 높은 레지나 코엘리 교도소에 수감되다. "외국에서 반파시즘 활동을 했다"는 이유로 5년 추방형을 선고받다. 정치범 수용소로 유명한 리파리 섬으로 유배되다.

1934년 갈레아초 치아노 백작(후일 외무장관이 됨)의 개입으로 유배형이 완화되다. 무솔리니의 사위인 치아노는 말라파르테를 사적으로는 몰랐지만 그의 작품들을 높이 평가하고 있었음. 토스카나 해변 휴양도시 포르테 데이 마르미로 이송되다. 언론 활동을 재개하지만 정치적 감시는 1939년까지 계속되다.

1935년 5월 『쿠데타의 기술』 판매 인세로 독일 조각가 아돌프 힐데브란트 소유의 포르테 데이 마르미의 별장을 구입하다.

1937년 문예지 『프로스페티베』을 창간해 국내외 유명 문학인, 예술가들을 필자로 동원하다.

1938년 카프리 섬의 암석지대 카포 마술로를 사들여 '카사 코메 메(나와 같은 집)' 건축에 착수하다. 지중해를 바라보는 절벽에 지은 이 저택은 이후 '카사 말라파르테'란 이름으로 유명해진다.

1939년 『코리에레 델라 세라』 객원기자로 경찰 감시를 받으며 에티오피아를 여행하다. 여권이 환수됐다가 결국은 여행 제한이 풀리다.

1940년 이탈리아가 이차대전에 참전을 선언함에 따라 다시 징집되다. 『코리에레 델라 세라』의 공식 종군기자가 되다. 프랑스, 유고슬라비아, 그리스, 루마니아 등 전쟁터를 누비다.

1941년 독일 점령 상태의 유고슬라비아 수도 베오그라드에서 『망가진 세계』 원고를 은밀히 쓰기 시작하다. 9월 독일 선전장관 괴벨스의 개입으로 소련 전선에서 소환되다. 4달간 로마에서 연금 상태로 있으면서 무솔리니의 협박을 받다가 리파리 섬으로 유배가다.

1942년 1월 다시 종군기자로 복권되다. 히틀러의 지시를 어기고 핀란드로 가다. 독일 제3제국의 폴란드 총통 한스 프랑크가 본국 외무부에 말라파르테의 『코리에레 델라 세라』 2월 17일자 기사 「폴란드의 겨울」에 관한 보고서를 제출해 불만을 토로하다.

1943년 『코리에레 델라 세라』에 실린 우크라이나 전선과 레닌그라드 포위작전 기사 30편이 편집되어 단행본 『볼가 강은 유럽에서 발원한다』로 출간되다. 책은 출간 직후 이탈리아를 점령중인 독일 당국에 의해 압류됨. 9월 카프리 섬 자택에서 『망가진 세계』 원고 최종 작업에 몰두하다.

1944년 제2차 세계대전이 끝나기 1년 전 나폴리의 카셀라 출판사에서 『망가진 세계*Kaputt*』가 출간되다. 이후 여러 나라 언어로 번역돼 수백만 부가 팔리면서 세계적인 성공을 거두다.

1947년 파리로 돌아가다.

1948년 마르셀 프루스트의 생애를 그린 『프루스트를 위하여*Du côté de chez Proust*』와 카를 마르크스의 삶을 다룬 『자본론*Das Kapital*』 두 희곡이 파리에서 초연되다. 독일 로볼트 출판사 사장 H. M. 레디히가 말라파르테에게 『망가진 세계』 독일어판을 로볼트 로로로 시리즈의 하나로 초판 12만 부를 찍자고 제안하다.

1949년 어머니 사망. 여름에 파리에서 카프리 섬으로 돌아오다. 『망가진 세계』와 함께 그의 대표작인 소설 『가죽*La Pelle*』이 출간돼 격렬한 논쟁을 불러일으키다. 교황청은 『가죽』을 금서로 지정하고, 작품의 무대가 된 나폴리 시는 그를 파문하다.

1950년 독일 슈탈베르크 출판사에서 말라파르테의 주요 작품들이 헬무트 루트비희의 번역으로 출간되다. 처음 나온 『가죽』은 1952년까지 28쇄를 찍으며 35만 부 이상이 팔리다. 시나리오 『금지된 예수*Il Cristo probito*』를 토대로 한 영화가 성공리에 초연되다. 이후 시나리오와 희곡 집필에 몰두하다.

1951년 『망가진 세계』가 슈탈베르크 출판사에서 초판 9,000부를 찍다. 1958년까지 11쇄를 거듭하면서 10만 부 이상이 팔리다. 『금지된 예수』가 베를린 영화제에서 명예상을 수상하다. 형 산드로가 프라토에서 사망하다.

1952년 이차대전 당시 독일 외무부 고위 관리였던 브라운 폰 슈툼이 저자와 출판사를 상대로 『망가진 세계』에 묘사된 자신과 이탈리아인 아내의 자살 관련 서술이 사실과 다르다며 소송을 제기하다. 이후 소송은 화해로 끝남. 11월 라틴아메리카 여행을 떠나다.

1953년 주간지 『템포』에 칼럼 「논쟁Il Battibecco」 연재를 시작해 큰 인기를 얻다. 이탈리아의 문화·정치·사회문제 외에 파시즘 통치 기간과 전후 바티칸의 역할, 남미의 정치 문제, 나치 독일의 과거 청산 문제 등을 즐겨 다룸.

1954년 푸치니의 오페라 〈서부의 아가씨〉를 피렌체 음악축제에서 연출하다. 희곡 『여자들도 전쟁에 졌다*Anche le donne hanno perso la guerra*』가 베네치아 비엔날레에서 상연되다.

1955년 자동차에 과다하게 의존하는 미국과 미국인들의 행태를 규탄하기 위해 자전거로 뉴욕에서 샌프란시스코까지 아메리카 대륙횡단 계획을 세우다. 버라이어티쇼 〈섹소폰Sexophone〉이 밀라노 누보 극장에서 초연되다. 말라파르테가 대본과 연출, 음악을 맡고 직접 무대에 올렸지만 관객들로부터 거센 항의를 받음.

1956년 10월 소련작가연맹과 중국공산당의 초청으로 러시아와 중국 여행을 시작하다. 갑자기 폐암이 발병해 중국의 병원에 입원하다. 이탈리아, 러시아, 중국 의사들의 극진한 보살핌을 받음.

1957년 3월 11일 이탈리아로 돌아와 로마의 한 병원에 입원하다. 아버지 사망. 세례를 받고 가톨릭에 귀의하다. 7월 19일 별세하다. 시신은 고향 프라토에 안치됨. 유언으로 카프리 섬 자택을 중국에 양도했으나 유족에 의해 집행이 저지됨.

쿠르초 말라파르테 Curzio Malaparte

20세기 중반의 이탈리아 작가. 1898년 피렌체 인근 프라토에서 독일계 이주민 아버지와 이탈리아인 어머니 사이에 셋째로 태어났다. 일차대전에 참전해 무공훈장을 받았고, 『코리에레 델라 세라』와 『라 스탐파』 같은 유명 일간지에서 기자와 편집장으로 일하며 일찍부터 필명을 날렸다. 『프로스페티베』를 비롯한 문예지들을 창간해 문학·예술 운동을 주도하기도 했다. 이차대전 당시 종군기자로 동유럽 전선을 취재한 경험을 바탕으로 대표작 『망가진 세계』(1944)와 후속편 격인 『가죽』(1949)을 발표해 국제적으로 큰 주목을 끌었다. 그의 활동 범위는 정치 평론, 시나리오, 희곡 등 극히 다양했다. 주요 작품으로 『저주받은 성인들의 반란』, 『쿠데타의 기술』, 『볼가 강은 유럽에서 발원한다』, 『금지된 예수』, 『여자들도 전쟁에 졌다』 등이 있다. 1957년 로마에서 폐암으로 별세했다.

옮긴이 이광일

1962년생. 번역가. 한국일보 논설위원과 연세대 독문과 강사로 일했다. 주로 영어와 독일어로 된 인문서와 소설을 번역해왔다. 옮긴 책으로는 『모든 정부는 거짓말을 한다 — 20세기 진보 언론의 영웅 이지 스톤 평전』, 『엥겔스 평전』, 『레오나르도 다빈치 — 예술에 대한 정신분석학적 비평』, 『티베트의 별 — 푼왕 자서전』, 『가면의 시대 — 캐롤라인 왕비의 1460일』, 『루모와 어둠 속의 기적』 등이 있다.

말라파르테 선집1

망가진 세계

초판 1쇄 인쇄 2013년 8월 12일
초판 1쇄 발행 2013년 8월 22일

지은이 쿠르초 말라파르테
옮긴이 이광일
펴낸이 강병선
기획 고원효
책임편집 고원효
편집 허정은 송지선 김영옥
디자인 장원석
마케팅 신정민 서유경 정소영 강병주
온라인 마케팅 김희숙 김상만 이원주 한수진
제작 서동관 김애진 김동욱 임현식
제작처 영신사(인쇄) 경일제책(제본)

펴낸곳 (주)문학동네
출판등록 1993년 10월 22일 제406-2003-000045호
주소 413-756 경기도 파주시 회동길 210
전자우편 editor@munhak.com
대표전화 031)955-8888
팩스 031)955-8855
문의전화 031)955-8890(마케팅), 031)955-2685(편집)
문학동네 카페 http://cafe.naver.com/mhdn
문학동네 트위터 http://twitter.com/munhakdongne

ISBN 978-89-546-2213-4 03880

* 이 도서의 국립중앙도서관 출판시도서목록(CIP)은 e-CIP홈페이지(http://www.nl.go.kr/ecip)와 국가자료공동목록시스템(http://www.nl.go.kr/kolisnet)에서 이용하실 수 있습니다.
(CIP 제어번호 : CIP2013013291)

www.munhak.com